夜天子 五

山东文艺出版社

目 录

第五卷　斗智斗勇

第一章　风不平浪不静 — 003
第二章　人家牵驴你拔橛 — 007
第三章　物是人非 — 011
第四章　八班九房聚一堂 — 017
第五章　强势回归 — 021
第六章　无赖典史 — 025
第七章　嬉笑怒骂 — 029
第八章　夫人有请 — 033
第九章　神龟知县 — 037
第十章　易如反掌 — 041
第十一章　劝『皇叔』— 045
第十二章　差点露馅 — 049
第十三章　女也能主外 — 053
第十四章　今夜去寻欢 — 057
第十五章　好事多磨 — 061
第十六章　促膝长谈 — 065
第十七章　赶鸭子上架 — 069
第十八章　破釜沉舟 — 073
第十九章　雷霆手段 — 077
第二十章　我来你去 — 081
第二十一章　各出各招 — 085
第二十二章　简单粗暴 — 089
第二十三章　迎风破浪 — 094
第二十四章　妾夺妻权 — 098
第二十五章　合纵、连横 — 102
第二十六章　图穷 — 106
第二十七章　匕见 — 110
第二十八章　错连环之第一环 — 114
第二十九章　错连环之第二环 — 118
第三十章　错连环之第三环 — 122

第三十一章 蜕变 — 126
第三十二章 两钦差 — 130
第三十三章 做官好 — 134
第三十四章 暗藏机锋 — 138
第三十五章 唇枪舌剑 — 142
第三十六章 易俗大典 — 146
第三十七章 遽生波澜 — 150
第三十八章 一石二鸟 — 154
第三十九章 撒手锏对撒手锏 — 158
第四十章 悲剧的老徐 — 162
第四十一章 救火队员 — 166
第四十二章 寻贼 — 170
第四十三章 交易 — 174
第四十四章 嫁衣 — 178
第四十五章 见红 — 182

第四十六章 软体 — 186
第四十七章 老徐的惨剧 — 190
第四十八章 报复 — 194
第四十九章 暗流 — 198
第五十章 互惠 — 203
第五十一章 诱导 — 208
第五十二章 智取 — 212
第五十三章 播种 — 217
第五十四章 合纵 — 221
第五十五章 活路 — 225
第五十六章 千里 — 229
第五十七章 一晤 — 233
第五十八章 二老爷 — 237
第五十九章 质疑 — 242
第六十章 明修栈道 — 246

第六十一章 暗度陈仓 — 251
第六十二章 引蛇出洞 — 255
第六十三章 柔弱的坚强 — 259
第六十四章 跨县办案 — 264
第六十五章 蛛丝马迹 — 269
第六十六章 老虎关 — 273
第六十七章 双管齐下 — 278
第六十八章 另辟蹊径 — 282
第六十九章 果有所得 — 286
第七十章 连夜抓捕 — 290
第七十一章 我本莽撞人 — 294
第七十二章 也是个狠人 — 298
第七十三章 敲山震虎 — 302
第七十四章 驿路蛇鼠 — 306
第七十五章 负荆请罪 — 310

第七十六章 冬节 — 314
第七十七章 扶灵 — 318
第七十八章 将相难和 — 323
第七十九章 一枕黄粱 — 327
第八十章 有故事的王主簿 — 331
第八十一章 再见一窝蜂 — 335
第八十二章 山不转水转 — 340
第八十三章 官迷 — 345
第八十四章 大使人选 — 349
第八十五章 两般情肠 — 353
第八十六章 望乡台上打秋千 — 357
第八十七章 五年磨一剑 — 362
第八十八章 喜气洋洋 — 366
第八十九章 彼岸花 — 371
第九十章 调虎离山 — 375

第九十一章 送美上门 — 380

第九十二章 上元 — 384

第九十三章 下饵 — 388

第九十四章 一狼一狈 — 392

第九十五章 挨风缉缝 — 396

第九十六章 机缘巧合 — 400

第九十七章 大官人 — 404

第九十八章 各出奇招 — 409

第九十九章 一个交易 — 413

第一〇〇章 出门遇贵人 — 417

第一〇一章 难兄难弟 — 421

第一〇二章 从前有座山 — 425

第一〇三章 赤橙黄绿青蓝紫 — 430

第一〇四章 水银山 — 435

第一〇五章 循循善诱 — 439

第五卷

斗智斗勇

·※·※·※·

第一章

风不平浪不静

一

葫县城门口一家小酒店里，几桌客人正各自进餐。店里坐的大都是些样貌粗犷的汉子，说起话来粗声大气，一个个好像在比谁的嗓门更高似的。听他们津津乐道的，大多是又从驿路上赚了多少钱。

自古以来，交通要道就与财富有着不解之缘。如果是一条运河，那么运河两岸的百姓就会受惠。而那些可以停泊商船的码头，必然会随之兴起一座物丰人华、富得流油的城市。

旱路也是一样，一条交通要道，必然惠及沿路百姓。而像贵州驿道这样贯穿此地南北的唯一通道，葫县又处在驿路入口的关键位置，自然也就成了该县最主要的经济来源。

如今云南与缅甸王打得如火如荼，大量军需物资需要经过葫县运往前线，这连续不断的物资运输就像一辆不停漏油的车子，一路挥挥洒洒的，随便接点就是一笔不菲的财富。

靠门的位置有两位客人，穿着一身捕快皂服。比起那些高声大气的粗犷汉子，他们就显得安静了许多，只是自斟自饮，并不多说话，偶尔说起，也是轻声细语。

两个捕快冷眼旁观，从这些汉子的服饰和言谈举止推断出他们都是附近山中一些小部落的族人。很多山中部落的人平素不大到山下来，但是近来驿路的钱实在好赚，随便找点事做就有钱拿，也不免动了心。

两个捕快对视一眼，其中一人咳嗽一声，忽然提高嗓门道："老刘啊，我听说县衙门为了便于管理百姓，打算要求我县各族百姓统一按照汉姓汉名起名立姓呢。"

那几个蛮族汉子听到这句话，不觉扭过头来，向他们这里看了一眼。另一个捕快煞有介事地点点头，道："嗯！这事我也听说了，却不知什么时候才开始施行。"

"喂！两位差官，你们说县衙门想要我们改名换姓？"其中一个汉子忍不住开口问道。

一个捕快笑道:"这位老兄是?"

那大汉道:"我叫子时一刻。哎,你说官府要我们改名换姓,这是真的吗?"

那捕快一听就知道了,这人必定是子时一刻生的。有些部落人起名非常随意,出生的时辰、家中种植的农作物、一推门看见的第一件东西……全都可以拿来做名字。

捕快道:"是啊!子时一刻兄觉得怎么样?哈哈,你这名字若是不改,还真容易叫人看了发蒙,不晓得要在这个时间干什么呢。"

子时一刻无所谓地道:"改名字啊,也没什么。那我得找个有学问的人,帮我起个好名字才成。听说名字好的人,运气都旺。"

与他同桌的另一个大汉不高兴地道:"我们的名字都是父母所赐,用得好好的,干吗要改?"

捕快问道:"这位老兄怎么称呼?"

那人道:"我叫塞涅的猕猴桃。"

"噗!"另一个捕快没忍住,酒从鼻子里喷出来。

那汉子不高兴地瞪着他道:"怎么,我这名字很可笑吗?"

子时一刻冲他摆摆手,对捕快笑道:"两位差官别介意,他就是这么一副熊脾气。他这大名,我们也嫌麻烦,平时不这么叫,都只称他老桃。"

捕快笑吟吟地道:"没关系。老桃啊,你这名字倒不是好笑,只是……你看,确实不合适嘛。想必你也在驿路上讨生活,给主顾介绍自己时,如用自己的大名,人家总会觉得有些怪异。县衙门呢,是有号召大家改名易姓的打算。我听说,如果同意改名的,当年还可以少服一次徭役,减两挑谷子的税赋呢!"

"当真?"

猕猴桃一听开心了,连连点头道:"这样成,这样成,那就改呗。哈哈哈,这个……什么时候开始施行啊?应该很快吧,可别拖过今年秋天纳税之期啊。"

捕快笑眯眯地道:"具体何时施行,这我就不晓得了。几位回去不妨和乡亲们都说说这事,如果大家伙都赞成,想必县里的大老爷就会顺应民意,尽快实施了。"

猕猴桃很是欢喜,和子时一刻等人很快就讨论起了改名字的事,不一会儿他们就给自己起好了新名字:子时一刻打算改名叫"甄英俊",猕猴桃打算改名叫"常有钱"。

看他们议论得热火朝天的,两个捕快对视一眼,会心地一笑,结账离开了小酒馆。其中一个捕快边走边道:"老刘,咱们这些天走了不少地方了,看样子百姓们对改名易姓并不抵触嘛,就是有些不愿意的,一听说有好处拿,也不反对了。本来嘛,就他们那破名字,有什么好稀罕的,大人也未免太小心了些,还要先探查民意,害得我们腿都跑细了。"

刘捕快道:"小心无大错。我听说,老爷是要向朝廷请旨的,没有几分把握怎么能成?我看问题不大,咱们如实回复徐大老爷便是了。"

另一捕快点头称是,道:"走,咱们这就回县衙!"他说着便转身折向县衙,走出两步,未见刘捕快跟上,扭头一看,刘捕快还站在原地,呆呆地看着远处。他又走回来,飞起一脚踢在那刘捕快的屁股上,笑骂道:"看到谁家的俊俏小媳妇了,把你的魂都勾没了?"

刘捕快指着前方,结结巴巴地道:"你……你看!你看!你快看!"

另一个捕快顺着他的手势看去,登时双眼一亮,道:"哎哟,还真是个俊俏小妞!哎哟,瞧那小脸蛋,瞧那小蛮腰,动一动就勾人魂啊!哎哟……哎哟……哎哟……"

头两声"哎哟"他是带着赞赏的舒缓语调,第三句却成了痛呼的骂人话。他摸着后脑勺,恼怒地看向刘捕快,道:"打我干吗?那是你媳妇还是你妹子,说不得吗?"

刘捕快气不打一处来,对他骂道:"瞪大你的狗眼看清楚,我是让你看女人吗?你快看车里坐的那个人。"

方才那捕快只顾看那蹦蹦跳跳地走在车旁、左顾右盼巧笑倩兮的小美女了,听刘捕快这一说,这才定睛向车上看去。那车上竹帘卷着,里边懒洋洋地坐了一个人,斜倚在车厢里,正随意地浏览着窗外景色。

那捕快只看了一眼,整个人就定在那里,眼看着那车子从街头驶过,突然怪叫一声跳了起来:"叶典史!叶典史回来了!"

刘捕快一拉他的衣袖,厉声厉色地道:"快!快走,快去禀报县丞大人!"

· ※ · ※ · ※ ·

县衙门口,人山人海。几个披麻戴孝的人打着一条横幅,恰好把县衙大门挡住,横幅正反两面用红色的颜料写着几个触目惊心的大字:"人命贱如草,谁来主公道"。

有人抛撒着纸钱,纷纷扬扬好似下雪,几个妇人孩子披麻戴孝跪在石阶上号啕大哭,还有几个男子系着孝带,大声控诉着什么。

叶小天的车马到了衙前大街就再也难以前进了,叶小天弯腰从车里出来,手搭凉棚向前观望,有些奇怪地问道:"本官人衔草,马衔环,悄无声息而来,不该惊动百姓们才是啊,怎么有这么多人夹道相迎?"

展凝儿骑在马上,乜了他一眼,揶揄道:"叶大人,你还没睡醒吧?这些人都背向你,是欢迎你归来的吗?"

叶小天自然知道这些人不可能知道自己归来的消息,只是开个玩笑罢了。他哈哈一笑，扶着车辕轻轻跳到地上，举步向前走去，口中道："让一让，劳驾，请让一让。"

那些看热闹的百姓挤在后边本来就看不到什么，哪里耐烦再让位子给别人，便有些抗拒。但是叶小天是葫县风云人物，认识他的人不在少数，有人一回头，惊见叶小天出现，不由得骇然叫出声来。于是那些不认识叶小天的，也知道他就是那位赫赫有名的叶典史了，登时为他让出一条路来。

衙门口那些披麻戴孝的人骂着说着，闹腾得正欢，挡在衙门口打不还手骂不还口的衙役们突然骚动起来，紧接着他们就扶着水火棍齐刷刷地单膝跪下，激动欢喜地叫道："叶大人！见过典史大人！"

那些正在叫骂的系孝带大汉心中一凛，急忙扭过头来，只见一位清秀少年，肤色微显苍白，从人群不知不觉闪开的一条道路中走上前来，往那儿静静地一站。

他的个头不是很高，身材虽不单薄却也不显粗壮，可是就往那儿一站，人头攒动中，你首先看到的那个一定是他，昂昂然若野鹤之于鸡群。

"叶典史！叶典史！真的是叶典史，叶典史回来了！"

仿佛一石入水，激起的涟漪迅速荡漾开来，四下围观的百姓不管认识或不认识，都听说过这位"驴典史"的大名和事迹。一听是他，先是一阵骚动，继而便渐渐安静下来，上千人的现场登时静寂一片。

叶小天抬头看了看那条横幅，又扭头看了看那些披麻戴孝、长跪衙前的妇孺，缓缓走上石阶，缓声道："大家都知道，本官最喜欢热闹，没有热闹时，就找点热闹。难得今天这么热闹，本官很开心哪。"

现场一片肃静，根本没人敢搭他的话茬。叶小天目光一扫，见一个衙役颊上赫然有五道紫红色的指痕，好像刚刚被人用力掌掴过。叶小天便向他一指，道："你，过来！"

叶小天对这人有些面熟，却记不清他的名字。那人自然是认得叶小天的，赶紧走上前来，向叶小天施一礼，激动地道："典史大人，您回来了，您……无恙吧？"

叶小天笑道："我能有什么恙？本官好得很！你来说说，这是怎么回事。"

第二章

人家牵驴你拔橛

一

"是!大人!"

那衙役激动得满面通红,他瞟了一眼那些刚才还嚣张得不可一世、此时却有些惴惴不安的大汉,对叶小天道:"大人,近来云南那边正跟缅人开战,大量军需需经本县运输过去,但驿路毁损严重,时时需要维修才能保障通行。这些人都是家里有人服役修路的。"

叶小天听到这里已经隐隐猜到了些什么,不禁问道:"死了人?"

那衙役道:"是!前两日有一处地段塌方,埋了十多人。"

叶小天道:"服徭役是每个百姓应尽的义务。因此而死,固然不幸,本官也很同情。不过,朝廷自古有抚恤的规定,都是成例了,官民各自遵守就是,为何闹成这般模样?"

那衙役还没说话,忽然有个妇人悲愤地喊道:"大人,百姓当服徭役,小民自然知道。可是,我男人已经出了四次工,工时超过一个半月了。按规矩我家本来一年只有春秋两季各服役一次,每次半个月。"

这时出面说话的是那家里死了人的人,而非方才叫嚣最为厉害的那些大汉。他们并非出事劳工的家属,而是被有心人收买来闹事的。若非有他们煽风点火,这些普通百姓还未必有胆子堵衙门。

不过,叶小天一来,他们就哑了。人的名、树的影,这个典史可是连齐木齐大爷都给整死了,这样的狠角色谁不心生忌惮?

虽说当初斗垮齐木的典史叫艾枫,可是知道叶小天就是艾枫的人已经越来越多,在葫县这已是公开的秘密。这些大汉当年就是跟着齐木混的,见了叶小天就像见到了他们的克星,本能地便产生了畏惧感。

叶小天上前轻轻搀起了那妇人,对这农妇他没端官架子。他很同情这妇人,可这本就是每个百姓应尽的义务，至于意外，官府同样不希望它发生。叶小天劝解道："大嫂，难道你不懂'战时不比寻常'的道理吗？真要叫缅人打进来，甚至进了贵州，那时会是什么样子？意外，是谁也不想的。"

妇人啜泣道："可是，我家邻居陈二只服了一次徭役，这次本该陈二去的，如果官府能秉公办事，我丈夫也就不会死了。"

"有人收受贿赂，帮陈二逃避徭役！"

这个念头瞬间便闪过叶小天心头，这种事是很可能的。循规蹈矩的草民在强权面前只能任由摆布，多服一次徭役也好过据理力争，因此常常受到官府中人有针对性的刁难，所以大多忍气吞声。

这种情况下，如果陈二不想吃苦，花钱买通一些公人，那么他的徭役很容易就会被人强摊到那些好欺负的百姓身上。如果只是如此，这人也不过是多出半个月的工，可出了人命，再能忍的百姓也不可能忍下去了。

叶小天回过头，目光已锐利如刀："这位大嫂所言，可是真的？"

"是……真的。"那衙役有些为难，他迟疑着答应了一声，凑到叶小天身边，小声道，"大人，可这也是没办法呀。以前从没如此频繁地征调徭役，也没同时抽调过这么多人，户科的簿册乱得一塌糊涂，根本统计不清。徐县丞那里又催得急，只好胡乱点人，这才出现有人多服徭役、有人漏过的事。"

"徐县丞吗？"叶小天的眼神倏地飘忽了一下，缓缓地道，"他们都是向徐县丞来问难的？"

那衙役苦笑道："不是，他们……是向知县大老爷来讨公道的。"

叶小天恍然道："不错！不管怎么说，知县大人才是本县正印，百里至尊，这么大的事，主事人又是徐县丞，百姓也只能向知县大人讨公道了。"

那衙役脸上露出一抹古怪的神气，道："不是这样的。大人，徐县丞只负责保证驿路的维修、运输的调度、骡马车辆的安排，所需的一切车马人手等后勤辎重，都是由知县大老爷负责的。"

叶小天呆住了。那衙役看见叶小天古怪的神气，试探地唤道："大人！大人！"

叶小天深深地吸了口气，摇头叹道："人家牵驴你拔橛，知县大人真是越来越出息了啊。"

那衙役道："那是……咳咳！"一句话说漏了嘴，他赶紧勾着下巴退了下去。

叶小天已经明白了，徐县丞把貌似责任最大的事情抢到了自己手里，而对于一向不喜欢承担责任的花知县来说，让他负责车马人手等后勤辎重正是求之不得。可是，很可能他当时没有想到，徐县丞也没有提醒他，在徐县丞承担起整个驿路上的修缮、调度和安排之后，所有的后勤补给事务就全都压在了他花晴风的身上。

这时候花晴风才醒悟过来，但已经悔之晚矣。本来县里还有一个王主簿，而且这些事正该由他负责，可是以王主簿的滑头，他会接手？以花知县的魄力，他有本事让王主簿接手？更别说王主簿和徐县丞早已沆瀣一气。在他们相互照应之下，只怕不等花晴风想清楚其中关节，王主簿就把自己择得一清二楚了。叶小天忍不住问道："王主簿呢？病了、探亲，还是与徐县丞一并上了驿道？"

那衙役钦佩地道："大人英明！王主簿先是与徐县丞一并上了驿道，之后因为年老体弱，奔波过甚，生了大病，现如今正在家里歇养。"

叶小天听了又叹了口气。这可好，如果云缅之战朝廷大胜，论功行赏，在葫县保障辎重运输这一块，徐伯夷必然是首功。而一向喜欢低调的王主簿有了先上驿路、复又重病的经历，一个次功也是跑不了的。作为葫县正印的花晴风纵然排在第三，也很难被人注意到了。

本来，作为一县正印，他的部下有了什么功劳，他都是首功，正如叶小天调水上山，缓解旱情，这首功就是花晴风的。虽然葫县百姓都知道这是叶典史的本事，可朝廷不知道。

朝廷要通过正规的渠道获取信息，这条渠道就是从贵州葫县七品知县花晴风一直往上，直到朝廷中枢的整个官员体制。你叶小天绕不过花晴风，这首功就必须是人家的。正如在军中你再如何骁勇善战军功显赫，也得让那些老军头占去大半功劳。

可军中好歹还是容易出头的，只要你有真本事，因为那些高高在上的将军元帅们也清楚真正打起仗来要依靠谁。可是地方官僚就不同了，怕你反上天去不成？

然而这次不同，一旦朝廷打了胜仗，谁来写述功奏章？是军方！军方和地方官僚是两个完全不同的系统，一些潜在的规则就会被打破。军方的人整天接触的是徐县丞，看到忙前忙后尽心尽力的人也是徐县丞，这功劳簿上会把你花知县大大地吹捧一番并且把你的名字排在前面？

可是一旦葫县的保障不给力呢？徐县丞很容易把原因归咎于知县大人，是他花晴风保障不力，调不来足够的人手、车马工具，我天天在驿道上吃土我容易吗？巧妇难为无米之炊啊！

这么简单的伎俩，花知县怎么就看不穿呢？叶小天心中又是好气又是好笑，他本来以为这是徐伯夷的责任，还想干脆放任这些百姓闹上一场，却不想竟是花晴风那个糊涂蛋背了锅。这位仁兄大概读经书读傻了，经世致用的本事怕是一点也没学到。估计他在葫县这几年，正儿八经的政务都没接触过多少，难怪被徐伯夷钻了空子。

既然现在焦头烂额的人是花知县，他就不能不管了。花知县再无能，如今也是他的盟友，就算花晴风一无是处，起码他那块七品正印还是能给叶小天提供抗衡县丞、主簿两位上司帮助的。

叶小天转向衙前跪倒的那些妇孺们，朗声道："诸位乡亲，驿路塌方，是我们每一个人都不想看到的，可有些事，又是难以避免的。至于说户口簿子混乱，造成一些人没有承担应尽的徭役，官府会尽快拿出一个办法，避免更多的混乱发生。你们的亲人为国捐躯，官府也会多给你们一些抚恤，不会叫你们生计无着落的。"

叶小天说着，上前扶起方才说话的那位妇人，和蔼地道："大嫂，至于什么隔壁陈二本应承担此次徭役，这种话就不要再说了。生死由命，这塌方半是天灾半是人祸，一是山势险峻，有些地方土壤过于松软；二是服役劳工急躁，一些必要的加固措施没有做好。如果此次服役的是陈二，就一定会塌方吗？你家与邻居想必平时也是相处极好的，你这么说，让陈家的人听了情何以堪？"

那妇人听他所言有理，也不再反驳，只是想起死去的家人，终究难免悲伤，忍不住低声哭泣起来。

叶小天道："你们堵了衙门，势必影响衙门办公。现如今，云南的将士们还在流血牺牲，驿路运输是万万不能受到影响的，否则一旦因此吃了败仗，谁也承担不起这个责任。你们的家人已经为国牺牲，如果你们因此获罪，他们在天之灵何以瞑目？乡亲们，你们先回家去吧，这件事，官府一定会妥善处置！"

这番话虽然入情入理，可是极度悲伤的百姓未必就肯接受。觉悟？觉悟是什么东西？但是说这番话的人是叶小天，这在他们心中的分量便不同了。

叶小天在他们心中，是真正的好官、清官，能为百姓主持公道的官。他们相信叶小天说的话。逝者已矣，他们悲伤、怨恨，可现在也只希望能够得到尽可能多的补偿，让办错事的公人受到惩罚。

而这一切，既然叶小天已承诺，他们相信叶小天一定能做到。当然，除了信任和崇敬，他们对叶小天还有足够的敬畏。一个官，光让人爱戴是不够的，还要让人有敬畏之心，这一点叶小天同样不欠缺。这个典史斗垮过一任县丞，斗垮过比知县大老爷还牛的豪强齐木，哪个百姓还敢挑战他的权威？

叶小天道："各位乡亲，回去吧，本官和你们约定个期限，三天！三天之内，衙门就会有个叫你们满意的答复！"

有了这句话，百姓们便吃了定心丸，相互搀扶着慢慢站起来。一见这些百姓有了退意，那些被人花钱雇来起哄闹事的大汉不由得打起了退堂鼓，他们相互递个眼色，灰溜溜地便想离开。

叶小天冷眼旁观，早看明白他们和这些死者家属并非一路人，眼见他们要悄悄溜走，登时脸色一寒，厉声喝道："站住！你们几个，谁都不能走！"

第三章

物是人非

一

那些大汉停住脚步，脸色登时难看起来。叶小天注意到，随着他的一声大喝，几个大汉都下意识地向其中一个人看去，显然此人就是头目。果然，那人硬着头皮站出来，对叶小天拱手道："不知大人还有什么事？"

叶小天向方才交谈过的那个妇人道："大嫂，这些人可是你的本家？"

那妇人欲言又止，揽着自己的孩子，看了一眼那些人，轻声道："不是。"他们这些良善人家的百姓，家里遭受了这样的苦难，或者会向官府哭诉哀求，但是绝对没有勇气和胆量干出堵塞县衙公门、向县太爷叫骂的极端事来。

是这些大汉主动找到他们，软硬兼施要他们来衙前哭骂，说保证一定让他们获得足够多的赔偿。当然，到时他们要拿走五成的赔偿。这些人都是地痞流氓，这些苦主自然清楚，可是要对叶小天撒谎，他们同样没这个胆子，况且他们与这些大汉之间是什么关系一查就清楚，想瞒也瞒不了。

叶小天又问："那么，大嫂，他们可是你们庄子上的人，或是你们族里抑或是保正派来帮你们讨公道的？"

那妇人不敢再看那些大汉，只是垂下头，把孩子抱得更紧，轻轻摇了摇头。

叶小天吁了口气，客气地道："大嫂请先回去吧，这么闹腾，看把孩子都吓坏了。逝者已矣，可生者还要好好地活下去，我说话是算数的，三天之内，本官一定会给你们一个答复。"

"谢谢典史老爷！"

那妇人低声道了句谢，拉起孩子的手，随着那些苦主三步一回头地离去。

叶小天回身看向那些系着孝带充样子的大汉，温和的笑容一扫而空。叶小天沉声道："你们这些大胆刁民，与那些苦主既非亲眷，也非族人，更非保正差遣，却假他人之不幸堵塞衙门，藐视官府，可知罪吗？"

那些大汉有些惊慌地看向领头者,领头的那人虽知不妙,可还想借旁观者的势逃过此劫,抗声说道:"大人,我等虽与那些百姓非亲非故,可他们孤儿寡母,总要有人撑腰才能讨还公道,正所谓路不平,有人铲……"

叶小天咧嘴一笑,截断他的话道:"你们杵在这儿,这衙门口怎么平得了呢?来人啊,把他们给我铲了!"

众衙役略显犹豫,可叶小天的目光一扫过去,他们就吃不住劲了,尤其是之前曾被这些大汉辱骂甚至打过的衙役,把心一横就举起了水火大棍。叶小天喝道:"给我打!谁敢反抗,格杀勿论!"

那些大汉本来还想反抗,一听叶小天这么狠辣的命令,不由得心中一颤,别人这么吩咐他们未必相信,可叶小天这么说,他们还真不怀疑他能干得出来。叶小天的狠劲,他们可是早就见识过了。

这几个泼皮当下把心一横,纷纷抱住了脑袋……人在江湖飘,哪能不挨刀,打就打吧!

叶小天一看他们抱头护脑的姿势,不由得轻轻摇头:"这挨打的姿势,真是没有我专业啊……"

有人先动了手,其他人胆气就壮了,这些衙役又何尝甘心被人羞辱打骂,如今既有典史大人做主,自然大打出手。不过他们之前的犹豫叶小天还是看在眼里,不由得暗想:"如果我不曾离开葫县,但凡我一声令下,他们是绝不会有所犹豫的,更何况他们已经吃了这些泼皮的亏,有人做主,哪有示弱的道理,不想这般情况下还是如此犹豫。看来我不在的这些日子,徐伯夷混得还不错!"

"你,过来!"眼见那些衙役打得兴高采烈,叶小天唤住了方才向他汇报今日百姓闹事缘由的那个衙差,问道:"这些人分明是些泼皮无赖,为何你等不敢还手?"

叶小天看了看这人脸上,那几道指印虽然淡了些,可还清晰可辨。这掌印不小,无论是从巴掌的大小、力道,还是敢动手殴打官差的胆气上来看,可不像方才那些真正苦主的手笔。

那衙役眼见伙伴们抢起棍棒,打得那些闹事的泼皮满地打滚,现场一片混乱,不会有人注意到他说了些什么,这才对叶小天小声道:"大人,若只是泼皮们闹事,小人自然是不怕的,可这些人都有来头。"

叶小天道:"什么来头?"

那衙役道:"他们……他们是戚七夫人的人。"

叶小天奇怪地道:"戚七夫人又是什么人?"

那衙役道:"戚七夫人,就是齐木的夫人。"

叶小天目光微微一缩,冷冷地道:"哦?齐家,现在在葫县,齐家还有这样的威风？"

那衙役抿了抿嘴唇，对叶小天小声道："戚七夫人，如今与徐县丞……关系匪浅。"

那衙役说到"关系匪浅"四字时，特意加重了一些语气，叶小天一听也就明白了，更何况这衙役同时还配上了一种很特别很暧昧的表情。

叶小天隐约想起了那位齐夫人，虽然年近四旬，但是保养得宜，皮肤白嫩，恰如三十许人。论姿色嘛，倒也是中上之姿，想必齐木垮台后她一个妇人支撑偌大的门户不易，这才与徐伯夷搞在一起。

只是这徐伯夷竟然接纳了齐夫人，倒令叶小天有些意外。徐伯夷虽然人品不佳，可才学还是有的，长相也是一表人才。他不是一向希望能抱住某个豪门贵女的大腿，飞上枝头变凤凰吗，怎么忽然转了性？

叶小天看了看那些大汉，他们已被打得满地打滚，可是地痞流氓也有股子狠劲的，一个个咬牙硬抗着。满地打滚倒有七八成原因不是惧怕痛打，而是不想让这些衙役的棍棒落在实处打成重伤，再一个就是故意示弱，他们最懂得好汉不吃眼前亏的道理。

叶小天道："好啦，不要打啦！"那些衙们听了这才意犹未尽地站住，一个个气喘吁吁，但那精气神却是大不相同了。

叶小天道："如果这些人只是蓄意闹事，图谋些好处，问题倒是不大。可是如今云南正在开战，他们蓄意闹事，究竟只是牟些小利，还是想要搞乱葫县，破坏我驿路运输呢？这就不好说了，如果是后者，那就是缅人的奸细……"

那些大汉本以为挨一顿打就能罢休了，一听这话不由得大惊，那领头的大汉马上高声道："大人恕罪，我等只是想怂恿苦主闹事，从中占些便宜，但绝对不是缅人的奸细。"

叶小天笑容可掬地道："奸细当然不会承认自己是奸细，你们是不是奸细，可不是听你们一句话就能决定的。来人啊，且把这些人押进大牢，等候本官慢慢审问！"

"是！"

这一次，那些衙役们没有迟疑，轰然应喏，也不管那些泼皮无赖如何叫骂，只管抓起就走。有那耍赖撒泼的，当即就是一棍，这一棍不是抡起来随便打，而是在他们的胫骨或肋下一点，看着没用多少力，可不是让你痛得死去活来，而是让你喘不上气。真要说到整人的手段，又哪有人比得了这些衙役手段多。只不过衙役都是属狗的，主人要凶，他们才够狠。

叶小天叫人把那些大汉痛打一顿又一脚踢进了大牢，又嘱咐凝儿和毛问智等人先回府去，这才叫人打开正门，施施然地迈进府门。方才这府门一直关得严严实实，里边的人纵然听到外边有人痛呼叫骂，也只以为是那些苦主和雇来的泼皮们闹事，却不想府门忽然被打开了。

他们还以为是那些闹事的人终于闯了进来，许多胥吏衙役正想赶紧避开，忽然看到走进来的那人，不由得纷纷呆在那里："叶典史？不是说他得罪了朝廷上的大员，此去必死无疑吗？他……竟然活着回来了！"

叶小天没有理会他们惊异的目光，他很随意地唤住一个胥吏，很随意地问道："王主簿正在家养病吧？"

"是……是的，大人。"那个胥吏还没从惊讶中反应过来，回答得结结巴巴。

叶小天却像是昨儿还按部就班地在这儿办公，今天只是晚来了那么一刻似的，继续很随意地问道："那徐县丞呢？"

"徐县丞……自缅人入侵，我朝廷大军迎战，他便搬到驿站，以便现场指挥，确保驿路运输通畅。"

叶小天听了大感意外，徐县丞如今也是蛮拼的啊。他以前总想走捷径，一味地把出人头地的机会放在勾搭豪门贵女上，如今却不知怎么就转了性，开始注重起个人政绩了。

叶小天微笑着举步向后衙走去，不用问他也知道，花知县一定在二堂，说不定还在三堂，以免听到前边吵闹。常言道：江山易改，本性难移。以花晴风习惯性的鸵鸟心态，他必然如此。

"叶……大人！"

李云聪捧着一摞簿册从户科出来，脸上还带着得意的笑容。户科里边，熬成了熊猫眼的胥吏们望着李云聪急匆匆的背影狠狠呸了一口，其中一人道："奶奶的，都快把我们累成狗了！"

另外一人讪笑道："看他稍有成果，就迫不及待地去给人舔沟子了，比我们还像一条狗啊！"一群胥吏窃笑起来，稍稍出了口心头恶气。

让葫县百族百姓用汉姓汉名，其政治意义其实远大于实际意义，并不是说他们不用汉名，户口簿子就真的要混乱得一塌糊涂，只是会在管理上制造一定的障碍。

其实葫县户簿如此混乱，最主要的原因还在于管理。一个刚刚设立流官才不过五年的新县，连县内各族的自治之权都还没有上收，县里几位大老爷又一直忙于争权夺利，这基础管理怎么可能不混乱？

如今李云聪在徐伯夷的支持下重任户科司吏，也算是新官上任，他很是下了一番功夫，总算把户口簿子清理得有些条理了。李云聪从户科里兴冲冲地出来，正想去向徐伯夷邀功报喜，不想刚走出来，便看到了叶小天。

李云聪大吃一惊，手中捧着的一摞户口簿子哗啦撒了一地。

叶小天站住脚步，微笑道："云聪兄，看到我就这么吃惊吗？"

"啊！啊……典史大人，您……您没事啦？"

李云聪结结巴巴地问道，脸上青一阵红一阵的，周围有不少胥吏、衙差都知道这李云聪当初是叶小天的人，更清楚他如今已经投靠了徐伯夷，见他这副狼狈表情，不免有些幸灾乐祸。

"这位李兄真是不幸啊，当官的最恨的就是脑袋上有反骨的人，如今叶典史回来了，以叶典史的性格会放过他吗？如果叶典史诚心找碴，恐怕就算是县丞大人也很难护全他吧。"

不过……不过……很快，更多人脸色难看起来。叶小天当初是被五花大绑押上囚车解赴南京的，县里几位大人都说是京城里一位大人物亲笔下的抓捕批示，人人都认定他死定了。而徐县丞之后力压花知县，成了葫县第一人，势力较强，他们都要养家糊口的，所以其中很多人都选择了投靠徐伯夷。

这其中有些人原本也是叶小天这边的，只是在叶小天部下当部下，叶小天都未必熟悉。有些人原本没有什么派系，可是如今既然拜在徐伯夷门下，不可避免地也要受到二虎相争的影响。

叶小天虽然比徐县丞低了两级，可这小子是有名的"扮猪吃虎"，如今安然无恙地回来了。徐县丞上一次可是被他坑得不轻，在县衙门口蓬头垢面绝食祈雨的狼狈相大家还历历在目。如今他回来了，徐县丞是他的对手吗？如果再让他给坑了，那我们……

这时却听叶小天笑眯眯地道："我能有什么事。南直隶各位大人很赏识我，吏部、刑部、礼部争相邀请，都想要我留任南京，可我实在是放不下葫县哪。于是呢，吏、刑、礼三部我都转悠了一圈，算是给了他们一个面子。这不，在我苦苦央求下，魏国公才挥泪放人，我叶小天就回来了。"

叶小天笑眯眯的，看不出一点趾高气扬的样子，可是他说的话把周围那些胥吏、衙差的鼻子都气歪了。南京吏部、刑部、礼部争相邀请？你以为你是谁啊，葫县的牛都让你吹到天上去了！

不过，叶小天是带着告身回来的，上边可是清楚地记载着他的履历。等他回头把这履历经知县大老爷验过，再往户科一送，这些人只怕不信也不成了。

叶小天毫不脸红地吹了几句牛，笑吟吟地道："本官先去见过知县大人，回头再与你好好聊聊。"

叶小天向依旧呆若木鸡的李云聪点了点头，继续向后边走去。李云聪突然清醒过来，也不顾那满地的户簿册子，撒腿就往衙外跑去，看那仓皇的样子必是向徐伯夷报信去了。

叶小天踱到二堂，一路又迎来无数惊异的目光。可花知县并不在二堂，叶小天皱了皱眉,举步又往三堂走去。虽说前边闹得很凶,可躲在二堂也够了吧,至于吗,他花知县居然藏到后宅去。

叶小天到了三堂就不好登堂入室了,这儿已经属于内宅的范围。叶小天站在门口,见院中有个小丫鬟行过,便向她招招手道:"烦请通禀一声,就说叶小天求见!"

那小丫鬟脆生生地答道:"老爷出府了,奴家也不晓得几时回来!"

叶小天一愣,心想,有必要躲那么远吗?士别三日,这只忍者神龟的功夫大有精进呀!

第四章

八班九房聚一堂

一

叶小天没想到花晴风现在竟然这么离谱，怕事怕到了令人匪夷所思的地步。问那丫鬟，却不知知县老爷究竟去了哪里。叶小天不能一直等在这儿，想了想，便返身向前边走去。

此时，叶小天归来的消息已经在县衙疯传开了，经过最初的震撼之后，许多人本能地开始分析起叶小天归来后将要引起的一系列变化，但是除了死心塌地跟着叶小天，以致受到徐伯夷打压排挤的那些人欣喜若狂外，其他人更多的是头痛。

想要追随一个人，不只要看这个人的能力，还要看他的背景够不够深、后台够不够硬。叶小天的手段和能力他们是佩服的，可这方面徐伯夷也不错，要不然他能得到王主簿的认可，他能把花晴风已经揽在手中的权力又一点点地夺回来？

可要说到后台和背景，大部分人就倾向于徐伯夷了。叶小天不在葫县的这些日子里，徐伯夷已经不动声色地把他和叶小天的背景都泄露了出去。当然，他泄露的消息必然是倾向于他的。

在葫县吏员衙役们所掌握的消息中，徐伯夷是水西田家的门人——"安宋田杨"四大天王之一啊，那就是他的后台。田家大小姐不能给他比较具体的帮助，可他借一下田家的气势和名望，却也不算过分。毕竟他是给田家效力的人，哪能又让马跑，又不让马吃草？

至于叶小天，在徐伯夷透露的消息中，却是一个走了狗屎运的形象。因为铜仁府急需在文教方面做出点成绩，这才矬子里拔大个，把他破格点为举人。之后，他又使尽浑身解数，讨得了红枫湖夏家大小姐的欢心。

红枫湖夏家是什么人家？那是仅次于"四大天王"的世家，是八大金刚之一，是贵州顶尖的土司集团势力之一，这样的世家怎么可能看得上叶小天这等土鳖？于是夏家和叶小天做了一笔交易，以离开夏家大小姐为条件，帮他安排了葫县典史这么一个官职。

如此一来，那些胥吏衙役们还不明白自己该怎么选择吗？身在公门，都是有一定的官场觉悟的，叶小天和徐伯夷的背景、后台对比明显，分明是徐伯夷高出一筹，且不是一小筹，而是一大筹。

再者说，如今徐伯夷在王主簿的默许和配合下，已经把葫县大权牢牢掌控在手中，叶典史就是回来了又能怎样？这种情况下他还能翻盘吗？那些牵涉其中，不得不做出选择的胥吏、差役们在冷静之后，很容易便能做出判断。

包括那些方才看见叶小天在衙前发威，动了改换门庭之念的人，在冷静之后权衡一番，还是更倾向于徐县丞一边，因为他们想不出在这种情况下叶小天还是否有可能反败为胜。

当然，即便判定在这场较量中叶典史终究要输，这人也不是他们能对抗的，对此不妨好好伺候着，有什么吩咐乖巧答应着，不然他若放下身价诚心找这些吏员衙役们的茬，徐县丞也不能时时维护。

不过，这是在叶小天与徐伯夷没有大冲突的前提下。如果这两位大人同时有吩咐下来，那时自然就要遵从徐县丞的吩咐，对叶小天的就只能搪塞了事了。不过一般情况下，这等层次的人斗法，也轮不到他们这些小吏贱役们参与，这也是他们心存侥幸的地方。

·※·※·※·

"你说那人叫叶小天？"

那小丫鬟回到雅夫人身边，信口提起叶小天要见老爷，雅夫人一听不由得喜上眉梢，激动得两颊都飞起了两朵绯红的云彩："他果然回来了！快！马上请他到三堂，奉茶伺候！"

那小丫鬟一呆，讶然道："啊？老爷已经回来了吗？"

雅夫人嗔怪道："老爷不回来，这样重要的人物就能怠慢了吗？休要啰唆，快请他三堂稍坐，我换身衣裳便去见他！"

"哦！哦哦！好的！"那小丫鬟赶紧答应一声，飞似的跑到三堂门口，可哪里还有叶小天的身影。

叶小天听说花知县不在，又不知他几时回来，总不能一直在那里等，便折身返回，想先去典史房看看。走过两排房舍，迎面碰上周班头和马辉、许浩然急急赶来。一见叶小天，周班头便激动哽咽道："大人，您可回来了！"

叶小天一看周班头那身装束，眉头便是一皱，沉声道："老周，你被调去茶房了？"

周班头泪花闪闪，道："是！典史大人被捕送南京后，我等旧人就遭了殃！"

叶小天冷笑道："这徐伯夷整人还是没有半点新意，来来去去就只这么一招？"

说着他又看向马辉和许浩然，一看这两人的装束，就知道这两人必然是在承发房当差。

徐伯夷这一招的确不新鲜，却是官场上惯用的手段：让你靠边站。

一个"靠边站"，就足以立威并达到惩戒的效果。

想想看，周班头本是捕房班头，用后世的话来说就是葫县的刑侦大队长，结果因为他跟随叶小天且死不悔改，被徐伯夷调去办公室，而且不担任任何职务，只是开会时负责搬搬桌椅、平日里负责给各位官员供给茶水的打杂人员，他还有什么前途而言？

这样一个人摆在那里，任人呵斥指使，对其他吏员役员们也是一个最好的反面教材，可以起到杀鸡儆猴的作用，何乐而不为？

而马辉和许浩然本是捕房很出色的两个捕快，被调去承发房干内勤，每日里只是负责接收传达文件，闷在那签押房里不见天日，也是不可能再有出头之日了。平日里被人指指点点、讥笑嘲讽，若是家里人也不理解……那日子何等苦闷？

叶小天虽然嘲讽徐伯夷整人不见新意，却也知道这几人必定受了极大委屈。叶小天轻轻搂住马辉和许浩然的肩膀，望着周班头道："你们都是我叶小天的好兄弟，只要我叶小天有飞黄腾达的一天，断然不会忘了你们！"

叶小天一句话，周班头年长一些，还能控制得住情绪，马辉和许浩然却已号啕大哭起来。叶小天任由他们发泄，等他们情绪渐渐稳定下来，这才向他们问起葫县这段时间发生的事情。

听周班头一介绍，叶小天也是无语了。他被人解赴南京后，自己也没有半点信心可以安然无恙地回来，徐伯夷本就是他的上司，这时又兼了他的职务，动他的人、占他的地盘、抢他的权力，自然易如反掌。

可是在此之前，他同齐木斗、同孟县丞斗、同徐伯夷斗，又跟王主簿暗中较力，为花知县营造了大好局面，让这位县太爷趁机抓回了一部分权力，培养了一些心腹，而这些在这几个月中已损失殆尽。

这位知县大人虽然一直戒备着徐县丞和王主簿，奈何却看不破人家对他的算计，故而被老谋深算的王主簿和阴险狡诈的徐县丞轻易地戏弄于股掌之上，掌握在他手中的权力几乎是被他双手奉送出去的，简直就是"人家把他卖了，他还欢天喜地地帮人数银子"。

权柄一失，聚拢到他麾下的人哪还禁得住徐伯夷软硬兼施的手段，十成中倒有八成就这么改换门庭，投靠了徐伯夷。

"哎！咱们这位县太爷，真是比阿斗还阿斗，也难怪那些人对花知县绝望了。不过这种情况下，还有两成人马依旧效忠于他，看来咱们这位县太爷起码在做人上也不是很失败。"周班头苦笑道，"大人，依旧依附花知县的人，十有八九都是苏循天笼络下来的。胥吏们虽然是贱役，其中却也不乏义气之人。苏循天待之以诚，这些人也就横下一条心为他卖命了。徐县丞只想夺花知县的权，倒也不是非得把花知县往死里逼，目的达到后，对这些人也就听之任之，倒没有继续打压。"

"哦？竟然是苏循天的功劳？"

叶小天听了有些欣然，没想到那个胸无大志的二衙内苏循天，居然也长了本事。说起来，一成不变的，始终是那位花晴风花大老爷。

周班头犹豫了一下，又对叶小天道："徐县丞得势后，许多人见风使舵，投靠了他的门下，其中就包括李云聪。李云聪如今已经是徐县丞的人了。"

叶小天的脸色一沉。周班头担心地道："大人？"

叶小天缓缓道："我只离开数月，葫县的变化却是翻天覆地啊。传令下去，八班九房，前衙候见！"

周班头神色一动，兴奋地道："大人，你是想……"

叶小天微微一笑，拍拍他的肩，道："别想太多，我刚回来，只是和大家见见。"

周班头哪里肯信，兴奋地道："是！卑职这就去传命！"

周班头和马辉、许浩然分头行动，向各科各房传达叶小天的命令。众胥吏衙役们正在各房各院里交头接耳地揣测着叶小天回到葫县后可能引起的一系列震动，忽然就有叶小天的命令传了下来。

"典史大人有令，八班九房一干人等，前厅候见！"

不是三班六房，而是八班九房。人们一提县衙属员就是三班六房，即皂、快、捕三班，吏、户、礼、兵、刑、工六房，组成一个县衙的主要部分就是这些，有了三班六房，便能搭起一个县衙的架子。

可是一个县衙里除了这九个重要的职能部门外，其实还有其他一些部门，如承发房、库房、茶房，再加上吏、户、礼、兵、刑、工，合称"九房"，而皂、快、捕之外还有壮，同时这四班又都分为"头"和"二"，比如快班分为头快和二快，实际上就是内勤和外勤。

叶小天这道命令把整个县衙所有人都囊括了。命令一下，所有人离开自己的签押房，纷纷向前厅大院聚集过去。不去又能怎么办？如今知县、县丞、主簿大人全都不在，山中无老虎，小天称霸王，不去能行吗？

第五章

强势回归

一

八班九房一干人等，齐集前衙。因为人数太多，客厅里容纳不下这么多人，所以大家都站在院子里，相熟的同事很自然地便走到一起，交头接耳，议论纷纷。

叶小天刚回来，还没见过任何一位上官，便以"四把手"的身份，突然召集全衙所有属员，这么做其实是很冒失的。换一个官员，会不考虑他这么干别的官员对他会是个什么看法？会不担心一旦有人不买账，不来台，影响他的权威？可叶小天偏就这么干了，众胥吏衙役们不晓得他究竟想干什么，难免有所猜测。

叶小天也不用人请，大刺刺地走上石阶，目光一扫，泾渭分明。人群很自然地分成了两块，人数最多的那一帮不用想他也知道，必定是徐、王一派的，另外一帮的人数很单薄，不及那边的四分之一，其中大部分看着都眼熟，自然是依旧忠于他的那些人了，其中有几个眼生的，想来就是苏循天替花知县笼络的那些人了。

"见过典史大人！"

叶小天往石阶上一站，他的旧部——主要是典史房里的几个胥吏和曾经追随过他的那些捕快，马上随着周班头和马辉、许浩然向他长揖施礼，神情既激动又兴奋。而其他胥吏差役们却很冷漠，没有什么动作。

叶小天敏锐地注意到，其中有些人见周班头等人行礼，身形一动，下意识地也想行礼，可是眼见他周围的那些人直挺挺地站着一动不动，微动的身形马上又停住了。

叶小天不动声色地扫视了一眼，抬手示意那些施礼的人站起，朗声说道："本官受奸邪构陷，被捕送南京问罪。可是本官一心为公，并无任何把柄可抓，故而官复原职，重返葫县了！这一去一回，也不过就是小半年的光景，怎么如今的葫县却有这么大的变化，可谓翻天覆地啊！"

阶下鸦雀无声，他们还没弄明白叶小天这葫芦里究竟卖的是什么药。

叶小天清了清嗓子，又道："记得本官初到葫县上任时，我葫县衙门在百姓们中间毫无威望，葫县差役巡街下乡时，冷嘲热讽者有之，谩骂殴打者有之，一方官府，凄惨到如此地步，也算一个奇观了。

"到后来，在本官大力整顿之下，尤其是消灭了'一条龙'盗伙，我葫县官府声威大振，开始受到地方百姓的敬重与爱戴。如今这是怎么了，才小半年的光景，又变成了人人喊打的过街老鼠，嗯？"

叶小天这番话很是诛心，不少人想起叶小天到葫县后的所作所为，想起官府和个人地位的提升，再想想现如今的情形，意志不觉就有些动摇起来。

其中也有决定死心塌地跟着徐伯夷走的，眼见叶小天这番话大有煽动力，暗觉不妙，马上挺身而出，抗声道："典史大人太过危言耸听了。大人你刚回葫县，还不了解我葫县情形，怎么就得出过街老鼠这般结论？"

叶小天深深地盯了他一眼，问道："你是谁？"

那人貌似谦卑实则倨傲道："卑职吴伽雨，承蒙县丞大人恩典，现任工科司吏。"

"啪！"

吴伽雨一语方了，叶小天已经一个耳光扇了过去。吴伽雨没想到叶小天会动手，这记耳光扇得那叫一个结实。吴伽雨头晕目眩，愣了半天才捂着脸庞悲愤地叫了起来："大人怎能随意殴打下属？卑职究竟做错了什么？大人今日若不说出个子丑寅卯，卑职一定要向县丞大人申诉，向典史大人讨还公……"

"道"字还没出口，叶小天又是一脚飞起，吴伽雨闷哼一声，像半截麻袋似的摔在地上。八班九房那么多人全都看呆了，谁也没想到叶小天刚刚吃了一个大亏，却不夹起尾巴来做人，还敢如此嚣张。

你……起码也该先了解一下如今的葫县是什么情形吧？再说，打人管用吗，收拾几个瘪三就能从徐县丞手中夺回权力？不可能嘛！

叶小天可没想那么多，什么规则、什么规矩，他从来就不是一个循规则守规矩的人，他打人也没有那么复杂的目的，就是为了替周班头、马辉、许浩然这些饱受排挤打压的旧部出口气。

此人敢在自己面前如此，可以想见他平日里该有多么嚣张，那些忠于他的旧部平日里肯定没少受此人的腌臜气。再者，叶小天在南京固然混得风生水起，那是他的本事，此次大劫若非恰逢张居正两腿一蹬归了西，他还真就回不来了。

任他再如何机灵，再如何诡计多端，在绝对的实力面前也只有被碾压的份，张居正是什么人？只要他一口气在，皇帝在他面前都大气不敢喘，叶小天怎么可能逃得出他的手掌心？因为这个，叶小天心中也有一把无名火，被这人一激，全都爆发了出来。

叶小天瞪着虾子般蜷缩在阶下痛苦呻吟的吴伽雨，冷冷地道："你问本官凭什么打你？就凭云南那边正在开战，为了保障驿路运输，徐县丞赤膊上阵，亲自守在驿路上，夙兴夜寐，不辞辛苦。王主簿为此累出了毛病，不得不在家歇养。而你，身为工科司吏，却在衙内逍遥自在，分内之事没见你做多少，倒管起本官的闲事来，你这么能跳，老子不踩你踩谁？"

叶小天说着，抬腿向前迈出一步，吴伽雨正在阶下蜷缩着身子呻吟，一见叶小天走下来，吓得连滚带爬地逃开，也顾不得继续做那要死不活的样子了。忠心是要表的，可这叶小天是真打啊，差不多就行了，他可不想再挨两下子。

叶小天不屑地看了他一眼，向人群中一扫，冷冷地道："皂班班头是谁？给我滚出来！"

皂班班头曲欣的脸腾的一下涨得通红，叶小天说话也太不客气了，站出去都成了"滚出来"。皂、快、捕三班衙役都是叶小天的直接下属，他点了名自己却无动于衷，这不是找打嘛！

无奈之下，曲欣只能忍着恶心走出去，捏着鼻子认账，脸皮发紫地道："卑职……皂班班头曲欣，见过典史大人。"

叶小天手一扬，吓得曲欣急忙捂住了脸颊，但他随即发现，叶小天并没有扇自己，而是把手指头杵到了他的鼻尖底下："你这个班头还要不要干了？连衙门口都守不好，你还有脸当班头？对了，我记得皂班班头本来是朱图，朱图呢？"

原皂班班头朱图马上应声而出，眼泪哗哗地道："典史大人，卑职在此。"

叶小天看了看朱图胸前那个正圆，圆圈里绣了好大一个"仓"字，这可怜孩子……叶小天叹了口气，问道："你现在守仓房呢？"

朱图很委屈地点了点头。

叶小天笑骂道："瞧你那点出息，男子汉大丈夫尿什么？"

叶小天信手一指，曲欣赶紧向后仰了仰头，闪得慢了，这一指头就能把他的眼睛杵瞎。叶小天道："朱图，从现在起，你回皂房，重任班头一职。还有你！"

叶小天又指了指周班头："你也回捕房，重任班头。娘的，老子不在，老徐这都用了些什么人，一群废物！"

那皂班班头一听不干了，马上抗声道："典史大人，卑职可是县丞大人任命的！"

叶小天乜了他一眼，道："你要是面对那些泼皮无赖时也有这般勇气，老子也可以用你。可你这个废物，身为皂班班头，任由一班泼皮无赖在衙门口叫骂，堵塞衙门，妨碍办公，连县太爷都被他们骂了，你居然毫无作为，还想继续当班头，你长了多大一张脸！"

那新任捕房班头姜云天本来还在暗自庆幸叶小天没找他的麻烦，一听叶小天把他的官也撸了，这下可急了，马上跳出来道："典史大人，我等不够脸面，可县丞大人的脸面您总不能不给吧，县丞大人的任命，典史大人想一言而否，不妥当吧？"

叶小天笑眯眯地看着他，问道："你又是哪个，这才几个月工夫，本官可是人都认不全了。"

姜云天沉声道："卑职新任捕房捕头姜云天！"

叶小天点了点头，道："本官问你，铜仁府的推官老爷，比徐县丞大不大？"

姜云天怔了怔，道："府衙的推官自然比县丞老爷官大。"

叶小天道："那么，这位推官老爷能不能越俎代庖，替县丞指定一应下属？"

"这个……"

姜云天支支吾吾地不说话了，马辉大声道："自然不可以！朝廷有朝廷的法度，官府有官府的规矩，各司其职方能井然有序。府衙推官管得了县衙县丞，却也不能越过县丞替他任命下属。"

"不错！有见地！"叶小天笑嘻嘻地向马辉竖了竖大拇指，问道，"你叫马辉？"

马辉一呆，心道："大人怎么突然不记得我的名字了？"

还是旁边的许浩然脑子转得快，急忙一踢他的后脚跟，马辉这才反应过来，连忙恭声道："正是卑职。"

叶小天道："好！看你蛮机灵的，胆子也够大，就去捕房做个副班头吧。"

马辉大喜过望，立刻躬身道："卑职遵命！"

曲欣和姜云天互相看了一眼，冷声道："大人乱命，卑职不敢遵从。"

"哦？"

叶小天微微眯起了眼睛，笑眯眯地问道："那你们想怎么样？"

曲欣和姜云天横下了一条心，异口同声地道："除非县丞大人吩咐，否则卑职不敢领命。"

第六章

无赖典史

一

叶小天脸色一沉，厉声喝道："竖起你的驴耳朵给我听清楚了，你少拿徐县丞来压我，县官还不如现管呢！我叶小天一直就是这么无法无天，难道你才知道？"

曲欣和姜云天听他满口脏话，不像一个官，倒像一个粗汉泼皮，不由得一呆，心想："这位典史大人怎么翻脸比翻书还快？"

叶小天转向庭院中所有人，高声喝道："我的人，当然由我来安排！我叶小天既然官复原职，我的人当然也要官复原职！这是我典史官的权力，哪个不服？"

曲欣也是豁出去了，一挺胸，大声道："大人行事草率，卑职不服！"

叶小天嘿嘿一笑，突然又换了一副无赖模样，笑吟吟地道："不服好办，不服的尽管去向徐县丞告老子的黑状，你们如果不走，老子就另起炉灶！到时候，看谁抗得住！"

叶小天这句狠话一出口，众人都不由得倒抽一口冷气：这位典史大人真是要起流氓来了啊。流氓耍流氓那是流氓本色，当官的耍流氓，那可是超水平发挥了，怎么破？

叶小天这是赤裸裸地在抢班夺权啊，而且是肆无忌惮。可要严格说起来，他这又不算是跳出规则之外，徐县丞敢接招吗？碰上这么个浑不吝的玩意，那真是横的碰上愣的，活该徐县丞倒霉啊。

叶小天这话什么意思？他是说，如果徐县丞执意不肯把他任命的那些人调走，他就另起炉灶，单独拉起一支队伍。一个县要是出现两个执法班子，那是什么局面……

三班六房不是官，大明朝廷只负责给官员发俸禄，吏员和衙役都是靠县里自己发薪水的，县里发的那点薪水其实不够他们养家的，只是象征意义的一笔工资，他们主要的经济来源是身在公门的灰色收入。

所以叶小天想另起炉灶的两个先决条件就完全具备了，首先他要能给这些人发薪水，这对叶小天来说并不难，就冲他在山上起造的那幢豪宅，这点工钱纯粹是毛毛雨。

其次就是他能赋予这些人代表官府履行权力的资格，叶小天是典史，只要他承认，他任命的人自然就有这个权力，要知道这些人本来就是正役衙役，在官府里有备案的，被他分派去做什么，还不就是他一句话的事？

所以他想把这些人从茶水房、库房、承发房里调出来，按照他的指示去履行职责，徐县丞也拿他毫无办法。到时候葫县就出现了两套执法班子，这事上面是一定不能容忍的。

可这事一旦捅到上面，叶小天固然不好过，他徐伯夷就好过了？好好一个县衙，怎么就弄出了两套执法班子？县丞越过典史指定三班班头，手伸得也太长了吧？典史无视上官，居然另起炉灶，这还有没有点规矩？结果就是两人的政治生命一起完蛋。

可是看现在这情形，叶小天根本不怕，可徐伯夷也毫无顾忌吗？他能把两人之间这种上不得台面的暗斗摆上台面？叶小天用他的强势回归向整个葫县宣告：我还是我，谁也别想随意摆布我！

已经有人开始冷静地思考：还要不要跟徐伯夷跟得那么紧？虽说官场上最忌讳不停地改换阵营，可那是对当官的才要求的节操，我只是混饭吃的小吏贱役嘛，没人这么苛求我吧？

眼见叶小天如此彪悍，曲欣和姜云天都傻了眼，面对这样一个无法无天的家伙，他们还真强硬不起来。真不明白这厮是怎么当上的官，别人不敢越雷池一步的规矩，对他来说就像一个屁，跟这种人怎么理论啊？

·※·※·※·

徐伯夷在李云聪的陪同下急急忙忙赶回衙门，一见大门紧闭，门前冷冷清清，不由得奇道："这是怎么回事，大白天的，衙门怎么关了？"

李云聪也有些纳闷，随口答道："大人，先前有死者家眷在门口哭闹，所以大门就关了，可卑职离开的时候，衙门已经开了，却不知何故，再度关闭了。"

先前有死者家眷闹事，徐伯夷当然知道，这事本就是他授意戚七夫人干的，对花晴风他算是看透了，你越是拿捏他，他越是软弱可欺。自从得知张居正垮台，深谙官场习气的徐伯夷就料定叶小天可以逃过一劫，所以想借此事先敲打花晴风一番，免得叶小天一回来，这花晴风又动了心思。

却不想叶小天刚回葫县便大施淫威，不但把那些苦主连哄带骗地诓走，还把他派人花钱雇来的泼皮无赖全都关进了大牢。徐伯夷本以为叶小天经此一难，做人会低调一些，起码在刚回葫县的时候会夹起尾巴装一阵子老实人，谁知道……

徐伯夷听李云聪说叶小天已经回来了，并且化解了衙前危机，便暗吃一惊。从叶小天这番雷厉风行的动作来看，此人不甘寂寞，一回葫县就忙于立威，显然是要夺权啊。

如今衙门紧闭，徐伯夷不知道里边发生了什么事，愈发感到不安，徐伯夷马上喝道："叫门！快，快把门叫开！"

李云聪抓着兽环用力拍了半天，又声嘶力竭喊了一阵，里边一点动静也没有。徐伯夷心里发毛了，他本以为自己已经胜券在握，叶小天即便回了葫县，也只能无奈地仰视他的存在。

而他，则像高高在上的神祇，冷静，淡漠，用一种高高在上的目光俯瞰这曾经的对手。可如今仅仅是县衙大门莫名地关闭，就已令他方寸大乱了。徐伯夷迫不及待地冲到墙边，向李云聪招手道："你过来，蹲下，快蹲下！"

李云聪一看，县丞大人这是要叠罗汉啊，堂堂县丞，县衙的二把手，实际上的一把手，居然要爬墙，亏他想得出！

李云聪刚跑出两步，大门旁的角门"吱呀"开了一道缝隙，探出一颗满头白发的脑袋，小心翼翼地向外探看着。李云聪一看那人，便没好气地道："老卢头，怎么是你，门子哪去了？"

老卢头冲他翻个白眼，一副半死不活的样子，道："怎么着，老头子我给你开门，你嫌怠慢了是吧？成！那你在外边等着吧，等别人大开中门，吹吹打打迎你进来！"

老卢头说着就要关门，这扫地老头以前常和李云聪一起下棋，两人交情不错，可后来李云聪跟了徐伯夷，而老卢头却是叶小天最狂热的粉丝，两人从此形同路人了。

李云聪赶紧按住角门，怒道："老卢头，你可别蹬鼻子上脸，县丞大人要进门，休得无礼。县丞大人，这里，这里，门开了！"

徐伯夷刚把袍袂下摆掖进腰带，摆出一副要爬墙的架势，忽见门开了，赶紧三步并作两步地跑过来，冲着老卢头怒冲冲地问道："青天白日的，为何大门紧闭？"

老卢头咧嘴一笑，道："回县丞老爷，典史老爷召集八班九房一干人等训话呢，没有人守门，这大门自然就关了。"

"什么？"

徐伯夷眉头一挑，马上冲进门去，李云聪狠狠地瞪了老卢头一眼，紧跟在徐伯夷屁股后面跑了进去。老卢头冲着李云聪的背影狠狠呸了一口，骂道："狗腿子！"

老卢头把角门一关，忽又满面笑容了。在他眼里，叶典史专治各种不服，徐县丞既然主动找虐来了，这等好戏岂能不看？

老卢头兴冲冲地跟上去，刚刚迈过仪门，忽听大门口又是一阵激烈的拍打声，老卢头好不耐烦，只得折身往回走，一边走一边不耐烦地叫道："来了来了，别敲了！"

老卢头赶到大门口，还不等他上前开门，忽然就觉空中一暗，仿佛漫天阳光都被乌云遮住了。老卢头抬头一看，就见黄乎乎的好大一坨从天而降，把老人家吓得一个屁墩坐到了地上，失声叫道："什么玩意这是？"

徐伯夷闯进县衙，一路看去，见各处全无一点声息，就知老卢头所言不假，叶小天果然召集八班九房训话去了。徐伯夷心中顿时升起一种极不舒服的感觉，如今的葫县可只有他才有资格召集所有人训话啊。

谁能想到，叶小天刚回来，就动用了连他轻易也不会动用的权力，这是迫不及待地夺权啊！那些胥吏衙役们也不争气，他叫你去你就去吗？

他却不知，曲欣、姜云天、吴伽雨等人此刻已是后悔不迭了，早知这叶典史从南京回来就变成了疯狗，他们才不应命呢，这不是因为好奇吗？嗨，真是好奇害死猫啊！

徐伯夷冷笑着走进前院，就见院子里站满了人。厅前雨檐下，正站着一人，赫然就是叶小天，叶小天此时正神采飞扬地向众人训着话，根本没有注意到他的到来。

徐伯夷也不作声，站在那里听了一下。叶小天竟然在批评户科、工科等六房胥吏做事不能尽忠职守，批评皂、快、捕三班衙役胆小怕事。徐伯夷越听越不是滋味：你以为你是谁啊？你个小小典史，什么时候轮到你来指手画脚了？

徐伯夷越想越怒，忽然重重地咳嗽了一声，庭院中足有上百人，可是鸦雀无声，徐伯夷这一声咳嗽，自然满院毕闻。一见徐县丞到了，庭院中顿时一阵骚动。正在高谈阔论的叶小天也住了口。

叶小天看向徐伯夷，慢慢露出一副皮笑肉不笑的模样，徐伯夷也正盯着他，同样似笑非笑的表情。两人目光一对，恰似针尖对上了麦芒，锐利刺眼。

第七章

嬉笑怒骂

一

曲欣、姜云天、吴伽雨等人一见徐伯夷到了，仿佛见到了主心骨一般，急忙迎上前去，欢欣鼓舞地施礼。徐伯夷撇着嘴角，从他们中间昂然走过，踏着稳稳的步子，一步一步上了台阶。

叶小天站在那儿纹丝没动，丝毫没有给这位上司让地方的觉悟，徐伯夷脸色沉了沉，无奈之下，只能在叶小天旁边站定。

叶小天是背对厅门，正站在石阶的中线位置，这样一来徐伯夷就等于站在他的侧位了。中国人的官场学问中，任何场合，官员们的站位和座位都有着政治地位的解读。现代如此，那个时代更是如此。

全县衙八班九房百十来号人都在阶下看着，瞧见这个细节，没来由地便有些兴奋："叶典史这是当面锣，对面鼓地跟徐县丞干上了啊！且看这第一场交锋，谁胜谁负！"

徐伯夷站稳了身子，向叶小天矜持地一笑，道："叶典史，久违了。"

叶小天笑吟吟地道："徐县丞，好久不见。"

徐伯夷道："叶典史的事情，已经解释清楚了？"

叶小天道："下官有什么事情？只是不知有什么人嫉贤妒能，诬告下官。朝廷怎么会受小人蒙蔽呢？下官到了金陵不久，便真相大白了。南京六部的大人们很欣赏下官，吏部、刑部、礼部各位尚书都希望下官能留任京城呢，可下官实在是放不下葫县啊……"

叶小天说到这里，双眼已经眯成了一条缝，可那缝隙中却隐隐有刀光一般的寒芒闪烁着："这葫县，有太多叫人难以放下的人和事了，所以，我叶小天又回来了！"

徐伯夷根本不相信他的自吹自擂，对他隐含威胁的话语更是毫不在意。他从容一笑，颔首道："回来好，回来好啊！叶典史年轻有为，精明强干，难怪南京六部慧眼识才了。不过我葫县更加离不了叶典史这样的干才啊，叶典史肯回来、能回来，实属我葫县之福！"

叶小天大剌剌地站在主位上，也没觉得自己有什么不妥，如今听徐伯夷一副葫县当家人的口吻，心里却是老大不痛快：你徐伯夷是个什么东西，有资格代表葫县欢迎我来或去？

叶小天顺势便说道："县丞大人过奖，下官只是做事勤快些、用心些，这不，县丞大人忙于驿路运输，王主簿又生病在家，县衙里一时无人看顾，这些吏员衙役就放了羊，散漫得很。今儿个竟然放任一些泼皮无赖在县衙前闹腾，朝廷体面何在？知县大人和徐县丞、王主簿等各位大人的体面何在？如果是下官在葫县的时候，绝不会出现这样的问题。所以，下官对此已经做出了果断而严肃的处理，对皂、快、捕三班衙役也重新做了一番调整……"

叶小天把他免去曲欣、姜云天等人职务，把周班头、马辉、许浩然等人重新调回捕房的事对徐伯夷说了一遍，徐伯夷的脸色登时就沉了下来。他本来不想和刚刚归来的叶小天当着全衙属员的面翻脸，可叶小天不给他退路啊。

这些人是他安排的，如果现在一个都留不下，叶小天一回来就重新洗牌，一切恢复原状，他徐县丞的威严何在？这不是当众被人打脸吗？

徐伯夷沉着脸道："叶典史，你这么做会不会太草率了？你刚回来，有些事还是等你了解清楚了再说吧。"

叶小天笑吟吟的，可说出来的话却一点也不客气："草率？叶某离开葫县不过小半年的工夫，县丞大人就把叶某的旧部全都调去了茶水房、承发房、仓房这等地方，要说草率，是大人你太草率了吧？"

徐伯夷脸色一沉，寒声道："你这是指责本官了？"

叶小天道："下官怎敢指责大人，只是这些人，叶某用得很顺手，如今叶某既然归位，自然要把叶某用惯了的人调回来。"

徐伯夷冷冷地道："如果本官不允许呢？"

叶小天笑容可掬地道："那么大人可以另选一个听话的典史来。"

叶小天一句话就把徐伯夷噎了个半死。换个听话的官来，说得轻巧，哪有那么容易？这个时代，君权天授，臣权君授，所有官员的权力来源只有一个，那就是皇帝。下级听命于上级，只是权力运行的程序，并不是上级给的。

下级官员固然大多奉迎上司，那是因为得罪上司比较麻烦，因为上司有参劾、保举和协助吏部考核之权。同时，你在任上总有些需要上级来分配的资源，你若老跟上司顶牛，人家给你小鞋穿，你这官做得未免憋屈。

可要真碰上个"二愣子官"，宁可让你参劾，宁可让你穿小鞋，就是不买你的账！当上司的怎么办？还真拿他没办法。所以总督动不了巡抚，巡抚动不了知府，知府动不了知县，知县动不了县丞，他这县丞自然也动不了叶小天这个典史。

这一点就是现代都比不了，所以那个时代的副手若是死了心跟顶头上司对掐，那还真是叫人头痛。若是总督和巡抚矛盾这么大，免不了你一道密奏、我一道密奏地到皇帝跟前打架。

可是一个县丞、一个典史，在皇帝面前都是芝麻绿豆大的小官，你好意思把你们之间那点矛盾摆到御前？一个封疆大吏，皇帝不会轻易调换，而这等小官一道奏章呈上去，皇帝朱笔一批，两人全都滚蛋回家就是了，岂不是两败俱伤？

徐伯夷恨得咬牙，叶小天这个官卡位卡得也太让人恶心了，在不入流的杂职官里，只有典史是需要皇帝直接任命的，其他不入流的杂职官都不需要。如果叶小天换个官身，徐伯夷都能把他拿下，唯独他是典史，偏偏奈何不得。

徐伯夷气得浑身发抖，指着叶小天厉声道："叶典史，你不要欺人太甚，你以为本官真就奈何不得你吗？"

叶小天大惊道："哎呀，县丞大人怎么就恼了，这是从何说起？你我二人同衙为官，都是为了朝廷、为了葫县嘛，政见偶有不合，各守本分就是了。下官分内之事，做好做坏，下官一力承担，大人何必气愤呢？"

吴伽雨一见徐伯夷有些失控，此时不告状更待何时？马上走过来，把脸凑过去，很委屈地道："县丞大人，你看，你看，卑职的脸，这是叶典史打的啊！叶典史不问青红皂白，就殴打了卑职一顿。卑职是工科的人，可不归他叶典史管，他凭什么打人？"

叶小天道："徐县丞，你可不能只听吴司吏一面之词，下官与他只是意气之争。同仁之间，偶然发生口角，再正常不过了。吴司吏，本官向你赔个不是，咱们之间的事，便一笔揭过了吧！"

叶小天整了整衣冠，装模作样地向吴伽雨施了一礼，徐伯夷眼见叶小天嬉笑怒骂轻松自然，根本就是不把他放在眼里，全衙的人都在下边看着，让他丢尽了脸面，气得额头青筋暴起，大吼道："叶小天，你够了！"

徐伯夷说着，挥手就是一掌，叶小天哎呀一声，顺着他扇过来的巴掌顺势一倒，一头撞在吴伽雨的身上，吴伽雨猝不及防，被叶小天一头撞倒，叶小天重重地压在他的身上，吴伽雨的肋骨被石阶一硌，痛得一声惨叫。

叶小天登时叫起了撞天屈，悲愤满腔道："徐县丞，你怎么打人哪？作为你的下属，我叶小天到位不越位，服从不盲从，补台不拆台，恪尽职守，鞍前马后，没有功劳也有苦劳啊，你怎么能打人呢？你这样的上司，也太难伺候了。大家都看到了啊，徐县丞打人啦，徐县丞打人啦！"

叶小天一通穷叫唤，徐伯夷都快被气疯了，他一指头都没挨着叶小天，可叶小天叫唤得比谁都凶，徐伯夷正想大声分辩几句，一股大力忽从背后撞来，徐伯夷吃这一撞，整个身子都飞到了空中，扑通一个五体投地大礼，摔在地上。

"嗨！大家都看到了啊，这可跟我没有半点关系，咦？"

叶小天止想撇清自己，忽然发现把徐伯夷撞飞的那人矮墩墩一个身子，圆滚滚一颗大头，一对黑眼圈，窘态可掬，正是福娃。叶小天马上改了口："畜生不懂人言，县丞大人可不能怪到下官头上……啊！救命啊！"

叶小天刚说完，一头把徐伯夷撞飞的福娃就撒着欢地颠了几下屁股，然后狠狠一跳，矮墩墩的身子就往叶小天身上砸下来。福娃如今那肥嘟嘟的身子足有一百斤，仿佛一只沉重的肉球，那肥硕的屁股正好蹾在叶小天的肚皮上。

叶小天也不用装模作样了，被福娃这么一蹾，差点背过气去，他翻着白眼呻吟起来："福娃，快滚起来，我可禁不起你这么折腾！哎哟，别蹦了，起来，起来，你这个夯货。"

叶小天叫得欢实，被他压在身下的吴伽雨可就惨了，本来只有一个叶小天压在他身上，吴伽雨的肋骨就硌得痛苦难耐了，这时又加了一个福娃，还在叶小天身上欢快地蹾着，吴伽雨都快疼晕过去了。

徐伯夷被福娃撞得半空中翻了个筋斗，结结实实地摔在青砖地上，差点摔岔了气。徐伯夷怒不可遏地大吼道："叶小天，你实在太过分了，我不能忍了，我再也不能忍了！啊……"

随着徐伯夷愤怒的一声咆哮，他的身子腾空而起，缓缓向上飞去。被叶小天压在身上用胳膊卡住脖子的吴伽雨只能从叶小天的衣袍缝隙间看到一线，眼见徐伯夷四肢腾空，扶摇而起，吴伽雨呆了："天哪！原来徐县丞身怀绝技！"

徐伯夷的身子缓缓升空，在空中一个一百八十度的大翻转，砰的一声，结结实实地顶在了一丈来高的雨檐上，脸庞被积满灰尘的雨檐挤压得都有些变形了。

"怎……么……回事？"

徐伯夷莫名惊骇，含糊地问道。奈何身子被抵得死死的，根本动弹不得，完全不清楚发生了什么。庭院中，一百多号胥吏衙役们望着那头只用两根手指就把徐县丞举在空中的怒目金刚，一时目瞪口呆。

第八章

夫人有请

一

"嗨!金刚兄,你好!"

叶小天从吴伽雨身上爬起来,向大个子打着招呼。当然,爬起来的时候,叶小天又故意踩了吴伽雨几脚,换来他的几声惨叫。有时候,叶小天贼坏贼坏的。

那头巨猿双眼瞪得好像一对铜铃铛,它和福娃刚进县衙就嗅到了叶小天的气味,当即欢喜若狂地冲进来,结果刚一进院,就看到叶小天被徐伯夷一掌"扇"倒,大个子和福娃当即勃然大怒。

它们两个都只有几岁娃娃的智商,心思简单而质朴,没有更多的顾虑,只知道叶小天被人欺负了,它们就本能地把欺负叶小天的人当成了敌人。

本来,大个子比福娃动作更敏捷,但是以它的身高,如果飞快地向前一蹿,只怕就要把雨檐撞坍,把叶小天给活埋了,这才让福娃抢了先,一头把徐伯夷撞得飞起来,之后大个子才甩开大步,冲过来把他提起。

大个子把徐伯夷举在空中,龇牙咧嘴地正要把他狠狠摔在地上,就见叶小天爬了起来,向它亲热地打招呼。这一下可救了徐伯夷的命,如果它狠狠往下一摔,徐伯夷就算不死也要半个月爬不起来了。

大个子咧开大嘴笑了起来,大手顺势一松,徐伯夷就成自由落体了,大个子也不理他,双手向前一伸一合,就把叶小天捧在了手中。

徐伯夷"砰"的一声摔在地上,这一下可比福娃刚才撞他那一下更狠,摔得他眼冒金星,半晌说不出话来。大个子猫着腰,捧着叶小天走到院中,把他高高举了起来,脸上尽是欢喜的神情。

"小天哥哥……"

院门口传来一声欢呼,遥遥开心地跑进来,脸上还蹭着几道墨痕,看起来非常可爱。福娃连蹦带跳地跑过去,绕着遥遥转了半圈,跟在遥遥后面,又屁颠屁颠地跑回来。

"好啦好啦,大个子,快把我放下!"

叶小天直挺挺地被大个子捧在空中,两只手都抬不起来,只能苦笑着对它说话。也不知大个子是听懂了他的这句话还是看到遥遥跑过来,又是咧嘴一笑,这才把他轻轻放下。

遥遥纵身向前一跃,像只无尾熊似的扑向叶小天,却被叶小天准确地一把接住,抱在了怀中。遥遥咯咯地笑着,搂着叶小天的脖子欢喜地道:"小天哥,你这次怎么离开这么久呀,山贼被你抓光了吗?"

"山贼?"

叶小天先是一呆,随即想起当初他被解赴南京时,担心遥遥哭泣,家里人对她说自己率人进山剿匪去了。叶小天马上道:"那当然,你小天哥出马,什么魑魅魍魉不得束手就?"

徐伯夷艰难地从地上爬起来,捂着肚子,冲叶小天大吼道:"叶小天,你好大胆,你竟敢殴打上官!"

吴伽雨瘫在地上,见徐伯夷要从自己身边走过去,一把就抱住了他的大腿,眼泪汪汪道:"县丞大人,卑职……卑职的肋骨好像折了。"

"滚开!"

徐伯夷已经快气疯了,哪有闲心理他。徐伯夷一脚踢出去,正踢在吴伽雨的伤处,吴伽雨惨叫一声,又佝偻成了一只虾子。徐伯夷像只愤怒的狒狒,咻咻地喘着粗气,一步一步向叶小天逼近。

叶小天抱着遥遥,一脸无辜道:"县丞大人,明明是你大施淫威,殴打下官,你可不能反咬一口啊!"

"我打你?我打你?我打到你了吗?我……我被摔得死去活来……"

"大人,你打没打到我你心里不清楚吗?堂堂县丞,总不至于敢做不敢当吧?至于说大人您摔了两跤,那是我家养的两只宠物见主人吃了亏,这才愤而出手。它们可是畜生,是没有灵智的,不懂王法规矩,县丞大人总不会和畜生一般见识吧?难不成狗咬了你,你就反咬回去?"

"你……你……"

徐伯夷指着叶小天,气得头脑发晕,大吼道:"来人哪,把这个目无上官的混蛋给我抓起来!"

把叶小天抓起来?叶小天也是官好吧,人好抓,抓起来之后怎么办?你又免不了他的官,为这点事又不能把他送进监狱。你都被他整成这样,我们得罪了他还有活路吗?

那些衙役们也不傻,谁敢动手?就算不怕叶小天打击报复,现在有头金刚似的巨猿在这儿，他们也不敢动手啊。可大个子一见这个坏人还敢冲着它兄弟大声咆哮，却不高兴了，它伸出蒲扇般的大手，一把揪住徐伯夷的衣领子，把他举到了自己面前。

"吼——"

大个子一声咆哮，喷薄而出的气浪冲得徐伯夷须发飞扬，脸皮子都因为剧烈的气波冲过而起了一层褶皱。大个子张着血盆大口，徐伯夷可以清楚地看到它那巨口中的小舌头，正像暴风雨中的风铃一般急剧地晃动着。

"大个子，快把他放下，这是县丞大人，懂不懂？不能无礼，不能无礼的！"

叶小天一边揶揄地说着，一边向大个子做着放手的姿势。对叶小天的话，大个子可是无条件服从的，它悻悻地把徐伯夷甩到一边，徐伯夷踉跄了几步，被曲欣和姜云天一把扶住。

这时，一个小丫鬟从后院闪了出来，这小丫鬟就是先前同叶小天对话的那个，得到雅夫人吩咐后，她马上赶回院门口，见叶小天已经离去，忙又回去向雅夫人复命。

雅夫人一听就急了，赶紧又让她追出来，这小丫鬟到了二堂未见叶小天，本想就这么回复夫人，可走到一半又怕挨夫人的责骂，便又找到前院来，正好看见庭院中的热闹场面。

一看百十号人聚集在庭院中——这场面可不多见——那小丫鬟有些怕生，怯怯地靠近，小声道："叶……叶大人……老爷请叶大人到三堂相见。"

这是雅夫人告诉她的说词，如果以知县夫人的身份会见叶小天，叫外人听见未免不妥，所以她才嘱咐丫鬟这么说。叶小天奇道："知县大人已经回来了？"

小丫鬟期期艾艾地道："是……是啊，老爷他……他刚刚回来。"

叶小天心道："哪有这么巧？我才离开他就回来了，别是这位县太爷根本没有离开过县衙吧？如果是这样，他刚刚不想见我，现在又改变主意，却是为何？"

叶小天心里想着，脸上却是不动声色。他转眼一看，正好看见太阳妹妹急急赶到庭院门口。太阳妹妹和展凝儿到了山上叶府，把叶小天归来的消息对遥遥一说，正在上课的遥遥大喜过望，把毛笔一丢就跑了出来，太阳妹妹放心不下，这才尾随下来。

叶小天拍了拍遥遥的小屁股，对她柔声哄道："遥遥乖啦，先跟哚妮姐姐回家去，哥哥要先去见过县尊大人，一会儿就回去。"

"嗯！"

遥遥虽然刚刚见到叶小天，满心不舍，却也知道小天哥哥有正事的时候是不能打扰的，忙乖巧地点点头。叶小天把遥遥放下，哚妮走过来牵起了她的小手。

叶小天对徐县丞道："徐大人，下官知道你瞧叶某不顺眼，咱们之间那点过节，回头再分说不迟，下官刚刚回来，得先去见过县尊大人了，告辞。"

叶小天向徐伯夷拱了拱手，转身就走。徐伯夷大吼道："你站住，你不要走！你干什么去？"叶小天全当他是在放屁，头都不回一下，当着这么多下属的面，分明就是不给他留脸了。

叶小天这种强势的态度是很有必要的，即便大部分吏员衙役都已投到徐伯夷门下，他的这番举动也能让这些人尽快回忆起他之前的强势，重新掂量一下究竟该站到谁的山头。哪怕他们决定在事态明朗前保持观望，对叶小天也是大为有利的。

徐伯夷见叶小天理都不理他，便气愤地向曲欣问道："他说什么？他要干什么去？"

曲欣耳根被他的大嗓门震得有些发痒，下意识地侧了侧头，心道：你跟我吼这么大声干什么啊，有本事冲叶小天发啊！可脸上却不敢露出一点不耐烦，急忙答道："县丞大人，知县大人传见叶典史呢。"

"什么？你说什么？"

徐伯夷继续大吼，他的耳朵现在正轰隆隆地作响，似乎那头巨猿的咆哮依旧在耳边回荡着，根本听不清曲欣在说什么。曲欣这才明白徐县丞不是冲他大吼，是被那头巨猿的咆哮声震得暂时失聪了。

曲欣苦笑地指了指自己的耳朵，对徐伯夷大声道："大人，您暂时失聪了，是不是先找个郎中看看，免得留下什么后患？"

徐伯夷还是听不清他在说什么，但是看了他的手势大概也明白了他的意思。徐伯夷转眼四顾，所有人一碰到他的目光，都马上回避地低下头。

他们倒未必是经此一事，马上就动摇了追随徐伯夷的决心，可是徐伯夷同叶小天再度相逢的第一面，就弄得狼狈不堪，却是不争的事实。相比于叶小天的嬉笑怒骂从容自然，徐伯夷简直是全面受制。

徐伯夷落了下风，他们自然也颜面无光。他们不肯与徐伯夷对视，是不想让徐伯夷看到他们眼中的失望和忐忑，同时也是不想让徐伯夷觉得难堪，可是这种回避，本身就已经令徐伯夷无地自容了。

徐伯夷默然片刻，颓然道："带本官去瞧瞧郎中。"

脸已经丢了，至少此时是找不回这个颜面了，他心中再恨，也只能暂时回避。不然又能怎么办？说叶小天家的宠物把他给打了？这事提都没法提啊，不管告到谁那儿，都只能被视作一场闹剧。

叶小天被引到三堂门口，那小丫鬟站住脚步，对叶小天道："叶大人，老爷在厅里等你。"

叶小天向她含笑点头道："有劳了！"一提袍裾，便拾步登阶。刚进厅门，就见娉娉婷婷一道背影，有风即作飘摇之态，无风亦呈袅娜之姿。绰约妩媚，恰似墙头一枝芍药。

第九章

神龟知县

一

叶小天一见那婀娜的背影，就晓得是知县夫人。他并未太过在意，以前来见知县，也曾在这里碰见过雅夫人。但他再往厅中一看，却未见到花晴风，这才有些讶异，急忙站住脚步，轻轻咳嗽一声。

雅夫人双手握在胸前，正暗自焦灼，忽听背后传来一声轻咳，急忙扭头一看，顿时现出欣然之色，喜悦道："叶典史！真的是你！谢天谢地，你果然无恙，你果然回来了。"

叶小天向她趋身施一礼，恭声道："下官叶小天，见过夫人。啊……却不知县尊大人何在？"

雅夫人忙道："叶典史先请坐。翠儿，看茶！"

叶小天微一迟疑，还是谢了座。雅夫人在主位上坐下，对他道："拙夫去王主簿府上探望，尚未回来，不过妾身已经遣人去迎了。"

叶小天欠身道："夫人太客气了，县尊不在，卑职过些时间再来拜望也是可以的，怎敢劳动县尊匆匆往返呢？"

雅夫人道："不碍的，不碍的。自从叶典史被捕送金陵，我夫妻二人日夜挂念，深感不安，如今叶典史能平安回来，实是莫大的喜事。叶典史是受了大委屈的人，拙夫限于能力却不能全力维护，已然愧疚万分，往返奔波又算什么。"

叶小天心想：这雅夫人倒是生了一副巧舌。若是花知县有他夫人一半会做人，我也不至于孤军奋战，只能把他做了一面占据道义的旗子。

这时叶小天才仔细看了雅夫人一眼。他前前后后也曾见过雅夫人几次了，尤其是他替苏循天了结了一桩人命官司后，曾经受到花晴风夫妇的宴请，可是囿于礼节，他对雅夫人都未多做打量，只是觉得这位知县夫人容颜妩媚，风情动人。

此时堂上只有他们二人，叶小天这才仔细地打量了雅夫人一眼，见她穿了一件淡紫色的比甲，半新不旧，虽不奢华，却也优雅；一张脸蛋淡施脂粉，莹润嫩白，乍一看竟是不过双十年华，清丽绝俗，非常耐看。

少女多灵秀俊俏，而少妇则是别具妩媚。雅夫人丰腴秀润的仿佛一枚成熟的桃子，如水之润，如玉之华。坐在椅上时峰峦跳荡，纤腰如折，如同棚架上挂着的一颗秋日葡萄般可人，那种成熟少妇的风情似从骨子里沁出来一般，不可掩饰。

叶小天暗自惋惜："好一朵娇花，偏偏插在一坨牛粪上，还是好大一坨。"

转念又想："大哥别说二哥啦，在外人眼中，莹莹大概也是一朵鲜花插在了牛粪上吧。只不知凝儿家里是个什么情形，她说父亲已经过世，母亲一向柔弱，不大理会家族之事，对她管教也不是甚严，看她整日悠游在外，还真是如此，但愿凝儿家族不会再给我们的结合增添困难……"

雅夫人轻轻啜了口茶，暗自思量该怎么向叶小天切入正题，她心思飞快一转，觉得要示之以诚，莫如开诚布公，打定了主意，双眸一扬，却见叶小天定定地看着她，似乎若有所思。

雅夫人嫩脸微微一热，心中暗愠："这叶典史好生无礼，我是他上司夫人，哪有这么盯着我看的！"不过想起叶小天真正的出身，也就释然了，这人本就不可以按常理揣测的。

雅夫人抿了抿嘴角，微微斜睨着叶小天，轻轻咳嗽一声道："叶典史！"

"啊？什么？"

叶小天动了动眼神，微微有些迷惘。

他天不怕地不怕，可是在情场上却一再挫折，这弄得他疑神疑鬼起来，开始胡思乱想："会不会我跟老泰山真的八字不合，命格犯冲啊？凝儿家里没有老泰山，但愿老泰水不会为难我们。"忽然听雅夫人唤他，叶小天急忙抬起眼神，却不免带了一丝尚未反应过来的茫然。

雅夫人自知美貌，可是凭她的身份，还真少有人敢如此肆无忌惮地欣赏她，更不会在这种场合露出魂不守舍的模样，像叶小天这样肆无忌惮或者说是不知掩饰的人着实少见。

雅夫人年近三旬，虽然美貌，却也知道青春年华正渐渐逝去，如今这位叶典史不过二十出头，比她弟弟还小着几岁，却能为她神魂颠倒，却也免不了有些小小的得意与满足。

当然，这也与叶小天澄净的目光有关。他的眼中并没有贪婪、占有的欲望，只是对美貌妇人本能的欣赏，不怀淫邪之念，是以雅夫人并不反感，只是有些既好气又好笑。

她今日代丈夫出面约见叶小天，本是有大事要谈，可不是为了制造小小暧昧。雅夫人微现愠色，加重语气道："叶典史心不在焉，可是因为回到葫县，发现物是人非、模样大改，是以心生忧虑？"

叶小天心中一动，他从这句话就能感觉到，雅夫人不只是代替丈夫出面安抚他这个刚刚回转葫县的属下，应该还有其他目的。叶小天的神情猛然专注、认真起来，反问道："下官去而复返，一别数月，有此感觉并不为奇，夫人就在葫县，却也觉得葫县已是物是人非了吗？"

· ※ · ※ · ※ ·

花晴风悻悻地坐在轿子里，轿帘窗帘都掩着，形成了一个相对封闭的空间，也只有在这样的环境里，他才能放下一切伪装，展示自己的真性情。

"王宁，这条老狗，依附了田家，就以为可以任意摆布本官了？哼！田家也得仰朝廷鼻息，真以为贵州便能置于天威王法之外！还有徐伯夷，俨然是第二个孟庆唯了！不！孟庆唯还要看齐木脸色行事，他比孟庆唯还要跋扈！"

花晴风越想越气，咬牙切齿，怨毒之色溢于言表。今天他去探望王主簿，是假探病名义，想缓和一下双方的关系，尤其是面对徐伯夷的步步紧逼，希望能由王主簿出面斡旋，阻止徐伯夷如此赤裸裸的夺权行为。

可王宁那只老狐狸面对花晴风的暗示一味故做糊涂，在花晴风不得不把话挑明的时候，更是毫不客气地回绝了他，让他老老实实地做一个"泥胎知县"。

此时想到王宁那番话，花晴风还是觉得脸上火辣辣的。王宁说得很清楚：你花大人虽然顺利熬过了上一次的考课，但最长也就在葫县再做一任，总不可能作为一县正印在这里无休止地连任下去，想那么多干吗？

按王宁的说法，不是他和前任的孟县丞，以及现任的徐县丞尽心竭力地帮知县大人打点一切，治理葫县，以花知县的能力，能镇得住葫县不出大乱子？花知县顶多还有两年就得卸任或者调任，大家还是相安无事的好。

虽说王宁说的不是这么直白，言语还算委婉客气，可意思就是这个意思，当时就说得花晴风面红耳赤。不错，他是还有差不多两年任期，在葫县任上就算到头了，可是谁希望自己作为一方牧守，从来到走都毫无存在感？

何况他还年轻，他是进士出身，又替朝廷镇守这"新拓"之地这么久，有了这些苦劳，但凡有点成绩，都会给他一个大好前程，难道他不想更进一步，不想成为治世名臣？然而自从他到了葫县，就被束缚起来，再也动弹不得。

孟庆唯死了，他好不容易才挣开手脚，刚想振作一番，徐伯夷又来了，而且背景比孟庆唯更大，野心也比孟庆唯更大，他再度被束缚起来。他不是不想跟徐伯夷斗，可是他真的斗不过啊！

以前读过的那些圣贤书似乎全都用不上，他对世事实务太缺乏了解，经验不足。每每徐伯夷想夺走他手中的权力，所利用的理由他都不觉得有任何问题，可是当他觉得一切还在掌握之中时，很快就发现不受控制了。

他的权力来自朝廷，可他想做任何事都离不了人，没有人，他的权力就无从施展，而人却一个个地被徐伯夷征服、收买了，到头来他成了一个孤家寡人。就算是天子，到了这种程度，也只能政令不出宫门了。何况他只是一方知县。

王宁、徐伯夷……想到这两个一手把他架空的副手，花晴风切齿痛恨，可是……他能有什么办法呢？

花晴风颓然倒在靠背上，闭上眼睛，静静地想着，他知道叶小天快回来了，这也是他前去探望王主簿并提出正当要求的一个倚仗。他觉得王宁老成持重，必然会考虑到叶小天这个变数，可是……

王宁的话又在他的耳边回响起来："大人，你觉得今时今日的葫县，纵然叶小天回来了，他还能有什么作为呢？你真以为，他是那只大闹天宫的猴子？呵呵，就算他是猴子，难道逃得出如来的手掌心？县尊大人，维持目前的局面，对每个人都好，你觉得呢？"

"对每个人都好，对每个人都好……"花晴风渐渐蜷缩在座位上，只觉周身无力。

"老爷，咱们回府了。"

轿外忽然传来一个声音，花晴风有气无力地答应一声，突然又想到了什么，赶紧一挺身坐起来，急声问道："不是到了前衙吧？"

轿外的人答道："不是的，老爷，咱们走的是后门。"

花晴风吁了口气，赞道："嗯！这就好！你蛮机灵的。"

花晴风轻轻掀开一角轿帘，看着轿子颤颤巍巍地进了县衙后门。

第十章

易如反掌

一

厅堂上，叶小天听雅夫人说着，眼中渐渐露出一抹有趣的神情。雅夫人察觉到他的神情变化，语气不由得一顿，道："怎么，叶典史似乎觉得不以为然？"

叶小天摇摇头，道："非也，夫人的意思，小天很明白。叶某与徐伯夷的过节是结定了，如果他有飞黄腾达的一天，绝不会忘记曾在叶某这里蒙受过的耻辱，所以，叶某不能让他出头。而知县大人呢……"

叶小天淡淡一笑，接着说："知县大人应该是没有什么背景，所以才被点为葫县知县。可是葫县当初刚刚改土归流，对朝廷的意义也是重大，相信朝廷在酌选知县人选时，也是思前想后，能够选中花大人，对花大人未尝不存了一分期望和考量。如果花大人能在葫县打开局面，必定会受到朝廷的器重，前程似锦！可惜，一连数年，大好时光都被一班争权夺利的僚属官吏们给耽误了。如果在这个任期内知县大人依旧无所建树，相信他的前程也就到此为止了。从这一点上来说，叶某和花大人有着共同的利益和敌人。"

雅夫人微微一笑，道："你倒直白，说话全不掩饰。不过，本夫人就喜欢你的直来直去。你说的不错，你与拙夫有着共同的敌人，所以完全可以成为最坚定的盟友……"

叶小天叹了口气，打断雅夫人的话，道："夫人，下官和花大人有着共同的敌人不假，可是下官与花大人能成为坚定的盟友吗？"

雅夫人粉面一热，道："拙夫淳良忠厚，是个方正君子，难免易受小人所欺。"

叶小天正色道："夫人，如今葫县情形何等恶劣，相信你比我更清楚。如果徐伯夷能青云直上，他不会放过我，但无论如何，这都只是一种可能，未必会成为事实。

"现如今不但王主簿和徐伯夷彻底联了手，他们还基本控制了葫县，我如果同徐伯夷斗到底，我的胜算可以说是极小的。一旦失败，我连现在所拥有的一切都将失去。

"所以，要与知县大人联手也并非不可以，但我需要知县大人做出承诺，任何情况下不能动摇，必须全力支持下官才行。知县大人既是方正君子，可千万不能干出临阵脱逃的事来，否则叶某可就死无葬身之地了。"

叶小天的这番话毫不客气，把雅夫人说得脸上红一阵白一阵的，可她没办法冲叶小天发火，因为叶小天说的都是实情，她的丈夫就是当逃兵当惯了，如今被叶小天指责得无地自容，她又有什么话好说？

叶小天沉声道："我需要知县大人当面承诺！"

雅夫人略显难堪，轻轻点了点头道："这是自然，拙夫其实也……"

她刚说到这里，小丫鬟翠儿闪身进了客厅，喜滋滋地禀报道："夫人，老爷回来了。"

雅夫人大喜站起，忙道："快！快请老爷来客厅见过叶典史。"

·※·※·※·

"叶典史，你受苦了。"

花晴风一见叶小天，确实由衷感到高兴。无论如何，有叶小天在，他就不再是孤家寡人了。但他刚从王宁那儿受了气回来，情绪实在不高，因此笑容也就有些勉强。

"受苦谈不上，总算下官运气不错，此去金陵有惊无险。倒是大人您，气色看来不大好啊，可是身体有些不适吗？"

叶小天向花晴风见礼已毕，顺手递上"告身"，花晴风苦笑道："你在衙前想必也见到了，哎！那些大胆刁民已经堵了三天的衙门，试问本官的心情又怎么好得了。咦？"

花晴风说着顺手翻开叶小天的告身，里边写的确是叶小天任葫县典史的任命，只是……并非官复原职，而是调任。调任葫县典史？花晴风仔细地看了看下面的履历，赫然发现叶小天是以礼部会同馆大使的身份调任葫县典史的。

花晴风大感惊奇，再往上边看了看，发现叶小天竟然还当过吏部提举、刑部掌固。吏部有提举一职吗？刑部的掌固又是个什么东西？花晴风做了五年多的官了，还从来没听说过这么两个职务。

再一看那任职期限，花晴风更是惊诧不已，叶小天在吏部居然只任职一天，在刑部则任职两天，三天之内，他就走遍了吏、刑、礼三部，这种履历实在是旷古未闻。

花晴风惊讶地对叶小天道："叶典史，你……你怎么竟已在南京任过职了？而且三天之内换了吏、刑、礼三个衙门。"

一听这话，雅夫人也是大感吃惊，轻轻掩住口，双眸惊奇地瞟向叶小天，神情极显俏媚。

叶小天笑道:"此事说来话长。下官到了南京后,适逢京城发生变故,下官就在金陵驿暂时安顿下来,等候上边消息。及至朝中平静下来,下官的事才有人顾及,下官被无罪释放了,却被留任在南京。只是南京虽比不了北京,却也是藏龙卧虎、文华荟萃之地,下官这等人物怎能待得习惯?是以坚决求去。吏部尚书大人见下官不堪造就,就把下官打发了回来。"

叶小天说得简单,可是他遭遇的这些事实是太过离奇,就算是雅夫人也知道三天之内走遍三部,这是多么匪夷所思的一件事。

至于说叶小天无意于在南京任职,这个说法就更可笑了:你以为官府是你家开的吗?你当六部尚书都闲得没事干了,有那闲工夫天天关心你的去向?你一个不入流的杂职小官,不想在南京干了,吏部尚书就出面过问,把你从南京调走?可要说叶小天吹牛,他这履历却又一点不假。

花晴风夫妻二人对视一眼,还是不明白叶小天在南京究竟做了些什么,怎么会有如此离奇的经历。不过眼下显然不是详询此事的时候,因为叶小天已经先开了口。

叶小天道:"对了,大人说县衙前有人闹事,下官回来的时候确实看到了。衙前哭诉的人中,有些是死难者的家属,已被下官劝回。衙门乃威严之地,代表着朝廷,代表着官府,岂能让他们这么堵塞下去?不过下官已经答应他们,三日之内,必定给他们一个交代。此事还请县尊大人早早拿出一个办法。另外还有一些则是趁机闹事的泼皮无赖。至于那些趁机寻衅的人,已经被下官关进大牢了。这些刁民,不给他们点颜色看看,官府在他们心中,岂不是软弱可欺?"

花晴风变色道:"什么?你把那些泼皮关进大牢了?糟了,叶典史,你闯大祸了,赶紧把他们放了!"

叶小天不以为然地道:"大人,惩办几个泼皮,有什么不妥?"

花晴风紧张地道:"当然不妥,大大的不妥。叶典史,你刚回来,恐还不知此中情形,你当本官就不烦他们、不想惩治他们吗?实在是投鼠忌器呀!那些泼皮都是有人主使的!今日你抓了他们,恐怕回头就会有人到驿路上煽动役夫们罢工闹事,一旦因此影响了辎重运输,前方战事若顺利还好,一旦失利,你我就成了替罪羔羊,要落得个杀头的下场啊。"

叶小天这才明白花晴风为何对那些闹事泼皮束手无策,他是一县正印,就算被王主簿和徐伯夷吃得死死的,怎也不至于连几个泼皮都怕了,原来是担心激起更严重的后果。

叶小天道:"煽动役夫们闹事?那些役夫都是本县汉民与山民。本县山民以彝、苗两族为主,都听命于高、李两寨,下官只消知会高、李两位寨主一声,相信诸族百姓都不会轻举妄动。至于说那些汉民，其中一半隶属县辖，另外一半隶属巡检司，巡检司那里下官也可以去打声招呼。只剩下县辖的这些百姓，如果他们敢闹事……"

叶小天冷冷一笑，接着说："只剩下这么一小撮人，根本就掀不起什么风浪了，他们若敢闹事，便砸了他们的饭碗又如何？不给他们点厉害瞧瞧，他们都不晓得本县的县太爷姓什么了！"

花晴风被一语点醒，登时心头一宽，对啊！就凭叶小天和高、李两寨寨主的交情，想把夷狄诸族安抚下来没什么难度，只要彝苗两族不动，其他山民大多也不会妄动。如果巡检司再出面制止军属家眷们响应，徐伯夷可以直接控制的那些人就不多了，还怕他们闹事不成？

想到这里，花晴风精神大振，兴奋道："你一回来，困扰本县多日的问难便迎刃而解了。吾得叶典史，真如鱼得水也！"

叶小天的嘴角微微抽了抽，心想："这是把我当孔明了吗？就算我想当孔明，你也得是刘备才行啊！刘备摔孩子，你哪怕做做样子都好啊。你要是一味做缩头乌龟，我可帮不了你。我得先考较考较你，你若有能力办得了第一件事，有魄力办好第二件事，我们才有合作的可能，否则，我就按自己的办法单独干，到时若殃及你，我叶小天也问心无愧了。"

想到这里，叶小天道："大人过奖，防止役夫们闹事，只消以力消力足矣，下官出面基本就能解决，并非什么为难事，倒是另有两桩与此相关的事，非得大人您出面才能办了。"

花晴风一听又紧张起来，忐忑地道："不知叶典史所言，是什么事？"

第十一章

劝"皇叔"

一

叶小天道："这第一件，也是当务之急，是安抚那些死难者的家属。官府终究是要给他们一个交代的，下官可是答应他们，三天之内给他们交代，他们这才肯离开的。"

一听这话，花晴风的眉头又皱了起来，长叹一声，有气无力地道："叶典史，衙门没钱哪……"

叶小天一听他又要哭穷，不禁眉头一皱，道："大人，此举关乎民心向背，就算挤挪其他款项，也得先把这件事解决了！他们狮子大开口当然是不行的，但是必要的抚恤断不能少。"

花晴风支支吾吾地道："这个……你有所不知，现如今县中财政，尽在徐县丞手中，本县……本县分文全无……如今想向徐县丞要钱，无异于与虎谋食……"

叶小天听得怔住了，他看了看花晴风，又看了看雅夫人。雅夫人与叶小天目光一碰，便垂下眼睑，长长的睫毛微微闪动着，眼中露出一抹悲哀、无奈与苦涩的意味。

叶小天心中浮起一抹不祥的预感："花知县……不会交权交得如此彻底吧？"

花晴风讪讪地解释起来："叶典史，云南战事一开，大量军资便要通过本县运输。徐县丞自告奋勇承担保障驿路运输的责任。本县觉得，徐县丞身为本县副手，出面担当重任也是理所当然。

"若是本县承担这个责任，固然也没有什么不妥，只恐徐县丞与王主簿心生不满，一旦从中掣肘，贻误了军机，本县个人前程事小，天下和黎庶为之遭殃事大，两相权衡，本县只得应允了。

"谁料，那徐县丞便因此逐步掌握了人事调动之权，之后又要插手财政，本县本待不允，可徐县丞却以保障驿路通畅为由再三相迫，当时兵部也一再派人督促，务必要本县确保驿路通畅，本县……本县只得以大局为重……"

叶小天听了半晌无语，一个主官，最重要的权柄就是人事权和财政权，这两样权力都放手了，人家不鸠占鹊巢才怪！花知县还真是垂拱而治、无为而治的典范，极品！真是极品哪！

叶小天没好气地问道："下官听说大人您博览群书，却不知大人可曾听说过大禹治水的故事？"

花晴风一呆，道："叶典史说的可是大禹三过家门而不入的典故？"

叶小天翻了个白眼，道："昔年大禹就是以治水为由，逐渐控制了人力、物力和财力，最终架空了舜帝，逼他禅位于己，并且把他流放苍梧之野，舜帝最终死在那里。"

花晴风脸上浮起一抹气恼的红晕，驳斥道："那都是野史传闻，非正史典籍，不足为信。"

叶小天冷冷道："大人您正在重复野史故事。至于那圣贤所言……"

眼见二人争执不下，苏雅忙插口道："老爷，叶典史所言不错，死难者家眷是务必要尽快予以抚恤的。关于抚恤的款项，可以以县衙的名义出，由妾身来垫付。当务之急，是要想办法尽快把老爷的财政权和人事权拿回来。"

叶小天看了眼雅夫人，有些讶异、钦佩。苏雅能有什么钱来垫付？花知县都混到这个份上了，给夫人的月钱怕是也没多少，雅夫人能动用的只能是她的嫁妆。

女人的嫁妆是娘家陪送，夫家和丈夫都是无权动用的，女人这笔私房钱是她出嫁后的重要保障，而今她竟动用了自己的储蓄。真是"好汉无好妻，赖汉娶花枝"，"花神龟"居然娶了这么一位贤惠的好妻子。

花知县又是感激又是羞愧地对雅夫人道："夫人，愚夫无能，连累你了。"

雅夫人嗔怪道："夫妻本应相濡以沫、休戚与共，老爷何必说见外的话。"

叶小天赞道："夫人说的是，如果夫人能出钱先安抚了死难者家属，也就定了役夫们的心。待县上有了钱，再还给夫人就是。这件事关乎人心向背，不能不办。而这第二件事，只要办了，便可如夫人所言，能顺利拿回该由县尊掌握的人事权和财政权了！"

花晴风精神一振，忙道："叶典史有何妙计，快快请讲！"

叶小天道："百姓们怨声载道，最主要的原因并不是因为驿路坍方。山路奇险，偶尔出现事故在所难免。当年为了开辟这条驿路，就不知死伤了多少人，如今护路也是如此，况且前方战事紧急，驿路维修频繁，无论风雨都不能延误，出现事故更是寻常。百姓们愤怒的是，因为户科簿册管理混乱，造成役夫点选不当，有些人服役超过了今年该尽的服役次数，有的人却被忽略了过去，一直安闲地待在家中。虽然说役夫的选择与发生事故之间并没有直接关系，可我们不能要求悲伤之中的死者家属能够如此理智地去考虑问题。所以对相关的责任人，必须要予以严惩，方可平息民愤。"

花晴风的脸色凝重下来，道："那么，叶典史的意思是？"

叶小天脸色一冷，道："户科全体胥吏，都要受到惩处，至少罚俸半年！身为户科司吏的李云聪，必须罢黜职务。而主管户科的是王主簿，大人要向布政司衙门弹劾他。还有……"

说到这里时，花知县的脸色就已难看至极，一听还有，更是心惊肉跳。叶小天却毫不在乎，继续道："征用役夫出了差错，徐县丞知不知情？差役只管按户科提供的簿册找人，不会理会太多，但是这些被错选出来的役夫们被带到驿路上时，会不会向守在那里的徐县丞申诉？如果他们申诉过了，而徐县丞既不向大人您反映，也不及时纠正错误，及至出了事故，却把责任一股脑地推在大人身上，那徐县丞就难辞其咎。此事一旦查明，也要弹劾。还有就是大人您自己了……"

花晴风艰涩地咽了口唾沫，道："本县又怎么了？"

叶小天道："大人身为一县正印，辖区内出现这些问题，自然也难辞其咎。大人应该主动上书自劾，向朝廷请罪。同时表明为了将功赎罪，立即亲自上驿路主持修缮事宜！"

雅夫人听到这里已是眉飞色舞，兴奋地赞道："好呀！如此一来，连削带打，既削了他徐县丞、王主簿的威风，又把人事权和财政权抓回了手中，一石二鸟，当真妙计！"

雅夫人兴奋地看向花知县，可花知县脸上毫无半分喜色，倒是一脸忧心忡忡的模样。苏雅奇怪地道："老爷可是觉得有什么不妥？"

花知县面有难色地道："叶典史，出了这样的事情，惩戒户科一应人等原无不可。只是正值衙门用人之际，若是户科一干人等为此心生怨愤，消极怠工，影响到役夫的调拨，恐会影响大局呀。"

叶小天不耐烦地蹙起了眉头，心想："你花知县前怕狼后怕虎，这都混成孤家寡人了，还在口口声声以大局为重，如果真是一心为公，为保全大局而宁可失去个人权柄，起码也令人敬重他的人品。可这'花乌龟'分明是口是心非，说白了就是怕惹事。"

花晴风还在很认真地解释："再者，李云聪是在路难发生之后才升任户科司吏的，这个责任无论如何也轮不到他来承担。罢黜他的职务，未免有些说不过去。至于王主簿和徐县丞，弹劾同僚，还应慎重行事啊，一旦让上头知道我葫县官吏不和、自揭其丑，未必是什么好事。"

叶小天按捺不住，道："大人，一味施恩，只会让人觉得大人软弱可欺。有时候加诸以威比施之以恩更重要。施恩并施，运用之妙，存乎一心而已，现在就是大人该立威的时候了。

"至于那李云聪，重要的并不是他什么时候才当的户科司吏，而是如何才能平息民怨民愤，难不成咱们还要追查一下这些年来都谁负责过吏科，一一追索责任？

"说不定查来查去，就连那已经化成枯骨的孟县丞，都要负起大半责任来，难道咱们还要刨了他的坟把他挖出来向百姓们负荆请罪不成？至于前任户科司吏，已经因为此事被免职，如何再次予以惩处？我们现在需要的是一个态度，如果大人觉得委屈了李云聪，待风平浪静之后再予起复便是。"

花晴风对叶小天分析的内中利害根本听不进去，心中只想：哼！说得天花乱坠，还不是因为李云聪跟了徐伯夷，你想给他点厉害瞧瞧？却拿本县做你的盾牌，想叫我为你所用！

叶小天自然不知花晴风此刻想法，又道："弹劾同僚又算什么？大人和徐县丞、王主簿之间，还有那份同僚的交情在吗？下官在京城时，曾经听说有一省的总督和巡抚相互弹劾，朝廷上下却没觉得他们是同僚不合、自揭其短，只觉得他们是一心为公。大人，到了该用猛药的时候了。"

花晴风连连摇头，道："此举太激进了，太激进了，宜当徐徐图之。"

叶小天渐渐有些恼火，加重语气道："大人，赏罚分明，才能令属下敬畏服从！再者，人事权、财政权，如今尽在徐伯夷掌控之中，大人不趁此机会行雷霆手段，果断拿回本该属于大人您的权力，更待何时？"

花晴风心乱如麻，既想依从叶小天所言，果断惩办徐伯夷等人，拿回属于自己的权力，又顾忌户科一干人等的反应，担心徐伯夷和王主簿两人的反扑，害怕弹劾徐伯夷和王宁之后，这两人也必然会上书弹劾他，到时候可能会在上司心中留下不良印象。种种想法，令他瞻前顾后，始终难以决断。

苏雅眼见丈夫犹犹豫豫，心中又气又急，忍不住催促道："老爷，叶典史所言甚有道理！当断不断，反受其乱。是该行霹雳手段、拨乱反正的时候了！"

花晴风烦躁地道："妇人之见！本县衙内之事，你不要过问。"

苏雅气极，恨恨坐下，负气不语。

叶小天见状，苦笑道："大人啊，您想让我做孔明，成！我给大人您出谋划策。您想让我兼任五虎上将，那也成！下官扔下鹅毛扇，这就抓起丈八蛇矛赤膊上阵。可现在是刘备江东娶夫人的时候了，您总不能要下官替你入洞房吧？"

叶小天用了这个典故，本意是说，出谋划策、冲锋陷阱，我都可以替你来，但是有时候你也需要站到台前来。别看那大耳贼平时只会哭哭啼啼的，可是需要他出面时，他可从来不怂。

然而叶小天这番挖苦的话当着雅夫人一说，虽不至于让雅夫人多想什么，却也难免羞窘。雅夫人瞋瞪了叶小天一眼，脸微热，凝脂般的娇靥上便似涂了一抹胭脂，白里透红，愈发妩媚了。

第十二章

差点露馅

一

花晴风听了叶小天这句挖苦的话，禁不住老脸一红，可即便如此他还是下不了决心，只是摇头道："兹事体大，本县还需好好思量一番才好定夺。叶典史刚刚归来，一路辛苦，且先回府歇息吧。"

叶小天大失所望，心想："这简直就是一摊糊不上墙的烂泥啊，罢了！这只软脚蟹是别想指望了，我还是按自己的办法来吧。"叶小天也不说话，站起身来向花晴风冷冷地拱一拱手，拂袖便走。

叶小天转身之际，冷冷的目光向雅夫人瞥了一眼，眸中不无嘲讽之意：你那夫君是县太爷不假，可是……他有资格跟我谈联手吗？

雅夫人羞愧地低下了头，在叶小天面前，她抬不起头来啊。想起先前对叶小天的拉拢和说服，此时的她只觉无地自容。相公如此这般，有什么资格拉拢人家为己所用呢？如果不是相公还有个县太爷的身份还有那么一点利用价值，恐怕人家根本就懒得浪费工夫对他如此耐心规劝。

"啊！夫人……"

花晴风见叶小天冷着脸离去，也觉有些不好意思，正想没话找话地跟夫人说几句话，把这难堪的场面顺过去，雅夫人却已面寒如冰地站起身，转身便往后宅走去，根本不再理会他的话。

花晴风脸上青一阵红一阵的，半晌之后忽然重重一搥桌子，愤怒地低吼道："你们只图痛快，哪知本县的苦处！一旦有所决定，那就有进无退了，本县岂能不慎重！"

想想叶小天看不起他，连他的女人也看不起他，花晴风心中更是恼怒，他挥袖一扫，把桌上的茶杯扫到了地上，茶杯登时摔得粉碎。小丫鬟翠儿听到厅中动静，踮着脚尖往里边瞄了一眼，见老爷正在发火，吓得吐吐舌尖，一溜烟地跑了。

苏雅回到闺房之中，心情始终难以平静。她坐在榻沿上，诱人的饱满胸膛仿佛两座活火山似的起伏震颤许久，忽地挺身站了起来，扬声唤道："翠儿，翠儿！"

翠儿跟条黄花鱼似的溜着边闪进来，在门口站定，福礼道："夫人！"

雅夫人道："你去寻一下舅老爷，若他不在，叫他回来后马上来见我！"

翠儿答应一声退了出去，雅夫人自言自语地道："你做不来，那就我来做！十年寒窗，一朝及第，总不能就这么被那两个腌臜小人坏了你的大好前程！"

·※·※·※·

叶小天走了这么久，叶府里真正称得上主人的就只剩下遥遥了。可遥遥还只是一个小孩子，这种情况下，换一个人家很容易出现恶奴欺主的情况，又或者是有下人卷带财产逃之夭夭。

可是叶府有大亨帮忙照看着，负责内府的又是桃四娘和叶小娘子，外府则是若晓生，他们可都是受过叶小天恩惠的善良百姓，虽然叶小天还没有正式任命他们为管家，实际上他们已经是叶府真正的话事人，再加上当初人牙子帮叶府选的仆佣都是知根知底、家世清白的人家子弟，所以整个叶府在叶小天离开期间打理得井井有条，丝毫没有因为主人不在就混乱不堪。

叶小天回到府里，见府中一切如故，心中也暗自欣然。

叶小娘子是知道叶小天和毛问智实际上是被官府抓走的，只是不敢对遥遥声张而已。她孤苦一人，好不容易有了一个可以依靠、可以喜欢的男人，偏偏他又出了事，叶小娘子私下里不知流了多少泪。

如今眼见毛问智安全归来，叶小娘子可再也顾不得矜持内敛了，见到他的那一刻，叶小娘子满心欢喜，忘情地流着眼泪扑到了他的怀里，一把抱得紧紧的，生怕一松手他就消失了似的。

毛问智被叶小娘子这么一抱，整个人当时就蒙了。被一个娇娇软软的小妇人扑在怀中，柔软、饱满的酥胸抵在他的身上，嗅着香喷喷的味道，那种异样的快感，毛问智美得如同一跤跌进了棉花堆里。

本来两人相拥的那一刻旁边是没有别人的，却不想这时若晓生与家人恰好也迎出来，见此一幕少不得要取笑一番。毛问智脸皮比城墙还厚，丝毫不觉羞怩，只是欢喜地嘿嘿傻笑。

叶小娘子倒是恢复了女儿家的羞怯，却依旧用拇指和食指轻轻掐住毛问智的衣裳一角，悄悄地牵着，再也不舍得撒手。反正若家的人本就是对她善意的取笑，她也不在乎别人的笑话了，经此一劫，她的勇气似乎也大了许多。

叶小天里里外外巡视了一圈，见府里打点得井井有条，心中大感宽慰，当即把府中下人尽皆召集到庭前，高声宣布道："我不在的这些时日，你们把府里打点得甚好，老爷我很喜欢。从现在起，本官这内宅里，就由桃四娘做大管家，叶小娘子为副，外宅里就由若晓生管事了。"

众仆佣听了，少不得要向若晓生、桃四娘和叶小娘子恭喜一番，叶小天又补充道："本官这一次离开了多久，府中全体人等都发双倍的薪水。四娘，这件事就由你来主持，尽快补发下去。"

桃四娘本来是叶小天向罗大亨借调来的，后来罗大亨见叶府里雇用的人都是些普通百姓人家的子弟，没有一个经过大户人家的熏陶和培训，对迎来送往的许多礼仪规矩都不甚明了，就征求了桃四娘的意见，干脆让她在叶府做事了。

桃四娘原本可是秀才娘子，自己也读过书，知书达理，见识较普通百姓不可同日而语，做一位管事，调教府中那些下人自然得心应手。

桃四娘笑吟吟地答应下来。桃四娘在叶府这段日子过得很舒心，当初身心饱受打击，憔悴得很，如今就像一枚干瘪了的桃子忽地又吸足了水分，气色容颜都恢复了少妇应有的风采。她容颜本就秀丽，这时就更显俏媚了。

她原本在罗府兼着差使，专为罗大亨做桂花糕。不过，既是兼差，平日里还是在自己家过活，自从她那前夫徐伯夷回到葫县做了县丞，桃四娘出出入入的少不得要被人指指点点。

有时候邻居婆娘们还拉住她一通长吁短叹，叹惜她没有那好福气，做不得官夫人。虽然这些人并没有恶意，可是整日里受到这些人唠叨，桃四娘的心情也难堪得很。

可是在叶府里却不会出现这种情况。府中上下包括叶小天、太阳妹妹和遥遥，都很尊重她，也没人胡乱议论那些事情。她在这里如鱼得水，轻松、自由、舒适，很久都没有这样的感觉了，如今她已真正把这里当成了自己的家。

叶小天刚吩咐完，就听老远一声怪叫："我的妈呀，大哥你真回来啦！吉人天相！吉人天相啊！"

一听这声音，叶小天心中就是一喜，循声向远处一看，就见一只圆滚滚的肉球弹跳着滚动过来，好像福娃……它妈。定睛再一看，又似一头站立而起的海狗，颤动着一身的肥肉……

"大亨！"

叶小天从台阶上跃下去，飞奔几步，与那只圆滚滚的肉球来了个亲密拥抱："哈哈哈，大亨啊，这才小半年不见，你怎么更胖了！"

大亨眉开眼笑，足有三四层的下巴跌宕起伏："心宽体胖嘛，兄弟我吃得好，睡得好，又有贤妻照料，当然会胖啦。大哥你不知道我现在的生意有多红火，跟我做生意的人都说，一看我就觉得一脸福相！不！是一身福相，跟我做生意，心里踏实，哈哈哈……"

叶小天佯嗔道:"怎么,大哥去了这么久,你就一点不担心,居然还吃得下,睡得好?"

罗大亨道:"当然不担心,大哥那一身本事,入山就是猛虎,下海就是蛟龙,有什么好担心的?"

叶小天哭笑不得,叹气道:"你的心还真大,我都不知道我有这么大的能耐。"

罗大亨向他挤眉弄眼道:"大哥,你真当我不闻不问哪,你在南京城那么风骚,我的人都不用特意打听,就知道你都干了些什么啦。嘿嘿,对了!大哥你在桃叶客栈住过吧?就连这种事,我都一清二楚。"

展凝儿好奇地道:"小天哥在桃叶客栈住过?我怎么不知道。"

叶小天心中一惊:大亨这夯货,怎么什么都知道,这事可不能说破啊,万一让凝儿知道,那可糟糕之极!叶小天赶紧道:"胡说八道,我几时在桃叶客栈住过?哦,你是说莹莹一家人在桃叶客栈住过吧。"

叶小天一边说,一边冲罗大亨挤眼睛。罗大亨顿时一怔,桃叶客栈已经被他收购了,而他打听叶小天消息的渠道,除了那些他派出去采买且路经南京的商队,就是这家客栈了。所以他很清楚地知道叶小天和太阳妹妹是住过桃叶客栈的,而且居住时间不满两个时辰。本来罗大亨还打算拿这件事取笑一下叶小天,不过一看叶小天这么紧张,心中顿起疑窦。这等风流韵事有什么不好意思说的,莫非……莫非他和展大小姐也有比较特殊的关系?

罗大亨看看展凝儿,又看看含羞的太阳妹妹,突然意识到了什么,大亨顿起钦佩之意:"吃着碗里的,盯着锅里的,屁股底下还要坐着米袋子,大哥就是大哥啊!"

第十三章

女也能主外

一

大亨心里揣测着,却是一点也没耽误,赶紧把肥圆的脑袋点了点,一迭声地道:"对对对!我就是打听到莹莹姑娘曾经住过桃叶客栈,才以为你们也在那里住过。怎么大哥你没跟她们住在同一个地方吗?"

叶小天暗暗松了口气,幸好这兄弟虽然胖得像头猪,可心眼却比猪多多了。叶小天笑眯眯地答道:"我在南京一直住在馆驿里,后来又搬去了会同馆,可不曾在客栈住过。"

叶小天生怕大亨冒冒失失地再说出什么话来,忙道:"大亨,你来得正好,快跟我去书房坐坐,我正想找你了解一下驿路上的事情。"

大亨欣欣然道:"好,咱们走!哎呀,不成,大哥稍等片刻,我那娘子还在后面,我怎么把她忘了……"

罗大亨挠着头转过身去,就见妞妞姗姗走来,堪堪走到院门口,老远就嚷道:"罗大亨,你这头猪,扔下我一个人,跟猪拱槽似的跑那么快,你干脆把我丢了算了。"

罗大亨赶紧赔笑迎上去,搀住她道:"丢不得,丢不得,把我的宝贝娘子弄丢了,我那小小亨可不也跟着不见了?"

妞妞没好气地拍了他一巴掌,嗔道:"好啊你,原来只是在乎你的小小亨。"

罗大亨赔笑道:"妞妞我在乎,小小亨我也在乎。嘿嘿,都在乎,都在乎。"

叶小天一开始听罗大亨说"我那贤妻"的时候并没在意,这小子嘴没把门的,说话本来就不靠谱,后来听他说"我那娘子"时,叶小天才意识到有些不对劲,不过他还没来得及问,妞妞就到了。

如今听妞妞和罗大亨这番对话,叶小天不禁又惊又喜,忙道:"怎么,你们已经成亲了?哈哈,弟妹已经有了孩子?"

妞妞微微有些羞涩,还有些欢喜,向叶小天浅浅一福礼,道:"叶大哥好。"

"好好好，你身子不便，就不要行礼了。"叶小天特意地看了她一眼，妞妞的腰身确实不像以前那么纤细，看来是真的有了身孕。

叶小天惋惜地对罗大亨道："你们两个居然已经成亲了，可惜可惜，你们的婚礼，我居然没有机会参加。"

罗大亨得意扬扬："怎么可能，别人的礼我不在乎，大哥你的随礼可不能少。嘿嘿，我和妞妞还没成亲呢，我爹不同意，我已经被扫地出门了，等我爹啥时接受妞妞了，我再举行婚礼，到时一定请你做主婚人。"

叶小天为之愕然："你……你们还没成亲？可是妞妞她……"

罗大亨道："这有什么？本地许多苗人夫妻就是先住在一起，有的有了好几个孩子才举办婚礼，更有甚者，都七老八十儿孙满堂了，才成亲呢。"

这事叶小天倒是知道。可罗大亨和妞妞毕竟不是苗人，而且叶小天虽在本地生活了两年多了，许多下意识的想法还是从小在京城养成的，实在觉得有些怪异。

叶小天对展凝儿和太阳妹妹道："凝儿，哚妮，你们陪妞妞到花厅坐着，我和大亨有话要说。"

凝儿和太阳妹妹点头答应，陪着妞妞走开。一边走，太阳妹妹一边羡慕地看着妞妞。她腰身稍显粗些，细看的话，小腹微微有些隆起。

太阳妹妹悄悄摸了摸自己的肚皮，唔……平平的，什么时候自己那里才能隆起来，为小天哥生一个小宝宝。一想到自己的肚子里终有一天也会孕育出一个小生命，一个她和小天哥的亲生骨肉，哚妮就像刚刚饮了一罐子米酒，身子酥了，心也醉了。

叶小天陪着罗大亨进了书房，二人坐定。若晓生家的小丫头给他们端上两杯茶，叶小天笑问道："你和令尊闹得很僵吗？"

从罗大亨所说的情况，叶小天就知道他和他父亲闹得很不愉快，否则他绝不会干出先成亲后拜堂的事来。

罗大亨是天生的乐观派，大概从不知愁为何物，无所谓地道："是啊！老爹冲我吼，说我如果不听他的，不跟邻县林家的三小姐成亲，他就不认我这个儿子。我就说，你要是不认妞妞这个儿媳妇，我就不认你这个爹……"

叶小天瞠目道："然后呢？"

罗大亨嬉皮笑脸地道："然后，我就被我爹给踢出来了啊。"

叶小天拍了拍自己的额头，这位兄弟神经太大条，不能以常理揣测。叶小天本来想问问他的近况，对他的不幸遭遇和困顿局面表示一下深切的慰问与劝解。可是看罗大亨这副兴高采烈的样子，貌似他也不需要什么安慰，大概他还很喜欢现在这种自己当家做主自由自在的生活。

叶小天道："你方才说生意红火？令尊把你扫地出门，却没断了你的生路？"

在叶小天看来，洪百川如果想迫使儿子就范，就该断了他的经济来源，如此还有一线成功的可能，要不然怎么可能迫使大亨低头。可是听大亨方才所言，经济方面他显然没有压力。

罗大亨得意扬扬地道："那是自然。我爹就我一个儿子，他若断了我的财路，就不怕把我饿死绝了后吗？"

叶小天苦笑地道："你的车马行怎么样了？"

罗大亨道："车马行那边，我很长时间没有理会了。前些日子和我爹闹得实在有点僵，那段时间就是杂货铺这边都是靠妞妞撑着，车马行那边我就交给孙伟暄了。小孙是块材料，而且他本就是在驿路上讨生活的，那方面比我熟，在驿卒挑夫们中间也比我有威望，有他撑着，没事。"

叶小天目光一凝，道："徐伯夷没找过你们的碴？"

罗大亨脸上的笑意就像喝淡了的茶，一点点地消失了："怎么可能不找？常自在撑不下去了，现在投靠了赵驿丞，谢传风则投靠了王主簿。徐县丞貌似没有直接插手驿路，但他和王主簿本是狼狈为奸，自然也就成了谢传风的后台。

常自在背靠赵驿丞这棵大树，赵驿丞是驿路的正管，自然会给他许多便利。谢传风有王主簿和徐县丞撑腰，徐县丞现在又总司葫县驿路段的保障，他也因此获得了很多好处。"

叶小天眯起了眼睛，道："那你们呢？"

大亨笑了笑，道："还好！徐伯夷也知道我是你兄弟，他想针对的就是我，所以我干脆不露面了，场面上的事，就交给高涯和李伯皓去做。这两个家伙别的能耐没有，吹牛摆谱耍横充愣倒是一把好手。他们有高李两寨做靠山，我又知机退出，徐伯夷倒没有太难为他们。

不过，徐伯夷和赵驿丞他们尽可能地替自己人提供便利，咱们就挑不出什么了？近来有大批军资需运输，驿路肥得流油。他们的车马行因此赚得盆满钵满，在这方面，我们就差了。

要不是孙伟暄会做人，我们不少出色的车把式都会改换门庭。饶是如此，还是有不少人离开了咱们车马行。大哥，你回来了就好了，趁着前方战事未息，只要咱们及时抓住机会，还有机会重新成为驿路上的龙头老大！"

"嗯！"

叶小天神情坚定地点了点头，没有多说什么。葫县目前的情形比他想象的还要严重一些，也复杂一些。但是这些他不能跟大亨讲，有些事，你既然是领导者，你就必须独自去承受，你要给别人足够的信心。

叶小天走到窗前，轻轻推开窗子。此时本该是晚霞满天，但天空中却铅云密布，晚风沉闷而潮湿，似乎一场风雨就要来了。铅云密布的天空低垂于山顶，让人压抑的有些透不过气来，但叶小天凝视着那重重的铅云，却忽然笑了。

千头万绪又如何，困难重重又如何，他并不需要去一一应对，只需抓住一点，将其攻破，就足以令他的敌人全线溃败！只需找到一点，抓住一点，将它彻底击破……

一点、一点、又一点……

一颗颗雨滴落下，打歪了莲叶，打湿了花蕊，打得荷花缸中荡起一圈圈涟漪。旋即，骤密的雨点纷纷落下，荷花缸中已经看不出成形的涟漪，破碎的水面、溅起的水滴构成了一个纷乱的水世界。

而缸外同样是扯天幕地，大雨滂沱。这样的天气，显然是非常适合借酒浇愁的。花知县到葫县五年，混的是江湖越老，胆子越小，倒是酒量见长，足足一坛子老酒下肚，烂泥一般瘫在桌上，脸上挂着一丝傻傻的笑容，大概只有在醉世界里，他才能如此轻松、自然。

苏雅看着人把烂醉如泥的花晴风扶上床榻，替他盖好被子，在榻边默默地站了良久，幽幽一叹，转身走出了门。

廊下，一盏气死风灯在风中飘摇着。

灯下站了一个人，身上披了一件蓑衣，臂弯里还搭了一件，正静静地站在那里。灯光映在蓑衣人的帽子上，隐影部分正掩到他的嘴巴上，看到苏雅出来，他微微抬起头，光影上移，映出他的容颜，正是苏循天。

"阿姐，今晚大雨，咱们是不是改天再……"

苏雅道："冒雨前往，岂不更显诚意？"

苏循天没话说了，只把蓑衣默默地递过去。苏雅穿好蓑衣，姣好的身段尽掩于蓑衣之下，低着头时，已经看不出是个女儿家。

苏雅道："走吧！"便率先走下了石阶。苏循天站在廊下，默默地看着姐姐的背影，又回首看了看紧闭的房门，轻叹一声，快步追出去。一双人影很快就淹没在迷离的雨雾中……

第十四章

今夜去寻欢

一

叶小天刚回葫县就迎来了一场大暴雨。晚宴的时候，桃四娘说，这叫贵人行，风雨迎。咱们家老爷是老天眷顾的人物，所以出出入入的总有风雨相伴，那是因为有神灵护佑呢。

叶小天听了便有些心猿意马，出出入入风雨相伴，这些词叫他产生了很丰富的联想。他这一路上实在找不到机会和哚妮亲热，而初尝情爱滋味又是食髓知味乐此不疲。今晚他就想出出入入，风雨相伴。

想到这里，叶小天便趁人不备，在哚妮娇圆翘挺弹力十足的香臀上捏了一把。哚妮回眸向他一望，大眼睛里水汪汪的。小天哥喜欢捏，她喜欢被捏，一时间身子都酥了。

叶小天大赞："哚妮明白我的心意了，真是个兰心蕙质的好姑娘。"

其实叶小天提前在葫县的几手部署，未必就能成功。如果花知县能下定决心与他同进同退，他的把握才大些，那种情况下甚至不需要太极端的手段，就能重新挽回大局。可惜花知县太过软弱，现在叶小天只能孤军奋战了。

可叶小天并未因此整日忧心忡忡，还有闲情逸致谈情说爱。这一点与借酒浇愁的花知县却是截然不同。其中缘由，却不是因为叶小天还有一个隐秘的尊者身份，一旦这摊子不可收拾，大不了一走了之，最主要的还是因为他的性情。

天塌下来当被盖，这就是叶小天的性子。所谓浑不吝，可不只是说说而已。他不是不知道目前的形势严峻，但在他看来，积极应对也就是了，没必要为此长吁短叹，茶饭不思。

不过，叶小天的寻欢之夜注定了要好事多磨。多日不曾见到叶小天的小丫头遥遥这一晚都缠着叶小天不放，在她心里她就只有叶小天一个亲人了，如今见了他自然格外亲密，也格外依赖。

叶小天不忍让小孩子失望，只好陪着她，把她送回卧房后，又给她讲自己在金陵赈灾义卖时的故事，以及乘着锦衣卫秘制的热气球载着莹莹腾飞于金陵上空的情景。因为故事精彩，遥遥听得兴奋不已，反而更无睡意了。

叶小天无奈，只好使出了他的终极绝招。叶小天假装困了，打了个哈欠倒头就睡。遥遥倒不吵他，见他"睡着了"，便乖巧地拉过被子给他盖上，然后才铺好自己的小被子，美美地在他身边睡下。

叶小天装了一会儿，悄悄张开眼睛，见遥遥已经睡熟了，脸上还带着甜美安详的微笑。叶小天得意地一笑，轻轻把她的小手从自己身上拿下来，蹑手蹑脚地下了地，替她掖好被角，便鬼鬼祟祟地溜了出去。

月黑杀人夜，雨骤采花时呀……

叶小天一走出门，便觉潮气扑面，风骤雨狂，滂沱一片。叶小天登时精神一振，随口拽了句文，便向太阳妹妹的居处潜去。

这一路过去都有雨檐和回廊，隔十几步便有一盏气死风灯，光线倒还明亮。叶小天蹑手蹑脚地行不多远，旁边忽然门扉一开，吱呀一声响，一颗圆滚滚的大头钻了出来。

这儿乃是福娃和大个子的居处，有时两个小东西玩野了，就在山里不回来，有时却会住在叶府。遥遥就在自己院落的最角落处，给它们腾出了一间房子，内中自然陈设全无，胜在够宽够大。

福娃还没睡，嗅到叶小天的气息，马上跳了起来。它探头探脑地向外一看，果然是叶小天来了，登时雀跃起来，马上欢呼一声，发出的自然还是如婴儿啼哭一般的叫声。

"嘘……"

叶小天赶紧竖指于唇，向它做出一个嘘声的手势。福娃跟人类厮混久了，大约明白这个手势的意思。它没有再叫，却绕着叶小天转了两圈，大脑袋在他身上拱来拱去的亲热起来。

叶小天无可奈何，只好摸摸它的头，待福娃兴奋劲过去了，才连比带画地道："去，回去睡觉，去去！"

叶小天推着福娃的屁股，好不容易把它推进门去，大个子又醒了，一听叶小天的声音，登时兴奋地跑了出来。

叶小天对大个子就不像对福娃那般哄小孩子似的了。大个子的智商比福娃还高些，叶小天冲它做个手势，大个子马上明白过来，在门口一转身，把个肥硕的大屁股撅起来，正好堵住了门口。叶小天冲着它的屁股就是一脚，低喝道："去去去，老实睡觉去，别打扰我的偷香大计！"

大个子受了一脚，得到这种比较另类的亲热爱抚后，心中大悦，马上得意扬扬地回了房间，估计又向福娃炫耀去了。叶小天松了口气，回头看看，廊下静悄悄的，除了风雨声，再无其他声息，风雨声显然掩盖了他方才制造出的那些动静。叶小天嘿嘿一笑，踮着脚尖继续向前走去。

到了哚妮的住处，因为两厢有丫鬟住处，所以叶小天格外小心了一些，他轻轻一推房门，房门便无声地开了。叶小天心中一喜："嘿嘿，哚妮果然聪明，以后就用捏屁股当作我们之间的暗号吧！"

叶小天兴冲冲地潜进屋去，回身把门掩好，悄悄钻进内房。见桌上有一盏小油灯，灯芯压得极低，只有豆大的一点微光，往榻上看，绯红的帐子已经放了下来，里边躺着一个人。

看来哚妮等了许久还不见他来，以为他今晚不来了，已经先睡下了。叶小天虽不忍叫醒哚妮，可他现在心中好似燃着一团火，如何按捺得住。叶小天悄悄走过去，把帷帐左右一分，就见哚妮披着一袭薄衾，正躺在榻里，冲着内侧睡觉。她的头发已经放开，如云般铺在枕上。

叶小天微微一笑，在哚妮身边悄悄躺下，手探进被子，在那明显的隆起处轻轻捏了一把。触手丰盈而富有弹性，大概是因为哚妮从小在山里长大，翻山越岭，爬树攀枝的习惯了，股肌柔韧之极。叶小天轻轻一捏，就觉那柔滑的肤下一团柔韧似抓不住般流动，身体登时起了反应。

叶小天轻轻喘息着掀开被子钻进去，哚妮被他抓了一把，又感觉到他钻进了被子，便转过身来，叶小天嗤的一声笑，早已候在那里，一只手向她胸前探去，嘴巴便向她唇上吻去。堪堪将要吻上哚妮的香唇，叶小天忽然觉得那双眼睛有些不对，动作顿时一僵。那双眼睛也蓦地睁大起来，本来朦胧的星眸陡然变得闪闪发亮。叶小天向后挪了下身子，这才看清那张脸庞，竟然是……凝儿？！

叶小天按在"哚妮"胸前的手像被电了似的缩回来，难怪刚才觉得……本来哚妮的酥胸好似一双倒扣的玉碗，一手正好可以掌握。方才这一按似乎更加坚挺，而且一只手根本抓不过来，原来根本不是哚妮。

凝儿虽是习武之人，但她并不是江湖中人，出门在外也常有人保护随从，从没过过刀头舔血的江湖生涯，根本没有养成戒备心，睡觉很沉。何况这里是叶小天的府邸，她就更没戒心了。

方才她睡得正香，迷迷糊糊地感觉被人摸了一把，这才苏醒过来。她也没当回事，只道是哚妮回来了。因为以前的叶府一直是哚妮管着的，虽然说她不擅打理一个府邸，可话事人就是话事人，桃四娘可不敢逾越，她和叶小娘子请了哚妮去，向她汇报这几个月来府中的开支情况。展凝儿留了门，却没等她。

凝儿一见是叶小天，不禁又惊又羞，这才意识到方才那一摸不是哚妮跟她开玩笑，而是叶小天偷袭。凝儿没想到叶小天竟然这么大胆，半夜三更地就摸了过来，可是不知怎么的，惊羞之外，却没有什么怒意，反而……反而有些慌乱和喜悦。

凝儿羞窘地道："小天哥，你……你怎么来了？"

叶小天深情地道："我想你啊，这一路上也没机会跟你亲热，一时情难自控，就……就来了！"

凝儿的心登时怦怦直跳。叶小天难得对她这么倾诉衷肠，听得她心花怒放。可是这么晚了，叶小天摸过来，显然不只是和她诉说情话那么简单，一想到可能要发生的事，饶是凝儿一向彪悍，这时也不禁又慌又怕，她还没有丝毫心理准备呢。

凝儿悄悄抓紧被角，羞怯地道："小天哥，我们……我们两个还没成亲呢，这样子……不太好吧……再说，哚妮去听四娘向她报账，说不定一会儿就回来了……"

凝儿嘴里说着拒绝的话，可那语气却一点也不坚决。叶小天只要再坚持一点，凝儿姑娘就会从了。管它成没成亲，管她哚妮回不回来，这种时候她哪还会考虑那么多。

叶小天道："我就是见哚妮去了四娘那里，这才悄悄过来的，怎么她还要回来住吗？"

叶小天说着，后背上暗暗惊出一层冷汗。谢天谢地，阿弥陀佛，幸亏我沉着冷静从容不迫，这要是惊慌失措中失口说出我走对了房，上错了床，岂不要被恼羞成怒的展大姑娘一脚给废了？

凝儿羞羞答答地垂着头，感觉到叶小天正和自己在一个被窝里，虽然还隔着两层衣服，可那种心理上的刺激感，还是令她忍不住地娇躯直颤。她用鼻音轻轻嗯了一声，道："是……是呀，客舍那边正在修建浴房，脏乱了一些，人家反正和哚妮一块睡惯了，就借住到这儿来了。要不然……要不然……"

这儿是叶小天的家，凝儿只道自己住在这里叶小天是清楚的，根本没想到叶小天今夜的偷欢对象根本不是她。虽然有些羞怯害怕，还是不忍拒绝。何况，孤男寡女同盖一衾，她也是意乱情迷，暗暗期待了。

展凝儿本想授意叶小天，让他安排哚妮今晚就住在四娘那里好了，又或者自己跟他回房，可她还是个未出阁的大姑娘，这种大胆羞人的话想想也就罢了，如何说得出口。

这时，一对蓑衣人赶到了叶府门前，门上的兽环在风雨中叩响了……

第十五章

好事多磨

一

哚妮一开始还似模似样地听桃四娘逐笔介绍支出，听着听着就不耐烦了，打断她的话道："四娘，人家是山里女子，这些事情半懂不懂的，你清楚就好，就不用说给我听啦。"

桃四娘道："那怎么成，这叶府还没落成，里里外外都是姑娘你负责的。老爷信任，叫奴家做了内管事，这规矩奴家可不敢乱了。"

哚妮甜甜一笑，道："没关系，这些事你把握着就好，只要账目清楚就成了。"心中却想："人家本来就不懂这些，了解它干吗。再说人家忙着给小天哥生孩子呢，哪有闲工夫打理这些。"

哚妮却没想到叶小天此时已经摸进了她的闺房，正打算跟她实施造人大计呢。她根本就没理解晚宴时叶小天捏她那一把的含义，只当是小天哥在跟她亲热。

这一路上两人不方便在一起，这种偷个机会便调情暧昧一番的事哪能少了，她只当是叶小天故技重施呢。

说起来，对于床笫之事哚妮也并不热衷。她是一朵刚刚绽放的花骨朵，雨露滋润得还少，尚未体会到那种情爱的极乐滋味。她喜欢和叶小天腻在一起，是因为她喜欢这个男人；她喜欢和叶小天做亲密的事，是因为她喜欢被叶小天宠爱、享有的感觉，而且……这样才能怀上小宝宝不是？

不过床笫之间那点事，因为她那青涩的身子刚被开发，还只是稍稍能够体会到愉悦的快感，更多的却是一种说不清道不明的特殊滋味，似乎很舒服，又似乎很难受。

所以二人翻云覆雨之际，哚妮常常在渐渐有了感觉的时候，轻颦着秀气的眉，微阖着妩媚的眼睛，娇喘细细地向叶小天倾诉呻吟："哥，人家好难受，呀……好酸……"

如此这般，她自然也就不会沉迷于床笫之间，又哪能对叶小天夜晚时的挑逗心有灵犀。她不让桃四娘再说下去，是因为她虽然很认真地听了，可她只听得头大如斗，根本不明白那些复杂的账目。

桃四娘听哚妮这么说，不禁苦笑地住口，心想："老爷和哚妮这么信任我，我就更不能擅专了。说不得明儿得向老爷说说，咱家得专设一个掌房，财务上可不能出半点纰漏，这才对得起老爷的信任和栽培。"

哚妮见桃四娘终于不再说了，如释重负地站起来，对桃四娘和叶小娘子道："行了，两位姐姐，天色也不早了，你们都去歇息吧。我也乏了，这就回去睡了。"

哚妮掩口打个哈欠，举步出了门。桃四娘和叶小娘子把她送出门去，叶小娘子顺手从门框上摘下一盏灯，说道："哚妮姑娘，天色太暗，我送你回去吧。"

哚妮可不敢拿她当丫鬟使。叶小娘子和毛问智显然是有了情意，而毛问智是小天哥的兄弟，那叶小娘子将来可不就是自己的妯娌吗？哚妮笑道："不用啦，叶姐姐，这府邸还是我看着建起来的呢，里里外外熟得很，就算闭着眼都能摸回去。你们早点歇了吧。"

哚妮向她们摆摆手，像只轻盈的小猫般闪身离去。她沿着侧廊走到尽头，刚要往右拐，忽然发现远处有一盏灯冉冉而来，定睛一看，隔着曲廊雨檐垂下来的几层雨幕，模模糊糊看不清楚。但从衣着上分析，应该是前院的仆佣。

哚妮好奇地站住。片刻之后，那人提着灯笼跑到了长廊尽头，转到了这边来，哚妮这才看清楚来人是若晓生。哚妮不禁叫道："是若大哥吗，这么晚了，有什么事吗？"

若晓生越走越近，忽见哚妮站在前面，连忙放缓了脚步，一手掩住半敞的外衣，一边说道："原来是哚妮姑娘。哚妮姑娘，前边来了两个人，非要见咱们老爷。那两人中有一个曾经半夜三更来过咱们家，老爷是见了的，还把他请进了书房呢。大概是老爷的好朋友，那人姓苏。所以小的没敢耽搁，这就来禀报了。"

"哦？"哚妮一听也不敢怠慢，便道："正下着雨呢，咱可别怠慢了客人。你先回前边，把客人先请进门房里坐一下，我这就去告诉小天哥。"

"有劳哚妮姑娘。"

若晓生松了口气，再往后走就是内室女眷们的住处了，他还真不方便进去。若晓生把灯笼挑高了些，转身又往前边走去，哚妮则直奔叶小天的住处。

哚妮在叶小天的住处扑了个空，又转去遥遥的住处，但遥遥业已睡熟，叶小天却不在那里。哚妮从遥遥那儿出来，站在廊下有点发愣，不晓得该往哪里去寻叶小天。

忽然，哚妮心中灵光一闪，蓦然想到："小天哥不会是去了我那里吧？哎呀，凝儿姑娘住在我那里呢，可别给凝儿姑娘察觉到小天哥和我……"

哚妮心中又羞又急，正想赶回自己住处，就见叶小天从前边曲廊处转了过来。

叶小天一见上错了床，就觉得心惊肉跳。可怜凝儿姑娘还羞羞答答地想要遂了他的心愿，却不知之前她给叶小天的形象太过强悍了，叶小天哪有强推她的胆量。

叶小天此时只想着尽快把凝儿应付过去，别叫她看出什么破绽。然后溜之大吉，找哚妮对对口供，根本没意识到她吞吞吐吐的样子到底意味着什么。

叶小天和凝儿说了几句体己话，搂搂抱抱，把凝儿哄得意乱情迷，正想着半推半就成就好事的时候，叶小天突然一脸欲罢不舍的模样，对凝儿道："好凝儿，不行，我得走了，我……我快要忍不住了……"

凝儿含羞怯怯地低下头，轻声道："唔……其实人家……"

叶小天大义凛然地道："我知道！我们还没成为真正夫妻，这样对你不应该……"

展凝儿急忙抬起头，道："不是，我……"

展凝儿一语未了，已经被叶小天吻住了她的嘴巴，登时就说不出话了。缠缠绵绵的一个长吻，叶小天慢慢缩回身子，深情地对展凝儿道："我会等，等我们拜堂成亲了，再和你做个真正夫妻！凝儿，晚安！"

叶小天深情地看着凝儿，依依不舍地下了榻，咬一咬牙，便毅然退了出去。凝儿掩着唇，唇上似乎还能感觉到他亲吻时的温热。

凝儿有些发愣，事情的发展和她想要的似乎完全不一样呀。不过……她真的好感动，小天哥是真的尊重她、爱护她。小天哥虽然常常口花花，却是一个守礼的真君子呢。

叶小天一溜出哚妮的房间，便学着在京师见过的西洋神甫，在胸前胡乱地画了个十字："谢天谢地，阿弥陀佛，总算蒙混过关了。吓死了吓死了，刚刚真是吓死了。"

叶小天心有余悸地逃出来，刚一转过曲廊，就见到哚妮站在那里。叶小天大喜，连忙迎上去，道："啊！哚妮，你怎么在这里，盘完账了？我跟你说，我刚才……"

"小天哥！"

哚妮一见叶小天也是心中一喜，赶紧迎上来，道："原来你在这里，有人登门拜访呢。若大哥说这人曾经有一次就是半夜三更到咱们家来的，好像姓苏。"

叶小天吃惊地道："姓苏？可是苏循天？"

叶小天一听是苏循天，心情就没来由地紧张起来。上一回苏循天半夜三更跑到他这儿来，是因为误伤了人命。怎么这回又半夜三更赶来了，别是又闯了什么祸吧？

叶小天急急赶到门房，若晓生正站在门口，向他点头哈腰的一句话还没说完，叶小天就推门走了进去，目光一闪就看见苏循天正站在房中。

叶小天刚回葫县，苏循天今天还没见过他。一见他来，大喜上前，向他见礼道："典史大人，你终于回来了。"

"循天，你半夜三更冒雨赶来，可是出了什么事吗？"叶小天没空跟他客套，抓住苏循天的手就急急问了一句。这句话问完,叶小天才发现旁边椅子上还坐了一人。

这人穿一袭玉色锦纱直裰,戴一顶六合一统瓜皮圆帽,上嵌一块碧绿莹润的上好翡翠,脚下一双粉底皂靴。灯光映在他的脸上,红润的烛光似乎一直渗进了细腻嫩白的肌肤之中,有种玉一般的感觉。

"好一个美男子!"叶小天暗自惊叹一声。这人唇若涂朱,眸似秋水,肌肤白皙,五官精致,如此男子当真罕见。男人见了都会不自觉地意淫他,若是女子该如何。

"咦?此人怎么这么面熟?"这是叶小天赞叹之后的第二个感觉,定睛又看了两眼。叶小天突然大吃一惊,失声叫道:"苏……夫……哎呀呀!怎么会是苏……公子?"

苏雅嫣然一笑,盈盈起身,向叶小天拱了拱手,温文尔雅地道:"叶大人,在下雨夜登门,来得冒昧,还祈恕罪呀。"

她虽穿着男装,却不会装男人的声音。她的声音很是柔和婉转,因为刻意压低了一些,还带着一些磁性的诱惑。

其实她纵然一直不开口,多看两眼也能认出她是女人,男人哪有生得这么娇媚的。她若仅是女扮男装也就罢了,可她穿了男装,那女人味也丝毫不减,倒是更能给人一种悸动的感觉。

她的蓑衣当然已经除去,但是雨水落到脸上一些,还打湿了她的几缕头发,雨滴和湿发贴在她白净娇嫩的脸庞上,仿佛含露的花瓣一般楚楚动人。若晓生是个男人,很少有男人能对这样活色生香女人味十足的女人视若无睹,若晓生也不例外。但若晓生又是个老实人,老实人觉得对人家有点亵渎的念头都是不应该的,所以才一直站在门外。

"啊!啊……快请,快请到书房叙话。"叶小天又不傻,一见这姐弟俩冒雨赶来,就知道他们必有所图,连忙侧身相邀。

苏雅向他含笑一点头,当先迈步走了出去。叶小天急忙紧随其后,到了门口见大雨滂沱,忙顺手从墙边抓过一柄油纸伞。砰的一声,伞打开了,叶小天向苏雅殷勤地道:"请!"

苏雅没跟他客气。虽然她有求于人,可毕竟身份地位在那儿摆着,如果低三下四,可就让叶小天看轻了,那还怎么谈合作,所以坦然接受了他的伺候,举步走入雨中。

这油纸伞是门房专用的,比较大,可两人除非挨得特别近,否则还是难免要被雨水所淋。叶小天当然不好意思靠雅夫人太近,是以便把雨伞尽量向苏雅倾斜,如此一来,雨水便打湿了他的半片身子。

苏循天紧随其后,出门一看雨仍下得很大,可门房中又只有一把伞,便抓起蓑衣赶出了门房。这时那柄雨伞已经在雨中冉冉走远了,苏循天赶紧把蓑衣一披,拔足追了上去。

第十六章

促膝长谈

一

叶小天把苏雅姐弟让进书房,点亮了一盏灯。灯罩一放下去,柔和明亮的光便洒满了书房,一时间连那大雨中的清寒之气似乎也驱散了许多。

夜色已深,而且知县夫人雨夜前来,显然是有着极重要的事情,恐也不能耽搁太久,所以叶小天没有再招呼丫鬟起来给他们烹茶,向两人表示了歉意,便请二人就座。

苏雅道:"不必客气,妾身雨夜造访,原就来的冒昧,就不用忙碌了。循天……"苏雅向苏循天递个眼色,苏循天会意,刚刚坐下的身子又弹起来,对叶小天点点头,便走出门去,把门一掩。看来是要守在门口,以防有人走近窃听。

叶小天见他们如此慎重,便也顾不得那些繁文缛节。他也坐下,双手扶在膝上,做出倾听姿态。

苏雅夫人倒不着急,又或者她是雨夜登门,已经显出了急迫之态,算是落了下风,此时不想在叶小天面前再露出急切姿态,所以故作沉着。

她从袖中摸出一方手帕,轻轻擦了擦额头和脸颊,把雨痕揾去。脸上和额头的水珠被拭去了,几缕原本贴在额头的秀发微微翘起,让苏雅恢复了几分优雅,那种女儿家的妩媚也悄然绽放。

"叶典史,妾身冒昧造访,是想接着和你谈一谈白日在县衙三堂所说的事情。"

苏雅开口了,叶小天眉头挑了挑,道:"县尊大人改变了主意?"

苏雅轻轻摇了摇头,道:"拙夫性情纯良,不懂得算计人的那些事情。可如今的情形是,他不算计旁人,旁人却在算计他。拙夫忠厚,甘之若饴,妾身却无法容忍,是以……"

苏雅的目光深沉了些:"白日里的话题继续。但是,与你合作的人,换成妾身,而非拙夫!"

"夫人你?"

叶小天有些意外。他笑了笑，摇头道："请恕下官说句冒犯的话，夫人身份固然尊贵，可是……你，行吗？"

"你怎么知道妾身不行？"

苏雅微微挺了挺身子，神色间小有得意。她虽身着男装，这一挺身，还是显露出姣好迷人的身段。即使隔着那浅青色的袍服，那饱满的隆起依旧展示出强大的女性魅力。她是典型的江南美人，皮肤又细又白，五官精致娇美。恰因如此，那样精致的五官却有一对极富魅力的胸器，搭配起来，对男人而言便有了一种很特别的力量。

叶小天的心忍不住怦怦地跳动起来："雅夫人这是什么意思？她不会……不会是想用她的身子来做交易吧？"

这个念头一浮现，叶小天心底就涌起一种很怪异的感觉："我本来就要对付徐县丞，区别只是有无花知县的配合，因之的手段和效果也不同。如果雅夫人想用她的身子和我做交易……"

如果说哚妮是枚酸酸甜甜的杏，眼前这个女人明显就是一颗熟透了的桃子。那种熟女风韵是他所不曾接触过的，而这种熟女韵味，对一个少男，尤其是一个刚刚品尝到情爱滋味的少男来说，更是难以抵抗的诱惑。

雅夫人脸上小有得意的神情很快便敛去，略显矜持地道："妾身虽然不是知县，但是有时候，一些必要的事情，妾身却可以代替知县去做。而旁人，也会相信这就是知县本人的意思！

"再一个，知县的大印，就是由妾身保管的。在关键时刻，妾身可以代替知县行使知县的权利，即便事后拙夫发现，你觉得他是会默认这是他做出的决定呢，还是把妾身举报出去呢？"

叶小天这才知道自己想错了，饶是他脸皮厚，也不禁脸上一热，摸了摸鼻子，干笑道："就这些？"

雅夫人沉吟片刻，好似做出了某种决定，沉声说道："还有，你以为那些离开知县，转投徐伯夷门下的胥吏衙役们，全都是见风使舵之辈？"

叶小天目光一闪，讶然道："夫人是说……"

雅夫人微微一笑："叶典史，你该知道，有时候一个内奸的作用，是可以无限大的。"

可叶小天似乎依旧不为所动，他也沉默片刻，语气依旧淡淡的，道："就这些？"

雅夫人微微露出一丝讥诮之意，道："叶典史，这些还不够吗？即便是拙夫亲口答应与你合作，所能做出的也超不过这些，不是吗？更何况，妾身很清楚，即便没有拙夫的合作，你跟徐伯夷也是水火不容，一定会斗下去。那么，何不加上妾身的一臂之力？"

叶小天笑了，这次是真正欢愉的笑，道："成！既然夫人如此爽快，那我们就一言为定！"

雅夫人欣然起身，道："君子一言！"

叶小天见她举起一只莹白如玉的柔荑，不觉一呆："用不用这么慎重啊？"

叶小天起身，道："夫人要不要歃血为盟啊？"

嘴里说着，还是举起手，与她啪啪啪地对击三掌。时人立誓承诺，可不像后世许多人，对神明全没了敬畏之心，随口承诺立誓如同放屁一般。这三击掌定下的契约，可比后世的白纸黑字还有约束力。

三掌击罢，叶小天在袖底微微捻着手指，只觉粉腻柔滑的感觉依旧荡漾不去。青葱少女与成熟女人之间的区别还是蛮大的，哪怕是区别最小的手掌，只要仔细，也能感觉出来。

盟约既立，二人的关系便立即熟络起来。时间紧迫，二人马上就可以合作的内容以及今后的联系方式等一系列事情进行了磋商、研究。这其中有双方各自的打算、预测，也有每一步行动中付出与利益的分配。

雅夫人不再客气了，她以一个锱铢必较的商人的姿态，竭力为她丈夫争取着尽可能多的利益。当然，她的言语是委婉的，态度是温柔的，绝对没有一点气急败坏的样子，以致叶小天也不觉生起了惺惺相惜的感觉。

窗外大雨滂沱，但那风雨声似乎已经远离了书房，二人已经完全沉浸其中。孤男寡女，却没有暧昧的气氛，只有利益的分割。等到一切议定，雅夫人舒了口气，这时才完全地放松下来，有了一份欣赏书房情景的闲情逸致。

苏雅眸波一转，忽见叶小天书案上方墙壁上挂了一幅兰草图。只一看那幅图，她就认出是自己的手笔。定睛再一看，见上面还题着自己的小字"心兰"，果然是自己的作品了。

雅夫人先是有些惊讶，不知何时叶小天这里挂了一幅她的画作。仔细一想，才忆起自家兄弟曾从她这里要走一幅画作，没想到却是用来馈赠叶小天。

雅夫人又是好气又是好笑，这本是她信手涂鸦之作，如果早知是拿来送人，必定要画得更认真些。不过，这样随意的作品，虽然略显潦草，倒是少了几分拘谨，灵气更足了。

叶小天可不知道那"心兰"二字是雅夫人的小字。因为雅夫人只是信手挥就，没把它当成什么正式的画作，所以题款也极简单，整幅画上就只有心兰两个字，他还以为这两个字是这幅画的名字。

叶小天顺着雅夫人的目光扭头看去，看的却不是雅夫人正在瞄着的那幅兰草图，而是兰草图旁边另一幅高山流水图。这张画绘的是伯牙子期高山流水会知音的故事，峨峨高山，洋洋流水，伯牙端坐抚琴，远远林中隐现一人，正在挥斧砍樵。

这幅画却是真正的名家之作了，是罗大亨搜罗了来送给叶小天的，是宋代著名画师王希孟的作品。此前已经经过多人收藏，上边印了许多私人铭章，叶小天也在上边加印了自己的铭章。

叶小天只当雅夫人看的是这幅画，不禁笑道："夫人喜欢这幅画？小天不大懂画，只听大亨说过，说这名叫王希孟的画师曾受过徽宗赵佶亲自指点，画艺精湛。但他年不过二十便早逝了，故而传世之作极少。"

雅夫人这才注意到高山流水图。她是懂画的，仔细一看，欣然道："不错，此人画艺极为精湛，最为难得的是，他传世的作品极少，不想叶典史这里竟有他的作品。"

叶小天站起身，从墙上摘下那幅画作，信手卷作一轴，对雅夫人道："夫人喜欢，便送给夫人吧。小天是个俗人，这等雅物留在小天这里也是糟蹋了。"

苏雅本待不收，因为王希孟传世的作品太少，因为少，便显得极为珍贵了。不过转念一想，两人此时刚刚建立盟约，这也未尝不是一个增进关系的举动。再者，对于这位传奇画师的作品，作为一个擅画的人，她是真的难以拒绝。

心下一想，苏雅便也不再矫情，双手接过王希孟的画作，对叶小天道："来而不往非礼也，妾身藏有一幅马遥父的花鸟图，改日让循天给叶大人送来。"

叶小天笑道："夫人是个雅人，若是这般可就俗了。宝剑赠英雄，这画嘛，也该送给真正懂得欣赏它的人，若是交换，那就无趣了。"苏雅微微一笑，便也不再客套。

此时风雨已经小了些，叶小天把苏雅姐弟亲自送出府门，遥看一盏灯笼冉冉下山。叶小天心中暗想："这位雅夫人当真是个女中丈夫，如果她是男儿身，她是葫县知县，也就没有王宁和孟庆唯乃至如今的徐伯夷嚣张了……"

想到这里，叶小天不禁哑然失笑："想多了！如果真是那样，说不定我此时已经回了京城，正在街头摆摊做小买卖呢，又哪有我出头之日！"

第十七章

赶鸭子上架

一

县衙终于对路难事故中的死伤者进行赔偿了，其中正常服役死伤的按官府正常的抚恤标准抚恤，至于被户科"乱点鸳鸯谱"的人家，则给予双倍赔偿。尽管路难事故与县衙点错了人没有直接关系，可毕竟不该人家去服役的，法理也不外乎人情。

颁发抚恤金的时候，县太爷花晴风逐户走动，亲手把抚恤金发放到死难者家属手中，嘘寒问暖一番。家中因此失去了壮劳力的，花知县还当场免去了这户人家未来一年的赋税和徭役。

当然，县太爷是没有权力替朝廷决定免去谁的赋税的，这个权力属于皇帝。只有皇帝才可以下令免去哪里的赋税或徭役，花晴风的这种免去是一种变相的免除，实际上是由县衙筹措资金代缴。

那些借路难生事的泼皮无赖还在大牢里关着呢，眼下大牢的牢头也是徐伯夷的人，徐伯夷只要一声令下，就能把人放出来。但是这些人已经被确认为是故意闹事，徐伯夷可以暗中指挥他们，却不能公开和他们之间的关系，也就只好委屈他们在牢里多蹲些时间了，如果把他们捞出来那做得也就太明显了。

如此一来，徐伯夷也就不好再派其他人闹事。花晴风的抚恤举动，倒是在百姓们中间挽回了不少印象分。尤其是花晴风最后还宣布，将在驿路上立一块石碑，镌刻此次路难死亡者的名字，永远铭记他们的功绩。在里长的带领下，那些百姓家属纷纷叩头谢恩。花晴风连忙上前，把他们一个个扶起来。

"多好的百姓啊，官府只要稍示恩遇，他们就如此通情达理。"

花晴风心中感慨万分，一时间双眼也不禁湿润了："乡亲们，在南方，我们大明的将士，正与入侵的缅人浴血奋战。保障驿路的通畅，就是最大限度地保障我军的战斗力。这些死难者都是为国捐躯的，理应受到这样的礼遇！另外……"

花晴风觉得，不管办不办，总该给百姓们一个交待，尤其是百姓们这么通情达理。他硬着头皮走出县衙的时候，还以为会受到百姓们的谩骂与围攻呢，如今百姓们对他却是如此尊重。

所以花晴风觉得，应该让今日的抚民之举，画上一个圆满的句号。当然，仅仅是安抚民心的一句话，实际上他是不打算对此真正做什么处理的，所以他说的很含糊："至于因为簿册混乱，错点役夫的事情，本县也是不会宽恕的。本县会着人严查，将相关责任人一查到底，无论涉及谁，都会严惩不贷！"

"多谢大老爷！"

"谢青天大老爷！"

百姓们更加感动了。不过花晴风这句话并没有一个期限，所谓着人严查，也不明确究竟让谁去查。至于"相关责任人"，那就更是呵呵了。谁是"相关"，还不就是他一句话嘛。

可是就是这么含糊其词，事后完全可以当成一个屁放掉的承诺，只因为是花知县说的，而且说得如此斩钉截铁、掷地有声，竟然又把百姓们感动得一塌糊涂。

叶小天是全程陪同花晴风抚民的，眼见花晴风提着袍裾，走过因昨夜大雨一片泥泞的小巷，拖着两脚泥巴迈过一户户人家那趟出了痕迹的古旧门槛，弯腰走进一幢幢低矮阴暗的茅屋，不嫌脏乱地握住一双双长满老茧的大手，嘘寒问暖，满面和气，只觉这位花知县应该去金陵参加汤显祖、张泓愃等人的票友成立的戏班子才对。这样的演技不去演戏真是浪费人才，也不知他把自己老婆的嫁妆一份份送出去时，心中究竟愧也不愧。

这时候花晴风因为太入戏了，想把他亲民爱民的清官形象再拔高一截，便慷慨地给百姓们开出了一张可以永远不去兑现的空头支票。叶小天再也忍不住了，他蹭地一下就跳了出来。

"各位乡亲父老，县尊大人这番话，可是情真意切的！我就实话对大家说了吧，户科司吏李云聪，已经因为此事受到惩处。县尊大人将免去他的职务，贬为一般胥吏。而户科全体胥吏，尽皆罚俸半年。免去来年一年徭役与赋税的人家，你们该缴的赋税、该服的徭役，就要用他们的罚俸来支付！"

花晴风脸色大变。奈何众目睽睽之下，他实在不可能冲上去捂住叶小天的大嘴巴。

叶小天提着一口丹田气，继续道："本县主簿王宁，是户科的主管。户科簿册混乱，主簿大人难辞其咎。本县县丞徐伯夷，主持驿路修缮，对错点役夫一事也是知情的，却没有及时调整，纠正错误，同样要负责任。官官相护的事情在我们县太爷这里是绝不会发生的。所以，县尊大人已经上书弹劾他们啦！"

花晴风听得眼前一黑，差点没昏厥过去。他眼冒金星，只觉叶小天的声音忽远忽近，忽大忽小："县尊大人还为此上书自劾，主动承担责任！乡亲们，家国一体啊，还希望乡亲们能够理解花县尊，能够全力保障驿路的通畅，做好前线战局的保障！"

雷鸣般的掌声、山呼海啸般的欢呼声响了起来。花晴风近来太过压抑，常有心悸的毛病，此刻再被叶小天这么一激一气，登时头昏脑涨。他指着叶小天，像一条出了水的鱼，无声地张了几下嘴巴，突然身子一歪，一头倒进了他小舅子苏循天的怀抱。

叶小天一看乐了。他本来还准备了几手应变措施，比如花晴风一旦不要面皮当众否认，该如何打断他的话，现在看来全都用不上了。

叶小天马上接口道："不要乱，不要乱。这些天，为了确保驿路运输通畅，县尊大人夙兴夜寐，过于辛苦。昨夜更是连夜写下一份弹劾奏章，一份自劾奏章，彻夜未眠，劳累过度，以致晕倒。只要休息一下就好，大家不用担心！苏班头，还不快抬县尊大人回去休息。"

苏循天答应一声，和周班头、马辉、许浩然三人七手八脚地把花晴风塞回轿子，抬起来便往县衙走。后边百姓们乱哄哄地赞美着："真是清官哪！""谁说咱们大老爷是'泥胎知县'，这是真正爱民如子的好官哪！"

花晴风还没到县衙就气醒了，他坐在轿子里也不吭声，只管跟练蛤蟆功似的运着气，到了县衙，轿子直接抬进三堂。花晴风唬着一张脸从轿子里出来，气势汹汹地进了客厅。

苏循天担心地看了看叶小天，叶小天无所谓地弹了弹官帽，施施然地跟了进去。苏循天不放心，忙也快步跟了进去。以他班头的身份，当然没资格跟进去，可是以县太爷小舅子的身份，却又没什么了。

"叶小天，你这是挟持民意，强迫本县！"

花知县脸色铁青，怒气冲冲地对叶小天道。

叶小天耷拉着眼皮，阴阳怪气地道："大人，您方才不是也说，不管涉及谁，都要一查到底嘛。下官只是领会大人您的意思，为百姓们做一个明确的解答。百姓们书读得少，大人您那么官方的话，他们听不懂！"

"你还敢狡辩！你……"

花知县戟指叶小天，刚刚说了半句，忽然呵呵地冷笑起来："话都是你说的，本县可没有承认。本县是不会上书弹劾徐县丞与王主簿的，他们二人若是诘问起来，这件事你自己解决，本县是不会让你称心如意的！"

叶小天惊讶地道："不会吧？大人您的弹劾奏章，已经通过军驿快马呈送京城了，同时还抄报了铜仁府和贵阳府，白纸黑字摆在那里。大人若说是下官自作主张，只怕徐县丞和王主簿不会相信下官的说辞啊！"

花知县呆了一呆，失声道："什么？"

叶小天打个哈欠，对苏循天道："循天哪，驿站的回执拿来。"

叶小天倒不是诚心在花知县面前打哈欠，故意做出慵懒的姿态，而是昨夜与苏雅会晤，折腾了半宿。等苏雅姐弟离开后，他又因为双方的合作，重新设计规划如何对付徐伯夷、王宁的方法和手段，就没睡多少时间。

苏循天应声从怀中摸出一张回执，双手交到叶小天手上。衙门通过驿站递送京师的公文，驿站当然都要签收并给予回执，重要公文尤其如此。这一次是通过军驿传递，回执上写得更加详细。

花晴风从叶小天手中一把夺过回执，定睛一看，见上边记载的是两份奏章。两份奏章的名称都赫然在目，一份是《劾葫县县丞徐伯夷暨主簿王宁疏》，一份是《葫县知县花晴风自劾疏》。

奏章是今晨送走的，因为走的是军驿，这个时辰早就快递出去了。因为云南战事的发生，这条线上的军驿往来更是用的八百里快马，根本不可能追及了。花晴风两眼发直，倒退两步，一屁股坐到了官帽椅上。

"不可能！这不可能！没有本县的印信，你们不可能发出奏疏……"

带着最后一丝侥幸，花晴风喃喃道。苏循天忍不住带些嘲讽地道："姐夫，奏疏上当然有你的印信，不然你以为我们是在戏弄军驿和朝廷吗？"

"怎么可能！"花晴风吃惊地看看苏循天，又看看叶小天，突地恍然大悟，大怒道："苏雅！是她！一定是她！"花晴风把袖子一甩，拔足就向后宅赶去，一副气冲斗气的模样。

叶小天看他那副气势汹汹的架势，不禁有些担心地对苏循天道："县尊大人勃然大怒，令姊不会有事吧？"

苏循天懒洋洋地答道："喊！我姐夫？那就是一根银样镴枪头，到了我姐姐面前，根本耍不出威风的。"

第十八章

破釜沉舟

一

　　苏雅的卧房内用屏风单独隔出了一间静室，充作她的书房。此时，书案对面的墙上，就挂着叶小天所赠的那幅高山流水图，苏雅正在临摹王希孟的绘画笔法。
　　门哐的一声推开了，一阵急骤的脚步声响起，花晴风怒气冲冲地出现在苏雅面前。正为苏雅研墨的小丫鬟翠儿一见老爷大发脾气的模样，不禁吓得大气都不敢出。
　　苏雅只是淡淡地瞟了花晴风一眼，向翠儿轻轻一摆手。翠儿便如释重负地放下墨，垂着手，勾着下巴，从花晴风身边小心而飞快地溜了过去。
　　苏雅没有理会花晴风，她仔细看看王希孟的高山流水图，低头小心地画着。不得不说，王希孟的传世之作虽然不多，但每一幅都是精品，就拿这画中的伯牙来说，那举手抚琴的动作异常灵动，望着那画面，就似优雅的琴声正传入你的耳中。
　　苏雅看了看自己临摹的伯牙，轻轻摇了摇头，笔力还是不够啊，笔下的线条描绘出来似乎与王希孟的原作并无二致，但却没有王希孟画作的那种生动传神，看来还需好生学习一番才行。
　　苏雅的无视使本就气炸了肺的花晴风更是气得面皮发紫："夫……夫人，你也太大胆了！"花晴风按捺不住，终于先开了口。
　　苏雅把笔往笔山上轻轻一搁，缓缓转过身，淡淡地道："相公的胆子太小，妾身的胆子再不够大的话，咱们花家在葫县还能有立足之地吗？"
　　"你……"
　　花晴风被苏雅一句话击中要害，满腔怒火都憋住了。花晴风涨红着脸，顿足道："你……你怎么可以冒用为夫的名义向朝廷上奏疏呢，这件事如果传扬出去，后果不堪设想啊！"
　　苏雅又好气又好笑地道："哦？却不知这件事如何才能传扬出去呢？"
　　花晴风怒道："若要人不知，除非己莫为，你真以为行事隐秘，便能不为人知吗？"

苏雅讥诮地道："那妾身倒要请教了。如果相公认账的话，就算有人拿着笔迹来核对，又能怎么样呢？大不了说是相公身体不适，由妾身代笔，而相公是完全认可的，那时谁又能拿此事来拿捏咱们？除非相公你不敢认。"

花晴风再度语塞，沉默半晌，才沮丧地道："为夫在葫县隐忍了五年有余，眼看再有一年半载，就可逃出生天了，你偏要在此时生事！这两封奏疏一上，本官与徐县丞、王主簿便彻底撕破面皮，再也没有回旋余地了！"

苏雅眉头一挑，道："那又怎样？他们不怕你这个上官，难道你这个上官偏就怕了他们这做下属的？哼！再有一年半载就逃出生天？逃去哪里呢？你在葫县一事无成，毫无建树，难道还指望吏部再给你一个好差使。与其如此，何妨放手一搏？"

花晴风怒道："妇人之见！妇人之见！"

苏雅道："相公，妾身的妇人之见是，你要么现在就去找徐伯夷和王宁，对他们讲，奏疏并非出自你的手笔，乞求他们的原谅，再马上追加一道奏疏，向朝廷说明情形，把伪造奏疏的妾身抓走。要么，你就拿出勇气，跟他们斗一场！像个男人一样，好好斗一场！"

苏雅冷冷地道："相公，你好好想想吧，如何决定，全在于你！"苏雅说罢，便把羽袖一甩，昂然走了出去。

花晴风盛怒而来，却根本没有对苏雅大光其火的可能。其实最初的花晴风在自己夫人面前并不是这般软弱的，他可不惧怕河东狮吼，而雅夫人也不是河东狮。

但是他在外面时时软弱、处处软弱，现在甚至要靠自己婆娘的嫁妆来维护他作为知县的尊严，他哪还有底气在苏雅面前摆威风？而苏雅原也不是对丈夫如此强势的女人，再精明再能干的女人，都希望丈夫比她更有本事。从本性上，她们享受的就是那种被强者征服、庇护和占有的感觉，可花晴风却如此软弱，自然而然也就显得她更强势了。

静室中一时间只有花晴风粗重的喘息声，过了半晌，他缓缓退了两步，颓然倒在一张椅上。

· ※ · ※ · ※ ·

花知县上书朝廷，弹劾徐县丞和王主簿的消息迅速传到了正在家"养病"的王主簿耳中。王主簿一听，蹭的一下就跳了起来，原本坐在他膝上的最受宠爱的那个小妾站立不稳，哎哟一声跌到了软绵绵的地毯上。

王主簿也顾不得怜香惜玉了，一迭声地吩咐家人："备车！快快备车，老夫要去驿站！"

"身染重疴、卧床不起"的王主簿腿也不酸了，腰也不疼了，走路也有劲了，一口气就赶到了后院。不一会儿,院门大开,一辆马车辚辚地驶离王府,直奔驿站而去。

徐伯夷昨日在县衙被叶小天家的一对宠物折腾了个半死,直到上床歇息时耳鸣声还时有反复,这个脸丢的着实不小。不过他聊以自慰的是,惹事的是一对畜生而非叶小天,也只好以此自欺欺人了。

不晓得是不是因为此前多次吃过叶小天的亏,已经让徐伯夷落下了心理阴影,在叶小天返回葫县前,他曾无数次幻想过再度见到叶小天时的场面。在幻想中,他每一次都是扬眉吐气,而叶小天则彻底拜倒在他的脚下,苦苦央求他高抬贵手。

可是真的见到叶小天那一刻,他终于明白,幻想就是幻想,他还是从心底里害怕叶小天。没错,他现在已经控制了大半个葫县,而且叶小天是他的下属,可问题是这个从不按常理出牌的叶小天,从来不会给人一种可控的感觉。

其实徐伯夷的这种心态和处境倒也不是绝无仅有,在后世职场中,一个浑不吝的下属,也常常会令他的上司束手无策甚至脸面无光,尤其是在大家都端铁饭碗的时代。

不过,那时的这种人物要么是有些背景,上司动不了他,要么是岁数大了,倚老卖老,可叶小天他既没背景,岁数也不够大,唯一符合标准的是,徐伯夷动不了他。

可那也不至于反过来让徐伯夷受制于他呀,但徐伯夷就是有些怯于应对叶小天。于是,徐伯夷采取了另外一种策略:你要闹,随你!战事只要再持续两个月,我就可以在巩固现有势力的基础上,把负责财务的人也全换成我的心腹,到时就算战事结束,你们也无力与我抗衡了。我是动不了你,可你那时除了跟我撒泼耍赖又能如何?一次两次这么闹也无所谓,久而久之,你闹却又没有任何效果,完全改变不了我大权在握的事实,那就就只会让人看轻了你。

可谁知他不想去招惹叶小天,叶小天却迫不及待地跑来招惹他了。徐伯夷刚去驿路上巡视了一圈,回转他临时设在驿站的签押房,王主簿就风风火火地赶来了,一进签押房,便把所有人赶了出去。

徐伯夷纳罕地笑道:"王主簿,出了什么事?这般着慌。"

王主簿跺脚道:"我就说那叶小天不可小觑,不容轻视!你偏提不起足够的戒备,这下好了,他刚回来,就撺掇花晴风上书朝廷,弹劾你我了!"

徐伯夷吃了一惊,道:"上书朝廷弹劾你我,他弹劾我们什么?"

王主簿把他听来的消息一说,徐伯夷的脸色登时沉了下来,道:"此事赵驿丞该当清楚的,方才还见到他,为何并未听他说起。"

王主簿冷笑道:"你只看他平日里与你称兄道弟,可忘了他出身播州!他巴不得咱们和叶小天两虎相争,同归于尽呢。"

徐伯夷想了想，又镇定下来，哂然一笑道："眼看就百忍成佛了，不想他知县大人居然忍不住了。嘿嘿！他真以为叶小天回来了，他就有了转机？让他们折腾去吧，这件事就算报上朝廷也不甚严重，何况还有保障军资的借口。"

王主簿冷笑道："你真这么想？你跟叶小天交手也不是一次两次了，难道还看不出他的为人秉性？不能落在实处的板子，他是绝不会打下来的。如果只是被花晴风上书弹劾，你当我就会慌了？老夫担心这只是一个开始，接下来叶小天必然还有动作。"

徐伯夷笑容微敛，他可以无视花晴风，却不能忽视叶小天。徐伯夷仔细地想了想王宁的话，颔首道："不错！叶小天这条疯狗，倒是不可不防。不过，他能如何着手呢？"

两人思量叶小天会如何出手的时候，驿路上出现了一顶绿呢小轿，前边有"回避""肃静"的官衔牌，还有两人鸣锣开道，一敲就是七记锣，这意味着军民人等一概回避，之后又有衙役们持铁链与水火大棍随行。

花晴风很少出门，偶尔出门时，据说为了亲民，他也从不大摆仪仗，除了一些重要的典礼场合，这还是头一回摆这种阵仗。

正在驿路上干得热火朝天的役夫们都停了手，茫然地看着渐渐走近的衙役。他们在这驿路上轮流干了两三个月了，还是头一遭看见这么大的排场，本县官员出巡能有这等排场的只有一个人，县太爷！

不管是当初跋扈横行的孟庆唯，还是今日大权在握的徐伯夷，即便他们的权力大过了花晴风，可这只能由百里至尊享用的出行仪仗，他们也是无法拥有的。绿呢小轿在驿路上停下了，轿帘一打，花晴风面沉似水地从轿子里走了出来。

叶小天笑吟吟地走上前，向花晴风拱了拱手，高声道："县尊大人，咱们到了！"

花晴风狠狠地瞪了他一眼，无奈地走向前去。他被妻子、小舅子和叶小天三人联手给逼迫来了。

花晴风并不蠢，一直以来欠缺的只是任事的勇气而已。他当然清楚，那两封奏疏一递出去，他和王宁、徐伯夷就连表面上的和气都不复存在了，他已再无退路。

他能向徐伯夷和王宁低声下气地请罪，并向朝廷举报自己的妻子吗？即便他肯这么做，被追究的后果也比被徐伯夷和王宁打败更严重。退一步，这就是让人粉身碎骨的悬崖峭壁，他根本别无选择，只能硬着头皮往上冲了。

第十九章

雷霆手段

一

花晴风望了一眼叶小天，看到叶小天鼓励的目光和轻松自然的神态，他的紧张稍稍缓解了些。

他清咳一声，向好奇地围拢过来的役夫们沉声宣布道："本县晓谕尔等，鉴于驿路维缮过程中徐县丞犯下的过错，鉴于驿路于我朝廷军资运输的重要，自即日起，驿路一应大小事务，概由本县全权负责！"

百姓们对此并没有太强烈的反应，谁来负责他们还不是一样干活。而且，虽说花知县在县衙里被架空了，但是这种事小民们并不太清楚。他们知道的是，花晴风是本县的大老爷，大老爷要替二老爷亲自督促驿路修缮，那不是合情合理嘛。

当然，徐伯夷派来管理、监督役夫们的捕快衙役们是颇感惊讶的，可他们的主子再嚣张，也不代表他们敢挑衅知县大老爷的权威，更何况旁边还站着那位叶典史呢。

叶典史笑眯眯的，跟笑面虎似的，笑得实在有点不怀好意，那双眼睛贼溜溜的，好像巴不得有人跳出来。可惜，叶小天失望了，没有人敢站出来，当叶小天的目光巡视过去时，与他对望的人还纷纷低下了头，不敢与他对视。

叶小天很满意，摆摆手道："周班头！"

周班头挺身而出，大声道："卑职在！"

叶小天道："从现在起，由你的人全面接手驿路管理！"

周班头道："卑职遵命！"

叶小天又向那些胥吏衙役们道："原本坚守在驿路上的各位弟兄，你们辛苦了，现在你们可以回去了。大老爷慈悲，许你们三天假期，休息一下，沐浴一番，三日之后再回衙门，另有听用！"

徐伯夷不在此处，那些人哪敢跟这位有名的驴典史叫号，万一他又耍起驴来可怎么办？这厮一旦尥起蹶子，可是连徐县丞都被踢得鼻青脸肿。黔无驴，今来也，唯猛虎可降之，可徐县丞算是猛虎吗？

原本守在驿路上的胥吏、衙役们乖乖地交卸了职权，驿站的驿卒们多少也了解一些县衙里的明争暗斗，他们一见这架势，就知道是县太爷来夺权了。此事与他们驿站不大相干，他们只是笑嘻嘻地看热闹。

花晴风一见如此顺利，兵不血刃地便夺取了对方的堡垒，提着的一颗心才悄悄放下。可惜，叶小天实在是不让他省心，他刚把心放下，叶小天又开口了。

叶小天笑吟吟地道："大人，驿路上已经交接了，这里交给周班头就好，咱们那位徐县丞对此还不知情呢，咱们得去驿站上知会他一声。"

叶小天对驿路是很放心的，他已经联络了高李两寨。高李两寨那些山民，包括他们的寨主，都是义气之辈。他们一旦看准一个人，那就是不遗余力的支持。

何况这件事对他们也有利，谁不想多赚钱。之前徐王二人还有赵驿丞，都趁机让投靠自己的车马行从中牟利。虽未刻意去得罪他们，客观上也影响了他们的利益，于公于私，他们都会全力支持叶小天。

是以叶小天消息一到，高李两寨的少寨主就亲自带人来增援了，现在就在路上。如果徐伯夷想怂恿人撂挑子，叶小天也是不怕的，他有的是人手顶上去。

要用这种强硬手段，还真得叶小天和花晴风来联手。花晴风有大义名分，但他没有权力和人脉，办不成事。如果他自己来，有人听他的吗？徐伯夷真撂挑子怎么办？他能怎么样？亲自挽起裤腿去修路，就算他肯，他一个人能确保驿路畅通？

而他没有的，叶小天有！你想撂挑子，我有人顶上去！权力伴随的是相应的义务，能履行相应的义务，才能掌握相应的权力。但叶小天没有名分，身为下属，你想否定上司的安排？在他自己那一亩三分地上，他想怎么折腾都行，但他没权力干涉整个葫县的政务，这就是徐伯夷最大的底气。

可是叶小天和花晴风能"坚定不移"地联起手来互为补充，那会怎么样？

花晴风一听要跟徐伯夷正面冲突，又开始胆怯起来："叶典史，这个……这个就不必了吧，不如遣个人去驿站跟他说一声，咱们还是先回衙门吧。"

"回衙门？那怎么成！县太爷，从现在起，您得一直守在驿路上，直到云南战事结束！"叶小天压低了声音，道："哪怕是做做样子，大人，您现在不能走。否则这份功劳依旧是徐县丞的。您的权力也休想夺得回来！"

花晴风迟疑道："可是一旦起了冲突叶典史，本县以为……"

叶小天提高嗓门，高声道："大老爷打道驿站，仪仗导行啦！"

"咣！咣咣咣，咣咣咣！"七声铜锣，意味着军民人等一概回避，知县大老爷没办法，只得憋着一口气钻进轿子，被叶小天使人强行抬往葫县驿站，就像一尊泥菩萨。

善男信女们信奉菩萨，会遵从菩萨的教诲，但菩萨不会亲口给予他们任何启示或指点。菩萨的代言人是讲经人,花晴风此刻扮演的就是菩萨的角色,而叶小天,无疑就是那位舌灿莲花的方丈大和尚了。

王宁还在徐伯夷的临时签押房里,和徐县丞琢磨着叶小天可能使用的策略。虽然他们已经很熟悉叶小天的性情为人,可也想不到叶小天有胆子这么赤裸裸的抢班夺权。他们已经尽可能大胆地想象叶小天会使用的计策,但也基本没有脱离官场上惯用的手法和手段。

从这个角度去分析,两个阴谋家一时间替叶小天想出了无数种可能的夺权手段。其性质不外乎明升暗降、含沙射影、培植亲信、斗心眼、耍手腕、搞阳谋、组圈子、迂回、技巧、等待……

由是,二人也想出了种种对应的办法。他们现在已经占据了优势,是不怕这种明争暗斗的。这个过程十分漫长,要全部实施下来,怎么也得一两年工夫,而花知县顶多在葫县再当一年半的龙头老大,到时候就算不走也是到了该走的时候了,谁还会依附于他?

况且云南战事一旦结束,论功行赏时,徐伯夷有大功在身,到时又多了一个重要筹码,本就屈居弱势的花知县想压他一头,难!难如上青天!当然,他们真正忌惮的是叶小天。可叶小天是他们的下属,叶小天有能力,但是想向他们挑战,却没有那个名分和权力,最恰当的手段就是借用花晴风的名分。

当然,这并不是说离了花晴风,叶小天就没办法对付他们了。官场上小鱼吃大鱼的事例也是常有的,可那需要的时间就更长了。他必须在更高一级的衙门里找到一座大靠山,并且抓住徐王二人足够的把柄,才有可能扳倒他们。徐伯夷和王宁有什么把柄叫他抓?

两人正商量着,李云聪像被狗撵的兔子似的冲了进来,上气不接下气地道:"大……大大……大人,大事不好!知县大老爷和……和叶典史,赶来驿站了。"

王宁呆了一呆,奇道:"他们来干什么?"

李云聪跑得一脑门汗,他抬起袖子擦了把额头的汗水,呼哧呼哧地道:"花知县要亲自负责驿路保障,要取而代之!"

徐伯夷不敢置信地道:"不可能!这只乌龟何时有这么大的胆子?就算他是知县,难道敢与本县丞与王主簿彻底决裂?离了我们,葫县还能玩得转吗?"

王宁阴沉沉地道:"你别忘了,还有个叶小天!"

徐伯夷冷笑道:"叶小天,一个无赖而已。如今情形下,他能做什么?"

王宁眼珠转了转,道:"难以预料,这人胆大包天,行事大违常法,实在猜不出他究竟想干什么。如今这种情形下,他敢跟我们彻底决裂,只要我们稍出手段延误军资运输的大事,哼!他有几颗脑袋够砍的?"

李云聪急道："两位大人，县太爷就快到驿站门口了。"

王宁矍然惊醒，马上道："老夫还抱恙在家呢，不能叫他看见。老夫从后门走，徐县丞，不管他有什么手段，你一定要沉住气，使一个拖字诀先拖着他们，咱们今晚再详细计议。"

"好！"

徐伯夷振衣而起，冷冷笑道："老李，咱们去迎一迎县太爷，瞧瞧他究竟想玩什么花样！"

驿站和巡检司一样，都是地位比较超然、职权相对独立的部门，在县衙之外，另有专属的上司衙门管辖，但是他们同时也是县太爷的下属，县太爷来了，赵文远也得出面接迎。

徐伯夷带着李云聪匆匆赶出签押房，走不多远，就见赵文远急急赶来。徐伯夷停住脚步，面色不善地道："赵驿丞，听说今晨知县大人有两份奏章送往京师？"

赵文远笑吟吟地道："徐县丞的耳目好生灵通。不错！因为知县大人要借用军驿，这两份奏章还是本驿丞亲自签押办理的，怎么？"

徐伯夷气往上冲，可话到了嘴边却没说出来。他能说什么？人家循章办事，难道怪人家没向他通风报信？虽说平日里彼此称兄道弟的，可人家赵驿丞就不卖他这个交情，他有什么理由怪责？

徐伯夷冷哼一声，拂袖前行。赵文远望着他的背影微微一笑，忙也举步跟了上去。站在他的立场上，是绝不希望徐伯夷和王宁称霸葫县的，但是他更不希望花晴风占上风。最好的局面，就是这两边持续地斗下去，势均力敌地斗下去，那么无权干涉政务，只有驿站管理之权的他，才能游戏其间，如鱼得水。所以，花晴风既然处于下风，他是很乐意帮花晴风一把的，此时他也很期待叶小天归来，能把那个阿斗似的县太爷扶上马走一程。

可是，任他想象力再丰富，也没想到叶小天并不是把花知县扶上马送一程，而是把这位怯懦知县绑上了战车，亲自驾驶着战车，轰轰隆隆地碾压了过来。

第二十章

我来你去

一

徐伯夷和赵文远先一步赶到了驿站门口。当然，这是因为县太爷的仪仗队有意压慢了速度，给他们留出迎接的时间。轿子一停，徐伯夷和赵文远便上前一步，向绿呢大轿长揖一礼，道："下官徐伯夷（赵文远），恭迎知县大人。"

叶小天走到轿前，替了轿夫的差使，伸手一撩轿帘，花晴风这才略显迟缓地从轿子里出来。在他而言，是因为心中有些畏难。在徐伯夷看来，却似故意端着架子，心中不由得微凛："这一遭花乌龟来者不善呀。"

叶小天向花晴天伸手虚扶了一把，在花晴风正官帽的时候，轻飘飘地在他耳边撂下了一句话："县尊大人，不可再有丝毫犹豫。此时进，则有一线生机！退，则会一败涂地！"

这句话重重地敲在了花晴风的心头，花晴风矍然一惊，闪目看向徐伯夷时，神情便有些沉稳下来。花晴风摆摆手，举步向前走，徐伯夷与赵文远左右一分，头前引路，四人便进了驿站的大厅。

花晴风在上首坐了。驿卒奉上茶来，徐伯夷便欠身道："知县大人公务繁忙，如果有什么事吩咐，只消使人来传唤一声就是了，下官怎么敢劳动县尊屈驾来此呢。"

花晴风看了一眼坐在下首的叶小天，只见叶小天眼观鼻、鼻观心，状若老僧入定一般。此时此刻，叶小天既不能为花晴风出谋划策，也不能在一旁鼓励打气，一切只能交由花晴风自由发挥了。

花晴风平静了一下心情，尽可能让自己的声音听起来更加坚定有力："云南战局一开，本县最重要的也是唯一重要的事，就是保障驿路通畅，本县岂能不慎而重之。"

他端起茶来，轻轻呷了一口，气息终于平稳下来："从即日起，本县将坐镇于此，亲自主持驿路的管理与修缮。至于徐县丞，呵呵，你操劳多日，也辛苦了，就先回县衙去吧。"

徐伯夷此前已经听李云聪向他禀报过此事，是以没有半点惊讶之色。听了这话，他马上摇了摇头道："大人，下官觉得此事不妥！"

花晴风一听徐伯夷当面反驳，气息又开始不稳，脸庞微微涨红地道："有何不妥？"

徐伯夷道："大人，下官在这里已经守了两个多月，对这里的一切都很熟悉，同来往的军将也很熟悉。大人此时接手，一切都要从头开始，一旦出现纰漏，岂不有违大人本意？再者，大人您是一县之主，本县民生经济、诸般政务都要由大人您来操持决定，驿路保障固然重要，却不是本县唯一的大事。大人您是本县的父母官，要是大人您只关注于此事，其他的事，谁能替大人代劳啊。"

徐伯夷这句话倒是激起了花晴风心中的一丝的怒意：泥人还有土性呢，何况花晴风这么一个大活人。他早被王主簿和徐伯夷架空了，他要吩咐点什么，底下人向来是阳奉阴违，根本不予执行。即便他再三催促，也是拖拖拉拉不肯办理，如是者三五次之后，纵然别人不说，他也没脸再去督促了。过问一次就丢人一次，就是打自己的脸哪。

渐渐的，他就只能缩起头来，躲在那个坚硬的壳里，用自欺欺人来维护他那仅剩的自尊。现在可好，徐伯夷居然说县中百务离不开他，县中事务不是一向都由王主簿和徐伯夷代劳的吗？

花晴风忍了忍心头火气，用强硬的口吻道："本县心意已决，徐县丞无须多言！"

叶小天暗暗舒了口气："还成，事情都做到了这个份上，他要是还是拿不出一点魄力，这个官真是彻底白做了！"

谁料叶小天刚在心里夸完，花晴风便又来了一句："朝廷要求确保驿路通畅的公函是下发给本县的，如果出了什么差错，本县难辞其咎。此前路难事故中查出的乱征徭役事件，就差点酿成动乱，本县安能不慎。"

赵文远听到这里，不觉有些好笑。你是一县正印、百里至尊，你既然决定了，叫人服从就好了啊。方才若是就一句"本县心意已决，徐县丞无须多言！"那多给力，何必再解释那么多。

徐伯夷也听出花晴风色厉内荏，底气严重不足，不由得暗生轻蔑。可是，不管怎么说，花晴风既然已经到了这里，且说出以他的性情难得会说的一句重话，自己再想坚持恐怕是不成了。

徐伯夷微微眯起眼睛，缓缓地道："大人既然已经有所决定，下官自然只能服从。只是，下官反对的缘由业已禀与大人，大人若一意孤行，如果驿路上一旦出了什么差错……"

这分明就是威胁了，即便驿路上不出差错，难道他就不能搞出点纰漏来？花晴风略一犹豫，下意识地看向叶小天。叶小天正在喝茶，他呸的一声，将一片茶叶吐在地上，又把茶杯往几案上重重地一顿。

花晴风深吸了一口气，沉声道："既然是本县的决定，自然由本县一力承担！"

"好！"

徐伯夷微微一笑，站起身来向花晴风拱了拱手，道："既然如此，那下官这就返回县衙，下官告退！"

徐伯夷说完也不等花晴风回答，潇洒地一甩袍袖，便一步三摇地走了出去。

"哎！徐县丞，你还没有交接……"

花晴风见徐伯夷"败退"，心中甚是喜悦，可他忽而想及徐伯夷还没对他做任何交代，许多事情现在是谁在办，办到了什么程度，他都一无所知，急忙又想唤住徐伯夷。

徐伯夷已经走到厅门口，佯装没有听见，只管昂然走出去。叶小天淡淡一笑，道："县尊大人，驿路的人手也都换了，徐县丞原本所知的事情，怕也没有多大的用处。有赵驿丞在，又有接管驿路的周班头等人呈报消息，也没什么需要顾虑的。说一千道一万，不就是一条：确保驿路畅通嘛，大人只要抓住这一点，就不会错！"

赵文远欠身道："叶典史说的是。驿路上的事情，下官职责所在，虽不及全权负责此事的徐县丞知道得周全，却也明了大半。自当竭尽所能，辅佐大人。"

驿站后山上一处凉亭里，潜清清一身雪白色的劲装，只在手腕领口处绣着蓝色的纹边，手中提两口短刀，站在亭上向山下眺望。她刚刚练完武，额头微微汗湿，两颊一片酡红，恰似一朵绽放的娇丽桃花。

一身雪白的劲装，衬得她腰细、臀圆、胸挺、背直、腿长，挺拔高挑，可周身的线条却并不硬朗，从胸背到腰臀，再到那双笔直修长的腿，曲线滑润，有种说不出的诱人之媚。

"呵呵，这叶小天果然是个怪物，他一来，就把徐伯夷顶走了。这份本事，换个人来只怕做不出，难怪主人如此赏识他！"

潜清清一双清光潋滟的眸子像猫似的轻轻弯了起来："哪怕是这厮被押去南京，我都不曾与遥遥疏远，看来是做对了，只是此人行事如此难以揣测，可不是一个容易控制的人物。就算他把遥遥这个小丫头当成亲妹妹看待，将来便能左右他吗？

况且，他官虽不大，勾搭女人的本事却不小，夏家大小姐还跟他不清不楚的，现在展家大小姐又住进了他的家。不管他最后和谁成就好事，总不免与这些家族有所瓜葛，到时情形就更复杂了。我得把此事禀报主人，早做定夺……"

徐伯夷潇洒地离开驿站，云淡风轻的模样立即不见了，脸色铁青。虽然他自觉仍有许多办法摆布花晴风，直到花晴风再度示弱，把他请回驿站收拾乱局。但是被人这么轰走，依旧觉得颜面无光，满心不快。

李云聪方才不知溜到哪儿去了，这时候又像地老鼠似的钻了出来，一溜小跑地追上徐伯夷。徐伯夷冷冷地看了他一眼，吩咐道："你去，叫谢传风到我府上见我，立刻！"

李云聪呼哧带喘地刚追上来，一听这话忙又答应一声，转身离去。

谢传风的车马行就设在驿站旁不远的地方，实际上几家车马行全都设在这左近。李云聪找到谢传风一说，谢传风马上就跟着他赶向李云聪的住处。自从叶小天回来，谢传风就盯上他了，既盼着徐伯夷能彻底压制自己的这个老冤家，又担心诡计多端的叶小天又闹出什么幺蛾子。如今看来，他担心的事还是发生了。

徐伯夷本来是住的县衙安排的公舍，不过现在他已经有了自己的一处府邸。府邸不算奢华，却也有三进院落，数十间房舍。这座府邸就在齐木府邸的旁边，两府共用一道院墙，而在徐府后宅里，就有一道角门直通齐府。现在市井中传说徐县丞和齐木的夫人私通款曲，乃至全盘接收了齐木的几个小妾，这可不是空穴来风。

谢传风和李云聪一到徐府，早已得了吩咐的门子便把二人让进去，一个小丫鬟把二人引入了正厅。正厅里，徐伯夷已然换了一身燕居轻袍，坐在厅中悠闲地品茶。看他那气定神闲的样子，可丝毫不像是刚刚受人排挤。

第二十一章

各出各招

一

谢传风一见徐伯夷，急忙抢上两步，趋身下拜道："草民见过县丞大人。"

徐伯夷轻轻颔首，道："你坐吧！"

谢传风谢了座，李云聪也在一旁坐下来。徐伯夷本想把他支开，可是一见李云聪已然坐下，心中微一迟疑，觉得若是把他支开，未免显得不够信任。这李云聪如今也算自己人了，倒也不必太过戒备，便没再理会他。

徐伯夷放下茶杯，对谢传风道："叶小天怂恿花知县主持驿路事务的情况，你已经知道了？"

谢传风欠身道："来时路上听云聪兄简单说了几句，详情还不甚清楚。"

徐伯夷呵呵一笑，道："详情？详情有什么用？现在的情况就是，叶小天借题发挥，利用路难事故中暴露出来的壮丁服役之误，让花晴风打了本官五十大板，又自打了五十大板，用一招苦肉计夺了权！"

谢传风紧张地道："大人，那咱们怎么办？县太爷毕竟是县太爷，总不好公开抗命呀。"

现在的谢传风，比之当年在田府做管事时已不可同日而语了，借由车马行的成立和这次云缅之战，他已经积攒了一笔不菲的财产。对叶小天的仇恨他当然没有忘记，但与此同时，他更关心个人的财富得失。如果徐伯夷失势，他的财产就无法继续保持现在这种急剧增加的态势，大为缩水也不无可能。

同时，他可不相信叶小天会是个君子。一旦叶小天掌握了权力，会放过他吗？叶小天现在不动他，只是因为有徐县丞在和王主簿在，有一票比他更难对付的对手，懒得理会他罢了。

徐伯夷淡淡一笑，道："怎么办？以彼之道，还施彼身可矣！那叶小天胆子大，知县老爷的胆子却小得很，只要给他们制造点麻烦，到时候知县老爷一定会缩回县衙，谁也休想再牵他出来了。"

徐伯夷向谢传风招招手，谢传风连忙欠起屁股，颠儿颠儿地凑到他面前，递上耳朵。徐伯夷对他窃窃私语一番，谢传风听了吃了一惊，失声道："大人，这么做，会不会……"

他还没有说完，剩下的话就被徐伯夷冷厉的目光给逼了回去。徐伯夷冷冷地道："你想有所成就，必须有所担当，没有人能随随便便成功！要么忍，要么狠，要么滚，你任选一条！"

哪有三条路可选，只要他不遵从徐伯夷的吩咐，马上就会被徐伯夷抛弃。没有了利用价值的人，他会有好下场？谢传风脸色阴晴不定半晌，终于咬了咬牙，用力点点头道："小人明白了，小人这就去办！"

徐伯夷的脸色缓和了很多，微笑道："你不用怕，这场戏，不是给叶小天看的，是给知县大人看的。咱们这位知县老爷是从来无所担当，顺水行舟没问题，稍有风浪他就提心吊胆了。"

谢传风也展颜而笑道："大人说的是，那小的……"

徐伯夷微微一笑，道："你去吧，本官等你的好消息！"

谢传风立即抱拳一礼，道："小的告退！"

谢传风匆匆退了出去，徐伯夷看了眼李云聪，李云聪一直坐在下首，慢条斯理地喝着茶，对徐伯夷交代谢传风的事情似乎毫不关心。徐伯夷微笑道："云聪，你追随本官，可曾后悔吗？"

李云聪的脸腾的一下涨红了，他放下茶杯，激动地站起身来，道："不后悔！大人，卑职的情形您是知道的，卑职在县衙里原本并不得意，大半生岁月，过得是浑浑噩噩！'艾典史'到任后，孟县丞点了我为户科司吏，也只是因为卑职是最初接触'艾典史'的人，想封卑职的嘴。到后来，孟县丞死了，'艾典史'也死了，卑职也被打回原形，去了仓房。叶小天新官上任后，卑职一时糊涂，还想着抱他的大腿，可叶小天这人太刻薄寡情……"

李云聪说到这里，眼珠子都红了："他对卑职不闻不问，任由卑职在仓房里自生自灭，饱受同僚耻笑。是大人您把卑职救出火坑的，可卑职的前程，最后依旧坏在那叶小天的手里！大人，卑职跟定你了，卑职要跟着大人，亲眼看着那叶小天身败名裂！"

李云聪这番话里的"艾典史"指的就是叶小天。叶小天以举人身份被点为典史来到葫县的时候，李云聪已经被徐伯夷下放到仓房。叶小天回来后把他当"艾典史"时的旧部几乎全部官复原职了，唯独没有理会李云聪。

李云聪后来见徐伯夷大权独掌，果断投到徐伯夷门下，这才有了出头之日。谁料，才只风光了几天，就被赶回来的叶小天借题发挥，又贬回仓房了。如今他是被徐伯夷借调过来的，要说他恨极了叶小天，确是肺腑之言才对。

徐伯夷哈哈一笑，举步上前，轻轻拍了拍李云聪的肩膀，一字一句地道："跟着本官好好干！我会让你亲眼看着他倒下，也会让你官复原职，甚至更上一层楼！"

李云聪惊喜地道："大人有办法对付他？"

徐伯夷微微一笑，道："他算个什么东西，要对付他，很难吗？"

徐伯夷先给李云聪吃了颗定心丸，才道："前次你与本官讲过，为加强户籍管理，可以引导本县民众移风易俗，按汉人习惯改汉姓、取汉名。本官仔细思量，觉得可行。明日，你把本县各里长保正都找来，本官要探探他们的口风，以做最终决定。"

李云聪道："是！呃……高李两位寨主，要不要请来呢？"

徐伯夷还真没把握能把这两个土皇帝叫来。想了想，道："他们能来最好，若是不能，请他们两寨各自派出一位长老也可。重要的是，这位长老能够代表他们山寨的态度！"

李云聪道："卑职明白了，卑职这就去办。"徐伯夷点点头，目送李云聪离去。片刻之后，屏风后面闪出一个人来，看起来三十许人，是个成熟美艳的妇人，正是风韵犹存的戚七夫人。

"县丞大人，貌似你这一遭吃了叶小天的亏呢？"戚七夫人似笑非笑，一双水汪汪的桃花眼带着撩人的韵味瞟着徐伯夷。

徐伯夷嘿嘿一笑，伸手一拉，把她揽进了自己怀里，在她肥臀上轻轻拍了两记，道："你不用激将本官，我知道你恨极了那叶小天。那叶小天同样是本官的冤家对头，你放心，总有一天，我会把他死死地踩在脚下。"

戚七夫人软绵绵的身子软倒在徐伯夷怀里，往他大腿上轻轻一坐，双臂揽着他的脖子。柔声道："那叶小天害得奴家家破人亡，奴家当然希望他死，可这叶小天并不好对付，要不然奴家的丈夫和孟县丞也不会被他坑了。大人您现在是奴家的终身依靠，可得慎而重之，小心行事呀。"

戚七夫人这番话情意绵绵，饱含关切，听得徐伯夷心中一暖。他被叶小天用强势手段赶离驿路，虽然自觉仍有撒手锏制他，可心中难免懊恼，这时戚七夫人一来，那一团邪火全都转化作了欲火。他揽紧戚七夫人柔腴的胴体，在她鼓腾腾的胸上狠狠掏了一把，喘息地道："去，把樱舞、红络她们几个叫来，好好服侍服侍老爷！"

徐伯夷说的这几个人都是齐木的侍妾。徐伯夷和戚七夫人勾搭成奸后，连带着把齐木的这几个妾室也都接收了。

这戚七夫人原本是齐木的正妻，自然不愿自降身份，与几个侍妾同时服侍一个男人。但今非昔比，她一个妇道人家，不巴结着徐伯夷，如何把持偌大的家产，如何驾驭齐木昔日那班桀骜的属下，是以不敢露出违拗之意。戚七夫人只是故作娇嗔地白了他一眼,便向后宅里走去。

驿站里,叶小天陪着花晴风接收驿路上的一应事务。周班头接管了驿路之后,也在下午赶来驿站向花晴风汇报情形,而赵驿丞有心打压徐伯夷和王宁的嚣张气焰,对花晴风也是竭力配合。

周班头离开不久,罗李高车马行的大管事孙伟暄又来了。孙伟暄这几个月一直在替罗大亨和李伯皓、高涯管理车马行,他是驿路上最好的车把式,又极为熟悉驿路情况,他反馈的情况更加客观而真实。

花晴风汇集了几方面的情报,对目前驿路情况也了解了个七七八八。叶小天这时才对花晴风道:"县尊大人,这里有赵驿丞、周班头和孙伟暄等一班良善百姓辅佐响应,县尊大人足可应付了,下官这就先回县衙了。"

花晴风大惊道:"怎么,叶典史你不陪本官守在驿路上吗?"

叶小天无奈地道:"大人,如果下官也守在驿路上,你就不怕后院起火吗?下官得去盯着徐伯夷呀!"

花晴风忐忑地道:"那徐伯夷必然不死心,可他若想做手脚,十有八九是要着落在驿路上的。"

叶小天道:"这个下官自然明白,可大人您不在县衙里,若是下官也不在,可不任由徐伯夷胡作非为了吗?驿路这边,其实不管那徐伯夷使出什么手段,派些什么魑魅魍魉,大人只需祭出一件法宝,便可镇压了!"

花晴风眼睛一亮,忙道:"什么法宝?"

叶小天微微一笑,便对他附耳说出一番话来。

第二十二章

简单粗暴

一

王主簿回家等候徐伯夷的消息，心中毫不慌张。以花晴风一向的性格，即便想有所作为也不会这么迅速，他总是要先旁敲侧击，再稍露口风，继而小心试探，一旦遭遇到强烈反弹便偃旗息鼓。这一次应该也不例外，哪怕是有叶小天怂恿。

但他没有想到叶小天也早看穿了花晴风的这一性格，所以这一次叶小天根本是把花晴风绑在了他的战车上，拖着、拽着，强迫着他和自己一起冲在前面，结果花晴风竟悍然把徐伯夷赶回了县衙。他得到的不是一个消息，而是一个结果。

这一下王宁可坐不住了，他马上穿戴整齐，直奔县衙。王主簿大步流星，刚刚走到县衙正堂前那块写着"尔俸尔禄，民脂民膏"的戒石前，叶小天正好从另外一侧也快步走来。

一见王主簿，叶小天马上拱了拱手，似笑非笑地道："哎哟！这不是王大人吗，下官听说王大人重病在身，卧床不起，怎么这就上衙来了？下官正打算放衙后就去看望大人呢。"

"啊！原来是叶典史！久违、久违了！"

王宁说着，挺起的胸脯一点点地塌了下去。一句话说完，已经变成一副佝偻着腰，微屈着腿，脸色也半死不活的模样。他有气无力地咳着，道："老夫年纪大了，咳咳，身体不济呀，可现在知县大人都亲自上了驿路，老夫身为佐贰官，不能不效犬马之力呀。"

王宁指了指那块从宋朝太平兴国八年开始，由宋太祖赵匡胤亲笔写就，从此遍立于天下官衙各处的戒石铭，道："尔俸尔禄，民脂民膏。下民易虐，上天难欺！我等食朝廷俸禄的，就该鞠躬尽瘁，死而后已呀！"

叶小天满脸钦佩地道："王主簿真是我等后辈的楷模！佩服！佩服！"

王宁假惺惺地道："不敢，不敢！老夫休养了也有一段时日了，积压下大量公文，老夫先去处理一下,有空再与叶典史你好生亲近亲近。"

叶小天道:"好好好,王大人请便!"王主簿微微点头,举步走去,他侧目瞄着叶小天的动静,一见叶小天的身影消失在院门口,马上加快了步伐,直奔徐伯夷的签押房。

叶小天回到自己的签押房,早有一个书吏候在门口,一见他来,便上前禀报道:"大人,有位书生在您房中等候好久了,说是您的故友。"

叶小天暗自奇怪:"书生故友?莫非是汤显祖来了?"

叶小天虽然是举人出身,可他根本就没上过县学和府学,也很少和读书人打交道,既没有同学也没有什么士林好友,一起中举的同年倒是有一些,可也一直没什么来往。

这签押房里跟串糖葫芦似的,门口一个小间,是小厮杂役们的所在,接着是一个大开间,摆了七八张桌子,这才是一众胥吏的办公场所,最里边一套房间就是叶小天的房间了。

叶小天走进房间,就见一个白衫书生翩然起身。叶小天定睛一看,不由得大吃一惊,差点失声叫出口来。他赶紧掩上房门,这才急步上前,小声问道:"夫人?你……你怎么来了?"

原来坐在那儿的白衫书生正是苏雅。苏雅这一次穿的男装与上一次不同,上一次雨夜拜访叶小天,她穿男装是为了方便行走,并未真做掩饰,所以很容易就能看出是个女人,这一次她是认真做过一番乔扮的。

饶是如此,只要认真看,依旧可以看得出她是女人,至少也是男生女相到了极致的男人,难怪那胥吏方才神色间满是暧昧。只是这位雅夫人虽然在县衙里生活了五年多,可前衙认识她的人却是寥寥无几,那胥吏怎么也不会想到她竟是本县县尊夫人。

苏雅一见叶小天,急忙道:"叶典史,妾身有一件紧要大事与你说。"

叶小天道:"无论如何,夫人也不该冒险到前衙来,一旦被人认出身份,这可怎么得了。"

苏雅薄怒,道:"有什么不得了?我一个女人家都不怕,你怕什么?"

叶小天唯有苦笑,这话听起来怎么这么暧昧。我和你又没什么私情,再说我叶小天从来就不是什么君子,也不怕人说三道四,这不是替你着想嘛?叶小天无奈地道:"下官不是担心影响夫人清誉吗?"

苏雅没好气地道:"好啦好啦,别说这些没用的。本夫人刚刚得到一个紧要消息,可是身边又没有可用之人。翠儿那丫头虽然知心,却又不是一个能交代大事的人,她连话都说不明白,本夫人只好亲自出马了。"

苏雅后宅里都是些普通的丫鬟婆子,哪有能帮她传递消息,办理事情的。本来她兄弟苏循天是可以自由出入内宅的，可花晴风上了驿路之后，苏循天作为小舅子自然要陪在他身边帮衬姐夫，苏雅就无人可用了。

叶小天一听她说得如此紧急，不觉也慎重起来，连忙请苏雅就座，自己也在对面坐下，急问道："不知夫人有什么紧要大事？"

苏雅道："徐伯夷要在驿路上动手脚，逼迫拙夫请他回去。拙夫素来方正，根本不懂这种伎俩，只怕要吃他的大亏。典史大人为人机警，慧眼独具，徐伯夷想算计你可不容易，还请典史大人速回驿路主持大局。"

叶小天微微一怔，目光飘忽了一下，道："徐伯夷要在驿路上动手脚？嘿！真是利令智昏了！为了一己私欲，他竟要置朝廷与黎庶于不顾吗！"

苏雅道："此等小人，你还能指望他什么？本夫人得知这个消息后，真是心急如焚，叶典史，你可有对策！"

叶小天若有所思地道："徐伯夷要做手脚，必然非常谨慎小心，夫人是怎么知道的？莫非……就是夫人在徐伯夷身边埋下的内奸探听到的消息？"

苏雅警惕地道："怎么？你这时还想探我的底吗？叶典史，我得到的这个消息千真万确，你只管小心戒备就是了，你我两家可是休戚与共的，难道你还信不过我？"

自己的底牌，当然不能全告诉别人，否则哪还有合作的本钱，苏雅虽是一个妇道人家，可这点精明还是有的。叶小天笑了笑，道："下官只是好奇罢了，既然夫人不愿说，下官不问便是！"

苏雅急道："叶典史怎么还能坐得如此安稳，快回驿路去呀！"

叶小天向她眨眨眼，道："如果下官在驿路上，徐伯夷纵然想做手脚，手段也必然更加隐秘，到时候岂不更加难以发现。下官不在，才能让那徐伯夷大胆地跳出来啊！"

苏雅本是个极聪明的女子，一听叶小天这话，不由得一呆，旋即惊喜地站了起来，道："你早就知道他必有手段了是不是？你已经有了应对之策？"

叶小天微微一笑，也跟着她站了起来，道："夫人，徐伯夷吃了一个大亏，当然不会轻易罢手，这事不用深思也想得到。下官如今就等他出招呢，若非如此，如何帮知县大人立威？

"夫人尽管放心，早早回后宅去吧。下官这里人来人往的，多有不便，如果真的有人认出夫人的身份，只怕会有许多难听的话传出来。下官固然无所谓，对夫人您，却是莫大的伤害了。"

苏雅听他一再提起此事，没好气地道："你既然早有准备，为何不告诉我？若非本夫人觉得此事紧急，需要提醒你们尽早提防，又怎会冒险前来？"

叶小天苦笑道："夫人，每个人都有自己的秘密，夫人这消息从何得来，不是也不曾告诉我吗？如果夫人让那内奸直接与下官联系，不就免得夫人直接出面了吗？"

苏雅登时语塞："这……我……"

叶小天潇洒地一甩袖子，做了个送客的手势："夫人走好，不送！"

"你……"

苏雅恨恨地跺了跺脚，气鼓鼓地从叶小天身边走过，因为脚下太用力了些，胸前顿时一阵波涛汹涌。

驿路上，很快就出了状况。

先是一段山崖处，旁边是万丈深渊，驿路开在山崖中腰处，上边怪石嶙峋，十分陡峭。前些天大雨，导致一些乱石跌落地面，及时清除后倒是可以通行了，但上边的岩石已然不稳固，如果恰有车辆通过时塌方，必然车毁人亡，所以趁着今日没有车队密集通过，县衙开始组织人手抢修。

结果，一些工头偷工减料，在支撑加固悬崖部分时，所用的木料和石料比规定要求少了一半还多，结果施工过程中悬崖塌方，两个来不及逃开的役夫一个砸断了腿，一个砸破了头。

花晴风闻讯大惊，赶紧赶到出事地段。这山路难行，坐不得轿，骑马又太危险，他是一路步行赶去的，到了那里已是汗流浃背，气喘吁吁。

负责这块地段的是两个包工头，两人互相推卸责任，公说公有理，婆说婆有理，吵得花晴风头昏脑涨，紧跟着周班头又急急跑来禀报，负责采石的商人张释云那里出了状况，石料供给不上了。

本来修补山路大多可以就地取材，但总有一些地段要么没有大块石料，要么本身就是在悬崖峭壁上开凿的道路，不能再开采周围的石头，以防道路垮坍，这就需要从别处开采石头运送过来。

而徐伯夷将筑路、采石、采木等事务都分别承包给几个人，这样各负其责，条理清楚，效率也远比一群役夫什么都包揽下来要高得多，可前提是这些人不能扯后腿。如今张释云找了种种理由，宁可违约赔偿大笔款项，也坚持说他开采不出足够的石料，或者不能及时运送到指定路段，任凭花晴风如何晓以大义，就是不肯通融。

"怎么我一上任，就马上出了这么多问题？"

花晴风也不蠢，明知其中必有蹊跷，他压着火气，好说歹说，那几个工头商贾就是不给面子。花晴风气得浑身哆嗦，大怒道："驿路通畅与否，关乎前线将士的安危，尔等……尔等如此作为，不怕贻误军机吗？"

张释云可不怕花晴风扣下来的这顶大帽子，叫屈道："大老爷您可不能这么说呀，小民尽力了，完不成就是完不成，大老爷您可不能以势压人。大老爷若是不信，你自己组织人马去试试看。"

话犹未了，捕快班中突然窜出一人，手中钢刀一闪，只见一道雪练闪过，噗的一声响,一道赤色血光便直冲半天,张释云的身子还直挺挺地站在那儿,一手还保持着比画的姿势,头颅已然滚落尘埃。

这一变故,只把花晴风惊得呆若木鸡,还不等他反应过来,那捕快手中钢刀又闪了两闪,那两个偷工减料的工头猝不及防,两颗人头也是相继落地。谁也没想到竟然会发生这样的事情,一时间驿路上几百号人全都惊呆在那里,唯有山风呼啸。

杀人了!真的杀人了!

三颗大好人头,就滚落在地上,三具血淋淋的尸体软倒尘埃,谁也没想到县太爷真的敢杀人。杀人?那得皇帝御笔朱批啊。更何况,他们三人有取死之道吗?这就杀了?!

三颗人头,三摊鲜血,把花晴风也吓呆了。他一连退了三步,差点一脚踏空从悬崖上摔下去。

第二十三章

迎风破浪

一

"知县大人有命：云缅大战，葫县虽非战地，却是关系军资运输的关键所在，故而我县一应事务，在云缅战事结束之前，一概实行战时管理，张释云、裘天赐、萧含香，贻误军机，杀无赦！"

出刀的人举起血淋淋的长刀，厉声宣告。血沿着刀锋缓缓流下，淌过护手，落到他的手上，手立即变成了血手。

花晴风看了看出刀的这个人，不认识。他的个子不算高，长得也不魁梧，精瘦的身材，却有一脸络腮胡子，看起来还是挺剽悍的。花晴风还没亲眼见过杀人，被这一幕吓得战战兢兢的："这……这人是谁？"

苏循天的脸色也有点苍白，虽然他早知必有这样的一刻，可是亲眼看到人头落地，刚才还在说话的一个人突然就身首分家，变成死人，那种刺激还是蛮大的。他艰涩地咽了口唾沫，对花晴风道："县尊大人，他……他叫华猛子，是本县一个捕快！"

花晴风吃吃地道："是吗？本县好像……好像没有看过他……"

苏循天道："他是卑职雇用的一个帮闲，并非本县捕快正役。"

县里有名额的捕快一共也就十多个。一个县至少数万人口，又是分散居住在各处山坳，凭着十几个捕快，当然不可能管理过来，所以每个县都有大量的帮闲，名为捕快，但朝廷是不认可的，由地方自筹资金养活。

花晴风一听不是正役捕快，心道："这人也忒剽悍，一口气砍了三颗人头，眼皮都不眨，分明就是一个亡命徒啊！"

这时候，旁边那些人已经被这个捕快冷酷的三刀给吓住了。花知县是真的敢杀人哪，他已经杀了三个人，看看地上那一摊摊鲜血，张释云的身子还在有一下没一下地抽搐。太可怕了，真是太可怕了！

人群中本来还有一些准备火上浇油，想给花晴风点颜色看看的工头，这时候双膝一软，扑通就跪了下去。率先表忠心道："小民等一定做好修缮工程，绝不敢出半点差错，请知县大老爷放心！"

笑话！人家都动刀子了，不软能行吗？钱？钱是收了，大不了还回去，哪怕按照规矩再加一倍。要有钱，也得有命享用才行啊！他们一跪，其他人也都反应过来，立即纷纷跪倒，叩头如捣蒜。

花知县见这一招真的镇住了这些人，心头倒是有些欢喜，可是杀人究竟行不行呀。花知县可没把握，虽然他有判决权，但终审权在皇帝那儿，皇帝朱笔一勾，才能杀人。

当然，朝廷集权也不会拘泥不化，有些特殊情况下还是肯放权的，比如战时、乱世和皇帝临时授权的时候。毕竟在这种特殊情况下如果一味等朝廷批复，很可能公文一来一回，黄花菜都凉了，所以必须授予地方官员专断之权。

只是战时？战场离葫县还远着呢，硬要把葫县划入战区，以特例杀人，朝廷认可吗？这件事是肯定要上报朝廷的呀。

周班头上前一步，低声道："大人，虽然咱们葫县不是战区，可是咱们这里与战区战事息息相关，说是战区也不为过，相信朝廷上是能够理解的。"

花知县这时心乱如麻，只想听到一句肯定的话。听周班头这么一说，他的心中稍稍安定下来，杀了也就杀了，只要朝廷认可，那就没问题。

他堂堂县太爷，被商贾役夫这等刁民欺侮，心里头何尝没有火气，只是苦于没有办法惩治。要立威，打顿板子效果不大，打完了板子如果对方横下心还是不从，他就威严扫地了，要让这些人乖乖听命，只有用更有力的手段。朝廷真的会认可葫县把自己划为战区？周班头哪有这个把握，叶小天也没本事确定，但非常人行非常事，尤其是这样的非常时期。叶小天没工夫一点点的分化、瓦解、拉拢、打击，在这个缓慢的交锋过程中，葫县驿路受到影响不可避免。

如果真是那样，哪怕他们最终取得了这场较量的胜利也是败了。一旦驿路运输真受到影响，一定会丢官罢职的，这还是在打了胜仗的情况下，如果战事不利，前方将士肯定把责任推在后勤保障上。最终所有的矛盾都会集中在葫县，花知县那时就不是丢官罢职那么简单了，用他的项上人头来向天下人解释战事失利的原因，恐怕就是军方和文官集团最体面也最合适的理由了。

"干活了！快，干活了！今天务必把崖下这段路修好，加固好，否则晚饭都没得吃！"几个二工头、三工头，吃了那杀人的胡子脸一瞪，马上跳起来大声嚷叫起来，吓得一群役夫扛起工具就跑。

原本他们干活干得有气无力，那锹铲在地上也就铲去一层浮土，那镐都钉不进三寸深，这一下把吃奶的劲都拿出来了。开玩笑，县太爷是真的敢动刀子啊！三具无头尸体还躺在血泊之中呢。

胡子脸提着血刀微微一笑，眼角却没绷起几道笑纹。他还很年轻，皮肤很紧绷，虽然那一脸络腮胡子让他看起来比实际年龄大了十岁，可他今年实际上刚刚十八，华云飞还年轻得很呢。

·※·※·※·

驿路上干得热火朝天，发生在这一路段的事迅速传到了其他地方，整个驿路上已经没有人敢故意制造一点事端。不但没人敢故意生事，所有的工头还都提心吊胆，个个亲自守在最艰苦的地方，生怕发生一点意外。天晓得急疯了眼的花知县会不会不问情由继续开刀。

驿路上热闹非凡的时候，红枫湖畔夏家大宅的一幢院落里，也是非常的热闹。夏莹莹跷着二郎腿坐在花梨木的圈椅上，嘴角往下撇着，努力扮出一副挑剔的老太太模样。可惜因为她长相甜美，即使扮丑也依旧是那么的可爱。

小薇穿着一身男装，大大的眼睛，尖尖的下巴，比一般女人生得还甜、还美。小薇向夏莹莹抱拳施礼，斯斯文文地道："老夫人，小子姓叶，名小天，忝为贵州葫县知县。"

夏莹莹听到这里，赶紧摆摆手道："不成不成，官小了。"

小薇忙改口道："是，小子姓叶，名小天，忝为贵州铜仁知府。"说到这里，把眼去看夏莹莹。夏莹莹想了想，摇头道："还是小了，小天哥怎么可能只做一个小小知府？"

小薇道："那小子忝为贵州布政使。"

夏莹莹摇摇头道："不成！当布政使的都是一大把胡子，满脸的褶子的老头，哪有年轻人。太老了，太老了。"

小路在一旁像只骄傲的孔雀似的，正努力地仰着头望天，好像正等着有流星从天空划过。

这是夏莹莹教给她的。夏大小姐说，女孩家要矜持，要骄傲，不能摆出一副急着出嫁的样子，那样会被夫家看不起，一定要骄傲。所以小路的下巴越仰越高，亏得她的身体柔韧度很好，否则脖子都快折断了。

可是这么仰着头明显是很辛苦的。听小薇一再过不了关，小路不耐烦了，走过去一把把她拉开，向夏莹莹长揖一礼，慢条斯理地道："老夫人，小子姓叶，名小天，是今科头名状元，三军兵马大元帅。自从见到令孙莹莹姑娘，就此一见钟情。欣闻莹莹姑娘及笄之年，尚未婚配，故而冒昧登门，诚求凤偶，若得鸾俦，荣幸之至。"

夏莹莹笑逐颜开，道："这个好，这个好！"

小薇不服气地道:"小姐,这个怎么就好了。那考上状元的,也有好多是七老八十的男人哪,能当上三军兵马大元帅的,更是一大把胡子的老头了。"

夏莹莹瞪起俏眼道:"谁说的?你看那戏台上,考中状元的,都是年纪轻轻,长相英俊嘛。当大元帅的,更是个个风流潇洒。"夏莹莹越说越开心,一双圆圆的大眼睛渐渐变成了一双月牙:"你就这么说吧!"

小薇咳嗽一声道:"小姐,这词应该是我的,我才是叶小天哪!"

夏莹莹不耐烦起来:"哎呀,你们两个真是好麻烦,这都演不好!算了算了,这段明天再演,来来来,赶紧拜天地,喝合卺酒。"

小路可怜巴巴地道:"小姐,要不咱们直接入洞房得了。今儿五老爷夫人过寿,小姐您还要去喝喜酒呢。"

"这样呀,那也成,那咱们马上入洞房!"莹莹不扮老太太了,一挺腰从椅子上跳了下来,欢快地跑向卧房,抓起一块红布就盖到了头上。入洞房她可不用小路扮。

卧房里,已经演习过三五七八也不知道多少遍的小薇掀起盖头,"色眯眯"地勾起夏莹莹的下巴,嘿嘿的"淫"笑起来:"小娘子,你真是艳比花娇,为夫艳福不浅哪,嘿!嘿嘿嘿……"

小路无奈地翻了个白眼,这是新郎官吗?分明就是一个淫贼。算了,管人家干嘛,马上就该她上场了。小路从袖中摸出一块黑巾蒙在脸上,只露出一双漂亮的大眼睛。

按照夏大小姐的意思,新娘子哪有那么容易就嫁出去的。一定要有个采花贼来把新娘子掳走,然后新郎官单枪匹马杀进淫贼的老巢,经过一番大战,打败采花大盗,救出可爱的新娘。

新娘子向新郎官表达了她的羞怯——抛了个羞答答的媚眼,然后急急向一旁的小路招手:"这个淫贼真笨,还得人家提醒。"

小路双臂一张,做了个老鹰捉小鸡的动作,高声大叫起来:"我大胆淫贼来也!小娘子,你还是乖乖做我的压寨夫人去吧,哈哈!哇呀呀呀呀……"

第二十四章

妾夺妻权

一

莹莹乐此不疲地和小路、小薇玩着成亲游戏，憧憬着小天承诺的那一天早日到来。对于叶小天当前的处境，她并没有派人打听，尽管这对夏家来说是一件很容易的事。

莹莹并非对叶小天盲目信赖到了认为他可以无所不能的地步。她虽天真烂漫，不明了官场制度，但她毕竟是土司的女儿。她的父亲是夏氏家族的掌舵人，控制着十几个部落，受封的也不过是指挥佥事的虚衔。

正四品的武官，实权武官比低他一两品的实权文官还不如，何况是虚衔，要在两年内升任实权六品文官，真有那么容易吗？但是在离开叶小天的时候，她却是一副很天真的样子，仿佛九八七六，真的可以一蹴而就。

她故作姿态，其实只是不想让叶小天难受。这两年中，她希望会出现一个奇迹，那样是最好的结局，如果不能，她就跟叶小天私奔！

在水舞那种从小家教很严的女儿家心中，有些规矩是永远也不可以逾越的。自幼所受的教育在她的心底搭起了一个樊笼，即便没有外界世俗的约束，她一样可以把自己约束得很好。

但是对莹莹来说，破坏规矩毫无心理障碍。可她要是做出那种选择的话，她就要和家人分开一段时间，那样的话这两年里就是她陪伴亲人，弥补他们的两年。所以，这段时间里，她一定要快乐，一定要多陪家人给他们带去快乐。

莹莹从来不会向困难低头，石头挡在前面，绕过去就是了，她不会自不量力地踢上一脚，但也不会就此回头。从这一点上来说，她和叶小天的性情是很相近的。但不同的是，叶小天现在所做的事，似乎不是绕过那块石头，而是一脚踢上去。

这在很多人看来，都是不可能的，尽管叶小天曾经创造出击败齐木和孟县丞的奇迹。但齐木只是一个豪强，而孟县丞又和齐木勾结太深，罪证无数，想摆脱都摆脱不了。叶小天只要斗垮了齐木，再对付孟县丞就容易多了。

但王宁和徐伯夷则不然。叶小天想对付他们，只能利用官场规则，可是在官场规则之内，下官是很难击败上官进而上位的，最好的局面大多是同归于尽。因为这是官员们心中的禁忌：没人喜欢一个以下犯上的下属。

在这场斗争中，他得不到官场中的"道义"支持，而这个"道义"在官场中作用甚大。眼下，这个官场中的"道义"还没有发酵，没有起到应有的作用，是因为他们的斗争只局限在葫县一地，而且他把知县花晴风扛在头上当大旗。可是总有一天，别人会知道一切都是他在主导，那时他的阻力就会出现。当然，规矩到了一定的层面就没有意义了。规矩是什么？规矩就是用来给人打破的，但是你得有那个实力或者你得到了那个地位才成。

民间富绅家庭的妾室又或是官员家庭的妾室，谁敢挑刺宅斗，挑战主母？这种事情极其罕见，偌大的天下若发生那么几例，马上就够资格列为奇谈载入史册中了。

为什么？因为几千年来的男权社会，为了家庭、家族的稳固，已经形成了一套很严密的家庭制度，做妾的根本翻不了天。且不说做正妻的大多娘家拥有和夫家差不多的地位，就算是糟糠之妻，也会受到整个社会的保护。

妻子是由夫家的父母选定的，而妾则完全是由丈夫的喜好决定，由此就可以看出妻与妾最明显的区别。常言说"妻不如妾"不是指地位的差距，而是指在丈夫心中的宠爱程度。偏爱小妾几乎是一种必然，但宠妾压主几乎也是一种不可能的必然。妾敢欺妻，按照宗法制度和法律制度，做妻的是可以将她杖毙了的，可是哪个妾敢杖毙正妻？即使丈夫都不敢，这可是伦理大事。

真要有哪个妾梦想压倒正妻，取而代之，就算那正妻的娘家败落了，自身又软弱可欺，一样没用。因为正妻的上头还有公婆，公婆不同意，你能成为正妻？公婆背后还有宗族，一个做妾的没有任何社会资源，仅仅是一个以色相娱夫的女人，你就是能花言巧语哄得公婆开心，又如何说服整个宗族同意？除非那正妻倒行逆施，早已惹得天怒人怨了。

就算是这几步你都能摆平了，后边还有官府呢。以妾易妻，官府可是要出面干涉的，因为这是违法的！就算你能摆平官府，官府之外还有社会舆论，如果哪个做妾的有能力把这些全摆平了，那她也没必要去给人当妾了。

可是一旦这种关系上升到皇室，那就有了可能。因为成功的结果是成为母仪天下的皇后，在她头上已经没有能够困扰她的公婆、宗族和法律问题。这就是权力大到一定程度或者地位高到一定程度就可以破坏规矩的原因。

小小葫县当然及不上皇室那样的标准，在它头上还有三十三重天。所以，叶小天与徐伯夷、王宁之争，在许多人眼中，就是一个患了失心疯的小妾向正妻发起的挑战。

叶小天的狂热粉丝——县衙里扫地的老卢头是不信邪的。他坚信叶大官人一定能够取胜,连齐木和孟庆唯那等一手遮天的狂妄之辈都打败了,还有什么是叶大官人办不到的呢。

周班头理智一些,他不大相信叶小天能够斗垮徐伯夷和王宁,最好的局面大概就是达到一种平衡,最大的可能却是失败!但他和马辉、许浩然等人还是义无反顾地站到了叶小天一边。无他,士为知己者死!

苏循天同样不大相信叶小天能够斗垮徐伯夷,尤其是当徐伯夷和王宁联手之后。但他也必须站在叶小天一边,除了他与叶小天的交情和信任,还因为他的利益与他的姐夫是绑在一起的,而叶小天是他姐夫唯一的希望。

叶小天可不会妄自菲薄,他打定主意要击败徐伯夷这个"正妻",还有王宁这个"二姨太"。如果可能,就连花晴风那个窝囊丈夫他也要踩到脚下,自己当家做主,做"武则天"!

他的志向可不仅仅是斗垮徐伯夷,做葫县的幕后大爷。他要不断攀登,起码也要做到六品官,迎娶莹莹过门。他已经有了凝儿和哚妮,也正因如此,他更要达到夏家的要求,光明正大地迎娶莹莹,才能弥补他对莹莹的亏欠。

金陵之行结下的人脉资源他是不会轻易动用的,人情用一次就薄一分,对付王宁和徐伯夷这么两个货色,还不值得他底牌尽出。

叶小天返回葫县后的一套组合拳,似乎把徐伯夷打得完全没有还手之力了。其实,徐伯夷即便有所准备也同样无法反击,因为他最大的凭仗是花晴风不敢站出来,但花晴风"站"出来了!

叶小天手上有人,花晴风手上有名分,这两者一结合,徐伯夷就没得争。因为在他们之上还有无数更高的等级,也有一套套相应的规则压在那里。

在王宁和徐伯夷眼中,叶小天是一个想夺权的小妾。可现在的问题是,他们正妻夺夫权,丈夫则与小妾联手要抓回他应有的权力,所以徐伯夷和王宁同样无法借用更高层次的规则来反制对方。

目前看来,叶小天似乎已经占尽上风,他们已经毫无还手之力了。花知县亲自坐镇驿路,每日风吹雨淋,尘土飞扬中花知县不辞辛苦,奔波往复,处理着一切出现的问题,确保驿路的通畅。有三颗血淋淋的人头镇在那里,又有一班得力的手下,倒是干得有声有色。

常自在和谢传风的车马行受到了叶小天的强力打压,军资运输需要用到车马行帮忙的时候,这肥差自然就交给"罗李高车马行"了,而商人们都是嗅觉灵敏的猎犬,在察觉到葫县的权力变更之后,也是尽量照顾"罗李高车马行"的生意,除非他们吃不下这么大的货物,那就对不起了,生意不等人,只好去找常自在和谢传风。

这样一来，还能和常自在与谢传风保持一份交情，一旦他们的后台东山再起，也好再拉关系。

高涯和李伯皓两位自幼梦想当剑客的秀才公显然不是做生意的料。罗大亨虽是个经商的天才，但经商也有不同的门类，运输业他显然并不擅长，至少也得给他一个熟悉、了解的过程。

可他现在自己的产业做得风风火火，牵扯了大量精力，又要抽出时间跟他老子斗智斗勇，实在顾及不了那么多。所以罗大亨分了孙伟暄两成干股，任命他为"罗李高车马行"的大当家了。

高涯和李伯皓不用劳心费力就有大笔分红，当然高兴。大亨也因此可以腾出手来多些时间照顾渐渐显怀的妞妞。孙伟暄不负众望，在得到两成干股，成为东家之一后，对车马行更是倾注了全部心血，把车马行的生意打理得红红火火。

每个人都有适合他的所在，驿路无疑就是孙伟暄最适合的地方。叶小天想要步步高升，就必须得有自己的一套班底。这套班底不仅仅局限在官场上，表现卓越的孙伟暄也因此进入了他的视线，叶小天开始有意栽培他了。

徐伯夷当然不甘心就此失败，但是给花晴风制造障碍的把戏搞一次就够了，他本来是希望借此能让花晴风知难而退，花晴风既然不退，他虽还有更激烈的手段，却也投鼠忌器了。

现在驿路事务虽由花晴风接手了，但他已经有了其中的一份功劳，而且因为他的"抽身退出"，只要云南战事不利，有人想找军资供给的碴，那就得花知县顶缸，可要是大捷，论功行赏就少不了他和王主簿的那一份。

所以他并非真想破坏驿路，导致军用物无法运输。这样一来，他扳回战局甚至取得决胜的关键，就只能放在易姓改名一事上了。这，是他的"撒手锏"。

第二十五章

合纵、连横

一

　　洋洋洒洒的一封奏疏写好了。徐伯夷九易其稿，把他决定在葫县实施易名改姓政策的初衷和重大意义写得花团锦簇。他不需要写得太过直白，字里行间已经把皇帝陛下威加天下的意义都表达出来了。只要皇帝不是文盲，就一定看得懂。

　　以徐伯夷的文才水平，虽然是头一次写奏疏，但那规格、制式早就了然于心，根本不需要改这么多遍。之所以几易其稿，其中一个重要原因是，虽然理论上只要是皇帝任命的官员，都有资格向天子进疏，但是一个小小县丞直接上书给皇帝的例子，自古至今实在是少之又少。

　　一个小官，有什么理由越过那么多的上司直接向皇帝请示问题呢？这同样是官场大忌，何况徐伯夷并不是一县主官，而是佐贰官，这就更犯忌讳了。所以徐伯夷首先要确认的就是，要不要与花晴风联名。

　　既然上书的目的是为了邀功，他当然不会带上花晴风。花晴风是正印官，只要把他带上，首功必然是花晴风的。徐伯夷岂会替他人做嫁衣，何况这个人如今还是他的对头。

　　但这样一来，徐伯夷就需要在奏疏中说清楚，为什么他不通过正印官上书。他不能在奏疏中肆无忌惮地诋毁花晴风，虽然他很想这么做，可这样只能是得不偿失，会给皇帝留下不好的印象。

　　好在花晴风的无能，朝廷早已有所耳闻，所以他只需稍稍暗示一下，皇帝和内阁就会明白他的不得已：知县大人太保守了，做事一向不求有功，但求无过。他不是不想与知县大人联名，实在是知县大人太没有魄力。

　　接下来，他还要确定一件事：要不要捎上王宁。

　　这件事，由始至终，他都瞒着所有人，眼下是到了见真章的时候了，带上王宁有两个好处，他们的联盟关系可以更稳固，大事一成，他们两人都可以得到升迁，可坏处也很显：有人分功，必然会削弱他的功绩。更何况，他与王宁虽然是盟友，可他们都是田氏门下，还存在内部竞争关系，这样的话，把王宁也抛在一边，才是他利益最大化的正确选择。可是这一来，成败都得他一力承担了。如果失败呢？这才是徐伯夷纠结的主要原因，所以一份奏疏九易其稿，直到此刻才最终下了决断。徐伯夷深吸一口气，他决定了，他要搏上一搏，他郑重地在奏疏上签下了他的名字：臣葫县县丞徐伯夷！

徐伯夷没有通过驿站上书，他对赵文远那个看似无害的驿丞大人已经心存戒心。他前段时间天天守在驿路上，在护送军资往返的明军将领中着实结识了几个人，要绕过驿站通过军方上书也非难事。

奏疏发出去了，现在他需要做的只是等待，在这个等待的过程中，他必须得忍耐叶小天的嚣张，可这有什么关系呢？笑到最后的人，才是最终的胜利者！笑到最后的，一定是他！

· ※ · ※ · ※ ·

叶小天此时正在笑，有客登门，做主人的哪有摆出一副苦瓜脸的。叶小天对赵驿丞笑道："赵兄，小弟不在葫县这些时日，遥遥多蒙贤伉俪照料，实在是感激不尽呀。"

赵文远道："贤弟客气了，你我既是同年，又是同县为官，理应相互照顾才对！何况，拙荆与令妹虽年岁差了许多，性情却极相投，可以算是一对忘年交了，难得呀。"

叶小天向窗外望了一眼，庭院里，展凝儿和哚妮正与潜清清在树下攀谈，气氛十分融洽。三女都是美人，一个亭亭玉立，一个娇小玲珑，一个凹凸有致，当真是赏心悦目。

遥遥则打着一柄伞，小心翼翼地靠近那眼会捉弄人的喷泉，一俟那间歇性喷泉涌出来，她马上就咯咯笑着跑开，虽然因为躲闪不及，衣衫被溅湿了大片，却玩得兴致勃勃。

叶小天微微一笑，回首对赵文远道："是啊，你我既是同年，又是同僚，理应相互照顾才是。所以，有件事，小弟得向赵兄说个明白，免得赵兄误解了小弟。常自在的车马行与赵兄有渊源，这件事小弟是知道的。"

"哦？"

赵文远微微一怔，正在手中把玩的茶杯顿时一停。他今天来，固然是为了与叶小天联络感情，但还有一件重要的事，就是替常自在说项。常自在依附于他，每月大把银子孝敬，现在被叶小天逼得没了生意，只能苟延残喘，当然需要他出面了。

叶小天诚恳地道："如果小弟说并不知道常自在的车马行与赵兄有关系，那就是诚心敷衍赵兄了。可小弟虽然知道，为何却把常自在的车马行与谢传风的车马行一样对待呢？小弟实是另有苦衷啊。"

赵文远微微一笑，道："贤弟如此爽快，那为兄也就不藏着掖着了。不错，愚兄此次登门，确实也有这个原因。却不知贤弟你有什么苦衷，愚兄愿闻其详。"

叶小天替赵文远满上一杯茶，感慨地道："赵兄啊，小弟不在葫县这些时日，罗李高车马行饱受排挤，这你是知道的。而罗李高车马行是小弟的几个小兄弟的生意，他们是受小弟牵累，小弟既然回来了，当然得还他们一个公道。"

赵文远颔首道："这是自然，只是贤弟不在葫县这些时日，徐县丞和王主簿一手把持大局，愚兄只是一个驿丞，只能自保，根本无力与他们对抗，想要维护罗李高车马行也是有心无力，此事与愚兄并无干系……"

叶小天叹道："赵兄，其中道理，小弟自然是明白的，可问题是，小弟手下那些人却未必明白。他们看到的只有一件事，那就是徐伯夷和王宁掌权时，常自在的车马行不受丝毫影响，小弟掌权时，常自在的车马行若还是一如既往，他们的心气能平吗？若是如此，他们干脆也投到赵兄你的门下，避开我与徐伯夷之争不就好了？小弟不能不考虑他们的感受啊！"

赵文远明白，叶小天这是在逼他表态。一直以来，他都以一种比较超然的姿态置身于叶徐之争中，左右逢源。现在叶小天不想让他置身事外了。

一个驿丞的能量当然很有限，但赵文远的背后还有播州杨家，这能量就非同小可了。不需要赵文远具体做些什么，只要他肯站过来，就足以壮大叶小天的声势，把一些尚在观望的中立势力拉拢过来，给徐王一派制造更大的压力。

"也许是该做出抉择了……"

赵文远手中的茶杯又转动起来，暗暗自忖："如果我总是置身事外，固然可以保持超然的身份，却也永远无法融入其中，不能对葫县政务有太多的影响和干涉。"

虽然杨天王给他的任务是确保在驿路上有他的人，一旦发生巨变时，能够保证驿路依旧全部或部分为他所用，但谁不想掌握更大的权力呢？赵文远也想成为葫县举足轻重的政治人物。

可是，与叶小天站到一起，他能站稳吗？徐伯夷和王宁虽然吃了一个哑巴亏，可他们不可能就此认输，如果他们反扑成功，那时自己岂不也要面对极大的压力？

叶小天见赵文远沉吟不语，不禁微微一笑，端起茶杯轻轻呷了一口，慢条斯理地道："当然啦，交代嘛，也只是一个交代，只是让我的兄弟们看到亲疏有别，让他们明白，跟着小弟走，没吃亏。这驿路上的油水厚得很，一个车马行是吃不下的，尤其是最近战事仍频，大量军资过境，一个车马行的运输力量就更是捉襟见肘了。等过些时日他们的油水赚足了，怨气也就小了，那时小弟再把常自在和谢传风区别开来，他们也没话说。"

赵文远听了心中只有苦笑，眼下驿路上最赚钱的就是军资运输，因为这里的驿路奇险难行，朝廷带来的役夫并不熟悉这里的地形，通过他们运输不但危险，速度也奇慢。为了保障云南前线的后勤供给，朝廷只能大量征用当地的民用运输力量，给付的工钱也是寻常时期的数倍。一旦战事平息，那就错过了最好的发展机遇和大捞一笔的机会。

过了这个村，哪还有这个店。常自在跟着他本就是利益的结合，他能等，常自在能等吗？如果常自在转投叶小天门下，他刚刚建立的力量就损失殆尽了。何况，什么时候才是过些时日？这句话太没诚意了。

"徐王二人是田氏门下，早晚与我必成对头。本想保持超然身份，让他们和叶小天斗个你死我活，可眼下叶小天又逼我表态，我也没有别的选择了，这种情况下有所抉择，涉入葫县内政，相信土司大人也不会怪我！只是，以我现在的身份，在他们两派之争中所能起到的作用非常有限啊，叶小天处心积虑地要把我拉过去，究竟有何用意呢？猜不透！真的猜不透！叶小天做事向来天马行空，很少有脉络可寻！猜不透那就不猜了。"赵文远手中缓缓转动的茶杯停下了，他慢慢抬起头，冷静地对叶小天道："如果愚兄从此站在贤弟一边，是否可以让贤弟对手下人有所交代了呢？"

叶小天笑得很是愉快，欣然道："如果你我成了一家人，怎么可能再分彼此！"

赵文远眉头一挑，道："好！那我们就做一家人！"

两人把茶杯一碰，以茶代酒，一饮而尽。

第二十六章

图 穷

一

等待的日子里，徐伯夷很难熬。他的撒手锏已经撒出去了，但它真正发挥作用，还需要一定的时间。至于这一招能否有用，他并不担心。虽然他不是天子近臣，从不曾了解过这位年轻的万历天子，但他明白一个人的心理。

没有人不想建功立业彪炳千秋，对天子来说，他富有四海、权力、地位、富贵、荣华，都已唾手可得，能让他渴望的，也唯有可以让他青史留名的功业了。一个刚刚亲政的皇帝，会对教化之功不动心？

可是在他等来皇帝的答复之前，只能盘在那里，坐视叶小天的得意与别人的指指点点，这样的处境下心情当然好不起来。而王宁虽然和他是同样的境遇，却比他要从容得多。

王主簿有一点和花晴风很相似：他从不愿意站在前头。只不过，花晴风不愿意出头是怕承担责任，作为一个正印官，他遇事不出头，唯一的结果就只能是被别人架空。

而王宁则不然，他是天生的幕僚式人物，他不站在前头并不代表他不作为，而且他的排名在葫县是三把手，不站在前头也属正常。所以，最风光的日子里，荣光被徐伯夷占去了，这时候各种压力自然也需要徐伯夷来承受。

王主簿冷眼旁观，见徐伯夷稍有动作，就被叶小天血腥镇压，之后便无声无息，王宁便不得不考虑一旦徐伯夷彻底倒下后自己的处境了。他已经踏上田氏这条船，想下来是不可能了，这条路不管他愿不愿意，都只能走下去。

可眼下叶小天占了上风，他不会在对方风头正劲的时候主动挑战，于是正"在家养病"的他只好继续休养。他不会认输，他会很耐心地蛰伏起来，等着对方出错，那时才是他出手的机会。

这时候，九高和九当风尘仆仆地赶到了叶府。

如果不是九高和九当自己提起，叶小天几乎都把这两个人彻底忘记了。他们是展凝儿的贴身护卫，武功比展凝儿还要高几分，展凝儿最初与叶小天结识的时候，身边就带着他们。

展凝儿受夏莹莹所邀赴红枫湖时并没有带上他们，之后展凝儿帮着夏莹莹翘家，跑到金陵找叶小天，就更没机会与他们取得联系了。

展家可以容许展凝儿周游天下，却不放心她不带随从。这一来九高和九当可就苦了，他们从红枫湖找到葫县，又从葫县追去金陵，等他们到了金陵的时候，展凝儿已经从金陵回了葫县，两人不得不从金陵再赶回来。

他们是奉展凝儿母亲之命赶来寻找大小姐的。展氏家主也就是展凝儿的大伯展易辰五十大寿要到了，这样的重要时刻，展氏家族的人自然不能不在场。虽然寿诞之期还有一个多月，但是对这样的一个大家族来说，祝寿准备从年初就开始也不算夸张，如果等到寿诞之期将近展凝儿这个晚辈才回去，那对长辈就太不敬了。

"小天哥哥，我真不想走……"展凝儿楚楚可怜地看着叶小天。

叶小天的心现在就快要碎了，他怜惜地把展凝儿搂在怀里，柔声安慰："没事的，又不是生离死别，不就是回去参加你大伯的寿诞嘛。寿诞之后，你随时可以回来啊，叶府的大门永远对你敞开。"

展凝儿扁着小嘴不说话，叶小天嘴里叹了口气，心中小有得意：虽然凝儿的个性比莹莹刚强许多，可毕竟也是女人啊，再强势的女人，在她男人面前也喜欢像猫一样接受抚慰，这是女人的享受啊。

叶小天继续哄她："喏，你看，我都开始请匠人改建瞻宫园了，都是按照你的喜好改建的，后边的花圃也平了，要改建成一个演武场，等你回来就可以搬过去，再也不用住客舍了。"

展凝儿还是不说话，低着头依偎在叶小天的怀里，轻轻吸了吸鼻子，似乎正在啜泣。叶小天最怕女人掉眼泪了，动之以情既然不管用，在展凝儿的眼泪打湿他的胸襟之前，叶小天果断地开始晓之以理："凝儿，我现在不过是个小小典史，向夏家求亲很困难，想向展家求亲怕也不容易，就算你伯父不太在意你嫁给谁，也不想你折了展家的威风不是？我会好好努力的！"

想娶一位豪门大小姐，机会虽然渺茫，但也并非没有，想娶两位豪门大小姐，那就难如登天了，不过叶小天既然已经偷了人家姑娘的芳心，却也不怕可能遭遇的困难。他曾遭受过挫折，也曾经放弃过，可人总是会不断成长的，曾经犯下的错，他不想再犯。

再说，贵州这地方强者称王，同时迎娶两位家世不凡的姑娘为妻的人也不是没有。他前不久与展凝儿聊天时，就曾听说，如今的贵州土司王安老爷子就有三位出身豪门的妻子，一正两侧，恰如明廷王爷的正妃与侧妃。

别的男人能做到的事，他为什么就做不到？他叶小天可不是普通的小吏，实在没辙的时候，就动用一下蛊教的势力好了。

当然，要做到这一点，他首先需要先加强对蛊教的控制，而要做到这一点，同样需要他拥有更强大的世俗力量，否则即便他现在肯放下一切，乖乖回去做他的侍神尊者，八大长老也不会由着他胡来。

展凝儿还是不说话，叶小天把心一横，放出了他的撒手锏："等我向夏家求亲的时候，我也向展家求亲，好不好？"

管它是不是大话，先把凝儿哄开心了再说。这样子难归难，可是先哄好一家，再向另一家求亲，麻烦同样不少，到时候消息传回第一家，恐怕人家还要悔婚，那就更麻烦了，莫不如两处难关一并解决。

叶小天也看出来了，展大小姐和夏大小姐都是无羁无绊的个性，就像深山中自由的鸟，不太可能会被世俗力量约束羁绊，只要她们自己不退缩，叶小天还真是没什么发怵的。

"这可是你说的，不许反悔！"展凝儿马上抬起头，笑逐颜开，脸上哪有半点泪痕。

叶小天一怔：上当了！

展凝儿得意得很，她才不管叶小天这句话是不是对她的敷衍，反正他说过了，说过了就要算话。她能接受与莹莹共同喜欢一个男人，却无法接受在那个男人成为新郎的时候，她只能悄悄地躲在自己的闺房里。她无法接受她嫁过去的那一天，迎接她的除了新郎，还有新郎的夫人甚至孩子。

洞房之夜让给莹莹都没关系，但她不要晚一天成为他的新娘。莹莹对她的好，她不会忘记，大不了以后不跟莹莹争太多，两人是好姐妹，而且是莹莹的让步才打开了她的心结。可是这个醋她一定要吃，这世上的女人大多不喜欢吃饭，但是大多都喜欢吃醋，凝儿也不例外。

叶小天苦着脸道："容我反悔一次吧，你想难为死你男人不成？"

展凝儿丝毫不为所动："喊！你能为莹莹承诺两年之内连升八级，就不能为我做点事吗？"展凝儿双手一背，很快乐、很傲娇地走了出去，九高和九当正背着包袱等在院子里。

展凝儿走了，走得很开心，既没有一点悲伤，也没有一点留恋。她已经得到了她想要的，人有了希望，也就有了奔头。

· ※ · ※ · ※ ·

展凝儿带着她的希望离开了葫县，徐伯夷却依旧在苦苦等候着他的希望。

徐伯夷的奏疏通过军驿，以最快的速度送达了京城。万历皇帝阅罢大喜，立即批转礼部，着令参议。如今的礼部尚书是申时行，同时他也是文渊阁大学士，是一位阁老。

张居正病死后，张四维出任内阁首辅。此时，同为阁老的吕调阳已经辞职回家养病了，另一位阁老马自强也已病死，本来在内阁中排名居末的申时行就成了次辅。

内阁首辅张四维曾经曲意巴结张居正，张居正死后，他又摇身一变成了倒张派的领袖，鼓噪诋毁张居正。张居正的势力虽然受到清洗，可还有大量余党在朝，本来他们想依附冯保，可冯保很快也倒了，于是便依附申时行以求自保。

申时行不大赞同张四维的做法，但他是次辅，而且万历皇帝的倾向性也很明确，申时行不敢太明确地表达自己的政治态度，倒是利用他的权势和地位，保护了一批人。

葫县改土归流是在张居正任首辅期间实现的，所以看到徐伯夷的奏疏后，不仅万历皇帝大喜过望，觉得这是他亲政后上顺天意下合民意的一个重大表现，申时行也感到非常高兴。

对张居正的一系列清算还没有结束，各种处治措施还在持续当中，申时行觉得此事如果办成，皇帝龙颜大悦之余，或可想起一些张居正的好来。虽然据此不足以为张居正翻案，但张氏族人的命运多少会有些改善。所以，申时行极力赞同。这种情况下，作为首辅的张四维也不好再表示反对了，所以朝廷迅速做出了回应：派遣钦差赶赴葫县，为天子见证这不亚于开疆拓土的重大历史时刻。

而礼部尚书申时行也先于钦差，向葫县下达了一份公函。内容里对徐伯夷不乏褒奖和慰勉，同时也告知了天子将派出钦差的事情，提醒他要周密筹备，务必把此事办得体体面面。

徐县丞的签押房里一片静谧。近来徐县丞心情不大好，胥吏们做事都小心翼翼，大气也不敢出，生怕犯到徐县丞的手里，是以签押房里死气沉沉，一片宁静，来送公函的驿卒受这种氛围的影响，也不禁放轻了脚步。

那驿卒离开不过一盏茶工夫，内间里突然传出一阵瘆人的大笑。胥吏们都吃惊地抬起头来，他们听得很清楚，那疯狂的笑声正是徐县丞发出来的："怎么回事，莫非县丞大人压抑太久，已经疯了吗？"

第二十七章

七 见

一

听着徐伯夷疯笑不断,胥吏们都迟疑着站了起来,考虑要不要冲进内间,先把发了疯的徐县丞给绑起来,免得他干出什么太过荒唐的事来。当有人翻箱倒柜地寻找棍棒和绳索的时候,徐伯夷大步流星地从内间冲了出来。

徐伯夷满面红光,精神焕发,往门口一站,气宇轩昂,眉梢眼角尽是抑制不住的喜气,那模样……真的有点疯。离他近的几个胥吏不由自主地退了两步,小心戒备着,生怕徐县丞扑上来咬他一口。

正处在极度兴奋中的徐伯夷并没发现手下人的古怪,意气风发地开始调兵遣将了。

"成惑离!"

"卑职在!"

"你马上通知工科,铺垫自北城外至城内的官道,务求平整宽阔。迅速调集工匠,粉刷县衙堂舍。"

"嘎?是!"

"戚清荣!"

"卑职在!"

"你马上通知户科,遴选良善人家,准备参加一次盛大的欢迎活动。切记,要多选胡族百姓,届时让他们穿戴本族服饰。同时,让户科通知本县所有士绅,一体参加。"

徐伯夷兴奋得难以自已,像个大元帅似的在堂前走来走去:"李云聪!"

"卑职在!"

"一会儿,你与本官拟措一份公告。嗯,明日一早,你再带人下乡一趟,把各乡镇村寨的里长保正都叫来,高李两寨寨主也要请来。"

一看李云聪的脸色,徐伯夷便神秘地一笑:"你放心,他们会来的。详情回头再与你分说,楚景言!"

"卑职在！"

"你马上通知礼科，叫他们全体胥吏，一会儿来此听候本官调遣。同时，派人去县学，让儒学教谕顾清歌、训导黄炫马上来见我！"

"……是！"

"杨思故！"

"咳！卑职在……"

答话的人眼中已经隐隐透出一丝怜悯，答话声也不再恭谨，而是带了一丝敷衍。这都快放衙了，还要分派各房做事？而且，巡检司、县学，那是你想调就调的吗？你以为你是县太爷？

不要说这些衙门，就算是捕房和皂房，那也是叶典史的直接下属，你想越过叶典史去指挥，指挥不动啊。不用问，县丞大人真的被叶典史刺激疯了，哎！可惜了，仪表堂堂，一身才学，竟然……

也难怪他憋屈，论官职他比叶典史高，论才学他比叶典史强，又是在占尽优势的情况下，被叶典史欺负成这样，换谁不郁闷？可……把自己气成疯子，也未免太可怜了些……我若是现在转投叶典史门下，他会不会收啊？

徐伯夷哪想得到这小子此刻在转悠些什么念头。徐伯夷的脑子转得飞快，正在极其缜密、细致地思索着如何调动全县所有力量，把这次盛事办得轰轰烈烈。这可是影响他仕途的关键时刻啊！

徐伯夷道："你让兵科的人去联系罗巡检，即日起，四野八乡，巡视一刻不得延误，凡有宵小，尽皆扫除，不得出现任何鸡鸣狗盗之辈！"

"高峰！"

高峰摸了摸鼻子，也站了出来。

徐伯夷道："你速去通知捕房，加强县内巡捕巡逻，保证城内治安，但凡流民乞丐，尽皆驱离，不得有碍观瞻！"

高峰算是他的心腹之一，听到这里不禁悲从中来，噙着热泪对徐伯夷道："大人，您不要太激动，您……，卑职还是带您先去看看郎中吧。"

徐伯夷愕然道："看郎中？看郎中作甚？本官没病啊？"

高峰道："是是是，大人您没病，您当然没病，咱们……对了，咱们去给郎中看看病。"

徐伯夷失笑道："高峰，你捣什么鬼，莫不是发疯了吧？"

高峰一脸的无奈，徐伯夷看看他，又看看其他胥吏的脸色，突地恍然大笑："啊……哈哈哈哈……，本官明白了，哈哈哈，本官明白了，你们以为本官发疯了是不是？哈哈哈……"

高峰摇摇头，向杨思故一摆头，两个人就冲上去，一左一右扣住了徐伯夷的手臂，准备先把他控制起来再说。徐伯夷却也不恼，他扬了扬手中那份公文，笑吟吟地道："一群混蛋！拿去看！拿去看！"

一份京城礼部尚书亲笔所写的公文在众胥吏间传看起来，骚动越来越大，最终汇聚成一阵响彻屋瓦的欢呼："大人无能，累得他们在其他各房胥吏面前也抬不起头来，如今终于可以扬眉吐气了！"

争？有什么好争的，嘿！在你们还纠结于寸土得失时，我们县丞大人早就放眼更辽阔的天下了。什么叶典史，什么花知县，在我们徐县丞的神威之下，将如摧枯拉朽一般，统统扫到阴沟里。

·※·※·※·

晚饭之后，叶小天坐在花厅里刚吃了两盏茶，一阵有气无力的雷声就响了起来。叶小天放下茶杯，走到廊下看了看天色，天空阴沉沉的，铅云密布，今晚恐怕又是一场大雨。

晚风一吹，异常凉爽，叶小天无所事事，转念一想，便往遥遥所居的院落走去。他在本地没有血缘亲人，就算在京城时也没有姐妹，现如今可是真把遥遥当成了自己的小妹子，在金陵这些时日一直没时间陪伴她，回来之后也是忙于和徐伯夷较量，如今有暇，不妨去陪陪她。

叶小天如今确实比较有空。花晴风在驿路上吃土，王主簿在家里"养病"，徐伯夷在县衙低调无比，再加上整日里都有大军过境，县内治安也变得好了许多，叶小天真的是无事可做。

叶小天转到遥遥所在的院落，两个小丫鬟正在廊下聊天，一见老爷进来，连忙起身福礼，还不等她们说话，叶小天就做了个噤声的手势，摆手叫她们闪开，蹑手蹑脚地走了过去。

两个小丫鬟抿嘴一笑，会意地闪开了。叶小天摸到门边探头往里一瞧，见遥遥正坐在书桌前，手腕悬空，练着书法。

小丫头现在的西席师傅可不止一人，不仅有教她经史子集、诗词歌赋的，还有教她抚琴绘画、下棋跳舞的，每日课程排得很满。遥遥晚饭后先练了一会儿琴，此时才又拈起笔来。

叶小天笑吟吟地走进去，招呼道："遥遥！"

"小天哥哥！"

遥遥抬头一看，笑逐颜开，腰杆一挺，就要从椅子上跳下来，可刚刚作势，她又摆正了身姿，向叶小天吐吐舌头："人家还有功课没有做完呢，哥哥先自己玩，等人家忙完再陪你。"

　　这口气，明明是我来陪她，怎么倒成了她来陪我？不过，好笑之余，叶小天也觉得有些钦佩。小孩子没有不喜欢玩耍的，很多孩子被家长逼着骂着都不肯用心学习，可遥遥却很自律，每天安排下来的东西，她一定会认真完成，从来不用人督促。哪怕你见她太刻苦，想让她休息一下她都不肯。

　　叶小天逡巡到遥遥身边，探头看了看，遥遥真的在练字，每张纸正面反面都写满了蝇头小楷，看那模样，已经写了十多页了。遥遥学习起来很专注，叶小天走到身边，她都似没有察觉。

　　叶小天摸了摸鼻子，讪讪地往外走。好吧，小孩子认真学习是应该支持的，我还是找哚妮去"玩耍"吧。

　　叶小天走到哚妮所居的院落，刚刚绕到廊下，就听房中有人说话，桃四娘和叶小娘子都在，正与哚妮十分投入地讨论着叶府的改造。当初房舍建得飞快，奇迹般地堆起了一幢大宅，质量固然没有问题，可是一些细致处就没法太考究了。

　　现在有了时间，当然要进行一些调整和改造，以便达到尽善尽美的效果。女人对于改造自己的家园，有种异乎寻常的热忱，所以三个女人你一言我一语，说得十分热烈。

　　叶小天听着房中动静，便没进去打扰。男主外，女主内，他有公事在身时，他的女人从不来痴缠，同样的，他的女人全神贯注于家务时，他也不想去打扰，这是起码的尊重。

　　叶小天转身又往回走，侧厢门一开，一个丫鬟走出来，一见叶小天，惊讶地低呼一声就要行礼，叶小天微笑地摆摆手，道："罢了，哚妮在忙，不要吵了她。"

　　叶小天回到自己住处，想了想：遥遥在忙着练字，哚妮在忙着改造小窝，我这大老爷该干点什么才好？得了，我也去读读书吧。虽然功名在手，可多读书总没有坏处嘛。

　　于是，叶小天让小厮给他重新沏了一壶茶送到书房。叶小天走到书房，拿个靠垫往椅背上一放，舒舒服服地坐下，顺手抽出一本书来："未央生道：'妇人家的身体肥有肥的妙处，瘦有瘦的妙处。但是肥不可胜衣，瘦不可露骨。只要肥瘦得宜就好了。'"

　　叶小天点点头，深以为然。这《肉蒲团》说得甚有道理，哚妮就是这等诱人的身子！此时，徐伯夷接到礼部消息的事已经被有心人侦知，分别迅速地送到了两个人的手上，而这两个人则不约而同地想到了叶小天，不顾即将大雨倾盆，分别向他这里赶来……

第二十八章

错连环之第一环

一

叶小天本是随意消磨时光,但那话本写得极是旖旎,叶小天看了几章,不觉真个有些情动,心中便想:"哚妮该和四娘她们商量妥了吧?"

自展凝儿走后,叶小天在府中再无顾忌,与哚妮寝则同榻,坐则交股,欢好恩爱了也不知多少回了,小哚妮渐也品出其中滋味,叶小天更是得趣。此时想起她那诸般风情,不觉心猿意马起来。

吱呀一声,房门开了,声音极其轻微。叶小天看书入神,再加上此时雨水淅淅沥沥的,竟未听见。

哚妮方才送走四娘和叶小娘子,听院子里的丫鬟提及老爷来过,忙举了一把画伞赶过来,问清叶小天在书房,便悄悄闪身进来。

哚妮把雨伞收起,搁在门边,绕过画屏一看,案上摆着一盏灯,叶小天正在灯下读书,十分入神。哚妮哪知他看的是什么,不觉便有些犹豫。她正想返身退出去,叶小天忽有所觉,抬头一看,不由得喜上眉梢。

"哚妮,来!"

叶小天丢开话本,向哚妮招手,哚妮便乖巧地走过去。

此时哚妮身着一袭日常燕居的常服,柔软贴身,体态曼妙,经过叶小天的雨露灌溉,已经渐渐显出女儿家的风情。

哚妮走到书案前便站住了,叶小天拍着自己的大腿笑道:"坐过来。"

哚妮乜着杏眼瞟了瞟他,笑得又媚又甜:"就不,人家一过去,小天哥就使坏。哎呀……"一语未了,她就被叶小天一把拉了过去,软绵绵的娇躯便偎进他的怀里。

"坏蛋,就会欺负人家。"

门房里，若晓生正与一家人吃饭。本来若家每天只有两顿饭，自打全家到叶府做事，生活条件改善，便也按照叶府的习惯，开始一天三顿了。因为他们一家人的早餐做的晚，所以顺延下来，晚饭时间也就相对较晚了。

若家大小子十四了，一大碗干饭呼噜呼噜扒完，抬起屁股又去盛饭。若晓生看着儿子，笑骂道："真是个饭桶，现在的饭量快赶上你爹一倍了。"看着儿子这么能吃，他心里却是特别高兴。

若晓生的娘子道："孩子正长个头嘛，当然能吃些了，要是跟你似的，那长大了得多瘦弱。"

若晓生笑道："就你疼儿子。臭小子，能吃多少就吃多少，咱们家跟了叶老爷，有了好日子过，你的饭还是管得起的。"

这时候，府门的门环叩响了，虽在风雨之中，却也异常清晰。

若晓生忙放下饭碗，抄起放在门边的雨伞嘀嘀咕咕地赶出去开门："奇怪，平时难得有客登门，怎么偏赶上刮风下雨深更半夜，就有人登门呢？"

若晓生拉开一道角门，借着门口的气死风灯向外一瞧，就见门外一人披着蓑衣。一瞧那人模样，很有几分眼熟，竟是前些天跟着一位姓苏的男子半夜赶来的那个人，一瞧就是妇人。

若晓生惊讶地道："哎呀，你……是你……你……"

他有心称一声"大娘子"，可这女人上次却是穿着男装，想必是要掩藏身份。若晓生也不知道这妇人与自家老爷是什么关系，反正自家老爷官做得不小，却还没个夫人，说不定……

这点道理若晓生还是明白的，可不敢随意说破，这称呼可就不敢轻易开口了。

苏雅急急道："快！马上带我去见你们老爷！"

"哦！好好，您请！"

上一次那位苏先生和这位女扮男装的妩媚妇人来过之后，自家老爷可是吩咐过的，不管什么时辰，只要他们来了，马上请进、通传，万万不可耽搁。若晓生对叶大官人的话，一向奉若圣旨的，哪敢违背。

若晓生马上把苏雅请进门来，把门一闩，欠身道："您请！"

苏雅也不客气，便与他急急向后宅走去。花晴风这些天守在驿路上，风吹日晒的，很是辛苦，苏雅虽然心疼，可瞧在心里，却又异常高兴。

女人就是这般复杂的生物，丈夫如果忙事业忙得顾不上家，她就满腹幽怨，觉得在男人心里，她的位置太不重要。可若是丈夫天天蹲在家里，她又会觉得这个男人太没出息。

男权社会，赋予了男人许多超然于女人之上的权利，却也同时赋予了男人更多的责任，你做不到，就不是一个成功的男人。

一开始，苏雅也很担心徐伯夷后招无数，会给她的丈夫增添很多麻烦，可是徐伯夷失败一次以后，似乎也被那三颗血淋淋的人头给吓住了，再也没耍什么花招，从内间那里传来的消息也是如此，苏雅渐渐放下心来。

可谁知，今天一个惊人的消息却在风雨中送到了后宅。苏雅一听如五雷轰顶，她想到的唯一的依靠，就是叶小天。如果说这种死局还有一个人有本事解得开，非叶小天莫属。于是，她想也不想便来了。

・※・※・※・

书房里春光无限，外有风雨声声，内中云雨不断，正在酣畅淋漓处，忽听廊下传来若晓声的声音："老爷，有贵客临门！"

接着便是一个故作硬朗，却满是女人味的声音响起："叶典史，苏某有急事求见！"说罢一推房门，便走了进来。

苏雅转过画屏，就见叶小天正坐在书案后面，正襟危坐，手不释卷。苏雅不禁微生诧异："真没看出来，这位叶典史居然真是个喜欢读书的。"

叶小天见是苏雅，似乎非常惊讶，失声道："哎呀，夫人，是你。你……你怎么来了，快！快快请坐。"

因为过于惊诧，叶小天似乎连起身见礼都忘了，等苏雅隔着书案坐下，叶小天似乎才想起来，忙不迭站起，有些腼腆地道："夫人恕罪，下官惊诧过甚，实在是失礼了。"

苏雅此时哪在乎他失不失礼，道："叶典史不必客气了，快请坐吧，本夫人有要事与你商量。"

"哦！好好！"

叶小天忙又坐下，一不小心，把一块镇纸碰掉在地上，叶小天连忙弯腰去捡，趁着那宽阔高大的书案遮挡，半蹲着，摸摸索索地把裤子提起来，慌张中却没找到腰带。

他扭头看看，墙角有一块斜着呈三角形放置的小块木质坐屏，屏后只放了一只马桶，抱起衣衫慌忙走避的哚妮正躲在那儿，倒是没有露出一片衣角，叶小天这才放了心。

叶小天坐正了身子，咳嗽一声道："夫人有何急事，深夜来访？"方才一番激情风雨，叶小天的脸庞有点红，不过有灯光映着，看着倒也并不明显。

苏雅急切地道："叶典史，本夫人刚刚收到一个紧急消息，徐县丞竟瞒着拙夫私自上疏朝廷，偏偏朝廷又采信了他的谏议。叶典史，徐县丞一旦得势，后果不堪设想啊。"

叶小天笑道："夫人，你这样没头没脑的，下官如何听得明白，莫急莫急，夫人请慢慢道来。"

苏雅沉住了气，把徐伯夷上疏谏议，受到皇帝青睐的事情说了一遍。叶小天的脸色慢慢凝重起来。

"如果徐伯夷只是往上爬，独占了功劳也没什么，只是自家失去了一次晋阶的机会，你羡慕不来的。可是，同县为官，你是正印官，这样一件大事却是由你的副手提出并主持的，这意味着什么？意味着你的失职。

"不需要皇帝开口，皇帝只要褒奖嘉勉徐伯夷，就是对你花晴风的最大否定，吏部和御史台自然会把这当成你严重失职的理由。况且，徐伯夷和他们已经成了死对头，到时候他会不落井下石？"

叶小天拧紧了眉头，似乎在思量对策，苏雅也不敢打扰，只是用希冀的目光盯着他，只盼他能想出良策来。

"嗯？这是什么味道？隐隐的……似乎……"

因为下雨，书房门窗紧闭，而且就在刚才，叶小天还在胡天黑地，房中自有一股淫靡的味道。苏雅可不是未经人事的雏儿，一嗅就察觉有异。这时她才注意到一些疑点，比如桌上比较凌乱，叶小天的袍子有些凌乱："莫非他方才正……"

一想到这里，苏雅面红耳热，就在此时，第二个人也冒着风雨来到了叶府！

第二十九章

错连环之第二环

一

"咳,叶……叶典史可有对策?"

苏雅的声音神态都有些忸怩,任凭哪一个女子想到方才正发生在这书房里的事情,此刻也会不自在。只是,这是在人家家里,人家与自己的女人嬉戏恩爱,别人有什么好指责的。闺房之乐,有甚于画眉者,干卿何事?所以苏雅也只得佯作不知。

"哦!"

叶小天回过神来,微微一笑,道:"夫人莫急,以下官看来,想要诸族百姓改名换姓,恐怕也不是那么容易的。要知道,江山易改,本性难移,习俗风气更是如此,哪能说改就改,徐县丞只怕是有些想当然了。"

苏雅还以为他想出了什么妙策,没想到却是寄希望于徐伯夷的想法不能成功。苏雅没好气地道:"叶典史,不怕一万,就怕万一啊!再者,徐县丞是轻举妄动的人吗?他既然上书朝廷,只怕是已经有了把握。"

叶小天摇头笑道:"谁也不敢说自己做的事就一定能成功!或许徐伯夷有一定的把握,但是,我们也未必没有应对的办法。"

苏雅目光一亮,道:"不错!所以我们不能寄望于徐伯夷不能成功,而应该主动出手,破坏他的大计,如此才可保无虞。"

"哦?"叶小天有些好奇地看着苏雅:"莫非夫人有好办法?"

苏雅道:"本夫人是有一个办法,却还需借助叶典史之力。"

叶小天笑起来,目光隐隐的,就像正看着一只皮毛光鲜、狡黠机警的狐狸,正一步一步走进他设下的陷阱:"倒要请教,不知夫人所说的好办法,究竟是什么呢?"

若晓生把那客人送到书房门前,眼见不经自家老爷允许,她就径自走了进去,更是认定两人之间必定有些不同寻常的关系了。本来他还想命人送盏茶进去,这时生怕坏了老爷的好事,也就省了。

若晓生为了避嫌，也不在廊下守着，便转回前宅门房，端起还没吃完的饭，一碗饭吃尽，不禁有点打嗝。若晓生忍着嗝，正想把碗递给婆娘，叫她给自己盛碗汤过来，那大门便又砰砰砰地叩响了。

"奇哉怪也！这不年不节的，怎么这么热闹？"

若晓生抓起油纸伞，又赶到门下，于哗哗雨声中打开角门，一瞧门外风灯下站着三个人，全都穿着蓑衣。若晓生还没问来人的身份与来意，三人中的一个就开口了："本人姓周，本县捕房捕头。这位是本县的知县大老爷，有要事与叶典史商量，快快头前带路。"

"啊？知……知县大老爷！"在若晓生这等百姓心中，见到知县大老爷可不亚于一个九品小官见到皇帝老爷。若晓生吓得一个激灵，那嗝也不用水就好了。

他去县衙打过官司，见过知县大老爷，可那时跪在堂下，头都不敢抬，哪敢仔细瞧这位端坐在红日出海图下的百里至尊。若晓生吓呆了，赶紧侧身让路，结结巴巴地道："大……大老爷您请进！"

花晴风迈步进了角门，跺跺靴上的泥泞，沉声道："本县有十万火急的大事，快带本县去见叶典史！"

"是是是！大老爷您请，哦哦哦，小民……小民头前带路，大老爷这边走！"

若晓生慌得手足无措，本来不敢站到花晴风的前边去，忽又想到自己得带路，忙像一只螃蟹似的侧着身子跑到前边，引路前行。到了叶小天的书房外时，若晓生心里咯噔一下："坏了，老爷书房里还有一个女人呢，他们可千万别……"

若晓生一路光顾着激动了，这时才想起叶小天已经有了一位"贵客"，赶紧扯起嗓子叫起来："知县大老爷，到！老爷，知县大老爷登门，有要事与您商量，老爷快快出迎啊！"

若晓生一边胡乱地叫着，一边拦住花晴风，道："大老爷，这儿就是了，您……您稍等！"

花晴风皱了皱眉，这人怎么这般慌张？本县又不是强盗。他不耐烦地推开若晓生，道："本县微服而来，实有要事相商，就不必拘礼了。"说着拔足就向书房走去。

书房里面，苏雅刚刚把她的妙计和盘托出。苏雅说得虽然细致，其实总结起来也就一句话：以彼之道，还施彼身。

徐伯夷不是在驿路上曾经给花晴风下过绊子吗？那是因为他在驿路上有做手脚的便利条件。如今徐伯夷想号召诸族百姓易名改姓，他们也可以依样画葫芦，给徐伯夷找点麻烦。

叶小天和高李两寨的关系十分密切，这就是他的有利条件，只要叶小天怂恿高李两寨百姓在钦差大臣面前搞出些乱子，那时候徐伯夷可就面子里子一起丢了，所谓的大好前程也要化为泡影。

叶小天听苏雅说着,面上微微而笑,心想:"这女人不只机警过人,魄力也是不小啊,居然敢在钦差大臣面前玩花样。"

其实叶小天早有对策。他还没回葫县之前,就已提前派华云飞回葫县,给徐伯夷挖坑了。不过,他原本的计划虽说周密,但要实施成功,最快也得半年以上的时间。

其实这个时间已经不算长了,一个不入流的杂职官,用半年时间就把一个八品县丞扳倒,这是何等的本事?只是,由于苏雅对花晴风的失望,决心代替花晴风与叶小天达成秘密联盟,他们联手做了一盘局,把花晴风装进去了。花晴风就此没了退路,只能硬着头皮往前冲,这一来逼得徐伯夷无路可走,只能采用激进手段,也就加速了叶小天计划的进程。

只是这一来,叶小天做一些事情也就不那么自由了。因为有些秘密他就得与别人分享,而今日的联盟,来日未必不是对手,今日授人以柄,来日就是反过来刺向他心口的一把尖刀。所以,叶小天需要让对方主动提出这个计划,这样一来,他就成了一个执行者。哪怕来日反目成仇,对方也不可能用这件事来挟制他。

就像他此前以艾枫的身份冒充典史一样,策划此事的是葫县全体官吏,所以他现在好端端地杵在这儿。哪怕是王主簿是他的对头,也根本不可能再提出此事,作为对付他的手段。

"这位雅夫人很上路啊,我还没做诱导,她就主动上钩了!"

叶小天微微笑着,正要顺势答应下来,还没等他开口,就听见若晓生气极败坏的叫嚷起来:"知县大老爷,到!老爷,知县大老爷登门,有要事与您商量,老爷快快出迎啊!"

叶小天吃了一惊,失声道:"知县大人怎么来了?"

苏雅也骇然站了起来:"相公来了?这……这可怎么办?"

苏雅虽然之前已经冒用丈夫的名义发过两份奏疏,配合叶小天把懦弱的花晴风"逼上了梁山",可她并没有让花晴风知道她和叶小天私下见过面,并且密议过一系列的合作事宜。花晴风也没寻思他这位娇妻居然深夜离开府邸,与人秘密商议过事情。

苏雅当然要隐瞒,因为气不过,她才与外人合作,激励自己的丈夫勇敢。与别人达成秘密同盟,那意义可完全不同。花晴风能容忍她一次,可未必同意她彻底成为自己的代理人。

再者,她在暗处,丈夫一旦再度打起退堂鼓,有些事她才有再度出手的可能,否则早被丈夫知道得一清二楚,她哪里还有机会?

同时,她也不想过度打击丈夫的信心。她希望通过自己默默无闻的帮助,让丈夫错以为这都是他自己的努力。

她坚信，自己的丈夫所欠缺的，只有任事的勇气，所以只要帮他树立信心，让他具备了勇气，她的丈夫就会变成一个真正的大丈夫。

可如今她的丈夫竟然来到了这里，一旦走进来，不就马上发现一切了？

"这……这怎么办？"

苏雅慌得手足无措，放眼室内，却根本找不到一块藏身之处。忽然，苏雅一眼瞧见了墙角的那屏风，一看就知道后边是放马桶的地方，苏雅果断地冲了过去。

"不行，那里有人！"

叶小天也顾不得许多了，蹭一下站起来，一把拉住了苏雅。光啷一声，房门开了，花晴风已向屏风后面走来，扬声喊道："叶典史，本县来了！"

"快！快蹲下！"

千钧一发之际，叶小天顾不上多想，连忙一按苏雅的肩膀，苏雅这才明白他的意思，一时也来不及想太多，便顺势蹲下，藏到了桌下。

花晴风闪过屏风，一见叶小天，便大步冲了上来："叶典史，你怎还如此沉稳，出事啦，出大事啦！"

第三十章

错连环之第三环

一

"县尊大人,你怎么来了?出了什么大事?"

叶小天一脸紧张地迎上来,腆着肚子,胯骨肘子微微地拧着,姿势有点古怪。

花晴风刚要说话,见叶小天这副模样,不由得奇道:"叶典史,你怎么了?"

叶小天微窘地道:"晚餐甚是可口,多吃了些,因为下雨,又未出去散步,肚子有些胀。"

"哦,原来如此,叶典史,你就不要跟我客套了,坐下,坐下说。"

花晴风也不见外,抢过去一屁股坐到了刚才他夫人苏雅坐过的位置。叶小天敢把苏雅藏在书案下面,就是因为这是书房,客人再尊贵,可以坐客座的最上首,也没有反客为主坐到书案后面去的道理。

花晴风这一坐下,就觉臀下的垫子有些温热,好似刚刚有人坐过,不过他正满心焦灼,却也没有多想,只等叶小天坐下,便与他说起刚刚收到的紧急消息。

叶小天的裤子还没系上呢,只是随手拉了拉,所以才腆肚拧胯,避免裤子滑落。可是等他走到书案后面,弯腰一坐时,那裤子还是顺势滑了下去,堆在了他的足踝处。

桌子底下可还蹲着一个人呢,叶小天心中大窘,幸好他穿的轻袍也有前襟,倒不至于春光外泄。苏雅身为知县夫人,却像小偷似的蹲在桌下,心中真是又气又急。她不安地挪了下身子,恰从那袍裾侧面的开缝处看到一条光溜溜的大腿,足踝处堆着一条裤子:"这个浑蛋竟然……"

苏雅更窘了,而且颇为害怕,怎么也不会想到,会遇到这般困窘的局面。这要万一被相公看到,就算浑身是嘴都说不清,跳进黄河都洗不白了!哎,早知如此,不如大大方方站在那儿,便让他知道了也好过现在这般难堪啊。苏雅懊恼地想着,悻悻地向桌子底下又挪了挪。

花晴风变声变色地道:"叶典史,大事不妙啊!那徐伯夷竟然背着本县,私自向朝廷上了一个条陈，那上面说……"

花晴风把苏雅刚刚说过的话又说了一遍。

花晴风是从赵文远那儿得到的消息。公文转来时，赵文远也不在驿站，驿卒对公文做了登记，因为是礼部下发的指明接收官员的重要公文，没敢耽误，便立即送出去了。

赵文远办完了公事回到驿站，检查登记簿子，这才发现不妙。驿站设在驿路上，距城较远，而且他得到消息的时候，已经有零星的雨点落下来，恐怕马上就要下雨，往城中给叶小天送信，显然不及直接知会花晴风更快，所以赵文远马上就去找花知县了。

花知县在工地上倒真是跑前跑后，尽心得很。赵文远找他又费了一番工夫，这才把获悉的情报说与他听。花知县一听心就凉了半截，他唯一能商量大事的伙伴只有叶小天，当下也顾不得大雨滂沱，便冒雨赶回来了。

其实赵文远看到的只是公文的题目，知道的没有苏雅夫人详细，但是虽然只是一个标题，公文的内容却是在标题里表现全面。赵文远也好，花晴风也罢，两人都不是傻瓜，从这些线索还分析不出事情的来龙去脉？

花晴风把赵文远亲眼所见的东西，再加上自己的分析判断，一股脑儿地说给叶小天听，最后道："既是回函，显然是徐伯夷上的条陈。既然派来钦差，显然是接受了他的提议。叶典史，一旦徐伯夷成功，本县就要落得一个尸位素餐的无能判语，而徐伯夷一旦飞黄腾达，却也不会放过你。徐伯夷此事成败，关乎你我二人的前程，你得赶紧想个办法啊。"

苏雅蹲在桌子底下，面前是一条光溜溜的男人大腿，而叶小天又是她丈夫的下属官员，她心中那种羞窘难堪实在难以言表。

她本来是很尊贵的知县夫人，为何落得这般处境？苏雅正扪心自问，忽听花晴风说出这么一句，情绪顿时低落下来，心中说不出的难受："你是县太爷啊，除了求人就是问计，难道你就不能挺起脊梁，担当一回吗？"

叶小天伸手勾了两下，可惜他不是刘备，做不到手长过膝，根本勾不到已经滑落到足踝的裤子。有心再玩一次摔落镇纸，可惜刚才捡起后放到了桌子中间，实在不好拿过来，叶小天只好作罢。

他咳嗽一声，对花晴风道："大人少安毋躁，朝廷同意了他的主张，并不代表他这件事就一定办得成。现在钦差还没到，咱们既然知道了此事，便有充足的时间准备。如果徐伯夷这件事办不成，呵呵，朝廷已经大动干戈，到时候朝廷下不来台，皇帝丢了面子，他还会有好下场吗？"

花晴风喜道："叶典史，你有办法？"

叶小天道："下官可不是诸葛孔明，哪能想都不想便有妙计。县尊大人不用急，且容下官好生想想。"

叶小天一手支在桌上，轻抚额头，暗暗思量："知县大人既然来了，这个主意还得从他口中说出来才好，否则总是后患。若由他说出来，我们两个有了共同的利益，今后才能成为真正的盟友啊。

可是……雅夫人那里不用我提醒，就能抢先说出这个办法，以花知县的性情，恐怕做不到，只怕不管我如何诱导，他也决不会说出这么大胆的主意，这可如何是好，怎么开口呢……"

叶小天一边想，一边把手伸下去，歪了一侧肩膀，去勾他的裤子，可惜尽管手伸得笔直，偏是离那裤子还差了一截。苏雅蹲在桌下看得清楚，不禁又是好气又是好笑，忽然思及他这么狼狈，是因为自己撞破了他的好事，又不禁……这人好恶心！

"他刚才说什么来着？屏风后面有人，想必就是他的女人了。这人也真是，想与女人欢好，去她的闺房不成吗？竟然在书房里乱搞，真是岂有此理！"苏雅厌恶地皱了皱鼻子，下意识地又躲开了些。

叶小天的手还在摸来摸去，拼命地往下钩。苏雅见这样下去实在不是办法，便扭过头去不看，只伸出手，用食指和拇指拈起他的裤腰替他向上提了提。

叶小天的手忽然摸到了苏雅的手，把叶小天吓了一跳，急忙一缩手，摆出一副正襟危坐的模样。他还以为是自己不小心碰到了人家，他可不想被县尊夫人以为他心存不轨。

苏雅又好气又好笑，干脆把裤子一扔，不理他了。

叶小天正在"苦思对策"，花晴风可不敢打扰"军师"的思考。他来得匆忙，来了之后便与叶小天议起事情，以致连口茶都没有喝。花晴风无事可做，目光便往墙上逡巡。

还别说，这叶小天书房布置得挺雅致。花晴风先看了看书房中大致的布置，又凝神观看那些字画，对面墙上几幅字画都是前代著名的书法家或画家作品。花晴风不禁暗自惊讶："原来此人不是附庸风雅，这几幅字画都是佳作呀。"

"嗯？"

花晴风目光一转，忽然注意到叶小天书案正对着的墙壁上方所挂的一幅兰草图。这幅画……花晴风先是觉得画风画工有些熟悉，仔细再看，愕然看到了自己妻子的小字，这幅画是雅儿送给他的？

花晴风拧着身子看着不得劲，便慢悠悠地站起来，缓缓绕到书案侧方，负着双手，摆出一副悠闲的样子往墙上看，仿佛在欣赏墙上画作。叶小天不疑有它，只管长吁短叹，一副苦思对策的模样。

"没错！真的是她，真的是雅儿的画作！"

花晴风心中疑窦顿起："雅儿的画怎么会在这里？"

苏雅又不是靠卖画为生,作为知县夫人,又不可能绕过知县和他的下属有什么交往,深闺女子将画作送人,这可不是随随便便的事,更何况被叶小天挂在触手可及处,上边甚至还有苏雅的乳名。

"怎么回事,怎么会这样?"

花晴风只觉一股股的血液往上涌冲击着他的脸庞,一个不敢相信的念头隐隐浮现在他的脑海里,他不愿相信,却又挥之不去。花晴风生怕叶小天发现他注意到了这幅画,忙缓缓退了两步,假意浏览他处。

叶小天还真的在注意他。叶小天倒不是怕他发现墙上的画作,他根本就不知道那幅兰草图是苏雅夫人的。他只是看花晴风站起来走近了,怕他发现蹲在桌下的苏雅夫人,那可就欲哭无泪了。

他也忽然发现,这样子太冒险了,一旦被花晴风发现,他根本没法解释。花晴风一退,叶小天忽然记起自己的裤子还没提,赶紧缩了缩脚,袍子的开缝处小一些,免得被人发现他光着大腿。

他不缩腿还好,他这一缩腿,花晴风反而注意到了。花晴风往下一瞧,先是看到叶小天的裤子堆在足踝处,虽然那道缝隙变小了,还是被他看到了。紧接着,他又看到旁边还有一角裙裾,那颜色、那花纹,熟悉的刺眼。

苏雅此番得到消息急促,马上匆匆赶来,甚至连个丫鬟下人都没带,只是披了一件蓑衣,自然是不曾换去女裳的。花晴风眼前一黑,几乎晕厥过去,他的大腿突突乱颤,一颗心几乎跳出了腔子,艰难地挪到椅前坐下,只觉整个人都瘫在那里了。

"不是雅儿,一定不是雅儿,雅儿温良贤淑,怎么会如此不知廉耻!"

花晴风拼命地说服着自己。他不敢想象,如果蹲在桌下的那个女子真是他的夫人,他该如何面对。他不敢声张,周班头和马辉就在门外,如果张扬开来,他的脸将丢遍整个葫县。

可那女子如果真是苏雅……叶小天的裤子褪在足踝上,那女子蹲在他两腿之间,他们……他们在做何等不堪的事?想到这里,花晴风不寒而栗。

"我要回府!雅儿一定在家里,一定是我疑神疑鬼。我马上回府,雅儿一定在那里!"

花晴风一刻也不等不及了。他不敢当场揭破,以验证他心中的猜疑,因为他根本不知道如果真的验证了他心中所想又该如何去面对。他想马上回去,只要见到雅儿,这就只是一场噩梦了。

第三十一章

蜕　变

一

　　花晴风想到此处，霍地一下站了起来，因为动作太急，令正佯装沉思的叶小天为之一怔。

　　花晴风强抑着心中的激动与恐惧，努力保持着平静的口吻，对叶小天道："今夜大雨，恐驿路上有些地段不够稳固，一旦发生意外，本县不在，便会酿出乱子。本县还得马上赶回去。叶典史不妨好好思量一个对策出来，你我明日再详细商榷。"

　　叶小天欣然起身，道："好！其实下官心中已经略有眉目，只是为求周全，还需反复思量，待下官推敲得差不多了，自会去驿路寻找大人共同参详决定。"

　　花晴风点点头，转身就走，一边走一边道："叶典史不必送了，本县这就走了。"

　　叶小天哪能不送，不过他也不能立即追上去，否则得被自己绊倒。叶小天故意慢腾腾站起，花晴风快步闪过屏风，叶小天趁机提起裤子，仓促间用胳膊肘夹住裤腰，便急急追了出去。

　　周班头和马辉正候在廊下，一见花晴风出来，马上递过蓑衣，花晴风接过蓑衣披在身上，这时叶小天也追了出来，拱手道："雨夜路滑，县尊大人还请慢走！"

　　花晴风低沉地嗯了一声，一头闯进雨幕。周班头和马辉见知县走得急，无暇多说，便向叶小天点头致意，随即追了上去。

　　叶小天目送三人消失在雨幕中，庆幸地吁了口气，返身回到室内，苏雅已经回到原来的位置坐下，依旧一幅端庄优雅的模样，只是脸上泛着淡淡的红晕，隐隐透出一丝不同寻常。

　　一见叶小天进来，苏雅便即起身，道："你我计议已定，就按你我所议行事吧，此事你我两家是休戚与共，还望叶典史能不遗余力，如有需要本夫人协助的地方，叶典史尽管开口。"

　　叶小天点点头道："下官明日，下官明日便去驿路上走一遭，无论如何，总要与知县大人计议计议的。夫人放心，总之不让徐伯夷遂了心愿便是！"

苏雅颔首道："天色晚了，本夫人这就告辞。"

叶小天忙道："我送夫人！"

对于方才那一幕，两人都绝口不提，情况虽然难堪，可那毕竟只是一桩意外，无视便是最好的处理了。

花晴风深一脚浅一脚的赶下山去，好在他脚上穿的虽然是靴子，却不是官靴。他这些日子一直在驿路上忙碌，脚下穿的是一双轻便的软靴，易于走路。所以尽管道路湿滑泥泞，却也安然无恙。

可他到了县衙里时，心神一松，反而险些跌了一跤。急急走过一片青砖地时，地面本有一些青苔，被雨水一打更加湿滑了，花晴风一脚滑出，哎呀一声，摇着双臂挣扎站定，足踝却已有些扭伤了。

周班头和马辉急忙扶住，道："大老爷，您没事吧？"

花晴风挣开二人，道："不碍事的，本县无恙。你们且候在门房，本县到后衙里去一趟，一会儿还要回来。"

周班头和马辉答应一声，便回转门房等候，花晴风则一瘸一拐地直奔后院。这时已是深夜，丫鬟婆子们也都睡下了，只有翠儿知道夫人深夜离府，还在花厅掌灯等候。等得久了，小丫头困劲上来，便伏在桌上打起了盹。

花晴风见花厅中有灯光，心中便是一喜，急急走过去探头一看，见厅中空空如也，只有小丫鬟翠儿伏在案上打瞌睡。花晴风的心陡然一沉，他不死心地又往四下看看，厅中除了翠儿，果然再无一人。

花晴风把牙一咬，便往他的住处走去。卧房里还亮着灯，花晴风推门进去，左厢没有，正堂也没有，再往右厢里寻，依旧是没有，花晴风的身子忍不住地哆嗦起来。

其实看到翠儿这么晚还不睡，一个人守在花厅里时，他就知道不妙了，可是不到黄河终究不死心。这么晚了，又下着大雨，苏雅还能到哪里去？她不在这里，那自己方才在叶小天书房所见藏在案下的那个女人……

只有一个地方还没去找了——苏雅的书房画室。这也成了花晴风的最后希望。这书房画室就在卧房旁边，用两幅各四扇的木质画屏隔开，花晴风腿上像灌了铅似的，艰难地挪过去，定睛一看，还是空无一人。

不会错了，这一回再也不会错了，藏在叶小天案下，与他行那无耻荒淫之事的女子，一定就是他的妻子！花晴风就像刚刚爬了十八里盘山道，喘着粗气，颤巍巍地在书案前坐下。

兰花图，难怪她以自己乳名为铃，画下那幅兰草图，而叶小天把它挂在触手可及处，这对狗男女！看叶胜看花吗？花晴风心中满是悲凉，不由得冷笑连连。

他也是琴棋书画尽皆有所涉猎的，自然知道画兰草画的就是叶子，欣赏的也是它的叶子，而文人墨客以书画寓意是惯用的手法。什么东边日出西边雨，道是无晴（情）却有晴（情）。

这幅兰草图，除了是这两人勾搭成奸，倾诉情意的信物，应该还有一层意思。兰草，要欣赏的是它的叶子，看叶胜看花呀！他姓花，叶小天姓叶，这里边分明还有一层贬谪他花晴天，认为叶小天比他强的意思。

"这个贱人！"

花晴风红着眼睛向墙上看去，忽然看见了那幅高山流水图。那图上赫然有一方大印，正是叶小天收藏此图时加盖的个人私章，因为他是刚刚盖上的印记，颜色比前几位收藏者加盖的私章鲜丽，所以花晴风一眼就看到了。

这是叶小天还赠给苏雅的画？花晴风又霍然站了起来，扶案盯着那幅画，眼神直勾勾的，仿佛一条走投无路的饿狼：伯牙抚琴，闻弦音而知雅意！闻弦音而知"雅"意。苏雅那贱人"看叶胜看花"，叶小天这厢便闻弦音而知"雅"意了？

花晴风的双手紧紧扣住书案，指节处一片苍白。他的人生是何等的失败！做官，一直是受气的傀儡官，王主簿压他一头，孟县丞压他一头，换了一个徐县丞，还是压他一头。他被属官们暗中嘲笑，被胥吏们暗中嘲笑，被小民们暗中嘲笑，忍气吞声，怕这怕那，换来的是什么？

叶小天，一个小小典史，也骑到他头上作威作福了，甚至还睡了他的女人！权力没了，不！权力，一直就不曾拥有过！现在，连他本来拥有的，本属于他一个人的女人，也成了别人的玩物！

花晴风的心在滴血，想起他在叶小天书房中所见的那一幕，越是脑补，越是不堪。

他本来是靠着夫人娘家的栽培，才得以读书入学，一路考中秀才、举人、进士，所以对这位娇妻既畏且敬。夫妻这么多年，便是夫妻敦伦的时候，他都向来中规中矩，不敢有丝毫过分的要求。

可是他敬在头上、捧在手上，不敢稍有亵渎的女人，却可以这般侍候一个野男人："嘿！哈！呵呵呵……"

花晴天一阵悲凉的惨笑："我做人做得这是何等失败！做官无权，做男人连自己的女人都保不住，权没了，人没了，面皮也没了，我花晴风活着还有什么意思！"

花晴风一把抓过书案旁的烛台，倒转铁尖，就要刺向自己的咽喉。就在这时，从堂屋里隐约地传来了苏雅的声音："相公回来了？"

烛台锋利的铁尖堪堪刺至咽喉，花晴风又猛地顿住了，脸上慢慢露出一丝令人心悸的笑……

苏雅没有想到花晴风今晚会回来。她从事先预留的角门悄悄回来，到了花厅见翠儿正打瞌睡，便唤醒她，吩咐她去睡了。苏雅回到自己卧室本待休息，忽见门边衣架上挂着一袭蓑衣，蓑衣还在滴着水，便知是丈夫回来了。

苏雅绕到卧室，见卧室没人，而书房那边还隐隐亮着灯光，便走了过去。

"夫人，你去哪里了，让为夫好找！"花晴风微笑着从书房里迎出来。

苏雅脑筋一转，忙道："哦，去了一趟库房，闲来无事，清点一下东西。相公怎么回来了？"

花晴风道："哦，为夫有件紧要事，需与叶典史商量，所以上了趟山。为夫又不是三过家门而不入的大禹，既然回来了，心中想念娘子，当然要回来看看。"

苏雅娇嗔地道："看你，都老夫老妻了，还甜言蜜语的。"

说归说，她心里还是甜甜的。花晴风却在心底冷笑："是啊，我们是老夫老妻了，你跟叶小天却正恋奸情热是吧？"

苏雅关切地道："这么晚了，相公既然回来了，就在家歇息吧。"

花晴风摇头道："不了！今夜大雨，我还真怕驿路上再出点什么意外。徐伯夷可是早就盼着我出事呢，我还得去驿路上守着，见到了娘子就好！"

两双手轻轻握在一起，相视一笑，苏雅是真正的满心温馨，花晴风笑得也很温柔。可是即便与他做了多年夫妻的苏雅，都没注意到他眸底隐隐燃烧的冷酷火焰。

想要自尽的花晴风突然被打断，原本的万念俱灰陡然变成了另外一种力量：极度的仇恨。物极必反，懦弱了大半辈子的花晴风，从这一刻起，血性与勇气真正被激发出来了。

忍者神龟进化成了复仇男神！他要报复！他要毁灭！所有对不起他的人，所有背叛他的人，统统不放过！

第三十二章

两钦差

一

第二天一早,整个县衙都知道了钦差即将驾到的消息。徐伯夷召集各班各房的胥吏衙役们,进行了一番周密安排,全县上下齐动员,风风火火地开始筹备各项大礼。

一时间,风向陡转。原本人们都以为叶小天回葫县后,与花晴风联手,已经把徐县丞的气焰彻底打压了下去。自从驿路上祭出三颗人头,徐伯夷也确实没了动静。谁晓得他竟暗度陈仓,玩了这么一手,钦差大臣要来了啊!

天下那么多县,大部分都不曾有钦差大臣去过。小小葫县更不用提了,连府道级的官员都不曾来过。如今一下子竟然要迎来天使,这是何等隆重何等风光的大事。

礼部的回文是给徐伯夷的,徐伯夷就成了理所当然的负责人。他要用人,谁敢不应?他要修缮官道,翻新官舍,为钦差大臣建造馆驿,县里财政敢不拨款?一时间,徐伯夷财权、人权抓回大半,与原本占尽上风的花晴风可以分庭抗礼了。而且,花晴风是守在驿路上,徐伯夷则是在县里主持大局,主客之势隐隐相易了。

有心人注意到,叶典史一早到县衙里点了个卯,随即就离开了。不用问也知道,他定是去找花晴风商量对策去了。这一次,大部分人都不大看好他,徐伯夷有皇命在身,你拿什么跟他斗?

叶小天倒是一点不慌。没错,徐伯夷现在是很风光,也确实没有人敢阻拦他抓权。任何的反对或者阻拦,在这件事已经上升到皇帝和朝廷有更高层面的政治考虑时,都是性质极其严重的错误。

可是,最终得是徐伯夷办得成这件事才可以。否则的话,他今日赢了多少,来日都得加倍吐出来。叶小天早早谋划,精心部署,就是想挖一个让他跳不出去的坑。此时计划即将实现,叶小天开心还来不及,又岂会心生不安。

叶小天昨夜被花晴风和苏雅夫妇搅了好事,送他们离开后,也无心再与哚妮亲热了。他定下心神,反复思量的都是如何让花晴风认可、同意,并参与自己的计划。

花晴风缺乏担当，不易说服，所以叶小天精心准备了几套方案。

叶小天这回是打算用尽所有办法，也要把花晴风拉进计划了。不料等叶小天赶到驿站，花晴风把他请进房中坐下后，还不等叶小天开口，花晴风就已抢先开口了。

花晴风道："叶典史，本官昨夜回来后仔细考虑了许久。徐伯夷此番借助天威，不要说是你我，便是府道官想要阻拦，也是螳臂当车，想让他失败，只有从最本质的地方下手才行！"

叶小天微微一怔，到了嘴边的话又咽了回去，望着花晴风道："县尊大人的意思是？"

花晴风道："朝廷如此器重他，如此在乎此事，缘由何在？在于希望能够促成本县诸族百姓改名易姓。此事一成，可不仅仅是方便了户籍管理，于朝廷而言，这就是声威播于四夷，教化及于八方。于皇上而言，这就是皇帝亲政后，天顺民和。有这等大义名分在手，谁敢阻拦他呢？可是，如果此事招致诸族百姓强烈反对，会怎么样？"

花晴风脸上露出一丝狡黠之意，微笑地道："据本县所知，叶典史与高李两寨的关系非常密切。而高李两寨，正是本县诸族部落之首，各部落一向唯他们马首是瞻。"

叶小天暗暗有些吃惊，这位县太爷的胆子什么时候变得这么大了？想在这件事上做文章，那性质可不仅仅是同徐伯夷之间的争斗了。这是逆朝廷之势、悖天子之意呀！

煽动诸族百姓反对，徐伯夷是完了，可皇上原本信以为真，兴冲冲地派了钦差大人来，结果却灰头土脸地回去，到时朝廷和皇帝的脸面也要丢尽了。此事一旦为人所知，那就是杀头的罪过啊！

虽然，叶小天胆大包天，他本来就打算这么干。可他没想到一向胆小如鼠且循规蹈矩的花知县也会有这样的打算。

"看来他也知道徐伯夷一旦成功，他就再无翻身的机会，这是狗急了要跳墙啊！"叶小天暗暗想着，心中颇感愉快。花晴风既然主动开了口，可省了他很多力气，早知如此，昨夜何必煞费苦心想那许多说辞。

花晴风见叶小天点头称是，脸上也露出了一抹笑容。此时的花晴风，与往昔似乎隐隐地有所不同了，但是谁能注意到呢？大家早已习惯了他"忍者神龟"的形象。

· ※ · ※ · ※ ·

"这块戒石，赶紧再用水刷洗一遍。"徐伯夷指着公堂前的戒石，吩咐一个衙役，那衙役答应一声，提着盆便一溜烟跑了。

徐伯夷急急忙忙往前走，一边走一边问李云聪："公堂门口的鼓都换了吗？"

李云聪道："大人放心，全都换了新的，那栅栏也都重新粉刷过了。"

这时候，整个衙门里已是焕然一新。可所有的人在徐伯夷的指派下，还在爬房上墙，挖门盗洞，进行着十分彻底的大清扫。

这些天整个衙门的人都被徐伯夷指挥的团团乱转，光大清扫就进行四次了。明日钦差就要赶到，徐伯夷此时更是片刻不离，生怕出一点差错。

衙门口，三架梯子竖在门楣上，两个衙役穿着短打扮，爬在高高的门楣上，用抹布擦拭那块已经光可鉴人的县衙招牌，中间那个衙役顺着梯子爬下来，提起桶去清洗抹布了。

徐伯夷见状，便把袍袂一掖，顺着梯子爬上去，伸手往牌匾后面一摸，看着手上薄薄的一层浮灰，勃然大怒："一群混账东西，一刻不看着你们便想敷衍了事，牌匾后面怎么这么脏？把牌匾摘下来，务必擦得一尘不染。"

"啧啧啧啧，徐县丞可真是辛苦呀，这些天腿都跑细了吧？"底下忽然传来一个阴阳怪气的声音。徐伯夷低头一看，就见叶小天站在阶前，撇着嘴角看着他，一脸鄙夷不屑。

叶小天揶揄道："这些天叶某就看到你徐大人里里外外的穷转悠了，牌匾后面也要反复的擦，用不用这样啊，不就是钦差大臣要来吗？钦差大臣会爬着梯子上去检查你这牌匾后边干不干净？"

徐伯夷顺着梯子爬下来，见李云聪已经讪讪地退到了一边，不禁狠狠地瞪了他一眼。真是个没出息的东西，有本官替你做主，你怕他什么！再过几日本官飞黄腾达，这小小典史就更是不在话下了。

徐伯夷用一种居高临下的目光睨着叶小天，傲然道："叶典史，钦差大臣自然是不会爬到门楣上检查牌匾干不干净。可皇上派了人来，那就是咱们葫县的荣耀，徐某人为朝廷，为皇上效力，自当尽心竭力，难道钦差大臣看不到或者不会去看，就可以弄虚作假吗？"

叶小天笑了笑道："得！这么一会儿徐县丞就扯到皇上身上去了，似乎……有点远吧。"

徐伯夷也笑起来，微眯的眼中有针芒般的光辉闪动："远吗？我看并不远吧！以前谁会想得到会有钦差天使驾临我县？可如今天使明日就到，见天使，便如觐圣面，聆圣音。而来日，你又安知本官不能真的面见天子呢？"

叶小天讥诮地道："叶大人真是志向高远，叶某佩服！"

徐伯夷冷冷一哂，道："叶典史是负责本县治安的，本官交代你的事情，可都做好了吗？明日钦差大臣就到了，如果你那里出点什么差错，钦差面前，本官可也护不了你。"

叶小天道："大人放心，下官分内之事，自然不敢怠慢，绝不致出了差迟！"

"如此甚好！"徐伯夷微微一笑，口不对心地道："此次事了，本官会在钦差大人面前记你一功！"

叶小天"惊喜"地道："当真？哎呀，县丞大人真是不忘提携后进，那下官这里先谢过大人啦。"

"哈！哈哈……"

"嘿！嘿嘿……"

两人不约而同地笑起来，笑容同样奸诈，却不知各自有何凭恃。

驿路官道上，一队官兵正护送着一支仪仗缓缓行来。黄钺、白旄、立瓜、卧瓜、银枪、长戟、官衔牌、龙凤旗……全套的钦差仪仗，随从武士们锦衣绣袄，干净利落，各自悬刀佩剑，英姿飒爽。

车上，礼部右侍郎林思言拈着一枚棋子苦思半晌，终于把棋子往棋盒中一丢，摇头笑道："林某输了！还是国舅棋高一筹！"

李玄成微微一笑，信手抚乱了棋盘，抬眼向前一望，道："林大人，明日就该到葫县了吧？"

林侍郎颔首道："不错！国舅一路劳顿，着实辛苦了，到了葫县便可好好歇歇了。"

李玄成摇头笑道："辛苦可谈不上，这贵州山水奇秀，一路风光不断，甚是赏心悦目，李某很是喜欢。"

李玄成说着，便信步走出去，扶住车栏，纵目远眺，山水奇秀，天空澄净，一朵雪白的云彩静静地悬浮在空中，落入眼帘，依稀便化作了一张可以颠倒众生的美丽容颜，李玄成的心头不由得一阵燥热。

第三十三章

做官好

一

李玄成回京之后，迎接他的就是一堆堆的弹劾奏章，铺天盖地的跟雪片似的就把李玄成给埋了。

李玄成心中懊恼无比："我星夜兼程，这才刚从金陵赶回来，你们这些言官御史蹲在京城里，压根就没去过金陵，你们知道那里究竟发生了什么事吗？怎么一个个说得有鼻子有眼的。"

可是……没办法！这就是朝廷赋予御史们的权利，御史可以"风闻奏事"：我听说了某件事，我就可以拿来告你，至于我听说的消息究竟是真是假，那不归我管，我也不负责任，你想证明你清白，你来举证。

可怜李国舅上哪儿去找证据去？这种事情本来就是越描越黑，而且大多是见不得人的"隐私"，哪有证据可寻。再者文官集团和皇亲国戚之间先天就是对立的关系，彼此早就互看不顺眼了，这时有了机会，还不趁机猛打落水狗。

李玄成百口莫辩，只能躲在府邸生闷气。反正这些人骂归骂，也不能真把他怎么样。期间就连李太后和万历皇帝都曾先后把他唤去，半信半疑地向他询问。李玄成真是欲哭无泪，只能赌咒发誓地向他们解释，依旧不能让他们完全相信。

自李太后入宫后，交往最多的就是他这个幼弟，还是比较相信他的为人的，对于诸多不堪的传言大多不予置信。不过，其中有些传言，还是引起了李太后的警惕，比如：好男风！

李玄成无论人品、相貌，还是如今的富贵地位，早就该妻妾成群才是，可他始终单身一人。李太后原本以为他是真的一心向道，所以不好女色，可如今听了那"好男风"的传言，还真有些信了。

达官贵人们好男风的着实不少，而且在上流社会，这是一种风雅之事，并不是什么不可见人的行为。豪门世家在府里蓄养娈童的也不在少数，先帝死得早，李太后年纪轻轻就垂帘听政，接触过许多外臣，对此也不无耳闻。

耳濡目染之下，她早已经习惯了这种风气，心里并没有太大的抵触和反感。如果李玄成真的好男风，她也不会太在意，但是那些蓄养娈童、狎戏男娼的贵胄官宦都是男女通吃啊，她这幼弟却不然，总不能因为好男风干脆不娶妻生子了吧？

所以，李太后未雨绸缪，开始不断物色门当户对的豪门世家适龄的闺女，想给幼弟说一门亲。李玄成不胜其扰，又无法逃避，正在苦不堪言的当口，便听说了葫县县丞徐伯夷上书朝廷，建议对葫县胡族百姓按汉人风俗改姓易名的消息。万历皇帝见了徐伯夷的奏疏正中下怀，甚是欢喜，马上批转内阁和礼部商议可行性，内阁和礼部众大员认真商议了一番，也是欣然同意。他们觉得此事可行最大的依据就是：徐伯夷只是一个小小的县丞，他既然敢上书，而且是绕过知县独自上书，说明此事应该是有极大把握的。

只是皇帝和阁老们低估了下层官吏"富贵险中求"的冒险精神，到了他们这个层次，每人背后都有一个庞大的利益集团，牵一发而动全身，凡事当然不能率性而为，孤注一掷，可徐伯夷是什么人？他哪有这么多的牵扯和顾忌。

因为朝廷觉得此事可行，所以这消息提前就张扬开来，这可是皇帝亲政后的气象，政通人和啊。李国舅因此便知道了此事，他一直以为夏莹莹姑娘就是葫县人，一听说这道奏疏来自葫县，李玄成不觉动了念头。

李玄成马上找到李太后，主动请缨。李太后知道这个幼弟喜欢游山玩水，不疑有他，正好趁机拿捏一把，在李玄成答应此番游历归来就接受胞姐安排，与人相亲之后，李太后便替他向万历皇帝提了一句。

万历皇帝可不知道舅舅与叶小天之间有那么多狗皮倒灶的恩恩怨怨，而且叶小天调回葫县的事，虽然金陵府报上了朝廷，万历也只是御笔一挥就过去了。这么低阶层官员的调动，他只写一句"知道了"就行了，哪会放在心上。

所以他纵然知道李玄成和叶小天之间有恩怨，也不会记起叶小天如今已经回葫县就任。既然母后开了口，多派一个人去做钦差也没什么，倒更显得皇帝对此事的重视，万历皇帝便答应了。

其实李玄成也不知道叶小天此时已经回了葫县。他匆匆逃离南京城时，叶小天还在礼部会同馆做大使呢。他哪知道这个扫把星居然回了葫县，所谓冤家路窄，也就是这般了。

这一晚，钦差队伍前不着村后不着店，就宿在荒郊野外。李玄成躺在他的寝帐内，整晚都辗转反侧，难以入睡，脑海里始终徘徊着莹莹姑娘的倩影，思索着到了葫县后如何找到她，找到她后又如何亲近，倾吐爱慕，虏获芳心。

· ※ · ※ ·

葫县城门口,迎接钦差的队伍排成了几个方阵。站在最前面的是葫县的官僚队伍。

前方路口扎了一个彩棚,棚前置放着香案和酒水,花晴风穿着一袭簇新的官袍站在最前面,但他并不是一个人,徐伯夷正与他并列而站,两人之间连半步的差距都没有。

徐伯夷是县丞,照理说应该站在花晴风的后面,可这次上书朝廷的人是徐伯夷,朝廷复旨也是点名给徐伯夷的,所以今日迎接钦差的正主其实是人家徐县丞,花晴风只是占了一县正印的名分,这才得以与徐伯夷一起站在最前面。

这种情况,已经意味着葫县的一把手和二把手已经彻底撕破了脸皮,所以花晴风绷着面皮站在前面,看都不看徐伯夷一眼,神色极其不善。

而徐伯夷却是满面春风,他根本不在乎花晴风此刻怎么想。他已经入了皇帝和众阁老的法眼,这件事只要办得风风光光,飞黄腾达指日可待,他还用在乎花晴风的脸色吗?

站在徐伯夷和花晴风之后的,是罗巡检和顾教谕。这两位官员不大掺和葫县政务,不过他们两人一位是葫县的最高军事长官,一位是葫县的最高学府长官,级别不低,所以站于知县大人身后。

第三排就是王主簿和叶典史了。王主簿是"抱病"赶来迎接钦差的,王主簿的脸色看起来很不好,好像真的生了病似的。徐伯夷在秘密上书时,把他撇在了一边,这件好事他一点好处也捞不到。

花晴风、叶小天和徐伯夷本就是对头,被徐伯夷排除在外也就罢了,但王宁和徐伯夷可本是一派,他本可以得到的好处,如今却眼睁睁看着全部落在徐伯夷的腰包里,王主簿对徐伯夷的嫉恨,甚至还在花晴风之上。

不过,徐伯夷对此不在乎,他是真的不在乎了,葫县这个破鸡窝,怎么能锁住他这只金凤凰呢?他早就该跳出去了,他现在也确实马上就要跳出去了。那些柴鸡怎么想,他根本不在乎了。

道路两侧,便是当地士绅代表和民众代表。士绅代表们分作两部分,一部分儒衫幞头,分明就是汉家百姓了;而另一部分则是各种的奇装异服,民众代表也是一般无二。

从人数上来看,穿奇装异服的占了全部迎接人员的三分之二还多,这就是葫县的现状,少数民族居多,这些人正是葫县各族民众的代表。

一大早,他们就已等在这里了,官绅们还有条凳可以坐着歇息,民众可是一直顶着炎炎烈日站在那里，一个个都开始打蔫了。直到日上三竿，才有前方探马来报，说是钦差大人的仪仗即将赶到。

众人顿时精神一振，纷纷整肃起来，抖擞精神，迎候钦差。又过了一阵，远远地就能看见一片旌旗招展，有一列整齐的队伍向这边开拔过来。

眼看那队伍越来越近，已经可以看见代表天子的杏黄旗了，徐伯夷掸了掸袍襟，微微一笑，便迈步向前走去。今天，他是主角！

花晴风一见心中暗恼："你一日不曾离开葫县，你就还是我的下属！钦差将至，你敢抢在我的前面，当着全县官绅百姓，你是真的不给本县留一点情面了！"

若是换作以前的花晴风，可能真就捏着鼻子忍了，可是此刻的花晴风却不然，他也不知哪儿来的勇气，立即拔足追了上去。

徐伯夷一步三摇，走得极其沉稳，享受着全县士绅官宦们注视的目光，心中有些飘飘然的。咦？花知县……花知县他居然超过我了！

徐伯夷暗怒："今日一切，全是本官主导，你个尸位素餐的无能知县，有什么资格走在本官前头，第一个谒见钦差！"

徐伯夷冷哼一声，马上迈开大步向花晴风追去。徐伯夷超过了花晴风，花晴风加快步伐，马上又反超了徐伯夷。徐伯夷再度加速，再度反超花晴风，花晴风迈开大步，脚下如飞，他们并驾齐驱了！

超了！超了！花知县刚刚超过一头，旋即就被徐县丞追上，两个人你追我赶，丝毫不让。一开始他们只是步子迈得大一些，步频稍稍快一些，到后来已是明显地在较劲，他们在……"竞走！"

叶小天优哉游哉地站在那里，眼见二人越走越快，进而发展成"竞走"，不由得啼笑皆非。叶小天摇摇头，信口道："做官好，做官妙。做官头戴乌纱帽，出门就有八抬轿，离地足有三尺高，这个造化可不小。忽有一日高官到，蹦下轿子往前跑，你也跑，我也跑，膝盖不觉就矮了，跑出一脚撩浆泡，你说可笑不可笑……"

叶小天这段话是用戏曲里念白的方式念出来的，声音虽然不大，可是站在他旁边的王主簿却听得很清楚。王主簿扑哧一笑，道："叶典使，你这张嘴，忒也损了点。"

叶小天乜了他一眼，似笑非笑地道："我看主簿大人神情郁郁，似有不平之意，故意逗你一笑罢了。"

王主簿叹了口气，抚着胡须看向前方，很是艳羡地道："做官嘛，还不就是攀着上头，踩着下头？你觉得可笑，却不知有多少人想得到这个可笑的机会而不可得。"

第三十四章

暗藏机锋

一

"葫县知县花晴风，见过钦差大人！"
"葫县县丞徐伯夷，见过钦差大人！"
花晴风紧赶慢赶的，还是落后了徐伯夷半步，情急之下，只能抢先开口了。徐伯夷占了一个人先，花晴风占了一个话先。说起来，他二人虽有相争之心，但也不该如此幼稚，只是迎接钦差对他二人来说都是生平头一遭，激动再加上关心则乱，是以方寸大乱。

钦差的仪仗停下了，队伍左右一分，闪出中间一辆车子，车帘挑着，里边并肩坐着两人，其中一人手中还捧着一卷黄绫轴子，想来就是圣旨。

花晴风和徐伯夷飞快地扫了一眼，只看到车中两人，一个是一袭鲜丽的飞鱼袍，另一个是一袭绯色官袍，却也不敢多看，马上长揖到地，礼数甚恭。

车中，李国舅和林侍郎互相谦让了一下，论到尊贵，林侍郎的身份终究在李国舅之上，再加上他年岁长些，便也不再推辞，当先一步走出车子，随后李国舅便捧着圣旨走了出来。

二人沿着脚踏走下来，到了花晴风和徐伯夷面前，林侍郎微笑举手道："两位不必客气，免礼，免礼，快快请起。"

花晴风和徐伯夷的官袍颜色一样，区别就在胸前的补服上，林侍郎只是微微一扫，便对花晴风道："你就是花知县吧？"

花晴风受宠若惊地道："正是下官。"

林侍郎点点头，又看看徐伯夷，问道："足下就是徐县丞了？"

徐伯夷恭谨地道："正是下官。"

花晴风的心思太敏感了些，听这位钦差大人对他称你，对徐伯夷称足下，心中便有些忐忑："朝廷果然对我有所不满了。"

其实这些大人物俱都修炼的喜怒不形于色，一个个城府极深，哪有那么容易叫他看出喜恶来？而且林侍郎不但对徐伯夷并无好感，甚至还有些厌恶，那句"足下"不是客气，而是揶揄。

绕过直属上司邀功买宠，任何一个当官的都会本能的对这种行为产生反感。如果林侍郎以后有机会和徐伯夷共事，并且徐伯夷会对林侍郎有用，这种厌恶自会渐渐消除，可现在他们还只是刚刚接触，林侍郎对他的观感完全来自他之前的行为，那就不同了。

林侍郎见前方人山人海，热闹非凡，便对李国舅笑道："国舅，想不到葫县有这么多人在迎候你我，不要叫大家失望，咱们就随本地的父母官上前见见大家吧。哦，对了！"说到这里，林侍郎轻拍自己的额头，回首对花晴风和徐伯夷笑道："你看，老夫都糊涂了，还忘了自我介绍一番。本官礼部右侍郎林思言，这位是当朝三国舅，李玄成。"

花晴风和徐伯夷已经听他称呼那年轻俊美的公子为国舅了。花晴风一听是又惊又怕，徐伯夷则是又惊又喜，皇帝派当朝国舅做钦差大臣，来此见证诸族百姓易名改姓之盛事，足见皇帝的重视啊。

皇帝越重视此事，徐伯夷便越欢喜，相应的花晴风也就越懊恼，因为这件事他寸功皆无。相反，皇帝和朝廷越重视此事，对他的不满也就会越深，他这个正印官是干什么吃的？为什么人家一个佐贰官能想到的，他却想不到？

不管二人心里怎么想，还得强作镇定，再度向两位大人见礼，旋即便一左一右引着二人往前走。徐伯夷一边走一边满面春风地向两位钦差介绍前方迎候的人员，刻意强调了一下今日诸族首领都已赶来。林侍郎和李国舅听了，神色间果然透出几分欢喜。

花晴风陪在一旁，也无心去与他争风了，心中只盼着叶小天的计划能够奏效，否则他在这儿怎么蹦跶都没有用，只会让人觉得他像一个小丑。

到了迎候的队伍前面，首先当然要向两位钦差先介绍本县官吏。当介绍到叶小天时，叶小天闪身出列，向林侍郎长揖一礼，恭声道："下官葫县典史叶小天见过侍郎大人！"

林思言早知他已调回葫县，林思言回京后，特意关注了一下叶小天的事情，想伺机把他调回葫县去，却不想令人一查他的资料，叶小天居然已经被调走了。林思言惊讶之余，却也不禁钦佩，这小子倒真是有办法。

此刻再度见到这个令他印象深刻的年轻人，林侍郎心情很好，捻须一笑道："叶典史，金陵一别，风采依旧，可喜、可贺呀。"

叶小天也笑道："老大人康健如昔，下官也甚是欢喜。"

叶小天与林侍郎对答了一句，便又转向李国舅，长揖道："下官见过李国舅。"

葫县一干官吏听见叶小天与林侍郎这番对答，不由得啧啧称奇。这位天使竟然是当朝礼部侍郎，这可是品级极高的官员了，当真令人诚惶诚恐。可就是这样的高官，居然认识叶典史，两人说话还透着亲热，这叶典史的能量也太大了吧。

李玄成是真没想到会在这里遇见叶小天，一见叶小天行礼，他迅速收敛了惊讶的神情，淡淡地道："呵呵，真没想到，本国舅会在这里又遇见你，常言道，山水有相逢，真是一点不假呀！"

李玄成想到他被叶小天捉弄的如过街老鼠，心头恨意就抑制不住。徐伯夷见林侍郎认识叶小天，似乎还对他挺有好感，心中就不免有些吃惊，再看叶小天与李玄成见礼时便格外关注了些。

李玄成这句话暗含恨意，根本掩饰不住。徐伯夷听在耳中，登时暗喜："这位国舅竟也认得叶小天，想来是在金陵结识的了。不过，似乎国舅爷跟他有过节啊……"

两个钦差，都与叶小天有旧。一个貌似很欣赏他，另一个却视他如眼中钉。徐伯夷心思一转，便做出了决定：傍国舅爷的大腿。

徐伯夷引着两位钦差接见当地士绅代表，又由林侍郎当众宣读圣旨，一切事了，便前呼后拥地陪同两位钦差进城，在县衙三堂摆酒设宴，为两位钦差大臣接风洗尘。

士绅和各族酋领的酒席设在侧厢和庭院中，大堂上只有一席，由葫县几位有品级的官员陪同着。这其中唯一一个不入流却有资格坐在这儿的杂鱼小官就是叶小天，谁叫他是典史呢。

酒过三巡，李国舅笑吟吟地对徐伯夷道："据本国舅所知，葫县改土归流不过五年时间，你们便有偌大的成果。呵呵，那些山野蛮夷，肯依我中原教化，改名易姓，你们功德无量啊！"

这么一说，徐伯夷一张小脸登时笑得菊花一般，旁边的花晴风虽强作镇定，却免不了有些不自在，这话该对他说才是。

徐伯夷忙道："朝廷抚远安夷，威加四海。下官等只是倚朝廷之势，做了点力所能及的事情，可当不得国舅爷如此夸奖。"

林侍郎对于把正印官撇在一边的行径有些看不下去了。他咳嗽一声，道："本官与国舅奉圣谕而来，希望能把此事办得圆圆满满，这是朝廷的体面，也是你们的一桩功劳。这件事你们有什么打算，可已有了章程？"

花晴风精神一振，忙道："林大人、国舅爷，两位敬请放心，下官等恪尽职守，精心安排，定把此事办得顺畅圆满。此中步骤，我们已经有了详细规划，两位钦差远来辛苦，今日且好好歇息，我们会尽快操办的。"

林侍郎皱了皱眉，他来这种鸟不拉屎的山沟沟里可不是来度假的。他当上礼部侍郎也不过才半年光景，结果先是被派去金陵迎接柯枝国使节，接着又被派来主持葫县易俗典礼，在京的时间很有限。

这对他来说可不是好现象，尤其是他现在地位未稳，自己的一套班底还没搭建起来。他想尽快解决此事，早日赶回京城。秋闱将近，礼部尚书因为同时也是内阁辅臣，按规矩不能担当主考官，他只要争取一下还是很有希望的。

一旦争取到主考官的位置，本届的进士就是他的学生，将来在官场上，很大程度上会成为他的一大助力。林侍郎归心似箭，岂能把时光耗费在这里，这花知县的话都是官面话，没一句有用的。

徐伯夷等花知县说完了，这才微微一笑，从容地道："侍郎大人放心，下官已经做了周密安排。在两位钦差驾临本县以前，下官就已召集各村寨乡镇的保长里正，将此事详详细细说与他们知道，并通过他们摸清了百姓们的态度。下官打算，明日便召集各村寨乡镇的话事人，诸如保长、里正、村长、耆老和部落首领们，由他们率先响应官府号召，改易名姓。这些人在地方上极具威望，只要他们肯改，下面的百姓就不必多费唇舌，自然会依照办理。"

林侍郎听得暗暗点头，虽然他有些不齿徐伯夷的功利行为，但是从见到他到现在，可以看出此人确实是个精明能干的人。至于那位县太爷，林侍郎就只能暗暗摇头了。

林侍郎对葫县知县和县丞暗自评品了一番，忽然想到了叶小天，叶小天在金陵的所作所为他一清二楚，正因专门了解过他才起了招贤之心。如今葫县正印官与佐贰官不合，这只闹天宫的猴子夹在中间，怎么会安分的像个乖宝宝？

林侍郎不禁看了叶小天一眼。叶小天正埋头大吃，似乎感应到了林侍郎的目光，叶小天忽然抬起头来，向他启齿一笑，笑得很灿烂，很……纯良。林侍郎心头忽然浮起一种不妙的感觉："老夫还想早日还京呢，你这只猴子，可千万别再闹出点什么事来才好！"

第三十五章

唇枪舌剑

一

接风宴后,众官员和士绅们纷纷散去。花知县、徐县丞、王主簿和叶小天四位本衙的主要官员则陪同两位钦差去他们入住的"馆舍"。

葫县根本没有像样的馆舍,重新建造的话耗时太久,他们又没有叶小天在山上起宅子的那等神迹般的速度,所以只能向本地豪绅家族借用房屋,加以整修翻新,充作钦差行辕。

本县大善人洪百川曾经主动提出可以借用他家的房子。叶小天也曾提出可以借出叶府的一个院落,居高临下,还可以俯瞰本县风光。但是这些提议都被徐伯夷毫不犹豫地给否决了。

让钦差住进叶府?笑话!近水楼台的道理徐伯夷还是懂的,那当然不可行。洪家独子罗大亨与叶小天相交莫逆,所以洪家也是绝对不可以用的,如此一来两位钦差的下榻之处自然而然地就变成了——齐府。住在他的姘头家里,徐伯夷才觉得放心,他也更有机会亲近两位钦差。

四人把两位钦差送到齐府。齐府里早已收拾出两幢相邻的院落,两幢院落与本家主宅之间相通的门户也锁死了,钦差随员则散居各处,拱卫四周以策安全。四人先把林侍郎送回住处,接着再送李国舅,一番客套后四人正要离开,李国舅突然唤道:"叶典史请留步!"

花晴风有些讶异地看了叶小天一眼,心中有些高兴,钦差单独留下叶小天,分明是跟他有交情啊。花晴风现在与叶小天同进同退,利益攸关,对叶小天有利的事,自然就是对他有利。

这位仁兄在人情世故方面着实差了些,情商太低,从他们迎接两位钦差到现在一系列的接触中,徐伯夷和王主簿早就看出李国舅与叶小天有芥蒂,他却看不出个眉高眼低来,还当叶小天和李国舅不但是素识,而且有些交情。

当然，花知县不只情商较低，智商貌似也不太高。他虽机警地隐藏了心中的仇恨，继续本色演出，想利用叶小天干掉徐伯夷和王宁，再把叶小天置之死地，可这位只有决心没有能力的复仇男神究竟能否华丽转身，实在难以预料。

　　徐伯夷不动声色地扫了叶小天一眼，王主簿则递给叶小天一个"自求多福"的眼神，便一起向李国舅告退了。叶小天待他三人离开后，便对李国舅道："不知国舅留住下官有何吩咐？"

　　李国舅笑吟吟地道："何不坐下说？"

　　叶小天也不犹豫，坦然走过去，袍子一撩，便大马金刀地坐了下来。

　　李国舅微微一笑，在上首坐下，用一种有趣的眼神看着叶小天，仿佛一只猫正盯着在他爪下挣扎的老鼠："本国舅奉旨而来，对葫县诸般事宜有擅专独断之权，五品以下官吏的任免更有便宜处置之权。能者嘉奖，庸者惩罚嘛，以示我圣天子赏罚分明之意。本国舅特意留住你，是想提点你一句，你可要有所表现才好，否则本国舅纵然想照顾你，却也不好偏袒。"

　　若是不知他二人素有恩怨的人，听了这番话，还真当李国舅有心关照呢。叶小天自然听得出他话中的威胁，似笑非笑地答道："多谢国舅爷的关照。只是……依照常理，这擅专独断之权，却应是林侍郎吧？"

　　李国舅脸一红，恼羞成怒地道："怎么，你以为本国舅同为钦差，就没有参议研商之权？"

　　李国舅在叶小天手上吃了一个大亏，偏偏一直没办法找回这个场子，心中实在憋闷得很，现在大权在握，颇有扬眉吐气的感觉。

　　钦差不是常职，常是负有专门使命时派遣出去的官员。但是帝国疆域广阔，通讯和交通又不便利，所以出巡的钦差常常负有考察地方民情和考核官员的权利。

　　徐伯夷那份奏章上特意提到知县等葫县官员不作为，他迫于无奈才单独上书，年轻气盛的万历皇帝由此对葫县官员很是不满。但是经过张居正调教的这位年轻天子，做事还是比较谨慎的。他先查了一下葫县的情况，结果万历发现，虽然前几年葫县政绩平平，确实没什么可圈可点之处，不过去年倒是有两件事做得不错，一是大旱之年，葫县巧用水车调水上山，解决了当地山民的干旱问题；另一件就是剿灭了盘踞当地多年的悍匪团伙"一条龙"。

　　万历因此慎重起来，没有妄下决断，这才许给林侍郎专断之权，此次让他赴葫县，主要任务是完成易俗大典，其次就是考察葫县官吏，对庸碌无为者进行处理，对表现卓越者进行提拔。

　　这个权力当然属于林侍郎，否则文官们又要闹事，哪怕是临时授权，钦差责任一解除权力就会收回，官员们也不愿意让皇亲国戚来执行这个权力。此例一开，后患无穷。

但李国舅作为钦差之一，当然也不能是个摆设，一旦他提出什么建议，又有一定的依据，林侍郎也不能为了一个小吏就跟他闹僵。文官集团抱起团来阻止皇亲国戚涉政抓权，这是原则问题。官员个人和某皇亲国戚之间维持面上的一团和气，这是政治艺术，并不矛盾。

叶小天微微一笑，起身道："有，或者没有，与下官的关系都不大。下官对现状满意得很，自问功纵不大，过也没有，不至于受到惩罚。国舅一路辛苦，早些歇息吧，下官告辞了。"

李玄成冷笑道："这就要走了？叶典史，何必着急呢，如果此番叶典史你没有什么建树的话，我看以后你就有大把的时间可以待在家里了。"

叶小天含笑道："国舅有所不知，下官正值新婚燕尔，舍下娇妻太久，回去可是要被埋怨的啊！"

李玄成的脸色登时一白，失声道："新婚燕尔？你……你成亲了？"一时间，李玄成的声音都发颤了，一个可怕的念头一闪而过。

叶小天笑容可掬地道："不错！下官已经成亲了，下官这新娘子国舅爷也认识的，夏莹莹夏姑娘，国舅还记得吧？"

李玄成如遭雷击，整个人都呆在那里。叶小天向他微笑着一拱手，转身走了出去。叶小天离开许久，李玄成还呆呆地站在那儿，没有半点反应。

叶小天走出行辕，想起李玄成方才的脸色，几乎要笑出声。他若喜欢了一个人，可以不惜一切手段去追求，比如当初在金陵时，莹莹被幽禁在镇远侯府，叶小天爬墙钻洞乃至飞天的手段都用出来了。

可李玄成不行，他的顾忌太多，他甚至不方便公开去打听人家姑娘的身世和现状。叶小天觉得戏弄这个伪君子很有意思，他不无恶意地想："今夜，钦差大人要睡不着了吧？"

叶小天回到府里时，罗大亨正等在客厅里。罗大亨将为人父，近来又与父亲闹僵了，一连串的事让他成熟了许多，看起来比以往沉稳了，除非特别开心高兴的时候会忘形，平时倒不会一惊一乍的。

一见叶小天，大亨就从椅子里弹了起来，笑嘻嘻地道："大哥，你回来了！"

叶小天一见他从椅子里挤出来的模样，忍不住就笑了起来，道："大亨啊，你再这么继续胖下去，就可以去当铜仁知府了。"

罗大亨一呆，奇道："长得胖就能当知府吗？"

叶小天笑道："那倒不是。只是铜仁知府奇胖无比，比你还要胖上两圈，每次从椅子里站起来，都要两个人往外拽才行。我看你再胖下去，也有这个趋势。"

罗大亨忍不住也笑了起来，道："比我胖的人，我还真的很少遇到。葫县太小，很难继续扩张，小弟正打算把主店搬去铜仁，到时我倒要见识见识这位胖知府。对了，大哥叫我来有什么事？"

叶小天的脸色严肃起来，道："明日徐伯夷就要召集诸族首领，举行易俗大典了，你这边与高李两位少寨主联系的怎么样，关键时刻切莫出什么差错！"

罗大亨道："大哥放心，小弟早跟他们联系过了。高涯和李伯皓那两个小子，自然跟大哥一条心。"

叶小天道："可现在当家做主的，可是高李两位寨主，以他们的身份，考虑事情不会由着个人的性子，只会从他们本寨的利益出发。"

罗大亨笑道："姓徐的能给他们什么好处？高李两寨曾受过你的大恩，两位寨主都已表示，一定竭诚配合你的行动。大哥如果不放心的话，我明日一早再跟他们联系一下。"

叶小天点点头，道："小心无大错，你要盯紧了！"

徐伯夷的住处就在齐府旁边，回程最近。徐伯夷从钦差行辕出来，走出不远，就到了自己的府邸，他往太师椅上一坐，疲惫地吁了口气。这一天都是他在张罗，在钦差面前还不觉什么，这时才觉腰酸背疼，仿佛整个人都散了架。

一双柔软的手轻轻搭在了他的肩上，很有技巧地为他按摩起来，徐伯夷没有回头，只是闭上眼睛，放松了身体。

戚七夫人轻柔地为他按摩着肩膀。过了半晌，徐伯夷才缓缓地道："花晴风和叶小天不会轻易放弃。尤其是叶小天，这个祸害，因为引渠救旱的事，与高李两寨关系密切，要把他调开，免得他捣乱，你那边可安排好了吗？"

戚七夫人轻轻嗯了一声，柔柔地依偎在他的身上，在他额头轻轻吻了一记，柔声道："自从你吩咐下来，妾身就开始操办了，时间就定在明日，一定把那叶小天调开，最好让他死在山中，才遂了奴家的心愿！"说到后来时，戚七夫人的声音已经带上了刻骨的仇恨。

徐伯夷低低地笑了起来，他轻轻环住戚七夫人柔软的腰肢，抓在她丰臀上的大手却在逐渐用力，微笑道："怎么，你还惦记着齐木？"

戚七夫人被他捏得又痛又麻，却不敢表现出来，只是媚笑道："人家都已经是你的人了，大人还要呷那死鬼的醋吗？"

徐伯夷微笑地道："是我的人，就只可以念着我，哪怕是个死鬼，也不可以。"

戚七夫人垂下了头，柔顺地道："是，奴家记住了！"

徐伯夷把手搭在戚七夫人肩上，往下轻轻一压，道："老爷累了，服侍我！"

第三十六章

易俗大典

一

次日一早,便陆续有山民部落的首领进城,有些部落首领昨日参与了迎接钦差的宴会,且知道今日就要举行易俗大典,所以当晚并没有离开,而是就近住下了。但还是有相当数量的小部落首领和一些村寨的保长里正们没有机会迎接钦差,今日方才赶来。

易俗大典的地址就设在县学。县学教谕顾清歌、训导黄炫忙里忙外,团团乱转。一个负责县学内的各项安排,一个负责在县学门口引导来宾。赴会的各部落首领们服饰各异,至于一些身着汉族服饰的保长里正,其实也是胡族,只不过他们的村寨早已被同化,这些人是对易俗一事最不抵制的。

及至日上三竿,花晴风和徐伯夷、王主簿还有叶小天才陪着两位钦差来到县学。李玄成昨夜没有睡好,脸色看起来很是憔悴。他的心碎了,整整一夜,他辗转反侧难以安眠。一想到那样一个百媚千娇的人,居然被一坨狗屎给占有了,他的心就像刀扎一样的痛。

但是,不管如何,人家毕竟已罗敷有夫,李玄成的希望彻底破灭,除了对叶小天的无尽嫉恨,他如今已不做他想。人应该执着,但不应偏执,可道理简单,能做到的又有几人?

对于叶小天的说法,他没有想过探究真假,虽然早在金陵时他就领教过叶小天的手段,他还是没有想到叶小天会用这种一戳就穿的假消息来骗他。再者,他能怎么打听呢,堂堂钦差,当今国舅,他如何开口向别人打听人家媳妇的事。

李玄成在京城的时候,差点就被弹劾他的奏章给活埋了,到现在一想起来还心有余悸。这次担任钦差,他的随员又是朝廷委派,没有他的私人随从,哪敢行差踏错一步。

林侍郎倒是休息得很好,到了县学里,见各族酋领们济济一堂,精神更是大振。

他可不像李国舅那么执着于"考察官吏"，他只想尽快完成易俗大典，早日赶回京城抢夺主考官的位置。

虽然昨日已经宣读过圣旨，在接风宴上也再一次表明过两位钦差的来意，但今天这种场合，林侍郎还是代表朝廷又讲了一番话，内容不外乎是褒扬以徐县丞为首的葫县官吏，赞扬在场胡族领袖们对朝廷的忠心。

只不过今日是正式场合，又是在县学里，林侍郎不免拿捏了一把，骈四俪六，对仗工整，多用典故，言辞古朴，竟是即席口诵，出口成章。一番话说出来，就连花晴风和徐伯夷听着都稍嫌吃力，更不要说底下那班连自己的名字都写不好的胡族首领们了，一个个听得昏头脑涨。

等林侍郎讲完，饱受精神折磨的众胡族首领顿时为之一振，摧残总算结束了，众人立即报以热烈的掌声。林侍郎不明就里，还道这番话甚得民心，不禁颔首微笑，甚感欣慰。

接下来就该轮到徐伯夷讲话了。没办法，谁让此事是他首倡呢，花晴风陪站在一旁，不自在的笑容弄得脸皮子都发僵了。徐伯夷倒也清楚到场各位首领们文化有限，没有拽文，虽然说的大白话，却也不无鼓动人心的力量。

徐伯夷讲话的时候，罗大亨正在角落里与高涯和李伯皓窃窃私语。今日借用县学的地方，县学儒生们都被借调来担任礼宾人员，三人都在其中。高涯和李伯皓对罗大亨的殷殷叮嘱显得很不耐烦。

高涯道："大亨，你什么时候变成碎嘴婆子了，这种事说一遍就好，用得着一遍遍地叮嘱吗？"

大亨道："你们两个，我自然是信得过的，不过……"

李伯皓马上瞪起眼睛道："这叫什么话，难道我爹就信不过？"

大亨道："你别跟斗鸡似的，我都是要当爹的人了，不跟你吵架。"

李伯皓更不高兴了："你这是想说我很幼稚吗？"

大亨恼了，质问道："难道你不幼稚吗？"

李伯皓牛眼一瞪，不等说话，罗大亨便掏了掏耳朵，道："要跟我决斗是吧？这事改天再说！我告诉你们，你们现在最好去你们老子身边盯着，这件事可不能出半点纰漏，要不然……"

这时，周班头风风火火地从外边赶了进来，到了县学里略一张望，便看到了站在台上的叶小天。周班头马上绕到前台，赶到叶小天身边，附耳低语几句，叶小天顿时一怔。

徐伯夷还在讲话，叶小天深深吸了口气，挪到花晴风身边，低声道："县尊大人，驿路上出事了。"

花晴风正心不在焉地听徐伯夷在那里慷慨陈词，一听这话顿时一惊，赶紧向叶小天递个眼色，两人便悄悄闪到一边，花晴风急急问道："叶典史，驿路上出了什么事？"

这两天花晴风忙着接待钦差，不曾去驿路上看守，一听出事，着实有些慌忙。周班头凑过来，低声禀报道："大人，一大早由驿路发出的一批军需辎重，被山贼给劫了。"

花晴风呆了一呆，拂然道："本县只负责驿路通畅与否，护送物资是军队的事，与本县何干？"

周班头无奈地道："大人，辎重是在本县境内被劫的，与驿路无关，却与本县治安有关哪。"

花晴风奇道："是在本县境内被劫的？自从一条龙盗伙被清剿，本县顶多还有些剪径的蟊贼，哪里还有成伙的大盗，可以抢劫军车？"

周班头苦笑道："本县没有，却可以从邻县流窜过来。近来驿路上军需物资源源不断，肥得流油。贵州境内的土匪山贼全都集中到这条驿路上来了，他们由南向北，流窜犯案。前两日还听说他们距此有三百多里，谁想得到竟这么快就出现在这里。"

花晴风皱了皱眉道："贼固然是要剿的，可是能从军队手中劫走物资的贼，岂是可以轻易剿灭的？此事还需从长计议，本县这里正陪同钦差，你且拖延他们一阵。"

周班头无奈地道："大人，那些军汉为了推卸责任，一味指摘是本县驿路出了问题，比如道路难行，难以部署防御，难以摆脱山贼，比如道路两旁未曾清除杂草树木，致使盗贼可以藏身等等。理由信手拈来，总之都是本县的错。他们千户官赶来后，一味偏袒他的部下，卑职等应付不来啊！"

花晴风跺了跺脚，咬牙道："待我向两位钦差说一声，便与你去驿路。"

叶小天蹙眉道："可需下官一同前去？"

花晴风摇头道："不！你守在这里！驿路那边左右不过是笔糊涂账，一时半晌纠缠不清的。本县且去敷衍着他们，至于这里，就拜托你了。"

叶小天略感意外，以花知县一贯的性格，难得肯担当一回啊。

徐伯夷讲着话，眼角已经捎到他们的窃窃私语，嘴角不禁勾起一抹淡淡的冷笑。

花晴风赶到林侍郎和李国舅身旁，拱手道："两位钦差大人，驿路上有些事情，需要下官去处理一下。云南正逢战事，大量军资过境，下官不敢耽搁，还请两位钦差恕罪。"

徐伯夷讲话结束，适时赶了过来，一听花晴风这番话，便道："驿路关乎军情，固然重要。易俗关乎人心，难道就不重要吗？何况两位钦差在此，县尊身为一县正印，怎好弃而不顾。"

李玄成听了，便有些不悦，道："徐县丞所言有理，本国舅与林侍郎远自京城而来，主持今日易俗大典，足见皇上和朝廷对此事的重视，你这位父母官却不在场，哪有这般道理！"

花晴风道："钦差大人恕罪，实不相瞒，驿路上……驿路上有一伙流窜的山贼，滋扰地方，打劫军需，下官不能不去处理啊。"

徐伯夷阴阳怪气地道："哦？事关治安，那是叶典史分内之事吧？知县大人让叶典史去处理就好了，古语有云，自为则不能任贤，不能任贤则群贤皆散。总不能凡事都亲力亲为吧。"

林侍郎暗暗皱了皱眉，他很不喜欢徐伯夷这种口吻，还没凌驾于老上司之上，就这般盛气凌人，不管两人之间有什么恩怨，也不该当着别人表现得这般明显。这种人在他的仕途生涯中看得太多了，哪怕是有些精明能干的，就凭这种心胸气度，也难成大器。

林侍郎咳嗽一声，道："既然事关军情，确实不可忽略。花知县，你去吧！"

花晴风松了口气，长揖道："多谢钦差大人，下官告退！"

花晴风向叶小天深深投注了一眼，叶小天微微点头，花晴风便领着周班头转身离去。

徐伯夷没有成功地把叶小天调走，令他略感意外。以他对花晴风的心性了解，这位县太爷不该这么有担当才对。不过……就算叶小天留下，问题也不大，他早防着叶小天呢。

他在叶小天手下吃瘪也不是一回两回了，如果能亲眼看着叶小天败下阵去，也未尝不是一种乐趣。徐伯夷微微一笑，道："两位钦差大人，咱们现在就开始吧！"

第三十七章

遽生波澜

一

两位钦差在上首坐了,徐伯夷三击掌,堂上堂下立即安静下来。徐伯夷朗声道:"诸位,本县改土归流已逾五载,户籍管理上一直比较混乱,前些日子,还为此生出一场是非,想必大家也都清楚此事。"

徐伯夷目光往众人一扫,又道:"本县官员固然有怠乎职守的责任,却也不无其他方面的原因。诸族百姓名姓的使用过于混乱随意,毫无规律,也是一个重要原因。"

他说到这里,王主簿的脸色立即沉了下来。怠乎职守?说谁怠乎职守?这五年他一直是葫县主簿,户科大部分时候都归他管,徐伯夷这次为了独占功劳,把他排除在外,已经让他好生不快,如今还想拿他当垫脚石,王主簿如何能忍。

王主簿铁青着脸色,咬着牙根暗暗冷笑:"树靠人修,人靠自修。徐伯夷,你还没爬上高枝,就已目空一切,一点私德都不修,也不怕一脚踏错没人接着,摔死你个王八蛋!"

徐伯夷意气风发,继续说道:"名姓是自己的,可使用它的是旁人,一个好听易记、朗朗上口的名字,更容易叫人记住你。而父子一脉姓氏始终如一,也可以让你记住你的先祖,让你的后人记住你。人的名,树的影,起名的意义不就在于此吗?"

徐伯夷依旧是一口大白话,浅显易懂。这么说,这些部落首领们才能听明白。见台下无人反驳,徐伯夷满意地道:"下面,我们有请高寨主、李寨主及两寨十位长老出来,率先改易名姓。各位,高李两寨的寨主用的本就是汉家名字,堪为民众表率了。他们这一次当然不用再次改易名姓,不过,高李两寨作为我县最大的两个部落,还有许多寨民用的名姓比较复杂、混乱且不易记住,今日高李两位寨主和十位长老就是代表全寨子民来改易名姓的,之后县里会派户科的干员赴山寨为他们上门造册登记。"

高李两位寨主对视了一眼,一起走上前去,每人身后都跟着五位长老。李伯皓和高涯站在人群里，向罗大亨远远打了个手势，示意他安心。

走到钦差座前的高李两寨主突然不约而同地站住，异口同声地对徐伯夷道："徐县丞，关于易俗改姓一事，小民以为，不宜贸然决定，是否容小民等与寨中百姓再做商量！"

林侍郎和李国舅脸上的笑容一下就不见了，现场的气氛一下子紧张起来。徐伯夷倒还镇定，只是眉头一皱，对高李两寨主道："两位前几日不是亲口答应本官，愿意响应提倡改易风俗的吗，何以出尔反尔？"

高寨主愁眉苦脸地道："是小民莽撞了，以为此事甚是容易，所以一口答应下来。谁知回到山寨一说，却有众多百姓反对，小民虽忝为寨主，也不过是大家信任，捧出来替大家做点事，怎敢擅专独断呢。"

李寨主唉声叹气地道："老朽的原因与高寨主一样，哎！明明是利国利民的一件大好事，何况官府还有减免税赋的优待，这些刁民怎么就不肯接受呢？实在是不可理喻啊！"

徐伯夷笑容不减地道："呵呵，两位寨主，这种话你们只好拿去糊弄旁人，官家面前可难免一个欺哄的罪名。上面这两位你们也看到了，一位是当朝礼部侍郎，一位是皇亲国戚，皇上对此事的看重可见一斑，你们不怕龙颜大怒吗？"

高李两寨主沉默以对。李寨主身后一位花白胡子，但身量高壮，肌肤呈古铜色的老者突然越众而出，气呼呼地道："两位寨主不敢说，那老汉来说，反正老汉孤家寡人一个，没顾忌。钦差大老爷，小人的名姓，都是父母所取，哪能为了一点小小的好处，便随意改换，那是不孝！小民别的不懂，就懂得百善孝为先。皇上也没有逼着咱们老百姓不孝顺的道理，你们说是不是？"

李国舅面沉似水，一言不发。

林侍郎看了看神情淡定的徐伯夷，微微一笑，沉着地答道："学子教化，孝为其先嘛！我朝一直以来都是以孝齐家，以孝治国，朝廷首重的就是孝道，皇上自然没有让百姓不孝的道理。不过……"

林侍郎话锋一转，又道："徐县丞进呈给皇上的奏疏上面可是说，诸族百姓多无固定姓氏，或子以父名为姓，或子以母名为姓，若婴儿初出，父母任指花木山石为其名姓，没个定数，是不是？"

那老汉梗着脖子道："不错，怎么？"

林侍郎道："所以嘛，把姓氏固定下来，并非不孝，而是大孝，如此一来才可以上承先祖，下继子孙。贵州一地有安宋田杨四大家族，皆非汉人，不都用了汉姓吗？你等早已应允，皇上派了钦差至此，你等才矢口反悔，这可是欺君之罪！"

那白发老者气呼呼地道："钦差老大人，您说的理是这么个理，可也得我们自己乐意不是？我们寨子里，有许多百姓其实是不愿意的，两位寨主也不是不知道，可是他们不敢说啊？"

李玄成忍不住问道："不敢说，这话怎么讲？"

那白发老汉道："破家的知县，灭门的令尹！徐县丞在本县是只手遮天的大人物，就是县太爷都惧让他七分，向来是他说一，没人敢说二。两位寨主是怕违拗了他招来报复，这才虚与委蛇，就为了等钦差来为我等小民主持公道。"

林侍郎淡淡一笑，心中暗想："这老者不过是一山中野叟，满口粗话，居然晓得破家知县、灭门令尹的典故，还能说出虚与委蛇的成语来，莫不是有人教他的吧？"

林侍郎到葫县后，与葫县官僚虽只简短接触，便已察觉到了知县和县丞之间矛盾极深。在林侍郎看来，徐伯夷之前如果没有十分把握，断然不敢上书天子提此建议。

虽然说头脑一热忽发奇想就敢向天子上书的蠢蠢之臣不乏其人，例朝例代都有这种读书读傻了的官员，闹出许多令人啼笑皆非的事情，但是从这两天的接触来看，这徐伯夷为人精明性情狡狯，显然不是这样的呆书生。

那么，是谁怂恿这些山民临阵反水呢？那位匆匆赶去驿路的花知县必定脱不了干系，叶小天在其中扮演的又是一个什么角色呢？林侍郎正沉吟分析，李国舅已经勃然大怒了。

李玄成谋得这个钦差，本就不是为了替朝廷办事，缺乏耐心。早日惊闻他朝思暮想的莹莹姑娘已嫁作人妇，便已万念俱灰，今天又遇到这种事，登时便发作了。他把书案一拍，厉声叱道："简直岂有此理！徐县丞，你闹出这般荒唐无稽的笑话，简直是丢尽了朝廷体面！"

王主簿不阴不阳地道："移风易俗，向来是潜移默化的事情，哪有一蹴而就的道理。我等做地方官的，切忌急功近利，否则难免是哗众取宠，贻笑大方了。"

眼见钦差大怒，此时不踩一脚更待何时，盟友？盟友又如何。徐伯夷不仁，他就可以不义了，同为田氏门下又怎么样？大山头下有小山头，小山头下有小小山头，安宋田杨四大家也不过就是大明这座大山头下的四座小山头。往大里说，他们还都是大明臣子呢，不一样斗个你死我活？

林侍郎微笑道："国舅息怒，相信徐县丞自有他的道理！"

林侍郎安抚住李玄成，转向徐伯夷道："徐县丞，今日这般情形，你怎么说？若是拿不出一个道理来，本官可是要治你一个欺君之罪的。"

徐伯夷躬身道："两位钦差息怒，这其中想必是有些误会。两位钦差可否先至小厅歇息，下官尚有细情容禀。"

李玄成本待不理，林侍郎已然抚须一笑，起身道："好！国舅，咱们就到小厅坐坐，听听徐县丞说些什么。"

叶小天虽然一直冷眼旁观，可眼下发生的这一切，其实就是出自他的策划。眼见徐伯夷不惊不躁，神态从容，叶小天心中微凛："不对劲啊，徐伯夷何时有了这等泰山崩于前而不变色的心胸城府，莫非……他仍有所恃？"

两位钦差径直转向小厅，徐伯夷对议论纷纷、交头接耳的场面视若无睹，面带微笑地跟了进去。

林侍郎和李玄成在小厅的官帽椅上坐了，徐伯夷上前欠身一礼，沉声道："两位钦差大人，下官做事，绝不致如此莽撞，事先确曾了解过民意，诸族百姓对于易俗之倡是非常响应的……"

李玄成冷笑道："是吗，那今日局面，你怎么说？"

徐伯夷叹了口气，泰然道："两位钦差大人有所不知，我等这些身居下位的小吏，想为朝廷做点事情，总有人扯后腿、下绊子、设陷坑，做事艰难无比。这一次，分明就是有人捣鬼了。"

李玄成愣了愣，眼神突然亮了。他早已看出徐伯夷和叶小天不和，徐伯夷这番话意有所指，莫非……，李玄成强抑兴奋地道："徐县丞，你不要怕，你有什么委屈，尽管说来，本国舅与林侍郎自会与你做主！"

徐伯夷一揖到地，朗声道："多谢钦差大人！"

徐伯夷要行此事，关键就在于能否得到诸族百姓的拥戴，叶小天与高李两寨关系密切，他岂能不妨，早已备下后手了。之所以一直做出一副忘乎所以的模样，就是为了引叶小天入彀。他要爬上天堂，还要把叶小天踩进地狱。

第三十八章

一石二鸟

一

徐伯夷面有难色地对李玄成道："下官若是在此指摘任何人，却又拿不出确凿的证据，难免就有中伤同僚之嫌。窃以为，不妨先让下官与高李两位寨主好好谈一谈，下官的个人荣辱不算什么，朝廷的体面事大。如果下官能成功说服两位寨主，确保易俗一事顺利进行，则是国家之幸。而且，若是有人因一己私利怂恿高李两寨主反悔，视朝廷大事为儿戏，届时，相信高李两寨主也会把实情和盘托出。"

林侍郎微微一笑，道："那你去吧，本官丑话先说在前头，如果这件事最后是个不了了之的局面，那是一定要有人出来承担责任的。而欺君之罪，罪犯哪处，想必你也清楚！"

徐伯夷心中一凛，赶紧躬身道："是！下官记下了！"

林侍郎摆摆手，徐伯夷便退了出去。

李国舅想了想，对林侍郎道："林大人，葫县官场似乎情形复杂呀，看起来这徐伯夷是被人掣肘，他们个人之间的恩怨也罢了，拿国家大事做儿戏，那就不容放过了。此事如果真的闹个灰头土脸，依我之见，不能仅仅惩办了徐县丞了事，必须要揪出背后捣乱的真凶！"

林侍郎微微一笑，心想："这算什么，朝廷之上尔虞我诈的事情更多，葫县这些官员间的钩心斗角，与之相比，不过是小儿游戏罢了。也就你这位含着金饭匙出生的公子哥，才觉得大惊小怪。"

林侍郎对李国舅道："不急，且看看吧。本官觉得这件事只是会生出些波折，不会影响大局。"

林侍郎比李国舅知道的内情要多得多，他知道徐伯夷手里还有一道撒手锏，这道撒手锏使出来，能够抗拒的还真没几个。一旦高李两寨臣服，那真相也就水落石出了。

虽说林侍郎对叶小天比较欣赏，但叶小天毕竟没有接受他的招揽，不是他的人，所以如果叶小天在此事中起了不好的作用，最后被人揭出真相，那也是他"技"不如人，咎由自取。林侍郎没有义务出手搭救，事涉欺君，他也不可能出手。

徐伯夷另辟了一处房间，把高李两位寨主单独请了进去。

事已至此，徐伯夷依旧很镇定。他知道叶小天为高李两寨解决了旱情，又把高李两寨的少寨主拉进了他结义兄弟的车马行吃干股，双方有较深的交情和共同的利益，但是他自有办法说服高李两寨投向自己一边。

不背叛，不是因为忠诚，而是因为背叛的代价不够。徐伯夷手中现在就握着这样一份会让他们背叛的砝码，所以他有恃无恐。

徐伯夷见高李两寨主进来，微笑道："两位请坐！"

高寨主硬邦邦地道："县丞大人，关乎全寨的大事，在下虽忝为寨主，却也不能擅作主张，这件事，实在没得商量。"

李寨主道："不错！这件事，是我们对不住你了，可是当初我们也没有想到，会激起寨中百姓那么强烈的反对，如今这件事，我们实在不能代表全寨上下答应大人。"

徐伯夷笑容可掬地道："有些事呢，只看你肯不肯去做。我相信两位寨主说的都是实话，但我更相信，以两位寨主在贵寨中的威望，只要你们肯用心说服，寨中百姓就没有不答应的。"

徐伯夷说到这里，徐徐站了起来，自袖中抽出一卷黄绫，神情一肃，沉声道："两位寨主，圣旨在此，请接旨吧！"

高李两位寨主大吃一惊，互相看看，还是迟疑着跪了下去。除非徐伯夷疯了，否则当然不可能伪造圣旨，如果圣旨是真的……一时间高李两位寨主有种梦幻般的感觉，他们这种穷乡僻壤处的山民，居然会有一天接到圣旨！

· ※ · ※ · ※ ·

花晴风刚到驿站，还没等说话，先挨了一个大嘴巴。

照理说，这个时代是文官的天下，受气的是武官。低两级的文官在高他两级的武官面前也常常颐指气使，骄横不可一世，如果有哪个武官给了文官一嘴巴，绝对能引起一场轩然大波。

可是，普遍规律中总有个例。越是偏远地区，武官的责任越重，文官的影响力也就越小。而在战时，战区武将的地位还会更高一些，再碰上一些职位不高不低、性情粗鲁豪放的武官，那就根本不把文官放在眼里了。

花晴风被那一巴掌打蒙了，登时面皮子发紫。他在葫县这几年，虽然底下人不太尊重他，其中尤以孟庆唯为甚，但即便是飞扬跋扈如齐木，也不曾掌掴过他，打人不打脸哪！

花晴风气得浑身发抖，指着那武官道："你……你是何人，竟敢殴打本官！"

那人白眼一翻，蛮横地道："打你？你若追不回这批辎重，老子杀了你的心都有。"

他把大拇指一翘，傲然道："老子大号景鹏，兴都留守司千户。想告我，随你，可这批辎重是在你的地盘上丢的，你就得负责给我找回来！"

赵文远及时赶上，打躬作揖地道："景千户息怒，景千户万万不可如此，这位是本县县太爷。"

景鹏把嘴一撇，不屑地道："知县了不起吗？广门屯海战大败佛朗机人，有老子我！佛渡岛双屿海战大败倭寇海盗，有老子我！浙江巡抚朱纨朱大人，我跟过！当今南京兵部尚书张真张尚书，我跟过！你一个七品知县，在我面前摆什么威风！"

花晴风气得发抖，可是秀才遇见兵，有理说不清。别说他不能挽起袖子冲上去与这景千户"理论"，就算他肯，也不过多受一番侮辱罢了，哪可能是人家的对手，这口恶气也就只好忍了。

赵文远好说歹说地把二人拉进了房间。眼见那景千户吹胡子瞪眼睛的只管向花知县索要辎重，对于物资被劫的情形却又说不出个所以然来，只好由他向花晴风说明情况。

原来，自云南战事以来，驿路上的物资运输骤然变得频繁起来，不仅官府在运输大量军用物资，同时还有大量商人趁机向云南运输生活物资。战争本身是一种破坏行为，可凡事有弊亦有利，如能抓住这个机会，也能大发其财。

大量物资的运输就意味着大量财富的流动，自然而然把贵州境内各处山头的悍匪山贼都吸引过来。他们原本都是小股势力，在蚁群啃象般掠夺驿路运输物资的同时，他们之间也在不断内斗。

在这个内斗的过程中，大鱼吃小鱼，渐渐形成了一股较之当初专门做驿路生意的"一条龙"悍匪团伙更庞大的势力。而且，他们这种组合是临时组合，长期结合在一起的话，一旦战事结束，他们是供养不起这么多人马的。

所以他们没有一个固定的地盘，只是沿着驿路不断吸血。你这边打击得狠了，我就流窜到那边。如此一来，想要清剿他们就更难了，他们做了这桩买卖后，此刻还在不在葫县境内都无从得知。

景千户也知道连军队都敢打劫的山贼，让一个知县去抓有点强人所难，可他貌相虽然粗犷，心眼可不缺，一了解到这股山贼的情况后，就知道遇上大麻烦了，让他去抓山贼，那是老鼠拉龟——无从下手。所以景千户干脆装傻充愣，赖定了葫县的父母官。

景千户作为一个职业军官都拿这群流动作案的惯匪没有办法，花知县就更是狗拿刺猬无处下嘴了。想了半天，他也想不出该如何利用本县的巡检捕头，去追查这些成分复杂的悍匪的下落，又如何利用本县那些少经训练、装备简陋的民壮和巡检司官兵把他们绳之以法。

如此一来，老鼠拉龟的景千户和狗拿刺猬的花知县，就只剩下打太极推手了。两个人推来推去，推得不亦乐乎。

花知县精于此道本不稀奇，可景千户一个猛张飞似的武将，这门功夫竟也不输于花知县，就不免令人啧啧称奇了。周班头一旁看了，不禁暗暗叹气："这真是……未做官，说千般；做了官，都一般，不管文官和武官！"

花知县和景千户推来透去，相决不下，景千户急躁起来，便又与花知县撒泼耍赖起来，这一来花知县可就吃不住劲了。周班头眼见不妙，一溜烟地跑回县学搬救兵去了。

这时候，高李两位寨主刚刚从侧厢小厅里出来，面色极其凝重。他们刚一露面，高涯和李伯皓便迎上去，悄声向他们的父亲问道："阿爹，不要紧吧？"

高李两位寨主摇了摇头，一副难以启齿的模样，可沉默片刻，还是各自长叹一声，分别对他们的儿子吩咐道："你去！告诉叶大人，就说……老夫要对不住他了！"

第三十九章

撒手锏对撒手锏

一

　　高涯和李伯皓一听就急了，高涯道："阿爹，这究竟是怎么回事？你可不要怕那徐伯夷的威胁呀，别看他们头顶着圣旨，你当皇帝就能随心所欲吗？他断然没有为了此事发兵征讨咱们的道理。"
　　李伯皓也道："爹，叶典史可待咱们山寨有恩哪，咱们不能忘恩负义，那不是让人戳咱们脊梁骨嘛，不能答应他！"
　　高寨主沉着脸训斥道："你懂什么，爹心中自有主张。"
　　李寨主懊恼地道："如今寨子里做主的还是我，不是你，不要啰唆了！"
　　这时候，罗大亨引着一个身材高大的老者来到高李两寨主的面前，那老者穿一袭黑袍，有些驼背，可依旧显得十分高大。他头顶半秃，双目凹陷，看起来有些阴森的味道。
　　高李两位寨主愣了愣，好奇地打量着这位突如其来的老者。老者微眯双眼，神情十分泰然。双方对视片刻，都没言语，大亨突地恍然大悟，一拍额头，对那黑袍老者道："冬老丈，这两位就是高李两寨寨主。"
　　正眯着眼阴笑的老者神色一动，又嘿嘿地笑了两声，道："两位就是高李两寨的寨主？请借一步说话。"
　　李寨主皱眉不悦道："你是什么人？"
　　冬天眯着眼看看他，问道："你们谁姓李？"
　　李寨主挺起胸膛道："我姓李！"
　　冬天先生贴近了些，仔细看看李寨主，打个哈哈道："啊哈，原来你就是小石头的儿子？都长这么大了！"
　　李寨主大吃一惊。他父亲的小名已经多少年不曾有人叫过了，连他都快忘了，现在居然被人一口叫出，李寨主失声叫道："你是谁？"
　　冬天摆摆手道："老夫来自古石碰子，你们知道这个地方？跟我走！"

罗大亨一把拉住冬天，苦笑道："老人家，走这边！"

"哦！"冬天先生从善如流，马上改变了行进方向。

高寨主微微变色，何止李寨主听过，他也听过，古石碇子实际上是一道界限，就像一座界碑，越过古石碇子就是生苗的聚居区。

生苗名义上虽也是大明子民，可他们自成系统，官府也从不委派官员治理，更谈不上征纳税赋。不只是大明如此，汉唐以来那些大一统的王朝一直是如此，任你世事变幻，皇朝更迭，他们始终不受影响。

汉唐的百战雄师、大元的无敌铁骑，到了他们这里自然而然地就会止步，强行征服？成本太高，得不偿失，而且那里地形特殊，又以胡族为主，久了依旧会脱离控制，得不偿失，所以历代王朝不约而同采用了羁縻政策。

人们常说的土司，其辖下领地和百姓都已具备了相当程度的文明，可是依旧只能采用羁縻政策。这些远居深山的生苗部落，比那些土司人家更加难缠，也更加令人不愿招惹。

高李两寨与生苗部落算是近邻，只不过双方大有老死不相往来的模样。高李两寨素知他们的难缠，却不知来自那里的一位长老为何出现在这种场合。但是这样的人显然是不容怠慢的，二人不由自主地跟了上去。

· ※ · ※ · ※ ·

徐伯夷脚步轻快地走进两位钦差休息的小厅，成功说服了高李两位寨主，徐伯夷愉快得很。

如果叶小天不回葫县，他不会如此小心，但叶小天既然回了葫县，他又早知叶小天与高李两寨关系密切，而高李两寨寨主的态度则决定着易俗改姓一事的成败，他会不加小心吗？

所以，在他的奏章里，除了提出对同意易名改姓的百姓减免一定的税赋，还亦提到了高李两寨在葫县诸族百姓中的特殊地位和影响，建议天子给予封赏。高家寨封为上捞刀长官司，李家寨封为下捞刀长官司，两寨寨主都封为长官，世袭罔替。

这就是徐伯夷的撒手锏了，此招一出，谁能抗拒？长官司长官，正六品的官，可以世袭罔替，得到朝廷任命的这种土官对所辖土地上的财产和人民具有自治管理和生杀大权，俨然就是一方土皇帝。

这种世袭土官的传承比诸朝廷的爵位传承更加宽松，父死子继，子死孙继，没有儿子，女儿也可以继承，子弟族属、妻女、女婿、外甥都可以继承，这样的话除非一场大瘟疫全家死绝，否则就是千秋万代更替无尽，就算中原皇朝更迭，换了天下，新的王朝也会承认他们的存在，继续任命他们为官。

那些千年土司世家就是这么来的。从汉朝至今,中原皇朝更迭了多少次?可他们的家族却传承至今。简而言之,一旦被朝廷认可为世袭罔替的土官,他们就能跟衍圣公孔家一样了,不管谁做皇帝,不管哪一族坐天下,他的家族都可以永享富贵。

人生一世,图的是什么?就算不为自己打算,惠及子孙万代的事,这个诱惑也不动心?他们现在的寨主身份可做不到世袭,他们还能保证将来把这个位子传给他们的儿子,可指不定到了哪一代,别的家族崛起,就能取而代之。

只不过,葫县已经改土归流,再设立世袭长官司那就是倒退了。可是民心所向对刚刚亲政的皇帝很有意义,尤其是他一亲政就全盘否定了他的恩师张居正,这时候尤其需要一种肯定,而且长官司级别较低,影响不大,所以万历考虑再三,还是答应了。

但万历皇帝还是希望如非必要,不必提出如此慷慨的条件,所以徐伯夷直到现在才提出来。当然,他如此作态只是做给林侍郎看的,如果他想让此事不生波折顺利通过,大可私下与高李两位寨主接触一下,把这个底透露给他们,到时候三人联手做一场戏,二人稍示反对,徐伯夷再抛出这个天大的好处,二人顺势答应谢恩,也就顺理成章了。

可徐伯夷并不满足于此,他不只想借此事邀得圣宠一步登天,还想趁机置叶小天于死地,所以他有意隐瞒这个消息,令叶小天放松警惕,也让钦差可以亲眼看到有人蓄意阻挠。如今一切都在按照他的计划发展,徐伯夷自然得意。

徐伯夷向两位钦差长揖一礼,恭声道:"两位钦差大人,下官已说服高李两寨寨主,同意率领全寨百姓改风易俗了。"

林侍郎放下茶杯,淡淡地问道:"你把条件许给他们了?"

李国舅奇怪地道:"什么条件?"

直至此时,李国舅才隐隐察觉出他这个钦差似乎还有些事情毫不知情,心中不禁有些不舒服。

不过文官们一向如此,他们就像一群护食的狗,武将凑过来要咬一口,皇亲国戚凑过来要咬一口,宦官们凑过来要咬一口,就连皇帝凑过来,他们也要咬上几口。面对这个已经尾大不掉,纵然是朱洪武复生,挥起屠刀大杀一通也休想剪除的庞大集团,李国舅自然无可奈何。

徐伯夷道:"是!原本两位寨主已欣然允诺,谁料突生波折,下官无奈,只好用上这备用之策了。"

林侍郎深深地望了他一眼,淡然道:"不管如何,只要此事能顺利解决就好,我们出去吧。"

"且慢!"李国舅唤住林侍郎,对徐伯夷道:"你可曾问出是何人背后主使他们反悔?"

徐伯夷道:"下官问过,但两人面有难色,迟疑不说。下官以为,眼下以易俗大典为重，不宜节外生枝。今日之后，还怕他们不肯对钦差大人直言相告吗？"

李国舅颜色稍霁，不错，可以背叛一次，就可以背叛两次，此时他们刚刚做出抉择，自然难以做得那么彻底，等他们与幕后人正式决裂，又有钦差威压，还怕他们不说实话？到那时候……

李玄成欣然点点头，对林侍郎道："林大人，请吧！"

……

县学黄教谕的书房里，高李两位寨主坐在那儿，面色极其难看。心里不断地挣扎着、衡量着，终究难以取舍。

冬长老虽然认识李寨主的父亲，可是哪怕他与李寨主的父亲是过命的交情，也不足以让李寨主放弃这个惠及子孙万代的强大诱惑，更何况冬长老与李父只是泛泛之交。

但是，对于冬长老的威胁，李寨主却不能不考虑，高寨主同样不能不考虑。冬长老根本没和他们谈任何条件，就只蛮横地说了一句话："如果你们答应徐伯夷的要求，我们生苗就要出山，我们看中高李两寨的这块地方了！"

只这一句话，就让两位寨主目瞪口呆。如果失去了自己的山寨，那还谈什么千秋万代，所谓的长官司长官也就成了无根之木、无源之水，一切尽化泡影了。

迁址再建山寨谈何容易，当初定居于捞刀河畔的不过是几户人家，历尽数百年的繁衍生息才到今日地步，整个山寨迁走，何处可以安家？寨中百姓肯跟着他们背井离乡吗？

再者，如果真的要迁走，除非迁至罕无人迹的深山老林，去做个野人王，谁的地盘里肯容许他们这么多人安顿，如果真有人肯接收的话，他倒要担心会不会被人家一口吞掉了。

一个是富贵荣华传承万代的诱惑，一个是让他们失去一切的威胁，两位寨主痛苦不堪。朝廷是不可能为了他们部落之间争夺栖息地，就为他们向悍勇难缠的生苗们开战的。

如果朝廷真肯出兵，很可能在把生苗赶回深山后一口把他吃掉，这种事大明朝廷也不是第一次干了。二人挣扎良久，终究取舍不下。李寨主仗着自己父亲与冬长老有旧，艰涩地道："冬伯父，您和叶典史是什么关系，能不能不要干涉我们山寨的事情？"

冬天笑了，眯着眼睛道："你们还不死心？说说吧，那姓徐的究竟许了你们什么好处？"

高寨主一字一顿地道："立长官司，世袭罔替！"

"原来如此，这就是徐伯夷的制胜法宝吗？呵呵，确实是不容拒绝的诱惑呀！"

屏风后面传来一阵朗声大笑，随着笑声，叶小天笑吟吟地走了出来。

第四十章

悲剧的老徐

一

庭院里面，各部族首领们聚在一起议论纷纷，看他们的神情，以幸灾乐祸者居多。

葫县改土归流后，权力集中就成了必然，只是这个过程进行得非常缓慢。破而后立倒是快，但代价太高，而且很容易出现反复，朝廷对于内部问题不可能动辄就诉诸武力，所以潜移默化就成了最佳选择。

这个过程尽管缓慢，基础却很扎实，不会产生什么负面影响。可权力毕竟处于一个集中的过程，各部首领原本对本部落的百姓掌握着生杀大权，如今这种权力却在慢慢流失。他们对此心生排斥，却又无力改变。

而今移风易俗的倡议看似只是朝廷的一个面子功夫，可名字改变了，许多东西自然也会随之改变，部落百姓在心理上就会觉得与朝廷更近了一层，这势必会加速权力向朝廷的集中。如今经过高李两寨主这么一闹，众首领正好一同推拒，心里当然以快意者居多。

这时候，徐伯夷从小厅里走了出来。众人早就在注意这边，想看他如何收拾如此难堪的局面。徐伯夷一露面，众人立即停止了窃窃私语，所有的人都向他这边看来。

徐伯夷淡定地看了众人一眼，哂然一笑，身子突然一闪，由正位而站变成了侧位欠身，扬声说道："有请两位钦差大人！"

厅内传出一声清咳，林侍郎和李国舅并肩走了出来，昂昂然地入座坐定。徐伯夷上前两步，这才面向众人站定，脸上带着浅浅的笑意，道："此前，本官与高李两位寨主产生了一些小小的误会，方才与他二人……"

徐伯夷说到这里，神色忽然一变，他发现高李两位寨主不见了，急急向人群中一扫，忽然发现高李两位寨主正站在人群后面，有些凝重地低头耳语，徐伯夷这才放下心来。

他们神情凝重是应该的，背叛对任何人来说都不是一件轻松容易的事，心理上有所挣扎很正常，但是徐伯夷相信他们拒绝不了自己送出的这种诱惑。

徐伯夷继续道:"方才本官与他二人一番言谈,已经彻底打消了他们的顾虑,两位寨主欣然同意率领全寨百姓移俗易姓。呵呵,高李两位寨主,请上前来!"

徐伯夷微笑着向高李两位寨主招了招手,围在厅前的众人立即闪开了一条道路。高李两寨主对视了一眼,从彼此的目光中都看到了对方最终的选择,他们轻轻点点头,便一起向前走去。

二人大步走到厅前站定,徐伯夷微笑道:"两位寨主,误会既已解除,就请两位寨主代表贵寨百姓,在这里签字吧?"说着,徐伯夷得意地瞟了一眼与王主簿站在侧面的叶小天。

高李两寨主互望一眼,突然单膝跪地,拱起手来,掷地有声地道:"钦差大人恕罪!小民先前所言,句句属实,未能征得全寨百姓同意之前,小民万万不敢代表全寨百姓做出承诺!"

李国舅一下子呆住了,本以为这回不会再出任何纰漏的林侍郎也呆住了,徐伯夷的表情顿时变得异常精彩,他惊讶地看看高李两位寨主,又霍然扭头看向叶小天。

如果说叶小天没有从中捣鬼,打死他都不信。但是,如果说叶小天能给出比他更具诱惑的条件,同样是打死他都不信。可是不管他信与不信,高李两位寨主再度反悔却是不争的事实。徐伯夷无论如何也想不出这其中的关键,这时也容不得他多想了,无数双眼睛正在注视着他,尤其是他的背后,有两道令他如芒在背的目光,那是两位钦差冷肃的眼神。

徐伯夷气急败坏地道:"你们……你们怎么能出尔反尔,你们方才明明答应了本官……难道你们甘愿放弃这千载难逢的好机会吗?"

高李两位寨主头都不抬,依旧抱拳面向两位钦差,大声道:"钦差大人,徐县丞积威之下,小民不敢当面回绝。钦差面前,小民若再敷衍了事,那就是欺君大罪了,是以只能直言不讳,还请钦差大人为小民做主!"

说着,两人重重地一顿首。

林侍郎慢慢站起来,脸色铁青。

徐伯夷惶然转向林侍郎,躬身道:"钦差大人……"

林侍郎转身走了,一句话都没说,也没有看他一眼,挥一挥衣袖,不带走一片云彩,走得当真潇洒无比,徐伯夷的脸色顿时惨白如纸。

李玄成勃然大怒,他本希望徐伯夷能帮他报了一箭之仇,谁料这徐伯夷竟然蠢笨如猪,一再遭人戏弄。原本此事纵然办不成,丢脸的也是朝廷,可现在连他这位钦差都要沦为笑柄了。

李玄成慢慢站起身,与此同时,两道剑眉也像剑一般竖了起来,冲着徐伯夷厉声喝道:"你身为官吏,食朝廷俸禄,不图实效,上报国家,专务虚声,妄求幸进,一而再、再而三地戏弄皇上、朝廷与本钦差，你可知罪？"

徐伯夷双膝一软，扑通一声就跪下了，叩头道："钦差大人，下官……"

李玄成怒不可遏地道："徐伯夷罪犯欺君，不容饶恕，来人啊！把他给我抓起来！"两旁的锦衣侍卫排众向前，不由分说，就把徐伯夷抹肩头拢二臂，捆了个结结实实。

"钦差大人恕罪！钦差大人……叶小天！我与你誓不两立！"

徐伯夷嘶吼一声，咬牙切齿地扑向叶小天，堪堪扑到叶小天身上时，他身后两个锦衣侍卫眼疾手快，抬脚往他膝窝里狠狠一踹，徐伯夷扑通一声摔了个狗吃屎，嘴都呛出了血，但他依旧狠狠瞪着叶小天，一副恨不得食尔之肉的模样。

叶小天不言不动，只是嘴角向下轻轻勾起一个略带嘲讽的弧度。

……

"原来如此，这就是徐伯夷的制胜法宝吗？呵呵，确实是不容拒绝的诱惑呀！"

"叶典史？你也在，老夫……老夫实在是……"

"呵呵，两位寨主不必内疚。这个诱惑着实不小。纵然换作叶某，可以不为自己的前程出卖朋友，可是为了给子孙后代留下一份享用不尽的财富，也难说就不会昧一次良心。"

"叶典史，你……请不要再说了，老夫……老夫实在是羞愧得无地自容。"

"叶某并没有嘲笑两位寨主的意思，这都是叶某的肺腑之言。"

"叶典史，你……你能如此理解老夫，老夫实在是……"

"高寨主且莫感动，理解归理解，可徐伯夷一旦得志，叶某就要倒霉了。所以，只要能够阻止徐伯夷，叶某也是不惜一切手段的，这一点，也请两位寨主能够理解。"

"叶典史，你是说……"

"不错！如果两位寨主一意孤行，就此接受徐伯夷的条件，那么，生苗必定出山，两位寨主以为凭你们寨子的实力能不能抗拒生苗部落的迁徙？如果他们想要占据捞刀河，试问谁能阻挡他们的脚步？两位若是失去了根本之地，呵呵……徐伯夷许诺给你们的条件还有什么用呢？"

"……"

"……"

"两位寨主，其实你们大可不必如此纠结。挡人财路犹如杀人父母呢，何况是惠及子孙万世的好处。这一次两位寨主就算迫于无奈站到叶某一边，想必也会从此心存芥蒂，每每思及被我逼迫放弃了唾手可得的大好机缘，就会对叶某怀恨在心。"

"叶典史说笑了，老夫……老夫怎么会……"

"呵呵，言不由衷的话就不用说了。如果只有一条路能够到达彼岸，那是不是不管前方发生了什么事，都得一直沿着这条路走下去呢？我看未必，如果前方道路毁损呢？如果前方有剪径蟊贼呢？两位寨主，做人不能一根筋，其实你只要稍稍绕个小弯，就能一样达成目的……"

"叶典史的意思是？"

"叶某这里有一个两全之策，当然……叶某不能保证它一定能够成功。不过，朝廷既然摆出这么大的阵仗，可见皇帝很看重此事，所以叶某成功的机会还是很大的，至少也有八成把握，两位寨主有兴趣吗？"

"两全之策？"

"不错！两全之策！"

……

"徐伯夷完了，这一次是真的完了！"

叶小天深深地吸了口气，冷静地想着："可我还要在葫县混下去，要在葫县混下去，就离不了高李两寨的支持，答应他们的事，我还是要做的，只不过，如果立刻出面，未免太明显了些，不妨再等一等。"

叶小天的凭恃是：相信皇帝很重视此事，林侍郎就不可能轻易放弃，他若不做任何努力，就这么灰溜溜地打道回京，皇帝面前势必无法交代。这件事他办好了，未必有功，办砸了，皇帝却一定不待见他。他能爬上这么高的位置，不应该不明白这个道理！

想到这里，叶小天沉下心来，向高李两位寨主微笑着点了点头，举步向外就走，一脸若无其事。

在场的官员和各部落首领们立即闪开了一条道路，望向叶小天的目光满是敬畏，这是发自内心的敬畏。

叶小天有底牌，但他从未向人亮出他的底牌，所以没有人知道他究竟掌握着什么力量，只知道一个个对手一次次倒在他的面前，无一例外！而且这些对手要么是他的上司，掌握着比他更大的权力，要么是连知县都可以呼来喝去的豪强。

因为不知他的底细，所以这种威慑力也就成倍地扩大了。而今，连有皇旨钦差傍身的徐伯夷都莫名其妙地惨败在他的手里，再也没人敢小觑这个典史，不！他现在是代理县丞！

叶县丞昂然离去，在大多数葫县官民心中，他已是无所不能的无敌存在，不败的象征！

第四十一章

救火队员

一

"大哥，大哥，等等我，我的妈呀，你别走这么快！"罗大亨气喘吁吁地追了上来，叶小天倏而回身，扬扬得意地道："怎么样，刚才大哥走出来时，是不是很冷傲、很高贵、很不可一世、很成竹在胸？"

大亨呆了呆，答道："没觉得啊，我就觉得大哥走路有些做作，对了！还有点顺拐！"

叶小天泄气地道："是吗？我还以为很有高手风范呢。"

这时，冬天也急步赶来，大亨奇道："冬老伯，你的眼神变好了？"

冬长老翻了个白眼，没好气地道："老夫不瞎，大路这么宽，路上又只站着你们两个，难道老夫还看不见吗？"

适时赶来的周班头赶紧咳嗽一声，道："典史大人！"

叶小天奇道："周班头，你不是跟知县大人去了驿站吗，怎么在这里？"

周班头道："驿站里来了个姓景的千户，是个粗鲁的军汉，一味地蛮不讲理，县尊大人根本奈何不了他，还被他打了一巴掌，卑职看不是法，只好赶来向大人求救了！"

叶小天皱了皱眉，对罗大亨道："大亨，你陪冬长老回去，我和周班头去一趟。"大亨答应下来，叶小天便跟着周班头急急离去。叶小天边走边道："那景千户是怎么回事，你仔细说给我听。"

周班头道："是这样……"
……

李玄成叫人把徐伯夷绑了打进囚笼，押在钦差行辕里，怒气冲冲地赶到林侍郎的居处。林侍郎捧着一杯热茶，眉头微蹙，正在微微出神。李玄成一屁股在旁边坐了，气愤地道："林大人，咱们明日一早就回京吧，这次来葫县，简直就是一场闹剧！"

林侍郎笑而不语，这件事办砸了，国舅爷回了京，依旧是国舅爷，对他却是极为不利的。李玄成见林侍郎不说话，不禁问道："怎么，林大人你还不死心吗？你我二人就快成为葫县百姓口中的笑柄了。"

林侍郎悠然道："国舅爷，不要急嘛，这事未必就没有转机。"

林侍郎扬声唤道："来人！"

一个锦衣侍卫应声而入，垂手肃立。

林侍郎道："你去，请叶典史来一趟。"

李玄成不悦地道："林大人找他来做什么？难道徐伯夷没办法，他就有办法了？"

林侍郎微笑道："皇上对此事甚是期许，我们总不能稍遇挫折便即离去。叶典史有没有办法，本官也不确定，不过……不妨一试。"

李玄成冷笑一声，一句话到了嘴边又强咽了回去。林侍郎熟知他与叶小天之间的恩怨，他倒不好多说什么。

……

叶小天一路走，一路听周班头讲述经过，等他赶到驿站上时，前因后果已打听明白了。二人走进驿站，就见许多驿卒民夫乃至县衙的捕快还有身穿战袄的军汉聚拢在一幢房前，押着脖子向内观看。

周班头走上前去，像赶鸭子似的喝道："散了！散了！有什么好看的！"众人回头一看，见叶典史站在那里，登时一哄而散，只留下那些满不在乎的军卒依旧看着热闹，但门前已经空出一块地方。

叶小天走上前去，就见一个粗鲁的军汉揪着花知县的衣领子，怒目喝骂。花知县双手抓着那军汉的手，一副气急败坏的样子，赵驿丞两手伸在二人中间，拼命想把两人撑开。

叶小天见状，立即一个箭步冲了进去，大喝道："住手！你是何人，竟敢对一县父母大打出手，不怕王法了吗？"

景千户扭头一看，扑哧一声乐了，他把花知县向前用力一搡，挽了挽袖子，微微晃动着肩膀朝叶小天逼近过来："哟喵，这是谁裤裆破了，把你给露出来了。怎么着，你想替那草鸡知县出头？成！老子姓景，景鹏，兴都留守司千户，咱们哥俩练练？"

叶小天撸胳膊挽袖子地正要冲上去，一听这话陡然站住了。他惊讶地看看景千户，迟疑地问道："你……你就是兴都留守司的景鹏景大哥？"

景千户蒲扇般的大手已经举了起来，正要往叶小天脸上扇去，一听这话，手臂以一个可笑的姿势定在空中。景鹏瞪大眼睛看着叶小天，迟疑地道："你……你认识我？"

叶小天欣然道："你真是景大哥？哎呀，久仰，久仰！小弟不曾见过景大哥，不过景大哥的名字，小弟可听泓恒兄提过不止一次了，想不到竟然在这里遇到了你。"

"泓愃？泓……愃？你……你说的是哪……哪个泓愃？"景千户的声音有些结巴起来。他忽然想起一个名叫泓愃的人，只是此人他绝对没有资格称兄道弟，见了那人，他一向是称公子的。

叶小天热情地道："就是张泓愃嘛，哈哈！泓愃兄常说，他父亲张老大人曾不止一次在他面前赞誉你，说你是他手下极得力的干将，骁勇善战，尤擅水战，在水师时曾屡立战功。只可惜性情过于耿直，为人太过直率，容易得罪人，所以如今才只做到千户。要不然，以景大哥的功劳本领，早该升副将了。"

景千户眉开眼笑，嘿嘿地笑着，难为情地道："尚书大人真这么说？哪里，哪里，尚书大人实在是太过奖了。"

叶小天当然没听张泓愃提起过什么兴都留守司的景鹏景千户，但他料定景千户逢年过节一定少不了去走张尚书的门路。

他在路上曾仔细问过周班头。叶小天从周班头所说的情况里总结出两点：一是景千户自陈的两次战功，都与海战有关，此人必定是出身水师；二是此人跟过的有名的文官武将包括朱纨和张真两人。

一个水师出身的将领，最后却成了兴教留守司的人，现在还被派来押运粮草，此人在官场上混得一定不如意。他跟过两个位高权重的大臣，朱纨早已过世，现在还活着且掌管南直隶兵部的就是张真。这景千户无论如何不会放弃这个后台，就算他不擅钻营，逢年过节也少不了一份礼物。那么张泓愃知道他这么个人也就不足为怪了。

景鹏的确是出身水师，他提到的那两次海战，就是他奋勇作战立下大功，得以升迁的主要缘由。只是此人性情粗鲁，不善维系与上官的关系，所以在水师混得不如意，后来更是被一脚踢开，到了兴都留守司。

这些年他渐渐开了窍，巴望着有机会可以调回水师。起码也得调到一个可以立战功的地方，否则他做到千户这辈子也就到头了。他能攀得上关系且能对他有所帮助的老上司里，就只有南京兵部尚书张真，所以少不了往张府走动。

叶小天说得全对，景千户自然不疑有它，听到张尚书对自己评价如此之高，景千户真是又惊又喜，大有受宠若惊之感。再想到这叶小天与张尚书家公子是称兄道弟的关系，对叶小天便也亲热恭敬起来。

景千户搓搓大手，打个哈哈道："哎呀，这真是大水冲了龙王庙，一家人不认一家人。险些和小兄弟起了冲突，我老景是个大老粗，小兄弟你可不要见怪。对了，还未请教，小兄弟你尊姓大名？"

叶小天笑吟吟地道："小弟姓叶，叶小天，忝为葫县典史。"

叶小天也不给景千户时间思量为何一个小小典史有机会认识兵部尚书家的公子。他亲亲热热地挽起景千户的手臂，哈哈笑道："景大哥，来来来，咱们借一步说话。"

众人眼看二人勾肩搭背地走开，方才还跟斗鸡似的逮着谁跟谁干架的景千户居然笑得连眼睛都看不见了，不由得面面相觑：叶典史怎么走到哪儿都有认识的人？连这粗鲁军头都能拉上交情。

叶小天把景千户拉到一边，小声道："景大哥，这是怎么回事？你是军中的将领，花大人是地方上的父母官，何必闹得这么僵呢？"

军中汉子粗鲁直率，说话不大知道拐弯抹角。景千户面有难色地道："兄弟，你有所不知啊，老哥手下人护送的军需物资在你们葫县境内被劫了，这事我不找他花知县找谁？这事你别掺和了。"

叶小天苦笑道："老哥，兄弟我是葫县典史啊，你用这事来压他，他肯定会把这事压在我的头上，我想跑都跑不了。"

景千户面有难色地道："这……"

叶小天压低声音道："景大哥，不瞒你说，我跟这花知县其实并不对付，花知县隔三岔五就找我的碴，目的不外乎是索贿，可我哪有那么多好处孝敬他，结果处处受他针对。嘿！你不待见我？我还不巴结你呢！要不然你看，他在驿站上日晒雨淋的，我作为下属，什么时候跑到他身边守着过？只是……老哥啊，你这么一闹，他手下人找到我了，我是典史，能不来吗？"

景千户一听叶小天这番话，不禁感同身受，有了共同语言，就更觉亲切了。叶小天察言观色，趁机说道："要是大哥你真能把这事栽到他头上，小弟巴不得呢，问题是你不可能成功啊，莫不如换个法子把他绕进来。"

景千户凝神道："这话怎么说？"

第四十二章

寻　贼

一

叶小天的表情很诚恳，比奸商都诚恳："景老哥，你是武将，我是文官。说起行军打仗、战场厮杀，你在行。可要说到运谋用计、官场伎俩，我在行，你说对不对？"

景千户把头连点，道："那倒是！"

叶小天道："所以，兄弟给你分析分析这个事，你看在不在理。如果你觉得我说得没有道理，那就当我放了个屁，你别理会就是了。"

景千户道："言重了，言重了，你说，我听着。"

叶小天道："任何事情，不外乎情和理，就算是法，也得合乎情、占了理。辎重被掳这件事，你要说驿路坎坷，不易通行，两侧又是草密林深，易于藏匿，这话不假！可谁不知道贵州道路难行？那是有名的'天无三日晴，地无三尺平'啊，要不然能到如今也就一南一北两条驿道？再说林深草密，这里可是山区啊，驿道两旁都是山，难道能把所有的树木都砍光，野草都烧光吗？这个道理我明白，难道花知县就不明白？如果真的抗辩起来，老哥，你还真占不着理。"

景千户挠了挠头，悻悻地没有说话。

叶小天又道："再说，护路者有护路者的责任，护辎重者也有护辎重者的责任，就算本县脱不了干系，可辎重丢失的主要责任，无论如何也不可能算到花知县头上。护送辎重的军队是干什么的？你就是硬拉上花知县，这一百大板，你也得独挨八十，对不对？"

景千户当然明白，他也是明知想从山贼手中夺回辎重难如登天，这才想攀上花知县。这时一听叶小天分析，心里越听越凉，这事的主要责任，还真难赖到人家花知县头上。

叶小天道："我看花知县脸上有五道手指印子，是老哥你动的手吧？"

景千户瞪着怪眼道："昂！怎么？"

叶小天叹了口气道："难怪张尚书那么说，老哥你什么都好，就是这个脾气，太暴躁了些。这事就算主要责任不在你，你就该打人家一记耳光？现在这事还没出葫县，怎么都好说，如果真要打官司，那就一定会闹上朝廷，到时候，花知县告你一本，你说朝中那些大臣会向着谁？人家可都是文官！那时你不是一波未平一波又起了吗。"

景千户歪着脑袋，不服气地道："那你说，怎么办？"

叶小天道："好办啊！你手里有兵，花知县是地主，有耳目。与其在这里大家扯皮，不如联起手来，由花知县派人打探那伙山贼的下落，一旦找到他们，则由老哥你率兵清剿。哪怕东西拿不回来了，只要斩获山贼几颗人头，咱们也能向朝廷有个交代。如果始终打探不到消息，那就不是你不肯追回军需，而是本地官府无法提供山贼的消息，纵有惩罚，你也有个说法。再者，你与花知县已经有了合作，他也不好再把此前被你掌掴过的事情提出来，你说是不是？"

"嗯……"

景千户沉吟了一下，乜了一眼花晴风。花晴风的乌纱帽还歪着，他还没有发现，一见景千户望过去，他马上不服气地瞪过来，连武将都怕，那怎么成，他可是文官，输人也不能输阵。

景千户哼了一声，对叶小天道："我懒得跟他说话。"

这就是同意了，叶小天笑了笑道："兄弟去说！"

叶小天赶过去，把花晴风拉到一边，又是一阵窃窃私语。花晴风听了犹豫地道："这样成吗？那是一伙流窜作案的山贼，咱们未必能查得到他们的下落。"

叶小天道："查不到和查不查，那是两回事。如果就此闹上朝廷，难道朝廷诸公看不出双方在推卸责任？责任，咱们是跑不了的，但无论如何，都不会承担主要责任，大人还想和这粗鲁的军头继续纠缠不休吗？"

花晴风想了想，勉为其难地道："那就这么办吧，只是打探山贼下落的事情……"

叶小天道："自然下官来做。"

花晴风点点头，忽又紧张地道："你怎么赶过来了，县学那边的事怎么样了？"

叶小天忍不住微笑起来，缓缓地道："下官还未来得及说与大人知道，徐伯夷……已经被钦差大人以欺君之罪拿下了！"

花晴风的眼睛陡然亮了起来，呼吸粗重地道："当真？"

叶小天点了点头，巨大的幸福感立即笼罩了花晴风的全身，倒下了吗？终于倒下了吗？一个极具威胁的对手，一个有皇旨钦差傍身几不可敌的对手……

花晴风颔首道："好！好！好！"

他一连说了三个好，心情激荡之下，竟是再也说不出别的话来。

※·※·※

驿路上，周班头把役夫们都召集起来，役夫们扶着铁锹镐头，纳罕地看着跳上大石的叶小天，不晓得官府又把他们召集起来干什么，总不会是今天要发白面馍馍吃。

叶小天提起嗓门道："诸位，近日通过驿路运输的一批军需辎重，被山贼掳走了。现在军队要剿匪，需要有人为他们探察这些山贼的消息。你们很多人就是附近山区的百姓，熟悉本地情形，所以现在要从你们之中招募探子。谁愿意为官府效力，就可以不必再服徭役，而这段时间依旧算是你服了役。此外，每日还发一百二十文钱的行脚费，如果有谁能够查到山贼的准确消息，赏银十两。官兵因此能剿杀山贼的话，无须全歼，只要能收获五颗人头，便赏银一百两！有谁愿意，现在站出来！"

不用在驿路上面朝黄土背朝天，每天还有钱拿，那当然好。可是这钱有那么好赚的吗？虽说重赏之下必有勇夫，可这是冒着生命危险啊。众役夫面面相觑，其中不乏山民，平日里就攀山越岭，或为猎户，或为樵夫，不但身手敏捷，而且熟悉附近山岭情形的，有意想担这个差使，可还是有些犹豫。

叶小天的目光扫到一脸络腮胡子的华云飞，华云飞先前冒充捕快帮闲砍了三颗人头，此刻竟又换了一身粗布衣裳，摇身一变成了一个扛着铁锹的役夫。这驿路上的役夫们分段负责，又常常轮换，身边这批役夫可没人认得他。

接到叶小天的示意，华云飞把铁锹一扔，挺胸走了出来，大声道："小民愿为官府充当探子！"

叶小天马上道："好！算你一个，还有谁？"

周班头马上走过去，叮叮当当一阵响，一百二十枚闪亮亮的大钱就落到了华云飞的手上，众役夫中本就有些动心的见状立即争先恐后地抢了上来，纷纷道："我愿意！我愿意！"

叶小天微笑起来，要查一伙流窜作案的山贼，还真没有人比这些本地山民更适合的了。他们一旦参与其中，他们的亲戚、朋友、同乡就会被带动起来，这天上飞的、地上跑的，如果连他们的眼睛都能瞒过，那其他人就更不用想了。

叶小天挑选探子，准备让山贼陷入人民群众的汪洋大海中时，深山老林中正有几道矫健的身影如牝鹿般灵巧地闪过。一处突起的岩石处，几个人站住了，其中两人踏上岩石，其他几人立即向四下散开，很自然地形成了拱卫之势。

站上岩石的两个人额头微汗，迎着山风，登时便觉神清气爽。其中一人正是洪百川，另一人年纪比他小不了多少，可个头却比他高出一头有余，看二人的站位，那人总是隐隐地偏后洪百川半步，显然这伙人以洪百川为主。

高大老者道:"大哥,这伙山贼到处流窜,与一条龙那伙人不同,实在不易查找啊。"

洪百川道:"我知道,已经找到三处地方了,可惜都是他们曾经待过的,现在他们在哪里,确实不易搜寻。不过,尽人力,听天命吧,如果放手不管,任由他们坐大,势必影响云南战局。"

瘦高老者双手叉腰,纵目四顾,发牢骚道:"卫里就不能派别人来吗?咱们另负使命,本不该参与此事。"

洪百川微微一笑,道:"此地地理特殊,如果派些不熟悉此地情形的人来,找不到山贼事小,只怕他们自己都要陷在这深山丛林之中出不去了。都是袍泽兄弟,我们现在又没事做,替他们分担一下吧。"

瘦高老者嗯了一声,转首问道:"大哥,你跟大亨究竟怎么了,我听老丁说,他都离家出走了?两父子,不必闹得这么僵吧。"

洪百川呵呵一笑,道:"这个老丁,实在多嘴。没什么事,这孩子喜欢了一个女子,我不同意让那女子过门。这小子,就赌气离开了。"

洪百川微笑着,丝毫不为父子二人现在的局面发愁:"本来,我是真的不太同意,后来派人查了查,这闺女还真不错,虽说是小门小户出身,可人品好,长得俊俏,大亨又喜欢,那就由他们去吧。"

瘦高老者道:"既然大哥也同意了,怎么不把他们接回来?"

洪百川道:"这孩子出去以后,我看他懂事了许多,不像以前那么不着调了。这样不是挺好嘛,让他学着自立吧。爹是一条街,娘是一道墙。我这条街,就是要让他走出去,走出他自己的那条康庄大道啊!"

瘦高老者摇头苦笑道:"可怜天下父母心哪!幸好我没有儿子,就两个女儿,只要她们能嫁得好,我就不操心啦。"

洪百川睨了他一眼,道:"我怎么听说你上个月刚刚又纳了一房小妾,理由就是为了传宗接代?"

瘦高老者肃然道:"借口!纯粹是借口,要不然我那吃醋的婆娘岂肯善罢甘休啊?"

两人哈哈大笑起来。

第四十三章

交 易

一

叶小天堪称葫县第一大忙人了，好不容易在易俗大典上摆平了徐伯夷，马上又得跑到驿站去替花晴风揩屁股，幸好那景千户跟南京兵部尚书张真有瓜葛，而他跟张尚书也有那么一点关系，否则他说得再有道理，那军头也未必听得进去。

解决了这件事后，天色已经很晚了。叶小天迈进家门的时候，暮色一片苍茫，最后一丝阳光业已埋到了山峰之下。等得饥肠辘辘的遥遥一见叶小天回来立即欢呼一声迎了上来。

叶小天笑着摸了摸遥遥的头，对太阳妹妹道："我都说过多少次了，身在官场，作息可说不准的，你们不用等我，到了饭时你们就吃，遥遥正在长个头的年纪，挨不得饿。"

太阳妹妹迎上来，甜甜笑道："知道啦，是遥遥非要等你回来嘛。"

叶小天忽然注意到，哚妮打扮过，虽然只是薄施脂粉，可那脸蛋就有了一种吹弹可破的效果。唇珠在灯光下也变得妍丽了许多，那俏丽的小模样，不免叫人联想起她在床榻上时那种妩媚的风情。这是两人之间一种很默契很有情趣的暗号。哚妮稍作打扮时，就是求欢的信号，当然，这信号她基本没有多少机会使用，因为大多数时候都是叶小天主动摸上她的床去。

不过，能让佳人主动索爱，男人总会感到愉悦，"这小妮子，床榻之上，总是颦着眉，一副不堪挞伐的样子，嘿嘿，现在终于尝到快乐滋味了吗？"

叶小天自得而愉快地向她偷笑了一下，哚妮轻轻低下头，羞怩地撩了下鬓边的发丝，俏脸微微有些发红。她急呀，真的是不急不行了，因为她已经收到消息，神殿要派长老来探望尊者。

这么久没和尊者联系，神殿总要派人过来看看的。再说上次尊者被捕押至南京的事，他们很是担了些心，虽说最终化险为夷，可长老们不放心，还是希望能劝说尊者弃官归隐，返回神殿。

哚妮听说了这个消息，不免就担上了心事。她虽成了尊者的女人，可还没有完成神殿交付的使命呢。如果长老发现她还没有身孕，会不会替小天哥找更多的女人来？虽说哚妮的嫉妒心不强，可也希望尽量少些姐妹分享小天哥的宠爱。

一家人在花厅坐下，饭菜摆上桌来，叶小天刚刚端起饭碗，若晓生就探头探脑地出现在门口。叶小天向外边睨了一眼，道："什么事，你进来说吧，别鬼鬼祟祟的。"

若晓生进了门，点头哈腰地道："是！老爷，府门外来了两个锦衣人，头戴官帽，身穿官袍，也不知道是什么官，反正一定是官家人，说是……说是要见老爷。"

叶小天一听就明白了，皱了皱眉头，道："锦衣卫？就说老爷我不在！"

若晓生讪讪地道："老爷，我……我跟人家说了要向老爷您通报一声。"

叶小天笑了，道："你呀，倒是个老实人，那就领他们进来吧。"

哚妮嘟起嘴，不悦地道："放衙了都不让人家歇着，官家就这么使唤人吗？"

叶小天笑道："你家哥哥如今可不是典史了，而是代县丞！嘿嘿，也就今儿天色晚了，你看着吧，明日登门拜访的人还多着呢。"

叶小天站起身，又弯下腰去，在她耳边悄声道："洗白白等我，哥哥今晚一定过去。"

哚妮被他说破心事，脸蛋腾地一下红得发烧。

遥遥叫嚷起来："哥哥和哚妮姐姐说悄悄话，不行不行，人家也要听。"

叶小天笑道："这种话，小孩子可听不得。"

遥遥嘟起嘴不依地问哚妮："哚妮姐姐，人家是不是不小了？"

哚妮红着脸笑道："是是是，咱们遥遥都是大姑娘了。"

"那你们说什么悄悄话呢，人家也要听。"

哚妮转着眼珠道："我们说啊，我们说……遥遥从小就是个美人胚子，现在可是越长越漂亮，真不知道将来谁家小子那么有福气，会娶了咱们遥遥小美女做媳妇。"

"真的吗？"遥遥笑逐颜开："人家哪有那么好啦，嘻嘻……"

已经走到外面的叶小天听到这番对话，不禁露出了笑容，这样的感觉真是温馨。可惜父母和大哥不在，要不就更完美了。

他上次想把爹娘请来葫县的想法被徐伯夷破坏了。他是官，无旨不能离开任地，更不要说返京了。如果随便让人捎几句话，恐怕很难说动家人。在爹娘尤其是嫂子眼里，只怕是把这里看成蛮荒之地的，在他们的想象中，这儿的人就算不是吃人的野人也差不多，想说服他们，还是得做些精心的准备才成。

"慢慢来吧！"

叶小天振奋地想："这都连升三级了，两年八级，还会远吗？"

· ※ · ※ · ※ ·

"叶典史！"

"钦差大人！"

"哦！我现在应该称呼你……权知葫县县丞叶大人才是！"

这语气可不对啊，叶小天提了小心，赔笑不语。

林侍郎用茶杯盖拨了拨茶叶末，撩起眼皮扫了叶小天一眼，见叶小天欠着身子，只把半个屁股放在椅子上，标准的下官见到上官时的恭敬模样，只是……他脸上的笑容有点假，可看不出真的心怀敬畏。

"这小子，倒是生了一副好胆，穷山恶水的地方，连官员也变刁了吗？"

林侍郎耷拉着眼皮，继续有一下没一下地拨拉着茶叶末，他没心思跟叶小天穷蘑菇。叶小天志不在京城，不能为其所用，纵然值得欣赏，却也无法结缘，不如早早了结此事，回京城准备秋闱吧。

林侍郎暗暗叹了口气，道："本官向葫县官绅了解过你的情况，你的风评很好啊。听说去年大旱，想出办法为百姓解除旱情的人就是你，你所建造的水利工程，直到如今还在发挥着作用。"

叶小天欠身道："任职一方，就该造福一方，这都是下官应该做的。"

林侍郎道："本官还听说，去年清剿一条龙悍匪，你也立下了大功。"

叶小天道："不敢，不敢，剿灭一条龙悍匪团伙的是本县巡检司，立下大功的是罗小叶罗巡检。"

林侍郎呵呵一笑，道："一条龙悍匪团伙为祸此地已经有十多年了。早不能剿除，晚不能剿除，偏偏是在你任本县典史时他们被剿除了，要说这其中没有你的功劳，怎么可能呢。"

林侍郎笑微微地说了一句，叶小天心头微凛，身形不由得坐正了些。他让功给巡检司的事在葫县并非秘密，但这种事不可能有人对林侍郎讲，林侍郎能凭他的经验分析到这个程度，果然不是易与之辈。

叶小天在京城天牢时，每天里打交道的都是高官，从他们那里接受了许多官场知识，但支离破碎，与实践中掌握的经验还是有一定的差距，用来对付葫县这等蛮荒之地的几个小官吏轻而易举，可在这等真正胸怀韬略的大官僚面前，却不足凭恃。

林侍郎惋惜地道："本来嘛，凭你的功劳，再有本官替你进言，你这权知二字未必就不能去掉，可是，葫县这次易俗大典闹得朝廷体面皆无，虽说徐伯夷才是罪魁祸首，可皇上难免会迁怒于葫县官吏，这种情况下，本官也不宜为你进言了。"

叶小天一副诚惶诚恐的样子，道："大人有此栽培之心，下官已是感激不尽。下官如今只是一个不入流的杂职小官，又无显著功劳，怎敢妄求提拔。"

林侍郎拨茶的动作一顿，忽然说道："叶县丞，这葫县胡族百姓，名姓只是信手拈来随意取用，不似我汉人子弟，父子相继，门第严瑾，你说……他们真在乎改换名字吗？何况朝廷还有优厚的赏赐，为何他们执意不肯呢？"

叶小天又坐直了些，他知道，终于要说到正题了。叶小天道："大人，依下官看来，胡族百姓对于改名换姓，应该并不抵触，何况还有减免税赋的好处。其实真正反对易俗的，不是民，而是官！"

林侍郎的神色一紧，眼睛微微眯了起来，望着叶小天道："官？哪个官？"

叶小天道："当然不会是流官，大人以为，还有什么官？"

林侍郎的脸色舒缓下来，微笑道："土官？据我所知，葫县两个土司，已经在五年前被斩，其家族也被免去了世袭土官的权利，葫县因此才得以改土归流，如今葫县最多只有两个吏目，而且并非世袭，他们何必在乎易俗呢？"

叶小天叹了口气道："在大人眼中，只有吏目以上的土官才叫土官，就像在朝廷眼里只有品官才是官，我等不入流的杂职官，大抵只是稍稍高级一些的吏一样，可在小民眼中，我们却也是官啊。

"葫县地方也是如此，下官所说的这个土官，可不仅指朝廷钦封的那些土官，那些一寨之主、一堡之主、一村之长、一族酋领，在地方上说一不二，权威无双，虽非土官，胜似土官。

"朝廷对地方上控制得越是严格，地方百姓对朝廷的依附之心越强，他们对地方上的控制力也就越小，这种情况下，他们怎么会接受易俗呢？高李两位寨主作为诸族首领，离不了他们的支持，有所顾忌，也就在所难免了。"

林侍郎目光陡然锐利起来，突然问道："如果本官把此事托付于你，你能让他们回心转意吗？"

第四十四章

嫁　衣

一

叶小天的心怦怦地跳了起来，他知道，最关键的时候到了。林侍郎讲了这么多，分明是要跟他做交易，如果他能圆满解决易俗一事，让林侍郎对朝廷有个交代，让皇上有了体面，林侍郎就会保他坐稳县丞之位。

县丞小吗？小，对于朝廷上的大员们来说，一个县丞，很小很小。可是对于底下的老百姓们来说，那却是仅次于百里至尊的强权人物，那是正八品的官员。

叶小天现在是未入流的杂职官，从不入流到入流，这是许多不入流的杂职官一生都难以逾越的一道坎，这比现代从体制外转到体制内还要困难百倍，越过了这一步，才算是真正的官。

"入流"的官，最低是从九品，然后是九品、从八品、八品，所以准确地说，如果叶小天能坐稳县丞的位置，他实际上升的就不只是三级，而是四级。可是经过方才的一番接触，叶小天发现这位林侍郎甚是精明，并不是一个好摆布的人，他不会是给自己下什么套吧。

叶小天心中挣扎不已，林侍郎看出他的顾忌，呵呵一笑，抿了口茶，悠然道："此事若能顺利解决，本官才好打道还京啊！秋闱将至，本官忙得很，可不能在葫县多耽搁。若是此事不能得到解决……"

林侍郎长长地叹了一口气，叶小天把心一横，前怕狼后怕虎的做什么，我处心积虑，还未离开金陵就巧妙铺设，摆下这么大的一个局，不就是为了引入"外力"破开这层坚冰。如今机会就在眼前，两年升八级的梦想，一下子就能实现一半，富贵险中求，怎容错过！

叶小天霍地抬起头来，毅然道："钦差大人，下官……愿意一试！"

……

"姜侍卫，求你帮个忙。小小心意……"

戚七夫人把一大锭银子塞到一个锦袍侍卫手中，那侍卫推却道："不成，不成。那徐伯夷是钦犯，我哪敢给你牵线搭桥，钦差大人一旦怪罪下来，我可吃罪不起。"

戚七夫人哽咽道："姜侍卫开恩，奴家只与他说几句话就好，不敢打扰太多，就几句话，奴家说完就走。"

戚七夫人说着就跪了下去，抱住姜侍卫的大腿苦苦哀求。姜侍卫无奈之至，终于跺了跺脚，道："成！你随我来，就一刻钟，时辰一到，你马上离开！"

戚七夫人破涕为笑，连连点头道："多谢姜侍卫，奴家记住了！"

李玄成所住的庭院非常雅致，曲径幽深，曲廊相连，庭院中有一个天井，四周也都是青翠藤萝环绕。天井中放着一个囚笼，徐伯夷委顿其内，无精打采。头顶悬着一盏气死风灯，惨淡的灯光照在他的身上。

姜侍卫引着戚七夫人到了天井旁，紧张地四下一望，道："我去路口给你看着，时间要快！"

戚七夫人答应一声，那姜侍卫便向长廊入口处闪去。天色已晚，这个时辰，国舅一般是不出来的，姜侍卫担心的是被其他侍卫撞见，所以先去路口守着。

戚七夫人放慢脚步走上前去，一见徐伯夷凄惨的样子，不禁心头一酸，眼泪顿时流了下来。

戚七夫人当初委身于徐伯夷，只是想找一个靠山，但是这么久相处下来，人非草木，哪能没有一点感情，现在她是真把徐伯夷当成了一生的依靠，眼见他落得这般下场，禁不住悲从中来。

徐伯夷身陷囹圄，一时万念俱灰，晚饭都没心思吃，这时饥饿感特别强烈，他按着肚子，正有气无力地偎在一角，虽然听到一阵脚步声，却也懒得抬头看上一眼。但他忽又听到一阵啜泣，心中不由得一动，急忙抬起头来，就看到了戚七夫人。

徐伯夷双眼一亮，一下爬起来，扑过去紧紧抓住囚笼，激动地道："戚七，你怎么来了，可是……可是钦差肯放过我了吗？"

戚七夫人摇摇头，热泪扑簌簌地流了下来……

李玄成研墨提笔，只寥寥几笔，一个形神兼备的美女便跃然纸上。那回眸一笑、顾盼嫣然的美人，正是夏莹莹。李玄成痴痴端详半晌，忽然想到如此美人已经嫁作人妇，眉宇之间突现厌憎之色。

他一把抓起那幅图，恶狠狠地撕个稀烂，愤愤地向案上一掷，无比嫉恨地道："你是一潭清澈见底的灵泉，只有我才配得上你，可你为什么要自甘堕落，为什么要被那等鄙俗不堪的男人变成一汪污浊不堪的死水！"

李玄成嘴里骂得痛快，可心里却又如何真就放得下。然而伊人已嫁，他能奈何？李玄成怅立良久，不禁悠悠长叹，落寞地走开，轻轻推开了房门。

天井中，徐伯夷咬牙切齿地道："叶小天，我与他不共戴天！但有一口气在，我绝不放过他！"

徐伯夷本有机会攀上展家大小姐，只要他能继续瞒上一段时间，先把四娘休了。谁知偏偏杀出个叶小天，把他殴打一顿，让他在葫县声名狼藉。好不容易又抱上田氏这条大腿，可是偏偏叶小天又来与他做对头。

如果没有叶小天这个冤家对头，他早就把葫县彻底掌握在手中，此次易俗之事也能顺利进行，到时必可再上层楼，到时候上有皇帝青睐，旁有田氏臂助，仕途将是一条康庄大道，可现在呢？

戚七夫人希冀地道："大人，这件事还有回旋的余地吗？可不可能……朝廷会网开一面？"

徐伯夷默然良久，轻轻摇了摇头，戚七夫人眸中的神采顿时黯淡下来。

徐伯夷惨笑道："在葫县，我能只手遮天。可在皇帝眼中，我这等官实在不算什么。这一回，我最好的局面，也是罢黜为民，永不叙用了。"

戚七夫人心头一颤，忽地抓住徐伯夷的手，垂泪道："算了。这官，不做便不做了吧。罢黜为民，永不叙用，那便永不叙用好了。叶小天，咱们斗不过的，只要你能平安，今后……今后咱们就安安分分地过日子……"

徐伯夷大为意外，他原本图的是齐木一众妻妾的财和色，而戚七夫人愿意委身于他，自然是图他的权势，双方原本只是利益的结合。没想到今时今日，这戚七夫人竟然对他动了真情。

徐伯夷有些感动，可他从幼年起便立志要做官，做大官，这份执念比为情所困的李玄成还要强烈几分，然而他的前程却一而再地毁在叶小天的手上，徐伯夷如何能够甘心。

一想到叶小天，徐伯夷心中些许的情动登时变成了无边的杀气："永不叙用，那只是最好的结果，很可能……我连人头都不保！再说，即便能够不死，我被他害得这么惨，如何甘心苟且活着？我现在只想杀了他！只要能杀了他！我愿意付出一切！"

李玄成站在藤萝后面，静悄悄地听着二人这番对话，目光闪烁了几下，怅然落寞的脸色渐渐变成了一抹阴鸷的笑意……

· ※ · ※ · ※ ·

典史属于未入流（九品之下）的文职外官，但在县里的县丞、主簿等职位空缺时，其职责由典史兼任。因此典史均由吏部铨选、皇帝签批任命，属于"朝廷命官"。

徐伯夷以欺君之罪锒铛入狱了，叶小天便成了权知县丞，代理其职务。因为未入流官与入流官之间的巨大障碍，其实以典史身份兼代县丞职责的，一般很难像其他职位一样由代转正，可是这个人是叶小天，葫县中便没有多少人怀有疑问了。

似乎只要是叶小天，他身上发生任何奇迹都已成了理所当然。他这个代理县丞，直接被大家忽略了"权知"二字，已经把他当成了真正的县丞，所以这两天登门拜访送礼请宴的人很多。

这些款待应答方面的事情，叶府中只有原本是秀才娘子的桃四娘才能胜任。所以这位内管家迅速升格成了大管家，里里外外都要操持。在她的管理之下，诸事倒也井井有条。

前来拜访叶小天的来宾，并没有遇到正主，就连县衙里也很难觅到他的踪迹。这几天他正频繁出入各处山寨，显得非常忙碌。其实易俗最大的阻碍就是他自己，他想翻手为云易如反掌，可太容易了岂不就验证了之前诸族首领的反对是出自他的授意？

虽说葫县官吏乃至林侍郎对此都心中有数，但面子功夫还是要做的。叶小天做了三天面子功夫，感觉也差不多了，再拖延下去不免就装过火了，恐怕林侍郎会老大不耐烦。于是叶小天又去了一趟高家寨，同高李两位寨主吃了一顿酒，带着几分醺意回到县里，直奔钦差行辕，告诉林侍郎，他已成功说服各部落首领，大家同意易俗了！当然，给予高李两寨寨主的封赏还是要有的，因为高李两寨寨主出力甚巨，帮了他很大的忙。

林侍郎归心似箭，如果叶小天再不来，他真要好好敲打敲打这个不开眼的坏东西了。一听叶小天说诸事齐备，林侍郎大喜过望，马上决定明日再行易俗大礼，由叶县丞亲自主持。

乱哄哄，你方唱罢我登场。甚荒唐，为他人作嫁衣裳。翌日一早，县学再度热闹起来，可是已没有人想得起那个为他人作嫁衣裳的徐伯夷，众人眼中只有那个光艳夺目的"新娘子"——叶小天！

第四十五章

见 红

一

　　易俗大典在县学再度召开了。人还是那些人，但每个人都知道，葫县已经变了天。自从改土归流，这里曾经是齐氏天下，接着是徐氏天下，而现在，葫县最有权势的那个人，姓叶！

　　高李两位寨主很痛快地签字画押，承诺将确保全寨百姓改名易姓。而林侍郎马上投桃报李，当众宣读圣旨，鉴于两位寨主在移风易俗中所起的表率作用，任命两人为长官司长官，世袭罔替。

　　这当然引起了一众部落首领们的极大羡慕，但他们也清楚，高李两寨有这个实力，所以才能得到这样的封赏。他们只有跟在后面摇旗呐喊的份，这种好事是不可能轮到他们头上的。

　　事情进行得很顺利，比起上一次的一波三折，这一次简直是乏善可陈，以致整个易俗大典完毕的时候，林侍郎竟然觉得小有遗憾。当然，这只是心中的一种感觉，他可不希望真的再生波澜。

　　"叶县丞，你做得很好！"林侍郎笑容可掬地对叶小天道。

　　花知县正在驿站上主持剿匪兼护路大计，徐县丞则在钦差行辕里吃牢饭，而王主簿……他"又病了"，如今在场的葫县官员中以叶代县丞为尊，凡事自然要他出头。

　　叶小天欠身道："钦差大人过奖。"

　　李玄成冷冷地看了叶小天一眼，对林侍郎道："林大人，忙碌了半天，身子乏了，咱们回去歇息吧。"

　　林侍郎颔首道："好！那咱们回行辕。叶县丞，明日一早我们就要返回京城，你安排一下。"

　　叶小天欠身道："是！今晚卑职设宴，率全县官绅为易俗大典顺利完成庆贺，同时也为两位钦差大人饯行，还请两位钦差大人赏光。"

李国舅不答，冷着脸向外走。林侍郎向叶小天微微一笑，也跟了上去。他们一走，众官绅便围上了叶小天，七嘴八舌的，恭喜者有之，巴结者有之。高李两位寨主则是既激动又惭愧，虽然有些话不宜说得直白，但他们簇拥在叶小天身边，就是用行动向他表示，今后唯叶大人马首是瞻。

叶小天离开县学时，众官绅依旧前呼后拥，众星捧月一般。他刚刚迈过门槛，就有一个捕快急急跑来，沙哑着嗓子呼喊道："叶大人，叶大人，大事不好啦！驿路……驿路上……"

叶小天闻声止步，眉头不由得皱了起来："大事不好？最近这大事也太多了些吧，这又出什么大事了，莫非花知县那边又出了岔子？"

叶小天沉声问道："出了什么事。"

那捕快疾步赶到叶小天身边，猛一抬头，狞笑道："你说呢？"

他一抬头，叶小天就发觉不对了，这人虽然一脸大胡子，可那眉眼五官，分明就是徐伯夷。叶小天万万没有想到已经身陷囹圄的徐伯夷会出现在这里，不由得大吃一惊。

徐伯夷狠狠一刀刺向叶小天。那些官绅没有级别高于叶小天的，全都落后他半步，叶小天站住他们也都站住了，这时眼见有人行刺，众人只来得及发出一声惊呼，根本来不及阻挡。

叶小天惊出一身冷汗，急急抽身后退，脚跟在门槛上一绊，整个身子向后仰去，只听刺啦一声，徐伯夷就一刀挑开了他的衣衫，登时血流如注。这时候高李两位寨主才反应过来，猛地拔出了他们的佩刀。

徐伯夷一刀得手，不禁呆了一呆，一见叶小天浑身浴血，而高李两位寨主则拔出了佩刀，神色狰狞，突然一阵莫名的恐惧。他大叫一声，丢下刀子返身狂奔而去。

其实叶小天仰面一跤跌进门内，所以受这一刀不重。他身子倒仰时徐伯夷正好一刀刺到，近乎给他开了膛，虽只豁开了一层皮，血没少流，伤却不重，只是看起来挺吓人。

高李两位寨主架住叶小天，一见他腹部殷红一片，这一惊非同小可，急急叫道："叶大人！叶大人！快！快拆门板来，抬叶大人去就医！"

叶小天捂住伤口，脸色苍白，吃力地道："抓住他，不能……让他跑掉！"

几个差役还是头一遭遇到官员遇刺的情形，一时间手忙脚乱，又想拆了门板抬大人去治伤，又想遵命去抓刺客，急得陀螺一般乱转，恰在这时，又有一个挽着裤腿、民夫打扮的人向这里赶来。

来人正是华云飞，距他当初杀死孟县丞和齐木已经两年多了，华云飞又正值身体发育的年龄，形貌变化不小，再加上他本是山中猎户，城里人认识他的比较少，所以在时过境迁,很少有人还关心当年那件事的情况下,他时而也会以真面目示人。当然,在官方的海捕文书上他还是逃犯,真名实姓是不能用的。

偶尔他还需要化化妆,比如上次冒充捕快帮闲,刀斩制造路难的几个奸商时,他就扮了个大胡子。后来扮民工时,就恢复了本来容貌,纵然有人看出他与昔日那杀人凶手相像,名姓不同,大多也只会以为是形貌肖似。

叶小天这是在让华云飞渐渐浮出水面,能够公开见人。自己要在官场上混,总不能让他一直当个黑人。如今华云飞扮的是官府雇用的探子,他查到一些情况,刚刚禀报了花知县和景千户,正要赶来知会叶小天,

华云飞一见叶小天捂着肚子,被高李两位寨主搀扶着,身上血迹斑斑,不由得大惊失色,急忙冲过来道:"大哥,你怎么了?"

那些差役哪敢让他近身,立即扬起水火棍,警惕地喝道:"休得近前!"高李两位寨主也举起了手中刀,戒意凛凛。叶小天吃力地道:"是自己人,让他……过来!"

众人听叶小天这么说,这才让开道路。华云飞急急赶到叶小天身边,叶小天道:"我没事,徐伯夷……越狱了!你去……抓他回来,勿要使他……逃脱!"

叶小天说着,用带血的手用力攥了一下华云飞的手。华云飞会意地点点头,向几名差役问清徐伯夷逃走的方向,便急步追了过去。

·※·※·※·

桃四娘脚步匆匆地从十字大街出来,拐进一条巷子,身后还跟着几个伙计,肩扛手提地拿着不少东西。

叶小天的府邸论面积无疑是葫县第一,论阔绰也没几个人比得上,但是有一种东西,叶小天就是用再多的钱砸,也不是短时间内能和一些富绅人家比的,那就是底蕴。

底蕴是需要慢慢积累的,家族的每一个人也需要在家族成长的过程中一点点成长。像叶小天家里雇用的那些人,大多是小门小户出身,料理这么大的一个家,既没那个眼界,也没那个能力。

桃四娘是秀才娘子,知书达礼,是叶府里难得能拿得出手的人物,里里外外现在全靠她操持。如今叶小天升了官,尤其是经过这一番斗法,巩固了他在葫县官民心中的威望,所以府里时常有人走动。

如果待客的礼仪和物什不到位,人家背后笑话的只能是叶小天,所以桃四娘十分用心,今天更是亲自赶到十字大街,采买了一些待客应用之物。桃四娘买得多,店家乐得送货上门。

桃四娘刚刚拐进一条巷弄,前方突有一人狂奔而来,形容十分狼狈。桃四娘定睛一看,不由得大吃一惊。那人颌下有一撮大胡子,应该是粘的,因为满脸大汗,胡须

脱落，耷拉在下巴上，看他模样，正是徐伯夷。

徐伯夷跑得好不狼狈，他凭着一股怨气，杀到叶小天身边，一刀刺出，却突然感到极度的恐惧，仇恨宣泄后，带给他的只有对死亡的畏惧，所以他撒腿就跑，激动之下激发潜力，还真被他逃开了。

不料桃四娘突然从前方走来，徐伯夷已经跑不动了，一见桃四娘，后边还带着几个人，只道是来拦截他的，双膝一软就跪到了地上，带着哭音道："四娘！四娘！我知错了，我真的知错了！夫妻一场，你就放过我吧！"

徐伯夷那一刀见了血，倒下的是叶小天，吓破的却是他自己的胆。桃四娘并不知道他去刺杀叶小天，但先前他与叶小天斗法失败，被钦差拿问的事桃四娘是知道的，如今一见他形容狼狈，只道他是越狱逃出。

桃四娘被徐伯夷离弃，心中不知何等怨恨，可是看他此刻如此狼狈，心里却又不禁一酸。依稀记得两人刚刚成亲的时候，虽然清贫，却也恩爱。从什么时候起，他变得利欲熏心，为达目的不择手段了。

徐伯夷叩头如捣蒜，额头都渗出血来，桃四娘心肠一软，扭过脸道："你走吧，只当我没见过你。"

"不能走！"

华云飞大喝一声，从墙外翻了过来。

第四十六章

软　体

　　徐伯夷一惊，竟然连滚带爬地躲向桃四娘的身后。当他被关进囚笼的时候，他脑海中只有无穷的恨意。他只记得他一生的梦想都毁在叶小天的手里，他只想不惜一切把叶小天杀死，他压根就没有想过自己的死活。

　　他以为他已经不畏生死了，但是当他那一刀刺下去，血光迸现的时候，他脑海里突然迸发出来的却不是报仇雪恨的快意，而是无尽的恐惧。恐惧缘于他对生的强烈渴望。现在徐伯夷什么都不想，只想要活着，对生的渴望使他大失常态。

　　华云飞沉声道："四娘，他是大人指定要缉拿的人，他……不能走！"

　　"娘子救我，娘子……"

　　徐伯夷涕泪俱下，华云飞本来还担心他会挟持桃四娘，所以脚尖蓄势，随时可以跃出，可是此时的徐伯夷只是抱着桃四娘的大腿在苦苦哀求，根本想不到这一点了。

　　一个极其懦弱的人可以突然变得无比勇敢，只要你的刺激超越了他的底线，又或者他长期压抑下来的愤怒终于积累到了临界点。一个极其勇敢的人也可以突然变得极其懦弱，只要你能摧毁他心中最为坚持的东西。

　　徐伯夷并不属于这两种人，他只是一向自视甚高，一向觉得他不同于寻常人，一向觉得他命中注定会有着不同于凡人的际遇和发展，忽然这一切幻灭了，而愤怒却又不足以支撑起他的勇气，于是就变成了这副失魂落魄的样子。

　　"娘子！是我糊涂，是我卑鄙，我知道错了。你还记得吗，我们刚刚成亲的时候我们是多么的恩爱。你还记得吗，家族排挤我，看不起我，全部资源都拿去扶持族长的儿子，是你鼓励我走出来！

　　我是做错了事，可我那是因为太渴望成功了啊。我努力过了，我真的努力过了，可我发现，没有家世背景、没有强硬的靠山，哪怕我比别人更加优秀，我也无法取得成功。你知道我心里有多苦吗？我不甘心、我不甘心哪……"

徐伯夷号啕大哭，桃四娘鼻子一酸，泪水忍不住在眼眶里打转。往事已矣，她对徐伯夷已经没有了夫妻之情，但这并不代表她能绝情。曾经拥有的共同记忆是美好情感的沉淀，而徐伯夷的哭诉唤起了她这份曾经的记忆。

"云飞兄弟，求你放过他一次吧，就一次！四娘求你……"桃四娘开口替他向华云飞乞求了，她的泪水终于忍不住落下来。看到桃四娘那副样子，华云飞的心弦也忍不住震颤了一下，但他随即就硬起心肠，冷冷地摇了摇头。

华云飞没有说话，而是缓缓拔刀，向前迈了一步。

"四娘……"

徐伯夷撕心裂肺的一声嚎叫，吓得魂不附体。桃四娘也不知怎么想的，被徐伯夷这么惨厉的一嚎，鬼使神差地向前一扑，猛然张开双臂把华云飞紧紧地抱住了："你走吧，快走！我……我帮你这一次，从此情断义绝，再无瓜葛！"

徐伯夷呆了一呆，见桃四娘把华云飞紧紧抱住，突然心头一阵狂喜，他一声没吭，猛地跳起来，仿佛一只被狗撵着的兔子，飞快地冲出了小巷。

华云飞左手抓着刀鞘，右手握着刀柄，刀子刚刚拔出一半，桃四娘紧紧地抱住了他，饱满的胸膛正挤压在他的手背上，那种柔软与丰挺，骇得华云飞一动也不敢动。

他还是一个十八岁的少年，从不曾被一个女人这么抱着，那软软的、异样的感觉，让他的头脑一阵迷糊。他根本不敢挣脱，因为那样势必要和桃四娘有更多的身体接触，华云飞整个人都懵了，只能颤声道："放开！四娘，你放开我！"

桃四娘哪肯放手，只是紧紧地抱着他，哭泣道："对不起，对不起……"

徐伯夷冲到路口，慌不择路地往前狂奔，跑不多远恰见前方涌来大队人马，吹吹打打披红挂彩，中间一顶小轿，旁边还有一位身穿大红状元袍的新郎官骑在一匹白马上，却是一户人家正在迎亲。

徐伯夷就像后边有鬼追着似的，大叫一声就冲了过去。

"咦？你……你是……"

那新郎官竟是徐伯夷曾经的县学同学，一见徐伯夷不由得大吃一惊，徐伯夷两眼直勾勾的，疯子一般跑过去，一把抱住了新郎官的大腿："下去！下去！"

"哎哎，你干什么，哎哟……疯子，你这个疯子……"

可怜的新郎官被徐伯夷抱住大腿用力一掀，从马背上摔了下去。徐伯夷急三火四地爬上马，一拨马头，用力一磕马镫，大声叫道："驾！驾！"便向城门口疯狂地奔去。

城门在望了，徐伯夷激动的一颗心都快要跳出了腔子："我不会死的，我不会死的。我心比天高，命比纸薄，老天已待我如此苛刻，无论如何也不该让我死的，冲出去！冲出去，就有生的希望！哪怕藏名隐姓，哪怕浪迹天涯，只要活着、活着……"

· ※ · ※ · ※ ·

"我伤的其实不重……"

"我其实伤得不重……"

"我的伤其实不重……"

类似的话叶小天也不知说过多少回了，可是若晓生和叶小娘子该大惊小怪还是大惊小怪，毛问智该破口大骂还是破口大骂，冬长老眯眯着眼睛，该满屋子乱转还是满屋子乱转，而太阳妹妹就一直坐在榻边，握着他的手，大眼睛泪汪汪的，好像在聆听遗言。

至于张三员外，李四老爷，王五大人们，一拨一拨跟向遗体告别似的，你进来，我出去，个个神情关切，人人义愤填膺，任凭叶小天如何解说，他们都充耳不闻。叶小天终于放弃了，闭目不语，只管扮演好尸体的角色。

他算看明白了，家里人是关心则乱，眼看他一道伤口从小腹到胸口，血肉模糊的，怎能不乱，至于伤口深不深，那不是重点。外人嘛，这时不表示关心那还什么时候，只要他还没咽气，这些人是肯定要意思意思的。

尤其是……看到他们送的礼物越来越贵重，叶小天忽然觉得这也不失为一条发财致富的好办法，虽说他不差钱，可谁嫌钱多咬手啊。

……

"叶县丞遇刺？他伤得重不重？"

"花晴风一听叶小天遇刺，顿时也是一呆。县衙派来的人气喘吁吁地道："小人也不晓得，叶县丞全身是血，被人抬去救治了。小人被派来给大人您送信，接下来的情况小人也不晓得。"

花晴风茫然地站在那儿，据说人有三衰六旺，倒霉透底之后，运气就会旺起来。莫非我倒了五年多的霉，如今终于开始旺旺了？徐县丞完蛋了，就算他的欺君之罪皇帝不计较，这一次刺杀同僚的大罪一出，也注定再无复起的可能。而叶小天，如果他就这么死了……嘿！那真是便宜了他！葫县，终于要彻底落入我的手中了。

"老天保佑，让叶小天就这么死了吧！"花晴风强捺兴奋，脸上表现出来的却是无比的关切和凝重："快，马上备轿！不不不，备马，本官要马上去探望叶大人。"

……

"徐伯夷逃脱？叶县丞遇刺？"

林侍郎一听，眸中倏地闪过两道精芒。

"林大人，林大人，大事不好。"

林侍郎刚要向那报信的差役询问两句，李国舅就匆匆地赶了进来。林侍郎摆摆手，让那差役站到一边，向李国舅不动声色地道："国舅爷，何事惊慌啊。"

李玄成道："林大人，那徐伯夷脱困逃走了！"

林侍郎道："哦？难不成没有派人看守吗？"

李玄成懊恼地道："嗨！本以为他关在笼子里，安全得很，所以囚笼周围并未安排人手，谁知道……"

林侍郎捻着胡须道："那囚笼……不曾上锁？"

李玄成恨恨地道："锁自然是锁了的，可谁知……锁头竟然被打开了，旁边还遗有钥匙，定是本国舅不小心遗落了钥匙，被那徐伯夷捡走，这可怎么办？"

"呵呵，国舅不必懊恼，徐伯夷一介书生，还能逃到哪儿去，立即安排人抓捕也就是了！"

林侍郎心中已经了然，可是他能说什么？纵然说破，李国舅矢口否认是他从中作祟，又如何证明就是他故意做手脚，有时候该糊涂还是要糊涂一下，但是对于这个李国舅的为人，不免要重新评估一番了。

……

"大哥！小弟无能，没有抓到徐伯夷……"

华云飞回来的时候，客人们已经走了，卧房里安静了许多。一见叶小天，华云飞就垂下了头，一脸羞愧。

"被他逃走了？呵呵，还真是祸害活千年，算了，走就走吧，不必如此。"

叶小天越是宽宏，华云飞心里越是难受，如果真是没有追上也就罢了，可是……华云飞也不明白自己当时为什么就懵了，桃四娘手无缚鸡之力，他怎么就没有挣开。

"老爷，不是云飞的错，是我……"桃四娘走进来，扑通一声跪到了叶小天的榻前："老爷，是奴家的错，奴家不知道他竟然敢伤害老爷，所以……奴家任由老爷惩罚。"

华云飞心中一急，急忙道："大哥，真不关四娘的事，是小弟不好……"

叶小天皱了皱眉，纳闷地道："你们两个究竟在搞什么鬼？哚妮，你快把四娘扶起来。哚妮，人呢？"

叶小天扭头一看，不知何时，一直守在他身边的太阳妹妹竟已不知去向。

第四十七章

老徐的惨剧

—

哚妮在冬长老的房间里鼓捣着那堆瓶瓶罐罐。

冬长老的储备很充足，本意是为了教尊者练习蛊术，奈何尊者醉心于官场，现在又有两年升八级的约定，"一切为了娶老婆！"理由这么充分，冬长老也没办法强迫他把主要精力拿来练蛊术，虽然他也常常会做一些修炼。

练蛊成迷的冬长老当然不会只把自己摆在老师的位置上，既然尊者没有那么多的时间练蛊，他也不会就此放下自己的技艺修炼，所以他屋子里的瓶瓶罐罐，大多数是一些半成品的蛊虫。至于成品，当然被他收走了，放在这里太危险，虽说尊者万蛊不侵，可这府里却不止一个尊者，还有许多普通人。

太阳妹妹翻看着那些蛊虫，这么多的半成品，如果要她专心来练，十年也练不出这么多。自从跟了叶小天，她已经打算做一个贤妻良母，养孩子显然比养虫子有趣得多也幸福得多。她已经不大醉心于蛊术了，但是凭着她的基础，有这么多还未认主的蛊虫，拿来用还是很容易的。

"这个，还有这个……"

哚妮一边拣选一边念叨着。这些蛊虫有些是相生相克的，有些是无法融合的，要制造出一只成品蛊虫，而且是具有杀伤作用的，哚妮需要在这么多的瓶瓶罐罐中做一些挑选。

徐伯夷是被李国舅抓走的，而他现在居然逃脱了，徐伯夷又不是什么身怀绝技的高手，他凭什么能够逃走？李国舅和叶小天素有恩怨，这件事的真正凶手还用想吗？

不过对于幕后凶手，叶小天已经不想追究了。随着成长，人的想法总是不断成熟的，每经历一件事，对于事情的看法也会更深刻一些。如果当初在金陵，他不是用那么强烈的手段，李国舅纵然憎恨他，想必也不会用如此极端的手段报复他。

所以，当客人们纷纷离开，毛问智大声说出必是李国舅捣鬼的时候，叶小天苦笑着说:"算了!看来啊,人做事,还是得有点底线,不能无所不用其极。我在金陵的时候,坑了他一次,自刺一刀,愣说是他害的,弄得他有口莫辩,现在真就被他支使人刺了一刀,老天爷睁着眼呢!算了,这人本性没那么坏,经此一事,他的恨应该也消了些,只要他就此滚蛋,不再打莹莹的主意,不再打我的主意就好!"

叶小天决心"宽宏大量"一次,哚妮可不答应。叶小天的伤确实不重,但那不是因为李国舅手下留情,而是因为叶小天运气好。叶小天想放过李国舅,可她哚妮姑娘不甘心,害她的男人,这个仇,一定报!

对于一个不懂武功、体态娇小的女孩子来说,想对付一个身强力壮的男人,除了她的身体还有什么本钱?当然有!想让一个人死,那就用毒。想让一个人痛苦一辈子,那就用蛊。

哚妮把她精心挑选出来的三只小罐子用一块包袱布包了起来,这三只小罐子里的半成品蛊虫,恰好可以合成一种蛊毒,这种蛊毒不能置人于死地,但会使人生不如死!

"哼!欺负我小天哥,就算你是皇帝,也得付出代价!"

哚妮眸中泛着冷冷的光,提起包裹,嘴角噙着冷笑走了出去。

冬长老正在院落一角生着一口炉子,善练蛊的人医术大多也不差,他想为尊者熬炼一种养身体补气血的补药。他趴在那儿仔细挑选,嗅闻各种药物,以防抓错了药。因为专注,再加上眼神实在太差,所以静悄悄来去的哚妮姑娘,他根本没看见。

· ※ · ※ · ※ ·

徐伯夷气喘吁吁地逃上了山。他本打算逃回中原,以他的才学,就算隐姓埋名总也不至于饿死吧,谁料冤家路窄,半路上恰巧碰到回城探望叶小天的花知县和周班头这些人。

徐伯夷老远看见他们,二话不说,立即落荒而逃,拨马冲下了官道。花晴风和周班头等人也没想到会在半路上遇到他,周班头等人立即追了下来,但已迟了一步。

徐伯夷弃马上山,一番亡命奔逃,总算逃脱了他们的毒手——绝对是毒手,徐伯夷知道,和他斗得最多的人是叶小天,可最恨他的人绝对是花晴风,毕竟叶小天和他斗,一直在占上风,而花晴风却着实被他压制住了。

该往哪里逃?往哪里逃?徐伯夷的衣服已经刮破了,发髻也乱了,披头散发,狼狈不堪。周班头等人锲而不舍地追了半天,结果……他虽逃脱了,却迷路了。此时徐伯夷站在一片老林里,一脸茫然,他根本不知道该怎么走出去。

"啊!"徐伯夷忽然一声大叫,脚下草丛中突然弹出一条蛇一般韧性十足的藤索,扣住了他的脚脖子,把他整个人倒吊在了空中。

"有东西上钩了,有……呃……他奶奶的,他是干什么的?"

徐伯夷的下巴被人扣住了,身子往后一拧,就看到了一丛极茂密的头发,根根直立。不对,不是头发,是胡子!因为他是被倒吊着的,一时子还没反应过来,以至于看错了。

"你,干什么的……"

那大胡子恶狠狠地问道。徐伯夷本来穿的是一袭捕快的袍子,但是在逃亡中早被刮得破破烂烂,完全看不出原样了,否则那些人一定可以看得出他是官府鹰爪。

徐伯夷还以为碰上了山中猎户,忙道:"各位乡亲,我是迷路的,迷了路,请各位乡亲放我下来,还请指定一条道路出山,兄弟必有酬谢。"

"大哥,宰了吧!咱们藏身于此,可不能叫官府知道。"

一个大汉拔出了刀,眼看这厮一身衣裳破破烂烂的,怕也不趁几个钱,就算有钱,宰了不一样是他们的吗?他们刚刚劫了朝廷一大笔军需,官兵正到处追查他们的下落,可不能叫人知道他们正躲在此处。

"不要啊!各位大王!我说实话,我说实话,我……我是逃犯,其实我是逃犯!"徐伯夷这才知道遇到了山贼,马上改口。同时心中一阵狂喜,本来他是官,和贼是死对头。可现在他也成了被官府通缉的罪犯,最亲近的人反而应该是贼了。

"嘿嘿!满口没有一句真话!瞧你细皮嫩肉的,会是个逃犯?把他放下来!"

旁边那个山贼挥刀一砍,削断青藤,徐伯夷哎哟一声摔了下来。

"说说吧,你犯了什么罪啊?"

一只脚踩在了他的脸上,拨弄着他的脸,嘲讽地问道,显然他们并不大相信徐伯夷的话。徐伯夷结结巴巴地道:"我……我潜入一户人家,本想求财。谁料那家娘子恰好回来,颇有姿色,我一时意动就……结果被官府追捕……"

徐伯夷倒是想把他刺杀代理县丞的丰功伟绩说一说,可这事虽是真的,但在听的人看来不大可信。杀官的事并不常见,如果这些人再问得细了,得知他也曾经是官,能否饶过他殊未可知。

"长风,我瞧这小子所言不实啊,宰了算了。"

"慢着!"

那位被称为长风的人制止了手下,上下瞧了瞧徐伯夷,眼中渐渐透出一种暧昧的味道。徐伯夷的袍子被刮的破破烂烂,身上露出大片肌肤。他自幼读书,不事劳作,皮肤光滑白皙,而眉眼五官也很俊秀。

虽然男儿二十八岁开始蓄须,可他留的是文人常留的三绺须。在刺杀叶小天的时候,为了避免被叶小天看见起疑,他把胡子也刮了,一时间好像年轻了十足,看在那长风眼中,他较之身旁那一班歪瓜裂枣可就耐看得多了。

长风暧昧地笑道:"嘿嘿嘿……如果真是犯了事的,那就是同道中人嘛。咱们上次劫军需,死伤不少,正要补充人马,不如把他带回去。"

"好啊!好啊!"

徐伯夷此时正走投无路,一听要被带回贼巢,丝毫不觉为难,反而暗暗欢喜,马上急急地道:"多谢各位大王,多谢各位大王,需不需要投名状啊?如果现在有良民百姓在,小人马上杀了,以证入伙的决心。"

长风把嘴里咬着的草梗一吐,笑吟吟地道:"投名状就不必了,兄弟们做买卖的时候,你多卖卖力气就好,不然到时一刀把你砍倒,就算你是官府的人也没用。从今以后,你就跟着我混,我罩你。"

徐伯夷讨好地道:"谢谢大王,从今以后,小的就是您的人了!"

"哈哈哈哈……"

长风一阵恣意狂放地大笑,粗大的胳膊往徐伯夷脖子上一揽,一边勾肩搭背地走着,一边问道:"兄弟,你叫什么名字?"

徐伯夷受宠若惊地道:"小弟……小弟姓余,余白!"

"哦,小白啊,瞧你这衣袍,都烂成什么样了,比我们当贼的混得都惨。来,把大哥这件袍子换上。"

长风说着,忽然伸手一扯,刺啦一声就把徐伯夷那件烂袍子扯下来了。

"哗——"

虽然大家都是男人,徐伯夷难免有些羞窘,接过长风脱下的外袍,他正想罩在身上,忽然被一双铁钳般的大手抱住了。

"我不是奸细,大王饶命啊……嗯?你干什么?你干什么,不可以!不可以……我是男的啊……救……啊……"

密密山林中一声尖锐的惨叫,惊得林中栖鸟纷纷展翅飞翔。

第四十八章

报 复

一

因为叶小天受伤的事,两位钦差被迫延缓了回京的行程。当天晚上的钱行宴自然取消了,第二天一早,他们又赶往叶府看望叶小天。

其实但凡知道一点叶小天和李国舅之间有过节的,而又知道徐伯夷是由李国舅看管的人,大多会猜出这次行刺事件恐怕跟这位国舅爷脱不了干系。但是怀疑归怀疑,没有证据就是没有证据,而国舅爷的身份,又使得旁人不敢说三道四,更不要说去查他了。

这一点与金陵大不相同。中原世界是士大夫们的天下,他们蔑视除了文官以外的一切其他势力集团,一旦逮到机会就穷追猛打,捕风捉影也是他们这些读书人的特权。可贵州却是另外一种势力结构,而且千百年来一直如此,十分稳定。这就是土司当家,实际上是一种世袭的家族政治。在受到这种环境熏染的人眼中,国舅是皇帝家族的,挑衅国舅就是挑衅皇帝,这当然会让他们忌讳。可也正因如此,葫县官绅对叶小天也更加的钦佩,因为他们不敢做的,叶小天做了。

李玄成也明白此地风气与金陵不同,所以有恃无恐,面对猜疑的目光浑若无事。作为真凶,他竟还坦然到叶府探望,毫无忐忑之感。谁敢把他怎么样呢?

敢把他怎么样的确实不多,但不代表没有,叶小天这个不入流的杂职小官就是个敢挑衅他的特例,而叶小天的女人更是特例中的特例,而且所用的方法绝对匪夷所思。"几位差官老爷,请到厅里吃茶。小的还备了些干果蜜饯,请各位差官老爷们尝尝。"若晓生客客气气地向两位钦差的随员扈从以及车夫打着招呼。车马已经停进叶府,当然不用看着。

只是这些随员仆从地位低贱,平时到别的地方去,人家主人可不会连他们也招待,在这种小地方则不然了,宰相门前七品官嘛,国舅爷和侍郎大人的随员仆从在这偏远山区的小民眼中,那也是了不得的贵人,当然要礼敬有加。

两位钦差的随员们心中很是惬意，他们懒洋洋地答应一声，拿捏着身架，大摇大摆地跟着若晓生进了前院偏厅吃茶，一举一动，都显出一种来自大地方的人的优越感。

他们刚一离开，一个娇小窈窕的身影就钻进了李玄成的坐轿，只是一刹那的工夫，那女孩便从轿中出来了，在轿旁站定，望着客厅方向冷冷一笑，转身扬长而去。就只这么片刻工夫，喋妮就已经把蛊毒布置好了。

林侍郎对于不能帮助叶小天追查真凶，心中难免有些歉疚，所以当着李国舅的面，他就直言不讳地对叶小天大加褒奖，承诺一定要让他坐稳县丞的位子，由代转正。

虽说万历皇帝极为重视这次易俗改姓之举，为了确保事情能顺利进行，还慷慨地决定赐封高李两位寨主为长官，世袭罔替，但并不代表万历皇帝对流官们也会滥施恩赏。

贵州本来就是这些少数民族首领们的天下，你不封给他世袭罔替之权，也许将来会有一个新的家族取而代之，但这种更替是在同一部落内部中进行，对山寨百姓拥有生杀予夺大权的始终是山寨中人。朝廷封与不封，只是对受封的这个家族有作用。通过朝廷的外力，固定一个内部的统治者，并不代表你不确认谁是统治者，你就能直接插手，既然对朝廷来说结果都是一样的，何不充分利用一下这种影响力呢。

但是对于朝廷可以控制的流官，连升四级那就是很不寻常的事了，除非是战乱年代，又或者是遇到武宗正德那种视规矩如狗屁的皇帝，才可能随便打破这种规矩，否则还真未必能保证叶小天一步到位。

叶小天的底子太薄了，又不是名闻天下的文士，而且他本来是品官以外的阶级，把他从杂职官转为品官那就是很大的赏赐，毕竟这是内与外的一道坎，跃过去就相当于鱼跃龙门。

可……特事特办呗，林侍郎敢做此保证，也是因为贵州有着特殊性。如果是在中原，断无可能。叶小天选择回贵州做官，确实是快速升迁的一种捷径。

叶小天流了点血，便换来这一承诺，心中也是欢喜。听着林侍郎的话，叶小天甚至突发奇想：如果挨一刀就能连升四级，那再挨一刀会怎么样？是不是马上就能迎娶莹儿过门了？

这种好事当然也只能想想罢了，即便是在更容易打破规矩的贵州，这种机会也是可遇而不可求的。

·※·※·※·

夜色苍茫，徐伯夷趴在茅草帐篷里，久久难以入睡。

他已被带回山贼们的栖息之地，这些山贼就是劫掠了大批军需物资的那伙强盗。任谁也没有想到，他们竟然潜伏在距离葫县这么近的地方。而这一带林深草密，又少有樵夫猎户，所以迄今还没有被人发现。

徐伯夷已经彻底崩溃了。他不止一次在叶小天手下吃过亏，可从来也没有像现在这样悲惨。当初他被叶小天痛殴一顿，由一个人人敬仰、身份尊贵的县学儒生变成了一个道德无行、嫌贫爱富的"陈世美"，折损的只是他的荣誉。

当他成为县丞，位居叶小天之上，却被叶小天设计，跑到高台上绝食，捏着鼻子被人当猴耍时，伤害的只是他的脸面。

而这一次他本想设计叶小天，结果却被叶小天反将一军，丢官弃职，成了钦犯，对他来说才是最彻底的打击。如今，他不但官身没了，连清白的身子也没了。如果……男人也有清白一说。

齐木死后，他的旧部各奔东西，其中有些曾经犯下多起命案的人担心官府算旧账，干脆就做了山贼，如今他们也跟其他地区的山贼合并到一起，靠着驿道发财。

齐木虽然是个嚣张狂妄的豪强恶霸，但是对笼络手下还是很有一手的，所以这些人与齐府还有着千丝万缕的联系。徐伯夷正是利用这一点，通过戚七夫人向他们透露了大批军需过境的消息，从而促使他们出手。

若非是他通风报信，那伙山贼了解这批军需过境的底细，他们又岂敢轻易打军队护送的物资的主意。然而谁能想到，正是他引来的这些山贼，才使他陷进了对一个男人来说绝对的耻辱境地，这可真是作茧自缚了。

当初出于谨慎起见，徐伯夷一直都是通过戚七夫人与这些山贼联系，这些山贼并不知道他的存在，他也不知道这些山贼是谁，否则……此刻的境遇或许会好一些吧。

帐篷里突然闪进一个人，徐伯夷像受惊的兔子似的回过头，借着帐中的篝火，他看清了那人的模样，那人是比那个小头目长风地位更高些的一个山贼头目，长风叫他木恩。

看到木恩淫邪的笑容，徐伯夷马上明白了些什么。这些山贼打家劫舍，到处流窜，最缺的就是女人。所以，常有一些新入伙的或者俘虏，只要年轻清秀一些，就成了他们的泄火工具，而此刻，他要扮演的无疑就是这种角色。

徐伯夷咬紧了牙关，耻辱地闭上了眼睛。他从来没有想到自己会有雌伏于地，承欢于一个男人的时候，可他现在只能默默承受。当所有的坚持都被叶小天夺走，他就成了一个行尸走肉，剩下的唯一就是对生的渴望和对死亡的恐惧。

· ※ · ※ · ※ ·

钦差行辕里，李玄成坐在浴盆里，整个人红通通的，就像一只刚出锅的虾子。

他已经洗了三遍澡，水很热，烫得他的肌肤通红，可是他还是有一种没有洗干净的感觉，可他仔细检查过了，身上又没有脏的地方，这令他百思不解。

李玄成也不知道是怎么回事，从叶府回来时，刚一坐进轿子，他就觉得臀下有种黏糊糊很湿滑的感觉，叫人从心里觉得腻歪。他强忍到行辕，赶紧吩咐人烧了热水，宽衣解带检查一番，却又没有任何异状。

但是那种异样的感觉却还没有消失，李玄成只能一遍遍地用热水洗澡，直至此刻，那种令人恶心的、极不舒服的感觉才终于消失了。李玄成松了口气，换了一身轻柔的袍子，回到卧室往榻上一躺，回想起今日见到叶小天的情形，既觉兴奋，又有些遗憾。

他本以为徐伯夷可以送叶小天归天，谁料这小子实在命大，居然逃过一劫。不过，所有人都说叶小天的伤势很重，他看到叶小天的时候，叶小天脸色灰白，气息奄奄，看来也确实是受了极重的伤，这让他心头的恨意稍稍缓解了一些。

明天就要离开这里回京了，他不可能再有下手的机会，而且一个朝廷命官也真不是可以轻易下手的，这样的机会已经不可能再有，实在令人遗憾啊。尤其是……

李玄成眼前又浮现出了夏莹莹那张娇美迷人的面孔，可惜，今天去叶府，终究还是没有看到她。一想到这样一个清灵明秀、仙子下凡般的美人就配了叶小天那样一个污浊不堪的俗男子，李玄成就极度的不甘心。

可他又能怎么样呢，这一去，此生此世，再也没有机会相见了……李玄成感伤地想着，本来见到叶小天重伤的那种兴奋感已荡然无存，留在他心中的只有无尽的失落。

第四十九章

暗 流

一

两位钦差终于离开了葫县。

林侍郎走时很愉快，他圆满完成了皇帝交付给他的使命，虽然过程有些曲折。现在回京，他还来得及争夺主考官的位置，同时，这件事办得圆满，也会得到皇帝的青睐，在争夺主考官位置时自然就有加成作用。

叶小天属意在贵州发展，不愿接受他的招揽，这令林侍郎颇为惋惜。但他并不觉得以叶小天的资历，在贵州就能有多大的前途，尽管这里不太重视进士身份，不大以进士出身作为晋升的主要标准，但这里的人却最重视家世出身，而这是一条更加令人绝望的路。除非你生在土司世家，否则还不如挤在科举这条独木桥上更有希望。

但是，他既然向叶小天承诺了，他就会办到。到了他这个层面的官员，没有轻易失信于人的道理，何况一个小小县丞的位置，作为礼部侍郎这等京城高官，他还是搞得定的，并不需要付出多大代价。

李国舅走的时候却很怅然，他本以为此来葫县能够见到他魂牵梦萦的夏姑娘，他甚至还幻想过许多见到她之后的美好场景。他以真诚感化这位灵秀天生的美人，当他回京时，能够携美同行。

可是，他在葫县根本没有见到莹莹，莹莹已经嫁作人妇，那个纯净如水的仙子，已经变成一个污浊不堪的妇人。他在葫县只是见到了那个令他无比厌憎痛恨的人——叶小天。

唯一令他安慰的是，尽管他没有杀死叶小天，还是给叶小天带来了很大的伤害。那一刀令他心头的怨气稍稍得到了纾解。倚坐在车中，想到叶小天浑身包裹、脸色苍白的模样，李国舅露出一丝快意的笑容。只是他并不知道，他体内正在发生着可怕的变化。

叶小天不能容忍像李国舅这样的人打他女人的主意，却能忍受自己受他这一刀。

只要两人从此再不交集，付出一点代价也是值得的，只要不触及他的逆鳞。可哚妮不能忍受，打她男人的主意，就得付出代价！她的男人就是她的逆鳞。

哚妮走出深山，在世俗社会生活了这么久，当然也不再是那个不知天高地厚的山里女娃了，所以她挑选了一种很特别的蛊虫，它的发作期至少要两个月，这样就不会有人怀疑他是在葫县中的招了。

当然，作为毒术中最神秘莫测的蛊毒，它发作的时候，除非是极高明的蛊术师，否则大多数人是看不出来的。大多数时候蛊毒发作只会被郎中们当成一种奇难杂症。但小心无大错，她是想替自己的男人出气，可不是给他找麻烦。

李国舅走了，带着正吞噬着他的精血的在他体内潜伏、壮大着的蛊虫。葫县则彻底换了一副局面，一直以来，葫县都是枝强干弱，正印无权，现在似乎还是这样，因为所有人最在意的人是叶小天。

但是叶小天现在必须偃旗息鼓，一则他受了伤，虽然伤势不重，但那伤势显然不易在养好之前出来活动。再者，他现在是代理县丞，需要等候正式的任命，这种时候不宜多生风波。每个做官的人都明白，这种时候能多低调就该多低调，权位还没到手就开始张牙舞爪的人难成大器。

而这时候，王主簿也异常低调。徐伯夷败得太惨了，从一个堂堂八品县丞，直接变成了一名逃犯。葫县政坛必然面临一场新的大洗牌，他作为失败者的盟友，这时候唯一能做的就是沉默，失去一部分权力是必然的，能蛰伏下来就是胜利。

当然，王主簿这时候也并非什么都不做，徐伯夷沦为钦犯，继而变成逃犯后，徐伯夷一脉的势力马上瓦解了。以前从未投靠过叶小天的人，这时毫不犹豫地选择向叶小天示忠，每天去叶府拜访的人络绎不绝。据说叶家的门子若晓生昨天刚找了一个木匠和一个铜铁匠回去，说是要打造一个结实点的门槛，原来的已经快被踩平了。

至于先前投靠过叶小天，在叶小天去金陵后又投靠了徐伯夷的那些人就尴尬了，他们没有脸面再投靠叶小天，叶小天也不可能接受他们的朝秦暮楚，否则如何保证其他人的忠诚？

所以，他们只有两个选择，要么是花晴风，要么是王主簿。而花晴风……即便在这样的情况下，依旧有许多人不看好他，所以这些人就分化成了两部分，一部分投到了花晴风门下，一部分投靠了王主簿。

花晴风肯接收这些人并不稀奇。王主簿这时候还敢做出这样的举动却不免令许多人啧啧称奇了：徐伯夷都不是叶大人的对手，王主簿还敢接收徐伯夷的旧部，他就不怕触怒叶小天吗？

但是真正明白些门道的人，却不得不暗赞一声：姜还是老的辣。王主簿暂时蛰伏，甚至让出一部分权力，这只是斗争失败的必然结果，在官场上其实是一种常态。

徐伯夷作为葫县的二把手，奈何不了叶小天这个四把手。同样的，如今成为代理二把手的叶小天，又何尝能奈何得了王主簿这个三把手。除非他能抓住王宁的小辫子，否则王宁虽然败了，他又能把王宁怎么样。

有了这个底气，王主簿怎么能不接收徐伯夷的旧部。他连徐伯夷的旧部都不敢接收的话，谁还相信他有能力跟叶小天斗。那时还有谁来依附他，恐怕就连本就忠于他的人都要生出异心了。

所以，这不仅是王主簿扩大自己力量的一个机会，同时也是提升他这一脉士气的契机。战场上没有常胜将军，官场上更是，今日的失败，并不代表来日就不能胜利。

而投奔他的人，在纷纭变幻的葫县官场上至少也是站过两次队的人了，他们既然投靠过来，就没有机会再做出另一次选择，只能死心塌地地跟着王主簿走，这样一群忠诚可靠的人，王主簿哪有道理不收？

投靠王主簿的这些人以李云聪为首。李云聪是文人，王主簿也是文人，王主簿奉行的是中庸之道，而李云聪也不是太激进的性子，只是他的旧主：叶小天和徐伯夷都是激进的人。他在这些人手下根本发挥不出自己的特长，只能做一个喊打喊杀的喽啰。如今投靠了王主簿，他还是挺受器重的。

叶小天低调，王主簿更低调，花知县却高调得不得了。这两个人都歇菜了，他这位大当家理所当然地要挑起大梁来。于是，坐堂审案、征收钱粮、劝课农桑、督促教学、修缮驿道、维持治安，还要配合景千户抓贼，花知县成了大忙人，忙得八脚蜘蛛一般团团转。

"呼……"

拖着两脚泥的花知县走进花厅，一屁股就坐到了椅子上，袍角已被雨水打湿都来不及脱。他真的是太疲惫了，这天无三日晴的地方，还真是不刮风就下雨，如此一来给驿道修缮增加了太多的困难。

花知县干实事的能力确实太……也就只好以勤补拙了，可他又不是铁打的人，这一来真是累个半死。走在路上时还能撑着，一倒在椅上，简直连手指都不想挪动一下了。

"老爷，你先喝口热茶。"

花知县刚刚疲惫地叹了口气，雅夫人就出现了。

女人就是这等矛盾的生物，无所作为的花晴风，她看不起。可眼见丈夫累成这般模样，她又无比心疼。苏雅把热茶放在几上，飘身转到花知县背后，轻轻为他按捏起肩膀来。

苏雅柔声道："妾身已经叫厨下准备饭菜了，老爷先歇歇乏。老爷，公事固然重要，可老爷也得照顾好自己的身子呀，怎么这么拼呢……"

"没办法呀。王宁那只老狐狸蛰伏不出，不肯承担任何责任。叶县丞嘛，倒是一个难得的干才，可惜又受了伤，为夫现在怎好劳动他，总不能别人管事时井然有序，到了为夫手上就乱成一团吧，只好辛苦些了。"

花知县拍着苏雅搭在自己肩上的手，一副很无奈的语气。但是，他的眼神却非常冷漠，似乎并没有情绪的波动，他的嘴角还有一丝讥诮的笑意，只可惜苏雅站在他身后，根本看不到。

"老爷……"

苏雅听了心中一阵柔情涌起，忽然俯下身来，轻轻环住了花知县的脖子，饱满柔软的酥胸轻轻抵在花晴风的后脑上。花晴风意会到那里的柔软丰挺，疲乏之极的身子忽然有些燥热，像是有一股无名火，憋在身体里宣泄不出去。

这些日子他累归累，心理上的压力更大，强要他出面承担、解决他能力之外的事情，而且是很多事情，心理压力着实不小。而且他还要压抑对叶小天的仇恨，如此种种，形成了强大的心理负担。如此情况下，反而对鱼水之欢有了特别强烈的渴望，一场酣畅淋漓的缠绵很显然可以放松他的身心。

但是，一想到苏雅原本无瑕的身子已经被另一个男人玷污，一想到她蹲在桌下，曲意承欢地取悦那个男人的恶心场面，花晴风就觉得她很脏，根本不想再碰她。叶小天，他可以慢慢计划，等叶小天毫无利用价值再处理，可这个贱妇怎么办？

花晴风躺在苏雅怀里，半眯着眼睛，轻轻抚摸着苏雅柔软的手掌，轻声道："雅儿，为夫想……纳个妾。"

苏雅身子微微一僵。花晴风叹了口气，道："雅儿，你我成亲这么久了，还一无所出。我……我不能对不起花家的列祖列宗呀，而且，我也想有个孩子承欢膝下。"

他轻轻转过身，望着苏雅，真诚地道："你放心，我最疼的肯定是你，永远是你。我只是想要一个自己的亲生骨肉，等孩子生下来，肯定是要由你来抚养的，他是咱们两个人的孩子。"

苏雅默默地垂下了头，多一个女人分享丈夫的爱，她当然不情愿。可是一则她从小所受的教育都在告诉她，遵从丈夫的意见才是一个贤惠的妻子，再者她也考虑到，这么久了，确实一无所出，万一……真是自己的原因呢？

以前丈夫不纳妾，自己父亲送他的那个妾也在被证实不能怀孕后被转卖了，没有留在花家，并不是因为她的坚持，而是她父亲的态度和丈夫的决定，可那是因为苏家对丈夫有栽培之恩，正是靠着苏家的钱，他才能读书做官。

或许，正是因为这个，才造成他懦弱的个性和不自信，才一次次被下属后来居上，把他架空成一个傀儡吧。有钱不等于有权，丈夫好歹也做了这么久的官了，苏家对他的影响力正在渐渐削弱。

自己确实没有子嗣，如果强要阻止，会不会反而因此失去丈夫的宠爱。只要他能走出阴影，树立信心，做个顶天立地的大丈夫，那比什么都好，只是纳个妾又有什么呢？

犹豫良久，苏雅还是轻轻点了点头。

"娘子！"

花晴风开心地握紧她的手："你放心，为夫是不会负了你的！"

第五十章

互 惠

一

花知县性格一向温暾，娶起妾来倒是雷厉风行。苏雅点头答应的第二天，花知县就找人开始张罗了。苏循天得知这个消息后，马上去后宅找姐姐询问情况，得知缘由后不禁勃然大怒。

苏循天可不像苏雅那么好说话，当兄弟的自然护着自己姐姐。苏循天马上跑到驿站找花晴风一通吵闹，言语之间不时提起花家落魄时苏家对他有多少恩惠，把花知县奚落的恼羞成怒。

花知县实在撂不下脸了，气急败坏地喝令捕快把苏循天放翻在地，狠狠地打了一通板子。这一来苏雅可恼了，夫妻两个又发生了冷战，花知县也不在意，这边忙碌着县里诸般事务，那边依旧使人帮忙选妾。

虽然在官场上花知县不大受人敬畏，可他毕竟是七品官，小门小户还是上赶着巴结，没多久就选定了一户人家的闺女，年方十六，生得清秀端庄。花知县看过后很满意，虽然现在正忙于公务没空操办喜事，却先把聘礼下了。

苏循天被打了二十大板，屁股都打烂了，敷了药躺了一天，虽然不那么痛了，倒是肿胀的老高。他在家里待不住，就叫人把他抬着，上山去找叶小天，愤愤不平地向叶小天诉苦。

叶小天躺着，苏循天趴着，一对难兄难弟。叶小天听苏循天说罢，不以为然地道："我说老弟，就为这事？"

"昂！"

"这事明明是你不对嘛！"

苏循天瞪起眼睛道："我不对？我有什么不对？"

叶小天道："你有什么不对？你不对的地方多着呢！来，咱先说第一桩，你姐姐没有给花家诞下子嗣，是吧？"

苏循天道:"是!可是,我姐姐没少求医问药,人家郎中都说了,我姐姐没有毛病……"

叶小天打断他的话道:"可是,谁能保证花家没有子嗣,就一定不是你姐姐的原因?你让他纳妾还是没有子嗣的话,他谁也怨不着。可你不让他纳妾,现在还好说,等到将来老迈年高,膝下无子,他要是把这个罪责怪到你姐姐头上,说得清吗?"

苏循天梗了梗脖子,不说话了。

叶小天道:"到时候断子绝孙的罪名,全都得是你姐姐担着。你姐姐是聪明人,所以她不阻拦。知县大人的夫人,她都同意了,你个小舅子跳什么跳,你说这是不是你的不对?"

苏循天狠狠地揉了揉下巴,想不出反驳的词。

叶小天又道:"再者,就算不是为了留后,有钱有势者买妾聘色也是寻常事,你姐姐要是出面阻止都没有站得住的理由,何况是你这个内弟。如果你是县尊大老爷,我看你小子早纳了十个八个妾了。"

苏循天嘿嘿干笑了两声,牵动了身上的伤口,禁不住又是哎哟一声。

叶小天道:"这是第二个不对了,再说第三个。家里那点事,你不能回了家再说。你私底下和你姐夫怎么争吵,那只是你们的家务事,可你当着那么多人的面让县太爷下不来台,你做得对吗?"

叶小天侧了侧身子,接着道:"尤其不对的是,你不该提起你家对他的恩泽!这话,不要说当众不该说,私下也不该说。"

苏循天瞪起眼睛道:"怎么就说不得?他确确实实是靠了我家,要不然他有今天?"

叶小天恨铁不成钢地道:"你呀!你不说,难道他就不知道?你提出来,只能让他觉得是羞辱!"

苏循天悻悻地道:"他当初用我家的钱时不觉羞辱,现在就觉羞辱了?"

叶小天加重语气道:"没错!区别就在于当初和现在!不管怎么说,他现在都是县太爷,是官,他有他的尊严,你这么提出来,就是对他的羞辱!循天兄,哪怕本来他对你们苏家感激涕零,你总这么挂在嘴上,久而久之,也只会令他生厌,直至把这恩情当成羞辱,到那时候……"

苏循天哑然了,怔了半晌,喃喃地道:"会……会这样吗?"

叶小天讹着他道:"你把自己想象成你姐夫,想一想如果有个人总在你耳边这么提醒你、羞臊你,你怒是不怒?"

苏循天挠了挠后脑勺,闭上眼睛沉思起来。过了半晌,苏循天蓦地一睁眼,叶小天依旧讹着他,问道:"怎么样?"

苏循天一脸严肃地道:"不错!如果我是县太爷,起码娶八个小妾!"

叶小天怔道:"你想了半天,就在想这个?"

苏循天讪笑道:"本来不是,不过当我把自己想象成县太爷的时候,我想的就只有这个了。"

"你这小子……"

叶小天又是好气又是好笑,不过他也清楚,苏循天说出这句半开玩笑的话,也就是打开心结了。叶小天真把苏循天当成自己的朋友了,自然不愿他跟姐夫失和,闹得家宅不安,见他终于想开,心中甚感宽慰。

这时,华云飞急匆匆地踏进门来,一见叶小天,便喜气洋洋地道:"大哥,我有消息了,啊……苏班头!"

叶小天倒没避着苏循天,因为听华云飞一说,就知道必然是关于那些山贼的消息,此事倒不必瞒着苏循天。叶小天喜道:"有消息了?快说说。"

"是!"

华云飞把他查到的情况对叶小天说了几句,不得不说,叶小天从当地山民中征募探子,作用确实很大。那十万大山漫无边际,纵然那些山贼沿驿路作案,不会进入太深的地方,想查这么一伙流窜作案的山贼也是几乎不可能的任务。洪百川一行人都是探查行踪的好手,到现在还在山林中漫无边际的转悠呢。而利用当地山民的关系网,一些细微的异动也休想瞒过官府。

这次的消息就是一个山中猎户发现的。他一家三口住在山里一处山头上,只有换些日常用品时才会出山。附近山里有近千人活动,哪能瞒得过这个猎户,只不过这猎户不问世事,根本就想不到别处去,只是自己提起了小心,避免一家人被他们发现。

老猎户出山换取盐巴和米面时,同与他常打交道的那户人家聊天,而那户人家的男人恰是一个被官府雇用做探子的人的姨父,顺口向他问了一句,本也没抱什么希望,不想就得了这么个消息。

消息传到华云飞这里,他马上亲自走了一趟,只要给他一个大概的区域范围,这么大的一支队伍就休想瞒过他的眼睛。华云飞马上赶回来向花知县禀报,当时景千户不在,花知县还要派人去寻景千户,华云飞就趁机赶来向叶小天禀报了。

叶小天自然明白华云飞赶来的意思,参与就有功啊!他听了之后不觉也有些意动。上次剿灭"一条龙"的队伍,其实全是他的功劳,但他推了,而这一次则不然,他可是有两年升八级的压力在身,多积攒些功劳总是没错的。

不过,他现在伤势未愈,虽然伤不重,可伤口还没愈合,哪能跋山涉水。如果让人抬着去……这功抢得也太明显了吧?会不会因此引起花知县的反感。要不然,这次机会就此放过?山贼巢穴纵然找到了,能不能取得战果还不一定呢。

叶小天正在犹豫，若晓生急急来报："老爷，有位景千户和县尊大老爷到了。"

叶小天一听，不由得讶然挑起眉毛，他不大明白这两人的来意。叶小天急忙向华云飞示意了一下，华云飞会意地退出卧房。苏循天也大呼小叫起来："抬我出去，快点，抬我出去！"

苏循天虽然心结已开，可一时半晌脸子还撂不下来，刚被他揍了一顿，苏循天可不愿在这儿跟他碰面。苏循天也叫人抬了他出去，叶小天便吩咐人把景千户和花知县请来。

景千户和花知县进了卧房，叶小天正叫哚妮扶他起来。景千户一见连忙道："哎呀，叶县丞，你有伤在身，不要起身了，免得挣破了伤口。"

花知县也道："是啊，叶县丞，你躺着，躺着，不必起身。"

叶小天倚着被子坐定，笑道："不妨事的，两位大人请坐。两位大人，你们都是大忙人啊，怎么有空过来？"

这两人先前都曾来探望过他，此时不免再问候几句，然后才转入正题。景千户粗声大气地道："小天兄弟，多亏你给咱们出的好主意，如今果然探听到了那些山贼的下落。老哥我马上就要出兵去围剿这些山贼，你是给老哥出主意的人，总得知会你一声。这事要是没有你，可没有这机会，我老景是厚道人，哪有撇下你领独功的道理。"

叶小天一听心中不免有些感动。自己本就是文官，哪怕不随之出战，只要能找个名目插手其中，到时候这谋划之功就跑不了自己一份。景老哥到底是武人，讲义气啊！

叶小天喜上眉梢地道："怎么，景老哥已经有了对付他们的办法？"

景鹏道："嗨，杀贼嘛，还要什么办法？兵来将挡，水来土掩嘛，老哥我就率兵冲上山去，就不信那群乌合之众是我们军队的对手。"

叶小天眉头微微一蹙，道："山贼固然不是军队的对手，可他们占据地利啊，而且他们未必敢战，他们只要一见你们上山，马上溜之大吉，那就休想歼灭了。"

景鹏不以为然地道："歼灭他们谈何容易，我只要能得到几颗人头，对朝廷也就有了交代。那辎重只怕早被他们变卖了，如何追得回来？"

叶小天摇头道："如今风声正紧，只怕他们未必能够变卖。再者说，只得到几颗人头和打垮这些山贼，功劳可不一样啊……"

叶小天眉头一皱，忽地计上心头，喜不自胜地道："有办法了，景老哥。小弟有个办法，你看行不行，虽说未必有十分的效果，但是多拿几颗人头回来还是办得到的。"

景鹏精神大振，道："什么主意？"

叶小天把他的想法一说，景鹏仔细想了想，一拍大腿道："使得！哈哈哈，小天兄弟，你真是智多星啊，这法子使得。花大人，怎么样，我就说咱们该跟小天兄弟说一声吧，你还嫌麻烦，这一趟咱们来着了吧？"

花知县有些尴尬，讪讪地道："本县……本县是觉得叶县丞有伤在身，不宜打扰。"

叶小天望了他一眼，暗生鄙夷："这花知县，抓权办事都不行，抢功倒是不落人后，什么不宜打扰，分明是怕我分润他的功劳。"

叶小天也不说破，含糊几句了事。反正如今加上他这个计策，这件事只要成了，功劳就绝对少不了他那一份。

三人商议已定，花知县和景千户转身要走，叶小天挣扎着想要起来相送，被二人按住，也就顺势坐下了。

景千户走到门口，忽地一拍额头，仿佛才想起来似的对叶小天道："哎哟，你瞧我，人粗心也粗，差点把事忘了。小天兄弟，此间一旦事了，老哥就得赶回去了，这桩辎重被劫的事怎么也得去南京说个清楚。你与泓恒少爷有什么话想说，不妨先写封书信，到时候老哥给你捎去！"

景千户说得很是随意，叶小天却是听得哑然一笑，难怪景千户如此热切于分功给他，原来如此，是想借他的关系拉近与兵部张尚书的关系呀。叶小天向他递了个心照不宣的眼神，笑眯眯地道："有劳景老哥，这封信，我会写的！"

第五十一章

诱　导

一

景千户得了叶小天一计，兴冲冲地赶去排兵布阵了。花知县自然也是不遗余力地配合，虽说让叶小天分润了一些功劳，可总也好过自己没有功劳，想多捞些功绩，在这件事上就得全力以赴。

花知县和景千户按照叶小天的计策秘密部署起来，此时叶小天家里又迎来了另一位贵客。这位贵客带着二十多名山苗武士，从深山中来，正是蛊神教派来探望尊者的那位长老——衣波佬。

衣波是蛊神教内部争权，两大长老相继过世后新进位的。虽说他比较年轻，那也只是相对于其他长老而言，他今年已经五十九岁，马上就满一甲子了。

叶小天对这些蛊神教派来的人照顾得非常周到，单独辟了一所宅院，准备给他们居住。衣波长老由冬长老陪同着，率领众武士进入叶府，但见门，气派非凡，尤其是庭前一眼间歇泉，更增瑰丽。

一路走去，凤阁鸾楼，雕栏画槛，丝幛绮窗，极尽华丽，再衬着一处处修丛鲜花，仿佛人间仙境一般。衣波长老年轻时曾游历天下，好歹还是见过些世面的，他带来的那些武士们穿着简陋的皮甲，持着简陋的弓矛，赤着双脚，一个个仿佛深山野人一般，见此情景却不免满是惊奇与新鲜。

他们只道尊者在世间游历，远不及在山中逍遥，尤其是听说尊者还险险被人陷害，招致牢狱之灾。在这些神殿武士心中，尊者如今不知正受着何等苦楚，需要他们去解救，谁料尊者正置身天堂。

神殿当然是一幢极其宏伟壮观的建筑，可整个生苗聚居区也就只有这么一座拿得出手的建筑，而且那是尊者和神妃、长老们的居处。神殿之外，就算是各部落的首领，住的房舍与普通山民也没有什么质的区别，顶多是宽大一些、结实一些，这样精心雕饰的园林屋舍，在头一回出山的武士们眼中可是闻所未闻的。

沿着曲径幽深的长廊，一路尽是朱阁绮户，路上所遇的仆佣侍婢都停下来向他们微笑致意。在这些山中武士眼中，下人们的衣裳，都是那么的华美。要知道，就算是衣波长老身上那袭黑袍，也不过是山中女子织就的粗布衣裳，质料和手工是完全无法与之相比的。

甍脊高起，飞檐翘角，碧瓦红灯，气象华丽。一进院落，便是一座极华丽的楼阁，大门的正上方一块金字楷书匾额，上书："绮芳楼"三字。叶小天就在楼中相候，衣波长老连忙站定，整束袍服，率领众武士恭谨地踏进门去。

迈过高高的金光闪闪的包铜门槛，就见好生华丽的一座大厅。八根庭柱，漆成朱红，闪闪发亮，两侧有画屏隔断，正前方左右各有官帽椅两张，几案一副，正前方墙上有字有画，墙下一张几案两副座椅，都是黄花梨的原木打造，形式古朴典雅。叶小天穿着一袭青色直裰，坦然就坐。

衣波长老赶紧趋前两步，欠身施礼："属下衣波，见过尊者！"

众武士们一见叶小天神情激动之极。他们一进厅堂，就被如此富丽堂皇的大厅晃迷了眼睛，但是对于尊者的敬畏，使得他们迅速收敛了心神，一见长老施礼，连忙上前单膝跪倒，行觐见大礼。

"哈哈哈，都起来吧，不必客气。衣波长老请起，请坐！"

冬长老早就习惯了与叶小天相处，对于叶府的奢华也是见惯不怪了，所以并没有衣波长老的紧张局促。他微笑着向衣波长老做了个邀请的姿势，二人便一左一右在椅上坐了。

众武士赶紧分列左右，在他们身后站定。武士们依旧目不转睛地望着他们的尊者，在这些虔诚的神教武士心中，他们的尊者可是最接近神的人。

两个清纯可爱的小丫鬟轻盈地走进厅来，仿佛一对翩跹入堂的小燕子，为冬长老和衣波长老各自奉上一杯香茗，又翩然退下。

衣波长老暗自赞叹，尊者府上可比神殿还要奢华许多，瞧这些小丫鬟，也是训练有素，斯文有礼，山中可是见不到这般景致。这时那香茗散发出的淡淡清香，嗅入鼻端，更是令人飘飘欲仙。衣波长老不由得精神一振，这样的好茶，他在山里是吃不到的。

衣波长老已经知道叶小天先前被押赴金陵的事，这次来又听冬长老说过前几日刚刚遇刺，所以向叶小天问候致意一番后，马上神情严肃地向叶小天提出，必须要派一批武士负责尊者的安全，他这次带来的武士就是从神殿特意挑选出来的最出色的战士。

衣波长老早听众长老们提过，他们这位年轻的尊者不喜约束，恐怕不会答应留人拱卫，所以暗暗打定主意，无论如何也得让叶小天答应，如果尊者一意孤行，他就以死相谏，总之绝不能让尊者独自置身世间冒险。

叶小天听了他的话，含笑点点头，道："这是众长老的美意啊，本尊也不想让你们整天提心吊胆的。再说，身边有些合用的人也是好的，呵呵，这些武士们就留下好了。"

衣波长老打量着对面的一根厅柱，正在核计一头碰上去会不会死得干脆一些，不料叶小天竟答应得这么干脆，衣波不由得呆了一呆。那些武士们听说可以留在尊者身边，更是大喜若狂，立即跪倒叩谢尊者大恩。

叶小天笑道："好啦好啦，既然到了这世俗之间，就得遵守世俗间的规矩，不要时时刻刻这么拘束。你们今后也不要称我为尊者，本尊的身份在世俗间可是保密的，都起来吧。"

叶小天唤起那些武士，又对衣波长老道："欣闻长老要来，本尊也甚欢喜，已经备下酒宴，走吧，咱们边吃边谈。"跟尊者同席饮宴？衣波长老惶恐地道："尊者，这……这似乎不合规矩吧……"

叶小天摆摆手道："哎！入乡随俗嘛，衣波长老，你就不要客气啦。请！"叶小天说着已经当先走去，衣波长老无奈，只好随后跟上。冬长老对那些武士们道："侧厢业已备下酒宴，你们自去享用吧。"

叶小娘子从门外转了进来，向众武士微笑道："诸位，请随我来！"这些武士不仅忠诚可靠，武艺高强，而且为了能够在世俗间为尊者所用，所以个个都会说汉话，自然听得懂叶小娘子的话。

衣波长老绕过画屏，就见这里又自成一方天地，四下雕栏尽开，窗外鸟语花香。厅堂上单独摆着一张花梨木的圆桌，叶小天已在上首坦然坐下，衣波长老连忙施礼，在侧首小心翼翼地坐定。

冬长老的师傅如今还活着，是八大长老之一，他这个长老是叶小天这么随口叫着的，他的地位身份此时比衣波还差了一大截，所以直待衣波坐定，冬长老才在下首坐下。

叶小天吩咐一声，一排俊俏小丫鬟便似穿花蝴蝶一般翩跹而入，流水般送上各色佳肴，各色海味山珍、水陆珍馐，大多是衣波长老闻所未闻的，就连那各色食具都是精美异常。

在武士们用餐的地方，菜肴虽不及衣波长老享用的精华，却也是极其丰富，至少对这些纯朴的山里汉子们来说，他们从来没有吃过如此丰盛、如此美味的东西。

看着大快朵颐的衣波长老，叶小天的眼睛笑成了一条缝。原本他对于想把他困在深山老林里安分当尊者的蛊神教抱着敬而远之的态度，能躲多远就躲多远，但是这样显然不是一劳永逸的办法，总有一天他还是要乖乖回去。

而且，他想在世俗间有一番发展，离不开蛊神教这份助力，可蛊神教一向又是极为保守的，他们退缩在深山里，不愿意与世俗社会有太多接触。这样显然不能成为他的臂助。

一股保守的、与世隔绝的力量，即便他们的长老都要到世间历练，了解世间的变化，就不会被世人抛弃吗？那些信奉蛊神教的人始终是没有见过世面的，愚昧而原始的，这样固然容易统治，可总有一天会害人害己，被人类社会远远地抛在后面，要么毁灭，要么成为贫穷的、毫无价值的人类附庸，让人们像看猴子一样用猎奇的目光拿他们当笑话。

总有一天，那些虔诚信奉他的人和他的后人，要不可避免地面对这个世界。崇山峻岭以及蛊术小道，阻挡不了世俗渐渐向深山渗透的脚步，成为不了保护他们的屏障，那时候再想起要融入这个世界，就只能永远落后于这个世界了。

与世隔绝的结果，只能是让统治者们自私而愚蠢地享受一段时间的荣耀，不管是从他个人发展的需要来看，还是从他身为尊者的责任来看，叶小天都觉得自己有义务、有责任引导他们走出来。

而这一切，就从衣波长老和这些武士们开始吧，先让他们接触文明，享用文明，当他们习惯了世俗间的文明，他们还能忍受深山老林的落后、愚昧与贫穷吗？

想到自己为他们准备的剪裁合体、质料柔软的新衣，想到自己为他们准备的宽敞明亮、寝居舒适的房舍，叶小天愉快地笑起来。他轻轻三击掌，侧廊便有丝竹乐起，几位舞娘翩翩而入，他雇来的舞乐班子开始载歌载舞了。

这时候，山贼们决定出山了，他们打算再做一票就流窜到别的地方继续逍遥。他们已经打听到，那位景千户轰轰烈烈的剿匪行动劳而无功，朝廷已经震怒，勒令他去南京候参，而驿道上依旧有络绎不绝的财富在流动。

绮芳楼中，看到衣波长老满面新奇而欣赏的表情，叶小天笑得更愉快了，就像一只刚刚偷到两只鸡的小狐狸。

第五十二章

智 取

一

"都他娘的给我安分着些,老老实实蹲在家里,老子们是来求财的,做完这笔买卖就走,只要你们老实点就不会有事!"

一个貌相粗犷的大汉提着刀子恶狠狠说罢,哐的一声踢上了柴门,院中传出汪汪的几声狗叫。

这个小村不大,以村中大姓为村名,就叫丁家村。丁家村一共只有十一户人家,就在这驿道边上生活,靠着几亩山田以及在驿道上摆卖茶水和野果为生。山贼们此刻已经占领了这个小村庄,栖息于此,等着军需物资过境。

小村接近驿道,村里为数不多的年轻人都趁这大批军资过境需要人手的难得机会,跑到驿路上赚钱去了,村子里只剩下老人和孩子,因此才没有妇人被山贼淫辱的事情发生。

不过,留守村民为数不多的钱财还是被山贼们劫掳一空了。长风提着一只老母鸡从一户人家里出来,那是这户人家养的唯一一只下蛋的老母鸡、老两口站在门口,心疼地看着那只母鸡,敢怒而不敢言。

"哈哈,快些,快些,生火,咱们今儿开开荤!"木恩一见鸡就眉开眼笑,旁边就是柴火垛,扯过几把来生着了火,把那鸡剁了一刀,拔毛开膛,也不清洗,带着血就穿在叉子上,不一会儿就烤得香气扑鼻。

旁边几个山贼看着那烤鸡馋涎欲滴,但是只有长风能坐在木恩身边一起享用,因为这伙山贼里面他们两个是头目,旁人可没有这样的口福。

"小白,过来过来……"

木恩忽然招呼了一声,一个蓬头垢面、怀里抱了把长矛的男人听见呼唤,向他们走过来。长风一把将他拉过来,摁在自己身边,扯下一大块香喷喷的鸡肉,递给他道:"喏,拿着。"

"谢谢长风哥，谢谢木恩哥。"

小白露出谄媚的笑容，嗅着那扑鼻的香气，忍不住吞了口唾沫，一口咬下去，他的泪都差点下来，好香啊！已经很久没有吃到这么香的肉了！曾几何时，我可是堂堂一县县丞……

罢了，好汉不提当年勇，好死不如赖活着！小白大口大口地吞咽起来，旁边那些山贼瞧在眼里心中好不羡慕，可这事还真羡慕不来，谁让人家是木头领和二头领宠爱的"女人"呢。

"快点快点，前方传来消息，官府辎重马上就到。大当家的吩咐，各路人马准备动手！"正吃着，突然一个山贼远远跑来，大声嚷嚷着，徐伯夷直了直脖子，努力吞下口中的鸡肉，噎得直打嗝。

长风刚刚站起来，忽听一阵号角声响起："呜——呜——呜呜呜——"

长风大吃一惊，失声道："哪来的号角？"

木恩腾地一下跳了起来，变色道："不好！有官兵！"随着声音，就见无数的官兵从山坡上、山坳里滚滚而来，当中有人打着一杆大旗，上面赫然是一个大大的"景"字！

徐伯夷又打了个嗝，茫茫然地站在那儿，整个人都傻了。

·※·※·※·

"尊者，人世间的富贵荣华，哪及得上侍奉蛊神的荣耀。属下以为，尊者在尘世间的历练不应过久，神教不可无主啊！再有个三年两载，尊者就该返回神教才是。"

一得着机会，衣波佬便劝说叶小天一番，每回叶小天都是随口搪塞过去。此时二人吃着茶，躺在后宅大树下的逍遥椅上，吱吱嘎嘎的甚是悠闲。

叶小天瞄了一眼衣波佬，还是一袭黑袍，不过那质料可是上等的丝绸，内衬着雪白的中单，那是质料极佳的松江布。挽发的簪子也早不是那根陈旧的枣木簪子了，而是一根晶莹剔透的翠玉簪子。

叶小天微微一笑，不知不觉间，衣波佬已经习惯了现在这样的享受，虽然他依旧不忘使命，时不时就劝说一番，可是只怕他自己都不会意识到他正在发生的转变吧。

叶小天在有意的培养他的习惯。他是长老中最年轻的一个，也应该是最容易接受外间事物的一个。躲在深山老林里，纵然守着金山银山又有什么意思呢？权柄财势，如果不能有世俗做对比，又有什么意义？

不远处，束手站立着几名生苗侍卫，叶小天已经见识过他们的武功了，因为每天早上他们都在后宅演武习练，他们的功夫绝无花哨，都是真正的杀人技艺，简单、迅捷、有效，身边有这样的人拱卫着，能暗算他的人便微乎其微了。

现在，他们那长满老茧的双脚都穿上了皂面皮靴，身上都穿着剪裁得体、松软透气的棉布武服，腰间扎着牛皮质料、做工精美的腰带，看起来英姿飒爽，哪里还有一点刚出山时那种野人般的味道。

"嗯！差不多的时候，我就轮换一批。只要在这里待上两个月，我就不信他们还会喜欢山里的那种生活。久而久之，这些武士就会成为我走出大山的最坚定的支持者。"

叶小天暗暗想着，衣波佬见尊者不以为然，只能苦笑一声，道："尊者身体已经好得多了，属下也就放心了，属下打算明日就回神殿，众长老们都牵挂着尊者呢，早点捎信回去，也好叫他们放心。"

"不急……"

叶小天笑眯眯地道："本尊给长老们准备了些礼物，还需几天才能置办齐全，到时候衣波长老再回去，正好给他们捎去。另外，你记得再请一位长老过来，本尊正在红尘历练，不能返回神殿，通过这种方式，可以和各位长老多熟悉一下，也可以通过你们对神教多些了解。"

对于这一点，衣波长老倒是乐见其成的，于是欣然答应。

"老爷，衣波长老，你们请吃些水果。"哚妮笑眯眯地说着走来，旁边陪着桃四娘，身后还跟着两个小丫鬟，捧着两盘洗的水灵灵的水果。

哚妮腆着肚子，一手扶腰，脚步蹒跚。她的肚子微微隆起，看着已经显怀了。莫非哚妮怀了小小天？非也，非也。就算真怀上了，哪有这么快就隆起来的，只不过衣波长老刚到叶府，哚妮就往怀里塞了个小枕头。

叶小天初见她这副模样时，不禁吓了一跳。可当着衣波长老的面又不便露出惊讶之色。事后向她问起，哚妮吞吞吐吐的解释说，是怕没有完成长老交代的使命，会受到长老责备。

叶小天是何等样人，脑筋微微一转，也就猜出她的心思了。叶小天只觉好笑，便也由得她去了。如今看习惯了她这副模样，叶小天倒真有些热切起来，如果哚妮是真的有了身孕该多好。

当然，叶大官人如今还是黄金王老五——确实是黄金王老五，只要他还没有娶妻，那他就是单身，妾是不作数的。作为一个黄金王老五，尚未娶妻，妾先生子，其实在一定程度上会影响他将来的择偶。因为有些人家是不愿意把闺女嫁给已经有了庶长子的人家的。

但叶小天并不大在意这一点，他相信莹莹也不会。更何况，一个人最难走出的就是第一步，他现在既然连凝儿都接受了，而无论是展家还是夏家，都不可能让自己家的闺女做小，这可是一个很难克服的困难。有这样一座高山横在那儿，还顾忌前边再多上一道土坡吗？管他嫡子庶子，总是自己的骨肉，叶小天一直就是一个很在乎家、很在乎亲情的男人。

叶小天刚拈起一颗荔枝，华云飞就兴冲冲地闯进了后院，大声道："大哥，大哥，大喜呀，官兵大捷，景千户斩首数百，全歼山贼，不但夺回了被掳走的辎重，还……"

听到他的声音，众人都向他那边望去，一眼看见桃四娘，华云飞忽然有些不自在，声音顿时小了。不期然他又想起了被桃四娘抱着的时候那种异样的感觉，这感觉令他一见到桃四娘便有些手足无措。

桃四娘见到华云飞，脸顿时也是一红，悄悄垂下头去，整齐细密的眼睫毛轻轻掩住了那双温柔贤淑的眸子。但是那双垂下去望着脚尖的眼睛，分明还是有一抹余光正悄悄地瞟着华云飞。

正因为华云飞意识到了，所以他更加的手足无措。那一日后，他已经很难把桃四娘当成一个温柔善良的大姐姐，而是……一个女人。那个拥抱，在他的记忆里是那么温暖，常常令他难以自已。

叶小天欣然站起，问道："景千户大获全胜？"

华云飞趁机从桃四娘身上抽离注意力，对叶小天道："是！巡检司官兵配合景千户的人马，把那伙山贼引入埋伏圈，一通厮杀，那些乌合之众哪能与官兵正面对抗，只被杀得落花流水，逃走的十不存一！

大哥，你还真说对了，他们先前抢走的那批辎重真的尚未来得及变卖，这一下不但夺回了辎重，而且还全歼了山贼，改过为功，景千户都笑得合不拢嘴了。他说回头一定到府上亲自向大哥道谢呢。"

"哈哈哈……"

叶小天大笑起来，叉着腰，扬扬得意，对咪妮吹嘘道："怎么样，你家相公文能提笔安天下，武能上马定乾坤，厉害吧？"

丁家村外，打扫战场已经进入了尾声，活捉的山贼都被反绑了串成串，押在一处山坳里。一个军官匆匆赶到山坡上，对景千户道："千户大人，咱们一共斩获人头两百四十七颗，俘虏山贼五十九人，这些俘虏该如何处治？"

景千户往山坳里看了看，冷冷地道："全都阉了，送入宫中为奴。有挨不过宫刑死掉的，就砍了人头充到斩获的人头里去！"

那军官答应一声转身去了。大明朝的时候，宦官的主要来源就是被打败的敌军将士或者造反者的家属，其次是向朝鲜等属国索要。因为家境贫穷活不下去而自阉入宫的内侍最少。

像有名的大太监郑和以及汪直，都是作为造反者家眷受到牵连，被阉入宫的。但是这些山贼都已是成年人，而且军人又不是专业的宫刑师傅，在他们粗暴的手法下，这些山贼里面能侥幸活下来的能有多少呢？可……谁在乎！

"小白"徐伯夷被反绑着双手，失魂落魄地挤在山贼堆里，眼见大群的官兵围过来，纷纷拔出佩刀，徐伯夷只当是要被杀头了，只吓得簌簌发抖，裤裆一热，一股水流就染湿了衣袍。可是随即他就发现，原来他即将遭遇到的，将是比死还难受的刑罚。

第五十三章

播　种

一

　　播州，杨天王的府邸。
　　自唐僖宗乾符三年至今，历经无数王朝，这里的主人始终只有一个，杨氏。
　　杨家的府邸已经不能用府邸来形容了，大明的宫殿也不过是在元朝宫殿的基础上建成的，而杨家的府邸却是自唐朝末年便不断扩建翻修，绵延至今，偌大的府邸沉淀的是无尽的岁月。
　　那墙根一块不起眼的青砖，可能是唐朝时候所垒；那院角一株银柏，可能是宋朝年间手植；庭前池畔的几株奇花，可能是元朝时候移栽。一点一滴，压缩的是一个时空。
　　广厦万间或可用来评价杨家府邸的宏大，尽管这里并没有那么多的房间，但是从空中俯瞰下去，那一片片青黛色的屋檐，恰似绵延不断的龙鳞，能够给人这样一种感觉。
　　在这条盘龙身上，那片最大最灿烂的"龙鳞"之下，便是一幢古老的大屋，障子门、深黄色的地板、矮几矮榻、高齿木屐，一应事物都是唐朝时候的风格。宽大的卧榻上，杨应龙盘膝而坐，手中展着一封信。
　　"呵呵……"
　　杨应龙英俊迷人的面庞上露出一丝让女人为之着迷的微笑，他轻轻摇摇头，不以为然地弹了弹手上的信，自语道："这个清清啊，她真以为我会把全部的赌注压在女儿身上？时间，能改变很多东西，今日他最珍视的，来日可能弃如敝屣。如果有一天他能处在我今天这样的位置，不要说一个女人，亲生骨肉又算什么？很多事，是由不得自己的，又岂能为一个女子而左右。"
　　杨应龙轻轻叹了口气，慵懒地侧躺下，若有所思地摩挲着下巴，喃喃自语道："有蛊神教做后盾的他，究竟能走多远呢？真是令人期待啊……"
　　……

如果罗大亨听到杨应龙这句话，或许会大叫一声："杨应龙，你抄袭我！"尽管他真正的口头禅是"我的妈呀！"

"我的妈呀，你可别吓我……"

罗大亨脸色苍白，额头上爬满了汗珠。妞妞捂着隆起的肚子，吃力地呻吟着对罗大亨道："我没事，只是刚刚险险跌上一跤，有点岔气。"

"怎么会没事，怎么会没事呢，你看你的脸色都这么难看了……"

罗大亨满屋乱转，急急询问丫鬟："岳母大人呢？"

小丫鬟怯怯地答道："老夫人去庙里进香了。"

"哎呀，这可如何是好！来人哪，来人哪，快备车，我要送娘子去看郎中。"

妞妞忍着痛安慰道："大亨，你别急，我真没事。"

一炷香的时间之后，一辆车子从大亨的家里驶出来，拉车的正是一身肥肉的罗大亨。家里的驴车载老夫人去庙里上香了，家里车子倒还有一辆，可惜没有骡马。如果现去店里调用，又或者去请郎中上门，总要有个去返的过程，大亨可不敢耽搁，情急之下干脆拉着车子出了门。

罗大亨着实胖了些，再加上焦急，颤动着一身肥肉走不多远就是一头一脸的汗，街头行人看见他这副形象，不由得窃窃私语。如今大亨在葫县也算是一号人物了，很多人都认识这位招财猪似的大亨老爷，可他这么狼狈的模样还是头一回见。

洪百川捻着佛珠，一步三摇地走在街上，看见熟人，常是念声佛号，微笑致意。洪百川多年前便潜伏在贵州，自有其重要使命，这次帮官兵的忙查找山贼下落只是顺手而为，帮到了他也无法居功，还得在不暴露身份的情况下把消息送与军方，如今没有用到他们，自然也不必说与谁知道。

忽然，洪百川站住脚步，愕然看向前方。他看到罗大亨抓着两根车辕，正奋力地向前奔跑着。可惜他实在是太胖了，自重太大，看他的表情好似狂奔，可车子的速度实在是……

洪百川目光一闪，又看到了斜卧在车上的妞妞，她捂着肚子，颦着眉，还在气喘吁吁地解劝罗大亨："大亨，人家真的没有事，你别担心，别跑这么快，会累坏的。"

大亨跑得上气不接下气，只觉眼前一阵阵发黑，耳边妞妞的呼喊声也是时远时近。他那庞大的身躯，真是拖累了他的速度，虽然他拿出了吃奶的劲。"我……一定得节食减肥！"罗大亨一边咬牙切齿地跑着，一边暗暗发誓。

忽然，他觉得身上一轻，紧跟着肋下被人架了一下，庞大的身子呼的一声飞了起来，跃起一人多高，却稳稳地落在路边，架他离开的人不但力气奇大，这使力的技巧也是神乎其神。

罗大亨怔了怔，定睛一看，只见洪老爷子站在车旁，一手扣着车辕，横了他一眼,冷冷斥道:"别站下,往前走,气息匀了再歇着!"说完迈开双腿,飞也似的向前跑去,他一手抓着车辕,那车却走得又快又稳,毫不颠簸。

罗大亨目瞪口呆地看着,好半晌才突地反应过来,扯开嗓门喊叫起来:"爹!你别走啊,你知道我要拉妞妞去哪儿啊?爹!爹!"这一下他想歇也不成了,罗大亨迈开大步便追了上去。

洪百川一看那场面,就知道出了什么事,所以立即拉着车直奔县里妇科医术最好的常先生的药铺。妞妞一见公公在前边拉车,不禁又窘又怕,可又不敢出声,只好忐忑地坐着,腹中那股难受劲也不觉明显了。

罗大亨紧赶慢赶的,终于赶到了常家药铺。慈眉善目的常老先生正捻着胡须跟洪百川说话:"呵呵,不妨事的。这位小娘子只是行动不慎,动了胎气,静养就好。如果洪员外不放心,那就按老夫开的方子,再给她服些安胎宁神的药就行了。"

罗大亨呼呼地喘着粗气走进去,叫道:"爹!妞妞呢?"

洪百川没理他,谢过了常先生,板着脸从屋里出来。罗大亨又追上去,道:"爹,妞妞呢?"

洪百川冷哼一声,乜着他道:"怎么有了老婆,就不要你爹了是不是?给我回家去!"

"我不!"罗大亨把脖子一梗,倔强地道:"你不认妞妞,我就不认你!反正我就是不回去!"

洪百川冷冷地道:"你爱回不回,就你这样的笨蛋,能让我孙子平安降生吗?老夫回家守着我孙子去。"

"啊?"罗大亨想了想,终于明白过来,喜不自禁地追上去,道:"爹,你认妞妞啦?哎呀,我……我跟爹回去,那我岳母大人怎么办,她孤身一人的……"

洪百川没好气地回过头,冲他吼道:"老子养得起你这头猪,还养不起一个老妇人吗?"

洪百川扬长而去,罗大亨站在原地想了想,突然一声欢呼,屁颠屁颠地追了上去。

·※·※·※·

衣波长老终于踏上了归程,与他一同返回神殿的有六个人,每个人都背着一个沉重的大包袱,那是叶小天送给诸位长老的礼物。

走的时候,衣波长老竟然有种依依不舍的感觉。衣波长老认为,这是因为他想侍奉在尊者身边,以便离伟大的蛊神更近一步。

叶小天微笑地看着衣波长老踏上归程,他看到衣波长老走出很远还在回首张望,他也看到了那六名随衣波长老返回神殿的武士,目中满是对其他留在自己身边的同伴的羡慕。

种子已经播下，总有一天它会发芽。

当衣波长老的身影终于消失的时候，哚妮松了口气，悄悄从怀里拽出一个枕头，肚皮立即瘪了下去。叶小天看在眼里，不禁会心一笑，贴着她的耳朵小声道："别担心，咱们勤快点播种，总能结出果子的。"

哚妮轻轻啐了他一口，红晕满颊，迎着阳光和山色，那晕红的俏脸恰似一朵天雨洗过的桃花。

……

葫县驿站里清静了许多。云南战事已经渐渐平息，虽然缅王骁勇善战，麾下更有象兵无数，可是以缅甸国力，怎么可能同明帝国这等庞然大物相抗？无论是比军力还是比经济，两国可谓云泥之别。

如果是大明进攻缅甸，或者他还可以依托地利、人和，以持久战和游击战把这个庞然大物拖进泥潭。可如今是缅甸狂妄地进攻大明，客场作战，优势发挥不出来，实力又不及大明，那就注定要失败了。

刘綎、邓子龙两位仁兄一个比一个猛，他们一到云南就在姚关大败缅军主力，接着邓子龙在三尖山给设伏的缅军来了个反包围，把他们一下子包了饺子，湾甸、耿马等地区被邓子龙——收复。

邓子龙这边打了大胜仗，刘綎那边更是凶猛，刘綎挥舞着大刀片子一路杀到陇川。陇川守将立马投降，刘綎兵分三路又进攻蛮莫（今天缅甸八莫），蛮莫土司也果断投降。

刘綎势如破竹，继续猛打猛冲，孟养司和木邦司的两位土司老爷当机立断，果断投降。大明失土至此已全部收回，可刘綎还不罢休，来而不往非礼也，你能打过来，我就不能打过去吗？

所以刘綎撵着缅军的屁股一头杀进了缅甸，直扑阿瓦城。阿瓦守将莽灼本来就跟缅王不和，一瞧刘大刀如此凶猛，还率领着万马千军，单挑自己不是对手，群殴也不是对手，就算是比读书识字……他是文盲。

于是，不等刘綎打到跟前，莽灼就开始准备了，等刘綎赶到时，莽灼站在城门口，路边搭着彩棚，百姓敲着锣鼓，地上还捆着十几口大肥猪，莽大人把投降兼犒赏三军的事一口气全办了。

这种情况下，云南全境已经完全平息了战事，军需物资的消耗也就降低下来，承担护路职责的葫县上下自然也是大大地松了口气，已经累得脱了层皮的花知县终于搬回了县衙，赵驿丞也一下子放松了许多。此时，任命叶小天为葫县县丞的吏部公函，终于传到了驿站。

第五十四章

合　纵

一

杨应龙的回信只有寥寥的两行字，潜清清翻来覆去，直到将那信上的每一个字都牢牢地记下来，才把信毁掉。

杨应龙信上对她提出的问题只字未答，只是交代赵文远一定要牢牢掌控驿道，不求闻达，不求显赫，只要实际的掌控，必要的时候，哪怕暗中培养一支黑道势力也可以。

清清作为杨应龙的心腹，知道自己这位主人心胸有多大，志向有多高，更清楚他为什么要掌握驿道。但是数十万生苗，只要掌握在手，就是一支随时可以投入战斗的强大武装，对于杨应龙来说，其重要性远在驿道之上，为何主人却没有一字指示呢。

没有指示，也是一种指示，潜清清思来想去，却始终不得要领。也许她心中已经揣摩出了一些想法，可是杨应龙并没有清楚明白地指出来，潜清清又岂敢武断。这时候，赵文远持着一份加了火漆的公函走进来，向她扬了扬，道："吏部行文，从题目上看，叶小天这个县丞的位置是坐定了。"

杨应龙让潜清清配合他的时候，赵文远还以为自己艳福不浅，谁料这潜清清彪悍得很，差点把他给废了。赵文远并不能支配她，实际上潜清清反倒像是他的监军，赵文远自然奈何不了清清，从此再也不敢打她主意。

不过潜清清买来的两个小丫鬟却相继被他给偷吃了，赵文远是官，生得又相貌英俊，两个小丫鬟上赶着迎合，巴不得讨他的喜欢，被他纳为妾室。潜清清对此并不理会。

这对"夫妻"从此一直是各行各事，从那以后赵文远轻易也绝不进潜清清的房间，只要他来，必定是有事。潜清清正揣摩土司大人用意，听赵文远这么一说，心中不由得一动。

潜清清暗想："多做多错，不做同样会被主人责罚。现在又不清楚主人的真正用意,这个度实难把握,但我只要把持大的方向不变,凡事都往与叶小天保持良好关系上做,那总不会错的。"

想到这里,潜清清对赵文远露出一个妩媚的笑脸,道:"果不其然,这个位子他还真是坐定了。这等喜事,自当恭贺一番,你叫人把行文送到县衙去吧,咱们两个登门向他道喜去。"

"好!"

赵文远答应一声,转身要走,忽又想到了什么似的,回首看了潜清清一眼,神情透着些古怪。潜清清站起身,正要去梳妆打扮,更换出行的衣服,瞧见赵文远的脸色,不禁问道:"还有什么事?"

赵文远摇了摇头,没说什么转身走了。潜清清望着赵文远的背影,纳闷地道:"古古怪怪的,这是做什么?"

赵文远一路走一路想:"莫非土司大人让潜清清来,是为了让她色诱叶小天吗?不对啊,如果是那样,叫她扮成我的妹子岂不更好,总不会是土司大人好人妻,便以为那叶小天也有同样的癖好吧?"

赵文远蓦然站住了脚步,他忽然想起市井间似乎有些关于叶小天和知县夫人的传闻,当时只觉荒唐无稽,可是如果是真的……说不定这叶小天还真是和土司老爷有同样的癖好。

赵文远转念又想到了自己身上打着极明显的播州烙印,如果潜清清扮成自己的妹子,那叶小天除非是愿意投到播州杨氏门下,否则反而绝不会沾染,但是与他的妻子偷情那就是另一回事了。

"高哇!实在是高!"赵文远暗暗翘了翘大指,他自以为领会了杨天王的本意。心道:"既然如此,我得给他们多多制造些机会才是。如果叶小天与我娘子私通,对我不就会大开方便之门吗?哈哈哈……"

赵文远这个妻子实在是名不符实,所以赵文远也完全没有戴绿帽的觉悟,想到得意处,赵文远眉飞色舞,已经合计着该如何为他们两人的苟合制造机会了……

·※·※·※·

吏部行文还没送到县衙,叶小天被正式任命为葫县县丞的消息就像风一般在葫县传开了。于是,马上就有大批反应灵敏的官绅向叶府赶去,上山的路上车水马龙,人络绎不绝。

叶小天开始忙碌起来,刚刚送走赵文远夫妇,一拨拨的客人便相继到访,幸好在桃四娘的调教下,叶府下人已经能够应付这样的场面,倒也忙而不乱。

来访的客人都知道今日来只是表示一个态度,联络一下感情,不宜盘桓太久,所以常常是坐上片刻，送上礼物，告辞离去。继上次见红流血之后，叶小天又收了一次大礼，这一次比上一次还要丰厚得多。

叶小天从不觉得自己是个雅人，他也会见色心喜，见钱眼开。眼见那礼物越摞越高，叶小天打心眼里开心。他是穷苦人家出身，有过一文钱掰成两半花的苦日子，他做官虽不贪不占，但是这种送上门的好处，他还是肯笑纳的。

没多久，叶小天的同僚下属乃至大亨这般好友，也都带了厚礼上门祝贺。这些人里边，只有大亨不抱回报的念头，纯属是兄弟情谊，叶小天对大亨的态度自然也是不同，两兄弟坐下很是聊了一阵。

叶小天之前听说妞妞动了胎气，被大亨送去医治的事情，还曾备下厚礼登门探望过，自然也知道大亨两父子已经重归于好。大亨较之叶小天初见他时确实大不相同了，人都在成长，叶小天是这样，罗大亨也是这样，唯一没变，而且越来越纯净、越来越淳厚的，是他们的兄弟感情。

叶小天忙活了大半天，贺客总算渐渐少了，像高李两寨以及巡检司这样的所在，最快也得明天才会得到消息，今天是不可能赶来庆贺了。叶小天想了想，事情既已闹得这么大，倒不好装着若无其事，应该去县衙觐见花知县才是。

虽说他本就是花知县的下属，可原来他是典史兼着县丞职责，现在是正式的葫县二老爷，理应重新见过上官。想到这里，叶小天便换了一身衣袍，下山往县衙而去。

县衙后宅已经单独辟出了一个院落，这是花知县即将迎娶的如夫人的居处。纳妾不同于娶妻，不需要大张旗鼓，但是为了喜庆，这个院落里还是披红挂彩，精心布置了一番。

此时，院子里正有几个仆佣搬了梯子，往门楣上挂着红绸，厅堂里花知县和王主簿则安然就座，一团和气地说着话。花晴风道："哎呀，不过是买个妾而已，怎么敢劳动王主簿送上这样的厚礼，不敢当，不敢当啊。"

王主簿笑道："应该的，下官已经有九房妾了，县尊大老爷你可是头一回，理当隆重一些才是。"王主簿捋着胡子，漫不经心地道："对了，下官来时路上听人说，叶典史已经被朝廷正式任命为县丞了？"

"是啊！"花晴风从桌上拾起一份吏部行文，轻轻拍了拍，对王主簿道："本县刚刚收到吏部行文，明日叶县丞就该正式走马上任了。"

王主簿呵呵一笑，道："这叶县丞是有福之人哪！似县尊大人这般两榜进士出身，满腹经纶，才做得七品正印。叶县丞不过举人出身，只熬了两年光景，便先典史再县丞，一跃成为本县二老爷，后生可畏，后生可畏啊！"

花知县淡淡一笑，道："年轻人嘛，冲劲总是大一些。剿匪、治旱，这一次又一力促成易俗，提为县丞也是应该的。不过，年轻人有冲劲也就意味着思虑不周详，冲得太猛难免就会出纰漏,你我还该补过拾遗,替他把握才行。"

王主簿心领神会,连忙欠身道:"理该如此,理该如此!"

他就知道,叶小天斗垮了徐伯夷,叶小天和花知县的"合作"也就到此为止了。现在花知县最该提防的就是叶小天,反而要拉拢他共同弹压,避免叶小天进一步坐大。时移势易,合纵连横的对象也该及时调整,这就是政坛、官场。

· ※ · ※ · ※ ·

叶小天赶到三堂,意外地发现王主簿也在这里。王主簿的官职要低于县丞,照理说他也该往叶府道贺才是,但是他和叶小天已经注定不可能尿到一个壶里,这面子功夫不做也罢,还真没必要向叶小天示好。

见到叶小天,王主簿也只淡淡一笑,倒是花晴风沉不住气,见叶小天往案上瞟了一眼,看见了王主簿送来的礼物,便笑着解释了一句:"本县纳了个小妾,谁料王主簿听说,居然送了贺礼来,太客气啦。"

王主簿微笑道:"礼多人不怪嘛,怎么,叶县丞也是来贺县尊纳妾之喜的吗?"

叶小天道:"不错,正是为了恭喜大人再做新人,呵呵……"

叶小天摆了摆手,两个仆人挑着一口用红绸系着的箱子走进来,花晴风推辞不过,便叫人收了,顺手拿起案上公文,对叶小天道:"叶大人,本县小登科,你叶大人却是大登科啊,本县这里有一份大大的回礼送你。"

第五十五章

活 路

一

叶小天明知花晴风说的是他正式就任县丞的事，可总不好在看到告身之前表现得早知其事，他佯作惊诧地道："大人何出此言？"

花晴风将那份公文递向叶小天，微笑道："叶大人，你还是自己看吧。"

叶小天早已知道那份公文的内容，可这毕竟是亲眼看到，展开公文，看着上面朱红色的印章，叶小天禁不住心情一阵激动。这几年的遭遇，此时回想起来恍若一场梦。他的心底已经开始悄悄感激起杨霖来，如果不是杨霖把他诓出京城，他岂能有如此多姿多彩的人生？

王主簿笑吟吟地向叶小天拱了拱手，道："叶大人，恭喜，恭喜呀……"

叶小天微笑着还了礼，花晴风笑眯眯地道："明日本县便召集众同僚，当众宣布此事。叶大人，你现在已是本县佐贰官的首领了，今后还要你多多辅佐本县，咱们共同把葫县打理好，不负朝廷所托啊。"

叶小天欠身道："县尊大人客气了，小天虽能力低微，自当竭尽所能，辅佐大人。呃……另外，下官想在正式就职县丞之前休沐几日，尚请县尊大人您给个假呀。"

花晴风听了不由得一怔，由代转正，这种时候，换个人定然是迫不及待地定下名分，起码也得做出一副勤于公事的样子。他怎么反要休沐几日？转念一想，定是叶小天正式成为本县县丞，有许多人想要交好笼络他，他也有心大肆庆祝一番。如果已经就任，反倒不好如此随意了。

花晴风心中暗暗冷笑了一声，脸上却是一副笑容可掬的模样，颔首道："这些时日呢，你叶大人也着实辛苦了，休息几日也是应该的，嗯……那么你想休沐几天呢？"

叶小天想了想，迟疑道："这个……二十日，如何？"

花晴风又是一怔，他倒不在乎叶小天休沐多久，最好休沐一辈子，永远也别来上衙，可这又是不可能的，如果任由他休沐二十天，这也太久了些，反倒显得自己这个知县无法掌控下属。

　　花晴风想了想，为难地道："叶大人哪，你也知道，我朝官员，每年休沐之期都是有限的，你若离职太久，本官不好向他人交代啊。若是县上的官员都效仿你，本官又不能一视同仁。虽说你这些时日太过辛苦，可二十天实在是太久了，嗯……十天，本县准你休沐十日，如何？叶大人，这……已经是前所未有的长假啦。"

　　叶小天张了张嘴，欲言又止，最后只能无奈地苦笑道："县尊的难处，下官自然也是省得的。十日……那就十日吧！"

　　……

　　赵文远和潜清清离开叶府后，没有直接回驿站。既然到了县上，少不得要去十字大街走走。潜清清是女人，女人没有不爱逛街的。赵文远一路陪同，这对假夫妻看起来还真有那么点"琴瑟和鸣"的味道了。

　　潜清清在十字大街逛了大约一个时辰，买了些东西，这才兴尽而归。"夫妇"二人回转驿站，刚进大门，就有一个驿卒跑过来禀报："驿丞大人，谢氏车马行的谢传风求见，已经等您半天了。"

　　赵文远和潜清清对望了一眼，潜清清眉梢向他一挑，瞧来妖妖娆娆，娇媚可人。赵文远心头怦然一跳，不觉避开了她的目光。这女人平时要么清冷如霜，要么英姿飒爽，偶现女儿家的妩媚，当真迷人之极。可惜了，这等尤物，自己却无福享受。

　　赵文远挥了挥手，示意那驿卒退下，似笑非笑地对潜清清道："眼看着徐伯夷倒了，这谢传风又想来抱我的大腿啦。"

　　潜清清撇撇嘴道："我们有常自在，何必再招揽他？他和叶小天素有仇隙，如今叶小天正如日中天，除非你想与叶小天生出芥蒂。否则，此人不能容留！"

　　赵文远道："这个道理我自然明白！我去回绝他。"

　　潜清清颔首道："那就好！"

　　潜清清欲往后宅行去，赵文远忽又唤住了她："夫人！"

　　潜清清回眸望向他，赵文远道："遥遥不过是个小孩子，你纵与她交情深厚，对叶小天的影响也是甚微。况且，你一个成年女子，若说与遥遥相交莫逆，难以叫人信服，叶小天若因此对你生出戒备……"

　　潜清清柳叶似的黛眉轻轻一弯，不耐烦地道："你拐弯抹角的究竟想说什么，直说便是了。"

　　赵文远微笑道："你想完成土司大人的交代，不如直接对叶小天下手。"

　　"哦？"

　　潜清清点漆似的双眸带着一丝疑惑，诧异地看向赵文远："什么意思？"

　　赵文远一脸暧昧地道："我听到一些风声，说是叶小天和县尊夫人有些不清不楚的关系。我估摸着,这位叶县丞大概和咱们土司大人有些相同的癖好,嘿嘿嘿,你懂的……"

潜清清心里一阵反胃,她冷冷地横了赵文远一眼,一句话也没说,拂袖而去。赵文远呆住了,望着她的背影,纳闷地想:"这是什么意思?莫非我猜错了,土司大人并没有要她色诱叶小天的意思?她别是被土司大人临幸过,还妄想攀上枝头做凤凰吧。嘁,土司老爷玩过的女人多了,有几个够资格进杨家的门!"

谢传风捂着手腕,在客厅里忐忑地踱着步子。他本以为抱住了徐伯夷的大腿,不但可以飞黄腾达,还有机会利用徐伯夷向叶小天报仇。谁晓得叶小天从金陵回来,干净利落地便斗垮了徐伯夷。

此时,谢传风已经完全忘记了他与叶小天之间的仇恨。说到底,他只是自尊受辱,非切身利害,现在他有可能要失去的是他未来的希望,是他的产业,是他的车马行啊。

云南战事一起,驿路上商机无数,谢传风为了抓住这个发财的机会,把他全部的财产都投入了进去,购买了大量骡马、车辆,还高价雇用了不少车把式和护院武士,如果从此开不了张,他可要赔光了。

谢传风首先想到的是抱王主簿的大腿,虽说这条大腿不够粗,可王主簿是投靠了田家的人,而他虽然被田家逐出门下,其实却是田家埋到葫县的一个暗桩,于情于理都只有投靠王主簿。

谁料他惶惶然地找到王府,王主簿却授意他去投奔赵文远。王主簿也有他的打算,如果赵文远肯接受这份诱惑,他就等于在赵文远身边埋下了一颗钉子,与此同时也就等于把赵文远拉到了自己一边。然而,赵文远会让他如意吗?

谢传风摸了下自己携来的那份厚礼,这次送的礼着实丰厚,以致他都有些肉痛了,可是……为了保住他的产业,这一切都是值得的。徐伯夷和叶小天交恶的消息,驿道上已是无人不知,如今就算叶小天不发话,那些商人们也不敢找谢氏车马行做生意了,他再不傍上一棵大树,那就真要垮了。

赵文远走进客厅,谢传风马上满脸堆笑地迎上去,谄媚地道:"赵大人,小的……"

赵文远还没等他把话说完,就把脸一板,沉下脸色道:"你这是干什么,想要贿赂本官吗?"

谢传风赶紧解释道:"不是的,大人。小小心意,何谈贿赂,小的只是……"

赵文远把袖子一拂,再次打断了他的话,厉声道:"来人,把他给我轰出去!"

谢传风手足无措,眼看着两个驿卒冲进来,抓起他的礼箱,拖起他就往外走。谢传风不禁哀号起来,道:"驿丞大人,驿丞大人,小人只求一条活路,只求一条活路啊……"

……

徐伯夷赤身裸体地躺在草木灰中，气息奄奄地张开眼睛。

那些士兵像阉牲口似的粗暴，手法不熟练，善后措施做得也不好。净身死亡率本来就高，有时甚至高达百分之四十，在他们这样粗暴的手法下，被净身的人当场就死了三成。

活下来的人被他们扔进了草木灰堆，每人插了一根中空的芦苇管，一连几天不进饮食，只在渴到极处时灌一点水。徐伯夷昏昏沉沉的，有时清醒有时迷糊，清醒的时候，他看到周围有许多浑身草灰、不成人形的人，一个个扭曲地躺在那儿，仿佛置身人间地狱。

空气中满是草灰、腥臊恶臭和血腥的味道。你不知道那些人谁是死的，谁是活的，其中某个人也许已经不知不觉停止了呼吸，但是很可能躺了一天之后才被人发现，像拖牲口一样从草木灰中拖走。在这里，人命比草芥还贱。

徐伯夷很清楚地知道，自己从此将不再是一个男人，连进祖坟的资格都没有。有时他痛不欲生，恨不得立刻死去，有时又极度的怕死，不惜一切也想活着，就这样半昏半醒犹豫挣扎着，他终于撑过了最艰难的时刻。

接下来，他的路在哪里呢？

皇宫，皇帝，那曾是他无比向往的地方和想要靠近的人，他一直梦想有朝一日能够谒见天颜，能够成为天子近臣。小时候他对此深信不疑，渐渐长大，梦想也离他越来越远。现在他终于有了机会，他……要进宫了，他要见到皇帝了，却是以他素来不齿的阉人身份……

两滴泪，顺着他的眼角缓缓流下，还没爬到脸颊上，就变成了两颗浑浊的泥球。他的脸上也满是草灰，头发一绺绺的肮脏之极，就像从十八层地狱里爬出来的一只孤魂野鬼。

但，无论如何，他活过来了，他还活着……

第五十六章

千　里

一

　　花知县纳妾本来是件小事，花晴风本人也想低调一些，并不宣扬。但是眼下的葫县，花知县已不是毫无存在感的人物了。

　　他现今是葫县官场上的黏合剂，是叶小天和王主簿之间的润滑剂，他自有他的作用和价值。因此他这纳妾之礼，就有大把的人上门捧场。

　　"知县老爷纳妾？那关咱们什么事？"哚妮眨着一双黑白分明的大眼睛，好奇地问桃四娘。她的肚子依旧瘪瘪的，把个小妮子愁的……她刚刚才去拜访了一位老中医，虚心讨教了几个方子，准备继续她的煲汤大业，只不过这一回不是为了给叶小天喝，而是打算自己喝，以便早日有孕，最好一炮双响。

　　桃四娘很喜欢这位天真烂漫、毫无心机的女主人，她笑着向哚妮解释："这叫礼尚往来嘛，咱们老爷不在，不能人不到，礼也不到啊。"

　　"哦，这样啊！"哚妮恍然大悟，道："那成，该送礼就送礼呗。"

　　桃四娘为难地道："可是，送什么，送多重的礼，这得你来做主啊。"

　　哚妮很有自知之明，连连摇手道："不不不，我可不懂，你做主就好了。等小天哥回来，他那里自有我来分说。"

　　"这……好吧，"桃四娘也知道这事有些难为哚妮了，可她必须得请示，这是本分。如今有了哚妮这句话，她也就放心去准备了。

　　……

　　"县尊大人，恭喜、恭喜呀！"

　　"哎呀呀，顾教谕，太客气了。"

　　"嗳！知县大人洞房花烛，喜纳娇娘，理应相贺，哈哈哈哈……"

　　两人相对大笑，正说着，罗巡检满面春风地走进来，后边跟着一个兵士，挑着一个挑子，两匣喜礼都系着红绸，一见花知县，罗巡检便拱起手，大笑道："县尊大人，恭喜啊……"

花知县忙又迎上罗巡检，笑谈几句，正要把臂入内，若晓生穿得一套簇新的青袍，带着两个家仆，挑着两匣贺礼赶了来，被县衙的管事引到花知县面前。

若晓生按照桃四娘教给他的礼节和话语，向花晴风彬彬有礼地长揖，恭敬地道："大老爷，小人是叶县丞府上的管事，适逢大老爷您聘纳侧室之喜，奉我家主人差遣，送上贺仪，还请大老爷笑纳。"

"哦？是叶府来的人？"早就赶到的王主簿从方厅里踱了出来，淡淡笑道："叶大人很忙吗？怎么遣了个管事来道贺，自己却不露面呢？"

花知县也有些不悦，你要么别来，既然送了礼，说明你知道此事，却端着架子不肯露面，这不是藐视我吗？

若晓生不认得王宁，但是这县衙里怎么可能有白丁，若晓生恭恭敬敬地道："回这位老爷的话，我们家老爷已经离开葫县四天了，无法赶来向知县大老爷道喜，临行前千叮咛万嘱咐，叫小的一定要把他的心意送上。"

花知县听他这么说，颜色稍霁，却又不免有些好奇："叶县丞不在葫县？他去了哪里？"

若晓生欠身赔笑道："大老爷，这个小人实在不知。"

花知县摆了摆手，道："知道了，替本县谢过你家老爷！"

那管事见了，忙叫人过来卸下礼物。

王主簿听说叶小天不在葫县，不由得心中一动："叶小天不在葫县？他去了哪里？莫非是去了红枫湖夏家？不可能，他只有十天休沐，一往一返，哪里来得及，难道是去了铜仁府？"

在王主簿看来，叶小天能拉得上关系的只有红枫湖夏家和铜仁府张铎，如果说他去见什么人了，也只能是这两家，而从时间上看，只能是铜仁。王主簿不禁暗忖："看来，叶小天与张知府的关系非同一般哪。铜仁张知府是田氏旧部，却不知田家为何不通过张铎把他争取过来。"

此时的王主簿一想到叶小天，第一个反应就是把他拉拢过来。他对叶小天的手段也是深怀忌惮，如果能够不同叶小天对立，他是绝对不愿意轻启战端的。可是如果叶小天不愿站到田氏一边，那他们之间早晚必有一战，这也是无法避免的。

·※·※·※·

驿站两侧鳞次栉比，尽是大大小小的院落和仓库，这是各家车马行的所在。依托驿站而建的大的车马行有三家，分别是罗李高车马行、谢氏车马行和常氏车马行。

前些日子，这三家车马行里最风光的就是谢氏车马行，车水马龙，商队能排出二里地去。谢氏车马行的伙计走路时一个个都要腆着肚子挺着胸，一副高人一等的模样。

那时仅次于谢氏车马行的就是常氏车马行，而罗李高车马行门前却是门可罗雀，一片凄凉。现在的情形恰恰相反，罗李高车马行门口进进出出，商旅不断，谢氏车马行门口却是冷冷清清。

倒是常氏车马行，不温不火，一如既往。常氏车马行的东家是常自在，常自在本是齐木旧部，齐木死后他自立门户，赵光远任驿丞后他依旧我行我素，并不把赵驿丞放在眼里。

赵驿丞用了些手段，导致刚刚上任的叶典史动用生苗铲除了"一条龙"。常自在也终于意识到没有一个靠山难以发展，服服帖帖地归顺了赵光远，所以在徐伯夷和叶小天争斗期间，常氏车马行的生意虽未大红大紫，倒也旱涝保收。

谢氏车马行经历了从天堂到地狱的过程，赵光远把他连人带礼物扔出驿站的场面很多人都看到了。而老奸巨猾的王主簿也不知怎么想的，一直不肯对他伸出援手。如此一来，谢氏车马行算是彻底陷入了困局。

本来车马行生意多的时候，天还没亮就该发头一班车了，可是如今日上三竿了，谢氏车马行的伙计们才没精打采地赶来上工。他们也知道，上了工也无工可做，但是拿着人家的工钱，却又不能不来。

大门还紧闭着，先到的人叹了口气，便坐在石阶上等。等伙计们越来越多，大门还是紧闭着，便有急躁的人忍不住上前敲起门来。敲了半天，里边却还是没有动静。

一个长工纳罕地道："怎么回事，别是东家今天也懒得上工了吧？"

另一个伙计道："别扯淡了，东家就住在里边，就算不上工，也不能不开门哪。"

他一边说，一边在那厚重的大门上用力推了一下，不想这一推，大门就开了一道缝隙。众伙计大奇，几只手伸出去同时一推，那大门吱嘎嘎地打开了，原来这门根本就没闩。

众人心中顿时浮起一种不祥的预感，马上冲进院去，片刻之后，如丧考妣的嚎叫声在谢氏车马行中响起："东家跑啦！东家跑啦……"

"丁零零，丁零零……"

马脖子下的铜铃响得悦耳，谢传风赶着马车，戴着满满一车梨子大枣等山货，谢传风抽了几下响鞭，催那马跑得更快，扭头回望一眼，看着那黄澄澄的梨子和红彤彤的大枣，嘴角露出一丝得意的狞笑。

失去了徐伯夷的支持，王主簿又袖手旁观，赵文远则把他拒之门外，谢传风算是被推上了绝路。再这么坚持下去，用不了多久他就得倾家荡产，于是谢传风横下一条心，逃走了。

容易变卖的财产都已被他偷偷变卖，一些尚未结算的款项以及应该支付给雇工的工钱，也全都被他卷跑了。田家他是回不去了，他也不想回了。宁为鸡头不为牛后的道理，他现在总算是明白了。被他藏在梨筐和枣筐底下的钱，已足够他逍遥一世，何必为人做牛做马。

"金陵，那才是我该去的地方！"想到那花花世界，谢传风眉开眼笑，啪的又炸起一个鞭花，马车跑得更快了。

路边，官兵押着一群撇着双腿，步履蹒跚的犯人，那些犯人都像从煤堆里扒出来似的，一个个肮脏不堪，从那长长的犯人队伍旁经过时，有一股难闻的腥臊恶臭散发出来。

谢传风随意地瞟了他们一眼，厌恶地屏住了呼吸，催赶马急急向前赶。他没有注意到，那些没精打采、行尸走肉般的人犯队伍中，有一个黑炭球似的犯人，正是他曾经紧抱的大腿——徐伯夷。

曾经的葫县县丞，今日的山贼小白，来日的阉人徐公公，同样没有发现策马驱车飞驰而过的那个人就是卷款潜逃的谢传风，他艰难地迈着步子，不晓得有没有命挣扎到京城。

晚霞映着红枫湖水，一片波光粼粼。晚风拂起莹莹美丽的长发，她的容颜比那倒映着晚霞的湖水更加绚丽。莹莹轻轻伏在栏上，神情恬静而美丽。

初回红枫湖时，她满心都是幸福的憧憬与等待，接下来就是近乎孩子气的游戏，在那游戏中，一次次"实现"她期待的未来。而现在，她只喜欢一个人待在这里，静静地想念那个人。

记忆就像倒在掌心的水，不论你摊开还是紧握，终究还是会从指缝中一滴一滴的流走，但是当你拥有憧憬与幻想，那就成了永不干涸的一眼泉，彼年豆蔻，直至地老天荒。

酒一般的思念，一饮就叫人醉了，醉了的时候，心里会有一种淡淡的忧伤，可这种忧伤酸酸的又透着甜。曾经无忧无虑的女孩有了心事，她的心里住进了一个人。

"小天哥现在干什么呢？他有没有想我呢？他有了凝儿姐姐，不会忘了我吧？"莹莹痴痴地想着，好像叶小天真的忘记了她，很委屈地扁了扁嘴巴。

"啊！"

后边突然传来小路的一声尖叫，往往听见一点动静就会兴高采烈地跑过去看热闹的莹莹，此时只是慵懒地转了个身，然后她就蓦地瞪大了那双让美丽的星光也自惭形秽的眼睛。

她简直不敢相信，他就在那里，微笑着，看着她。

梦中的他突然走出了梦境，夏莹莹只以为自己正在做梦。

第五十七章

一 晤

一

"莹莹，我做到了。半年，升了四品，我现在是……葫县县丞，正八品官！"

叶小天清了清嗓子，声音依旧有些沙哑，但无比骄傲。这半年来，他做了些什么，经历过多少险恶，他都没有说，他只是告诉莹莹，他做到了。他的确有这个资格骄傲，整个大明升官如此迅速的，除了特殊时期的一些幸臣，绝无仅有。

"真的是你！我还以为……"

莹莹根本没有把叶小天的话听进去，她满脑子想的都是"小天哥来了！""做梦"两个字还没说出口，她的双眼就被泪水模糊了。她扑过去，紧紧抱住叶小天，听着他的心跳，仿佛飞倦的鸟归了巢，心灵安恬无比。

"哎……"

夏老爷子站在院门口轻轻摇了摇头，女大不中留啊，留来留去留成仇。他想说什么，终究什么也没说，便转身离开了。莹莹没有发现他，她只是紧紧地抱着叶小天，这一刻什么都不想说，只想这么抱到天荒地老。

庭堂里，明灯如昼。夏莹莹盘膝坐在地板上，一尘不染的洁白衣裳，明净如玉的模样，仿佛一朵皎洁的出水清莲。一身风尘的叶小天就躺在她的腿上，莹莹青葱的手指正拈着酥软甜香的糕点。看着他吃，比自己吃还开心。

叶小天含糊不清地道："明天一早，我就得赶回去。"

莹莹笑容一敛，不舍地道："这么快？"

叶小天嗯了一声，强掩疲惫道："知县许我的休沐之期只有十天，不能耽搁太久。我来，是为了告诉你，我在努力，莹莹，我不会让你失望的。"

"我相信你……"

莹莹柔柔地说，心弦忽地被拨动了一下，不断地颤动。

十天一个往返，从葫县到红枫湖有上千里路，而且绝非一路坦途。莹莹从红枫湖去过葫县,自然知道那路有多难走,而叶小天只用了不到五天就赶到了这里,他究竟是怎么赶来的?

直到此时莹莹才注意到,叶小天颌下满是硬硬的髭须,双眼充满血丝,头发已经有了味道,脸色异常的憔悴,而他的衣裳染满了尘土。看得出,他本来穿的是一件新衣,却因为尘土一下子陈旧了许多。

莹莹温柔地抱住了叶小天的头。她是一个不谙世事、活泼天真的女子,但这一刻,天性里那柔柔的母性却被完全激发出来了。叶小天枕在她的大腿上,沉甸甸的,她那颗异动的心也随之变得无比踏实、恬静。

叶小天轻轻发出了鼾声,他枕在莹莹的大腿上,竟然睡熟了。

"小姐?"

小路和小薇蹑手蹑脚地走进来,莹莹马上竖起手指,小声地嘘了一声。

小薇吐了吐舌头,瞟了一眼枕在莹莹大腿上的叶小天,心底忽然有些羡慕。她羡慕莹莹,羡慕那条大腿。她一直觉得叶小天能够得到莹莹的芳心,是他几辈子修来的福气,但是现在,她只羡慕能温柔地服侍叶小天的莹莹。

十二个人,三十六匹马,换马不换人,五昼四夜,逾千里山河,只为谋一面,只为说一语!这个男人,配得上莹莹。

小薇把一条薄衾搭在了叶小天的身上,动作很轻,很温柔。小路往莹莹背后摞了三个大靠枕,向不时偷睇叶小天的小薇打个手势,两人便赤着雪白的足,悄然退了出去。

此时,哪怕有一个宇宙,四个人也嫌太多。

· ※ · ※ · ※ ·

一间静室,四壁毕空。只有正前方悬挂着一个墨迹淋漓的"道"字。可一向寻道、求道、悟道的李玄成,此时却全身心地专注于面前那块美玉。美玉纯净剔透,这是他在金陵所购的那块璞玉,剖开石皮,里边竟是一大块足有一人高的白色美玉,此时那块美玉在他的刻刀下,正渐渐变成一个人的模样,一个美丽的女人。

如果有见过莹莹的人,此时见了这个白玉美人,一定能认得出。李玄成正在雕刻的正是莹莹的模样,无比认真,动作温柔而专注,就像此时正轻轻抚摸着叶小天脸颊的莹莹。

哪怕只是衣角的一丝褶皱,他都倾注了全部心血,务必雕刻得尽善尽美。那美人在他刀下渐渐变得细腻逼真起来,那种倾国倾城的天姿绝色,也渐渐呈现出来。

万物之灵的人类,拥有太多诱惑,所以一颗执着的心就变得弥足珍贵。然而有时候不该执着的时候太过执着,就只能自蹈痛苦深渊。一个自幼就享受锦衣玉食、富贵荣华的国舅，能够始终坚持向道，就是一种难得的执着，而这种执着转化成对一个女人的爱时，就会更加的坚不可摧。

但是执着可以是福，也可以是祸，不该坚持的执着，就是痛苦的根源。佛曰：执着是苦，一切众生皆有如来智慧德相，只因妄想执着，不能证得。一心寻道的李玄成，却似乎乐在其中。

然而，他真的不能自拔吗？他一日不抛弃这具皮囊，就必然还要受到这世间诸多的困扰。李玄成正痴迷地抚摸着那光滑柔美、毫无瑕疵的容颜，忽然眉头一皱，一种难以遏制的奇痒从下体传来。

回京不久，他就犯了一种怪病，病发时下体奇痒无比，非到挠破不能止痒，如今已经开始溃烂。因为是暗疾，李玄成一开始羞于求医，后来实在难耐痛苦，这才向一些名医求助。

然而这种怪病大多数郎中都不曾见过，只能依据病发时的反应揣摩着开出一些方子，对于减缓痛苦是有作用，但是却治标不治本。那种奇痒又来了，李玄成实在无法忍耐，手中的刻刀叮当一声落在地上，他脚步踉跄地冲了出去。

·※·※·※·

"山之高，月出小。月之小，何皎皎！我有所思在远道。一日不见兮，我心悄悄。采苦采苦，于山之南。忡忡忧心，其何以堪……"

天边泛起了鱼肚白，月牙渐渐隐去，叶小天还在莹莹怀中熟睡，莹莹怀抱着他，心却飘出了很远。因为她知道，当天光大亮的时候，她的情郎就将踏上归程，她的思念，还要系在那遥远的地方。

室外，夏家几兄弟打个哈欠，彼此打个手势，悄无声息地退开了。夏老爷子素知女儿任性胆大，生怕她做出些什么不可挽回的事来，那真是嫁也得嫁，不嫁也得嫁了，所以他把几个儿子都派来监视，一旦叶小天有所异动，那就难免一顿苦头，可怜了这几兄弟，为了小妹子一夜未眠。

其实夏老爷子现在心底里已经渐渐开始接受叶小天了，即便叶小天无法再进一步，两年之期到了还是县丞。他已经表现出了他的能力和决心，这样的男人，配得上他的宝贝。

但是既然那个诺言还未到期，他很想看下去，看看叶小天究竟会走到哪一步。也许，叶小天会给他一个惊喜。

鸡啼声传来，叶小天悠悠醒来。莹莹咬着嘴唇，恨不得马上冲出去把那只大公鸡宰掉，要不是它吵醒了小天哥，他还可以再睡一会儿。

"莹莹，你……就这么坐了一晚？"

叶小天实在是太疲乏了，凭着一口气撑到红枫湖，他的身子都似散了架，躺在那柔软结实的大腿上，嗅着莹莹身上淡淡的幽香，不知不觉就睡了过去，却不想一睁眼已经天亮，而莹莹依旧保持着他睡去时的姿势。

莹莹的腿已经麻了，但她心里却很满足、很开心。这个夜晚很长，也很短，无论如何，都在她的生命里留下了一段难忘的记忆。

叶小天还是一早就离开了，像昨天、前天、大前天一样。不过这一次他吃到了一顿热乎乎的早餐，而且是夏大小姐亲手服侍的。

当他跨上马，两胯立即一阵酸痛，连续几日长途策马疾驰，胯骨疼痛难忍，而且大腿内侧都磨破了皮。叶小天微微蹙眉，但马上就舒展开来，他不想莹莹为他担心。

"我走了！"叶小天神采奕奕地说，向莹莹很帅气地扬了扬马鞭："等着我，我会回来的，六品官，八抬轿，接你过门！"莹莹心花怒放，向叶小天粲然一笑。

叶小天打马扬鞭，率领他的十一名侍卫骑士踏上了归程。莹莹望着她的男人策马扬鞭飞驰而去，心花绽放。

葫县，王主簿的宅子里，一个青衣人恭敬地站在阴暗的书房里，窗外有雨声淅沥。

王主簿握着一卷书，淡淡地道："谢传风的车马行有大批的骡马，车辆由官府主持变卖，以便偿付客商的钱款和雇工的工钱，你趁这个机会，能揽下多少，就揽下多少。这条路，可是我们的聚宝盆。"

那青衣人垂首道："是！不过罗李高车马行也在抢，您看是不是……"

王主簿摇摇头，道："不必理会他们，我们做我们的，赚在自己手里的，才是最重要的。现在不宜和他们起冲突啊。"

青衣人担心地道："可田家那边……"

王主簿轻轻蹙了蹙眉，道："傍附田家是不得已，而且田家大小姐那一招使出来，我就算打上了田家的烙印，不承认都不行了，也只能硬着头皮走下去。但现在还不是跟叶小天斗的时候，我们要等，等他出错！打蛇打七寸，不出手则已，一出手，就要置他于死地！"

"是！"

青衣人欠身答应一声，见王主簿低着头看起了书，便悄然退了下去。门外的雨声忽然扑进了书房，又被一下子推了出去，那道人影撑起一把油纸伞，飘进了茫茫的雨雾当中。

第五十八章

二老爷

一

"二老爷,这份是大老爷刚批过来的公文。"

县丞签押房的司吏把一份公文双手递到叶小天案前,叶小天顺手接过,看了看封皮便打开,火漆封印已经揭开了,抽出公文后,上边有贵阳府、铜仁府和花知县的批示。层层落实之下,到了花晴风这里,一笔漂亮的小楷,写的是"着叶县丞严厉查办!"

叶小天扫了一眼花晴风的批示,这才看起正文。这封公文是要求查禁走私品的。起因是刑部关防司发现在金陵、京城等繁华大阜出现了大量的象牙、犀角、翡翠、光珠、海贝、玉石、珊瑚和玳瑁等物品。

这些东西都是东南亚诸国出产的奢侈品,以前朝廷查得就很严,以此控制东南亚各国的朝贡商品数量。同时也是借由这种控制,维护大明的朝贡体系。大量此类商品的出现,远远超出了官府登记在册的东南亚诸国朝贡数量,自然是走私而来的。

如今中缅之战刚刚结束,朝廷为了惩治缅王,不许与缅甸通商,以此作为经济制裁。而这次发现的大量奢侈品中,有很多从风格上来看,就是出自缅甸。因此朝廷下了严令,斥责地方务必加强查禁打击。

贵州方面得到了朝廷的行文后,贵州布政司批给了铜仁府一府,铜仁府自然要批给下辖的葫县。葫县就卡在南北驿道的口子上,自然负有重要责任。

花晴风可以批给叶小天,叶小天可不能大笔一挥,再批给下边处理了。作为县一级的治安官,这是他的职责。他必须亲自处理。

叶小天看罢行文,背起双手在屋子里慢慢地踱起了步子。一袭墨绿色的官袍,显得他身材修长。因为七品以上的官员袍服上才有花纹,所以他的袍子很素净。除了袍子上有一只鹌鹑,便别无他物了。

不过叶小天年纪轻,眉眼生得也算清秀,有那雪白的中单领口衬着,倒是一表人才。叶小天踱了两盏茶的工夫，见那司吏还候在一边，便摆摆手道："你去，请张典史来。"

司吏答应一声，转身去了。这张典史叫张鑫，是朝廷新委派来的，已经五十出头。原本在湖广一个三等小县做典史，如今平调到葫县，还是三等小县，显见是没有什么后台的。现在只是熬年头等致仕呢。

因此一来，这位张典史倒是没有什么野心。尤其是他一来葫县就听说了叶小天的几桩光辉事迹，一连搞垮两任县丞这才上位的猛人，据说当朝国舅爷也在他手底下吃过大亏，张典史心中更加敬畏。如此一来，两人倒是合作愉快，不曾闹过什么矛盾。

不一会儿，张典史就匆匆赶到了，向叶小天抱拳道："大人！传唤下官，不知有何吩咐。"

这张典史生得很是健壮，虽然是五十出头的人了，瞧那精气神，顶多也就四十上下。赤红的一张脸庞，连一点皱纹都没有，头发更是乌黑一片。据他自己讲，这是因为他胸无大志，从无苟营之举，心思单纯了，人便年轻了。

或者真是如此吧，张典史还真不大争什么。虽然他在官场上混得不如意，却从无唉声叹气的时候，活得挺乐呵。这和整天一副苦大仇深的艾典史、一味钻营投机的徐伯夷大不相同。

叶小天冲他点点头，和气地道："张典史，你坐吧。"说着把花晴风批转过来的那份公文递了过去。叶小天从红枫湖回来，便正式走马上任了，迄今已经过了四个多月。秋风吹红了枫叶，已经进入深秋季节，而他在县丞的位置上业已干得游刃有余。

张典史看罢公文，眉头微微一蹙，探询地问道："二老爷以为，这批宝物是从我葫县流入中原的？"

叶小天摆手笑道："那倒未必。这种事，咱们可别往自己身上揽。不过朝廷既然要求严查，样子总是要做做的。"

张典史一听叶小天这么说，心里就有数了。他笑着答应一声，起身告辞出去，马上召集三班衙役，开始部署起来。上头既然有了批示，怎么也得做做面子功夫，这才能有所交代嘛。

叶小天送走了张典史，微微思索片刻，便脱去官袍，换了一件襕衫，径直出了衙门。蛊神教派给他的那些侍卫，被他留在府里十个，另外六人全都招进了官府，顶着捕快的名头，其实只是他的随从。

当然，这些所谓的"捕快"都不是正役。他招来的人，由他负责发薪水，只要他养得起，招的人越多越好，衙门是不管的。

叶小天快马加鞭，小半个时辰就赶到了驿站。叶小天过驿站而不入，又往前走了三百多步，便是罗李高车马行的所在。谢传风卷款潜逃不知去向后，谢氏车马行由花知县委托王主簿主持，把一应财物分别处理给了另外两家最大的车马行，常氏车马行和罗李高车马行。至于谢氏车马行的院落和房屋，则由罗李高车马行给买下来了。光从门面上看，现在的罗李高车马行在整个驿站周围是最大最阔气的。

"二老爷，您怎么来了？"

一般关系远些的人称呼叶小天为叶县丞、叶大人，只有关系亲近、地位又比他低的人才称他二老爷。意思是葫县的二把手，地位仅次于县太爷。

县衙里这么称呼叶小天的除了周班头、苏班头、马辉、许浩然等人，就只有叶小天签押房里的身边人。不过罗李高车马行是叶小天的好兄弟罗大亨的产业，所以孙伟暄见了他也叫二老爷。

孙伟暄向叶小天亲热地打着招呼。他小麦色的皮肤，一口洁白的牙齿，笑得非常阳光。

高涯和李伯皓两位少寨主对经营一道本就不擅长，现在又从县学升去了府学，更不可能在这当少东家了。

本来，高涯和李伯皓两人只能上县学，捞个秀才功名就成了。不过他们的老爹如今变成了世袭的长官司长官，他们也就跟着水涨船高，可以继续"求学深造"了。

他们只要去铜仁府学再熬三年资历，不用参加科举，就能拿到一个举人身份，这是土司家族直系子弟们的特权。而大亨更醉于他的"杂货铺"生意，对车马行兴趣不大，再加上妞妞就快生了，更没精力他顾。所以罗李高车马行现在已经完全交给了孙伟暄打理。

孙伟暄倒也不负大亨所托，全心全意地扑在车马行上，把车马行的生意打理得红红火火。如今驿道上少有人不知道这位为人四海、豪爽仗义的"孙大哥"。

这样一来，孙伟暄主要的事情就是代理三位东主与各路行商客旅打交道，自然不宜总是亲自出车。叶小天脚下不停，一路登堂入室，一边对孙伟暄道："你来，我有话问你！"

罗李高车马行的客厅十分宽敞，虽不精致，却有种草莽的豪爽味道。孙伟暄随着叶小天进了客厅，亲手为他斟上一杯茶。叶小天坐在上首，对孙伟暄道："伟暄，我这次来，是有件事情问你。"

孙伟暄和他是极熟的人了，也不用他让座，自在下首坐了，认真地望着叶小天。叶小天转动着茶杯，沉吟道："你在驿道上有些年头了，从一个车把式混到今日的仁义大哥……"

孙伟暄欠了欠身，意示不敢当。叶小天道："这驿路上的弯弯绕绕，只怕没有你不清楚的了。所以，我今天来，是有件事想请教你。"

孙伟暄腼腆地笑了笑，道："二老爷请讲。"

叶小天道:"咱们这条驿道,是贯通云南与湖广的交通要道。据你所知,有没有人从南方诸国偷运各种违禁器物,由这条驿道贩往中原的。"

孙伟暄目光一凝,忙道:"二老爷,咱们罗李高车马行只做正经生意,这种东西是绝不会沾的。"

叶小天笑道:"你不用急,我不是怀疑罗李高车马行有什么不轨举动,不然就不会直接来问你,而是向大亨问罪去了。呵呵,是这样,朝廷行文,说在大城大阜里发现大量象牙、犀角、珠贝、翡翠等宝物出售,这些东西必然是从南方贩运而来。当然,它也未必走的就是咱们贵州这条线。你只管就你所知回答我就是了。"

孙伟暄想了想,道:"以前齐木在的时候,他的车马行是这么干过,要不然他也不可能那么快就积攒下偌大的家当了。"

叶小天道:"齐木?这事我倒知道,他连火药都敢走私。我问的是,在那之后,是否还有人这么干过?"

孙伟暄摇了摇头,道:"这个……实是不曾再听说过。"

叶小天微微眯起眼睛,道:"如果,当初是你替齐木做这些事,那么齐木死了,你会不会收手?"

齐木在的时候,孙伟暄还只是他手下的一个车把式,仗着驭车的手艺好,在苦哈哈们之中威望高些而已。那时,自然不是由他来替齐木负责车马行。孙伟暄认真地思索了一阵,缓缓地道:"不会!"

叶小天眉峰微微一挑,道:"哦?理由呢?"

孙伟暄道:"理由很多。要从南洋诸国采购这些东西,需要和那边手眼通天的人物搭上关系,要做到这一点,不知要耗费多少心血。一路下来,还有许多关卡需要买通,金钱铺路,同样所费不赀。花出去的钱,怎么可能不想着十倍百倍的捞回来?

"况且,要做这件事,必须得有一些最忠诚、最可靠的手下鞍前马后。你想收手,那这些人怎么办?你给他们财路时,他们就是你最温顺的忠犬;你断他们财路时,他们就会变成把你啃的渣都不剩的豺狼。最最重要的是,风险虽大,获利实在丰厚。一旦尝过那种好处,谁又舍得放弃,而去挣那辛辛苦苦的血汗钱呢?"

叶小天的眼睛依旧轻轻地眯着,轻声道:"当时替齐木做这种事的人,是不是常自在?"

孙伟暄道:"当时,我只是个车把式,这种事实在不清楚。不过,当时替齐木打理车马行的几个大管事里,常自在是极得信任的一个。"

叶小天微微一笑,道:"很好!这件事,你知道就行了,不要说出去。"

孙伟暄站起来,恭谨地道:"小的明白!"

叶小天微笑着走了出去。对于走私,尤其是很可能从被禁运的缅甸走私来的珍宝器物一事，他怎么可能不上心。他的目标可不只是一任县丞，而是要往上爬。

想继续上位，就算有后台，也得有些拿得出手的政绩才能堵别人的嘴。何况他并没有什么靠山。不过，他即便认真吩咐张典史也没用。张典史是来葫县混日子熬年头的，不给他扯后腿就阿弥陀佛了，怎能指望张典史头拱地地替他做事。不过，利用张典史向外界施放点烟雾总还是可以的。有时候，有心栽花不如无意插柳……

第五十九章

质 疑

一

"徐伯夷败了,败得一塌糊涂,如今不知逃亡于何处。至于那谢传风吗,呵呵……"

田彬霏轻笑摇头,俊美的脸庞上轻笑的模样异常迷人。田家布在葫县棋盘的两颗棋子,一明一暗,如今全被叶小天给吃掉了。田彬霏居然没有一点恼怒之色,反而用一种很有趣的眼神看着田妙雯。

似乎损失两个小卒子,便能看到田妙雯出糗的样子,那是很值得的事。事实上在他心中就是这么想的,妙雯若能为他莞尔一笑,便是为他点起一道烽火,戏弄天下诸侯,他也肯。

田妙雯垂着眼帘,神色淡漠地调试着琴弦,似乎根本没有听见他说的话。田彬霏自觉无趣,轻轻咳嗽两声,亲昵地唤着田妙雯的'小字'问道:"韧针,要不要为兄帮你给他些教训?"

田妙雯这才扬眸睨了他一眼,淡淡地道:"你想怎么教训这位朝廷命官呢?下蛊?"

田彬霏脸色微微一变,强笑道:"这叫什么话,为兄又不会蛊术。"

"是吗……"

田妙雯眼神里露出一丝讥诮,冷冷地道:"我的事,我会处理,不用你管。你还是处理好你自己的事吧。"

田妙雯纤细修长的手指用力一挑,琴弦蓦地发出铮的一声暴鸣。田妙雯淡淡地道:"杨应龙近来动作频频,我看他的目标未必是放在葫县,或许是明修栈道,你可不要吃了他的亏。"

田彬霏一向自视甚高,可他从小到大,无论与杨应龙较量什么,却总是落了下风。这对心高气傲的田彬霏来说,是不能提起的一个禁忌。但,提起这个话题的人是田妙雯,田彬霏也只能变一变脸色,沉声道:"我省得,我盯着他呢!"

田彬霏站起身，悻悻然地向外走去，田妙雯凝眸向他一乜，漫不经心地拨动了几下琴弦，又使双手轻轻压住。那张妩媚天然、楚楚可怜的巴掌脸微微地侧着，望着轩厅之外一树火红，微微有些出神。

"是叶小天太聪明，还是徐伯夷、谢传风太笨呢？呵呵，葫县呀，就丢给你去折腾吧，谅你也折腾不出什么花样来……"

田妙雯有些狡黠地眯起了眼睛。这时看她的样，像极了一只小狐狸，正在思考的小狐狸。那股子妖娆劲从骨子里透出来，撩得人心痒痒的。可惜厅中并无他人看见，厅外只有红叶飘零。

很奇怪，对于徐伯夷和谢传风的相继失败与失踪，田妙雯居然也是毫不在意。似乎在她心里，葫县根本没有什么重要价值。然则如此的话，她当初又何必亲自跑去葫县，还险些丢了性命呢？

这对兄妹的心思，着实叫人猜度不透。

·※·※·※·

趁着午休的工夫，花知县便跑到了小妾紫羽的住处。这几个月里，花知县过得很惬意。叶小天荣升县丞后，并没有重复孟庆唯和徐伯夷的路数，丝毫没有篡夺其权、再度把他架空的意思。

花知县渐渐放下了心事。他对叶小天的戒心倒是小了，但是他心中的仇恨并未因此减轻半分。杀父之仇、夺妻之恨，这是不共戴天之仇，怎么可能就此释怀。

当初花知县到葫县赴任时，也曾满腔抱负，也曾挑衅过齐木的权威，直至齐木派人掳走他的夫人，这才彻底击溃了他。从此一忍再忍、一让再让，直至成为一个畏畏缩缩、懦弱无能的傀儡。

当他发现这么多的让步，都不能换来他最后堡垒的安全；当他发现叶小天和苏雅的"丑事"后，心中最后一丝血性便被激发出来。他表面上依旧是一副懦弱怕事的样子，但是骨子里已经开始蜕变了。

身心的变化，似乎让他的命运也产生了变化。娶妻多年却一无所出的他，新纳小妾仅仅四个月，居然有了身孕，这令花晴风欣喜若狂。他带着如夫人赶去庙里隆重上香，又写了家书把这件喜事遍告亲友，对紫羽呵护备至，简直是把她当成了花家的大恩人。

对于花晴风来说，这是一件天大的喜事，对苏雅来说这就是一个噩耗了。她倒不是心胸狭隘到不愿意丈夫有后的地步，只是紫羽姑娘嫁过来不过四个月便有了身孕，她与花晴风同床共枕七八年却一无所出。莫非不能生育的人是她？

作为妻子，不能为花家留后，这是苏雅心中最大的遗憾。作为一个女人，不能孕育自己的骨肉，这更是她心中永远的痛。每每想起，苏雅都不免暗暗垂泪，伤心欲绝。

苏循天获悉这一消息，登时也蔫了。如果是自己的姐姐不能生育，他还真没底气唾骂姐夫忘恩负义。可是姐姐曾经看过很多郎中，那些名医都说姐姐身体健康，并没有问题啊。

其实不孕的原因很复杂，也未必就一定是其中一方的身体有问题。比如有些夫妻血型不合，也会导致不孕。但是以当时的医学水平，自然没有人明白这个道理。

苏雅整日里以泪洗面，苏循天也失去了向姐夫叫板的底气，只能多抽时间去陪姐姐，帮她舒缓心情。眼看姐夫喜滋滋地又奔向小妾紫羽的庭院，苏循天暗暗叹了口气，便想去后宅找姐姐说说话。

他举步刚要走，一个驿卒急急赶进县衙，一见苏循天便喜道："哎呀！苏班头，正好，这里有一份铜仁府转给咱们知县大老爷的公函，有劳苏班头给签收了吧。"

这驿卒认得苏循天，知道他是花知县的小舅子，由他签收，也就等于送到了花知县手上。苏循天懒洋洋地把那驿卒带到签押房里签了字，收好公函正要去后院，忽地心中一动，又把那份公函拿了起来。

这份公函并不是什么十万火急的重要指示，大可等到下午上衙后再交给花晴风，但苏循天一见花晴风钻进妾室房里就觉得不开心。既然可以名正言顺地去打扰一番，何乐而不为呢。

"循天，你来做什么？"

花晴风正揽着如夫人紫羽的腰，站在小亭中，轻轻抚摸着她的肚子，笑微微地在她耳边低语。忽然看见苏循天走进来，花晴风有些不悦地蹙起了眉头。虽然苏循天是他的内弟，可这里毕竟不是他姐姐的住处，该避些嫌才是，怎能随意出入。

苏循天绷着脸，有些嫉恨地看了眼刚刚敛去幸福笑脸的紫羽姑娘，对花晴风道："喏！这是铜仁府的行文，说是有重要公务。卑职可不敢耽搁，这不就给大老爷送来了吗。"

花晴风冷着脸接过公文，不耐烦地道："行了，你出去吧。"他也不认真验看一下火漆封印是否完好，便一把撕开来，展开公文看了两眼，忙又扬声唤道："循天，你站住！"

苏循天站住脚步，扭头看向他。花晴风的神色有些恼怒，吩咐道："你去，马上把叶县丞和王主簿请到二堂，本县有事与他二人相商！"

苏循天暗自一喜，能把姐夫从这小妖精身边调开，他最喜欢了。苏循天马上爽快地答应一声，加快脚步走了出去。

花晴风望着苏循天的背影轻轻摇了摇头，苏循天那点小心思，他如何不明白。苏雅美丽温柔、女中才子，与他多年夫妻，又何尝没有深厚感情？紫羽为他花家诞下后代，他当然要宠爱。可要说到在他心中的分量，又怎及得上曾与他相濡以沫的妻子。可是……

一想到叶小天书房内那不堪的一幕，花晴风就觉得心像刀扎一样痛。

王主簿每天都要午睡，这时他已经躺下了，却被苏循天给唤了起来。当他穿上鞋子，洗了把脸，慢吞吞地赶到二堂时，花晴风和叶小天已经坐在那喝茶了。

叶小天方才正与老卢头下棋，虽说两人身份悬殊，却是一对好棋友。因为他们都是臭棋篓子，棋艺半斤八两，杀起来难解难分，自也最觉痛快。一听苏循天传话，叶小天就把这盘棋让给了一旁观战的周班头，匆匆赶到了二堂。

花晴风见了他也不多说什么，只是吩咐人上茶。叶小天知道王主簿也要来，还以为是有什么关乎全县的重要问题与他二人商议，是以也不冒昧探问，只管有一搭没一搭地闲聊。

其实花晴风是有些心虚。他虽然暗恨叶小天，一直也想算计叶小天，却没有勇气在单独面对他的时候摆官架子。有王主簿在场的话，不但有人帮腔，而且叶小天说话也不会直来直去。

王主簿慢吞吞地进了大厅，向花晴风拱了拱手，又向叶小天颔首一笑，道："两位大人都到了啊。不知县尊大人急急召见，有何要事吩咐？"一边说着，一边在旁边椅上坐了下来。

花知县把那份刚刚接到的公文递过去，道："王主簿，你先看看。"

王主簿接过公文看了一遍，面无表情地又递给叶小天。叶小天只扫了两眼就放下了。花晴风冷冷地道："充斥于各大城阜的象牙、犀角、翡翠等物，已经证实确是由缅甸运来。缅王野心勃勃，东讨西杀，近年来因为穷兵黩武，国力甚是空虚。这次被我朝大败，国内各方势力更是蠢蠢欲动。他向我朝输运大量宝物，是为了换取粮食和布匹乃至武器，以稳定国内局势。若任由他们这么做，那就是资敌！这些财物是由缅甸运来，则通过我县驿道运输的可能性最大。本县早就命你严查走私，你可取得什么成果吗？"

第六十章

明修栈道

一

叶小天欠身道:"县尊大人,下官受命后,马上安排张典史去排查过往行商了,业已知会巡检司在大小路口设卡,盘查一切可疑行人。不过目前还没有什么发现。"

花知县轻轻一拍几案,怒道:"胡闹!你这是在敷衍本县吗?张典史初来葫县,人地两生,你将此事委之于他,他能做得好吗?从现在开始,这件事要由你亲自负责,本县不想再看到上头的训斥。"

叶小天淡淡一笑,颔首道:"是!下官省得了。"

叶小天的态度表现得不愠不火,花知县也不好说得太严厉,小小地发一通脾气,稍稍过把瘾也就行了。如果他说得太过分,万一叶小天又暴出了驴脾气,他还真有点打怵。

一旁王主簿不耐烦地剔着指甲,对花晴风道:"县尊大人,刑律典狱、县内治安方面的事,向来都是由叶县丞负责,却不知县尊大人把下官唤来,又是为的什么?"

花晴风道:"就是为的此事。你我三人之中,要说最熟悉葫县情形的,非你莫属。所以本县想请你参详参详,如果缅人是通过本县将财货输往中原的,那么最有可能是哪些人出了问题?"

叶小天听了这话,也不禁把目光投向了王主簿。别看这老家伙动不动就托病不出,可要说到对葫县的了解,众官员里还真是非他莫属。叶小天也想听听这个老狐狸有什么高见。

王主簿想了想,缓缓地道:"若是偶然偷运,谁都可以办到,只要胆子够大,再加上关卡的疏忽,那就能侥幸过关了。但这样大量的财货,显然不是那些行险谋财偶尔为之的山里客所能办得到的了。这样的话,就只有两种人才有这个机会。"

花晴风向前倾了倾身子,做出一副认真倾听的姿态。

王主簿屈指道:"这第一种,就是常走这条线的商贾。商贾之中,不无不法之徒,为了牟取暴利铤而走险。因为他们经常要走这条驿道,也有大把机会买通各处的关隘守卫。"

花晴风点了点头,道:"嗯,那么第二种呢?"

花晴风道:"第二种,就是车马行了。他们为客人运输货物,大可趁机挟带私货。他们经年累月在这条道上讨生意,买通关卡有的是机会,要在车子上做手脚弄夹层也很容易。腐久必革,革久必腐,这都是不可避免的。"

花晴风思索了一下,缓缓点头道:"王主簿所言甚有道理。叶县丞你以为呢?"

叶小天道:"下官甚以为然。就按王大人所言,关于经由驿道的商贾,下官会着人仔细排查。至于车马行吗……不知王大人以为,本县的车马行中,哪一家最可疑?"

王主簿哈哈一笑,道:"任何一家车马行,都有这个可能,这就需要你叶大人的一双火眼金睛去仔细甄别了。不过,要说这其中最可疑的,自然是常氏车马行了。"

花晴风纳妾时,常自在送了他一份礼,还是特别丰厚的一份礼。是以一听常氏车马行,花晴风有些不自在了,他挪动了一下屁股,干咳一声道:"你说的可是常自在?"

王主簿点了点头,道:"常自在本是齐木车马行的一位大管事,齐木为非作歹,纵横驿道的时候,可是什么东西都私贩过的。常自在作为他信任的大管事,对此不可能没有接触。

"齐木死后,留下的那些关系、人脉,如果说有人能够接收,显然也只能是他。从缅人那边运来的货物量非常大,显然是对方极信任的人,才会一下子交出这么多货。这样的人自然不可能是一个刚跟缅人搭上关系就能办得到的。"

花晴风转首看向叶小天,叶小天微微露出为难之色,道:"常氏车马行吗?好吧,叶某会重点查一查常自在。不过……那些私贩货物未必就是通过本县运出去的,就算是通过本县,也有可能是经由此路的商贾,没有真凭实据,可不宜太过武断。毕竟本县税赋,大多倚赖驿道……"

花晴风知道常氏车马行与赵驿丞有着不同寻常的关系,也知道叶小天与赵驿丞关系匪浅,两家时常有些走动。一瞧叶小天这副模样,显然是不想得罪赵驿丞,他便不放心地叮嘱道:"谨慎行事自然是对的,但公私务必要分清楚。叶县丞,朝廷对此事甚为重视,已一再下令严查,不容忽视!"

叶小天欠了欠身道:"是!"叶小天退下之后,慢吞吞的王主簿落在了后面。等叶小天一出去,刚刚站起的他又一屁股坐了下去。花知县皱起眉头道:"叶县丞对此事不太热衷啊,这可不像他一贯的风格。"

王主簿微笑道:"人是会变的。以前他就是一个打赤脚的,有什么顾忌呢?现在他可是堂堂的八品县丞,需要自己的班底、需要自己的人脉。以他的资历,能够做到县丞已是一步登天，也休想再有什么发展，自然是该求稳的时候了。"

花知县一听更不放心了，道："如今缅国私货泛滥，我葫县地处驿道要冲，朝廷与布政使衙门都在盯着本县举动呢，万万不能敷衍了事啊。王主簿，这件事，你还是需要过问一下的。"

王主簿欠身道："下官省得。"

· ※ · ※ · ※ ·

驿站旁，满载货物的长长车队刚要启动，前方忽然冲来一队带刀的捕快。有人高声吆喝道："停下！全都停下！奉县丞大人命，所有北上货物，务必全面盘查。停车接受检查。"

车把式赶紧跳下车，上前打躬作揖地道："差爷，我们都是良民哪，这些货已经查过很多次了！差爷您看，这是我们的路引，这是一路加盖的关防，这是我们纳税的凭据……"

周班头将他一把推开，虎着脸道："废什么话，不想查那就别上路。这是我们县丞老爷的吩咐，你想抗命吗？给我搜！"

众捕快们一拥而上，张典史在路边站住，冷眼监督着手下的捕快们行动。不一会儿，这些货的掌柜便赶到了他身边，一边赔笑说着小话，一边从袖筒里递上两锭银元宝。

张典史把他的手冷冷地推开，说道："你是范掌柜的吧？实在对不住了，朝廷有严令，我们县丞大人也不能不办。既然交代到本官这儿了，本官岂能徇私，你就一边站着吧。配合我们检查，你才走得快。"

范掌柜眼见张典史态度坚决，只好悻悻地退到一边，眼看那些捕快翻箱倒柜，弄得货物乱七八糟。范掌柜暗暗叫苦，这要等他们检查完已不知是什么时候了，再重新装车起运，今晚还能赶到下一个城镇吗，难道要露宿荒野？

范掌柜看了看闻讯涌出车马行、站在门口望着这边议论纷纷的众商家，一张张的苦瓜脸，心里突然平衡了许多。好歹他是头一家，比起那些不幸的商人们，他幸运多了。

常氏车马行那边，叶小天也亲自带了一队人赶去。叶小天还从未来过常氏车马行，常自在一听叶小天到了，顿觉来者不善，马上叫人从后门离开去驿站向赵驿丞报讯，自己则匆匆迎了出去。

"哎呀呀，县丞大人，您怎么来了，您有什么事，只消吩咐一声，小的自然……"他还没有说完，叶小天就打断他的话道："近来有大量走私财货流入中原，朝廷为之震怒。本官奉知县大人命令，要严查一切过路商贾及车马行。常掌柜的，请配合一下吧。"

常自在一呆，忙满脸堆笑地道："啊！是是是，我们常氏车马行一向守规矩，断然不敢挟带私货的。大人您要查，小的自然是全力配合。只不知大人您打算怎么查呢？"

叶小天微微一笑，道："本官也相信你们常氏车马行是没有问题的。不过……本官也是职责所在，身不由己啊！"叶小天说着，向身后摆摆手，吩咐道："马辉，你带人查查货车。许浩然，你带人去后面仓库！"

"是！"两人答应一声，各自率领一队捕快冲了上去，车马行里顿时鸡飞狗跳。常自在赔笑对叶小天道："县丞大人您辛苦，您请厅里坐，喝口热茶。"

叶小天点点头，一脸倨傲地进了客厅，常自在亲自为他奉上一杯香茗。叶小天一盏茶只喝了几口，赵文远便闻讯赶到了。常自在忙又把赵文远迎进客厅。赵文远一见叶小天，便拱手笑道："哈哈，叶大人哪，你来了我这里，怎么也不知会一声。"

叶小天微笑着站起来，拱手还礼道："赵驿丞恕罪，小弟公务在身，不敢耽搁啊。等此间事了，自然是要去驿站拜访的。"

赵文远摆了摆手，常自在马上知机退了下去。常自在一走，赵文远便换了一副口吻，有些埋怨地对叶小天道："叶老弟啊，你这是在搞什么，你又不是不知道常自在是我的人，怎么还查到我头上了。"

叶小天苦笑道："我就知道你赵兄是来兴师问罪的。"

叶小天叹了口气，无奈地："赵兄，不瞒你说，近来有大量南洋财货流入中原，而且大多来自缅甸。朝廷为之震怒，先前就已下过命令，要求地方彻查。我本想应付一番了事，谁料上头竟然行文严斥，知县大人吃不住劲了。这不，我就被派出来了吗？"

赵文远见叶小天对他推心置腹，便也实话实说道："对你叶老弟，赵某人当然没什么好隐瞒的。车马行挟带私货肯定是有的，要不然就算能养活那么多骡马和伙计，也喂不饱那么多的哨卡和关隘，水至清则无鱼嘛。

"不过，南北奇货互通有无，从中谋些利润是有的。至于和缅人交易，那就是资敌了，我分得出其中轻重。这种事，我不点头，常自在绝对不敢插手，赵某人可以为他打保票。"

叶小天笑道："赵兄，言重了，言重了。对你赵兄，小弟自然是信得过的。我来查车马行，只是为了对知县大人有所交代。不瞒你说，是王主簿给知县大人献计，说是此处最为可疑。我不来，成吗？"

"王主簿？呵呵……"

赵文远的笑容有些僵硬。

叶小天又道："分寸，我会把握的。打狠了，咱们葫县可就萧条了。到时候乡亲父老们没了活路，挨骂的还不是我？我才不会替知县大人背黑锅。何况，你赵老兄的面子，我无论如何也得给呀！"

叶小天拍着赵文远的肩膀，语气十分亲昵，赵文远闻言大悦。片刻之后，马辉和许浩然相继赶回复命。许浩然在车马行的仓库里并没有发现什么来自南洋诸国的违禁品，马辉倒是在货车上发现了一些暗箱与夹板。

跟着进来的常自在连忙解释道："大人，暗箱夹层，其实是用来装载贵重货物的。您也清楚，驿道上不安宁，时常有山贼路匪出没。有时候，东西藏得隐秘些，说不定就逃过一劫。"

叶小天点点头，板着脸对马辉道："我们又不是轻言入罪的酷吏，既然没有发现违禁货物，那常氏车马行就是清白的。暗箱夹层足以入罪吗？这个是做不了证据的。把你的人撤回去吧，别打扰了人家的正常生意。"

赵文远站起身，欣欣然道："等一等！叶老弟啊，旁人可以走，你可走不得。我若是就这么放你离开，你那嫂夫人一定会埋怨我的。走走走，到我那儿去，咱们哥俩得小酌几杯。"

赵文远不由分说，拉起叶小天就走。常自在赔笑把二人送到大门外。一个管事道："雷声大雨点小，真是虚惊一场！"常自在傲然道："我们有赵驿丞撑着，能有什么事？都去安心做事吧！"

众管事一哄而散，常自在望着叶小天和赵文远的背影得意地一笑，大摇大摆地回了车马行。

第六十一章

暗度陈仓

一

叶小天到了驿站，最里面靠着山的那幢院落就是赵文远的住处。赵文远吩咐人做了几道下酒的小菜，又取来一坛子好酒，拍开泥封斟进大碗，风格粗犷，与一般文人饮酒大不相同，叶小天倒更觉自在。

饮至半酣处，赵文远摇摇晃晃地站起来，向叶小天嘟嘟囔囔地告一声罪，便走了出去。叶小天只当他是要去小解，也未在意。赵文远却踉踉跄跄地赶到了潜清清的住处。

潜清清坐在窗前，白净的掌心摊着一朵墨玉的珠花，正在痴痴出神。

那是白筱晓送给她的，她们俩一起长大，一起习武，一起从最底层挣扎出来，凭着她们苦心练就的一身本领赢得了土司老爷的青睐，避免了色相娱人的下场。她们相互帮扶着，在这寒冷的人世间拥抱取暖。她们本来相约要一生一世不离不弃，可筱晓却突然就无声无息了，再也没有出现……

门扉一响，赵文远踉跄着走进来，潜清清掌心一蜷，握紧了那枚珠花，眉儿轻轻颦着，等着赵文远说话。赵文远打个酒嗝，对潜清清诡秘地笑道："叶小天……正在前厅饮酒。"

潜清清眉尖一挑，道："我知道，怎么了？"

赵文远一副恨铁不成钢的样子，继续点拨道："你不去……陪他喝一杯？"

潜清清这才明白赵文远的意思。她双眉一立，似欲发作，但唇瓣一咬，微微的怒意却忽然变成了一副极撩人的妩媚模样。她放下珠花，慢慢地站起来，向赵文远走过去。

她走得很慢，两脚始终落在一条直线上，于是她那高挑婀娜的身子，便摇曳出一路很别致的风情。赵文远慢慢睁大了眼睛，有些不敢相信地看着她。潜清清还很少在他面前露出如此女人的一面。

潜清清个子高，几乎不比赵文远矮。她走过去，双臂往赵文远肩上软软地一搭，妩媚地笑道："文远，你就这么想把你的女人推进别的男人的怀抱吗，嗯？"

赵文远被她递来的妩媚眼神弄得心神一颤："可……可你又不是我真正的女人。"

潜清清叹了口气，幽幽地道："你是怪我不肯真的做你的女人喽？那……人家今晚就做你的女人，好不好？"

赵文远蒙了，他万没想到这等艳福居然一下子就落在了自己头上。赵文远期期艾艾地道："好……好……我……我们今晚……今晚就做真正夫妻。"

潜清清的嘴巴靠近了他的耳朵，一阵幽香先飘过来。潜清清在赵文远的耳边呢喃道："等我们做了真正夫妻，就一起去中原吧。这劳什子的驿丞不做也罢，咱们挂印远遁，从此长相厮守，你说好不好呢？"

"什么？"

赵文远一听，顿时惊出一身冷汗，酒意吓醒了一半。他吃惊地推开潜清清，道："难道你想背叛土司大人？不行，这不可以！驿丞怎么了，你以为当官就那么容易？虽说我爹是播州阿牧，为我谋这个官职也等了好久……嗯！"

赵文远一声闷哼，捂着下体卧倒在地上，佝偻的像个虾子。他哆嗦着身子，痛苦地道："你……你为什么打我？"

潜清清抬起的膝盖慢慢放了下来，若无其事地道："你是靠父辈余荫得来的官职，尚且不舍得放弃，叶小天拼死拼活才得到县丞之位，就算本姑娘肯色诱他，你以为他就会为了我放弃他的前程？"

赵文远呆了一呆，怔怔地道："这……"

潜清清俏脸一沉，娇叱道："滚出去！"

叶小天夹起一片酱驴肉丢进嘴里，又美美地灌了口小酒，十分惬意。这时赵文远捂着肚子，一步一挪地走了进来。叶小天笑眯眯地问道："怎么去了这么久，我还以为你掉茅坑里了，正打算去捞你呢，哈哈。"

赵文远尴尬地苦笑道："我肚子有些不舒服，见笑了。"

· ※ · ※ · ※ ·

"不读书有权，不识字有钱，不晓事倒有人夸荐。老天只恁忒心偏，贤和愚无分辨。折挫英雄，消磨良善，越聪明越运蹇。志高如鲁连，德高如闵骞，依本分只落的人轻贱……"

叶小天负着双手，一步三摇，嘴里哼着小曲，慢悠悠地踱到洪府门前。此时酒意已经淡了几分。

叶小天那六个长随武士一向与他形影不离，这时其中一人上前叩响大门，马上就有一个洪府门子开了门，探头向外一看，见到叶小天，认的是本家少爷的好友叶县丞，赶紧开了门，点头哈腰地道："二老爷，您老快请进！"

叶小天晃晃悠悠地进了院子，对那门子道："你家少爷呢？"

门子龇牙笑道："少爷正陪少夫人呢，二老爷您这边请。"

若是换个当官的来，这门子早就报进去，请自家主人迎见了。不过叶小天是洪府常客了，每次来都是找大亨，见了洪百川洪大善人时，他一向是执晚辈礼的。所以这门子也未通报，便指点他去了罗大亨所居的院落。

叶小天也不使人带路，大摇大摆地来到大亨夫妻所居的院落。一进月亮门，恰有一个小丫鬟迎面走来，一见叶小天连忙蹲身福礼。叶小天认得她是洪老爷子拨来侍候少夫人的，笑问道："大亨呢？"

那丫鬟答道："少爷正陪少夫人在花园里，二老爷您这边请。"

叶小天随着她步入花园，就见秋菊绽放，满树黄叶，大亨和妞妞正坐在小亭下石台旁。大亨使一口银刀把一颗金橙切成了几块，刚把一块金橙剥去皮，递到妞妞嘴里，一见叶小天，他马上兴奋地站了起来。

妞妞腆着大肚子也想起来，叶小天笑道："弟妹，你就坐着吧，不要起来了。我这个官，可没有你肚子里的那个娃娃金贵。坐下，快坐下。"

妞妞已经快生了，肚子高高隆起，可她的动作仍是风风火火。不仅走路如此，就是这一站起，也丝毫没有迟缓的感觉。洪老爷子对于儿媳妇这一点可是大大夸奖过一番："懒是丫头！看妞妞这利落样，一定给我们家生个大胖小子。哈哈哈……"

大亨拿起毛巾擦了擦手，迎上叶小天道："大哥，今儿怎么有空过来。"

叶小天道："我去驿站办事，回来正好经过这儿，进来找你聊聊。"

妞妞一看叶小天的眼神，就知道他必定有事对大亨说，便对叶小天道："叶大哥，你和大亨聊着，我先回去歇歇。"

叶小天点点头，妞妞迈开大步便风风火火地离去。那小丫鬟抢上去要扶她，被妞妞一把甩开。她可扮不了那弱不禁风的大家闺秀，叫人扶着，迈着碎步，半天蹭不出一步路，能把她活活憋死。

枫树下，一张青石板上已经落了一层红叶，二人也不拂去，就在青石条凳上坐了下来。一个丫鬟得了妞妞吩咐，给他们送来了两杯新茶。二人捧着袅袅的香茗，坐在飘零的红叶当中聊天。

听了叶小天的话，大亨脸上露出为难的神色，道："大哥，妞妞生产在即，我现在实在不好离开。"

叶小天笑道："就算你肯，我也不敢哪。这时让你出门帮我办事，你家老爷子还不打破我的头？我只是想借助你的店铺，帮我演一出戏。你这位大东家只消吩咐下去,叫你开在金陵的店铺配合我的人行动就好。"

大亨展颜道:"这个容易,大哥你想怎么做?"

※·※·※

不知什么时候,金陵城内秦淮河畔开了一家"大亨杂货铺"。杂货铺哪里都有,但是这家杂货铺专卖各种世间难寻的珍奇之物,而且价格极其高昂。你如果抱着要买一件什么东西的目的到这家店里未必买得到,可你去那店里随便转悠转悠,总能找到几件可以让你心动的玩意,回到家时依旧心满意足。

"大亨杂货铺"开在秦淮河畔,店面极大,店内极其奢华。园林是请苏州名匠精心设计的,把它当成一个游览胜地都是可以的。如此一来,这家很特别的杂货铺很快就在金陵城打响了名声。

抱着未知的目的去"大亨杂货铺"淘换宝贝,得一个意外之喜,这很容易勾起人们的好奇心。"大亨杂货铺"一举成为金陵城最红火也最知名的珍玩店。有些家资巨万的老爷们每隔两天不去那儿转悠转悠,就觉得浑身不痛快。

由于常去"大亨杂货铺"转悠的都是金陵城的有钱人,这些人大多素不相识,这里也就成了一些富豪经常聚会聊天的所在。很快,这里竟成了金陵超级富豪们攀比身份的一个标准。不能经常出入"大亨杂货铺"并在这里购物的人,有什么资格说自己有钱?不得不说,大亨精准地掌握住了这些富人的心理,所以才能日进斗金。

有钱人聚集在一起,聊的当然也是钱和有钱的人。这两天大家聊得最多的话题,是关于一个北方大参商的。北方大参商在这些金陵富绅的印象里,总是带着些土气,就像真正的公卿豪门看他们时一样,大抵也是带着些轻蔑,把他们当成暴发户。

不过,真正的公卿从心底里还是有些羡慕他们的奢侈的。真正的公卿豪门虽然有钱,却也做不到像他们那样一掷千金。而他们提起那位北方大参商,同样是轻蔑中带着一丝隐隐的羡慕。因为,如果说他们是一掷千金的豪富,这位北方大参商简直就是一掷万金!

今天,他们不约而同地又提起了这位北方豪客,正讥诮地说起这位北方大参商那些既阔绰又土气的举动时,就听一个极响亮的嗓门喊起来:"你拉扯俺干啥?俺就上里溜达溜达,不都说经常上这里闲唠嗑的人才是有钱人吗?俺不就是有钱人吗?"

第六十二章

引蛇出洞

一

在"大亨杂货铺"喝茶闲聊的人都是身家巨万的金陵富豪，即便几个人聚在一起说话，也是轻声慢语，非常儒雅。这人嗓门高得像打雷，一下子就起到了先声夺人的效果，再加上他那浓重的东北口音，顿时人人侧目。

"嘘！不要说了，就是他，那个北方大参商。"

"没错，是他。他在我的玉器行里买过东西，我还记得他的名字，叫左伯言。"

"伯言？这名字挺雅的啊，怎么人却这般粗鲁。"

"我呸！谁知道他本名叫什么。伯言，肯定是这个喜欢附庸风雅的家伙发达以后请读书人后改的名字。"

"呵呵，此人阔绰得很，花钱似流水，他来了大亨杂货铺，乔老板可发达喽。"

众人窃窃私语着，就见一条身形高大、满脸络腮胡子的北方大汉晃着膀子走了进来，瞪着一双牛眼四下掌摩。在他身边，伴着一个身材娇小的女子，大亨杂货铺里的众富贾只一瞧，就觉得这女孩清纯柔美，仿佛一眼深山灵泉，那股子灵气直沁人心脾。

美人他们见多了，艳丽的、妖娆的、妩媚的、俊俏的、清雅的，可无论哪一种美，都不免沾染了几分世俗气。这个女孩并不见得比他们曾经见过的绝色美人更美，但那纯净剔透到了极点的气质，却是别人所没有的。再衬着她那娇小玲珑、易于把玩的身段，有几位喜欢美人的大富绅贪婪的目光便在她身上流连起来。

只是，再一看她旁边那个高大粗犷、满脸胡子的大汉，却不免要叫人暗叹，如此佳人，怎么就落到了这样一个粗俗之人手中，当真是暴殄天物啊。

看看那左伯言的德形，一袭北方制式的袍服，不修边幅的胡须，粗手大脚。明明穿着一套上好的丝绸衣服，里边的裤腿却习惯性地挽了起来，露出一双毛腿。双手的袖子也挽着，汗毛粗重，简直就像一只会说人话的大猩猩。

"你瞅啥？"

一个富绅看看这野兽般的大汉，再看看傍在他身边的那位娇小纯美的姑娘，想象着美女与野兽交合的禁忌刺激的画面，左伯言突然恶狠狠地瞪过来。左伯言一说话，后边立即有几个打手撸胳膊挽袖子，做出忠心护主的模样。

这位大富绅也不是寻常人，他姓吴，吴悦玥，苏州吴家的人。家里田地万顷，经营各色生意。据说家族里还有海船船队，所以十分富有。尤其是，他身为地头蛇，当然不会怕这外乡人的威胁。

只不过，如果承认他是在盯着人家的女人看，未免有失身份，吴悦玥自然否认。他淡淡一笑，略带嘲讽地道："足下一进店门，便大呼小叫，招摇跋扈，吴某倒是想目中无人来着，可是不看都不成啊！"

吴悦玥这么一说，周围立即传出几声窃笑。那左伯言皮上有些挂不住了，他伸出粗大如胡萝卜的手指头往吴悦玥的鼻尖前一点，大声道："扯犊子！你是盯着俺看？你是盯着俺的女人看！瞅你那熊色，当俺不知道你咋想的啊？你不就是觉得一朵鲜花插在了牛粪上了吗？"

左伯言这话一说，周围几个富绅终于忍不住哈哈大笑起来。画屏、盆景隔离的其他几处地方的富绅们听得清楚的，也都面带微笑地向这边看着。

左伯言扬扬自得地道："俺跟你说，你要是走大街上，发现一朵鲜花插在了牛粪上，那不是鲜花眼瞎，是那坨牛粪有本事，你知道不？俺有钱，俺家的人参多的当萝卜啃。咋的，你不服啊？"

娇小的清纯小美人大概觉得自己男人表现得太粗俗了，有些难为情地拉了拉他的衣袖，白净如玉的脸蛋上微微泛起一抹红。

左伯言咣当着大眼横了她一下，扯着嗓子道："你扯俺干啥？这老瘪犊子，不骂就不行。这么大年纪了，长得干不拉瞎的，还人老心不老，一双贼眼老打量俺的女人，也不嫌磕碜，俺不削他都算客气的了。"

左伯言说着，倒是一边继续往前走了，那清纯小美人走在他身边，耳垂上一对翠玉的耳坠，呈小水滴状，衬着她那娇小玲珑的身材，仿佛整个人就像一枚香扇坠似的精致。饶是那左伯言骂骂咧咧的，大家还是忍不住要多看她一眼。

这时"大亨杂货铺"的掌柜乔老板总算得到伙计报信了，急急忙忙迎上来，殷勤地道："这位客官，您里边请。老朽忝为本店的掌柜，不知道这位客官想淘换些什么宝贝？"

左伯言扯开大嗓门道："俺淘换啥啊，你这儿有啥啊？你有啥好东西就拿出来呗，只要看对了眼，俺都要！俺跟你说，俺可是听说你这儿净卖稀罕物，俺才来的。那些便宜喽嗖的破玩意你可别往外拿，俺老左见过世面，你可别忽悠俺。"

乔老板一脸苦笑，连声应是，"客官，老朽不聋，您不用这大声，老朽听得见。"

左伯言瞪眼道:"咋了,嫌俺嗓门高啊?俺老左就是这么一个人,说话粗声大气,一辈子的毛病了,改不了!"

旁边那小美人微微蹙着眉头,又扯了扯他的衣襟。左伯言挥手扫开,并不理会。小美人生气了,瞪起俏眼喝道:"干啥呀你,没完了啊!嘟嘟瑟瑟的,满屋子就听见你咋呼了。你就不能鸟悄儿的啊!"

对这位精致小美人颇有些心猿意马的富绅们,一听这一口大碴子味,心中的女神梦登时像鼻涕泡一样地破灭了……

左伯言和他的女眷被迎进了接待贵宾的雅间,几个狗腿子便往雅间外面一站,四下里的富绅们少不得窃窃私语,暗中嘲讽一番。有钱又如何?如此俗不可耐的人物,他们是万万瞧不在眼中的。

过了好半晌,左伯言带着他的女人从雅间里出来,乔掌柜的紧随其后。看他那眉飞色舞、按捺不住的兴奋劲,众人就知道,肯定从这北方参商身上没少赚钱。

"你别说哈,这里的东西确实稀罕。你就说这个扑棱蛾子吧,咱那旮旯真没这么好看的。"

左伯言大手上托着一只"蛾儿",一边说一边往外走,旁边那小美人大概也知道无法叫他放轻声音了,轻轻噘着小嘴也不吱声。

"蛾儿"是一种首饰。"蛾儿雪柳黄金缕,笑语盈盈暗香去。"是用绫绮等织物剪成,在剪好的蛾形上,还要用色彩绘上须子和翅纹;雪柳则是用捻金线制成的柳丝状饰物,饰以金钱,都是戴在头上的。

左伯言带着他的小美人,领着七八个狗腿子呼呼啦啦地出了"大亨杂货铺"。乔掌柜的一直把他们送出门外,这才笑容满面地回来。他一回来,一些好奇心重的富绅立即围了上去,七嘴八舌地问道:"乔掌柜的,赚了这土包子多少钱?"

乔掌柜的笑眯眯地伸出一只巴掌,缓缓地道:"蛾儿,仅仅那只丝制的蛾儿,就赚了这个数!"

一个富绅吃惊地道:"五十两?乔掌柜的,你可真黑啊,这个价你也敢要!"

乔掌柜的哈哈大笑,道:"错啦!是五百两!而且不是老朽出的价,是那左伯言自己喊的价。他还说'这扑棱蛾子,太漂亮啦!一口价,五百两!行,俺拿走,不然俺就不要了',老朽还能说什么呢,当然让他拿走。哈哈哈哈……"

众富绅听了也不禁哄堂大笑。吴悦玥站在人堆里,听着乔掌柜的这么说,眼珠微微一转,悄悄溜了出去。

左伯言带着他的小美人登上车子,竹帘一放,便很自觉地拉开了距离。亏他偌大的身子,挤在那角落里,显得也忒憋屈。那娇小玲珑的小姑娘瞟了他一眼,莞尔一笑,甜甜地道:"毛大哥,不用这么避嫌,要是信不过你,小天哥怎么会让我扮你的女人呢。大大方方坐着呗，咱身正不怕影子斜。"

原来这北方大参商左伯言，竟然就是毛问智所扮，听了哚妮的话，毛问智干笑道："哚妮姑娘，俺倒不是怕大哥有想法，实在是俺的身子并不正，还是坐远点自在……"

太阳妹妹扑哧一声笑了出来。毛问智叹了口气，对太阳妹妹道："跟着大哥这么久，俺都没大有北方口音了。如今再这么说话，还真觉得不得劲。"

哚妮刚要接口，马车忽然停住了，车把式扬声对车内道："有人拦路，请见大掌柜的。"

毛问智和哚妮对了一下眼神，迅速坐到一起。哚妮把帘绳一拉，前边的竹帘徐徐卷了起来，就见路边站定一人，身后站着两个随从。那人满面堆笑，正是方才与他们发生过口角的吴悦玥。

"左大掌柜"跳下车子，撸胳膊挽袖子的又咋呼上了："咋的，想干仗啊？不是强龙不过江，老子还真不怵你。"

吴悦玥对毛问智拱了拱手，笑容可掬地道："左老爷误会，吴某追来，可不是为了与左老爷发生冲突，而是有笔生意要谈。我看左老爷喜欢珍奇之物，吴某手中恰有一些北方难得一见的宝物，不知左老爷你有没有兴趣？"

第六十三章

柔弱的坚强

一

"这是……这是什么牛的角啊,这么老长!"

"啧啧啧,这是犀角吧?"

"哎呀妈呀,这对象牙也太大了。这么大的象牙,俺还以为是石雕呢。俺在辽东李将军府上见过象牙,李将军的府邸附郭十余里,府里头光是歌乐伎者就有两千人。那个阔气,也没见摆上这么大的象牙。"

吴悦玥笑眯眯地道:"这儿还有一扇珊瑚呢。左老爷你看,吴某敢保证,左老爷你虽富甲天下,可惜你远在北方,这么高大、这么漂亮的珊瑚,你也未必见过。"

"嗯!买了买了,我全都买了!不过……"左伯言揪着大胡子,大脸揪成了包子。吴悦玥一听他连价都不讲,全都要了,心中顿时大喜,忽又听他说"不过……",顿时提起了心,紧张地问道:"不过什么?"

左伯言叹了口气,把吴悦玥拉到一边,小声道:"吴老爷,俺不瞒你说,俺在辽东呢,生意能做得这么大,诸部的头领啊,辽东的军将啊,那关系都处得很好。"

吴悦玥连连点头,道:"那是,那是。要不是这么广阔的人脉,怎么不见别的参商有左老爷你这般风光。"

左伯言道:"这就是了。你说俺要给他们捎点礼物吧,给谁、不给谁?李家有了,张家没有,张家肯定不高兴。这个部落首领送了,那家没送,肯定得罪那家啊。"

吴悦玥蹙着眉头,不解地问道:"左老爷是说?"

左伯言一拍大腿,道:"哎呀妈呀,俺说得这都多明白了,你咋就听不懂呢。少了!懂不?你这些象牙啊,犀牛啊,珊瑚啊啥的,俺都要,可就是东西少了,不够分哪!"

吴悦玥一听,为难地道:"哎!可惜没有早遇见左老爷你。其实这些货物,我原本有许多,可已经卖出了大部分,如今手上只有这些了。"

左伯言看看那些宝物，依依不舍地摇头道："哎！那还是算了吧，都不送呢，他们也未必会说啥。这要有的送有的不送，那肯定得罪人。算了算了。"

左伯言转身要走，吴悦玥赶紧拉住他："慢着慢着，左老爷，你在金陵还要待多久？你要是能再待一个月，我就能给你弄到足够的宝物。"

"一个月啊……"

左伯言捋着大胡子想了想，为难地道："俺吧，再有半个月就要去扬州……"

吴悦玥道："扬州？成成成，扬州不远，如果到时候左兄你回不了金陵，那兄弟使船把东西给你运过去。"

"一个月，你真能整着啊？"

"真能！真能！来来来，左兄，咱们也算是朋友了。今儿你既然来了，一定得在我这里吃一席酒，让小弟我略尽地主之谊啊。哈哈，请请请，这边请……"

· ※ · ※ · ※ ·

毛问智摇身一变成了辽东大参商左伯言，他扮北方人，实在是再合适不过，毫无破绽。

叶小天给他的唯一指示就是尽可能地招摇，吃喝玩乐，唯此而已。毛问智作为这个任务的执行人最是恰当。他最喜欢的就是吃喝玩乐，这一阵子在金陵，真有乐不思蜀的感觉。

正经事叶小天基本上是不叫他去做的，扮富豪的一切安排调教由"大亨杂货铺"金陵分店的乔掌柜负责帮他，盯吴悦玥的梢则由哚妮负责安排。

哚妮不必每天都陪在毛问智身边，因为自从毛问智交了吴悦玥这个酒肉朋友，两人时常去花街柳巷寻欢作乐。家花没有野花香啊，两人身边虽然不乏貌美如花的女人，可有时候还是觉得青楼更有滋味。

这时候，哚妮要么待在毛问智租下的一幢豪宅里，要么就独自上街游玩。她上次来金陵寻叶小天，大部分时间都待在金陵驿里，游赏的去处不多。如今假扮参商的女人，倒是真正长了一番见识。

这一日，哚妮去游玄武湖，回来时天光还早，便又去了鸡鸣寺。站在鸡笼山上向南眺望便是贯穿了成贤街的国子监。哚妮忽然想到住在成贤街上的薛水舞，便带人下了山，往成贤街赶去。

哚妮从毛问智、华云飞那里不止一次听说过这位水舞姑娘的事情，对叶小天曾经深爱过的这个女子她非常好奇。她想去看看，看看小天哥曾经喜欢过的这个女人如今是何模样。

珍珠桥畔，四宝书斋，无疑是国子监周围生意最红火的文房四宝店。从每日进出这家店铺的人数就能看出来，这一点别的书店当真羡慕不得。谁叫他们的店主不是这样清丽温柔的美女姐姐呢。

四宝书斋，唯有一宝。这是国子监的监生们说的，书坊里的女店主水舞姑娘，不知被多少监生倾慕暗恋着，把她当成自己心目中的女神。也有些自诩风流倜傥的书生常常流连于此，希望有机会与这样的美人发生一段缠绵悱恻的故事。

但他们很快就发现，书里那些浪漫的才子佳人的故事都是骗人的。他们能够在国子监就学，无疑是才子；水舞姑娘无疑是个佳人，可是不管这才子是卖弄才学还是钱财，都无法让她假以辞色。她始终是那么静静的、温柔的，仿佛完全看得穿他们的心思，却既不点破令他们尴尬，也丝毫不给他们想入非非的机会。

欲求而不可得，这令监生们更是心痒难搔；但是对这位水舞姑娘，也更加地敬重起来。然而今天，他们不敢亵渎的女神，竟然被一个乞丐缠上了。

四宝书斋门口，几个乞丐堵住了大门，门边上站着吕大嫂和陈家娘子，这是水舞雇佣的两个妇人。她们和水舞一起住在书坊后进院落里，朝夕相处，早已情同一家。

两位大娘手里拿着扫帚，对那几个乞丐怒目而视。四周围了许多监生和路人，看他们一个个怒容满面、跃跃欲试的样子，似乎快要对这些乞丐出手了。

"住手！住手！你们想干什么？啊？"

一个乞丐大声喝止围观者的蠢动，把披散的乱发左右一分，嚣张地道："我，谢传风，是她薛家自幼定了亲的男人，你们不信就唤那女人出来，当面问问她是不是这样？我要跟自己娘子完婚，天经地义！乞丐怎么啦，乞丐她就可以悔婚？"

这乞丐虽然破衣烂衫，穷困潦倒，但是细看他那眉眼五官，赫然就是谢传风。说来这谢传风也实在倒霉，他卷带了一批细软财货，本想到金陵城享清福，谁料半路上却遇上了劫匪。

四个人，一口粪叉子，三根木棒，就把他一车的财货都劫走了。好在这几个劫路贼不是专业人士，瓜分了钱财便逃之夭夭，没有取他性命。这一来谢传风就成了一个穷光蛋，到了金陵只好做乞丐。

他与一帮乞丐厮混熟了，便在金陵城里乞讨为生，恰恰有一日来到四宝书斋。薛水舞心善，有心周济一下这穷苦人，不想两人一碰面，全都呆住了。

谢传风初时又羞又愧，待他逃回破庙仔细回想，却是越想越是心动。当初他是田家的大管事，当然可以挑三拣四，如今却今非昔比了。眼看那水舞生活得不错，居然还有一家铺面。就算她不是完璧之身又如何，娶了她便能衣食无忧啊。

于是乎，谢传风就翻出他的婚书，再度找上门来。谢传风这份婚书一直珍藏着，当初留着它的目的倒不是为了迎娶薛水舞，而是想着或可用来攻讦叶小天毁其婚姻、抢夺其妻，后来一直没有机会用上。不想如今孑然一身，就只这一纸婚书成了他最后的依靠。

薛水舞当然不会再嫁给他，谢传风登门耍赖无果，反被吕大嫂和陈家娘子打将出去。无奈之下才把此事说与众乞丐知道，请他们帮忙逼迫水舞出嫁，许诺事成之后人人有赏。于是这些乞丐便都跟他来了。

眼见事情闹大了，围观的人也越来越多，谢传风便从怀中小心翼翼取出那份婚书，扬扬得意地道："看看，你们看看，婚书在此，她薛水舞岂能抵赖。再不从了我，我就告上官府去！"

吕大嫂和陈家娘子一听，马上回头看向店内，水舞正低着头打着算盘。听那清脆而有节奏的算盘珠子响声，看来她并不慌乱。吕大嫂担心地道："水舞妹子，你听到了吗，那个无赖说要经官呢！"

算盘珠子一停，水舞抬起头来，向她微微一笑，细声慢语地道："不用理他，你们只管守住门户，这等无赖小人，自会有人治他。"吕大嫂和陈大娘子互相看看，有些不明所以。

谢传风举着那份婚书，正想大肆宣扬一下，人群后面突然冲出一哨人马，横眉立目地喝道："让开，让开，锦衣卫办案，闲杂人等统统让开！"

蒯鹏排开众人闯到店前，一指谢传风，喝道："就是他！把他抓回去！"后面一票锦衣卫，冲上来恶狠狠地拖起谢传风就走，谢传风茫然道："你们干什么，我做了什么？"

蒯鹏道："你做了什么自己不清楚吗？哼！到了锦衣卫，就不信你不吐实！带走！"锦衣卫抓人，那些乞丐哪敢阻拦，早就吓得抱头鼠窜了，那些监生对此乐见其成，谢传风就这么被抓走了。

人群中，哚妮微微一笑，她认得蒯鹏，那可是她小天哥的狐朋狗友呢。哚妮转身走向自己的车子，心中暗想："谁说小天哥绝情了，对这位水舞姑娘，他安排得可是好着呢。"

吕大嫂和陈家娘子欢喜地跑进店里，她们还真不知道水舞有这么硬的靠山，居然有锦衣卫替她出面。面对吕大嫂和陈家娘子语无伦次的喜悦，水舞报以恬淡地一笑。

她心里清楚，需要感谢的人究竟是谁。她不会再忸忸怩怩地矫情，欠他的，反正这一辈子也还不清了，却也不差再多那么一点点。无论如何，她不再是那个柔柔弱弱、毫无主见的薛水舞，她已经变得坚强起来了。

谢传风迷迷糊糊地就被锦衣卫带走了，被人抓起来时他还想着："一切都是误会，到了锦衣卫说个清楚，我就可以出来啦！"

但是，他并没有被带去锦衣卫。当他脸上的黑布被人解开时，谢传风眯缝着眼睛，好半天才适应了周围的光线。他先是看到了一座巨大的陵寝，一方巨大的石碑，接着,他看到许多石马石牛石虎石象排列两旁。

赵四公公向一个年迈的老太监拱手道:"秦公公,这个犯人就交给你神宫监啦,叫他在这儿帮你们守陵,做些杂务好了。但有一点,此人永远不得离开此处!"

那老太监笑眯眯地点了点头,不怀好意地打量着谢传风,用沙哑的公鸭嗓子答道:"赵四公公,你就放心吧。进了我们孝陵的人,只能一辈子在这看坟,谁也别想再出去,嘿嘿……"

第六十四章

跨县办案

一

　　叶小天用的显然是引蛇出洞的法子。他让毛问智冒充辽东大参商，在金陵府出手阔绰无比，就是为了把走私违禁品的那条大鱼钓上来。
　　生意人都想谋求利益最大化，尤其是他们冒着杀头之险走私贩运，就更是如此。现在看来，吴悦玥就是这个庞大的走私集团在金陵的销赃人。
　　与此同时，叶小天又对常在葫县驿路上做生意的商贾和本县所有的车马行都进行了一番很细致的调查，重点怀疑目标最后锁定在两个商贾和一家车马行身上。这两个商贾一个姓胡，叫胡奇峰；一个姓吕，叫吕默。而这家车马行就是常氏车马行。
　　叶小天暗中动用自己最信任的人，分别监视着这三家的行动。他不可能在短时间内把自己的眼线插进去并取得对方信任，从而掌握最深层的秘密。那么就只能从这些商家的一些异常行动来分析了。
　　这天，叶小天忽然接到华云飞送来的消息：胡氏商行的掌柜胡奇峰这两日要亲自押运一批货物回中原。这批货物并非很重要，胡奇峰作为大掌柜的长期盘桓在葫县，这次却要亲自押运，显然有些不同寻常。
　　消息是胡奇峰自己在一次酒宴上透露出来的。他说离家太久，眼看年关将近，所以打算跟车回去，在家乡过年。这个理由倒也说得通，但是在他已经被列为怀疑对象的情况下，就不能不多想一层了。
　　与此同时，常氏车马行也派出了一支车队，押运一批货物南下。车马行是不会空车往返的，他们从这边载了货物南下，到了南边再接了货物北上，如此往返才不致空耗。
　　这次负责押运南下的人是常自在的拜把兄弟，也是他最信任的一个手下，叫江旭。按照他们的行程，等江旭把这批货物交付，再载了货物北上归来的时候，恰是胡奇峰打算离开葫县的日子。

这样的两条消息一并送到叶小天面前，就不得不让他产生一定的联想了。叶小天看了这两条消息，马上意识到这其中必有蹊跷。这个机会抓好了，有可能一口就吞掉对方的"大龙"！

叶小天马上就做出了决断："在江旭押货返回的时候，动手！"

……

江旭带着车队踏入葫县地境，不由得长长地松了口气。那支围绕驿路打家劫舍的山贼团伙已经被官兵剿灭了，侥幸逃脱的山贼重又化整为零。如此一来，护卫武装稍强的商队，他们就不敢下手。但是相对的，想剿灭他们也更难了。

江旭这支车队有数十名骁勇善战的护送骑士。尽管如此，他承担着整个车队的安全，一路上还是非常谨慎。如今回到葫县，再有小半天工夫就能赶到驿站，他这才放下心来。

江旭勒住马缰绳，回头吆喝道："兄弟们，都打起点精神来，咱们就快到家了。三叩九拜都过了，可别差在这一哆嗦上。到了车马行，老子请你们大口喝酒、大块吃肉！"

话犹未了，路旁忽地铜锣一响，从林中杀出一哨人马。江旭大惊失色，马上一骨碌从马鞍上翻下来。山贼劫道，杀出来的时候常常先用冷箭和标枪向那些骑在马上的人打招呼，因为这些人不是管事就是保镖。

生死关头，江旭的动作哪能慢了。他一骨碌从马上翻下来，伸手拔刀，大叫道："布阵、布阵、布圈阵，死守！这儿离驿站近，山贼不可能……"

江旭大叫着，忽地看清那些冲过来的人，不由得为之一呆。这些人身穿战袄，头戴红樱战盔，手持长矛腰刀，哪里是什么山贼，分明就是一队大明官兵。一个军官拔出腰刀，放声大吼："巡检司盘查！所有人等放下武器，退立道边，面壁等候！"

随车队而行的货物主人一见是官兵，顿时松了口气，连忙满面堆笑地迎上前去，却被几把长矛抵住了，只得站在那儿点头哈腰地道："军爷通融，霍某这批货没有什么违禁挟带。霍某……"

那军官冷冷地打断了他的话，道："你，也站到一边去，等我们查验过后，若是没什么走私挟带，自会放行！来啊！给我搜！"

在巡检司官兵突然对江旭的车队进行盘查的时候，整个葫县也发动了一场全面彻查。叶小天这么做是担心一击不中的话会打草惊蛇，把行动扩充到全县，就能把他的真正目的隐藏起来。

当然，全面彻查也才更有可能掌握确实的证据，这个时机也正适合放在对江旭的车队采取行动的时候。为此，叶小天不仅动用了捕快，还请巡检司配合检查，甚至向赵文远借调了驿卒。

这一通彻查，收获着实不少，总计抓到拐卖妇女儿童的人贩子三名、通过挟带等方式偷漏税赋的行商坐贾十七人、隐姓埋名藏在车马行里当伙计的逃犯两人、走私违禁品的小商贩居然有六个。

花知县大悦，声势如此浩大的打击走私行动，足以对不满的朝廷和上官们有所交代了，更何况还有如此丰厚的收获。于是，花知县马上写了一份花团锦簇的捷报，兴高采烈地送到了铜仁府。

对于叶小天来说，这次行动却是彻头彻尾的失败，完全没有达到他想要的效果。当日放衙之后，叶小天邀请苏循天、周班头到他府上，再喊来华云飞，四人凑成一桌，一边饮酒，一边研究起了这次行动。

叶小天道："几位，都说说吧，咱们检查得如此彻底，居然一无所获，可能会是什么原因？"

苏循天抿了口酒，思索地道："大人，你说……贩私的人会不会是另有密道可供行走，根本没有通过驿道？"

"这不可能！"

华云飞马上反驳道："在别处，这么做或许行得通，但是在我葫县绝不可能。大山险峻重重，就算赤手空拳，很多地方都无法攀爬，更不要说携带大量既贵重又沉重的财货了。"

苏循天道："那……也许是因为官府近来查禁严格，所以他们偃旗息鼓，暂时收手了呢。"

叶小天道："这也不可能，缅人现在急需大量的粮食、布匹和药物，而这一切，都需要拿财货来换。朝廷已禁止同该国通商，他们只有走私一途。一次走私所得，让一个人发财容易，要供给一国所需却根本不可能。私贩就算想暂时收手，缅人那边也不会答应。如果他们不肯配合，缅人就会另寻他人交易，从此不再与其合作。他们是不能收手的。"

周班头道："大人，卑职以为，这次全县彻查，我们不只动用了巡检司的官兵和三班捕快，甚至还包括民壮和驿卒，人多眼杂，泄露了消息。如果有人提前得到消息，我们自然一无所获。"

叶小天微微蹙眉道："这次行动，我已慎之再慎。之前负责监视的，都是可信之人。准备动手的时候，我这才向知县大人、罗巡检和赵驿丞借调人手，行动不可谓不快了。即便有人想通风报信怕也来不及吧。"

周班头笑道："大人，只要有人示警，掩埋罪证还是很容易的。如果贩私者干这一行已非一日两日，必然早留了后手，其手段就更是层出不穷了。"

苏循天不服气地道："如果是车行或客栈，早有藏匿手段还有可能，可是上了路的车队呢？他们一旦上了驿道，两侧便是崇山峻岭，半途根本没有机会转移货物，如何泯灭罪证？"

周班头道："这个容易，如果是我，一旦得到消息，那些见不得人的财物，大可搬下车子，藏进路旁林中，着几个心腹看管，回头再行转移。如果来不及，我就把全部挟带抛下悬崖，那更是死无对证了。"

苏循天登时哑口无言。

叶小天叹了口气，道："这一次，是我草率了，有些轻敌啊。如果葫县真有这么一伙私贩，他们一定隐藏得极深，耳目更是无孔不入。本官自以为胸有成竹，其实一举一动，可能都在他们的掌握之中。"

苏循天和周班头没有说话。他们心底里也赞同叶小天这个看法。是人就有自己的网，整个世界，就是由无数个人、无数张网勾连在一起的，谁也跳不出去。你算计别人，别人也会算计你。是道高一尺还是魔高一丈，不较量到最后一刻又有谁知道呢？

叶小天笑了笑道："看来，是轻松击败徐伯夷，让我有点飘飘然了。越往上走，心越该沉得下去才行啊。心里踏实了，脚下的路才能走得安稳。我这一次，太急功近利了。这一次无所收获，今后再想把他们揪出来就难了。"

苏循天皱了皱眉头，道："大人，那现在咱们应该怎么做？"

叶小天缓缓放下酒杯，沉吟片刻道："如果私贩确实就藏在我们葫县，而且有内奸给他们通风报信，他们可以及时把赃物藏匿起来。但是有我们的严厉盘查，他们想运出去却很难。"

苏循天颔首道："不错！可是只有千日做贼，没有千日防贼啊，我们总不能天天这么盘查吧？如果那么做，势必惹得天怒人怨，不等私贩抓到，朝廷先要惩治你我了。"

叶小天道："一味等待，当然是不行的。不过，我们有上头催着，他们就悠游自在吗？年关将近，替他们销赃的人，想必早就收了不少买主的订金，许诺人家在年关之前交货。再者说，那些藏匿起来的财货留在这儿，必然非常危险，他们一定会想方设法尽快运出去，这样的话，就不可能没有一点蛛丝马迹。"

苏循天一拍大腿，发狠地道："成！那我就跟他们耗上了！回头我就带人守在驿道上，吃喝拉撒全不离开。我就不信，如果有人挟带，还能从我眼皮子底下溜过去。"

叶小天道："为今之计，也只有用些笨办法了。周班头，你和循天辛苦些，轮换着来吧。"

周班头点点头，又道："卑职还有个想法，不知妥不妥当。"

叶小天笑道："今日请你们来，不就是集思广益吗，你有什么主意，只管说。"

周班头迟疑地道："我们葫县是整条驿道的葫芦口，财货运到此处，就可以分散装运，散布各处，所以账簿很容易做手脚。可咱们的前一站大万山司不同，那里记载的应该是实数。如果咱们取了本地各车马行和各商行的账簿，与之一一比较，发现差额比较悬殊，他们又说不出个所以然的……"

叶小天的眼睛亮起来，击掌赞道："妙啊！那咱们就双管齐下。循天，你和周班头轮流守住本县驿道的出口，不叫一箱私货运出去。本官马上行文铜仁府，请求给予我越县查案之特权！"

华云飞跃跃欲试地道："大哥，那我呢？"

叶小天道："你？你去查查，本县都有哪些富绅家里有账房。"

华云飞瞠目道："查这个干什么？"

叶小天道："因为……我需要很多会查账的人！"

第六十五章

蛛丝马迹

一

在一场声势浩大、波及全县的大盘查之后，葫县官府对行商和车马行的临检开始变得松懈下来，这让商贾们大大地松了口气。

衙门里的捕快，尤其是跟着正役捕快狐假虎威的那些帮闲，本就是一群吃拿卡要占便宜的主，平时没理由还要找理由从他们身上揩油水。如今有了正当借口，那真是不胜其烦，现在总算轻松了。

可官府虽然减少了对他们的日常盘查，却在葫县驿道出口的最后一道关卡处加强了对出境货物的盘查。这里本来只有一道税卡，设税丁于此，征收出关货物税赋。现在于税丁之外又多了一群捕快。

如此一来当然会拖慢行旅的速度，一些士绅便去向花知县大发牢骚，花知县便把叶小天找来询问情况。叶小天向他大吐苦水道："县尊大人，你听他们胡扯，他们只求方便，哪知下官的苦处呢？

"朝廷一经发现贩私贩禁，便一层层地压下来，最后总要着落在下官头上。下官若是不做事，那是下官怠忽职守；下官做事，又有人来说三道四，那下官究竟是做事还是不做事，要怎样才能让上下左右的人都满意？这个卡设在那儿，下官对上也有个交代。如果撤了，谁来承担？"

花晴风听了叶小天这番牢骚，也就捏着鼻子认了。相对于叶小天，他还是觉得那些士绅们更好打发一些。花晴风苦笑道："本县当然知道你的难处，那关卡就设着吧。不过，你一定要约束部属，不得吃拿卡要，勒索受贿，做出扰民之举。你去忙吧。"

"不忙，县尊大人，下官正有事情要跟你说。"

叶小天把他打算行文铜仁府，索要越境办案权的事对花晴风说了一遍。向铜仁府申请越境办案权，这得县太爷出面。如果他绕过县太爷自己向上面打招呼，那和徐伯夷之前的举动就没什么区别了。

徐伯夷那么做要是成功了，就能一步登天，入了天子法眼，犯些忌讳、得罪同僚也无所谓了。叶小天没有这样的机缘，当然不能做出如此令人侧目的事来。

花晴风听叶小天说罢，蹙眉道："你想去大万山司查案？叶县丞，本县如果没有贩私贩禁的大盗，那是好事啊，有必要跑到邻县去折腾吗？"

叶小天道："县尊大人，你也说如果，如果本县没有贩私大盗，那自然最好。怕就怕不是没有，而是隐藏太深，咱们没有发现啊。如果是那样，就是你我失职。下官以为还是查一查得好。

"咱们上一次全县彻查，其实并没有太大的收获。如果出现在中原城阜的缅国财货依旧源源不断，到时候上头还是会把这件事推在咱们身上。与其被上头逼着干，不如咱们主动为之。"

"嗯……"

花晴风捋着胡须踌躇起来。他们这些当官的就像动物王国的一只只猛禽猛兽，每个人都有自己的地盘，侵入别人的领域是相当敏感的事情，一个不好就会弄得睦邻成仇。花晴风顾忌于此，思索半晌，才道："这件事，容本县思量一下再做决定吧。"

叶小天无奈，只好说道："那也成。只是，此事还需尽快拿定主意。另外，如果我县确有隐藏的贩私大盗，必然耳目众多。此事你知我知就好，县尊大人万万不可张扬出去，再叫他人知道。"

花晴风微笑，道："本县自然省得。"

叶小天拱手告辞，花晴风坐下思量一阵，唤过一个小厮，吩咐道："你去，请王主簿来一趟。"

不一会儿，王主簿就来到二堂，花晴风请他就座，把叶小天提出的要求对他说了一遍，担心地问道："王主簿，越境办案，会不会显得咱们的手伸得太长了？若是引起大万山司的官员们不满，怎么办？"

王主簿目光一凝，脱口问道："叶县丞想越境查案？莫非他已经掌握了什么重要线索？"

花晴风摇头道："那倒没有，只是我县查剿贩私贩禁的举措虽然略见成效，可是从查获的物品来看，并没有能与贩至中原的缅人私货相符的。叶县丞担心缅国私货依旧源源不断，到时候上峰还是要把这个责任摊派到他的头上，莫不如主动勘查。"

"原来如此……"

王主簿捻着胡须思索了一阵，缓缓地道："县尊大人不必顾忌什么，大万山司是世袭的土官，咱们却是朝廷的流官，不是一路人，谈什么同僚和睦。若能因此抓住贩私贩禁的罪魁祸首，无疑是大功一件。"

花晴风道："这么说，你也觉得，该向知府大人索要越境办案之权了？"

王主簿微微一笑，对花晴风道："县尊大人，这么久了，难道你还不了解叶县丞的脾气吗？他决心要做的事，有谁能阻挡得了。此人性情执拗，如果县尊大人不同意，他绕过县尊直接去向知府大人请命，以他和知府大人的师生情谊，十之八九能成，到时反是县尊大人你里外不是人了。莫不如顺水推舟，倒也显出大人您除恶务尽之决心。"

花晴风仔细品味了一下王主簿的话，缓缓点头称是。他所虑者，只是担心得罪邻县官僚，但是听王主簿一番分析，以叶小天的脾气秉性，就算他不同意，这件事也阻止不了。到时，邻县还是会把这件事算在他的头上。

反正对方是土官，他是流官，两者泾渭分明。既然这个结果终究难免，不如积极一些。万一叶小天真的破获大案，他也可以从中分润一份功劳。想到这里，花晴风已经打定主意。

· ※ · ※ · ※ ·

驿站后面有一条小河，河水两畔杂草丛生，一人多高的野草，十分繁茂。深秋季节，有些野草已经泛起了枯黄的颜色。河畔一块大石上，摆着两张蒲团，叶小天和赵文远各自坐在一张蒲团上，正在静静的河流上垂钓。

深秋的天空清朗高远，湛蓝一片，一朵朵白云倒映在清澈的河水里。微风拂来，杂草丛中便是一阵轻微的沙沙声，令人的心不知不觉便静下来。

赵文远运气不错，鱼儿频频咬钩，虽然最大也只是巴掌大的鲢子，可那种钓有所得的乐趣却丝毫不减。叶小天坐在那儿，却没有什么收获。他捺不住性子，频频更换地方，还学着赵文远的样子做窝子，东一把西一把的，却依旧不见鱼儿咬钩。

赵文远见状，不禁失笑道："我的县丞大人，鱼窝子不是这么做的。你这是在钓鱼还是喂鱼呢。"

叶小天苦笑道："罢了，这个我不在行，实在没耐性一直坐在那儿。你钓你的，我往四下走走。"叶小天收了竿往地上一放，便慢悠悠地踱去，赵文远正钓得得趣，也不理他。

叶小天沿着小河走了一阵，便踱到了常氏车马行的后面。他信步走过去，又漫步踱回来，沿着河堤走着，忽然觉得哪儿有些不对劲，但仔细一想却又说不出什么来。

就在这时，山坡上忽然出现一道人影，叶小天抬头一看，原来是潜清清。潜清清穿一身劲装，两口短刀倒握在右手，掩于臂肘之后，长腿错落，步姿婀娜而矫健。

叶小天微笑起来，虽说因为赵文远的背景，他对赵文远不得不暗暗加些提防。但是对赵氏夫妇，他确实比较欣赏。起码直到目前为止，他和赵文远没有利益冲突，两人在官场上算是伙伴。而这位赵夫人，性情爽朗大方，与遥遥又情同姊妹，叶小天爱屋及乌,对她也就另眼相看了。

潜清清走下山坡就已看见叶小天,不禁露出惊奇之色。

叶小天待她走到小木桥上时,向她拱手笑道:"嫂夫人好。"

潜清清讶然道:"叶县丞,你怎在此?"

叶小天笑道:"我与赵兄在那边钓鱼呢,可惜鱼儿总是不咬钩。我这人坐不住,就往四下转转。嫂夫人你这是……"叶小天仔细打量了一下潜清清的装扮,有些意外地道:"嫂夫人会武?"

潜清清浅浅一笑,道:"谈不上会武,只是一些花拳绣腿。偶尔上山习练一番,图个强身健体罢了。"

叶小天笑道:"我看嫂夫人可不是偶尔,你看这青青的山坡,已经被你踩出路来了。"

潜清清扑哧一笑,道:"县丞大人,真是说笑了,我夫妇初来葫县时,这条山道就在那儿啦。奴家一个人,就算把靴底磨穿,也踩不出路来呀。"

二人谈笑着往赵文远钓鱼的地方走去。叶小天心头灵光一闪,突然明白自己方才为什么觉得有些不对劲了。让他觉得不对劲的就是这条路,这条山路。

山路已经被踩实了,与道路两侧的草地颜色迥然不同。这儿是驿站和车马行的宅子后面,根本很少人来。世上本没有路,走的人多了也便成了路。那么是谁走出了这条路?

叶小天扭头向那山路上投以深深地一瞥,又向常氏车马行深深地一望。那个车行,原本姓齐。

第六十六章

老虎关

一

大万山司的榷关叫老虎关。因为这是一个硬生生从岩石间开凿出来的路口,两侧怪石嶙峋,凌驾于隘道之上,似乎随时可以倾压下来,险峻异常,因此得了这么一个名字。

大万山司的榷关就设在这样一个位置,依托两侧山势,建了一处三道门的牌楼,进去之后,是左右鼓亭,左右辕门。为了方便车辆过往,仪门之前未设照壁,只在两侧各竖一根六七丈高的旗杆。接着便是头役班房、钱粮商税的库房等。

老虎关榷关的账房也是偌大的一片,中间有大堂三间,上有"厘革宿弊""清正廉明"等匾,配有耳房、厢房等等。此时,其中一间耳房里,房间中央摆着一个火盆,火盆里一堆东西正在熊熊燃烧着,旁边蹲着一个青衫老者,将一册册账簿丢进去,又用火钳子拨弄着,让它尽快地燃烧。

旁边有个人在火盆旁边缓缓地踱着步子,闪闪的火光映着他的袍服,是不入流的杂职官的袍服。在这榷关真正的官只有一个,就是税课大使。此人应该就是此地的税课官了。

昏暗的房间里,他的身影被投射到墙上,墙上那道身影缓缓移动着,嘴巴也一张一合。因为投影放大和扭曲的效果,就似一头怪兽张开了它的血盆大口:"烧光!统统烧光!另造的簿册一定要天衣无缝!已经有了准确消息,铜仁府准了他越境办案,这叶小天不是省油的灯。葫县被他坑过的官不在少数,万万不能叫他看出破绽来!"

……

叶小天顺利拿到了越境办案之权,这倒未必是铜仁张知府念在他们那廉价的师生情谊给他大开方便之门,而是因为在贩私贩禁,尤其是大量走私缅国财货形同资敌这件事上,朝廷给他的压力也很大。

不可否认,朝廷的政令方针在贵州地方能否贯彻执行,很大程度上取决于这些土司老爷。可他们尽管有着这样那样的心思，也各有自己的利益侧重，但他们毕竟是隶属于大明朝廷。

他们的小动作，只是为了尽可能地保证自己家族的利益，而非与大明朝廷对着干，蓄意图谋不轨。从这一点上来说，其实朝中的大佬们也未必就比他们高尚到哪儿去。那些能够一步步爬上高位的官员，哪个背后不是形成了一个庞大的利益集团。

只是围绕这些高官形成的利益集团聚散离合，从形成到灭亡最多也不过几十年时间，转而重新形成一个新的利益集团，而不像贵州的这些土司家族一样悠久绵长，非常稳定罢了。

这种情况下，在朝廷的严厉斥责下，张知府也不能不有所表示，以便对朝廷有个交代。如此一来，他答应葫县的请求也就顺理成章了。葫县和大万山司都在张铎这位土知府的管辖之下，他只是一道手谕，这个问题就解决了。

花知县拿到张铎的手谕，马上转交给了叶小天。叶小天早已蓄势以待，一俟接到手谕，便立即上路了。

叶小天此行，尽带精干得力的人手，除了税课司的两个税丁，就是华云飞、马辉、许浩然等人，周班头则留在葫县。因为出关的关卡那里也必须得有一个既精明能干，又忠心耿耿的人看守。否则这边即使查出了问题，那边已经把赃货全都销运出去了，也就没了凭据。

除了这几个手下，叶小天还从罗李高车马行里抽调了一些人。调查驿路上的事情，这些人最精通其中的门道，所以叶小天把孙伟暄也借过来了。这位从一个车夫一步步爬到罗李高车马行大管事位置上的人，驿道上的一切关节，很少有他不懂的。

除此之外，就是浩浩荡荡的"老朽大军"了。这批老朽，都是葫县各大士绅家里的账房先生。光靠官府里几个盘账的人，恐怕做不了这么大量的事情，况且叶小天既然怀疑官府中有贩私者的耳目，又怎敢用他们。

而这些账房先生来自各户人家，都是葫县士绅的私人账房，不大可能与此事有瓜葛。就算其中有那么一位士绅恰好就是隐藏在葫县的走私大鳄，而且他的账房也参与其事，仅凭他一个人，也休想一手遮天。

只不过这些账房先生们大多老迈年高，骑不了马，又不可能步行，所以用车子送他们来。这一来，到了月亮湾时，他们就落在了叶小天等人的后面。

当初驿道开凿到月亮湾时，曾经想绕过湖水。但那样一来要绕出七八里远，而尽头又是绵绵不绝的崇山峻岭，想要从中开条道路出来其难度十倍于摆渡。奢香夫人又急于建成驿道向朱元璋示忠，所以这一段就采用了摆渡。

如今月亮湾两岸都建了码头，有平底大船运载车马和货物通过。因为这里地形特殊，载了货物的车子很难直接驰上甲板，所以有大批力夫聚集在此，专门替过往商贾装卸货物，或者抬车上船。周围百姓以船夫、力工为业，靠这条月亮湾，养活了无数的人。

账房先生们连人带车等着摆渡，没有叶小天等人牵马登船便利。叶小天也没等他们，便先奔了老虎关。当关隘石壁上"老虎关"三个大字赫然在目的时候，便见大万山司的榷关税课大使带着几个头役差官等候在那里。论阶级，叶小天是县丞，职位远在其上，他是需要恭迎的。

叶小天勒住坐骑，那榷关税课大使马上率人迎上前来，向叶小天叉手施礼："大万山司老虎关税课大使庞少钧，见过葫县叶县丞。"

"哦！庞大使？"

叶小天有些意外地看了他一眼，便翻身从马上下来。他一动弹，身后十余骑便一一下了马。

叶小天感到意外的是庞少钧的名字，当今皇帝万历，大名可是叫作朱翊钧，所以这翊钧两个字是避讳。在万历登基之前名字里就有这个字的，那么在万历登基之后，就该改一个字，或者把这个字省去。

幸亏今上不叫朱翊天，否则叶小天就得改叶小地或者叶小小了。也幸好他没生在正德朝，正德朝刘瑾专权的时候，就曾请旨下令，禁止天下臣民用天等字为名。结果当时的郎中方天雨改名叫方雨，御史刘天和改名叫刘和，等刘瑾垮台，这道荒唐的命令才撤销。

但避讳当朝皇帝的名讳这一条却是一直沿袭下来的，而这庞大使……这种事若是在中原，绝不可能发生。也就是这天高皇帝远的地方，他又是土知县自行任命的税课大使，上头才无人理会了。

叶小天不是纠风御史，自然懒得理会这事。只是因此一事，他更加清楚在这种地方，很多时候皇权与朝廷的威慑是难以及于地方的。在这种地方做事，他必须得有自己的一套规则，如果一味照搬他从关押在天牢里的那些京官口中学来的手段，有时候是会碰钉子的。

"庞大使请起，客气，客气啦！"

叶小天打着哈哈搀起庞少钧，笑吟吟地道："庞大使，实在对不住啊。近来有大批缅国私货流入中原，朝廷屡屡下令严查，可叹我葫县正卡在驿道的出口上，所以屡受斥责，说本官不能尽责。无奈何，上上下下查了个透彻，也没见有什么特别之处。今日到你这老虎关来，也只是为了尽量多做些事，上头问责下来，多少有个交代。"

庞少钧四十出头年纪，瘦长的倭瓜脸，留着两撇胡须。听叶小天这么说，庞大使皮笑肉不笑地道："叶县丞不必客气，既然有铜仁府的命令，下官自然该全力配合。只是，下官自问任上勤勉，恪尽职守，叶县丞在贵县查不到什么，到了我们大万山司，呵呵……"

叶小天可不知道大万山司早在铜仁府授权之前就已得到消息。但是对于庞大使的态度，他还是理解的。如果换成是他，其他县的官员破不了案子，受到上司斥责，就跑到自己的辖区挑毛病，他也不会有好脸色。

所以一向驴脾气的叶小天这次很好脾气地笑了笑，不以为忤地道："有劳庞大使，还请头前带路。"

庞大使不冷不淡地引着叶小天一行人进了榷关，关口正有税课司的税丁头役们忙碌着。三道门，左边那道门是从南方过来的货车，右边那道门是从北方南下的货车，中间那道门是不携大批货物的行旅们所走的道路。

左右两道门前支着拒马，头役逐车验货，门旁支着一张书案，后面坐了一个书记，听那头役报出货物的品种、数量，便逐一登记入册；同时拨拉着算盘，算出该纳的税款数目记在后面。

督检官按着刀，横眉立目地走来走去，巡视着检货现场。而中间那道门，都是行旅和行脚商，身上大多只有一个包袱，所以这个门的书记只记过往人数，按人头收税。当然，他们携带的包裹也是要检查的。

搜检的、监督的、记账的、收款的、开税单的、在路引上加盖关防印信的，整个流程井然有序。虽然因为叶小天一行人的到来，其中必有故意做戏的成分，但也可看出，平时老虎关的管理不差。否则就算装，也做不到这样井井有条。

叶小天一行人边走边看，频频点头。庞大使虽对他们不太友善，可是瞧见他们的神色，也不禁有些自得。

庞大使把叶小天领进关内，对叶小天道："叶县丞，你们是不是先歇歇，喝口热茶，查账之事随后再说。"

叶小天一笑，道："不了，先请庞大使带我们去账房吧，接收了近五年来的账簿再说。"

"也好，大人这边请！"

庞大使微微一笑，也不客套，便把叶小天一行人领到了账房。

"把门大开！"

庞大使指着一扇高大的门户说道，一个账房上前打开门锁，一拉门，哗啦一声，堆在里边的账簿竟然像流沙似的倾泻出来，把他两条大腿都给埋了。庞大使指着仓库里满满当当的账簿对叶小天微笑道："大人，这就是五年来，我老虎关南北商贾货物的账册。"

庞大使笑容可掬地道："右边那两间房也是。你们慢慢查，查完了这一屋子，再查那两间屋子也不迟！"

苏循天看着那堆积如山、凌乱不堪的账簿，张口结舌地道："我的老天，这么多！"

叶小天也吓了一跳。虽说他早有预料，也没想到竟然有这么多。但是当着庞大使的面，叶小天却面不改色，一脸安详地微笑道："如何？你现在知道，本官为何要带那么多账房了？"

苏循天等人异口同声地道："大人就是大人，英明！英明啊！"

第六十七章

双管齐下

一

老虎关的两个账房先生袖着手站在长廊下，押着脖子向前看。其中一人道："老贾，你说这五年多的账册呢，他们看得过来吗？"

老贾道："你管他呢。葫县抓不到贼，到我们大万山司来捣乱，这也太不像话了。要不是有知府大人的命令，早让他们滚蛋了。折腾吧，嘿嘿，咱们那账叫他们好好整理整理，那就规矩多了。"

账房里，一群白胡子老头忙得满头大汗，马辉、许浩然等捕快不会盘账，只能帮他们打打下手，搬运账簿、提供笔墨、侍奉茶水。

同那两个老虎关的账房先生预料的不同，这些精于盘账的老家伙可没有帮他们整理账簿。这些老账房到了老虎关，刚开始是有些发晕，这么多的账簿，怎么查？可他们很快就找到了加快速度的好方法。

他们先分出一些人来，对每本账册进行甄选，但凡记载南下货车的一律扔到一边，只选北上的货车簿子。因为老虎关对南来北往的客商分左右两个路口检查放行，所以账簿也是分开的，这一下就少了一半工作量。

叶小天受此启发，又吩咐他们只查与常氏车马行以及胡奇峰、吕默两个商人有关的记录。如此一来，速度就更快了。账房们只管飞快地浏览由南向北的运货簿册，只挑其中与这三家有关的记录，另外由一位账房对这三家的所有北上货物进行登记，其速度比老虎关的人预计的快了十倍不止。

这样的要求也只能由叶小天提出来，那些老账房们是不会把他们三个锁定为重要嫌疑人的。即便是锁定了，在没有得到真凭实据之前，他们也无人敢公开宣称只查这三个人，那等于指着人家的鼻子说：你最可疑！

他们不能这么做，叶小天却不同。事已至此，他也不大在乎赵文远会怎么想了。既然向铜仁府讨来了这口"尚方宝剑"，他若不查出点东西来，如何向大万山司和张知府交代？是到了图穷匕见的时候了！

不过，这种针对只表现在他们内部，在老虎关的人眼中，他们依旧是茫茫然全无头绪。这不，庞大使刚一迈进房门，那专门负责浏览常氏车马行以及胡氏商行、吕氏商行账簿信息的几个账房立刻闭口不语了，只管默默地翻着账簿，不时摇头晃脑一番。专门搜寻北上货物信息的账房也变成了全部翻检，似乎正在按照账簿的记载日期一一整理。

叶小天则伸了个懒腰，痛苦不堪地道："哎，真是累死人啦，看得我头昏脑涨！"

庞大使钦佩地道："啊！原来县丞大人也会查账，佩服、佩服。"

叶小天道："本官哪会查什么账！"

庞大使奇怪地道："县丞大人不会查账，那怎会看得头晕眼花？"

叶小天翻开书面，神神秘秘地对庞大使道："喏，本官看的是这个！"

庞大使定睛一看，就见很粗糙一个封面，黄了吧唧的，封面上印着模糊不清的一幅春宫图，旁边写着《如意楼艳史》五个大字。庞大使迟疑道："叶县丞，这是……"

叶小天小声道："这是话本，金陵名家岳小关的大作，言词艳美，故事风流，很是引人入胜啊。哈哈……庞大使，你要不要看看？本官还有两三天工夫就能读完，到时可以借你。"

庞大使干笑道："呃，这……这个……多谢叶县丞美意……"

叶小天道："哎，不谢，不谢！独乐乐不如众乐乐嘛。不过，庞大使看的时候千万要仔细着些，这可是本官的珍藏，你可不要把它涂污了哟。嘿嘿嘿，你懂得！"

庞大使呆了呆，苦笑道："多谢叶县丞的美意了，下官……下官公务繁忙，就不看了吧。"

叶小天忽然想起来似的，道："哦！对了，庞大使怎么有空过来，可是有什么要事？"

庞大使道："那倒没有，下官只是有件事要与大人您打个商量。"

叶小天笑吟吟地道："什么事？来来来，庞大使请坐下，坐下慢慢说。"

这儿是人家庞大使的地盘，他倒反客为主了。弄得庞大使哭笑不得，只好在椅上坐了，咳嗽一声，这才说道："叶县丞，下官这老虎关呢，关系到大万山司很大的财税收入，所以我们知县大人是很在意的。"

叶小天点点头，这他也看得出来。大万山司的知县是土知县，也就是做的是朝廷的知县，实际上是当地的土司，只是为了表示是朝廷的官员，换个称呼而已。人家这知县是父传子、子传孙，世袭的，跟花知县可大不一样。

而且土司治下的一切税赋都是自征自用，他们对朝廷也有义务，但比起流官治下的地区要轻得多，属于高度自治。这种情况下，大万山司的土知县关心老虎关税赋收入也就很正常了。

庞大使道:"因此,从咱们这儿的日常管理上,大人您也该看得出来,下官是不敢有所马虎的,否则知县老爷那儿无法交代。这老虎关是由下官打理,可很多事并不是下官一个人说了算……"

叶小天不耐烦地道:"你也不必说那么多,绕那么多弯子干什么。本官是爽快人,你就直话直说吧。"

庞大使道:"是这样,大人,您要查账,下官全力配合。这不,所有的账都在这儿了。可是您的人不能影响我们老虎关的事务啊。"

叶小天奇怪地道:"我们有影响你们的事务吗?本官怎么不知道?"

庞大使苦着脸道:"你看吧,那个苏循天苏班头,今天请我们黄副使吃酒,明儿请我们刘税吏嫖妓,问了些什么嘛,嗨,不说也罢。但是弄得他们要么大醉不归,要么欠了妓家一屁股债,这就有点过分了。你看……"

叶小天大怒,道:"有这种事吗?这个苏循天,实在是太不像话了!吃喝嫖赌,无恶不作。本官真想把他……"

叶小天忽地怒容一敛,叹了口气,无奈地对庞大使道:"庞大使,你不晓得,这苏循天,是我们知县大老爷的内弟,所以本官也不好对他太过刻薄。此人一身恶习,本官也只能忍他。"

叶小天向庞大使大吐苦水,庞大使耐着性子听完,道:"那税课司的两个人呢,他们整天跟着我们税课司的人出出入入,一点也不见外,倒是挺自来熟的,弄得现在有些过往行商还以为他们是本关新来的税吏。大人你看这……"

叶小天道:"哦!他们两个啊!他们是我们葫县税课司的人,不是本官直接的下属,闲极无聊,就只好到处乱窜了。不过你放心,我一定会教训他们的,不让他们给贵关增添麻烦就是了。"

庞大使无奈地道:"还有那个姓华的,好像叫华安?"

叶小天笑容可掬地道:"没错,是叫华安。华安是我身边的人,这孩子挺乖巧的啊。怎么,他给你惹什么麻烦了吗?"

庞大使长长地吸了口气,道:"他……他跟个游魂似的,神出鬼没,指不定抽冷子就出现在哪儿……"

叶小天有点不高兴了,拉长着脸道:"庞大使,这就是你的不对了,你不是想让我把人都关起来吧。我们来老虎关是办案的,不是来坐牢的,东晃西晃也不成了?你们老虎关难道有什么见不得人的事情吗?"

庞大使据理力争道:"他东晃西晃我懒得理会,可就是刚才,他居然晃进了我的内宅,那里是我女眷的居所呀。结果……我问他原因,他说是迷路了,这真是岂有此理，迷路居然迷进了我家后院……"

叶小天马上又是笑容可掬道："啊！我知道了，这个孩子，什么都好，就一点不好，喜欢偷看女人洗澡。"

庞大使瞪起了眼睛："啊？"

叶小天深为理解地道："这个年龄的男子，又不曾有过女人，难免对女人好奇了些……"

说着他又脸色一变，恶狠狠地道："可是闯进庞大使家偷看女人洗澡这就太过分了些。他这个臭毛病，我都训斥过他不止一回了。你放心，我一定严加管教于他。他再敢出现在你家后宅，我打断他的第三条腿！"

庞大使满头黑线，只好道："那……那就有劳叶县丞了。他们继续这样下去，如果出些什么意外，只怕是下官也约束不了。想必大人您也知道，大万山司，可是我们知县老爷的地盘。"

最后一句，庞大使加重了语气，叶小天连连点头，道："我明白，我明白。庞大使你尽管放心，本官这就把他们找回来。这些兔崽子，一个个就没有省心的，我一定严加管教，一定严加管教！"

眼见叶小天这么好说话，庞大使也不能再说什么了，只能强挤出一副笑脸，对叶小天拱拱手道："既如此，那就有劳叶县丞了，下官告退。"

叶小天笑得一团和气："庞大使慢走，庞大使不送！"

庞大使一走，众账房又忙碌起来，翻检的翻检，浏览的浏览，报账的报账，记录的记录。叶小天望着庞大使离去的背影，一丝淡淡的忧虑浮上了眉梢。

官场就像一个漏勺，哪有守得住的秘密，所以从一开始他就没把希望全部寄托在查账上，这才有了苏循天等人的分头行动。如今已经引起庞大使的警惕，他们还能有所收获吗？

第六十八章

另辟蹊径

一

傍晚，老虎关闸口落锁，关内灯光渐次熄灭，而账房院内依旧掌着灯。叶小天一行人就住在这个院子里，几处厢房耳房都被他们借用了。白天老虎关的账房先生们照常在正房里办公，他们则在库房查账；晚上则借用办公场所休息。

叶小天的住处相对于其他几人要宽敞得多，毕竟身份摆在那里。但是一下子挤进五六个人之后，也嫌拥挤了些。炉子上煮着茶，几个人或坐椅或坐榻，在幽暗的灯光下讨论着今日查账的收获。

苏循天道："老虎关的人对咱们很有敌意啊，想查点什么，总被人盯着、防范着、戒备着，太难了！"

叶小天笑道："这才正常。咱们是外县来的，这一点就很令人反感了，何况如果咱们在他们这儿真的查出了问题，他们也脱不了干系，能把我们当贵客那才稀奇。这种情况我们出发前就已预料到了，地利、人和，我们是一样也不占的，困难确实很大。不过，这件案子，还是要查下去，你可有什么收获？"

一提起这个，苏循天就一肚子气，恨恨地道："我这几天注意观察，特意挑了两个看起来在老虎关混得不怎么如意的货色亲近。可这两个混蛋，一个色鬼，一个酒鬼，酒来杯干，色来不拒，可就是一句有用的话都没有。老子被他们给耍了！"

"你把别人都当笨蛋，还怪人家把你当笨蛋？"

叶小天苦笑着摇摇头，又看向税课司的人，那人道："卑职等这几天跟定了他们税课司的人，不管他们怎么冷言冷语，卑职只当没听着。细心观察之下，倒是发现他们的确有些不太正常的地方。不过现在已经引起庞大使的警觉，卑职再想继续查下去怕是很难了。"

叶小天眼神一亮，忙道："你说得不正常，是指什么？"

那人微微一笑，道："县丞大人，卑职是在税课司做事的，对于税课司的习惯、章程都了如指掌。所以里边如果有什么不对劲，下官嗅得出来。这只是一种感觉，真要说个子丑寅卯，卑职还说不清楚。"

叶小天点点头，他理解这种感觉，这就像动物的本能。不过动物的本能是天生的，而他这种"嗅觉"却源于他对行规、习惯的了解，也就是经验。你真要他说出个道理，很难。

叶小天道："那就说说你的感觉，没关系，咱们是集思广益，我不一定要你说出根据。"

税课司那人道："是！这几天，有些过路行商把卑职当成了老虎关的人，以为卑职是新来的，对卑职颇有结纳之意。卑职从他们的言谈举动中就感觉到，这个税关的人一定有收受好处、徇私舞弊的事情，只是无法确定是否和走私违禁品有关。"

叶小天轻轻皱了皱眉，他知道，循着这个方向查下去，或者会有所突破。但现在庞大使已经提高了戒备，这已不再可能。他又看向华云飞，华云飞一脸苦笑，对他摇了摇头。

这时，一位枯瘦的老者突然咳嗽一声，对叶小天道："大人，请恕老朽说句泄气的话。老朽以为，我们从他们的账目上，是不可能查出什么问题的。"

这位老先生叫南可，是洪百川府上的账房先生。因为叶小天和大亨的关系，所以对南先生很信任，让他当了这些账房先生的管事。对于他的意见，叶小天还是比较看重的，马上追问道："南老先生何出此言？"

南可拱手道："大人，老朽先查的就是近一段时间里有关常氏车马行和胡、吕两家商行的账。从账目上看，没有什么问题，与咱们在葫县那边统计的账目完全能够对得上。

"大人既然吩咐严查这三家的账目，显然心中已经有所怀疑。可这三家的账目却完全没问题，那说明什么呢？要么，这三家其实很清白，大人您查错了方向，而对这一点，老朽以为不大可能。

"倒不是老朽恭维大人，而是因为这三家中，常氏车马行原来就是齐木的车马行。如果说咱们葫县真有人与缅甸有关系，长期从那里向我大明输运私货，那么最可疑的就是常氏车马行，其他车马行不太可能。

"而那些商家里面，如果胡、吕两家没问题，那就得把所有商家、所有账簿从头查验核对一遍。这样的话，就算老朽等人日夜不休，没有三五个月的时间也办不到，而大万山司会任由咱们在这儿查上三五个月吗？

"恐怕大万山司的土知县那么痛快地答应让咱们来查账，就是因为这个缘故。如果咱们不能尽快有所斩获，大万山司和卡在我葫县的众多商贾士绅们，就要向大人您发难了。"

也就是因为叶小天和罗大亨是好兄弟，而南先生已经在洪百川府上做了十多年的账房，已经把自己视为洪家的一员，所以对自家少爷的兄弟肯推心置腹，否则这番话他绝不会出口。可是他的这番大实话却使得房中气氛更加沉重起来。

孙伟暄拱拱手道："大人，小人有话说。"

叶小天立即把目光转移到了他的身上。孙伟暄道："承蒙大人看重，小人很希望能为大人做点事情。不过说起税课，税课司的老爷们比小的熟悉；说到查账，小人连南老先生的一根小手指头都比不上。至于官府里那些错综复杂的关系，小人也没有苏班头明白……"

孙伟暄虽是貌相粗犷、性情爽朗的汉子，可是做生意的哪能没点八面玲珑的本事。他虽未必长袖善舞，但这几句话却也习惯性地先把众人都恭维了一番，这才提出自己的见解："所以，小人就从其他方面着手，想着万一能有所发现。"

孙伟暄微微笑了笑，道："小人这几天也把老虎关里里外外转悠了个遍。后来见没有什么发现，小人忽然想起一件事来，就往月亮湾跑了一趟。"

苏循天纳罕地道："你去月亮湾做什么？那儿处在我葫县关卡和大万山司关卡的中间，月亮湾左右两岸是崇山峻岭，车辆、货物插翅难飞，只能走渡口，根本做不了手脚的。"

孙伟暄颔首道："苏班头说得是！小人也是别无主意，抱着万一的可能去转转。小人想，如果真有人贩私贩禁的话，那他这一路下来，各处关卡肯定都有收买的人。所以咱们葫县关卡和大万山司的关卡上，未必就不会在账簿上做手脚。可是月亮湾渡口却不一样。"

叶小天微微蹙着眉，思索着道："月亮湾渡口？那里摆渡的都是民船，能查到什么？"

孙伟暄得意地一笑，道："大人，这月亮湾渡口从太祖年间驿道建成就开始启用了，迄今已有两百多年，船工们也早不是零散经营的局面。他们早在几十年前就有了船行，而且只有一家。所有船工水手、装卸力工，都在船行里谋口食。

"小人以前押运货物过渡口时，偶然发现他们对过往商行和货物是点检数目，进行记录的。对于货物他们当然无权查验，但是他们会记录这是哪一家商行或车马行，运了多少箱多少筐，以此索要摆渡费，并向船工和力工们发工钱。"

叶小天紧张地道："这种账簿册子，不会用过之后随手丢弃吧？"

孙伟暄道："小人也担心这一点，所以才去查看。小人和那船老大本就是极熟的，旁敲侧击一番才知道，他们不仅记有装船的详细记录，连时间都有，而且这些账簿都要上交账房，不会胡乱丢弃！"

叶小天哈哈大笑，道："踏破铁鞋无觅处，得来全不费工夫！伟暄，这一次，你立下大功了！"

叶小天霍然站起，众人也随之站了起来。叶小天沉声说道："今日之议，各位务必守口如瓶！明日，咱们就'无功而返'吧！哈哈……"

· ※ · ※ · ※ ·

月亮湾作为附近百姓谋口食的唯一来源，船行的竞争也是异常激烈。两百多年来，这渡口的主人几易其主，从二十多年前开始由凉家"一统天下"了。这一代的凉氏船行东主叫凉青衣，所有船工水手都在他手下谋口食。

凉家对船行的管理经过数十年的锤炼已经非常严密。除非凉家的管理者自己昏了头，出现重大过错，又或者是战争、官府的特殊原因，否则足以保证凉家世世代代靠这个渡口生活，已不可能出现其他的威胁。因为凭着凉家对两岸渡口的全面垄断，其他人根本没有机会发展起来。

凉青衣现在即便不去码头坐镇，坐在家里也能财源滚滚。但是凉青衣并无懈怠，每日风雨不误，必定到他的水上王国去巡视一番，就像一位狮王每日巡弋它的领土。

这天一大早，凉青衣一如既往地赶到码头，在几位大管事的陪同下，慢悠悠地巡视着他的江山，享受着船工、力工们敬畏如帝王的目光。忽然，一个样貌清秀、笑容可掬的年轻人拦在了他的面前。

凉青衣不悦地皱了皱眉，马上就有一个船行大管事冲着那人呵斥起来："你是干什么的，让开！"

"凉船主，是吧？"

年轻人笑得天官赐福一般："本官葫县县丞叶小天，久仰凉船主大名，可惜缘悭一面，深以为憾。今蒙友人馈赠上好蒙顶石花三两，不忍独享，有请凉船主赴舍下一聚，共品香茗，可好？"

第六十九章

果有所得

年仅三十四岁的凉青衣正是年富力强的时候，脑筋极其灵活。一位县丞屈尊至此请他去喝茶？笑话！他和那些依山而居、同族而聚的山寨不同，说到底他只是一个船行，和车马行没有本质的区别。

月亮湾天生地长，于是就有傍水而居的百姓造船摆渡，摆脱了以往砍樵狩猎、捕鱼耕种的生活。随着驿路的繁华，聚集到这儿讨生活的人越来越多，因此人员成分很复杂，他们没有根。

所以官府若想动他是很容易的，不管是土官还是流官。凉青衣虽是月亮湾的一霸，但只是相对于那些靠水吃饭的百姓而言。月亮湾位于大万山司和葫县的交界位置，他和两边都没有太多联系，葫县县丞找他做什么？

凉青衣马上收敛了倨傲的神色，抢前两步，拱手施礼道："原来是县丞大人，草民凉青衣，有眼不识泰山，还请大人恕罪。大人光临月亮湾，那是青衣的荣幸，有请大人到陋居小坐，让青衣略尽礼数。"

叶小天微微一笑，招手向不远处同样便衣打扮的华云飞等人打个手势，便随凉青衣行去。凉青衣匆匆一瞥，见码头上已经站了十多个陌生人，穿着打扮不似行商客旅，也不像水手力工。但是以他的眼力，一看就不是好相与。

凉青衣心中更是凛凛：当官的找他能有什么好事？夜猫子进宅，无事不来啊！凉青衣赔着小心，把叶小天请进他在码头上的一幢院子。

这幢院子从外面看平平无奇，一旦踏足其中，却是别有一番天地。厅堂之上布置的富丽堂皇，月眼黑曜石的珠帘、梨木衬边青玉为案的小几、香檀的坐榻、丝绣的画屏，精致奢华，又具风雅。

凉青衣虽是个船行东主，在这十万大山中称王，可毕竟是地处驿道要隘，南来北往各处客人见的多了，所以他绝非孤陋寡闻的土财主。这厅堂请了高明人士精心布置过，很是令他骄傲。

但是此刻请了叶小天上坐，不知他来意的凉青衣却是忐忑不已，哪里还有一点自矜之意。他小心翼翼地在下首坐了，唤使女上了茶，欠着身子谨慎地问道："县丞大人，草民只是傍水而居的一个船户，何德何能入得了大人您的法眼。却不知大人您今日光临，是否有什么吩咐。只要草民办得到的，一定竭诚为大人效力。"

叶小天目光一转，看了看站在院中，未得凉青衣吩咐，不敢踏进厅来的几个大管事，凉青衣会意，马上道："大人放心，他们都是草民得用的帮手，都是出自随我凉家超过三十年的人家，信得过！"

叶小天点点头，道："这样最好！你叫他们该做什么就去做什么，本官到了此处的消息，万万不可透漏出去，否则……"

叶小天目光一凝，盯在凉青衣身上，淡淡地道："本官倒是不碍的，只恐对你有所不利。"

凉青衣暗暗心惊，本想摆手叫那几个管事退下，这时又慎重起来，先向叶小天告一声罪，便起身下了厅堂，把那几名管事招到身边，殷殷叮嘱一番，这才叫他们散去。

等几个船行大管事散去，凉青衣又急步赶回厅中，垂手赔笑道："大人，草民已经叮嘱妥当了。大人有什么事情，请吩咐吧。"

叶小天端着茶杯，跷着二郎腿，向凉青衣微微一笑，道："凉东主，本官想介绍几个人到你账房里帮帮忙，就几天时间，也不需你付工钱，你看……怎么样？"

"啊？"

凉青衣听得云里雾里，一片茫然……

叶小天一行人是灰溜溜地离开老虎关的。大概是因为庞大使对叶小天的小动作已经提高警惕，叶小天自觉没办法查到什么蛛丝马迹，而那浩如烟海的巨量账簿更加让人绝望，所以他悻悻地离开了。

庞大使依旧是一副不冷不热的模样，很礼貌地把他送出老虎关，还没等他们的车队走远就一扭屁股回了关内。

叶小天知道其实还有人在盯他们的梢，想看他们是否真的老老实实滚回葫县去了。所以，叶小天就真的规规矩矩回了葫县，经过月亮湾的时候，他甚至没有停下多看一眼。

在他回到葫县的第二天，杀了个回马枪，白龙鱼服，悄然潜回月亮湾，这才有了眼前这一幕。叶小天必须亲自来。虽说凉青衣是个草莽中人，可要没有他出面，别人还真未必镇得住凉青衣。

叶小天是县丞，当然不能消失太久，很快他就悄然离开月亮湾，再度回到了葫县。他离开的时候，华云飞和六名武士留在了月亮湾，和他们一起留下的还有四个老头子，领头的那老头子姓南。

四个老头子被凉青衣安排进了账房，检查近几年来的账簿。对外称他们是凉东主高价从外地雇来给他盘账的，以防账房有营私舞弊之举。至于华云飞和那六个武士，则成了凉青衣身边的护卫。

凉青衣就是月亮湾的王，他走到哪里，大家的目光都只会聚集到他的身上，谁会在意他身边的护卫昨日是谁、今日是谁；昨日几人、今日又是几人呢……

·※·※·※·

仅仅两天多，到了第三天傍晚，华云飞就急匆匆地赶回了叶府。华云飞急步赶到后宅，就见桃四娘迎面走来。华云飞下意识地想要绕开，奈何彼此已经撞见，此时再躲有些刻意，只好站住脚步，神色有些不太自然。

自从桃四娘抱过华云飞，华云飞对桃四娘的感觉突然就变得不同了。以前桃四娘在他心中只是一个温柔贤淑的大姐姐，但是如今……华云飞不敢去看桃四娘的模样，垂着目光，略显腼腆地道："四娘，我大哥可在？"

虽说叶小天没有惩罚过华云飞，但桃四娘总觉得欠了他一份情。桃四娘倒不知道这少男对自己产生了一些异样的情绪。在那个时代，除了一些穷乡僻壤处有养童养媳的，整个社会的主流婚姻还是男大女小，女人比男人年纪还大，那是不可想象的。

桃四娘比华云飞大了七八岁，虽说二十五六的女人并不显老，倒是女儿家发育最为正熟的时候，从里到外，恰似一颗成熟到恰到好处的桃子。可在桃四娘心中，却只是把华云飞当成一个小兄弟。

一见是华云飞，桃四娘向他热情地打了声招呼，道："云飞兄弟，老爷在花厅呢，正跟遥遥说话，你过去吧。"

"哦！好！好……"

华云飞如蒙大赦，赶紧往旁边一溜，从桃四娘身边溜了过去。两人错肩而过的时候，嗅到桃四娘身上淡淡的女人幽香，华云飞心中一慌，脚下一乱，脚尖忽地绊到一块鹅卵石上，差点把他一跤绊倒。

亏得华云飞身手敏捷，急忙向前一跳，身形不敢稍停，跟跟跄跄向前跑去，到了七八步外这才恢复从容。桃四娘先是一惊，以为他要跌倒，差点叫出声来，待见他走稳了，这才摇头一笑，心道："冒冒失失的，终究是个没长大的孩子。"

华云飞头也不敢回，等到身形站稳，不由得暗暗攥了攥拳，心头好不懊悔："哎！我平时好好的，怎么一见她就……这一下在四娘面前可丢了脸，一定会被她笑的……"

花厅里，叶小天正跟遥遥说着话。旁人家唯恐孩子不爱学习，可遥遥太乖巧了些，每日都很刻苦。叶小天倒生怕熬坏了她的小身子骨，所以总是想劝她少学一点。

叶小天道："今天有没有和大个子还有福娃上山玩？那两个家伙闷在家里一定受不了，你得常带它们出去走走才行。"

遥遥喜滋滋地道："有啊，人家每天都带它们去后山玩呢。不过，哥哥不用担心闷了它们，它们两个有时候会自己上山玩耍，晚上都不回来。冬长老到山里捉虫子的时候，它们每次都跟着，更是撒了欢地玩，怎么会闷呢。"

叶小天摸了摸她的脑袋，叹气道："它们是不闷，你却有些闷了。女孩子嘛，会写自己的名字，会识几个数就行了，便是学得满腹经纶，又不能去考状元，这么辛苦做什么。"

遥遥嘟了嘟小嘴，道："不考状元，也可以明礼仪、知廉耻、识大体嘛。我看咱们家里，里里外外都是四娘操持，别人想帮忙也不明白。人家多读些书，长大了就能帮小天哥的忙了。"

叶小天大笑，捏了捏她的小脸蛋道："咱们遥遥真乖，这么小就学习当管家婆了。你放心，就算你什么都不会，哥哥也不会把你撵出去。等你长大了，哥哥把你一嫁，会收到好大一份聘礼。哈哈哈……"

遥遥知道他在戏弄自己，叉着腰，乜着他，不服气地道："你可是县丞呢，等遥遥长大的时候，说不定哥哥都做到一方大员了，好意思不送上一份大大的嫁妆吗？还想收聘礼，哼！哼哼……"

叶小天一拍额头，"恍然大悟"道："对啊，难怪人家说女孩子都是赔钱货，哎！亏了亏了，真是亏了……"

"好啊你！哥哥当着神教尊者，守着金山银山，还这么小气……"

这话倒不夸张，生苗自闭于深山，物质上是很匮乏的。但是他们有了钱，却从不吝于供奉蛊神，就像有些地区的牧民赤贫如洗，却把寺庙供奉得富到流油。千年下来的积累，使得神教的家底着实殷厚，何况在神教治下还有一处不为外界所知的金矿呢。

遥遥不依地挠起了叶小天的痒痒，叶小天哈哈大笑着躲避，这时华云飞走了进来。叶小天一见华云飞，赶紧抓住遥遥的小手，用眼神制止她的嬉闹，迫不及待地对华云飞问道："有收获了？"

第七十章

连夜抓捕

　　遥遥见叶小天有正事要谈，便乖乖地退了出去。
　　华云飞向叶小天兴奋地点了点头，从怀里掏出一块布包裹着的东西，一层层打开来，里边赫然是一本账簿。
　　叶小天接过账簿，翻开仔细浏览，南老先生对照税关的账簿，但凡查出问题的地方，都做了特殊标记，一目了然。叶小天只翻看了几页，便微笑着点点头。他不用再看下去了，已经发现的这几条问题，就足以令他采取行动。
　　叶小天收好账簿，在花厅中徐徐踱起了步子，华云飞兴奋地道："大哥，要不要马上行动，把他们一网打尽？"
　　叶小天看了他一眼，道："对谁采取行动？"
　　华云飞道："当然是大万山司的老虎关和咱们的葫芦关，他们的账簿有假，显然是参与贩禁的。还有就是常氏车马行，这些数目不符的货车，可都是常氏车马行的。"
　　叶小天摇了摇头，抬眼看了看天色，果断地道："那月亮湾也难保不会有消息泄露，夜长梦多，马上抓捕。你去，立即叫苏班头召集三班捕快，原因不必说，待我赶到，再行分派任务。"
　　华云飞兴奋地道："是！要不要请罗巡检出兵相助？"
　　叶小天道："抓捕几个税官和常氏车马行的几个管事，还用不到官兵出马吧？"
　　华云飞道："老虎关可不是咱们葫县的地盘，我担心老虎关的人不服气。如果他们煽动当地的头役税丁们拒捕，咱们的捕快怕是要吃亏。"
　　叶小天摇头道："邻县的官，咱们是抓不得的。张知府许我跨县办案之权，也仅仅是查。如果咱们跑到大万山司去抓人，那就说不过去了。咱们只把葫芦关和常氏车马行的人分别控制起来就好。接下来，有的是嘴皮子官司要打呢。"
　　华云飞道："是！"立即返身下山，去寻苏循天。

苏循天得到华云飞的通报，马上召集三班衙役。衙役们都住在小县城里，小城不大，一通鼓声便传遍全城。那些捕快听到鼓声，晓得是县衙传唤，赶紧撂下饭碗纷纷赶赴县衙。

花晴风正在小妾紫羽房中腻着，忽听鼓声急骤，那鼓点的频率又不似有人击鼓鸣冤，再说这时已经放衙，也不可能有人告状。花晴风急忙从小妾房里钻出来，匆匆赶到二堂，恰好看见一个巡夜的衙役。花晴风忙拦住他道："何人击鼓？怎么鼓声如此混乱？"

那人答道："回大老爷，听这鼓声，应该是召集三班捕快的。"

花晴风大惊失色，道："谁人召集三班捕快？"

这句话一出口，他就知道自己问的蠢了，主簿管六房，县丞管三班，他这位县太爷则管着县丞和主簿。有权力召集三班捕快的，在这葫县只有两个人，除了他就是县丞。就算典史，虽然统管三班，但三班中的皂班主要负责县衙安全，没跟他打招呼，依张典史的性格，也是不会擅自调动的。

"叶小天调集三班衙役，在这个时辰？"

花晴风马上想到了叶小天的大万山司之行。叶小天去了一趟大万山司，结果什么都没查到。大万山司的土知县占了理，听说现在正行文铜仁府，告他的状呢。叶小天此时召集三班衙役……

花晴风眼珠一转，任凭鼓声隆隆，转身就往小妾房中，继续享受他的温馨时刻去了。

鼓声也惊动了王主簿。王主簿用餐比较晚，此时尚未进餐。他坐在书房，品着香茗正闭目养神，忽听鼓声传来，马上放下茶杯，赶到廊下，眺望着县衙方向，听着那隆隆鼓声，心中惊疑不定。

放衙后已经紧闭的大门此时洞开，先到的捕快已经点起火把，分列大门两旁，照出了一条火光洞明的长路，直抵仪门之内。后到的捕快到了衙门口，一瞧这副架势，马上加快了脚步。

很快，当最后一名衙役步入大门，两列火把就像巨蛇吐出的蛇信，嗖一下回缩进去，大门轰然关闭。华云飞领着两个捕快往门口一站，按着腰刀，仿佛门神一般。

众捕快到了县丞所在的院落里，依次站好，互相用眼神示意。奈何大家都是一头雾水，不知道究竟发生了什么事。又等了一阵，叶小天和张典史、苏循天从签押房里走了出来。叶小天在石阶上站定，沉声喝道："今我县有不法之徒，贪黩舞弊，资通敌国，尔等立即随同张典史、苏班头前往缉拿，不得放走一人，违者严惩不贷！"

张典史本来肃立于叶小天身后，等叶小天这段简短截说的话讲完，马上大步走下石阶，指点道："你，你们几个，跟本官走！"

张典史接受的命令是去抓捕税课司的几个主要人员。这几个人都住在城里，抓捕容易，所以带的人较少。张典史点完了人，一摆手就当先走去，根本没向众人宣布究竟要去哪里、去干什么。

剩下的人自然都随苏循天行动。苏循天要去城外驿站旁常氏车马行抓人，那些人中不乏草莽，难保没有哪个亡命徒敢持械拒捕，所以带的人最多，而且打开武库，每人都配发了腰刀，替换了日常惯用的水火棍。

苏循天率人一出县衙，华云飞便带着那两名侍卫跟了上去。如果常氏车马行真有人敢拒捕，有他这样的人物在，把握才更大些。苏循天率领人马拉起一条火把的长龙奔过长街的时候，张典史带人已经开始抓捕，头一个抓的就是税课大使陈慕燕。

叶小天留在了县衙，转身去后宅找花晴风。他本以为听到鼓声，花晴风会出来问个究竟，谁料这花晴风倒沉得住气，躲在后宅装聋作哑。他只好找上门去了，接下来要做的事，他还是需要知县大人配合的。

叶小天身边六个侍卫仿佛影子一般，立即跟着他走去。叶小天对这六个人也很无奈，他知道这六人一身武功，而且悍不畏死。本想派他们去配合苏循天行动，奈何……他指使不动。

神教派这些人来保护他，叶小天好说歹说，才叫他们明白，他是无法把这么多人都安排到县衙当捕快的。所以分出十人守卫在他家里，而这六名武艺最好的，则充作捕快，每日白天随他上衙，晚上随他回府。

他们对叶小天当然忠心耿耿。如果叶小天遇到危险，他们会毫不犹豫地冲上去。哪怕自己赴死，只要能保护叶小天的安全，也不会皱一皱眉头。但是叶小天想指使他们替自己做点别的事，只要是离开自己的视线范围，他们就不会答应。

他们接受的最高使命就是保护尊者的安全。这条使命高于其他任何一条命令，哪怕是那条命令来自尊者。当你用"神"来制约别人的时候，你自己也不可避免地要受到这个"神"的约束，哪怕这个"神"就是你创造出来的。

几千年无数位尊者始终循规蹈矩，有些有私心、有野心的，也是偷偷摸摸、遮遮掩掩，最终难成气候，恐怕也有这个原因在里面。他们把那些生苗约束在深山里，为他们塑造了一个至高无上的神，通过这种信仰，的确获得了无上的权威。但与此同时，也失去了自由和自我，因为他也必须受到这个"神"的束缚。

叶小天现在想做的，就是把这股力量切切实实地掌握在自己手中，把自己变成这股力量至高无上的神，而不是假造出一个虚无的神，让自己也成为这个神的奴隶，哪怕是高级奴隶。可是在这一目的达到之前，他也只能忍。

王主簿坐不住了，他越想越不安，眼皮微跳，总有一种不祥的感觉。当晚饭端上来时，王主簿终于下定决心，把筷子一摔，吩咐人备车，向县衙赶去。

张典史赶到陈慕燕府上时，陈慕燕正与家人一起用晚膳，一家三口，一荤一素两道菜。虽说葫县税赋方面很糟糕，可毕竟还有驿路税赋的补充，县里财政拮据，可不代表管税赋的官员也拮据。陈大使作为税课官员，有名的清廉。

即便是刚来葫县不久的张典史，对陈慕燕的清誉也是多有耳闻。所以刚听叶小天吩咐抓捕陈慕燕时，他还有些不敢置信。不过叶县丞既然这么吩咐了，他自然只能遵命行事。

看到张典史率人冲进自己的家，陈慕燕脸上露出一抹奇怪的表情，缓缓站起身来，伸手按住惊讶欲起的妻子，又向正值豆蔻的女儿微笑着一点头，镇定地对张典史道："张大人，足下不告而入，闯到我的家中，意欲何为？"

张典史拱手道："陈大使，本官受县丞大人差遣，有桩案子要请足下走上一趟！"

陈慕燕的眼神陡然闪烁了一下，颔首微笑道："好！我跟你去！"

"相公……"陈慕燕的夫人惊慌地站起来，一把抓住了他的手臂。陈慕燕轻轻拍了拍她的手臂，柔声安慰道："娘子放心，我没事的。你好好守着家，等我回来！"

陈慕燕取过外袍，戴上冠帽，从容地对张典史道："走吧！"

张典史对他笑了笑，道："陈大使，现在还不能走！"

张典史一扭头，吩咐道："马辉，给我搜！"

陈慕燕闻听此言，脸色终于有些变了。

第七十一章

我本莽撞人

一

陈慕燕往门口一站，神色冷厉起来："张典史，本官犯了什么罪，你要搜我的家？"

张典史道："本官对此一无所知。这是县丞大人的命令，本官只是听命行事。陈大使，对不住了。"

陈慕燕道："陈某为官，一身正气，两袖清风，家里没有见不得人的东西，本也不怕你搜。但是，一日未定本官的罪，你们就不能搜我的家。陈某官职虽微，也不能容你这般欺侮！"

马辉按捺不住，对张典史道："典史大人，还跟他废什么话，直接绑了，搜就是了。"

张典史从善如流，马上摆了摆手，立即冲上去两个捕快，把陈慕燕摁住，抹双肩拢双臂，非常麻利地把他捆了起来。陈慕燕气得目欲喷火，刚刚厉声喝骂了几声。马辉不知从哪儿找来一团抹布，一下子就塞到了他的口中。众捕快一拥而入，就在陈家翻箱倒柜地搜查起来……

……

王主簿急匆匆赶到县衙，叶小天正与花知县对坐叙话。王主簿咳嗽一声，踏进厅去，道："本官在府上听到阵阵鼓声，不知县衙出了何事，所以急急赶来探看。知县大人、县丞大人，这是怎么啦？"

花知县起身道："啊！王主簿，快快请坐，本县也是刚听叶县丞说起。"

王主簿在一旁坐了，看向叶小天。叶小天淡笑道："事起仓促，叶某收到消息后，唯恐泄露了风声被贼人远遁，所以只好先斩后奏了，还请知县大老爷恕罪……"

叶小天说着，就把他正在做的事继续说了下去，只是因为王主簿来得晚，之前已经对花晴风说过的话，他又简略地说了一遍。王主簿听他说罢，加重语气道："县丞大人，你莽撞了！"

叶小天向他眨眨眼睛，笑道："叶某本就是一个莽撞人，自从做了这官，可是一日三省，修身养性，自觉比起以前要稳重得多了。不知王主簿所说的莽撞，又是什么呢？"

王主簿不悦地道："月亮湾船行的账簿，也可以拿来充作证据吗？那只是民间一家船行的账簿册子，谁来保证它的可靠。"

叶小天摸着下巴，微笑道："那么依王主簿之见，我们该以税关的账簿为准喽？那可是官聘的账房，账簿上还有税课司的大印呢，底下更是附着各种的单据。当然是最可信的啦！"

叶小天笑容突地一敛，沉声道："只可惜，如果他们要做假，便是盖上一百个大印，那也依旧是假的。月亮湾船行只是摆渡货物的，记账的目的一是为了照数向船工力工发放工钱，二是便于统计他们每日的收入与支出，没有其他任何利益纠葛。所以虽是船行的账簿，却比咱们官家的账簿还要真得多！"

王主簿冷冷地乜着他道："叶大人，司法刑狱之事，是你分内职责，老朽本不想多言。只是同衙为官，分属同僚，眼见你如此莽撞，作为前辈总不好不加提醒。你可要知道，仅凭一家船行的账簿便认定官员贪黩，一旦之后你拿不出真凭实据，可是没办法收手的！"

叶小天若无其事地端起茶来，吹了吹茶叶末，道："想要真凭实据吗？我的人正在搜他们的家，我就不信没有一点真凭实据！"

这话一出口，花晴风和王主簿惊得一下子站了起来。花晴风起得仓促，袍袖把一杯茶都拂倒了。二人大惊失色，花晴风抢着问道："什么？叶县丞，你……你派人抄他们的家？"

叶小天慢条斯理地道："两位大人这般惊讶做什么？叶某不是抄家，是搜家。"

花晴风顿足道："那还不是一样！你……你……哎呀，我的叶大人，这一回，你可真是莽撞了，太莽撞了。"

叶小天用有趣的眼神看看花晴风，又转向王主簿。

王主簿一脸冷笑，沉声喝道："叶县丞，你好大的威风，罪名未定，你就敢抄同僚的家！如果说你只是拿到了一些证据，怀疑他们贪黩，请他们来配合调查，原也并无不妥。可你现在只是凭着一些做不得证据的证据，便悍然下令抓人，甚至连他们的家都要抄。你现在已经不是莽不莽撞的问题，而是在知法犯法！"

叶小天望天翻了个白眼，懒洋洋地道："要合法？好办啊……叶某随时可以找出几个人来，声称被抢被盗，而且目睹抢盗者就是叶某要抓要搜的那几个人，那叶某抓人抄家是不是就名正言顺了？"

花晴风一听这话气得发昏，王主簿见过跋扈的、骄横的、懦弱的、狡诈的，就是没见过这么耍无赖的官。他也被叶小天这话气得发抖:"叶县丞!你……你可是朝廷命官,这种话你也说得出来,而且是在这公堂之上!王法公道,在你心中究系何物!"

"啪!"

叶小天把茶盏往几案上重重一顿,腾一下站了起来:"王法公道?王主簿你跟叶某谈王法公道?叶某剿匪除盗靖一方治安、高山取水解两寨干旱,呕心沥血,竭诚尽忠于朝廷的时候,一纸公文下来,叶某就成了阶下囚,被押赴南京城了。请问,叶某当时已经定罪了吗?"

王主簿一怔,道:"这……这……"

叶小天道:"那时叶某是典史官,是朝廷命官!以侯参之身,依旧应该保留官员待遇,为何却以囚车解赴南京?王法公道?官字两张口,权大法大,只看他想要什么。现在你跟我讲法,叶某也只能呵呵了……"

王主簿气得老脸通红,指着叶小天浑身哆嗦,一个字也说不出来。

花晴风也觉得叶小天拿一点捕风捉影的证据,便这般大动干戈,恐怕会把事情搞得不可收拾,忍不住道:"叶县丞,你如此大动干戈,如果拿不到什么凭据的话,到时如何收场?"

叶小天慢慢坐了下去,把茶杯又捧在了手中,沉默半晌,悠然说道:"常言说:江山易改,本性难移。叶某就是这么一个人!谁想跟我较劲,那咱们就往死里磕!鱼不死,网就破呗!"

……

陈慕燕的家并不大,里里外外都搜遍了,也未找出多少值钱的东西。陈慕燕看着他们里里外外地搜查,满脸地冷笑。

"大人,没有什么。"

"大人,没有。"

张典史听着一个个回报,脸上微微见汗了。

马辉到处转悠着,连柴房都翻过了,他不死心地又转回陈慕燕的书房。陈慕燕的书房不大,也没有什么贵重的器物陈设,四壁只挂了些字画,一目了然,很难找到可以藏东西的地方。

马辉往墙上拍了拍,一连试探几处,听声音都是实心的,他暗暗蹙起了眉头。叶县丞不循规矩,突出奇招,是因为如果按照正常的司法程序去办理,此案是很难破局的。在这个过程中,那股深藏葫县的潜势力,可以把一切罪证泯灭得丝毫不剩。

但叶小天这么做了,代价就是一旦失败就要搭上自己的前程。他有多少不合乎王法的办案手段并不重要,重要的是结果能否验证他之前的揣测。这种时候,就是以成败论英雄的。

叶小天敢冒这个险，是因为从他已经掌握的种种线索来看，已经认定这些人确有问题。但是若找不出凭据，那就没了意义。陈慕燕是税课大使，如果他是贩私集团的一员，不可能没有捞到大把好处；如果他是清廉的，那就证明叶小天的所有推论都是错误的。如果是那样，那便大势去矣！

想到其中利害，马辉恨恨地跺了跺脚。他可以想象得到，一旦叶县丞倒了，他们这些死心塌地跟着叶县丞走的人会落得一个什么下场。一脚跺下去，马辉突然一个激灵，脚下的动静似乎有点空洞。

他赶紧低头看看地面，此时他正坐在书案后面，那张太师椅也不知用了多少年，扶手处摩擦得极为明亮。马辉又往地面跺了跺，青砖的地面，看不出什么异样，但声音确实略显空洞。

马辉立即像只猎犬似的趴到地上，在那里仔仔细细地观察了半天，扭头大叫道："来人，把这书案给我抬开！"

从墙根开始，一块块的青砖被撬开、摞到一边，下面是下陷不到半尺的一个四四方方的洞口，上面覆了一块木板，把它掀开，便是一个黑洞洞的入口。此时一个身材瘦削些的捕快已经跳进去，火把映得里边一闪一闪的。

书房地面上的银锭在不断增加，刚翻出来的白花花的雪花银已经被乌黑的银锭给完全遮蔽了。陈慕燕眼看着他们起出来的银子，面色如土，双腿筛糠似的抖了半天，终于身子一歪，整个人瘫在地上。

张典史看着那些乌黑黯淡的银锭，这都是因为在地窖里置放太久才变色的。他又看看书房内简陋的布置，百思不得其解："这些银子都霉变了，显见是陈大使只储藏不花用。他吃不过一荤一素，住不过陋室简居；没儿子，就只一个女儿，贪这么多钱，究竟图什么呢？真是叫人想不通啊……"

第七十二章

也是个狠人

一

苏循天率领捕快们赶赴常氏车马行的抓捕行动非常顺利,并没有发生持械拒捕的事情。自从齐木死后,他手下的人已不复当年之嚣张。面对捕快,他们是没有勇气公开反抗的。

等到天光大亮的时候,税课大使陈慕燕和税课司的账房等几个关键人物以及常氏车马行的几个主要人物全都被押到了县衙,羁押在候审的几处临时班房里。审讯紧锣密鼓地立即开始,一个人刚被带出去,另一个人就被带进来,整个县衙的气氛非常紧张。

当花晴风看到那堆从陈慕燕家中起出来的银子,他就知道,叶小天这一次又赢了。王主簿面对这一幕,也只能闭口不语。这种情况下,花晴风已没有必要再去深究叶小天办案过程中手段是否粗暴、程序是否合法。他唯一明智的做法,就是掌握主动权。

所以,花晴风马上把发生在葫县的一切行文铜仁府,向知府张铎做了汇报,并建议知府大人立即派员前往大万山司,控制老虎关的相关人员。在花晴风忙于向张知府汇报情况的时候,叶小天正在他的签押房里提审一个个犯人。

陈慕燕一袭青衫,还是昨晚离开家时那身装扮,因为他的特殊身份,身上未带任何刑具。叶小天见他进来,微笑着往椅上一指,道:"陈大使,请坐。"

陈慕燕往椅上一座,目不斜视。叶小天为他斟了杯热茶,轻轻放到他身旁的几案上,踱着步子,微笑地道:"陈大使,叶某也是职责所系,不得不为,还请恕罪啊。"

陈慕燕微微合起了双目,一言不发。看那样子,不管你想干什么,他都打算徐庶进曹营了。

叶小天咳嗽一声,拿过一本账簿,信手翻了两页,对陈慕燕道:"陈大使,上个月初八,常氏车马行入关货物,在你们税课司的账簿上记载的是三十七箱,而月亮湾渡口摆渡过来的货物当时是五十七箱。入关的时候怎么就少了二十箱呢？总不能是插上翅膀飞走了吧？陈大使，能不能为叶某解惑呢？"

陈慕燕依旧闭目不语，仿佛老僧入定一般。

叶小天笑了笑，自说自话地道："如果我是陈大使，我会说，我在税关验收的就是三十七箱，至于什么另外二十箱，我怎么知道，那可与我毫不相干。可是……另一个问题，我就没办法推诿了，陈大使你有办法吗？"

叶小天在陈慕燕身边转悠了两圈，此时正好转到他的正面，弯着腰，鼻尖都快碰到陈慕燕的额头了，这才一字一句地问道："从你书房地窖里搜出来的那些银子，陈大使做何解释？"

陈慕燕依旧不言不语，只是脸颊微微抽搐了几下。叶小天直起腰来，背负双手，继续慢悠悠地踱步，道："陈大使，事已至此，你是无从抵赖了，何不老实交代呢？你不说也是于事无补的。"

陈慕燕还是闭目不答，只是嘴角微微一撇，露出一丝讥诮的笑意。

叶小天叹了口气，摆摆手道："把他带下去！"

两个捕快走过来，陈慕燕张开眼睛，冷冷地乜了叶小天一眼，随着他们昂然向外走去。陈慕燕出了签押房，恰好常自在被人带上来，两个人目光一碰，马上错开，脸上都是毫无表情。

陈慕燕沿着长廊走出几步，突然眉头一皱，道："我要方便一下。"

陈慕燕毕竟是本县的官员，这些捕快们对他不能像对普通犯人一般对待。两个捕快略一犹豫，便引着他拐向墙角的茅房。常自在拖着丁零当啷的铁镣被带进了签押房，他可没有陈慕燕那样的待遇。

常自在进了签押房，大大咧咧地往那儿一站，双脚微微分开，用一种睥睨的目光望着坐在案后的叶小天，神色十分倨傲。叶小天脸色一沉，厉声道："常自在，你可知罪？"

常自在昂起头，大声道："草民一向奉公守法，不知身犯何罪！"

叶小天冷笑一声，扬了扬手中账簿，对他道："上个月初八，你们常氏车马行入关的货物，在月亮湾渡口摆渡过来时是五十七箱，为何入关的时候变成了三十七箱，那二十箱呢？怎么不翼而飞了？"

常自在嬉皮笑脸地道："二老爷，草民记性不好，昨儿的事今天都能忘，更不要说是上个月的事了。听大人您这么一说，没准是船工头故意多报，贪墨船行的工钱。"

叶小天一手扶案，身子微微前倾，淡淡笑道："你说船工头贪墨工钱？如果你们车马行不给足了船行五十箱货物的运费，船行会付给船工们五十箱货物的工钱吗？"

常自在满不在乎地道："大人说得有理。那……大概是半路上遭了强盗，被抢走了二十箱？也没准是雨天路滑，有车货摔下了悬崖。哎呀，这事草民是真记不住，有劳大人您自己去查吧。"

叶小天笑了笑，悠然道："本官去哪里查呢？沿着后山那条小路去查，你看怎么样？"

常自在身子猛然一震，脸色大变，叶小天一瞬不瞬地看着他，常自在的目光中透出惊骇之极的味道。他不知道叶小天究竟知道了些什么，也不知道叶小天知道了多少，但是这句话却一下子击中了他的心病。

叶小天笑了，这一次他是真的笑了，笑得非常愉快："常自在，你被抓来的时候一定在想，他叶小天究竟有什么凭据就敢把我抓起来。如果说不出个子丑寅卯，他抓我容易，想放我走，我还不走了呢！是不是？"

叶小天笑吟吟的样子看在常自在眼中，显得异常奸诈："不过……你突然被本官抓来，一定想不通本官究竟凭的什么。你想不通，又没机会向别人打听，就一定会盼咐心腹人去看看那藏匿的私货是否完好。"

叶小天轻轻敲着额头，故作思索地道："可是你的人一旦查清私货并未被发现，又该怎么告诉你呢？我猜猜啊，嗯……人呢，是不可能让你们相见的，如果有什么夹带可能被发现……啊！有办法了！"

叶小天双掌一拍，兴冲冲地对常自在道："用指定的菜肴来提醒，怎么样？比如说，平安无事呢，就做一道白烧笋鸡；如果出了意外，就做一道红糟鲫鱼。你常东主在牢里对外边的一切了如指掌，还有谁能奈何得了你？"

常自在脸色苍白，好像见了鬼似的。叶小天怎么会注意到常氏车马行后面一条平平无奇的山路？他又怎么可能看到了这样一条小路，就把它和贩运私货联想起来？更叫人惊恐的是，叶小天所提的以饭菜为暗号的方式，正是他在被带走前与亲信商定的办法。

常自在恨不得立刻插翅飞回车马行，告诉他的人，千万不要去检查隐匿起来的货物，叶小天这是在引蛇出洞！可他现在什么都做不了，只能眼睁睁地看着他的人一步步走进叶小天设下的陷阱。这个人，简直就是一个魔鬼。

常自在紧紧攥着自己的拳头，指甲深深地扣入了掌心，懊悔像一条毒蛇般拼命地吞噬着他的心。叶小天看到他的表情，就知道自己所料不错，心情愈发愉快起来："常东主，本官在你们车马行左近留了几位兄弟，其中有一位尤其擅长丛林中潜行匿踪。他是最出色的猎人，就算是最狡猾的狐狸，只要被他盯上，也是休想逃脱的！哈哈……"

"大人！陈大使……陈大使他自尽了！"一个捕快突地撞进门来，气喘吁吁地嚷道，叶小天的笑声戛然而止。

茅厕门口聚集了一大群胥吏衙役，探头探脑，议论纷纷。叶小天站在茅厕里，拿一块雪白的手帕掩着鼻子，默默地看着面前的茅坑。

满池黄汤，因为有人落入翻腾起来，恶臭之气扑鼻。金汤表面上露出两只官靴，那是陈慕燕的双脚。这位陈大使也是个狠人，居然一头就扎进了粪坑，以如此另类的方式结束了自己的生命。

陈慕燕虽有取死之道，可他们毕竟同衙为官，低头不见抬头见的，双方又没有什么私人恩怨，叶小天也做不到无动于衷。他默然半晌，才屏着呼吸走出来，对围观者道："诸位，谁去找条绳索，把陈大使给弄出来。"

呼啦一下，众胥吏衙役们一哄而散，登时走得一个不剩。也不知道他们是听了叶小天的吩咐，找竹竿绳索去了，还是逃之夭夭。叶小天摇摇头，向扫地的老卢头招呼道："老卢，你过来一下！"

老卢头跑到他的面前，叶小天从袖中取出一锭二两重的银元宝，放到老卢头手上，说道："你去街市上寻两个人来，叫他们把陈大使从粪坑里拽出来，再打些清水洗刷干净。二两银子，够了吧？"

老卢头连连点头，道："够够够，二两银子呢，足够了。二老爷你放心，这事包在小老儿身上。"

叶小天点点头，又往茅厕的方向看了一眼，脚步沉重地走进了签押房。老卢头则眉飞色舞地把银元宝往怀里一揣，转身寻摸绳索去了。找人？找什么人，他老卢头干的就是洒扫清洁的活嘛，肥水可不流外人田！

第七十三章

敲山震虎

一

　　陈慕燕自尽一事，使得县衙的气氛更加沉重起来。花晴风得知这一消息后，马上把王主簿和叶小天召到二堂。花晴风沉着脸色质问叶小天："叶县丞，陈慕燕是重要嫌犯，怎么能容许他独自进入茅厕，进而从容自尽！"

　　叶小天苦笑道："大人，陈慕燕自尽时是否从容，这个可是真的无从考据了。他是我县税课大使，捕快们都认得他。如今虽然成了阶下囚，一时之间总不好就拉下脸面严苛以待，这也是人之常情。谁会想到他去如厕居然就……下官已吩咐下去，再不许任何一个嫌犯独处了。"

　　自从见到那堆从陈慕燕家里搜出来的银子，王主簿就不再坚持对叶小天的反对，转而开始支持起叶小天的行动来，这时冷冷地哼了一声道："徇私枉法已是重罪，贩运缅国财货更是资敌，只有死路一条。早死晚死还不是一样？陈慕燕不想活着受罪，那就只有寻死一途了。"

　　花晴风又是一番唉声叹气。这人一自尽，他作为知县，少不得还要写一篇很详尽的报告上去。花晴风摇摇头，对叶小天道："叶县丞，其他嫌犯千万要看紧些，万万不可再出现这样的事了。"

　　正说着，旁边走来一个衙役，附在花晴风耳边低语几句。花晴风微微一蹙眉，转而对叶小天道："嗯！叶县丞，赵驿丞来县衙寻你，想是有要紧事，你这就去吧。"

　　"下官告退！"叶小天向花晴风和王主簿拱了拱手，转身回到自己的签押房。进了签押房一看，就见赵驿丞正坐在他的位置上，脸色十分难看。

　　叶小天笑了笑，示意房中的几个胥吏们退下去，笑吟吟地迎上去道："赵兄，今日怎么有空过来？"

　　赵文远冷冷地道："省了吧。赵某官卑人微，可当不起你叶大人的一声赵兄！赵某此来，只是想请教请教你叶大人，不知道赵某哪里得罪了你，为什么你叶大人诚心跟我赵文远过不去？"

赵文远啪一巴掌拍在案上，激动地对叶小天道："谢传风曾经想投靠我，知道我为什么拒绝他吗？因为我知道你和他之间的恩怨，所以把他拒之门外。对你叶大人，赵某不可谓不敬吧？

"现如今谢氏车马行倒了，驿道上只剩下常氏车马行和罗李高车马行并驾齐驱了。怎么着，现在常氏车马行又成了你叶大人的眼中钉，你一定要除之而后快，是吗？"

赵文远真的是有点气急败坏了，杨应龙交给他的任务是控制驿道。他要控制驿道，仅凭他的驿丞身份是不够的，因为这是朝廷给他的官职，随时也可以剥夺了去。他必须利用职务之便培养一支隐藏在暗中的力量。

为此他苦心栽培常氏车马行，一直以来可谓不遗余力。现在可好，让叶小天一口气就给端了，赵文远岂能不恼。

赵文远往椅背上一靠，冷冷地道："实话对你说吧，这常氏车马行有我的一份。我知道罗李高车马行的后台是你，可你叶大人也不能吃独食吧！"

叶小天不以为忤，微笑着走过去，拿起一本账簿，翻开几页，递到赵文远面前，道："赵兄，你看看这个。"

赵文远负气地道："我不看！有什么好看的，欲加之罪，何患无辞！想要罪名，我也能信手拈来。"

叶小天微笑道："赵兄不必急，何不先看个仔细，这可与你有莫大关系呢。"

"嗯？"赵文远听他这么一说，半信半疑地接过账簿，认真看了起来。这是南老先生从原始账簿上誊录下来的，里边全是常氏车马行的账簿资料。

赵文远捧着账簿，在加了题注的地方瞪大眼睛看了足足一盏茶的工夫，才抬起头来，不屑地对叶小天道："叶大人，你别是脑子糊涂了吧？这是万历八年六月的账本！那时赵某还没到葫县上任呢！和赵某能有什么关系？"

叶小天轻轻点了点头，意有所指地道："没错！你继续往下看，就是因为跟你没有关系，我才说和你有莫大的关系。你不觉得，你'有一份'的常氏车马氏，大桩的生意和你居然完全没有关系，这就是最大的问题吗？"

赵文远矍然一惊，他被叶小天点醒了，急忙低下头，继续翻看那本账簿。连续翻了几页，赵文远就按捺不住了，径直翻到账簿的最后面，看着近期的货物运输记录，脸色变得更加难看了。

赵文远狠狠地一拳捶在桌子上，脸色一片铁青。他忽然明白了，常氏车马行一直就在干贩私贩禁的勾当。齐木在的时候是这样，齐木死后常自在独撑门户时也是这样，投到他门下之后还是这样，问题是……他对此并不知情，也未从中获得任何利益。

齐木死后，树倒猢狲散，齐氏门下成了一团散沙，可这车马行却始终屹立不倒。如今看来其根源就是因为这家车马行所掌握的贩私贩禁渠道了。常自在是他软硬兼施才降服的，现在看来，常自在真是被他降服的吗？

他不遗余力地栽培常自在，本以为是他掌控着常氏车马行的死活。可谁知道他只是一个被人利用的傻瓜。常氏车马行根本就是顺水推舟，利用他做廉价的庇护伞。

叶小天在他肩上轻轻拍了拍，同情地道："信任是一把刀，你把它交给了别人，别人就有两个选择，捅你一刀或者为你拔刀！很不幸，常自在的选择是……捅你一刀！"

·※·※·※·

昨夜捕快们突然冲到常氏车马行，带走了常自在和几个大管事，把车马行折腾得人心惶惶，整夜不得安眠。次日一早，伙计们陆续赶来上工，听说东家出了事，更是乱成了一锅粥。

这时候，却有两个人悄悄潜到了后院，打开角门，沿着后边的山道离开了。这两个人，一个叫孙瑞，一个叫石瑾，是常自在的随从。虽然限于个人能力，他们在车马行里没担任什么职务，却是常自在的心腹。

昨夜捕快突然闯到车马行来，常自在心中有鬼，当然很是担心。但是拒捕的想法只在他心中一闪就消失了。如果他拒捕，有多少人肯跟他一起干可不好说；再者，他自问也没把柄落在官府手中啊。

于是，常自在决定"束手就缚"，但是与此同时，他也对孙瑞和石瑾做了一番交代：他们私贩的货物藏在一个极隐秘的所在，但是知道这批私货存在的人可不在少数。一路运输过来，那些车夫和护送的武士知道；把私货藏起来时，搬运货物的力夫知道。虽然这些人是追随他多年的人，大多忠心可靠。可是如今他进了大牢，天知道这些人里边会不会有反水的。

再者，官府悍然动手，手里能没有证据？常自在甚至疑心那批货已经被官府掌握了。所以他吩咐两个心腹，叫他们找机会去探查一下那批货物是否安全。如果货物完好，尚未被人发现，便转移到左近埋起来；实在不行一把火焚了也成，留得青山在，不怕没柴烧。

此时常氏车马行乱作一团，有的伙计担心车马行会就此倒闭，他们会失业；有的伙计则担心东主被抓，他们尚未领到的工钱会打了水漂，乱哄哄地吵作一团。两人趁机离开了。

华云飞昨夜赶来，见常氏车马行没有人拒捕，就没有露面。他带着两个捕快就地潜伏了下来，等捕快们锁了常自在等人离开时，他们并没有跟着离开。经叶小天指点，华云飞一直藏在后山坡上，孙瑞和石瑾一动，就被他们发现了。

孙瑞和石瑾走走停停，不时回头张望。华云飞三人就藏在山坡上的灌木丛中，他们如何能够发现。如果这山后有个小山村，那么山上出现这样一条小路就丝毫不奇怪了，但是这片山后只是一片连绵起伏的怪石群。

那些石头大多呈青黑色，形状各异，中间只生长着极少量的杂草和灌木，行走于其间很不容易。孙瑞和石瑾从怪石群中一路穿过去，拐过前方的山脚不见了。

他们下山的路上全是石头，不容易遮蔽身形，所以华云飞带着两个捕快很耐心地蹲在灌木丛中一动不动，只是远远地瞄着他们的去向。待他们消失在山脚处时，华云飞对那两个捕快道："你们等在这里，我去看看！"

两个捕快攀山越岭的本事不及他，点头答应下来。华云飞便跃出草丛，健步如飞地向山下赶去。这一段山路虽然难走，但是对华云飞来说却似灵猿一般轻盈敏捷。

待他飞快地追下山去，转过山脚，就见前方长长一条狭谷，中间有一道溪水，水面很宽，但是并不深，最深处只及膝盖。水面上暴露着许多大小不一、形状各异的石头。

华云飞眉头一皱，这段山路虽然难走，但是对他而言耗费的时间并不多。这才一会儿工夫，那两个人怎么就全然不见了身影？

华云飞提着小心，贴着山脚向前摸去，行不过十余丈远，忽然发现身侧出现了一个黑漆漆的山洞，藤萝倒挂，十分隐秘。

第七十四章

驿路蛇鼠

一

　　那山洞的洞口不高，要弯着腰才能进去，宽窄倒有六尺左右，但右侧低矮处又横着探出一截石头，实际上可容通过的只有三尺宽窄。

　　地上满是碎枝烂叶，踩上去非常松软。华云飞蹲下仔细观察了一会儿，便悄悄摸进洞去。一进山洞他就嗅到细微的烟火气，华云飞更加笃定那两个人就是进了这个山洞。

　　他摸黑往里走了一阵，洞穴内道路弯弯曲曲、高低不平，但空间渐渐宽阔起来。洞口的微光到了这里已不起作用。华云飞没有夜视的本领，已不能继续前行，但他也不用继续前行了，因为他已经听到了里边两个人隐隐的说话声。

　　"这不好好的吗？我就说，这种地方，就算他有通天的本领又怎能找得到，大当家的也太小心了。"

　　"不管如何，知道这个地方的人太多，咱们还是把东西都搬出去吧。在左近挖个坑埋起来，草木一遮，嘿！嘿嘿……"

　　"嗯，等处理妥当了，就去给大当家的报个平安，看他官府如何收场。"

　　听着二人的对话，华云飞微微一笑，像猫似的，轻盈地向后退去。做贼心虚呀，如果常自在够冷静，叶小天的这番敲打又岂能让他自乱阵脚。可叶小天表现得如此决绝，常自在又怎能不怀疑已经被他拿住了把柄。

　　华云飞退回山上，找到那两个巡捕，命其中一人持叶小天的手谕到驿站调兵。赵文远不在驿站，驿站副丞一看是叶县丞的手谕，又晓得自家驿丞大人与叶县丞一向相交莫逆，马上爽快地点了三十名驿卒，带上武器，叫那捕快带走。

　　山洞里存货不少，显然是从南方源源不断运来的私货。由于北向的出口被叶小天卡死，以致都囤积于此了。象牙、犀角、海贝、珊瑚、玳瑁……

　　易于携带的小巧财货，大多已经没有了，留下的都是体积较大、不易隐藏和搬运的东西，象牙和珊瑚一类的东西两人抬着都吃力。

附近山坡上有一道浅沟，是雨水自然冲刷而成的。孙瑞和石瑾只有两个人，显然没有余力自行掘一个大坑，便选择了这里。

这么多的财货，两个人搬得满头大汗，也看得眼热不已。不过这些笨重的财货，他们是没有办法运过重重关隘的，也找不到销货的渠道。不能变成钱的东西，对他们而言毫无意义。

两个人像两只勤劳的小蜜蜂，一趟趟地往外搬着东西，眼看东西快搬完了，已然累得汗流浃背的时候，旁边突兀地冒出几十个手持竹枪、胸前绣着"驿"字号衣的士兵。

孙瑞和石瑾抱着一只猛犸象的大门牙，目瞪口呆地站在那里。这猛犸象牙比普通的象牙要大得多，俗称万年象牙。因为多已成为化石，所以在发现的古象牙中，仅有一成多点具备珠宝价值，其价格自然也比普通的象牙昂贵得多。

华云飞微笑着走出来，对二人道："你们小心着些，可别摔碎了。这玩意，把你们俩卖了都抵不上！"

·※·※·※·

周班头在关卡处已经守了多日，这是葫县税课司设在葫县北端出境口的税卡。这里的地形同样是险要之极，两侧崇山矗立，唯此一径可过。

战争年代，这就是一夫当关的要塞，你就是有百万雄兵，在这关隘之外也排布不开。想要硬攻，损失难以计数。这样的险要关隘在贵州处处可见，这也是历代王朝不约而同地选择以羁縻政策安抚当地土司的原因。

这里原本只是一道税卡，现在则多了以周班头为首的一班捕快。他们只负责检查出关的货车，对于微服简行、只挎一个小包袱的行脚旅客，则只要税课司的人检查、收税了。

即便如此，他们每天需要做的检查也实在太多，人人筋疲力尽。不过今天每个捕快都打起了精神，税课司的税丁们也是挺胸抬头，精神抖擞，与往昔的气象完全不同。

他们已经得到消息，税课司的几个大员连带着税课大使陈慕燕都被叶县丞抓起来了。对周班头手下的那班捕快们来说，这就意味着他们的辛苦马上就要熬到头了，自然兴奋不已。

而对税课司的税丁们来说，除了因为叶县丞向他们的顶头上司开刀，让他们心生凛凛之外，同时也是一个莫大的机会。正是这个机会，让他们打起了精神。

税课司的几个头脑全被抓起来了。这些人中，除了税课大使一职需由上峰任命，其他的官职都是由县里任命的。那几个税课管事一股脑被抓走，他们就有机会上位了。福祸相依，别人的祸，就是他们的福啊。

"好了好了，你过去吧。那位大娘，你过来一下，哦！是一篮子鸡蛋哪，行了，税钱一文，丢在那筐里。好，你也过去吧，山道难走，你岁数大了，可得小心着些。"

税丁们不但办事麻利了许多，态度也变得和气起来，倒令过往的百姓有些不大适应。

"你，'过所'拿出来看看。就你一人一驴？包袱打开，行了，交税过关吧。不过由此出去，到下一个镇子，中间的路途可挺长，你最好等等那边的行商，说说好话，跟他们一块走。要不然半路上碰到劫道的，嘿嘿……"

"呵呵，谢谢差爷提点，在下这么穷，那些剪径劫路的强盗是看不上眼的。"

说话的是个中年男子，身材高挑消瘦，瘦长的倭瓜脸，两撇八字胡，穿着褐色两截衣。除了那头瘦毛驴，浑身上下真找不出什么值钱的东西来。税丁摆摆手，那中年男子便牵着毛驴走出了关卡。

另一边，长长的车队正等着周班头手下的那些捕快们逐一检查，几个货主聚在门边，一边晒着太阳，一边闲扯消磨时间。"咦！那个行脚的客人，与胡掌柜的好像啊！"

其中一个货主无意中看到刚刚牵着驴子走出关卡的行脚客人，不禁惊奇地对旁边几个人道："你说的是胡奇峰胡东主吧？还别说，真有点像。"那几人纷纷扭头向那牵驴客人望去。

他们只是随口说说，并未往心里去。胡东主可是有名号的大商贾，出入随从无数，哪可能这么轻车简从……这人连车都没有，随从更是一个也无，一瞧就是极寒酸的路人。

再说，这人生得虽与胡东主相像，可还是有很大区别的，最明显的就是胡东主蓄的是三缕长髯，眼前这人却是两撇八字胡。几个货主没多想，随口聊了几句，便扯到他们将要赶到的鹿角镇上，哪个粉头最会服侍男人的话题上了。

· ※ · ※ · ※ ·

华云飞带着三十名驿卒，押着孙瑞和石瑾，用两辆驿车载着起获的赃物，赶回了葫县县衙。人赃并获，花知县的胆子一下子就大了，迫不及待地下令升堂。他要亲自问案。

面对无可否认的罪证，孙瑞和石瑾居然矢口否认。可三木之下，何不可求？孙瑞和石瑾又不是什么心存大义、气节无双的大英雄，他们挨过了一顿板子，等到拶子夹在十指上时，终于挨不住了。

拶子一夹，两边衙役用力扯，孙瑞和石瑾就鬼哭狼嚎地喊起来："招了！招了！大老爷，小人……招了！"

花晴风冷笑一声，道："敬酒不吃吃罚酒，来啊！记录！"

孙瑞和石瑾鼻涕一把泪一把地开始供述起来。齐木最初干的就是贩私生意，那时是与几个亡命徒南北奔走，肩扛手提，携带几件财货倒运赚取差价。后来手头攒下一笔钱，这才开车马行，干起了正经生意。

大约五六年前，葫岭两位土司因为争地大打出手，朝廷趁机出兵灭了他们，变葫岭为葫县，设立流官统治，驿道上的几大车马行也进入了战国时代。齐木心黑手辣，在你死我活的竞争中脱颖而出，最终一统葫县驿道。

这时候就有人找到齐木，主动洽谈贩私贩禁。齐木正苦于光靠车马行赚不了太多的钱，养活大批手下开销也大，干脆就重操旧业了。只不过以前他是翻山越岭、肩扛手提地做些小本生意；现在以车马行为掩护，生意扩大了百倍不止。这一来，他的财产便如滚雪团一般迅速膨胀起来，成了葫县首富。

齐木死后，二当家也莫名其妙地失了踪，原本负责这一块的常自在便自立门户了。仗着由他掌握的进货渠道和销货渠道，所以依旧能屹立不倒。

孙瑞和石瑾还交代，他们贩运私货都是一对一的单线联系。上家由老虎关隘口负责安排，他们只负责这一段的运输和安全。至于下家则交给大商贾胡奇峰，由他销往中原。

齐木在的时候，曾经想过要越过上家和下家，直接与南洋诸国取得联系。至于销货，他也想越过那么多的中间环节，这样从中赚取的好处将十倍不止。只是这个设想还未付诸实施，他就死于非命了。

齐木死后，常氏车马行接受了赵驿丞的招揽，依庇于赵驿丞门下。但是贩私贩禁的买卖，却始终掌握在常自在手中，赵文远对此并不知情。

花晴风得了详细口供，不由得倒抽一口冷气：老虎关、常氏车马行、葫县税课司、胡氏商行，官商勾结，如此严密的贩私团伙，实在是一桩大案。此案沿着驿道一路挖下去，还不知要挖出多少蠹虫，这可是一件莫大的功绩呀。花晴风强抑激动，马上下了一道牌票，命人去拘拿商贾胡奇峰到案！

第七十五章

负荆请罪

一

苏循天带着一队捕快,拿着花知县亲笔签发的牌票匆匆赶到胡奇峰的住处,不想却扑了个空。胡奇峰一年里有大半时间要住在葫县,所以他在这里购置了一幢住宅,还买了一房姜室。苏循天赶到那里后才发现,所有人都在,唯独少了胡府的主人胡奇峰,他已闻风逃逸了。

花知县得知胡奇峰已经逃走,不禁深感遗憾。如果能抓住胡奇峰,那才是最完美的"收官"啊。花知县马上命人画影图形以通缉天下,同时行文铜仁府,汇报葫县破获大案的经过与成果,同时促请铜仁府派员赴大万山司拘押相关人员。

县丞签押房里,赵文远见华云飞赶来向叶小天汇报,说是已经从常氏车马行后山起获了大量私禁货物,心中最后一丝侥幸彻底破灭了。想到一直以来他都被常自在戏弄于股掌之上,赵文远气得欲疯欲狂。

赵文远对叶小天道:"县丞大人,赵某有一个不情之请。"

叶小天道:"赵兄请讲!"

赵文远咬牙切齿地道:"我要见常自在,还请县丞大人行个方便!"

叶小天似笑非笑地问道:"赵兄要见他,意欲何为呢?是打他一顿还是骂他一顿?"

赵文远咬牙不语。叶小天摇头道:"赵兄,你总不会想置他于死地吧?这个人本就死定了,赵兄何必便宜了他,却难为了你我呢。依我之见,赵兄现在最紧要的事,可不是去见常自在那个小人。"

赵文远哂然道:"我现在还有什么最紧要的事?"

叶小天道:"当然有!常自在和车马行的几个大管事都被抓了,常氏车马行没了顶梁柱,眼看就要散了。赵兄既然在车马行里有分子,难道就一点也不在意?常自在不听话,难道赵兄就不能找几个听话的人顶上去?"

赵文远恍然大悟,一拍额头道:"县丞大人说得是,是我糊涂了,我这就回去。"

赵文远匆匆走出两步，又回头站定，向叶小天拱手一揖，羞愧地道："小兄今日冒犯，改日再向县丞大人摆酒谢罪！"

叶小天望着赵文远离去的背影，目光微微闪烁起来，似乎在思索着什么难以理解的事情。通常他露出这样的眼神时，就是在算计什么，只可惜了解他这个习惯的人并不多。

赵文远一走，等在一旁的马辉、许浩然等人马上拥上前来，兴奋地对叶小天道："二老爷英明，这件大案破得真是漂亮呀！"

叶小天笑了笑，道："可惜百密一疏，还是放走了胡奇峰。照理说昨夜拿人纵然闹得满城风雨，他也不该这么快就确定抓了哪些人，因何罪名被抓。可他一早就已逃走，竟是如此警觉。另外，这私禁之物的来源，我们还没有查到呢。"

马辉道："嗨！二老爷，这件案子，只怕不仅是横贯整条驿路，就是南北诸省都有人参与的，牵涉之广，哪是咱们一个葫县办得了的。但是在咱们葫县辖内，能挖出这些祸害，把真相大白于天下，那就是莫大的本事，朝廷必有嘉奖。"

"啪！啪！啪！"

门口响起一阵有节奏的掌声，王主簿的声音悠悠传来："是啊！前有剿匪之功、抗旱之功，今有护路除盗之功，又有铲除蠹腐之功，这一桩桩、一件件，都会记在叶大人的考课簿子上，将来都是叶大人升迁的本钱哪。"

王主簿一面说一面走了进来，钦佩地道："如果不是你叶大人在县丞任上时日太短，资历实在太浅，就算马上高升，那也是理所当然的。"叶小天意外地道："王主簿？"

马辉等人也很诧异，这王主簿一向与叶县丞不合，今日怎么会登门道喜？若说是揶揄吧，看他神情坦诚，应是发自内心的钦佩，不像是在有意嘲讽。他这是唱的哪一出？难道他不明白这番话说出来，就等于是向叶县丞低头了？

"啊！王主簿，稀客，稀客，快快请坐。"叶小天迅速收敛了惊讶的表情，请王主簿入座。马辉等人知趣地退了出去，侍候的小厮也会看个眉眼高低，急忙上了一杯热茶，便悄悄退了出去。

叶小天在王主簿对面坐下，笑微微地对王主簿道："王大人今儿怎么有空过来？"

王主簿喟然一声长叹，黯然道："老夫……是真的老了！"

叶小天惊讶地挑了挑眉梢。王主簿苦笑道："一直以来，老夫对你叶大人，是颇有些不以为然的，甚至是……有些敌意。老夫看不惯你做事的风格，看不惯你年纪轻轻就爬得比老夫还高。

老夫总觉得，你做的那些事，如果老夫肯用心，一样做得到，甚至比你做得更好。老夫总觉得你有些离经叛道，早晚会把葫县搅得一塌糊涂，甚至牵连到老夫。所以，老夫总是和你对着干，总想拆你的台……"

叶小天没想到王主簿今天冒昧而来，竟然对他说出这样一番推心置腹的话。敬人者，人恒敬之。叶小天也不禁为之动容，忙客气地道："王主簿您太客气了。您是前辈，叶某后生小子，只是占了一股闯劲。真要论到稳重与谋略，是万万不及前辈的。"

王主簿微微一笑，道："如此谦逊，可就不像你了。不狂还是叶小天吗？呵呵，可是你狂，是真有狂的本事啊。老夫现在算看明白了，你叶大人的志向根本不在一个小小葫县。我这燕雀，居然还怕被你这大鹏鸟占了窝，岂不可笑！"

叶小天道："王主簿，你这般夸奖，可真是让叶某无地自容了。"

王主簿摇摇头，在自己的胸脯上轻轻拍了两下，诚恳地道："叶大人，这是老夫的一番肺腑之言哪。就凭你这次一举拔除隐藏本县多年的贩私大盗，老夫就服了。这种办法，老夫想不到，就是想到了，也没有那个胆量去做！瞻前顾后，一老吏耳，实在没有什么和你好争的。"

王主簿站起身，向叶小天拱了拱手，迈着略显蹒跚的步子蹒跚行去。王主簿一走，马辉、许浩然等人就鬼头鬼脑地摸了进来，七嘴八舌地问道："二老爷，那老家伙干什么来了？不是眼红二老爷你立下大功，又来挑衅吧？"

叶小天咳嗽一声，板起脸道："你们全都闲得没事干了吗？去去去，该干什么干什么去！"

·※·※·※·

深藏葫县多年，涉及税课司、车马行、商贾，甚至牵涉其他州县的这起贩运私禁大案被叶小天一手揭开了。此案的余波跌宕起伏，许久不见平息。

在撬开孙瑞和石瑾的嘴巴之后，有了他们的证词，再加上起获的大量证物，常自在及其手下的几个大管事也无法继续矢口否认了。而税课司账房和几个小吏目也相继松口。

随着他们的招供，葫县又陆续抓了不少人，但铜仁府反馈回来的消息却不太好。大万山司回报张知府，说庞大使和几个身处税课司关键位置的吏目都已闻风潜逃，携带家眷逃得无影无踪，线索至此算是断了。

要说他们事先能够得到消息逃跑倒是可信，但要说他们不但自己逃了，而且把家眷也都带走了，走得不慌不忙，官府竟然一无所知，这就有些不可思议了。很显然，大万山司牵涉此案的绝不仅仅是税课司的一班人，只是这种事他们心里明白也无法指出来。

胡奇峰骑着一头瘦毛驴，像老子出函谷关似的，一去就不复返了。抓不到他，销赃的下家就很难查出来。其实他们还有一个线索，那就是苏州富绅吴悦玥。但是想从他身上打开缺口，希望着实不大。

虽然如此，叶小天还是抱着万一的希望，把事情的原委详细写下，加盖了知县的大印，行文铜仁府。铜仁府张知府阅后又转呈提刑按察使司，提刑按察使司加盖了他们的大印，再转交给金陵刑部。

也亏得那吴悦玥家大业大，根本不可能舍弃一切逃之夭夭。否则在如此漫长的报批手续完成以前，吴悦玥就算带上全族，租一艘大船去海外寻访仙山，那时间都宽裕得很了。

金陵刑部见了贵阳按察司送来的公文，派人把吴悦玥抓了起来。可惜，当那份公文还辗转于山山水水之间时，吴悦玥就已得到消息，把该走的关系全都走通了，该毁灭的证据也全都毁灭了。

吴悦玥到了公堂之上，一口咬定他根本就没有销售任何违禁的走私品，也没有走私品的来源和销售渠道。家里那些来自南洋的宝物？尽管去查，那都是赝品，摆阔用的。对毛问智说的那番话？说什么了？什么都没说。只是看那参商人傻钱多，想做他的生意，所以充充阔气，显摆实力。要跟他做什么生意？当然是绸缎生意。谁说我要卖违禁之物给他了，那是买卖谈不拢，他蓄意诬告。葫县有人贩私贩禁？那跟我有什么关系。

吴氏家族能量不小，这吴悦玥还有功名在身，动不得刑。金陵府被他噎得说不出话来，最后只能无罪开释。叶小天这边得知消息，也只能一声叹息，无可奈何。

但不管怎么说，这次他又立下了大功，加上之前景千户剿匪时分润给他的功劳，叶小天的考课簿子上必然会有一个上佳的考语，升迁是早晚的事。只是这种按部就班的升迁，对叶小天来说，那是远水不解近渴啊。

第七十六章

冬 节

一

经过大半个月的纷纷扰扰，尘埃渐渐落定了。花晴风和叶小天受到了上司的嘉奖，记入考课。苏班头、周班头等人则得到了一笔赏赐，那些空缺出来的职位也迅速补充了人选。

只有税课大使的职位人选还没有落实，因为这个人选是要由知府衙门任命的。不过税课大使虽要由知府衙门任命，但知府不可能了解下属各县的详细情形，所以要由地方官提名举荐。

这个职位本该由知县花晴风提名，但破获这起大案几乎可以说是叶小天一人之功。花晴风平白得了许多好处，于情于理都没有再把这件事抢在手中的道理，所以提名税课大使的事就落到了叶小天头上。

为此，到叶府跑关系的人这些天几乎快把叶府的门槛踩平了。直到叶小天宣布一个也不见，并且已经把提名人选报到知府衙门，这种走动才告平息。至于叶小天报的谁的名字，目前还是一个秘密。

有能力查到叶小天提名人选的，不会浪费这人情，去打探一件已经不可更改，而且对他没有什么意义的事。没有能力打听到最终结果的，虽然是最关心这个职位的人，也只能耐着性子等待真相揭晓的那一天。

不过，税课大使的人选虽是由叶小天提名，税课司的账房及几名吏目的安排，则由花晴天一手包办了。这也算是花晴风和叶小天两人之间的一种利益交换吧。

叶小天对此很满意，税课大使是他提拔上来的，那就是他的人。花晴风也很满意，他不但坐享了一份大功，而且通过任命几个吏目和账房，也直接扩大了他的影响，再不会有人把他当成一个空架子知县了。

月儿弯弯照九州，几家欢乐几家愁。得以升迁的人自然是欢欣鼓舞，连连摆酒设宴大肆庆贺；被抓捕的那些罪犯家眷们，则是整日里悲悲切切，难见欢颜了。

原税课大使陈慕燕的家，这些日子一直大门紧闭。除了每日买米买菜的时间，很难看得到陈家娘子出门。直到今天，二十多个系着孝带的人住进陈家，一向冷清的陈家才算有了几分人气。

邻居们听说，这是陈慕燕老家来的人，准备帮着娘俩扶灵回乡的。陈慕燕已死，孤儿寡母只能返回故乡了。陈家的这幢房子回头也要处理掉，马上就有那热心肠的邻居开始主动帮着联系起买主来。

夜静更深，自家乡赶来的乡亲们大多已经睡下，他们在两厢的房间里打了地铺，人都睡满了。堂屋里，一对白烛还在静静地燃烧着。陈家娘子腰系孝带，怀抱熟睡的女儿，脸上犹自挂着浅浅的泪痕。

坐在她对面的是一个肤色黧黑的中年人，他是陈慕燕的一个堂弟，兄弟伙里排行第六，比陈慕燕小了十多岁。只是常年在家务农的原因，看起来比陈慕燕还要苍老许多。

陈家娘子十多年前刚刚嫁到陈家时和这个小叔子很熟悉，那时他还是个十七八岁的少年，爱说爱笑，非常活泼。现在眉眼五官与当年相比变化不大，只是苍老了许多，神情也木讷多了。

陈家娘子低声道："他六叔，真是难为你了。咱们陈家小门小户的人家，能请来这么多人帮忙扶灵，没少花费吧？"

陈老六局促地搓着手，道："嫂子，你别这么说。毕竟是慕燕哥要回乡，这险山恶水的，不多找些人来，怎么扶灵回去呢。咱们村，数着慕燕哥有出息，十里八乡的谁不羡慕咱们陈家出了一个做大官的人。慕燕哥替咱陈家挣了一辈子的脸面，如今回乡还能寒酸了不成？应该的，这都是应该的。"

陈家娘子轻轻叹息了一声，幽幽地道："那就多谢他六叔了，亲人们有这份心那就够了。聘请人工，还有一路上的吃用住宿，总共花销了多少，回头你说一声，这钱嫂子拿。家里人不富裕，就不要让大家凑份子了。"

陈老六神色略有些尴尬，有心拒绝，可是想想自己拮据的腰包，还是答应了。

礼有五经，唯祭为大。虽说她的丈夫死得并不光彩，但是丧事还是要办的。在陈慕燕死后，陈家娘子就在家里搭起灵堂，请了和尚、道士来做了三天的法事。

葫县上下不会有任何人来难为这对孤儿寡母，人情社会，人死为大，再如何罪大恶极，也该一了百了了。更何况陈慕燕虽然贪墨，但是人际关系处得极好。即便只是为了维护表面上的清廉，他还是做了很多好事，尤其是对一些小商小贩，并无盘剥行为。

如此情形下，谁还意图对陈家不利，势必得被人骂作酷吏，就是奉命而行的差役们也会暗暗寒心。所以官府对陈家没有什么刁难，把陈慕燕的尸首清洗干净后就发还了陈家。

　　陈家设祭的时候，来陈府吊唁的人很多。有官、有商、有工、有农，有一些人是与陈慕燕常有来往的，还有许多人陈家娘子根本就不认识，也看不出他们的身份。

　　陈慕燕是因贪墨事发自尽的，吊唁的人实在说不出太多安抚的话来，所以他们大多只是默默地上一炷香，祭拜一番，给陈家娘子留下一份礼金，便悄然离去。

　　越是那些陈家娘子从未见过也辨识不出身份的人，留下的礼金越是厚重。其中有些人馈赠的礼金，其数目之大已经远远超出了正常交际往来应该出的份子钱。

　　陈家娘子很清楚，这些人一定与她丈夫有着许多不清不楚的关系，而丈夫的自尽，实际上是保全了他们。所以这些人才会送上一份如此丰厚的礼金，没有人愿意欠死人的人情债。

　　陈家娘子更知道，如果她的丈夫坦白交代，把这些人都咬出来，未必就会落一个死罪，但他最好的结果也是流放边陲，终生不得复归。而他选择死，一个很重要的原因就是要给她和孩子留下一份生存的本钱。

　　因为他知道，只要他死了，许多只有他才知道的事情，就永远也没有被揭发的可能。而那些被他用性命保护下来的人，一定会把这份恩德回报在他的亲人身上。

　　所以，陈家娘子对这些拿出大笔礼金的人并没有什么感激，那是她丈夫用性命换来的，是她该得的。陈家娘子把这些钱都收了起来，那是她今后独力抚养女儿的本钱，更是丈夫留给她和孩子的希望。

　　也因此，她才有底气对堂弟说一应费用由她支付的话。因为陈慕燕公开的形象是很清贫的，被他私藏的赃银都被抄没了。如果不是这一笔笔的礼金，陈家现在真可以称得上是家徒四壁。

　　陈家娘子幽幽地叹了口气，对陈老六道："他六叔，夜色深了，你千里迢迢地赶来，实也乏了，早些去睡吧，明儿咱们还得赶路回乡呢。"

　　"嗯嗯！"

　　陈老六站起来，笨口拙舌地道："那……嫂子，你也早点休息。"

　　陈老六轻轻点点头，觉得身上有些寒冷。她忽然想起，明天就是冬至了。可是她的心从丈夫死的那一天起，就已提前进入了寒冬……

· ※ · ※ · ※ ·

　　冬至到了。

　　冬至这一天，在这个时代是一个很重要的节日。因为人们认为，自冬至起，天地阳气开始渐渐变强，意味着下一个循环的开始，这是大吉之日。

　　冬至又称为"冬节"，皇帝在这一天要举行冬至郊天的祭天大典，百官向皇帝递呈贺表，并相互投刺祝贺。

地方官府当然也要举行祝贺仪式，同时官衙要放假一天，官员们互相拜贺。叶小天作为葫县县丞，理所当然地承担起了整个庆贺活动的策划人。一大早，全县官员被他召集到县衙，率领群僚向知县大老爷祝贺。

花知县满面笑容地接受了众官员僚属的祝贺之后，便率领全体官员赶赴县学，向孔圣人上香焚表，祭拜献牲。花知县捧着昨日连夜写好的祭词，站在上首，于烟雾缭绕中摇头晃脑地念起来。

台下，苏班头悄悄靠近了叶小天，低声道："大人，陈大使的娘子今日扶灵返乡。你看咱们是不是……"

一旁王主簿听到了这话，微微向叶小天侧了侧身子，悄声道："叶大人，公是公，私是私。县衙若是没什么表示的话，未免太不近人情。依老朽之见，还是应该意思一下。"

叶小天本来还有些犹豫，听了王主簿这番话，便点点头，对苏循天道："你代表县衙去一趟吧。陈家有什么需要帮忙的，尽量给予方便。"

苏循天答应一声，刚要离开，王主簿又唤住了他，从袖中摸出一锭五两重的银元宝，对苏循天道："就说这是县衙奉赠的程仪，聊表心意吧。"

苏循天看了叶小天一眼，叶小天点点头，道："还是王大人想得周到，就这么办吧。"

苏循天这才接过银子，悄然离去。叶小天吁了口气，转首望向还在台上抑扬顿挫的花知县，神色有些郁然。王主簿微微一笑，捻着胡须低声说道："叶大人，心里有些不是滋味，是吗？"

叶小天点点头，又摇摇头，复又一叹。自那日一番交心，王主簿真是换了一个人，大概也是因为他看出叶小天野心甚大，其志向绝不在一个小小葫县，和他谈不上什么权力之争，所以对叶小天大为改观，两人的关系也日渐缓和了。

王主簿呵呵一笑，用一种过来人的口吻对叶小天安慰道："身在官场，就是这样了。很多时候，有些事你不得不去做，无关于恩怨，只是身不由己。你要走下去，就一定得习惯……"

第七十七章

扶 灵

一

花知县的祭文写得花团锦簇，洋洋洒洒逾万字。顾教谕和黄训导站在下边，微微闭着双眼，听得摇头晃脑的，只觉字字珠玑，当真好文章！叶小天却连半句都没听进去，心中只是念叨："老太太的裹脚布，又臭又长！"

好不容易等到花知县念完祭文，将一系列的祭拜仪式举行完毕，在一片热烈的掌声中走下台去，叶小天才精神一振，一个箭步迈上台去，高声宣布道："现在，全体同仁赴太白居，与本县士绅共聚一堂，官民同乐，共迎冬节！"

一句话顿时迎来雷鸣般的热烈掌声，尤其是巡检司的武官们，巴掌拍得尤其响亮。随即众官员便一哄而散，骑马的骑马、坐轿的坐轿、乘车的乘车，也有那小官吏安步当车甩开双腿，乱哄哄地直奔太白居酒楼。

太白居是葫县城内最大的一座酒楼，就开在县衙对面。酒楼里光是雅座就有数十间，另有一层的宴客大厅可容纳数百人。整个酒楼呈回字形，中间是一个巨大的天井，天井院中有盆栽竹木、鲜花怪石，俨然一个小型园林。

今天太白居酒楼被官府包了，酒席就设在这个精致园林般的天井里，一张张酒席散落在花木丛中，小溪流泉潺潺其间，极尽优雅。远处还有乐伎弹着琵琶，曲调优美，更显别致。

众官员士绅齐聚一堂，小士绅恭维大士绅，大士绅恭维官员，小官员恭维大官员，推杯换盏、觥筹交错，热闹非凡。投箭壶的、曲水流觞的、行酒令的，各种助酒兴的游戏也是精彩纷呈。

叶小天成了众人招呼的重点对象。许多人走到花知县面前时，也只是礼节性地敬上一杯，可是到了叶小天面前，他们却巴不得能多待一会儿，多说几句话。若是叶小天与他多聊几句，离开时便满面红光，一副与有荣焉的模样。

花晴风把这一幕瞧在眼里，心中很不自在。奈何他还不能表现出来，只得强作风度，脸上的笑容却是渐渐有些生硬了。

叶小天自从坐下，这酒就不曾断过。虽然别人敬酒，他只需浅酌一口意思意思就行，而对方却要把一杯酒都干了。可是架不住人多，一会儿工夫就觉得醺醺然的，有些醉意了。

叶小天见势不妙，佯装要去方便。一俟离开大厅，他便长松了口气，举步绕向后厅，想寻个清静地方醒醒酒。

酒店里的伙计都在四下站着，等着官宦们唤人侍候。一见叶县丞出来，两个伙计赶紧举步上前，这可是本县最大的实权人物，在太白居当伙计的，哪能不认得这位二老爷。

两个伙计眼看就要走到叶小天身边，刚刚弯下腰去，脸上露出殷勤的笑意，就觉得耳畔生风，一道青色光影嗖一闪，就从他们身边跃了过去。两个伙计吓了一跳，定睛一看，原是他们的东主盛隆。

盛隆脑满肠肥，跑起来一个圆滚滚的肚皮上下弹跳不已，足有三百多斤的身子，竟显得身轻如燕。到了叶小天身边，盛隆露出一个恰如其分的标准笑脸，殷勤地伸出白白胖胖的手掌，谄媚道："大人，您这边请！"

叶小天点点头，随在盛掌柜的后边上了楼，转过一个墙角，就是一间雅室。窗子开着，从上边可以看见天井中正在饮宴的众人。但是因为放着翠绿的帘栊，下边的人却不易看清楼上雅间的人。

屋中陈设古朴典雅，叶小天到了房间一看，王主簿正坐在那儿，双眼微阖，一手搁在桌上，手指微屈，轻轻叩击着桌面，似乎正听着远远传来的悠扬乐曲打着拍子。

听见动静，王主簿微微睁开眼睛，一见是叶小天，不禁坐直了身子，笑道："呵呵，老朽岁数大了，耐不得热闹。怎么你叶大人也做了逃兵？"

叶小天摇头笑道："我还当只有我溜了，却不想你王大人先行一步。不行了，我实在是不胜酒力，只好溜之大吉。"

叶小天说着在一旁椅上坐下，早有小伙计送上一壶香茗，又摆了瓜果蜜饯四拼盘。盛掌柜的点头哈腰地道："两位大人歇着，如果有什么需要，只管招呼一声。"

盛掌柜的说完就退出去了。叶小天与王主簿谈笑一阵，王主簿往楼下探看了一眼，摇头道："看这情形，这酒宴恐怕到了掌灯时分都不会散了。你我二人都逃开了，可苦了知县大人啊，现在人人都在向他敬酒。"

叶小天打趣道："要不然，王大人你下去给咱们知县大人解解围如何？"

王主簿乜了他一眼，捻须微笑道："这种事，还是你这等年轻人才应该冲在前面啊，哪有让我这老头子出面的道理。店家，店家……"

盛掌柜的嗖一下出现在门口，敢情自从本县的二、三把手到了这雅间，这位掌柜的就守在门口没有离开过。王主簿本来是想唤个伙计,却不想出现这么一个大胖子。王主簿怔了一怔,失笑道:"店家,你去取副棋来。"

"好好好,两位大人稍等,小人去去就来!"盛掌柜的哈腰笑了两声,一转身就消失在门口。他那痴肥的身子,竟有如此矫健的身手,也当真令人叹为观止了。

不一会儿,一副上好的棋盘送到,盛掌柜的又笑眯眯地退下了。

叶小天笑道:"王大人棋艺高深,跟你下棋,叶某可不是对手啊。"

王主簿一边摆子,一边笑道:"哎!切磋,切磋而已,叶大人你可不要太客气。老夫于棋道也只是稍有涉猎,算不得高深。你我随意下上一盘,只当消磨时光罢了。"

叶小天挽了挽袖子,凑过身来,笑道:"恭敬不如从命。那成,咱就随意切磋一下。王大人,你先请!"

·※·※·※·

陈慕燕的灵柩在丧仪之后就迁进了庙里停放,今天要启殡返乡,得先去庙里取回他的灵柩。一大早陈家就忙碌起来。陈家娘子把需要带回故乡的东西都打包装好,放在车子上,院门锁了,钥匙交给一个本家兄弟,回头他要留下来处理善后的。

乡邻们都闻讯赶来,站在路边上看着。不管他们与陈家平时相处得如何,这时一别,终生再难一见,还是不免有些伤感,所以纷纷向陈家母女俩打着招呼。

"嫂子,咱们出发吧。"陈家兄弟把行李装好,捆扎停当,便赶过来对陈家娘子说。陈家娘子点点头,一行人便登车,直奔城郊的那座小庙。

小庙不大,棺椁就停在庙后的松林中,停灵的费用不高。当初陈家娘子预交了三个月的,所以这时很痛快地就把灵柩抬了出来。

陈家兄弟已经备了一辆长途马车,灵柩被众人扶上车子,固定锁牢,便沿着官道向驿道走去。一路之上,陈家娘子捧着丈夫的灵位,不时呼喊他的名字招魂,前边还有陈家的人扶柩打旌,抛洒纸钱,为亡魂开路。

"陈家娘子,陈家娘子……"

苏循天急急赶到了。他先去了陈家一趟,结果只有铁将军把门;向邻居一问,这才奔了小庙;又问过庙里的老和尚,这才追上来。

因为道远,陈家娘子并未步行,而是身穿孝衣,捧着灵牌坐在车上。苏循天一召唤,车队就停下了,陈家娘子冷冷地瞥了他一眼,没有说话。苏循天擦擦头上的汗水,对陈家娘子道:"娘子今日扶柩返乡,可有需要县上效劳之处?"

陈家娘子冷冷地道:"不劳关心,我丈夫的灵柩,自有我陈家的亲人护送!"

苏循天叹了口气,从袖中摸出了那锭银子。以苏循天的个性,雁过都要拔毛,经了他的手,银子难免缩水。可这是给死人的钱,苏循天也有他做人的底线,捧在手上的可是实打实的五两纹银。

苏循天道:"陈家娘子,这一路下去,扶灵回乡,花销少不了。这五两银子是县里的一点心意,还请娘子收下。"

陈家娘子这次没有说话,只是冷冷地看了他一眼,对那些扶灵的汉子说道:"走吧!"

车队便缓缓启行,直把苏循天视若无物。苏循天无奈地退到路边,望着车队渐行渐远,轻轻摇摇头,长长地叹了口气。

· ※ · ※ · ※ ·

葫县税关,行旅客商们正排队等候检查收税。忽然一阵唢呐吹吹打打的声音从远处传来。片刻之后,就见一片白幡招展,忽然有人想到了什么,脱口说道:"哎呀!今儿是陈大使回乡的日子!"

只这一句话,整个税关上顿时肃静下来。正在忙碌的税丁们也都住了手,默默地看着远远行来的扶柩队伍;行旅客商们自觉地退向一边,给送灵队伍闪开了一条道路。

前面有支商队刚刚验货缴税完毕,车队驶出关口停了下来,正在那里重新捆扎货物。忽然听到出殡的曲子,禁不住都停了下来,循声向这边张望。商队中一个身穿蓝袍的五旬老者,手搭凉棚张望了一下,纳罕地道:"这是什么人家送葬啊?"

旁边一个税丁叹了口气,道:"那是陈大使的灵柩,陈家的人扶棺回乡呢。"

蓝袍商贾啊了一声,神情肃然起来,忙整理了一下衣袍,等那送灵队伍到了身边,便是郑重地一礼。那税丁忍不住道:"怎么,吕老爷你认识我们陈大使?"

那吕老爷慨叹道:"虽无深交,却也打过交道。不管官家怎么说,在我心里,陈大使,那是极好的一个人哪。"

陈家娘子眼看有人向棺椁致礼,作为未亡人岂能高坐不理,赶紧下车还了一礼。那蓝袍商贾叹道:"这位就是陈家娘子吧,老夫吕默,与陈大使曾有数面之缘。不想一别月余便成阴阳两隔,实在令人扼腕叹息呀。"

陈家娘子幽幽地道:"多谢吕老爷念着我家相公……"说到这儿眼圈一红,差点落下泪来。吕默看了看陈家的扶灵车队,叹道:"由此出去直到鹿角镇,一路渺无人烟。你们只有两辆车,大部分人只能步行,要走出去太吃力了。不如搭我商队的车吧,咱们结伴而行,捎你们到鹿角镇,大家再各奔前程。"

陈家兄弟一听,喜出望外,连忙道:"谢谢吕老爷,谢谢吕老爷!"

陈家娘子望了小叔子一眼,便也福礼道:"既如此,有劳吕老爷了。"

旁观行旅见了,都暗赞这吕姓商人为人仗义。吕老爷却是连连摆手,道:"举手之劳,不必言谢,不必言谢。那就请娘子稍候片刻,等老夫的车队整理好了,咱们一同而行。"

太白居里,天色渐渐暗了,天井里挑起了灯笼,叶小天和王主簿的雅间里也点亮了一盏灯。二人灯下博弈,一盘棋渐渐杀至尾段,棋面形势对叶小天极为不利。王主簿用茶盖抹着茶水,向窗外飞快地一瞟,便盯着棋盘微笑起来:"叶大人,这盘棋,貌似老夫……赢定了呀!"

第七十八章

将相难和

一

叶小天听了王主簿的话，忽也抬起头来，向窗外看了一眼，一副若有所思的模样，道："是啊！已经这个时辰了。如果一切顺利的话，那你王主簿就真的赢了。"

王主簿的脸颊忽地抽搐了两下，手中刚刚拈起的一枚棋子险些掉回棋盘上。他一把攥住棋子，慢慢抬起头来，盯着叶小天，似笑非笑地道："什么叫一切顺利？莫非叶大人还有什么撒手锏不成？"

叶小天低头望着棋盘，仿佛在思考如何绝地反攻，信口答道："夜里，本官派人抓了陈慕燕，天刚亮，胡奇峰就逃了。他怎么知道昨夜抓了谁，又怎么清楚因为什么罪名？只是因为他过于警觉？"

叶小天摇摇头，又道："胡奇峰在葫县纳了一房外宅，他那个妾室已经有了身孕，就这么被他置之不顾了。好吧，成大事者不拘小节，刘邦逃难途中还曾三番五次把亲骨肉推下车呢，这也不算什么。可是，他既然为了保命，连女人和孩子都不要了，如此仓皇的人，居然还有闲心烧账簿，这就有些不可理解了。"

叶小天慢慢抬起头，微笑着看了王主簿一眼，缓缓地道："他已经暴露无遗了，还烧什么账簿？除非，这账簿还会牵扯出某些尚未暴露的人，而他需要保护那个人，又或者……暗中向他示警，叫他出逃的人，特意叮嘱过他，务必要把牵连他人的账簿毁掉。王主簿，你说是不是？"

王主簿眼中惊骇的神色一闪即逝。他淡定地笑了笑，捋着胡须道："哦？没想到叶大人还有这样的发现！"

叶小天道："知县大人在意的是胡奇峰有没有被抓到，别的他不关心。我倒是多嘴，向苏捕头问了几句，这才知道胡家书房的火盆里，有一堆烧过的灰烬，而且还从里边找出一页尚未燃尽的账簿。"

叶小天说着，从袖中摸出一片烧去大半、边缘焦黑的纸片，手指一松，那纸片便转着圈落向棋盘。

叶小天道:"我叶小天做什么事都喜欢多核计两遍。从孙瑞和石瑾的交代,我们知道,常氏车马行接来的私货都是交给胡氏商行销往中原的。我就多了个心眼,顺手查了查这个胡氏商行是什么时候出现在葫县的。

"结果,我发现胡氏商行是近两年才出现的。那常氏车马行还是齐氏车马行的年代,他们是跟谁做生意呢?于是我又找人问了问,结果发现,在胡氏商行之前,同齐氏车马行交易最频繁的就是吕氏商行,他们的东家,叫吕默。"

这个名字一出口,王主簿的目芒陡然一缩。

叶小天道:"我再一查这吕氏商行,可不得了,咱们葫县还没立县时,这儿还叫葫岭,还是两位土司老爷当家,那时候吕氏商行就是葫县的老主顾了。这一来,有些事叶某就不明白了。"

王主簿笑微微的,满脸的皱纹仿佛是用尖刀镌刻出来似的,纹理异常清晰。他的双眼微微地眯着,眼缝中露出的目光森寒锐利:"哦?叶大人有什么不明白的呢?"

叶小天道:"我觉得奇怪,吕氏商行在许多年前就已立足葫县,怎么就没想过找一个靠山呢?就算他是做正经买卖的,有个做官的在背后照应,也方便他做生意嘛。何况,他既然与齐木关系密切,很可能有些不可告人的秘密,他就不怕商行出问题?"

王主簿微笑道:"叶大人此言差矣。你怎么知道吕氏商行没有靠山?他既然是跟齐木做生意的,要找靠山当然是找孟庆唯,这不是很正常吗?"

叶小天点了点头道:"的确很正常。可是孟庆唯死后,吕氏商行既没有投靠徐伯夷,也没有投靠王主簿,本官这里他也从没登过门。似乎生怕人家注意到他似的,低调的已经不能再低调了,这就有些不正常了。"

王主簿忍不住笑起来,道:"叶大人,你也太多疑了吧。"

叶小天笑嘻嘻地道:"多疑有什么不好?诸葛一生唯谨慎,曹操司马性多疑。结果成就一番霸业的,恰恰就是曹孟德与司马懿。"

王主簿淡然道:"那么,叶大人从吕氏商行的不正常,又疑心到了些什么呢?"

叶小天摇摇头道:"还能猜到什么,当然是一无所获了。不过,有句老话叫'有心栽花花不活,无心插柳柳成荫',还真有一定的道理。我调查这吕氏商行的时候,发现了一些很有趣的事情。"

王主簿微笑地看着叶小天,等他说下去。那枚棋子在王主簿指间轻轻翻动着,他那苍老的手已经枯瘪无肉,但手指却异常灵活。那棋子在他指间上下翻飞,却偏偏不会掉下来。

叶小天道:"我听说,这吕默当初之所以能在葫岭站住脚,是因为他与当时的两位土司老爷关系密切。说来也奇怪,那两位土司老爷彼此间水火不容,可是与吕东主却都能相交莫逆。吕东主能够在他们之间游刃有余，可见他的本事。这样一个长袖善舞的人，从那以后却默默无闻了，这不是很奇怪吗？"

王主簿眼皮微微垂下去，淡淡地道："人的想法总是会变的。也许忽然有那么一天，他一下子顿悟了，从此不再逐利争名，却也不无可能。"

叶小天微微一笑，没有与他理论这个话题，而是继续说道："这时，我忽然想起了另外一件事，一件表面上看起来和吕默毫不相干的事。那还是葫县大旱，我去高李两寨调停，同两位寨主吃酒时，听他们说起的一段故事。

"两位土司大人还是葫县之主时，高李两位寨主是他们手下的吏目，所以对他们的事多少知道一些。据高李两位寨主讲，那时候王主簿就是葫岭人，以一介布衣成为两位土司的座上客，风光得很呢！都说王主簿是最熟悉本地的官员，与本地彝苗两族百姓关系都不错，应该就是从那时开始的吧？"

王主簿的眼角挑了挑，但笑而不语。

叶小天眉头微微一蹙，道："叶某想起这件事，就觉得很奇怪。吕默是个商人，能与两位土司交好，也许是因为他经商能给两位土司带来好处。那么王主簿当初不过是一个穷酸读书人，何德何能会成为两位倨傲的土司老爷的座上宾呢？

"恰巧，叶某还听两位寨主提起，所谓当年两位土司因为争夺一块地而大打出手，甚至连朝廷出面警告都置若罔闻，其实只是一个幌子。实际上两人争的根本不是一块地，而是一条财路。

"那块地很值钱吗？只不过是河水冲积而成的一块新田。两位土司老爷靠山吃山，本就不以耕种为重，怎么会为了一块地便悍然动手，更不至于在朝廷出面制止时依旧不依不饶。除非……利令智昏，那要多么大的利，才会让他们做出失去理智的事？"

叶小天摇头叹了口气，道："葫县穷山恶水的，能有什么大财路让他们大打出手？可惜高李两位寨主也不清楚，所以我也就姑且听之，对此并未深究。但是这一次的事，让我把两件风马牛不相及的事一下子联系起来了。

齐木是在两位土司老爷身败名裂之后突然崛起的。那么在他之前，是不是也有人在贩私贩禁？如果那时候也有人在做同样的事，他们是谁？会不会……就是吕默、两位土司老爷，还有你王主簿？"

王主簿指间翻动跳跃的那枚棋子突地停住了，被他两根枯瘦的手指紧紧夹住。

叶小天微微一笑，道："也许是因为两位土司老爷分赃不均，也许是因为其中一位土司想独霸这条财路，总之，两位土司老爷财迷心窍，火并起来了。朝廷则趁机插手，结果就是两位土司家破人亡，葫岭则被改土归流。

"也许就因为这件事，让你变得谨慎起来，你不敢再像以前那样抛头露面。于是，吕默退到了胡奇峰后面，你也退到了陈慕燕后面。扶植他们，你可能都不用亲自出面，只需因势利导，就足以让他们为你所用了。"

"啪！"王主簿手中的棋子落到了棋盘上。王主簿轻轻鼓起掌来："高明！实在是高明！老夫本以为，已经很是高看你一眼了，想不到还是看低了你。呵呵，这些都是你根据一些许蛛丝马迹猜想出来的？"

叶小天摇头道："一开始当然推断得没有如此完整，诸如两位土司大打出手的原因，诸如你王主簿和吕默是否会因为此事才变得谨慎起来，从此退居幕后。叶某一下子可猜不到。

"我只是怀疑你、吕默以及曾经的那两位土司老爷，就是齐木之前的贩私者。所以开始注意你，并且监视你和吕默的一举一动。待我真正掌握了你们难逃干系的罪证之后才反推出来的。"

王主簿苦笑道："后生可畏！后生可畏啊！"

叶小天道："当初，齐木能够独霸葫县驿路，并且与孟庆唯沆瀣一气，应该就是你暗中为他们创造机会吧？孙瑞所说的那个主动找到齐木，与他商量合作贩私的人，就是你派去的，是吗？"

王主簿目光闪烁着，依旧微笑不答。

叶小天叹了口气，道："可惜，两位土司火并的时候，你没能调停好他们两个，否则朝廷就没有借口插手，这里就还是土司的天下。你王大人虽然做不成主簿，却依旧是风生水起，也不必谨而慎之，退居幕后了。"

王主簿也叹了口气，惋惜地道："可惜朝堂诸公还是操之过急了。如果他们能耐着性子多等一段时间，战火或许就不仅葫岭一地了。那朝廷拿下的又何止是一个葫县呢？"

叶小天气极反笑，道："如此说来，你王大人苦心孤诣、卧薪尝胆，倒是一心为了大明朝廷了？"

王主簿微微一笑，转而问道："你已经派人盯住了陈慕燕的灵柩？"

叶小天道："不错，现在这个时辰，鱼……应该快咬钩了吧？"

第七十九章

一枕黄粱

一

　　王主簿听了叶小天的话，嘴角微微抽搐了两下，说道："你已经从常氏车马行起获了大批赃物，为何还会想到另有一批货？"

　　叶小天道："本来我是没有想到的，但是胡奇峰离奇失踪的事勾起了我的好奇心。我想知道，他焚毁账簿，究竟是想保护谁？之后又想起了高李两位寨主曾经对我说过的那些传闻，便对你和吕默产生了怀疑。于是开始派人暗中盯着你们的一举一动。这时候已经不需要我去想什么了，我的眼睛看到的，已经告诉了我正确答案。"

　　叶小天端起已经冷掉的茶水，轻轻抿了一口，品尝着那淡淡的香茗味，微笑道："如果我没猜错的话，常氏车马行后山发现的那批货只是一小部分吧？也许，那还是你授意胡奇峰故意拖延着没有运走，就是留着以防万一的。其实这批货的大头早就在你们这边了，对不对？可怜那常自在，一向只知道从他手中拿走货物的人是胡奇峰，却不知道胡奇峰只是转个手就交给了吕默！"

　　王主簿沙哑地笑了几声，道："叶县丞，真是英雄出少年哪！老夫前几日向你负荆请罪，本以为如此一来，可以打消你对我的戒心。想不到，并没有起什么作用啊。"

　　叶小天也笑起来，说道："不瞒你说，王主簿，你当日那样一番表现，还真把叶某唬住了，叶某是真有点受宠若惊啊。不过回过头来仔细想想，反倒觉得不合情理了，王主簿你是弄巧成拙啊。"

　　王主簿道："怎么会呢？将相和，难道不是一桩美谈吗？"

　　叶小天摇头道："王主簿，你的年纪真是大了，或许已经忘了年轻的时候是如何与父祖长辈相处了，可我没忘。哎！老人家大多性情执拗，哪有那么容易低头的，更何况是向一个小辈呢。"

　　王主簿怔了怔，仔细一想，不由得哑然失笑。

　　窗外楼下，酒宴已经接近了尾声，已经有人发现王主簿和叶小天失去了踪影，借着几分酒意高声大喊起来:"叶县丞、王主簿,两位大人在哪儿呢?县太爷已经酩酊大醉啦,你们两位可不能当逃兵啊!"

叶小天站起身,向王主簿道:"这盘棋,你赢了!这场仗,我赢了!借用你王主簿的一句话,'身在官场就是这样,无关恩怨,身不由己罢了'。今日这场迎冬宴,还是不要扫了大家的兴致吧。咱们下去再喝几杯,如何?"

王主簿缓缓地站了起来,微微一笑,道:"好!叶县丞,请!"

叶小天客气地道:"王主簿,请!"

两人把臂下楼,言笑晏晏,丝毫看不出其中将有一人即将成为阶下囚。

花知县烂醉如泥地伏在案上,梦中依稀回到了洞房花烛小登科的那一夜。他用秤杆轻轻挑起那张红红的盖头,入目便是雅儿那两弯盈盈的秋水和那满是娇羞的容颜。花知县笑了,醉梦中,笑若春风……

· ※ · ※ · ※ ·

陈家娘子的车队和吕默的车队一同上路了,由葫县出发到山外的鹿角镇,中间有很长一段距离。当初叶小天护着水舞和遥遥,搭着艾典史的车从鹿角镇往葫县来,就在山里住宿了两夜。

陈家娘子的车队护送着沉重的棺椁,而吕默的车队全是货车,这速度自然就更慢了。他们要在山里住上三宿,才能翻出大山,抵达鹿角镇。

眼看天色苍茫时,吕默便找到陈家娘子商量,要寻个地方住宿。陈家娘子一个妇道人家哪有什么主意,自然听从吕默的安排。吕默指挥车队又行一阵,找到一处别的商队住过的地方,便吩咐停车,安营扎寨。

这里是过往行商们经常扎营的一个所在,背靠青山,旁傍流水,地面清理得也比较平坦。一些用来扎营的桩子也都是现成的,谁恰好赶到此处时,只管拿来借用,要省许多力气。

有了这些基础,他们的营帐很快就扎起来了。山里面夜幕降临得快,这边营帐刚刚扎好,天色已是漆黑一片。吕默的车队带有护卫,守夜巡逻的事自然就交给他们了。

陈家娘子一介女流,平素都不大出门的,如今赶了这么远的路,身子早就乏了。所以只是简单地吃了一点晚餐,就带着女儿钻进帐篷,很快便沉沉睡去。

陈慕燕的那位六弟却没有睡。他磨磨蹭蹭的,假意照应着自己这一行人,挨到大家都钻进了帐篷,便悄悄赶到了吕默的帐篷里。陈老六一见吕默,便点头哈腰地道:"吕老爷,您看什么时候动手?"

吕默问道:"他们都歇下了?"

陈老六点点头，吕默颔首道："好！等他们再睡熟些，半个时辰之后就动手吧。"

陈老六点点头，赶紧又潜了出去。经过放置在几幢营帐之间的棺椁时，陈老六停住了脚步，向陈慕燕的棺材双手合十，默默祈祷："堂兄，你在天有灵，可别责怪兄弟冒犯，人穷志短，没法子呀！

"堂兄，你捞了那么多钱，可也没见帮衬家里，结果可好，全被官府给抄走了。兄弟如今就是借你的棺木一用，人家吕掌柜的说了，事成之后，要给咱们一千两银子的酬谢呢！

"堂兄，那可是一千两啊！咱们全家都能过上好日子了。堂兄你放心，这笔酬金的大头，兄弟一定会分给嫂子的。咱们陈家人也一定会照料好嫂子和侄女，绝不叫她们受人欺负了。堂兄你在天有灵，多多保佑兄弟吧。"

陈老六唠唠叨叨说了半晌，这才蹑手蹑脚地走开。过了小半个时辰，一群黑影悄悄地行动起来，他们鬼鬼祟祟地潜到了那具棺木前。因为明早还要赶路，捆绑棺木的绳索和杠木都还在上面，他们抬起就走。

要打开棺木，在这里动手难免会发出动静，也许会惊醒不知情的人，所以他们要把棺木悄悄抬到松林中。棺木抬入松林放下，他们迅速解开绳索和杠木，有人拿出几根撬棍，一阵令人牙酸的吱嘎声中，棺材板被撬了起来。

掀开棺盖，松油火把往里面一照，就见棺椁中堆得满满当当都是各色南洋宝物，里边仅象牙起码就有二三十根。吕默脸上露出一丝得意的微笑，抚须道："你们动作快点，把货都起出来！"

话犹未了，四下里轰的一声响，顿时亮起无数火把，一柄柄锋利的投枪被火把映得锋尖雪亮。华云飞的声音自黑暗中清朗地传来："统统不许动，胆敢反抗者，格杀勿论！"

吕默等人大惊失色，眼见黑暗中影影绰绰，也不知究竟有多少人潜伏左右。他们在灯笼、火把的照耀下，简直就是一群活靶子。如果试图反抗，只怕一轮投枪下来，就没几个能活着的了。

吕默面色如土，只能咬牙吩咐："谁都不许轻举妄动！我们……投降！"

· ※ · ※ · ※ ·

"姐夫，你醒了！"

"啊……"

"姐夫，王主簿被抓起来了！"

"啊？"

"不只王主簿，还有大商贾吕默，他们是一伙的。"

"啊？"

"哎呀！常自在和陈慕燕只是被人捧出来掩人耳目的，真正的贩私大盗，其实是王主簿和吕默呀！"

"啊！"

花晴风一下子瞪大了眼睛。这一回，他才算是真的清醒了。

花晴风昨夜喝得酩酊大醉，被苏循天扛回了县衙，自然是送回自己姐姐房里歇息。这一晚花晴风大醉不起，直到天亮才悠悠醒来，早就候在旁边的苏循天按捺不住，马上把这个消息告诉了他，只是没头没脑的，没说清楚。结果花晴风的脑筋还没清醒过来，一点没听明白。

苏雅没好气地瞪了弟弟一眼，对花晴风道："老爷，是这样……"

苏雅是从苏循天口中听说的事情经过，但由她说来，可比苏循天有条理多了。到底是多年的夫妻，她很清楚丈夫的思维习惯和理解能力，一件很复杂的事情，被她简明扼要地一说，依旧头昏脑涨的花晴风居然听懂了。

花晴风听苏雅说罢，坐在榻上，呆若木鸡。苏雅担心地看看他，试探着唤道："老爷？"

花晴风扁了扁嘴，一脸欲哭无泪的样子："怎么会这样？怎么会这样呢？孟县丞，倒了！徐县丞，倒了！王主簿，也倒了！这让上峰怎么看，我葫县里还有好人吗？"

苏雅啼笑皆非地道："老爷，你担心的也未免太长远了些。想当初他们联手钳制于你，叫你这县太爷束手缚脚不得发挥，若是没有私心，他们需要这么干吗？如今只是报应不爽。老爷，你快洗漱更衣，这等大案还需你来主持，这可又是大功一件啊。"

苏雅说着，把投好的热毛巾递过去。花晴风茫然地接过来，胡乱地擦了把脸，唤道："雅儿！"

苏雅见他面色凝重，不知有何要紧事，赶紧问道："老爷？"

花晴风道："取杯凉茶来，我口渴！"

第八十章

有故事的王主簿

一

花晴风匆匆起身，洗漱一番，昏昏沉沉的头脑这才清醒了些。苏雅早已吩咐厨下端了碗碧粳粥上来，这时也凉得差不多了。花晴风接过来三口两口喝下肚去，又端起茶水漱了漱口，便急匆匆向前赶去。

花晴风赶到二堂，马上吩咐苏循天去把叶小天请来。叶小天此时正在自己的签押房里与华云飞对话。这一夜他先是安排了对王主簿的看管，随后只是伏案打了个盹，并未休息太久，眼睛里满是血丝，只得喝酽茶提神。

一见华云飞，叶小天马上跳了起来，脱口问道："一切顺利吗？"

华云飞用力点了点头，叶小天这才放心下来。华云飞道："大哥放心，吕默等一干人犯已经被我连夜押回来了。至于证物和其他财物则由巡检司的官兵护送着，估计要过了晌午才能运到。"

叶小天喜悦地道："没出岔子就好！"他想了想又问："你们没有为难陈家娘子吧？"

华云飞道："没有，遵照大哥的吩咐，她的钱财，我们分文没动。陈家的人，我们也只带了那个陈老六回来，其他人依旧护送陈家娘子北上了。不过……说实话啊大哥，我看陈家娘子收的那些礼金里面，大半只怕也是……"

叶小天沉默片刻，叹了口气道："法理不外乎人情，总不能断了孤儿寡母的活路吧，就这样吧。"两人正说着，苏循天一头扎进来，风风火火地道："大老爷有请二老爷赴二堂相见。"

叶小天道："县尊大人醒了？"

苏循天笑道："醒了。虽然看着还是不大清醒，不过确实是醒了。"

叶小天瞪了他一眼道："对县尊大人不可调侃。"

苏循天嬉皮笑脸，不以为然。叶小天转而对华云飞道："县尊大人一觉醒来，葫县便已天翻地覆，想必大老爷心中一定困惑得很。你跟我一起过去吧，有些事也只有你才说得明白。"

花晴风捻着胡须,在二堂里转来转去。他怎么也想不通,这才一夜的工夫,本已盖棺论定的案子怎么就有了如此翻天覆地的变化,原本与此案没有丝毫关系的王主簿怎么就摇身一变,成了葫县贩私的幕后黑手。

叶小天带着苏循天和华云飞刚一走进二堂,花晴风就迎上去道:"叶县丞,你可来了,快快请坐。你快给本县说说,这究竟是怎么回事,本县现在可是真有点糊涂了。"

叶小天欠身道:"还请县尊大人宽恕下官不告之罪。非是下官对县尊大人不敬,实是因为此案牵涉太过重大。下官发现王主簿就是贩私的幕后黑手时,也是大吃一惊,百般不敢置信。在没有掌握到确凿的证据之前,下官也不敢宣之于口啊。"

花晴风苦笑道:"这些事且不去理会了。你现在只管告诉本县,王主簿缘何就成了贩私贩禁的幕后黑手!"

叶小天就把最初引起他对王主簿怀疑的原因,以及他派华云飞等人暗中监视王主簿和商贾吕默的过程,直至发现他们一系列的不轨行为乃至有人藏私入棺,便决定将计就计、人赃并获的事情对花晴风说了一遍。

华云飞在一旁不时补充,将他的所见所闻,尤其是昨夜把吕默人赃并获的过程向花晴风详细讲述了一遍。花晴风只听得发梦一般,只管答应着,已是不知该说些什么了。

叶小天讲完之后,道:"大人,吕默现已被带回县衙。大人向他询问一番,便知端倪了。"

花晴风怔忡了一下,吩咐道:"来人,把吕默带到二堂来!"

吕默垂头丧气地被押进二堂。自从被抓,他就知道大势已去了。他是人赃并获,根本不可能洗脱。所以被押入二堂,花晴风只是一问,他便和盘托出,统统交代了。吕默是个养尊处优的生意人,他知道自己承受不了大刑。既已无从抵赖,不如老实交代,还能少吃些苦头。

吕默的交代与叶小天先前的揣测八九不离十。据他所言,当年他从中原来贵州做生意,为了在本地有人照应,本想去拜一拜两位土司老爷的山门,可他那时只是一个小商人,土司老爷哪会正眼看他。

那时王宁就已是两位土司老爷的座上宾了,吕默慕其大名,便去拜访王宁。王宁与他一番攀谈甚是投机,不但为他引见了两位土司老爷,还把一桩大生意送到了他的面前,那就是贩私。

吕默原是个本分商人,可贩私带来的巨大利润实在是太诱惑了,再加上两位土司老爷都有份参与。而两位土司老爷就是葫岭的土皇帝,吕默还有什么好担心的?从此,他就踏上了贼船……

书记一旁做着笔录，花晴风捻须问道："如此说来，你所得到的货物，都是王主簿授意你接收的？关于它的来源你并不清楚喽？"

吕默道："是！小人甘受王老爷控制，也是因为这个原因。小人只管接收，不问来处，遵照王老爷吩咐。后来小人退居幕后，把胡奇峰捧到台前，也是因为这个原因。"

花晴风追问道："那么，你拿到的货，销往何方，销与何人呢？"

吕默嗫嚅道："小人是行商，只负责将货物运至中原，中原各大城阜自有坐商接收，代为销售。"

花晴风道："好！那本官问你，自你处接收货物的那些人，姓甚名谁，家住何方，你可了解底细？"

吕默道："大多是了解些根底的。"

花晴风容颜大悦，道："如果本官命你把这些人的名姓底细誊录出来，来日与他们公堂对质，你可愿意？"

吕默嗫嚅道："小人……小人……"

花晴风抚须道："如果你肯为朝廷指证一干人犯，朝廷当然会对你网开一面。"

吕默喜道："既如此，小人愿为人证！"

花晴风道："好！签字画押吧！来人啊，带他去，取笔墨给他，叫他写出详细的供词。"

叶小天在侧位上陪审。听着吕默的供述，叶小天心中忽然想到一个奇怪的问题："王宁当年还未做官，他既有如此财路，为何要假手他人，拱手让出这么大的好处呢？看来这个谜团只能由王主簿本人来揭开了。"

叶小天想了想，对花晴风道："大人，王主簿现在羁押于县衙，大人是否趁热打铁，再审王宁？"

花晴风踌躇了一下，叹口气道："带王宁！"

王主簿慢悠悠地走进二堂，向花晴风笑吟吟地拱了拱手，又向叶小天略一拱手，一撩袍裾，便在他平时惯坐的那个位置上坐了下来，二郎腿一跷，看那样子不像阶下囚，倒像寻常时候到二堂来与县尊议事似的。

花晴风面对这位相处五载的同僚兼冤家对头，半晌不知该如何开口，斟酌有顷，方才咳嗽一声，道："王主簿，昨夜叶县丞使人抓住了一伙贩运私货的人，那人便是本县商贾吕默。据吕默交代，他之所为，全是你王主簿背后指使。不知王主簿对此指控有什么说法？"

王主簿笑眯眯地道："他说得不错啊。一直以来，确是老夫在背后主使。进货、出货，但凡流经我葫县的私货，都是老夫经手。"

花晴风没想到他回答得这么干脆，"你……你怎么可以！你身为朝廷命官，食朝廷俸禄……"

王主簿叹了口气，不耐烦地打断他的话道："知县大人，这种老生常谈，还是不要说了吧，听得耳朵都起茧子了。你也不用问了，你想问什么，我知道，老夫自己说。

"咳！没错，在葫县暗中主持贩运私货的人，就是老夫！老夫当年，本与葫岭的两位土司合伙做这路生意，后来两位土司火并，险些殃及于我。老夫吸取教训，从此退居幕后。常自在、陈慕燕之流，不过是老夫培植出来遮人耳目的棋子罢了。他们贪财，老夫便诱之以利。他们任我摆布数载，甚至不晓得是我在利用他们，说起来实也可悲。"

王主簿好像在说别人似的，一副悲天悯人的模样，轻轻叹口气道："笔录拿来！"

那书记被他威风所慑，一时想也不想，便把刚刚写完的簿子呈上。王主簿提起笔来，笔走龙蛇，一笔挥就自己的大名，把毛笔往案上一扔，问道："大老爷还有什么事吗？"

花知县期期艾艾地道："没……啊！有！你……你所贩私货，自何处来，往何处去，上下都是谁人与你同谋？"

王主簿笑道："上？自然是来自老虎关了。可惜老虎关的庞大使已经消失了，不然县尊大人可以去问他。至于下嘛，想必吕默是知道的吧。老夫只管把那些私货安全地运出葫县，其他的事，却与老夫不相干了。"

王主簿站起身，向花晴风问道："还有别的事吗？"

花晴风愣愣地道："没了。"

王主簿把双手往身后一负，淡淡地道："那就走吧。"

花晴风愕然道："去哪里？"

王主簿回眸望了他一眼，淡淡地道："除了大牢，还有哪里？"说罢傲然走了出去。

花晴风一愣，几乎不敢相信自己的眼睛："当年霸道不可一世的孟县丞身陷囹圄时也没这般狂妄啊。这一向低调的王主簿，竟然比当年的孟县丞还要嚣张。"

第八十一章

再见一窝蜂

一

　　苏循天看了叶小天一眼,叶小天向他使个眼色,苏循天赶紧追了出去。花晴风眼看王主簿走出去,有些茫然地对叶小天道:"叶大人,咱们如今应该如何?"

　　叶小天从案上拿起王主簿签字画押的那道笔录,对花晴风道:"大人,王主簿既已供认不讳,下官以为,应该派人去王府搜查一下,万一有什么罪赃,也可充作证物。至于那走私的来源和去向,也只能容后追查了。"

　　花晴风叹道:"只好如此。"

　　花晴风当即写下一份牌票,唤来张典史,命他率人去搜王主簿的家。张典史听了不禁暗暗叫苦。他是从中原调来的官员,对贵州官场上如此简单粗暴的做事风格实在有些不适应。

　　要知道,官员都是皇帝任命的,并不是那么容易就能下大狱的。朝廷一日未定罪,上级官员对下级官员所能做出的处置就只能是限制人身自由、暂停公务权力。等朝廷公文下达,免去他的职务后才能进行后续处理。

　　就像叶小天上次去金陵,哪怕过问叶小天一案的是一人之下、万万人之上的张居正,只要叶小天还是侯参之身,没有正式定罪,也得享受官员待遇,住进馆驿等候处置,而不用押入大牢待罪。

　　可是,当初叶小天以典史身份拘押孟县丞入狱,之后徐伯夷以县丞身份把叶小天打入囚笼,乃至如今花知县发牌票,在朝廷尚未正式免去王主簿官身之前就去搜他的家,这都是不合法的,却也没人指摘不妥。

　　因为规矩是规矩,一时一地还有便宜之策。在贵州,官府的控制力远不如中原地区。如果一切都循规蹈矩,按照章程办事,那等朝廷的章程下来时,只怕什么事都办不成了。

　　花知县刚一上任就是在贵州,多年熏陶下来,对此不以为奇。只苦了张典史,明知这不合规矩，心里纠结得很，可是大老爷和二老爷都这么吩咐，他也只能硬着头皮去执行了。

张典史往王主簿家走了一趟，带了最精明的捕快，里里外外搜了一遍，却没找到任何有价值的东西。张典史只得客客气气向王主簿的家人致歉，领着人又回了县衙。

叶小天向随行的周班头、马辉、许浩然等人仔细询问了一番。他们对王家搜查得确实很彻底，但也确实找不到任何一件可以作为罪证的东西。叶小天料想以王主簿的精明，纵然有隐私也不会那么容易被人发现，只得作罢，先羁押了王主簿，等候上峰的处置便是了。

只是考虑到王主簿作为走私团伙中如此重要的人物，他被捕入狱，没准会有人到他家中打探消息，叶小天又派了几名捕快监视王主簿府中的一切动静。王主簿尚未定罪，就算有罪，不是十恶不赦的大罪，也罪不及家人。为了避人口实，叶小天安排了两名性情最沉稳的捕快，以免泄露行踪。

这一上午提审各个人犯，下午验点各种赃物，忙得叶小天陀螺一般，直到晚上才拖着疲惫的身子回到府中。不过他的精神却很是亢奋，他渐渐喜欢上这种与人斗智斗勇的生活了。

人活着，总要有所追求，叶小天最初的追求很简单，老婆孩子热炕头。虽然他的热炕头是蛊教至高无上的神殿，他想娶的老婆是红枫湖夏家集万千宠爱于一身的夏莹莹小姐，起点实在是太高了些，但是从性质上来说还是一样的。

叶小天从来没有忧国忧民的高尚情操，也没有匡扶天下的伟大志向，现在依旧没有。但他已在不知不觉中改变，至少他的人生目标不再那么短浅了。只是这种潜移默化的感觉，连他自己也没有意识到。

今天，当他走出县衙的时候，胥吏们一道道敬畏的目光，百姓们一张张赞叹的笑脸，使他开始意识到了自己生存于人世间的价值。人活着，总是要有所追求的。

当晚，叶小天宿在哚妮房中，一番酣畅淋漓的欢爱之后，叶小天揽着哚妮香汗津津的身子，揉着她圆滚滚的臀部，调笑道："给你播下这么多种子了，还不早早给我生个大胖小子。"

叶小天这番话虽是调笑，却也正是他的心声，他真的想要一个儿子。只不过，以前他想生个儿子，只是想着传承给儿子一笔衣食无忧的财富，可以延续他的生命。而现在，他想通过他的骨肉，延续属于他的更多烙印。

他希望有那么一天，膝上抱着一个大胖小子，也许是他的儿子，也许是他儿子的儿子。他会自豪地对那孩子讲："想当年，你老子（爷爷）我……"他现在想传承的，不仅仅是生命的印记和物质的财富，还想有一分属于他的荣耀。

"人家也想嘛，可肚子不争气……"已酥软如泥的哚妮嘟囔着张开眼睛，眼儿媚，如丝如缕，盈盈地缠绕在叶小天的脸上："小天哥，要不然……咱们再来一次！"

"你刚刚还说受不了，现在就……嗯……"

· ※ · ※ · ※ ·

葫县大牢里，王主簿单独住着一个牢间。牢房里已经清扫过了，放了一张床榻还有一张矮几，榻上铺了干净的被褥。王主簿毕竟尚未去职，这些都是应有之义。

叶小天与王主簿并不像当初和孟庆唯一样斗得你死我活，对这些优容也就睁一只眼闭一只眼了。只要叶小天不追究，谁会难为这位老上司呢，所以王主簿在牢里很是悠闲。

此时，王主簿坐在榻上，面前放着矮几，几上放着四样小菜，旁边还有一壶酒。叶小天在京城天牢当牢头的时候，没少给囚犯跑腿买吃的。不过王主簿这酒菜可不是使唤狱卒买来的，而是王府送来的。

王主簿夹一口菜，酌一口酒，慢条斯理，喝得津津有味。

高高的牢墙上方，突然出现两只飞抓。抛飞抓的人很有技巧，那飞抓扣住高墙的过程中几乎没有发出任何声音。随即两个黑衣蒙面人便飞快地出现在高墙上，踞伏在那儿，仿佛两头兀鹰。

正在高墙下院子里巡弋的是四个狱卒，两人一队，并肩巡逻，根本没有发现高墙上有人。两个黑衣人居高临下，冷厉的双眼森然盯视着他们，忽然很有默契地一起跃下，无声地扑向他们。

两个黑衣蒙面人每人选择两个目标，几乎是一瞬间，四个驿卒后脑便同时挨了一记重击，他们一声没吭就向地上倒去。两个黑衣人身手极其敏捷，马上搀住了他们的身子。

其中一人昏迷之际腰刀失手脱落，那黑衣人搀住两人已无法腾出手来去抓腰刀。他突然伸出一只脚，用脚尖稳稳地停住了那口刀。四个狱卒被稳稳地放在地上。黑衣人从他们手上翻出钥匙，相互打个手势，马上就有一人扑向牢房，另一个人则伏向暗处掩护退路。

"咔嚓！"

牢房的大门开了，甬道中间位置放着一张桌子，两边各有一张椅子，桌上放了一盏灯，两个牢头坐在椅上夹着猪头肉，喝着小酒，正自得其乐。忽听身后牢门响，两个牢头也未在意，只当是有狱卒进来。

但是背对牢房的那人一扭头，忽见来人并非牢里狱卒，这才大吃一惊。但他这时警觉已经晚了，那黑衣人一开门，便像猛虎一般扑过来。这牢头刚刚站起一半，便被迎面一掌打得倒翻白眼，扑通一声坐回椅上，人事不省了。

"快来……"

另一个牢头一抬头,惊见如此一幕,不由得厉声大叫起来,一面大叫一面拔刀,刀刚出鞘一半,那黑衣人便像鬼魅般掠到了他面前,伸手一拍,出鞘一半的刀嚓的一声又还了鞘。

那人虎钳般的大手一伸,就连鞘夺过了他的刀,顺势向上一带,刀柄正磕在他的咽喉上,疼得这牢头佝偻在地,鼻涕眼泪一起流了下来,根本没有行动能力了。

那身材不高,却给人一种巍巍高山般雄壮的黑衣蒙面人一声未吭,飞快地掠向大牢里边。

"有人劫狱!"

牢中两个巡弋的狱卒大惊失色,拔刀冲上前去。但那黑衣人只一闪就到了,雪亮的寒光一闪,手中刀铿的一声迎了上去,冲在前头的那个狱卒手中的刀就被磕飞了。

他手臂上扬,门户大开,被那黑衣人当胸一脚,踹得倒飞出去,把第二个狱卒也撞翻在地。黑衣人弯腰捡起这狱卒掉落在地的钥匙,走到王主簿的牢房前,翻看着钥匙上的号牌,找到对应的钥匙,插进了巨大而沉重的铁锁。

被撞翻的那个狱卒伤得较轻,率先爬起来,大喊一声挥刀劈来。黑衣人身子一旋避过钢刀,一个侧踢,那狱卒便与另一个狱卒再度摔成了一对滚地葫芦。

"有人劫狱了!"其他几间牢房的犯人都兴奋地扑到比碗口还粗的栅栏边上,冲着外边大喊:"好汉!帮帮忙,放我们出去!"

关在王主簿对面的都是与贩私一案有关的人,常自在和吕默抢在最前面,兴奋地看着外面。既然有人来救王主簿,很可能要把他们一并救走,这下总算免去牢狱之灾了。

王主簿坐在牢房里,对外面发生的一切却似乎毫不意外。他很淡定地夹了口菜,又呷了口酒,这才慢条斯理地放下筷子,站起身整理了一下衣冠,缓步走向牢门。

"咔嚓!"

铁门开了,王主簿微笑道:"大哥身手不减当年啊!"

"屁话,走!"黑衣蒙面人冷喝一声,返身就走。王主簿笑了笑,举步跟在他的后面,也未见王主簿作势奔跑,动作竟也奇快。

"不许走!有人劫狱啦!"

两个狱卒爬了起来,捡起刀来追向王主簿。王主簿明明是向前疾掠,可是两个狱卒只觉眼前一花,就发现王主簿竟然倒退回来。他二人的刀已经扬在空中,但距离判断错误,王主簿瘦瘦高高的身子已经撞进了他们怀里。

两个狱卒怔了一怔,王主簿抬手、扩胸,两肘击在两个狱卒的胸口。这一串动作如行云流水,而且轻描淡写的,根本看不出他作势用力,但那两个狱卒却大叫一声,再度玩起了空中飞人。而他们的两口刀,却落入了王主簿的手中。

众囚犯看得目瞪口呆,就见王主簿手臂一扬,手中两道寒光一闪即逝。随即对面牢中发出惨厉的两声大吼,两口刀已经从常自在和吕默的胸口透入,自背后露出半尺滴血的锋刃。

王主簿甩开大袖,似闲庭信步一般飘然向前掠去,瞬间就消失在甬道入口。牢房里有个犯人认得王主簿,眼见如此一幕,不禁直了眼睛:"这王主簿是深藏不露的高人哪!"

第八十二章

山不转水转

一

"咚咚咚……"

叶小天梅开二度，这一回可是真的有点累了。他仰卧榻上酣睡正香，若晓生跑到了院门口，踮着脚，捏着嗓子，隔门冲里边喊："哚妮姑娘，哚妮姑娘，快起来……"

若晓生喊了两嗓子又觉得不妥。虽说这是哚妮姑娘的院子，可他来找的是老爷啊。这鬼鬼祟祟的，万一被老爷听见，再怀疑他和哚妮姑娘有什么不清不楚的关系……

若晓生轻轻扇了自己一个嘴巴，赶紧改口："老爷，老爷，快起来……"

别看哚妮是个姑娘家，可她睡觉挺实沉，尤其是今天被叶小天折腾的身子都快散架了，这时打雷怕都唤不醒。若晓生嚎了几嗓子，还是睡在侧厢的丫鬟听见，披衣起来向门外问："谁呀？"

若晓生赶紧回道："是我，门子老若。官府来人了，十万火急的大事，要求见老爷呢。"

"知道了！"

小丫鬟答应一声，到了正房门口叩门，这才把叶小天唤醒。桌上残烛未灭，叶小天借着昏暗的灯光向外一问，得知是官府来人，顿时便是一惊。今天出了这么多大事，他还真怕出什么意外。

叶小天赶紧抓起衣服穿戴起来，回头看见哚妮像只小懒猫似的蜷着身子睡得香甜，半个香肩裸露出来，在灯光下泛起润泽如玉的光，禁不住在她颊上偷吻了一记，替她掩好被子，这才蹑手蹑脚地走出去。

叶小天跟着若晓生来到前院，就见照壁前站着一个衙役，清冷的月光下一时也未看清那人模样。那人已急急向前几步，向叶小天叉手施礼，惶急地道："大人，小人是大牢看守，奉命来报，有歹人劫狱，王主簿被救走了！"

叶小天一听，不由得大吃一惊。半个时辰之后，叶小天已出现在葫县大牢。大牢外已被捕快们层层布防，牢里牢外灯火通明。叶小天一到，马辉和许浩然立即引着他往里走，边走边向他禀报情况。

叶小天沉声道："死了几个人？"

马辉道："没有死人，院中巡弋者四人，牢头两人，牢内巡逻者两人，一共八人，大多是被打晕在地。其中只有牢头老邢咽喉受了点伤，说话困难，狱中巡逻的两个狱卒胸口瘀青。"

"嗯？"

叶小天陡然站住脚步，扭头看了马辉一眼，继续拔足而行，问道："除了王主簿，还有谁被救走了？"

许浩然涩然道："旁人谁也没救，但……常自在和吕默被他们杀了！"

叶小天陡然又顿住了脚步。

牢房门口的墙壁上，苏循天在一旁举着火把。花晴天直勾勾地看着墙上的图案，半晌才怔怔地问苏循天："循天，这是什么东西？"

苏循天道："这应该绘的是一窝蜂子。"

花晴风的脸色更加难看了："蜂子？一窝蜂？难道王主簿是……"

苏循天道："只怕八九不离十了。我方才讯问狱中犯人，听他们说，那王主簿并非手无缚鸡之力的读书人，而是一个艺业惊人的武林高手。常自在和吕默就是被他杀人灭口的。"

花晴风困惑地道："奇怪，他既然一身武功，当日为何不逃，反而从容被捕？"

花晴风喃喃自语，其实心中已经信了。想到自己跟纵横云贵、神秘莫测的大盗一窝蜂居然同衙共事五载，私下里钩心斗角、彼此拆台，如今还能好端端地活在这里，不由得打了一个冷战。

叶小天走过来，一见花晴风正抻着脖子往墙上看，忙也跟着看过去。一瞧墙上那图案，他的脸色登时也变得极为难看。叶小天怔怔地看了半晌，突然扭头向苏循天问道："苏捕头，可曾派人去王家探看？"

苏循天道："周捕头带人去了，现在尚无消息传回。"

话犹未了，远处一阵火把闪辉，周班头带着一群全副武装的捕快气喘吁吁地跑回来了："大老爷、二老爷，王家的人不知何时已走得一干二净。奇怪的是，在他们家的屋子里，却绑着两个咱们的人。"

花晴风恍然大悟，道："我明白了，他故意被捕，是为了给家人留出逃走的时间。"

叶小天也不知他在说些什么，就见两个捕快走上前来，惭愧地低下头，对他道："大人，小人惭愧，没能看住王家的人，还……还了了人家的道。我们一醒，就……"

就发现被捆在厅中柱子上了，一个人都没看见。"

这两人正是被叶小天派去监视王家的那两个捕快。叶小天叹了口气，拍拍他们的肩膀道："没看住就没看住吧，你们能活下来已经是侥天之幸了。一窝蜂出手，还从没留人活口呢。"

花晴风被叶小天一语提醒，双掌一拍，忽然兴奋地道："对啊！一窝蜂出手向来是赶尽杀绝，这次却善心大发，岂不怪哉？他们不是一窝蜂，这一定他们是故意留下一窝蜂的标记，想引我们误入歧途！"

叶小天奇怪地看了他一眼，心道："人已经被救走了，就算不是一窝蜂干的，又有什么区别？你兴奋个什么劲。"

花晴风心中却想："不是一窝蜂就好！如果本县得罪的真是那群心狠手辣的江洋大盗，如今断了他们财路，来日不被他们盗走项上人头才怪。"

· ※ · ※ · ※ ·

葫县这起案子当真引起了大轰动。本来陈慕燕作为税课大使，被人贿赂下水，为走私客提供方便，这只是普通的贪腐案件。可是王主簿作为一个早就是贩私大盗的人，居然被官府任命为一县主簿，在这个位置上利用其官身为掩护，大肆贩私贩禁达数年之久，最后还被他成功越狱，这就难以容忍了。

这件案子一直被捅到了年轻气盛的万历皇帝面前。眼看就要过年了，皇城里已是一派新春气氛，整个京城都在筹备过年。恰在这时，这件案子被递到了万历皇帝面前，登时龙颜大怒。

皇帝声色俱厉地下令通缉天下，还要追究当年举荐王宁为官的人。但是查来查去，这件事忽然就没了下文，皇帝也不再追问此事，仿佛它从来也没发生过似的。

据说，只是据说，王宁当初在平息两土司之乱中立过功，因此才被破格录用，任命为葫县主簿。这一来此案就牵涉了当初的一众平乱功臣。如果查得细了，难免又会揪出一堆腌臜事来。

万历皇帝刚刚扳倒了张居正，文官系统正在重新洗牌，不想大动干戈地再对武将系统出手。因此皇帝只是下了一道旨意，着令南京吏部选派官员赴葫县接任王宁之职，此事就不了了之了。

南京城，吏部郎中郭舜府上，原江浦知县白泓哭丧着脸对郭郎中道："姐夫，你千万要帮我，小弟不想去葫县任职。那里山高水险、蛮夷遍地、风气凶恶、民风强悍……"

郭郎中不耐烦地道："哎呀！你是孟侍郎点了名的人，如今孟侍郎正在京城吏部任职，一下子就让你官复原职，那不是打孟侍郎的脸吗？你当孟侍郎听说了会置若罔闻？到时我也要跟你受牵累。"

这原江浦知县白泓，就是叶小天到南京吏部任提举官的当天，听说他是有名的酷吏，刻意捉弄，让华云飞和毛问智假意帮他整理衣冠，往他帽子里藏了只蝎子的倒霉官。当时他在孟侍郎面前出了大丑。

孟侍郎虽然把叶小天从吏部轰去了刑部，可也真的用心查了查这白泓，发现他果然是个官迷，做官只以考成为重。为了获得上司的好评，文过饰非，欺上瞒下，大灾之年也不报灾，还一味向百姓勒逼税赋，民声极差，一怒之下免了他的职。

不过，这免职和削职为民是两码事。"削职为民"是"削籍"，被褫夺了官员的资格，变成平头老百姓，身份没有了，所有的官员特权也没有了，连故去父母的封赠也要一并夺去。免职则是"冠带闲住"，官员的职位没有了，但官员的身份和品级还在。白泓的江浦知县的差使没有了，但他还是七品官，还是官身。那么起复再用就成了可能，尤其是"朝里有人"的时候。

白泓就是"朝里有人"，吏部郎中郭舜是他姐夫。他这个姐姐当然不是亲姐姐，拿着他们家的族谱好好翻翻，再询问一下他们家族的一些老人的话，这郭舜的妻子确实是白泓七大姑八大姨拐了九转十八弯的那么一个表姐。

所以白泓得知这层关系后，马上登门送了厚礼，亲亲热热认下了这门亲。亲虽是远亲，可两家走动得近，自打被免了职，白泓这个官迷天天在表姐身边念叨，他那表姐便说与丈夫听。郭舜耳根子软，听不得枕头风，便琢磨着帮他起复。

只不过这白泓毕竟是孟侍郎免的职，现在孟侍郎已升入京城吏部，比在南京时权柄更重。郭郎中又没什么理直气壮的理由，哪敢明目张胆地给白泓一个知县的职位。

这次恰好京里下了公文，着南京吏部选派官员去葫县任主簿，郭郎中灵机一动，便想出了这么一个折中的主意。葫县比起江南繁华地，不可同日而语，根本没人愿意去。他正好打发白泓去，以七品官身，担任主簿一职。

只要白泓在那里待上三年两载，没有功劳也有苦劳，到时再让他官复原职，选个江南的富裕县做知县，岂不大妙。谁料这白泓却不知好歹，郭舜怒道："你以为这主簿真没人愿去吗？在职官是没有，可候补官抢着去的多着呢。你若怕吃苦，那我就选别人了。"

郭夫人也劝道："是啊！泓弟，你姐夫不是说了吗，你去那里，无须有功，但求无过。熬个三年两载就调你回来，那时就名正言顺地官复原职了，你还担心什么。你姐夫替你争这个机会不容易，如果放弃，可又不知何年何月才有起复的一天了。"

白泓跺了跺脚，只得说了实话，哭丧着脸道："小弟我不怕吃苦。其实在江浦任知县时，我也没贪没占没享福啊，只是我过于注重考课，不太体恤百姓才落得这般下场。吃苦我不怕，只是……只是这葫县真不能去啊。"

郭舜怒道:"既不怕吃苦,有何不能去的?那又不是龙潭虎穴!"

白泓认真地点点头,道:"姐夫,葫县虽非龙潭虎穴,可也差不多了,那儿风水不好。"

郭舜被白泓唬得一愣,愕然道:"葫县风水不好,你听谁说的?你又没去过葫县,你怎么知道那儿风水不好?"

白泓一本正经地道:"姐夫,你难道忘了,叶小天在那儿做县丞呢。叶小天在的地方,风水准好不了!"

第八十三章

官 迷

一

郭郎中气得发昏，没好气地问道："叶小天？叶小天又是哪路神仙？"

白泓提醒他道："姐夫，你忘啦？叶小天就是那个在吏部冒充风仪官，在我官帽中藏了一只蝎子，蜇得我脑袋肿起好大一个包的那个人……"

郭郎中被他提醒了，想了想道："哦！你说的就是那个一日居吏部、两日任刑部，三天便滚到了礼部的那个姓叶的家伙？他还和国舅爷起了好大一场纷争，是不是？"

白泓一拍大腿道："对啊！就是他！姐夫好记性！"

郭郎中还真有点把叶小天给忘了，经白泓这一提醒才想起来。郭舜道："原来是他，我想起来了，他是在葫县任职的。他怎么了？为什么他在葫县，那里风水就不好了？"

白泓道："姐夫，自从你说让我去葫县，我就找了熟悉葫县情形的人打听了一番。那葫县在五年之内换了两任县丞。头一任是孟县丞，死了。听说那时候叶小天还没到葫县当官呢，可当地人都说，孟县丞就是死在他的手上。"

郭郎中瞪着白泓不语。他作为吏部郎中，当然了解辖内官员的生老病死、升迁调转的情况。这孟县丞之死比较特别，是在牢里被人杀死的，而且那杀人凶手居然还撞破了狱墙逃走了，实在有点邪性，所以这事他记得很清楚。只是心里一时没对上号，被白泓这一说，他才想起来。

白泓道："第二任县丞是徐伯夷，这徐伯夷也没好到哪儿去。据说他还没上任的时候，就被叶小天整治过，身败名裂逃离葫县，后来好不容易做了官，不但回了葫县，还做了叶小天的顶头上司，这一回总该扬眉吐气了吧？"

"不！他是上司，却被叶小天压着欺负。结果呢，他也被叶小天给斗垮了，落得个浪迹天涯的凄惨下场。现在他的海捕文书还贴得到处都是呢，也不知道他逃到哪儿去了。反正这一辈子是别想正大光明地见人了。"

郭郎中翻了翻白眼，道："你是说……"

白泓道："姐夫，你还不明白吗？这叶小天命格太硬，克人哪！而且专克当官的！你说我要是去了……"

郭郎中笑了，道："哦……原来如此。这种事只是巧合罢了，如果你当了真那就太荒唐了。姐夫我在吏部这么多年，什么怪事没有见过。就说那松江府织染局的局使吧，六年换了五任，每一任的前任都没好下场，弄得现在这一任局使战战兢兢。照你说那也是有人克的？那也是风水不好？说到底就是一个贪字，哪来那么多说道。"

白泓愁眉苦脸地道："姐夫，可不只我这么说啊，现在葫县不少人都这么说。你要说贪，那孟县丞是贪了，可徐伯夷不贪哪。结果是贪有贪的毛病，不贪有不贪的把柄，反正是都栽他手上了。

"对了，姐夫说的松江织染局局使相继出事的事，我也听说过，第一任是被上司查账查出来的，第二任是被御史弹劾的，第三任是被第四任举报的，第四任是被第三任他老丈人举报的。可葫县这两任县丞，都是栽在叶小天一个人的手上，而且叶小天还是他们的属下，你说这邪不邪性……"

郭郎中笑眯眯地道："好啦好啦，就算他克人好了，可他专克上司嘛。你去了是当主簿，比他还低一品，不妨事的。"

白泓哭丧着脸道："不妨事？姐夫你忘了这一回你为什么能安排我去葫县了吗？"

郭郎中张口结舌，道："啊……啊……王宁……王主簿……"

白泓道："是啊！王主簿也是栽在他手上，他不只克上司啊，他是逮着谁克谁。"

郭郎中摇了摇头，道："此说不可信，你是读圣贤书的人，怎么可以相信这些怪力乱神的东西。依我看，这叶小天应该是个很有心机的人。如果我没猜错的话，你说的这几个官员与他关系都不怎么样吧？"

白泓想了想，掰着手指头道："孟县丞与葫县豪强齐木相交莫逆，而齐木曾指使人殴打叶小天至重伤，算是有仇。徐伯夷……没当官之前就和叶小天交恶了，关系的确不怎么样。王主簿嘛，他先是跟孟县丞狼狈为奸，接着跟徐县丞眉来眼去，当然也算是叶小天的对头……"

郭郎中笑道："这不就结了吗？我就说，哪有那么多的古怪。葫县知县好像姓花是吧？他不也在任上待了五年多了吗？眼看明年任期满了，就得调任他方，这不好端端的一直没事吗？为什么？四个字，与人为善！老弟呀，既然你是去葫县熬资历混年头的，不求有功，但求无过，那姐夫就送你这四字真言：'与人为善！'保你平安无事！"

白泓凝神一想，拳掌一交，豁然开朗道："对啊！姐夫这番金玉良言，小弟记在心里了！"

· ※ · ※ · ※ ·

次日，金陵驿。

杨驿丞站立桌前，凝眉凸目，手执狼毫，一笔一画地写道"与 为善"三个大字，又在旁边题上自己的落款。再看看那字，老脸顿时一红，可这已经是他写得最好的字了，实在没法更好地发挥了。

杨驿丞咳嗽一声，忐忑地对白泓道："咳，白兄，你看这字怎么样？"

杨驿丞和白泓并不认识。今天一早白泓找上门来，说是久慕他杨驿丞的大名，因此想向他求一幅字。杨驿丞还以为他找错了人，再三向他确认，结果白泓说的情况与他完全相符，确实是来找他的。

当时杨驿丞就有点恼。想当年他还在府学读书时，就是公认的字太丑，这么多年一直也没什么长进。这人居然说是仰慕他的书法，这不是上门戏弄人吗？可是当白泓真金白银地拿出来，一个字居然出五十两银子，杨驿丞就动心了。

管他字丑不丑，卖得出去就是好字。也许这白泓是个白痴，又或者自己的字真的有人欣赏呢。于是，他硬着头皮，真就写了起来。

白泓站在旁边，一瞧他那字，嘴角就微微一撇。要说这白泓，虽然是个官迷，可才学还是有的。否则光凭一个在南京吏部当郎中的便宜姐夫，他也做不了一个一等县的知县。杨驿丞这几笔字他当然看不入眼。

不过杨驿丞这一问，白泓却马上把手一拍，眉飞色舞地赞道："好！好字呀！实在是好！"

杨驿丞被他夸得满面红光，差点真以为自己是大书法家了。杨驿丞干笑两声，有点心虚地道："白兄夸奖了，杨某的字其实也就是这样了，呃……白兄真觉得好？"

"那是当然！杨兄，你可不能反悔呀！"白泓一听，仿佛生怕他反悔把字收回去似的，三锭白白胖胖的银元宝咕咚一声砸在桌子上，赶紧就把那幅字抢在了手中。

杨驿丞心中一块石头落了地，忍不住对白泓问道："白兄，你这幅字，为何只要'与 为善'三个字呢，中间还应该有个人字吧，不知何故留白？"杨驿丞问着，心里还有点遗憾，只不过是一撇一捺的事，那可又是五十两的进账啊。

白泓笑眯眯地道："那个字不用写。等我把它裱糊起来，待我上任之后，便把它挂在我的寝室内，每天一睁眼就能看到它，自然会想起那个空白的地方应该是什么字。呵呵，它呀，不用写在纸上，记在心里最好！"

杨驿丞颔首道："嗯！与人为善，要把人记在心里！有道理，有道理……"

白泓心道："那个名字是不能写的。我只要把'叶小天'三个字记在心里，与他好生友善就是了。他就是再邪性也不会害了我吧。他又不是天煞孤星，没听说他克了自己家人和朋友的，嘿嘿……"

杨驿丞忽有所觉，讶然道："上任之后？却不知白兄要往何处上任？"

杨驿丞先前只以为这白泓是个附庸风雅、不得门路的暴发户，这时才知道他是做官的。

白泓道："小弟要去贵州葫县做官。怎么，杨兄在那里有相熟的吗？"

杨驿丞听到这里恍然大悟，什么相中了他的书法，原来人家是有备而来。去葫县做官，应该要和叶贤弟同衙共事了吧？这人定是为了巴结叶贤弟。只是，他为何要走叶贤弟的门路，寻上知县的门路岂非更好？嗯……如此看来，叶贤弟在葫县一定甚是强势。

杨驿丞脑筋急转，已经弄明白了人家的真正来意。既然收了人家的厚礼，当然得有所回报。杨驿丞笑眯眯地道："杨某在葫县倒真有个相熟的好友。呵呵，白兄，请到厅中饮茶，咱们慢慢说。"

白泓的眼睛笑得比他还要小："好！好，杨兄请！"

第八十四章

大使人选

一

　　白泓和杨驿丞喝了一下午茶，具体聊了些什么没人知道。但白泓走的时候，又请杨驿丞送了他一副墨宝，这回是四个大字"厚德载物"，又送了杨驿丞二百两银子，可见他对这一下午所了解的情况是非常满意的。

　　接下来的几天，白泓又做了些准备，见了些人，等到行文、告身都批下来，便欣然启程，直奔葫县了。

　　行行复行行，这一日白主簿终于到了葫县，花晴风设宴为白主簿接风。叶小天见到白主簿只觉得有点眼熟，一时也没想起他是谁。还是白泓窥个机会，向他说起自己，叶小天这才恍然大悟。

　　叶小天万万没有想到他当初在吏部随意捉弄了一个酷吏，这人便恰恰被派到葫县为官。两人之间有了这段过节，这位新主簿与他的关系又岂能亲近了，说不得又是一个与他为敌的。

　　想到这里，叶小天心中郁闷得很。他也不想啊，奈何天意弄人，刚到葫县就跟孟县丞对上了，之后的徐伯夷、王主簿与他关系都不怎么样。赵文远还好些，可惜是驿丞，罗小叶的关系处得也不错，奈何巡检司也不大掺和地方政务。如今来了这白主簿，他在县衙里依旧是孤家寡人。

　　白泓见他神色不善，便惴惴不安起来，只道叶小天还对他抱有成见，只是接风宴上不好谈心，心中却暗自有了一番打算。

　　白泓是携家眷来的，摆出一副要扎根葫县，造福一方的架势。安置住处、安置家人，这都需要时间，所以花知县很体贴地许了他三天时间，三天之后再正式到衙上任。

　　结果第二天白泓放着家人的安置不去理会，却命家仆带了两挑子礼物上山，公然去拜访叶县丞了。更离谱的是，他才刚到葫县，没去十字大街采买过，这礼物竟是在南京的时候就备好的。

拜帖是头一天晚上就派人送到叶府的,所以一大早叶小天派人向签押房打了声招呼,就在家里等着了。以他今时今日的地位,偶尔一天半天的不到衙,自然也不用向知县老爷告假。

白泓这么公然上山,谁还看不到。不要说对于新任主簿,本就有人注意着,就叶府那位置……只要有人上山,那真是举目皆见。马上就有人凑到花知县面前,把这个消息告诉了他。

花晴风表面上没什么反应,心里却极为不悦。他昨日率一众同僚为白泓接风,本就是向白泓表达自己的善意,希望这位新来的主簿能站到自己一边,可他却迫不及待地去拜访叶小天。这是什么意思,向叶县丞表忠心吗?

花晴风不仅仅是不悦,还产生了严重的危机感。白泓这么做,显然是选择了叶小天做他的政治盟友。叶小天本就比他县太爷势大,如果再有白主簿的支持,他将更加独木难支,届时很可能要重演孟县丞、徐县丞故事。

至于说叶小天现在并没有表现出架空他这个正印官的态度,花晴风并不以为然,难保这不是叶小天故布迷阵。而且,就算叶小天现在没有野心,也不代表他将来没有,叶小天才多大年纪,怎么可能没有追求。

更何况,抛弃这种利害关系不谈,他们还有私仇未了。就算叶小天真的对他无害,他也是绝不会放过叶小天的。得知这个消息,花晴风更加迫切了要对付叶小天的决心。

"徐伯夷和王宁都垮了,新来的这个白主簿显见是个见风使舵的人物,叶小天已经没有利用价值,我得尽快想办法把他除之而后快。否则等他尾大不掉,遭殃的就是我了!"花明风轻轻叩击着桌案,暗暗打定了主意。这才呷了口茶,随手拿起一份邸报浏览,想看看京中最近有些什么消息。说是最近,其实这份邸报已经是两三个月以前的旧闻了。

这"邸报",可以说是古代的报纸,最初出现在汉朝。当时西汉实行郡县制,各郡在京城长安都设官邸,派人常驻,定期把皇帝的谕旨、诏书、臣僚的奏议等官方文书和宫廷大事记下来,传回各郡。

朝代不断更迭,这个制度却一直保留下来,其性质和内容也多少变化。到了明朝,由于采用了活字印刷,再加上有了专门以抄录邸报为业的商人,地方官想看到邸报就更容易了。

不过,贵州毕竟地处偏远,再加上道路难行,所以别的地方的官员可能已经看到一个月前的邸报,到了花知县这儿,看到的最新的邸报也是两三个月以前的了。

花晴风先习惯性地浏览了几条花边新闻,正打算再看看那些虽然枯燥乏味,但价值显然更大的官面消息时，忽然有个驿卒在小厮的引领下进来，送了几份公文进来。

花晴风逐笔对照签收了，打发那驿卒出去，马上拿起其中那份有关税课大使任命的公函。花晴风对叶小天究竟提名谁为税课大使也有些好奇，他把公函打开，定睛一看，不由得微微一愣。

"李云聪？怎么可能是李云聪？这李云聪不是王主簿的心腹吗？"

花晴风心中有些狐疑，但他旋即就明白了，脸色顿时一变。李云聪最初跟的是谁？之前跟的可是徐伯夷呀，徐伯夷倒了才跟的王主簿。难道这李云聪竟是叶小天安排在一众对头身边的内奸？

如果叶小天不是此时举荐李云聪，花明风还打算招纳李云聪为己所用呢。想到这里，花晴风不由得暗暗后怕。后怕之余，忽又有些窃喜："叶小天这时举荐李云聪，说明他认为葫县已没了能与他抗衡的对头。如此一来，我以有心算无心，那么胜算……"

想到这里，花晴风心中一喜，他唤来自己签押房的司吏，把南京吏部转来的这份任命告身递给他，微笑着吩咐道："你去晓谕各房吧，同时告诉李云聪，叫他明日便赴税课司报到！"

李云聪被任命为税课大使的消息迅速传遍了全衙，众人这才知道叶县丞提名的人选竟然是李云聪。能在衙门里混的哪个不是人精，只一寻思李云聪这一两年来所扮演的角色，大家便明白一直以来他真正的身份了。对于叶县丞长远的眼光和深沉的城府，众人更是心存敬畏。

消息很快也传到了后宅，正捧着一件新做的婴儿衣服暗自伤神的苏雅啊的一声轻呼，衣服失手跌落。她一直以为李云聪是她收买重用的内奸，万没想到这李云聪竟是一个双料奸细。

想起自己当初以此人为资本，深夜找到叶小天洽谈合作条件时的事情，苏雅心中羞恼不胜，白净如玉的两颊登时浮起一抹淡淡的红晕：原来自己一直被他戏弄于股掌之中。

苏雅羞恨交加地骂道："这个狡黠的小贼……"

·※·※·※·

"阿嚏！"

与白主簿宾主相谈正欢的叶小天忽地打了个喷嚏，白泓马上关切地问候道："哎呀，近来天气眼看就转凉了，叶大人您可千万要注意身体呀，葫县上下，万事系于大人一身，可别沾染了风寒。"

叶小天被他肉麻的马屁拍得有点不自在，他揉了揉鼻子，对白主簿道："咳，无妨的，有劳白主簿费心了。啊，还请白主簿继续讲。"

白泓笑眯眯地道："好！要说起来，白某与杨驿丞，那可是多年的朋友了。白某得到告身，将要来葫县上任之前，朋友们听说白某被起复，纷纷登门道贺。酒席宴间，白某随口说起将要任职的去处，杨驿丞便大笑说，葫县有你叶大人，本是他相交莫逆的朋友。白某这才知道，哈哈哈……"

这白主簿备了厚礼到叶家，见到叶小天之后，便先是一番痛心疾首地自我检讨。说他被免职之后仅仅一个月，江浦县县丞便因在征收漕粮运费的时候，不知体恤民情，横征暴敛，被愤怒暴动的民户们活活打死。

因各省情况不同，故而在执行户部制定的"则例"时，各县可将征收份额依据地方情况摊派到粮户中去，一些特殊情况还可酌情减免。换句话说，户部给出的数字只是一个大概的平均数，地方官有权在一定的浮动比例内上下调整。

但这江浦县县丞不顾当地夏季时刚刚遭灾的实情，一味严格按照上面规定的数字征收，其实上是和白主簿走的一样的路子。通过不折不扣的执行上司的命令，赢得上面的青睐，为升迁打基础。

白泓感慨万千地说，若不是叶县丞用一只蝎子蛰醒了他，让他避过了这场生死劫，被人活活打死在税征现场的就是他了。所以他不但不恨叶县丞，而且对叶大人感恩戴德。

叶小天并不清楚江浦县是否真的发生了这么一桩因为苛政激起民变的事情，不过察言观色，实在看不出白泓有作伪的意思。而且白泓作为主簿只比他低半级，论品秩比他还高，实在没有理由对他如此卑躬屈膝，便也姑妄听之了。

作为主人，叶小天便礼貌地询问了一下白主簿的情况，不料这一聊，白主簿竟与杨驿丞是好友。叶小天在金陵驿居住的时候，为了能及时了解京中的情况，与杨驿丞倾心结交，遂成好友，如今还有联系。就这样，叶县丞和白主簿居然成了朋友，也算是不打不相识了。

第八十五章

两般情肠

———

"哦？你还认识蒯鹏蒯兄？"

叶小天听白泓说到蒯鹏，不禁有些意外。

虽然他和汤显祖打交道更多一些，但是在汤显祖和他的那些戏迷朋友中，叶小天最喜欢的就是蒯鹏。蒯鹏性情直爽，或许为人处世有些鲁莽，但是比起汤显祖的文人气和张泓愃公子哥的做派，叶小天还是更喜欢他。

"当然认识！"

白泓笑眯眯的，心中暗想，你是不知，我从杨驿丞那儿回去之后，刻意制造了多少个机会，才如愿以偿地和蒯百户交上朋友啊！也亏得这位锦衣百户为人四海、好交朋友，如果是张公子那等人物，我是压根不用指望了。

白泓咳嗽一声，道："对了，听说我要来葫县上任，蒯老弟还特别嘱咐我向你问好，同时有件事要跟你交代一下，希望你能给个回信。我刚到葫县，正要写封家书报平安，可以替你把话捎回去。"

"哦？"叶小天神色一凝，道："蒯兄有什么事要交代？"

白泓道："是这样，叶大人曾经拜托蒯百户替你照料一位女子，是吗？"

叶小天心头一紧，沉声道："是！她出了什么事？"

白泓摆手道："没有出事，只是……这个……"

叶小天松了口气，道："没有出事就好。白大人，有什么话，你直说好了。"

白泓道："是这样，蒯老弟说，你拜托他照料的那位薛姑娘，前些时日，有个自称是薛姑娘未婚夫的无赖前去闹事，被蒯老弟教训一顿，给弄走了，以后不会再去寻薛姑娘麻烦了。"

叶小天点点头，这事他已经听哚妮说过了。白泓又道："不过，近来又发生了一件事，蒯老弟却有些不知该如何处理了，所以让我顺道问一问你。"

叶小天眉头一皱，道："究系何事？"

白泓压低声音道："是这样，当初大人你只说这位姑娘与你有故，请蒯老弟帮忙照料，却也没说究竟是什么关系。如今那位薛姑娘在成贤街上开店，与国子监朝夕相对，国子监里有位监生喜欢她，时常到她店中献殷勤。蒯老弟不知该如何处理了，所以……"

叶小天蹙眉问道："那监生骚扰薛姑娘？"

白泓苦笑道："如果是骚扰就好了，蒯老弟早就一顿拳脚把他打将出去。奈何他是真心倾慕薛姑娘，一直以礼相待，看薛姑娘的心意，对他似乎也……"

叶小天轻轻啊了一声，心中恍然。蒯鹏不清楚他和水舞的关系，如今眼见有人追求水舞，而水舞也有些意动，所以不知该如何处理了。

叶小天初听有人追求水舞，而水舞也对那人产生了情意，心中很不舒服。可是仔细一想，却又坦然了。离京数年，叶小天一直在成长。从执着到放弃，同样的表现，却有不一样的理由。

有时他也在想，当初那般执着，究竟应不应该？如果适时退让一下，不逼得那么紧，是不是能够避免后来发生的悲剧？如果在证明自己拥有更大的能力之后，比如现在的身份，再去追求是否更容易些？

有爱就够了，那是年轻懵懂活在梦中的年轻人的想法，那些已经经历太多的父母长辈不会这么想，他们最看重的肯定也不会是这个。贫贱夫妻百事哀，真的有爱就能幸福一生？

当激情过去，柴米油盐，子女后人，那些诸多的烦琐事才是生活的主题。有情饮水饱？灌个水饱解决不了饥饿。长辈们的着眼处，不可能是年轻人心中那神圣的唯一。

曾经的曾经，终究全都成了过去。曾经，她软弱了，他放弃了。今时今日，他已拥有值得珍爱的女孩，还要奢求什么呢？难道因为对她的恩情，就有资格要求她孤老终生？

叶小天出神半晌，轻轻吐出一口浊气，微笑地看着白泓，说道："白兄，请你转告蒯兄，就说……由她去吧！"

这句话说出来，叶小天心中忽地轻松了许多。当爱的感觉淡去，也许并非没有了感情，只是因为感觉的不同，所以那感情也就有了不同。如今的他只觉得，她若安好，便了了一桩心事。

·※·※·※·

后宅庭院里，华云飞正在对他的猎弓做护理调试。他拉开弓弦，闭着一只眼睛，瞄着前方一棵大树，松开手指，再慢慢拉开弓弦，检查那弓的状态是否达到最佳状态。

但你若仔细看就会发现，他睁着的那只眼并没有看向前方的树，而是悄然盯着侧前方那个女子。那女子正向几个丫鬟吩咐着年节需要置办的东西，以及如何布置家宅方才显得喜庆。

她穿着一身浅青色的襦裙，外边罩了一件蓝紫格子的比甲，衬得腰身袅娜，身姿修长。乌黑的秀发梳得丝丝服帖，发髻上插了一支虽然廉价、式样却很美的簪子。

初冬的阳光映在她细腻的肌肤上，精巧柔美的五官发着润泽的光。她那微昂间露出的纤细脖颈，像天鹅般优雅。有时她会做几个动作，胸前的隆起便愈发突出，即使隔着合体的衣裳，华云飞也能感觉到那两团肉峰所蕴藏的力量。

他不自觉地闭上了那只本该睁着的眼睛，然后，曾经有那么一刻，曾经让他的灵魂饱受冲击的感觉又来了。那双柔软的手臂，那娇弹弹、圆耸耸地抵在他胸前的双峰，当他失措地放下双手时，不经意间滑过的那处浑圆丰挺……

一个成熟妩媚的少妇，对一个少男的杀伤力是无穷大的，华云飞根本无法抗拒。当他从未打开心房时，那只是一个和蔼可亲的姐姐。当他意识到那是一个诱人的女子，他就不可自拔了。

幻想了好久，也回味了好久，华云飞不敢再想下去，再想下去他会有一种遏制不住的冲动。他蓦地张开眼睛，就见面前赫然出现一张大脸，乱糟糟的胡子，铜铃似的大眼，一张大嘴叉子，还有一只硕大有肉的鼻子……

华云飞吓了一跳，嗡的一声松了弓弦，好在他并没有搭箭。华云飞有些心虚地恼怒道："老毛，你干什么，吓了我一跳。"

毛问智歪着脑袋，好奇地问道："兄弟，射箭得两只眼睛都闭上吗？"

华云飞心头一跳，强自镇定地道："这个……箭法练到一定的程度，是需要这样体会箭之真谛的。咳咳，这时候练的不是箭术，而是箭意。一旦领略了箭意，境界就不同了。惊弓之鸟你听说过吧，其实就是箭意伤鸟……"

毛问智嘿嘿地笑了起来："得了，纯属扯淡！俺说兄弟，你别糊弄俺了，俺又不傻，嘿嘿！"

华云飞被他笑得一阵心虚，问道："你笑什么？"

毛问智搭住华云飞的肩膀，把他拉到一旁，在石凳上坐下，说道："老弟，你喜欢四娘，是吧？"

华云飞的脸唰一下红了。他慌张地跳起来，失措地道："你……你可别说胡话，这要传出去让四娘听见还得了？"

"坐下，你坐下，往哪儿传哪，你这犯傻的毛病已经越来越严重了。再这么继续下去，不用俺传，谁都能看明白了。"

毛问智把华云飞拉着坐下，对他道："俺跟你说，你光这么傻乎乎地偷看，看一辈子也没用。现在谁不知道叶府有个精明能干、知书达礼、生得还俊俏的女管家？你再不下手，她就被别人娶走了。"

华云飞一听这话，也顾不得害羞了，结结巴巴地道："我……我一见她就心慌，连路都不会走了，更不用说说话了。我……我怎么下手？"

毛问智扬扬自得地道："这就要请教俺啦。老弟啊，以老哥哥俺这么多年浪迹花丛的经验……"

华云飞不敢置信地道："就你？你还混迹花丛？"

毛问智咳了两声，道："嗯……是当年，这几年俺不是一直在蹲大狱嘛……你别打岔，听俺说，以老哥哥俺当年混迹花丛的无数经验，对付这种女……人哪，只能用一个法子！"

毛问智并掌如刀，向下狠狠一切，唾沫横飞地道："像这种受过伤的女人吧，她轻易不会再相信男人了！尤其是你比她还小，嘴上无毛，办事不牢啊，人家四娘就更不会相信你了。所以你对她就不能用一般的法子，你得……那啥，生米煮成熟饭……"

华云飞像只受惊的兔子，失声道："什么，你让我强暴女人？这如何使得？"

毛问智气坏了："俺啥时教你不学好了？你要是跟人家四娘说，你想跟她成亲，她能答应吗？你比她小不说，还是个小伙，她能放心吗？所以呀，你就说你喜欢她，压根别提成亲的事，这样就不会把她吓跑了？"

华云飞挠着后脑勺，纳罕地道："怎么会这样？不想娶她，反而不会吓跑了她；我要是说娶她，她反而会躲着我。这是什么道理？"

毛问智道："没有道理！讲得通道理，那还叫女人吗？"

华云飞讷讷地道："那……然后呢？"

毛问智道："然后啊，你趁着没人的时候就得跟她动手动脚，搂一搂抱一抱啦。她一开始肯定不同意，你就磨，烈女怕缠，缠着缠着她就软了。那时你就得寸近尺，开始亲亲摸摸，再然后……那啥，是吧？等她人都是你的了，你再说娶她，她肯定感动得眼泪哗哗的。"

华云飞听得一脸茫然："这……这样也能行？"

毛问智挺起胸脯道："绝对能行！想当年牢头他媳妇……不是，我是说叶小娘子，就是被俺这么得手的。"

"抱她，说我喜欢她……"华云飞这急病乱投医的可怜孩子喃喃自语，有点魔怔了。

第八十六章

望乡台上打秋千

一

桃四娘唤住一个丫鬟，吩咐道："翠儿，你告诉若管家，找几个人把这一带清理一下，主要是易燃之物必须挪走。"

翠儿很好奇："四娘，清理易燃之物做什么呀？"

桃四娘笑道："老爷说了，咱们家人口少，过年的时候可别冷落了，要好好热闹一下。我在十字大街订了很多焰火。"

小丫鬟大喜，干干脆脆地答应一声，向前宅赶去。

"抱她！抱住她，亲她，说我喜欢她！"

一块怪石后面，华云飞偷偷窥视着四娘窈窕的小腰身，脑海里不断回响着毛问智毛老兄的这句经验之谈。想到毛问智说他就是靠这个办法征服了叶小娘子，越想越是心头火热。

他对爱情还懵懵懂懂的，爱意萌生，却又不知该如何表达。这时毛问智跳出来充当了他的爱情导师，那主意虽然荒唐，可华云飞却当了真，心念便如魔头一般生长起来。

桃四娘忽然听到隐隐的声息，蓦然回过身来，跃跃欲试的华云飞大吃一惊，赶紧先发制人，扮出一副好奇模样道："大哥要在这儿放焰火吗？那咱们要不要在这儿搭个高台？"

桃四娘乍见华云飞，不免有些意外，听了这句话莞尔一笑，道："咱们家本来就在山上，何须再搭高台？此处焰火绽放，必然满县皆见呀。"

"哦！有理，有理……"

情人眼里出西施，桃四娘的容颜魅力，在华云飞心里本就被放大了无数倍。她这一笑，看在华云飞眼里，直如整个太阳都变成了一团焰火，炫得他眼也花了，心也醉了，身子也酥了。等他清醒过来，却发现四娘早已不知去向。

……

萧萧竹林中，桃四娘站住脚步，微微歪着头，打量一旁的小亭，自言自语道："这里该当挂几盏彩灯，用红绸把竹林和小亭连起来，嗯……竹林中也得挂几盏灯，意境方显悠然。"

"抱她，亲她……"

华云飞心里不断念叨着毛问智的嘱咐，像准备捕捉小兽似的悄然蹑进。可是，他明明没有发出一点声息，桃四娘却凭着直觉感到了有人接近，忽然一回头，心中有鬼的华云飞顿时吓得魂飞魄散。

桃四娘惊奇地张大眼睛，就见华云飞抱着一竿老黄竹，爱不释手地抚摸着，满脸惊喜地道："哈！这竿竹真正好，可以用来制作极好的弓箭。嗯……好竹，好竹啊……"

华云飞摩挲着竹子，满面赞叹，眼神偷偷地一乜，就见桃四娘袅袅娜娜的身影已经渐渐走远了，就像飘走了一片云彩。华云飞恨恨地在竹子上捶了一拳："你胆子怎么这么小，怎么就这么小？"

……

后宅花园里，遥遥兴奋地向桃四娘比画着："四娘，四娘，我真的看到了，福娃领了一只跟它差不多大的小熊回来了呢，结果我一出来，就把那只小熊吓跑了。那一定是福娃找到的伙伴，福娃是不是要讨老婆了？"

福娃人立而起，比遥遥还高，胖墩墩的身子，一双熊猫眼囧囧地看着她，根本不明白她在说什么。桃四娘微笑道："也许吧，福娃不小了吧，或许真是找到伴了呢。"

遥遥摸摸福娃的大脑袋，苦恼地道："可是，我一露面就把它的伙伴吓跑了，这可怎么办呢？"

桃四娘笑道："你别担心，如果那只熊娃喜欢咱们福娃，一定会再来找它的。"

"哎！福娃也想讨老婆了吗？它还是我看着长大的呢？"藏在暗处的华云飞暗暗感慨起来："我华云飞堂堂男儿大丈夫，岂能连一只貔貅都不如！我要鼓足勇气，我堂堂男儿不能怕了一个女子，我……"

这时，遥遥已经从四娘这里讨到"尽量放福娃去后山自己玩，让它再找到它的伴"的主意，领着福娃高高兴兴地走开了。桃四娘一回身，就看见华云飞攥着拳头，咬牙切齿地冲着一堵墙，正在念念有词。

桃四娘奇怪地道："云飞，你在干什么？"

"啊？啊！嗯……我在想，想让福娃引个伴来，不如在后山给它搭个窝，叫咱们府里的下人少去后山。等它引来了伙伴同住，咱们再慢慢投食，让它熟悉咱们，岂不是更好？"

"嗯！这主意好！云飞，你真有办法！"

桃四娘欣然赞同，华云飞受宠若惊，道："那我这便去帮它搭个窝！"说完掉头就走，走的方向却是正宅。华云飞一边走，一边想："算了，老毛的主意根本不可行，我还是去向大哥讨主意吧！"

桃四娘看着华云飞的背影，微微蹙起了秀气的眉，奇怪的自语道："云飞最近好奇怪啊，他这是怎么了？"

……

临近年关，官府里也都清闲了下来。今天叶小天偷了个懒，没去县衙，结果就被遥遥缠上了。

遥遥刚刚学成一首完整的《凤求凰》，抱着她的古琴，到处觅知音。不管是养马的王二还是扫地的李三，全都有幸聆听了这位大小姐的琴声。遥遥刚从冬先生那儿回来，她一首曲子弹得冬先生房里瓶瓶罐罐全都暴动了。此时冬先生正在忙着安抚他的那些虫子。

一见小天哥哥安闲无事，又从别人那里听来太多赞美，信心大增的遥遥马上向他卖弄起来。叶小天也听不出琴曲好赖，既然是遥遥献曲，便也正襟危坐，给足了遥遥面子。他正听得摇头晃脑，华云飞便赶了来。遥遥弹完曲子，得了叶小天几句赞美，才心花怒放地去另觅知音了。华云飞这才上前，吞吞吐吐，忸忸怩怩，好不容易才把心声吐露出来。

那时节，所谓姐弟恋实在不多见，叶小天只听了一个目瞪口呆，呆了半晌，便是捧腹大笑："云飞啊，哈哈哈，你便喜欢了遥遥这黄毛丫头我都不觉稀罕，想不到你竟倾心于四娘……"

叶小天斜视华云飞，眼神很是暧昧，却不知在想些什么。华云飞先是被叶小天一番大笑弄得面红耳赤如鸡冠，再被叶小天不怀好意地一睨，面皮都羞恼成了紫葡萄色。

叶小天知他脸嫩，便止住笑声，揽住他肩膀道："兄弟，法子呢，哥哥一定帮你想，但你千万急不得。对付此等女子，欲速则不达。待我好生筹谋一番，断不叫这肥水流入别人家的田地去……"

· ※ · ※ · ※ ·

临近年关，县衙的事务少了，本就比较清闲的花知县更是清闲极了，故而一有时间他便去照顾妾室紫羽。眼看她的肚皮一天天隆起来，抚摸着那渐显紧绷、沉重的肚皮，花知县心花怒放。

寻常人有了孩子都会大喜若狂，更何况多年求子不得的花晴风。如今他是全身心地投入到了紫羽和孩子身上，只要一有时间就黏在这里。娶妻娶贤，娶妾娶色，这个妾虽然未必有苏雅美丽，但是新鲜年轻啊，再加上母以子贵，受到花知县的宠爱也是应有之义。

县衙里的下人见老爷宠爱妾室，对她自然也就多了些巴结。不过目的也只是希望老爷见他们侍候得殷勤，能有些赏赐。不过正室夫人那儿，可也没人敢怠慢了。

正室就是正室，小妾再受宠爱，也不可能夺了正室的位子，妾不能扶正，这是国法。再者，也就是雅夫人温柔大度，如果她诚心找妾室的碴，紫羽就算再受花知县宠爱，一样要被她整治。说到底，妾是买来的私产，女主人当然有权发落。

只不过，所有人都以为花晴风整日流连在如夫人的院子里，是因为对如夫人的宠爱，却不知除此之外还有一个原因：花晴风既然以为夫人与叶小天有私，想要对叶小天有所图谋，自然要避着夫人，所以他只能选择如夫人紫羽这里方才安全。

女人有了身孕，就会比较爱打瞌睡。紫羽与知县老爷温存一番，此时已经睡去。花知县便去了书房，继续思索对付叶小天的办法。他呷着香茗，闭着眼睛，默默地思索着……

要对付一个官员，必须师出有名。尤其是叶小天仅低他一品两级，想对付他更得必须有充分的理由，才能得到上司的认可。可是要找一个对付叶小天的理由谈何容易。

最好的办法是找出他职责上的重大失误，但是叶小天在公务职责上实在无可挑剔。他是干吏，这一点只怕朝廷上都达成共识了。葫县几年来仅有的几件拿得出手的光彩事，哪件与叶小天没有关系？

铲除大盗"一条龙"团伙、解决大旱灾情、围剿劫掠军需辎重的流匪、令天子也甚为重视的易俗改汉名，以及近来破获潜藏驿路十余年的贩私团伙，这一桩桩一件件都少不了叶小天的功劳。

如果在这些事情上吹毛求疵，倒也不是没有办法。比如铲除大盗"一条龙"，可以做文章说叶小天从中贪墨了掳获到的大笔财货，这就由功变过了；解决大旱灾情，可以说他因此与高李两寨走动密切。朝廷流官与地方世袭土官之间有特别密切的关系，很容易引起朝廷诸公丰富的联想与警惕……

可是他也从中分润了功劳，一旦否定叶小天，也就否定了他自己，这是搬起石头砸自己的脚。除此之外，还可以从大义方面着手，这也是整人的一种必杀技，可是这比从公务上找碴更难。

悖君叛国一类的事才涉及大义，这种事如何编排到叶小天的身上？就算想栽赃也很难炮制出这方面的证据啊，尤其是葫县人心向背，皆倾于叶县丞，想在这上面做手脚，很难找得到人去执行。

除此之外只有在私德上打主意了，私德也是对付官员的好办法。国朝向来有道德洁癖，私德有亏，怎持公器？但是对一个政绩卓著的人，想在私德上做文章，就得利用舆论把他搞得臭不可闻，人人喊打才行。

叶小天在葫县如日中天，他哪有能力把叶小天臭成人人喊打的过街老鼠，除非到处嚷嚷叶小天睡了他老婆。这个念头一浮现，马上就被他打消了，他还想留着这张脸皮，不想成为全天下的大笑话。

花晴风越想越头痛，只好暂且放下此事，顺手拿起一份邸报，想换换脑子。花晴风展开邸报，习惯性地还是先看花边新闻。忽然，他被一条消息吸引住了。仔细看了一遍，花知县的眼睛亮了起来：他找到办法了！

第八十七章

五年磨一剑

一

　　花晴风从那邸报上看到的消息，说是一则花边新闻，实则依旧是官场中事，只是以比较戏谑轻松的口吻道来。

　　该新闻其实是五个月前的消息，实际上算是旧闻了，说的是陕西凤翔府同知楚天行因为吃酒被贬为散官的事情。这位老兄既非吃花酒，也非喝醉了酒干出了什么有损官威的事来，就是喜好杯中物，时常与朋友小聚，小酌几杯。

　　问题是，这位楚老兄喝的是公酒。所谓公酒，就是因公事酿造，用作公务，平日保存于官库的酒。各级衙门的官库里都有公酒，专门用来馈送往来官员和上任、罢任的官员。如果该地官员讲究睦邻友好，用来馈赠邻州邻郡的官员，也是可以的。

　　但有一条，公酒之特别，就在于一个公字，只能用于公事。你馈赠邻州邻郡的官员，那也算是公事，但是赠送人、收受人，包括回馈对方的公酒，都不是私人的，还要收回官库。如果你留下享用，那就犯法了。

　　其实如今不比开国时候，国法纲纪已经松懈了许多，许多规矩名存实亡了，但是这些规定并没有取消。如果真有人把它搬上台面讲道理，那么这些尘封已久的规矩还是要起作用的。

　　这位陕西凤翔府的同知楚老爷，收了邻郡官员馈赠的五十瓶公酒后，没有送进官库，而是自己喝掉了。陕西道巡察御史李博贤刚刚走马上任，正想揪出几个人上告以彰显政绩，马上就此事上书弹劾了。其实这位御史大人也只是为了给自己增加一点政绩，没寻思此事真能得到朝廷处理，却不想这份弹劾奏章竟然被准了。结果这位实权的同知大人就此被免去差使，成了一个有官无职的散官。

　　说它有趣，便在于这位御史大人只是为了自己的"年终总结"凑点材料，并非真想告倒楚大人，结果消息一出，弄得这位御史大人很尴尬。虽说御史就是纠察百官的，可这么点小事都要弹劾，那在地方上还怎么混？岂不被所有官员疏离，弄得神憎鬼厌？可怜的李御史无法挽回，只得整日酗酒解忧，时常酩酊大醉。当然，他喝的绝对是私酒。

喝公酒是小事吗？本来不是。小善不为，何以成大义？历朝历代对官员的私德其实都是颇为看重的，在建国之初，这更是可以严厉处治的大罪。

宋朝时候有位高官让手下人卖了些办公用过的废纸，换作酒钱款待宾客。结果因为他卖的废纸是公家的，这酒理应是公酒，公酒私用就是"自盗"。所以他被罢官，那些被他请来喝酒的官员十余人，也被贬官赶出了京城，可见处分之重。

只是任何一个朝代的发展，都免不了一个共同的规律：开国时清廉者居多，律法也严；国朝发展至鼎盛时，必然滋生出贪腐，纲纪也为之松懈；等到王朝末世，那就乱象丛生，种种不可思议之怪象都成了常态，令人麻木了。

待一切乱到不可收拾，则或由外敌入侵，或由内乱取代，改朝换代，重建秩序，然后再次重复一个兴亡代替的轮回。不管是自然界还是人类社会，都免不了这个规律，这也算是天道的一种自我修整了。

然则如今国朝纲纪已远不如开国时严厉，喝公酒实在算不上什么大事。就算被人搬上台面说事，顶多训斥一番或者罚几个月俸禄，哪有就此罢职的。事出反常必有妖，花知县细细思量一阵，竟然被他想出了其中道理。

这位同知老爷倒了大霉，必与现下朝廷局势有关。皇帝下旨罢其官职的圣谕中有一句"有能而无德"的判语，想来就是这个原因触及了天子的敏感神经。要知道张居正那个庞然大物刚被扳倒不到一年，对他的清算还在持续当中。而在皇帝心中，张居正就是一个"有能而无德"的典型。

张首辅利用职权，毫无节操地把他儿子运作为状元；他贪黩巨额贿赂，连抄没的犯罪藩王的土地田产都敢收。当今天子找了两个乐伎跳舞助兴，就被他骂得痛哭流涕，最后下"罪己诏"向全天下检讨这才得到饶恕。而张首辅自己则妻妾成群，还不断接受他人馈赠的美女……

这种种丑闻，都是在对他的清算中相继被揭发出来的，令一直把他当成道德模范、周公圣人的万历天子深恶痛绝。"有能而无德"这句判语，正是天子心中愤恨的宣泄。这位凤翔府同知喝了几瓶公酒便断送一世前程的原因也就不言自明了。

"有能而无德嘛……"

花晴风越想眼神越亮，张居正的功劳是不容抹杀的，那是实实在在的政绩。皇帝想清算张居正，看来其基调就是"有能而无德"，从私德上下手。在这种政治大环境下，对同类事件他必定严惩，如此才能不断强调处理张居正的合理性和正确性。

一位同知老爷在这种情况下都不可避免地要做牺牲品，叶小天这个小小县丞又算什么？花晴风兴奋地跳了起来，终于找到整治叶小天的突破口了。但他马上又想到，叶小天可不是个好相与，要找他的毛病，自己的屁股干不干净呢？

花晴风一阵心虚，想了想，便命人去把苏循天找来。苏循天听说花晴风找他，心中有些纳罕。自从花晴风独宠紫羽姑娘，冷落了苏雅夫人，花姐夫和苏舅子之间的关系一直比较紧张。今天莫非是太阳打西边出来了？

苏循天抬头看了看天，太阳还好端端地挂在东边。苏循天摇摇头，还是赶向花晴风的书房。花晴风一见苏循天，脱口问道："循天，那个赌场……可曾关闭了吗？"

苏循天一呆，万没想到花晴风见他居然是问此事。上次闹出人命后，叶小天曾劝他不要再与赌场有所瓜葛。可那是花晴风为数不多的资金来源，岂能轻易断掉。随着驿路商贸发达，葫县赌场也日益兴旺起来，苏循天自己也从中赚了不少钱，就更不舍得结掉了。

苏循天没好气地反问道："姐夫，你每月都从我这儿取走二百多两银子，现在却来问我赌场是否早就关闭了。那银子我是从哪儿来的？"

花晴风老脸一红，讪然答道："呃……当初包庇赌场，是为了抗衡徐王之辈，所以损小节而付大义也！今徐王二人已然不在，我们也无须这不义之财了。循天，你速速关闭赌场，切勿与之再有关联！"

如今苏循天也从赌场中大获其利，如何舍得，便劝道："姐夫，做都做过了，亡羊补牢便能洗去污点吗？再者说，如今虽无徐王之辈掣肘，叶白两位大人对你也是恭敬有加，无须银钱收买亲信以壮声势，但多些银子总非坏事。你我不沾手，难保旁人不沾手，况且我那外甥即将诞生，总要为他攒下一份家当吧。"

花晴风把脸一沉，正气凛然地道："胡说！我昔日所为虽然不法，总不过是便宜之计，为的是从奸佞手中夺回权柄，以报效朝廷，绝非为了一己私利。今我即便有了子嗣，也该让他读圣贤书，走科举大道。难道要以不义之财，图一个富家翁吗？无须多言，速速了结赌场，无论如何，不能再与之有任何瓜葛。"

苏循天无可奈何，只得答应下来。花晴风想了想，又问道："昔日殴死人命一事，不曾留下什么后患吧？"

苏循天知道他一向胆小的毛病又发作了，没好气地答道："有叶大人帮忙，早就处理得干干净净，还能有什么后患？此事早已平息，那户人家也没再出来讨公道。正所谓民不举、官不究，还能出什么乱子？"

花晴风心中一宽，摆手道："如此就好。姐夫这也是为你着想，你且退下吧。记着，一定要速速了结赌场，不可让咱家再与之有任何瓜葛。事了之后，记得告诉我一声。"

苏循天气闷地答应一声，悻悻然地退了出去。花晴风抚须暗想，当日我袖手不理，完全由叶小天一手操办，如今就算他被本官弹劾，也不能拿此事来做文章。本官全未经手，大可推脱不知，倒是他自己难逃干系，定然提都不敢提的。

想至此处，花晴风忽觉自己大有先见之明，不禁扬扬自得。他推开门户，远远有爆竹声零星响起，年节的味道已然渐渐弥漫开来。听那爆竹声声，花晴风心中也是大感宽慰："花某来葫县，这已是第六个年头了。现如今子嗣有了，对头没了，只要再干掉叶小天，葫县政绩便也全部要着落在我花某头上。挨到任期届满重新选官之时，还能没个绝佳去处？"

六年前他初到葫县，也曾野心勃勃，想与齐木和孟县丞一战。结果内有孟县丞掣肘，外有齐木用强，不但把他的计谋一一挫败，还把他夫人掌握手中，逼他就范，差点落个赔了夫人又折兵的下场。

五年磨一剑，花大人今日终于再度雄起，却不知他这剑究竟利还是不利。但花知县自己却是信心十足的："人有三衰六旺。花某人倒霉这么久，也该否极泰来了吧……"

第八十八章

喜气洋洋

一

　　新年如期而至，除夕之夜，高居山上的叶县丞家里大放焰火，县城之内环山居住的百姓人家，举目便可看见。尤其这是在夜里，山峰上一片绚丽多彩，当真夺尽眼球。
　　叶小天只是嘱咐四娘要精心筹备，莫让府里显得冷清了，却不知她竟然准备了如许之多的焰火。叶小天站在庭院里，眼见空中"鲜花"怒放，仿佛丛丛秋菊，瑰丽异常，不禁摇了摇头，很淡定地道："过了，过了。如此喧嚣，可不连花大人家的风光也都抢了吗？"
　　说罢，却是突地眉飞色舞，从毛问智手中一把抢过香头，兴致勃勃地冲了上去，大呼小叫地道："这丛焰火留给我吧。"
　　桃四娘笑吟吟地在一旁看着。华云飞暗中逡巡半晌，忽地凑上前去，对桃四娘道："四娘，来，咱们两个把这丛焰火放了。"
　　桃四娘嫣然摇头道："算啦，人家是个妇道人家，就不凑这热闹了，你自去吧。"
　　华云飞想起叶小天的话，便佯装随意地笑道："四娘，除夕之夜，举城皆欢，只图一个乐呵，何必有那许多拘禁。来！"
　　华云飞一副兴致勃勃的模样，从小丫鬟翠儿手中拈过两个香头，一把拉起桃四娘的手，便喜滋滋地向前跑。
　　桃四娘被他握住自己的手，不觉微微一怔，扭头去看华云飞，焰火的光亮照耀下，但见华云飞目光炯然，一脸雀跃，似乎全部兴趣都在焰火上，不免心中释然："云飞虽然将及弱冠，本性却还是个大孩子，不晓得男女之大防，倒是自己多想了。"
　　华云飞一脸天真无邪的样，但是有了借口名正言顺地握住四娘那柔软的小手，心头却是激动莫名。那小手温软嫩腻，柔若无骨，只是一握，便令他色授魂与了。
　　华云飞原还担心四娘会甩脱他的手，但见四娘随他乖乖上前，并不反抗，心中顿时大喜："大哥教的法子果然管用，这就是良好开端了吧。"

华云飞拉着四娘赶到那丛已经摆放好的焰火旁，这才恋恋不舍地放开她的手，拿起两条药捻，递了一条给她，并向她递个眼色。

　　桃四娘也不知有多少年没有放过焰火了，想来从记事起，就被妇言妇德妇行妇功一类的教训束缚着，难得有如此轻松惬意的一刻。也就是这位叶大人府上才没有那许多严谨的规矩。

　　桃四娘也不免起了兴致，便把香头小心地凑近药捻，反向华云飞递个眼色。桃四娘眼波盈盈，这一睇眸，风情撩人，看在华云飞眼中，不啻抛了一个媚眼过来。那刹那的风情，看在早生相思的华云飞眼中，不觉怦然心动。欲待再看个仔细，可那刹那风情，便似夜空中朵朵绽放的焰火，一刹那炫了你的双眼，再去看时早已烟消云散，弹指之间的璀璨，只能在心中品尝回味了。

　　"云飞，你快点呀！"

　　桃四娘伸手点燃了药捻，作势就欲逃开，可是华云飞一时失神，举着药捻竟然忘了动作。桃四娘一见不由得大惊，道："云飞，点啊，你快点啊！"

　　"啊？啊！"

　　云飞这才反应过来，慌慌张张想去点那药捻，一连对了几下火，居然没有对上。眼看自己点的那药捻就要燃到尽头，桃四娘心中大急，一把拉起华云飞就跑。才只跑出两步，那焰火便冲霄而去，二人背后一道道五颜六色的火光，看得旁人目瞪口呆。

　　华云飞也是福至心灵，感觉到身后一道道焰火喷薄而出，大叫道："四娘，小心！"说罢一转身，一把将桃四娘抱在怀中，自己替她挡在焰火前面。那丛焰火不断冲上云霄，炸成朵朵绚丽的焰火，红的、蓝的、黄的、紫的……

　　一道道火光次第亮起，将地面映得明暗交替，不断变换。华云飞紧紧抱着桃四娘娇软的身子，嗅着她身上淡淡的馨香，一时不知天上人间。这一刻只觉心中暖暖的，再无如此幸福浪漫时刻。

　　桃四娘忽然被华云飞紧紧抱住，顿时大惊，本能地就想挣脱开来，可是以华云飞的力道，她如何挣脱得开。此情此景之下，她那挣脱的动作也不明显，旁观众人根本看不出来。

　　桃四娘挣了几下挣不脱，便也不动了，乖乖只待那丛焰火放完。扭头看看那不停喷向天空的火，感受着耳畔华云飞急促的呼吸，桃四娘只道他是心切自己安危，心中忽然隐隐有些感动。

　　那有力的臂膀，那男人的气味，虽然焰火就在身旁燃放，伴随着霹雳般的爆炸声，她却没有感觉到多大的惊恐，似乎……那刚健强壮的身子，那有力的臂膀，给了她莫大的安全感。

　　毛问智远远地看着，张口结舌地对叶小天道："大哥，你可真有办法，这种主意都想得出来！"

叶小天动了动眉毛，对毛问智道："我只告诉他佯装天真，拉着四娘去放焰火，先叫她习惯于他的亲近，可没告诉他英雄救美。"

毛问智奇道："那他这是……"

叶小天一本正经地道："举一反三，无师自通，此子自有天赋矣。"

在这官方规定女子十四岁就得出嫁，不嫁就要罚款的年代，南方少数民族聚居地区成亲的年龄比官方要求的更早。所以遥遥无论从生理上还是心理上，在这个年代已经算是一个成熟的大姑娘了。

她站在一边，眼见四娘被华云飞紧紧护住的样子，心里忽然羡慕得很。于是，她看了看手中的香头，又看看正与毛问智窃窃私语的叶小天，眼珠灵动地一转……

· ※ · ※ · ※ ·

山下家家户户都在庆祝新年，富有人家放焰火，贫穷人家买不起焰火，总也放得起爆竹。爆竹声中一岁除，春风送暖入屠苏。说起来，倒是这爆竹一放，四邻皆闻，似乎年节的味更浓一些。

知县衙门往年里也要大放爆竹、焰火的，但今年县衙里虽也张灯结彩，可是除夕夜里却是既没放烟花，也没放爆竹。远远的爆竹声声，传到了县衙内宅里声音已经极小，听在耳中，衬着盏盏灯火，倒是愈加显得冷清了。

县太爷的如夫人已经身怀六甲，知县老爷唯恐大放焰火爆竹声响太大，惊吓了紫羽腹中的孩子，所以不但县衙内不许放焰火爆竹，便是住在县衙附近的百姓人家也都事先得了告知，不许在县衙周围街道处放爆竹。如此一来，自然显得冷清了。

不过，这只是旁人心中的感觉，对终于有了子嗣、对其呵如珍宝的花晴风来说，却是一副有子万事足的心态。至于爆竹焰火什么的，放不放的也没什么，反正他本来就不喜欢这种热闹。

今天是大年夜，花晴风再宠妾室，这一晚也不好不与妻子共度。他在紫羽房中与爱妾温存了一阵，柔声叮嘱道："你如今身怀六甲，容易疲惫，且不必露面，好生歇息一会儿吧。将至子夜时分时，来向夫人拜年即可。"

紫羽是小门小户人家出身的姑娘，本性也是纯良温柔。虽然受极了老爷的恩宠，却也知道本分，哪敢恃宠而骄。真若激怒了夫人，那正室有的是办法惩治她，便是老爷宠爱也不可能时时护在身边，是以乖巧答道："老爷多虑了，奴家身子骨没那么弱，还是与老爷同去夫人那边吧。若要惹得夫人厌憎，可是奴家的过错了。"

妾与夫人地位太不对等，按照规矩，夫妻每日用餐时，妾室都要在一旁站立侍候，尤其是年节等重要场合更是如此。因此花晴风才有如此关怀的一语。但是听紫羽这么一说，花晴风也觉得自己有些过分，若是夫人据此为理，自己实也无言以对，便道："也好，你今有孕在身，夫人也不是不通情理的人，到时叫你坐下陪伴就是。"

花晴风整衣而出，唤来两个丫鬟侍候紫羽着装打扮，准备扶她同去正室那边。花晴风站在廊下候着，一抬头恰见山上焰火怒放，冲霄而起，简直是抢了全县的风头，与他这知县衙门的冷清更是形成了鲜明的对比。

若是寻常时候见此一幕，花晴风难免心中嫉恨，至少会觉得不甚自在。但他此时心中已经有了对付叶小天的计策，只待过了正月十五封衙结束便可付诸实施。如今叶府里的热闹在他看来便别有一番滋味了。

花知县仰望山上，冷冷一笑，道："日中则移，月满则亏。今日辉煌若斯，来日看你如何。"

山上，叶小天自不知好端端便招来花知县如此嫉恨，甚而发出如此恶毒的诅咒。遥遥人小鬼大，也去点了一丛焰火，故意挨到焰火将燃这才逃开，尖声大叫道："小天哥，快来救我……"

叶小天一见大惊，拔足就要抢上前去，便觉耳畔偌大一个黑影陡然一闪，遥遥的尖叫声戛然而止。叶小天定睛再看，就见巨猿大个子使两指夹着遥遥的衣衫，将她高高提在空中，正站在自己面前，龇牙咧嘴得意扬扬地"讨打"。

既有救美之功，焉能不赏。虽然冬天穿着厚重，叶小天也只得撩袍抬腿，飞起一脚，大个子适时转身，撅起屁股。不料没有迎来叶小天赏赐的一脚，却只听见扑通一声响，扭头一看，却是叶小天脚滑，摔了个跟头。

遥遥被大个子抢先救了出来，正觉不甚开心，眼见叶小天如此狼狈，噘起的小嘴却咧开来，扑哧一笑，那笑容娇美异常，倒比天上的焰火还要绚丽几分。

另一端，毛问智冲着华云飞挤眉弄眼地道："方才那一抱，滋味如何？"

换作以往，华云飞早就被他调侃得面红耳赤，如今跟着叶小天和老毛熏染久矣，他的面皮已经有越来越厚的迹象。听了毛问智这一问，华云飞不觉得羞窘，只是偷偷瞟了一眼不远处凝眸观赏焰火，神情略显不自然的桃小娘子一眼，低声答道："她……就像一团烈火，真真把我的心都融化了。"

毛问智听他这么说，忍不住也往桃四娘处望去，这一看，不觉便是一怔，喃喃自语道："你所言不差，四娘……恐怕真的要变成一团火了！"

这话可有些调笑意味了，常言道："朋友妻，不可戏"，华云飞心中有些不高兴，不满地瞪了毛问智一眼，正欲说些什么。可无意间顺着他的目光望去，一眼瞧见桃四娘模样，却也不禁一呆。毛问智所言不差，四娘恐怕真要变成一团火了。

桃四娘此时正站在一盏灯下，灯光照得分明，她衣领后面有一缕烟气正袅袅升起，显然是衣服里边着了火。华云飞这才想起方才仓促间抱住桃四娘，待放开时手中的香火已经灭了，难道是香头掉进了她的衣领？

华云飞和毛问智仓皇地跑到桃四娘身边，绕着她团团乱转，桃四娘愕然道："你们两个做什么？"

毛问智瞪着大眼张皇地道："火！火火火火火……"

他挓挲着一双大手，很想狠狠拍到桃四娘身上去，可又想到这是自己兄弟相中的女人。纵然是为了救人，自己也是不便沾她身子的。就算想拍熄了那火，也该华云飞动手才是。

华云飞绕着桃四娘急急转了两圈，忽然想起旁边放了一口大缸，里边蓄满了水，本是燃放焰火中一旦出现意外时应急使用的，便飞快地赶过去，抓起大瓢，从缸中舀了满满的一瓢水。

桃四娘因为冬天穿得厚重，香头掉进衣领，夹袄虽然已经点着了，却还不曾燃及内衣，是以毫未察觉，实不明白这兄弟俩绕着自己跟热锅上的蚂蚁似的干什么。

这时华云飞端了一瓢水来，桃四娘不禁瞪大一双杏眼，愕然道："云飞，你做什么？"

华云飞匆忙告罪一声道："四娘，实在是得罪了！"

"啊？"

桃四娘檀口微张，还待问个明白，华云飞伸手一揪她的衣领，一瓢寒冰似的凉水便顺着她的脖领灌了进去。桃四娘就觉一只冰冷的大手顺着自己的脊梁、屁股、大腿，唰一下抹了下去，整个人就湿了……

第八十九章

彼岸花

一

整个新年期间，葫县给人的感觉都是慵懒的。过年的时候，家家都要亲人团聚，便连逐利而生的商贾们也不例外。是以就连驿道上也冷清了许多，只有传递消息的驿卒依旧每日奔波于途。

这一日，叶小天写下一封家书，把自己在葫县的境况详细写下，托付驿卒把信送去京城。上一次他做了充分准备，本想一举说服家人，让他们来葫县与自己团聚，谁料却为他惹来一场官司，险些害了前程。

如今叶小天则换了一个更稳妥的办法。他把自己在葫县的情形详细说与家人知道，请兄长先来一趟。只要他那孪生兄长来了，发现他确实是作威作福的葫县二老爷，还置下了偌大一个家园，总该动心了吧。

再者，耳听为虚，眼见为实。等大哥来了，自会打消京城百姓坐井观天臆想出来的所谓贵州乃蛮荒之地的妖魔化印象，那时想必也更容易说服父母和大嫂。当然，他大哥如今在天牢担着差使，只怕不易轻离。他随信寄了充足路费，兄长若来不了，打发一个亲戚也是使得的。

叶小天寄完了信，便拿着四娘为他置办的礼物，往洪百川府上走了一遭。妞妞在大年初六这天给大亨生了一个宝贝儿子，洪府上下欢喜不禁。叶小天当天就已派人登门道喜，只是他应酬也多，拖了两天，这才亲自登门。

大亨这几天一直陪在妞妞身边。洪百川老爷子也没心思吃媳妇的干醋，每日里穿梭于儿子住处，只等他那宝贝孙子吃饱了奶，打着饱嗝被丫鬟送到他的怀里，便眉开眼笑，心满意足了。

叶小天见大亨一家人其乐融融的模样，心中也为之欢喜。想起自家咪妮姑娘至今依旧肚皮瘪瘪，不曾为他生下一个儿女。瞧着人家家里粉团团的小人，不免眼热得很。

叶小天在洪家陪坐了一阵，见大亨不使旁人沾手，时不时起身亲手为儿子换尿布、喂糖水，抱着儿子走太极步，哄着儿子睡觉，实在是忙碌得紧；洪老爷子则围着儿子，眼巴巴地盯着孙子，不住地念阿弥陀佛，他便即起身告辞。

叶小天离开洪府后眼见时辰还早，立在街头想了想，县太爷府上已经拜过了，高李两位长官司的寨子也去过了。其他地方以他的身份只宜待在家里等人前来拜会，实也不宜折节登门，便带了那六个形影不离的侍从回转山上。

叶小天行至半山，就见前方有四个人正在登山，前边两人一男一女，只看背影他就认出正是赵驿丞和他娘子潜夫人，后边则跟着两个驿卒充当长随。叶小天立即扬声唤道："赵兄，我在这里！"

赵文远回头看见，驻足笑道："愚兄正要登门拜访，贤弟从何处回来？"

两人已是极相熟的朋友了，所以赵文远不用提前投帖，信步便来了。当然，他也是清楚叶小天家族不在葫县，官面上值得他亲自主动拜访的人家也不多，九成九会在家，这才不告而至。如今见叶小天反在自己后边，倒真有些惊讶了。

叶小天快步赶上去，先向潜清清问了声好，因为初三时候就已见过了，倒也不必再就新年的话题说什么吉利话，便对赵文远笑道："大亨喜得麟儿，我前几日应酬多，今日才腾出空来去道喜。赵兄与嫂夫人怎么有空过来？"

赵文远从袖中摸出一封信来，向叶小天扬了扬道："有人托别县驿卒给你捎来一封信。我与娘子独居驿站，正嫌年节时候过于冷清，便充一回信使，上你叶家打秋风来了。"

叶小天笑道："劳动你赵大人充当信使，在下受宠若惊。"叶小天说着将信接了过来。潜清清忽然抿着嘴一笑，嫣然道："奴家看那字迹娟秀得很，想是你叶大人的红颜知己呢。"

叶小天笑道："嫂夫人取笑了，小天哪有什么红颜知己会写信来。若说是红枫湖夏家的那位大小姐嘛，她断然不会鸿雁传书的，说不得就要亲身杀将过来……"

叶小天与赵文远夫妇并不见外，一边上山一边就拆了书信，定睛一看，说到一半的声音戛然而止。真让潜清清说着了，这信还真是他的红颜知己写的。这信虽不是夏大小姐手书，却是展凝儿亲笔。他与凝儿名分未定，却已暗许终身，说是红颜知己也不为过。

赵文远察言观色，不禁笑道："怎么，莫非让你嫂子说中了吗？"叶小天正步行上山，无暇细看，只是摇头一笑，道："不错，真让嫂夫人说中了，这信是展姑娘写来的。"

说话间他们上了山，因为遥遥正在西席老师那里上课，一时不得过来。叶小天便把二人请进客厅就座，吩咐婢子上茶，又向赵驿丞夫妇告一声罪，先把那封信看了。

展凝儿在信中说，她回家为伯父庆寿，接着母亲身子便不大好，拖延了一段时日。到了年关将近的时候，她一个未嫁女儿就更不好离开了，唯等开春才好再度与他相聚。

信中除了讲她不能早早前来的缘由，便是浓浓思念的情话，读来令人心思缠绵得很。叶小天感于凝儿一番情义，又思及来日真要"见真章"娶她过门的诸般难处，不由得轻轻叹了口气。

潜清清似笑非笑地睨着他道："你们男人哪，总是以贪得无厌者居多。想那红枫湖夏家姑娘，不但身份高贵，更是生得千娇百媚、国色天香，你还不知足，偏要去招惹展家姑娘。这两位姑娘都是极尊贵的出身，谁能伏低做小？到时候不怕头痛？"

也是两家极熟了的，潜清清才会用这种口吻调侃他。叶小天听了只能苦笑一声，摇头叹道："嫂夫人你有所不知，这世间事，哪里由得人尽在掌握之中，有些时候只能是身不由己的。弟与展姑娘曾同生共死，哪能说放下就放下。"

潜清清只是早知他与夏莹莹有终身之约，看他神情与这展姑娘也是不清不楚，所以才调侃几句。不想竟从他口中听到"同生共死"四个字，这可不是寻常关系了。潜清清起了好奇之心，不禁道："同生共死，言重了吧。展姑娘乃土司人家，谁不敬让三分，怎会遇上生死大事？"

叶小天轻叹道："这可真真正正的是同生共死，弟可不曾有半句诳语。"

叶小天很清楚赵文远的背景，但他一直不明白赵文远的真正目的，以及对自己是否有所图谋。想及此事，心中一动，正好说起这桩秘辛，探一探他的口风，看他究竟知道多少。

此事并无不可告人之处，再者赵文远乃是播州阿牧的儿子，对他的真正身份只怕早就了然，倒也不必隐瞒，便把他当初如何误入生苗山区，与展凝儿被追杀至雷神禁地的经过讲了一遍。

叶小天略去其中些许不宜告人处，对于白筱晓的追杀以及那神鬼莫测、恐怖至极的千年蛊虫却是没有丝毫隐瞒。赵文远虽知他的底细，但对这些事迹却并不清楚，这时听来顿时被吸引住了。

一旁潜清清也在听着，一听叶小天所言，直似一个惊雷劈在头上，整个人都呆住了。叶小天可以与这位嫂夫人对话，但时不时看她一眼就失礼了，所以只把目光放在赵文远身上，故而没有注意到她的神色。

潜清清万万没有想到会从叶小天口中听到这样一个消息，白筱晓失踪之谜终于解开。虽然心中早就觉得白筱晓已凶多吉少，可此时亲耳听见……

潜清清端坐在椅中，脸色苍白如纸。若非她的双手紧紧扣住了椅子扶手，早难保持如此端庄的坐姿。

"原来如此，原来如此。筱晓……竟是死在他的手上……"

潜清清才不理会是杨应龙派白筱晓去追杀叶小天和展凝儿,而且她是午夜潜近时误踩中那些千年虫,被虫子蚀成了一具白骨。君不杀伯仁,伯仁却因你而死,在她心中,叶小天就是杀害白筱晓的凶手。

叶小天想起当初那惊险一幕,还对赵文远刻意描述了一下那种奇异的蛊虫是如何可怕,说起来仍旧一副心有余悸的样子。潜清清听在耳中,想到白筱晓当时惨绝人寰的一幕,只觉心如刀割。

听罢叶小天惊心动魄的叙述,赵文远长长吁了口气,赞叹道:"贤弟当真是福泽深厚。若非那位白姑娘替死,恐怕贤弟睡梦之中就要遭了蛊虫毒手。正所谓大难不死,必有后福。难怪贤弟此后能一帆风顺,无往不利了。"

潜清清这时也微微一笑,道:"如此说来那就难怪了,一个男人能为一个女子舍得自家性命,岂能不令人为之倾心。更何况县丞大人一表人才,年轻有为,只是这一来你要如何取舍可就难了呢。"

这片刻的工夫,潜清清就恢复了正常的神色,言笑晏晏的,竟然丝毫看不出异状,仇恨已经深深埋进她的心底。

当日,叶小天摆酒设宴款待赵驿丞夫妇,遥遥和喋妮在一旁作陪。及至酒席散了,叶小天把这对夫妇送出府门。二人带了随从步行下山,行至半途,潜清清突对赵文远道:"你且寻个理由,让我名正言顺地住到叶家去。"

赵文远诧然道:"这是何故?哦!莫非是……你不是一向反感此议吗?"

潜清清冷冷地道:"此一时,彼一时也。你只管照做便是!"

淡淡肃杀之气,衬着那清丽绝俗的容颜,似一朵曼珠沙华,摇曳于黄泉彼岸……

第九十章

调虎离山

一

新年期间，往叶小天府上走动的人着实不少。但大多是年节时候，上门探望联络感情的，诸如县内士绅、衙内官僚、驻地官佐、山寨酋领。真正可以出入无忌的，就是叶小天的好友或心腹了。

这些人中，大亨正忙着侍候孩子，出不得门，时常到叶家做客的就只有苏循天、周班头、李云聪等人。这一天，李云聪又到了叶府，端着右臂，手腕上架了一只毛羽华丽、五彩斑斓的大鸟，大摇大摆的，像极了一个纨绔子弟。

叶小天一见忍不住便笑："哈哈，李兄驾鹰牵犬的，果然有了点税课大使的威风。"

李云聪脸一红，讪笑道："二老爷莫要取笑。这只鹦鹉是手下人的孝敬，卑职不喜养鸟，我见二老爷家庭院广阔，又豢养着金刚、貔貅，想必会喜欢，便给你送过来了。"

李云聪说着扬了扬手臂，那毛羽华丽的鹦鹉便振翅飞了起来。但是李云聪拇指上套了一枚银亮的铁环，环上有一根细铁链子系在鹦鹉足上，飞不太远。那鹦鹉展翅空中，尖声叫道："大官人好，大官人吉祥。"

叶小天愣了愣，放声大笑道："李兄有心了，这只鹦鹉，我很喜欢！"

李云聪是叶小天比较精明的一个门下，既不似苏循天一般随意，也不似周班头木讷，到叶家来，他从不空着手。可是送礼吧，显得生分，再说叶府家大业大，他还真没什么能送的出手的东西；不送吧，又显得太随意，所以他每次登门，都精心淘换些小玩意。

堂前的丫鬟见这鸟美丽，而且还会说话，也欢喜不已，赶紧上前，从李云聪手中接过铁环。李云聪道："这鸟调教过的，不怕生人，你带下去安置吧！"说着拉了拉铁链，那鹦鹉果然飞回来，循着那链子，落到了小丫鬟的手臂上。

小丫鬟欢天喜地地带走了鹦鹉，叶小天请李云聪坐了，问道："税课司那边，一切可在掌握？"

李云聪欠身道："还好。尤其是年节前后，驿路上不忙，一切都还顺利。"他清了清嗓子，又道："不过，年后就有件大事，恐怕得早做绸缪，要不然到时怕要出乱子。"

李云聪这个税课大使是叶小天举荐的，在官场上，举荐人是要记入受举荐人履历的。如果他出了问题，举荐人也要受到问责。所以不是十分可信之人，通常官员不会轻易举荐，而受举荐人蒙此大恩，被视作举荐者一系也就顺理成章了。

如今李云聪刚刚履职，如果出了纰漏，那就是叶小天识人不明了。所以叶小天也很关切，他倾了倾身子，做出专注之态，李云聪便向他"汇报"起来。虽然县丞和税课大使没有直接的从属关系，而且这也不是什么正式场合，但准确地说，这就是汇报。

税课司管理的当然不只是商税，只不过葫县除了驿路通商，实在谈不上什么重要的经济支柱。尤其是作为封建时代的农业大国，该县农业所占的比重反而极低。不过低不代表没有，所以这也是税课司负责的一部分。

之前徐伯夷发起易俗改姓活动，被叶小天摘了桃子，功劳归了他，责任自然也归了他。现在转过年来，就是履行义务的时候了。

今年征收税赋，要严格清算出那些响应朝廷号召，易俗改姓的人家已经豁免的赋税，这些是要从应征缴的总税赋中抵扣的。同时葫县农业不兴，反而要年年从官府中拿救济，这个数目要怎么分配？能从上司那里讨来多少赈济款，对于已经豁免的家庭是否再予救济？如此种种，都是更高层面的问题，确实不是李云聪这个税课大使所能决定的。但他又不能不予关注，因为一旦出了问题，直接责任人就是他，从而连叶小天也要受到连累。

叶小天听他说完，果断地道："已经得到豁免的人家，同样要参与接受救济。他们得到豁免，是因为响应号召，接受易俗，与家境困顿与否无关，并非先行接受了救济。若是这次把他们排除在外，那他们之前所受的朝廷恩惠就成了一纸空文，这一点毋庸置疑。你先透出风去，安定人心。至于从上峰那里能够争取到多少救济款，如何分配，一俟开衙，本官马上与县尊大人商议！"

这种事李云聪是做不了主的，今天来就是向叶小天求助的。得了叶小天这句话，李云聪心中大定，正事聊完，两人这才说起一些轻松的话题。结果这时就听一声响亮之极的咆哮，正是巨猿的声音。

叶小天听那声音似从遥遥所居院落传来，便离席快步赶到廊下，好奇地向遥遥所居的院落里眺望。遥遥的院子里，那只鹦鹉拖着一截链子，在院落上空飞来飞去，娇声娇气地喝骂："傻瓜！你这只傻瓜！"

想来这句话它也是从别处学来，甚至可能是它初学言语时，主人用来骂它的话。

它未必明白这句话的意思，但是从语气神态，大概也能明白应该使用的场合，这时就用来喝骂巨猿了。

大个子怒目金刚一般咆哮喝骂，不时纵身蹿向空中，伸出蒲扇般的巨掌拍向那只鹦鹉，却如大炮打蚊子似的，哪里挨得着它的边。

这巨猿体形硕大，周身刀枪不入，在院子里横冲直撞，跃高伏低，荷缸撞碎了一只，假山撞塌了一角，怒极之下冲到院角，把那垂杨柳倒拔出来，抡得土坷垃漫天飞扬。遥遥和两个小丫鬟纷纷走避，福娃却是乐此不疲，跟在上蹿下跳的大个子后面到处乱跑，似乎觉得有趣之极。

叶小天带着李云聪匆匆跑进院子，眼见金刚与鹦鹉打得不可开交，只惊得目瞪口呆。叶小天惊诧地叫道："怎么回事，这么一个小小玩意，如何与大个子闹得水火不容了？"

遥遥躲在廊下柱子后面，探出小脑袋来，委屈地道："人家也不晓得。这鹦鹉嘴巴虽然碎了点，却蛮可爱的，偏偏大个子瞧它不顺眼。鹦鹉只在它脑袋上啄了一口，它就勃然大怒了……"

这时只听轰隆一声，跃起的金刚落下来，正砸在墙头上，将一堵墙都压塌了。那鹦鹉拖着链子，飞得不高，只是金刚不懂得去抓链子。再者细细一条铁链，它那巨掌还真未必抓得着。

叶小天见那鹦鹉恰向自己飞来，连忙一纵身，一把抓住了那链子，将鹦鹉拖向自己。李云聪眼见院中狼藉一片，尴尬地道："二老爷，是卑职考虑不周，这只鹦鹉……"

叶小天摇头叹道："畜生不懂人事，与你何干？罢了罢了，这碎嘴子与大个子彼此看不顺眼，养在我房中便是了。"

· ※ · ※ · ※ ·

山下，县衙后宅中，花知县侧耳听那矮山上巨猿的咆哮声渐渐息去，这才继续与白主簿说话。"白主簿，过了元宵就要开衙，衙参之后，你便往铜仁府去一趟吧。"

走在他旁边的就是白泓白主簿。今日被花知县请来，他就知道有事，一听这话，忙赶上两步，对花知县虚心求教道："不知大老爷差遣下官赴铜仁府有何公干？"

这白泓当初是江浦知县，而且是一等县，身份比花晴风还要高些。如今屈居主簿，他也当真放得下身段，身形微欠，极是恭敬。大概宦途受挫，对他打击着实不小，以致性情有所变化。

花知县抚须道："临近年关时，朝廷拨下来一笔款子。你也知道，贵州地面大多贫瘠，各县很难完成税赋征缴，年年反要接受朝廷救济。这笔款子拨下来，狼多肉少啊，不早些出手，一旦出了正月，再到府衙，恐怕早被其他郡县瓜分一空，须得早早下手。"

白泓恍然道："啊！下官明白了。既如此，那一过元宵，下官即刻便赶往铜仁。"

花晴风睨了他一眼，颔首道："这样最好！白主簿，休要怪本县不近人情，正月里便差遣你奔波跋涉，实是不得已而为之呀。本县民风强悍，本就时常为了些许赈款，闹得不可开交。而去年本地许多百姓响应朝廷易俗之举，得到了钱粮豁免，因此一来，情形更加复杂。不给他们救济是不妥的，可要是依照往年惯例发放，恐怕那不曾易俗、此前没有得到实惠的人家又眼热嫉妒，到时难免是非更甚。如果咱们能多索要些钱粮来，便更稳妥些。"

白泓是来葫县熬资历的，不求有功，但求无过，这就是他的为官信条。花晴风虽只是唠家常般的淡淡一语，但白泓却敏感地注意到了"民风强悍"和"是非更甚"。白泓马上紧张地求教，花知县一说，他的心就凉了半截。

话说这铜仁府下辖的郡县情形比较复杂，其中大多都是土知县当家。张知府是土知府，这些土知县世世辈辈家族传承，始终是他的下属，人家这才是真正的嫡系。反之，葫县设了流官，就等于是朝廷的人了，在张知府眼中，难免就成了别人家的孩子。如此一来，谁远谁近还用说吗？

所以朝廷拨给贵州府，贵州府再拨给铜仁府的赈济款子，张知府一向是可着他的真正嫡系发放，葫县这边一向只是意思一下了事，任你说破天去，也不可能争到更多。

往年一贯如此，可今年情形不同。去年的易俗之举，朝廷豁免了响应易俗人家的钱粮，这样一来，自征的税赋就少了。朝廷若拨来的赈济款太少，那就不免捉襟见肘了。

到时候少发了百姓不满意，已经得到豁免的人家继续领赈济，那些没有得到豁免的人家必然也不平衡。如果因此再延误了官员胥吏们的薪俸发放，则整个衙门里也要不满意。白泓只是一个刚刚上任的官，在县里面毫无威信，他如何吃得消这么多不满意。

白泓登时紧张起来，赶紧推脱道："啊呀！下官不曾想这其中竟有如此之多的问题。事关我葫县民情稳定与否，下官刚到葫县，如何担得起如此重任。县尊大人千万另择贤明呀。"

花晴风听了眉头一皱，为难地道："白主簿，你身为主簿，这本是你分内之责。你若不去，本县还能托付何人？再者说，若去府衙争赈款，身份若还不及你的，那更是没有希望成功了。"

葫县里比白主簿地位高的还能有谁？除了花知县就只有叶县丞了。白泓福至心灵，马上接口道："大人，易俗一事乃叶县丞首倡并成功，而且叶县丞又是铜仁张知府的门生，乃是最佳人选哪！您看……"

花晴风睨了他一眼，心道："对于叶小天的底细，你倒门清。"花晴风抚须犹豫道："这个嘛……本县倒是可以替你去向叶大人说项。但此事毕竟应当由你负责，只怕叶大人那里……"

白泓马上道："下官这就去叶府一趟，请叶县丞帮下官这个忙。此事关乎我葫县百姓民生，相信叶县丞会以大局为重的。"

花晴风微微一笑，颔首道："甚好！如果叶县丞肯帮你这个忙，本县这里，自然会大开方便之门。"

第九十一章

送美上门

一

叶府后宅的一间静室里,门关着,室内安静凉爽,地面一尘不染,还铺着一指厚的黄沙。空荡荡的房间中央,是一张巨大的方形桌案,桌上摆着大大小小形状各异的一些瓶瓶罐罐。

叶小天站在桌案旁,小心翼翼地操作着。一身黑袍的冬长老站在他旁边,细声慢语地向他讲解着炼蛊的一些注意事项和细节步骤。

蛊术在世人眼中是很玄奥的东西,炼制蛊虫的方法对不明底细的人来说更是不可思议,因之流传出了许多匪夷所思的传说。其实它倒没有那么诡异离奇,蛊术不是巫术,不是弄只青蛙丢进锅子,放上两片羽毛,再拧着蜥蜴向里面滴血,嘴里念念有词的,它就有了什么灵异的能力。

蛊更靠谱的说法,应该是一种生物化学的产物。捕捉各种毒虫,就是采撷原料;用自己的独门秘术培养蛊虫,就是炼化、提纯与合成的过程。在这个过程中,程序上一点小小的失误,合成比例稍有偏差,就有可能功败垂成。

当然,一些在蛊术上具备极高造诣的蛊术师有时也会有目的的出现偏差,那是为了试验出具备新的作用的蛊虫。可是这个过程必须由经验丰富的练蛊高手施为,一个初入行的学徒是绝不敢胡乱动手的。

因为操作过程偏差,导致成形的蛊虫死掉那还好,可是一旦真的炼出了一个前所未有的新型蛊虫,在它出现以前,谁也无法确定它将会是什么样子,具备什么样的能力。无法事先做好防护,那就太危险了。

所以,即便有冬长老这样蛊术造诣深厚的人物在一旁协助、指点,随时准备出手应对紧急情况,叶小天依旧谨小慎微、全神贯注。

叶小天今天跑来随冬长老习练蛊术,可不是一时心血来潮,而是因为冬长老就要回山了。叶小天跑来进行"最后一课",以尽师徒情义。

冬长老随侍叶小天左右，唯一的任务就是教导叶小天学习蛊术。作为一个纯粹的技术型人才，虽然他的视力极差，其实这项使命也能胜任。奈何叶小天选择了入世这条路，根本没有时间静下心来学习。

一晃几年过去了，叶小天的蛊术水平几乎没有什么提高，连半吊子都算不上。上一回衣波佬来探望尊者，回去后向众长老反馈尊者如今的情况，不可避免地提到了这件事，众长老大为不满，所以决定给尊者换一位"传功长老"。

这位新的"传功长老"就是在争夺尊者宝座之战后，与衣波佬一起晋位为新长老的另一个人，他的名字只有一个字："耶！"自从他升任长老后，尊称就成了"耶佬！"

叶小天一直没有认真练习过蛊术，一方面是因为他的事情真的很多，另一方面也是因为十丈红尘对他的吸引力远比做一个蛊术师要大得多。他宁愿在世俗间做一个小官，也不愿躲进深山，做一个关在"笼子"里的草头王。

而这次冬长老回山，其实也是出自叶小天的策划。自从他决定引导生苗部落走出一条新的发展道路，就已决定利用一切机会，把这些长老们诱引出山，接受世俗社会的熏陶。

千百年来，随着地方上的不断开发以及人类社会的不断融合，苗家原本封闭的社会结构不断被打破。越来越多的苗家部落脱离了蛊教的控制，令蛊教的领袖们感觉到了危机。

他们应对的办法，就是在自己周围扎起樊篱，拒绝自己的人走出来，也拒绝外面的人走进去，从而保持他们的绝对统治。但在叶小天看来，这个举措或许延续了他们的崩溃，却不可能避免他们的灭亡。

外界文明的渗透和影响是不可能隔绝的，闭关锁山早晚还是要被外部世界所侵蚀。到那时这种纯粹由信仰形成的统治将分崩离析，那就是一场不可挽回的大灾难。

即便他们还能在未来很长一段时间内维持自己的统治，变故不会发生在内部。随着外部世界的不断强大，他们也只能变成世人眼中愚昧、落后的一群"原始人"，被先进文明征服。

唯有走出来，融进去，这才是长久发展之道。这是他作为这一任的尊者，为蛊教和信奉蛊教的数十万生苗所选择的路：入世！当然，从他个人的理想和利益来说，生苗也只有走出去，从生苗变成熟苗，才能真正帮到他。

因此，在这一想法成熟后，他有意要促使冬长老回山，如此才能保证长老们轮替出现，和他一起见识这花花世界，为他把生苗最终从深山里领出来做好铺垫。

所以，在衣波佬来探望他时，他有意地透露了自己学习蛊术一无所成的情况，目的就是为了换人。接触的长老们越多，让他们不得不陪着自己浸染于红尘之内，他未来的计划遭遇的阻力才越小。

面对羞惭自责的冬长老，叶小天自然觉得有愧于心，但也更加坚定了他走出来的信念：他只不过略施小计，衣波佬就上当了，众长老就被他牵着鼻子乖乖行动了。可自始至终，他们都以为这是在他们掌控之下的选择，这就是自闭于深山的弊端。

尽管他们年轻时都要游历天下，可是在深山里数十年如一日，没有强大的外敌威胁，没有内部太多的竞争，他们的心机智慧都在退化。一个人善良单纯是好事，可是作为数十万生苗的当家人如此单纯，那就很可怕了。

即便在如今这个时代，他们拥有数十万生苗，就等于依旧掌握着一股极强大的武力。他们还拥有一身神秘莫测的蛊术，那也难免被有心人利用。一个力大无穷的巨人，智商却只相当于几岁的孩童，怎么可能不成为被人利用的牺牲品。

"入则无法家拂士，出则无敌国外患者，国恒亡。"对蛊教和生苗来说也是如此。所以即便觉得有些对不起冬长老，叶小天还是选择了这条路。今日学蛊，纯为一尽弟子心意。

"老爷！老爷！有客登门！"

外边抽冷子响起一声呼喊，把正全神贯注的叶小天吓得一哆嗦，手中拿着的一个坛盖当的一声失手跌落。他早吩咐过府中上下不得打扰，没想到若晓生还是喊上了。

叶小天没好气地回头向门外喝道："不是说了我今天不见客吗？你让四娘接待一下好了，请客人留下拜帖就是。"

若晓生站在院子里，嗫嚅地道："老爷吩咐，小人安敢不从？只是这位客人是白主簿啊。白老爷说他有重要公务要与老爷您商量，小人生怕误了老爷的大事……"

冬长老叹口气，对叶小天道："既然如此，尊者就先去见见客人吧，一时半晌也炼不成什么。等耶佬来了，再由他继续教导尊者修炼就是。"

叶小天听说是白泓来了，此等身份的人就不好轻易打发了。再说既是为了重要公务，确实也不能耽搁。他只好讪讪地答应下来，赶紧收拾东西，却没有注意到，方才坛盖跌落，将坛中即将成形的三只蛊虫之一吓得从坛子里跳出来，跃进了另一口小些的罐子，一口吞了那只罐子里的毒虫，又纵身跃出，跃跃欲试地要扑到他的身上。

但那蛊虫刚一扑近叶小天，便嗅到他身上对各种蛊虫来说极为强烈的一种气味，登时急急闪开，躲进了几口坛罐中间的缝隙。蛊教炼制蛊虫，经过无数次的试验，总结出了一些规律与经验，其中并不包括这种虫子。

但是因为叶小天忙中出错，那只蛊虫吞噬了一些本不该与之融合的毒虫，已经产生了变异，形成了一种新的蛊虫。但叶小天正没好气地回头喝问，冬长老眼神又不好，两人居然都没有发觉。

叶小天急急离去，冬长老把那些坛坛罐罐盖上，长叹一声，也自离去了。那只状若蟋蟀的蛊虫从坛罐缝隙间探出须子,唧唧地鸣叫几声,纵身跳到地上,又是一连蹦了几下,便从门缝钻了出去。

白泓得到花晴风的提点,今天登门是来向叶小天求助的。求人帮忙,不可没有表示,他又带了一份厚礼。

叶小天一听白泓说明来意,很爽快地就答应下来。他是新任税课大使的举荐人,他也担心白泓去了铜仁一事无成,会带来一系列的问题。只是不在其位,他也不好多加干涉。如今白泓主动请托,正中他的下怀,岂有不答应的道理。

白主簿此来心中惴惴,生怕叶小天不肯答应。一见叶小天答应下来,不禁感激莫名,千恩万谢一番这才道别。叶小天把他送出府门,刚要拱手道别,一抬头,恰见几个人护着一乘小轿来到府前。

叶小天一见护在轿旁的人是赵文远,不觉有些讶异,连忙拱手道:"赵兄,今日怎么有暇过来。"

赵文远挥手停了轿子,步上前来,对叶小天笑道:"叶贤弟啊!白主簿也在,失礼,失礼。哈哈,贤弟啊,为兄那驿站屋舍年久失修,正要找人拾掇拾掇,这一来没有两三个月的工夫是不行的,总不好让我娘子住在客栈里。你这里院舍宽敞,特来求个安顿之处,不会被你拒之门外吧?"

说话间,潜清清也从轿子里出来,向叶小天和白主簿盈盈福了一礼。白主簿之前见过赵驿丞几次,却还是头一回见到赵驿丞的娘子,一瞧如此清丽脱俗一个美人,尤其身段高挑袅娜,不由得眼前一亮。

白主簿捻着胡须暗暗想道:"叶县丞年轻力壮,尚未娶妻,赵驿丞有如此佳人也敢寄托府上,就不怕叶县丞监守自盗吗?咳!若换作是我,只怕是把持不住的。"

第九十二章

上 元

一

元宵灯会是春节后最后一个盛大节日了。叶小天是县丞，负责全县治安，提前三天他就让张典史做出了安排，安排人手散布于大街小巷维持治安，疏导交通。

葫县这种偏远地方尚未设立救火铺。而上元佳节观灯赏灯，大放焰火，城中民居又多为低矮木屋，许多人家院子里还有柴垛。为了防范火情，叶小天就仿照京城救火铺子，请巡检司派员相助。

叶小天命这些巡检司官兵每十人为一队，备齐了抓钩锹铲、水车等物，潜候于最热闹的几条主要街道左近，同时派人上山，居高临下观望全城动静，一有异变就以灯光为号，引导治安和救火人员行动。

喧声驱逐夜阑，灯光掩盖夜色。随着夜色越来越深，百姓们渐渐走上街头，观戏赏灯，大开所禁，放胆热闹。叶小天带着全家人也下了山，悠游自在地到了最热闹的十字大街。

土著流寓、士夫眷属、女乐声伎、曲中名妓戏婆、民间少妇好女、崽子娈童及游冶恶少、清客帮闲、傒僮走空之辈，无不鳞集于此，热闹非凡。此等场景，遥遥自然是很欢喜的，哚妮妹妹少见如此热闹景象，也是满眼新奇。

潜清清如今借宿在叶家，今晚也与他们一同出游。她和哚妮一左一右牵着遥遥的手，跟在叶小天身后。行走片刻，忽见三五个持纨扇、穿花裙的少妇说说笑笑行至一户人家，纷纷伸出手去摸那门钉，她眸波一闪，顿时计上心来。

她有心接近叶小天，正愁哚妮和遥遥寸步不离，不得下手，便笑吟吟地对哚妮小声道："哚妮妹子，你看那些人家女子都在摸门钉呢，你不去摸一摸吗？"

哚妮看着那几位少妇的奇怪举动，问道："姐姐，她们摸人家门钉做什么？"

潜清清笑答道："这摸门钉是汉家风俗，门钉，门丁也，讨个喜庆呗。据说摸门钉可以求子。"

传宗接代，对女子而言可是人生中一等一的大事，关乎着她在夫家的地位和未来的命运。若是不孕，实比失节还要严重。哚妮与叶小天早不知欢好几回了，迄今却还没有身孕，暗地里不知有多着急。此时听潜清清一说，登时意动。

奈何他们这支队伍实在庞大，叶小天、华云飞、毛问智再加上她们三个女子，另有十二名侍卫、四名丫鬟。队伍太过庞大，十字大街人头攒动，挥袖成云，似乎全城的人都挤到这儿来了。他们这么多人，一步一挪，走动十分缓慢，哪里还能去摸门钉。

叶小天信步而行，游走片刻，感觉哚妮等行动迟缓，回头一望，见她们驻足他顾，也不知在看些什么，便道："上元佳节，一年唯此一度，你们想去哪里便去吧。若寻不到我，夜深时自回府去！"

说着点了四名侍卫去陪她们，哚妮听潜清清一说，心里就像长了草，只想着"摸门钉，宜生子"，只是这理由不好宣之于口。一听叶小天这话，不由得大喜，忙对潜清清和遥遥道："咱们走吧，自管耍乐去。"

潜清清莞尔一笑，道："哚妮妹妹，你自管带遥遥去玩吧。我喜静些，便陪大人同行好了。"

潜清清不是未婚女子，而是叶小天同僚之妻，所以哚妮也未多想，没有她在，倒还少些羞涩，连忙答应了，拉起遥遥就走。遥遥也觉跟着叶小天安步当车，实在太过乏味，便随着欢天喜地的哚妮去了。

四名丫鬟分了一半随她们离去，潜清清不着痕迹地便与叶小天傍肩而行，言笑晏晏起来。

"奴家本以为大人逢此佳节，会在府上赏灯呢，不想大人竟然喜欢这世间热闹。"

潜清清睨着叶小天，眼波盈盈欲流，街上彩灯光晕映在她的脸上，当真娇艳欲滴。这样的神情口吻，与往昔的潜清清不甚相同，不过正逢上元佳节，难说是因为心情愉悦，叶小天并未多想，顺口答道："上元赏灯嘛，赏的不只是灯，还有这般热闹的景致，这却是在家里无法感觉得到的。"

叶小天说着，目光便从前边两个青春少女身上溜过，身材不错，模样也不错，笑盈盈的，很是可人。本来就很不错的姑娘，再被灯光一照，更添三分丽色。只是可惜，这时节还比较冷，她们裙下套了直筒条纹裤子，看不到那浑圆白嫩的一双大腿。

"喔……奴家明白了，原来是这般景致喔！"潜清清顺着他的目光一瞧，恍然大悟，便用略带揶揄的语气道。

叶小天赶紧滑开目光，向潜清清一看，瞧她似笑非笑的样子，便打个哈哈道："咳！这个嘛，男人本色，男人本色，哈哈……"

潜清清抿嘴笑道："那两位姑娘虽美，却也不及哚妮妹子。大人你支开哚妮，却窥视别人家的女子，这……是不是就叫家花不香……野花香呢？"

潜清清这句话声音越来越小，最后几乎是贴着叶小天的耳朵说的。她身材颀长，不仅体态凹凸有致，一双修长的美腿尤其迷人，完美的九头身黄金比例好身材，要凑到叶小天耳边说话很轻松，根本不用作势。

耳畔有美，呵气如兰，又是上元佳节这等浪漫时刻，本该是很旖旎的场面吧？不过叶小天却有点不自在。不仅因为潜清清靠得近，而且是因为这种话由一个罗敷有夫的女人家来说，那可有点调笑的意味了。

叶小天不好做出回避的姿态，只是扭头望了她一眼，却见潜清清笑靥如花，一双妩媚的眼睛湿得几乎要滴出水来。叶小天心头怦然一跳："阿弥陀佛，真的不是错觉！这枝红杏，不是想出墙吧？"

· ※ · ※ · ※ ·

"上元节到了，夜幕悄悄地来临，笔直而热闹的十字大街上，红男绿女开始出没。这是一个偷情的季节！"

税课大使李云聪用磁性而深沉的语调，仿佛一个哲人般地吟咏，苏循天把嘴角一撇，不屑一顾地道："扯淡！"

李云聪微微一笑，向前面熙熙攘攘的人群一指，慢条斯理地道："何以那么多大儒教育子孙时，常引'桑间濮上'之典告诫他们在上元期间要修身养性切勿出格，不是没有原因的……"

苏循天一双贼眼瞄着前边几个颇有姿色的妇人说笑着经过，摸着下巴沉吟道："是吗？"

李云聪道："那是自然。妇道人家，难得这么随意上街，奴为出来难，教君恣意怜嘛。这般时候，便是男人偷之诱之的大好机会了。你看，男女杂行，履舄交错，只要彼此看对了眼，要想罗襦襟解，一闻香泽，又有何难哉。"

苏循天长叹一声道："既然如此，为何我走了这么久，却没遇到一个佳人投怀送抱？"苏循天剜了李云聪一眼，道："莫非是因为我身边伴着你这个糟老头子？去去去，赶紧走远些，莫要碍着我窃玉偷香。"

李云聪道："我呸！不要什么事都赖在我的头上，明明是你没有那个才情相貌引动佳人春心。你看前边那位少年，身后跟着五六个随从，众目睽睽之下，那位身姿婀娜的妇人，还不是对他投怀送抱吗？"

"在哪里在哪里？快让我看看！"

苏循天仿佛打了鸡血，登时两眼放光。李云聪向前一指，笑吟吟地道："你看那里……"

李云聪的声音戛然而止，只剩下一只右手，仿佛老树枯枝一般孤零零地横在空中，颔下的胡须在夜风中微微抖瑟。怔愕片刻，苏循天率先反应过来，急忙一扯他的衣袖，两个人便转过身，贼一般逃之夭夭了。

李云聪方才信手点去，赫然发现，抱住了那位美人的所谓少年，居然就是本县二老爷叶县丞。若只是如此也就罢了，可他们随即又发现那位霞染双颊从叶大县丞怀里挣扎出来，仿佛雨洗桃花般娇羞的美人，竟是赵驿丞的夫人。这是什么情况？

古语有云，万恶淫为首。官员通奸在这个时代可不是道德问题，而是法律问题。而且官员通奸，罪加一等，以"强奸"论处，可以"没收作案工具"，处以宫刑的。两人竟然撞见如此一幕，哪能不诚惶诚恐，赶紧溜之大吉，仿佛从未看见。

潜清清从叶小天怀里挣扎出来，脸红红的，甚是好看，羞眉低眼地对叶小天道："奴家脚下一滑，险些没有站稳，幸亏大人援手。"

叶小天笑了笑，"呵呵，我能看着嫂夫人跌倒吗？理应相助的事，嫂夫人何必客套！"叶小天说着，手指在袖内轻轻捻动了几下，那一抹柔软滑腻的感觉令人回味啊。这女人不只容颜俏美，体态妖娆，还生得一身好皮肉。

只是……他并没有搀扶潜夫人哪，而是潜夫人香香软软一个身子，主动跌进了他的怀抱。地上并没有积雪，怎么会滑？走在他身旁的人，要怎么跌倒，才能跌进他的怀里？分明就是赤裸裸的勾引，这可有趣了……

这位潜夫人是夫妇不谐，欲另觅情郎呢，还是别有目的？若是她别有目的，那又是为的什么？一刹那间，叶小天心头便掠过许多疑惑。便在此时，前方忽然响起一片喧哗的声浪，叶小天愕然抬起头来……

第九十三章

下　饵

一

　　因为什么缘故发生了骚动，叶小天并不清楚。也许是有泼皮无赖"挤神仙"，趁着人多手杂，大姑娘小媳妇扎堆的好机会揩了人家的油；又或者是张三踩了李四的脚，赵大顺走了王二麻子的荷包，总之是打起来了。
　　而两个人一动手，便有各自相熟的朋友、亲戚插手助拳，一群人动起手来，便有被误伤的人愤愤然地加入战团。所谓葫县民风强悍可真不是盖的，两个人的互殴很快就演变成了一条街的混战。
　　眼看着，这人抄起了拐杖，那人舞起了灯笼，又有那偎在楼栏上观灯的人将手中的盘碟瓜子一股脑地撒下来。整条街上的人打的打、骂的骂、哭爹的哭爹、喊娘的喊娘，真是好不热闹。
　　咦？这一幕好熟悉呀，依稀记得当年初到葫县时候……
　　叶小天正大发感慨，忽然有一只鞋子刮面而过，险些扇到他的脸上。叶小天下意识地一缩头，这才想起自己正置身战场之中，不由得大叫道："此地不宜久留，咱们快走！"
　　叶小天一把扯起潜清清，掉头就跑。刚刚跑出几步，忽又站住脚步。不对啊，他现在可不是初到葫县的外乡人，而是葫县的父母官，是地位权势仅次于知县的二老爷。全县治安就是由他负责的，他岂能一走了之。
　　叶小天又放开潜清清的手，喝令随从道："你们护住潜夫人！"说罢一把抄起袍襟掖在腰带上，冲出去叫道："本县丞在此，尔等还不速速住手！"
　　现场已经打成了一锅粥，哭骂叫嚷声响成一片，谁还听得清他在嚷什么。叶小天这句话根本没起任何作用，倒是有两个打疯了心的汉子听见他在叫嚷，不由分说地就向他扑过来。
　　"贼子大胆！刀下留人！"

叶小天摆足了官威，刚刚喝骂了半句，就见他那二愣子扈从武士二话不说，拔出刀来就向冲过来的汉子当头劈去，惊得他忙又大声喝止自己的侍卫。好在那两个侍卫也知道些轻重，这一刀固然劈了出去，用的却是刀背。

刀背势大力沉，劈在那两人的肩上，一时痛得二人肩骨欲裂，倒地惨嚎不已，大叫"有人动刀子啦！行凶杀人啦！"这么一喊却比叶小天那句话管用，混战的人听见"刀子"，立刻有人扛起了路边摆放货物的木板，抄起了板凳，群殴进入了升级版本。

"不许动手！统统不许动手！"

周班头带着几个捕快呼喝着，被人推来搡去，站立不稳。他身边只带了三个捕快，正常情况下有什么意外情况也能处置。但是现在这样的场面，靠着他这么点人手显然是不起任何作用的。任由他们喊得声嘶力竭，也无法阻止众人群殴。

这时候，胡同里边轰隆隆地又杀出一队巡检司官兵来。他们拖着水车，听见外边的骚动，还以为走了水，急急忙忙跑出来一看，见长街上这般乱象，不由得呆在那里。

叶小天见那带队的小校有点眼熟，应该是以前见过的，忙气喘吁吁地挤过去，对他大声喊道："本官乃本县县丞叶小天，你等听我命令，速速制止他们殴斗。"

那小校还真认得他，一见此人果然是与自家巡检长官相熟的叶县丞，不敢不听他吩咐。可一见现场混乱的程度，他不禁为难地道："这……这般情况，却不知卑职要如何制止？"

叶小天道："放水，把他们哄散了事！"

那些官兵听了他的吩咐，便把水车一字横开，用木桶舀了水，不由分说便泼向众人。其他几路防火官兵也相继赶到，一见这边泼水泼得正欢实，也纷纷有样学样，十字大街上群殴乱象顿时变成了过泼水节。

"叶大人，这些人像疯了似的，太可怕了。喋妮和遥遥也不知去了哪儿，她们不会受到伤害吧？"

潜清清楚楚可怜地说着，顺势牵住了叶小天的手，做出一副小鸟依人的模样。叶小天安慰道："她们应该不妨事的，方才我见她们所行的方向，该是离开十字大街了……"

叶小天说着一扭头，恰好看清潜清清的容颜。她的脸上溅了几滴水珠，晶莹的水滴衬着吹弹可破的肤质，在灯光下一照，水润清丽，仿佛一朵亭亭出水的白莲花。

潜清清见他向自己望来，眸中顿时掠过一丝柔媚之意。如此场面，别的话也不能多说了，但只这一个眼神，便已向他诉说了自家的心意。

叶小天呆了一呆，道："本官职责所在，须得在此料理。我派两个人先送你回山去吧。"说着，便从潜清清手里抽出自己的手，手指抽出时，在她掌心里轻轻地勾了一下。

潜清清被他这一勾，娇躯顿时一颤，起了一身鸡皮疙瘩。她非常不习惯与男人亲热，被叶小天使了这么一个小动作，心中便十分厌恶。可她本就起了心思要勾引叶小天，哪能叫叶小天看出反感。

潜清清脸上适时露出一抹娇羞神色，柔顺地颔首道："是！那奴家就先回山了。"潜清清提起裙袂转过身去，唇角飞快地掠过一丝得意。

她摆明车马，明明白白地向叶小天示意自己有意于他，他果然就上钩了。男人就是这样，哪怕他身边自有百媚千娇的美人，依旧贪婪无度。

接近叶小天，以色相引诱，这是潜清清获悉白筱晓之死后想到的报仇的法子。她知道叶小天与果基格龙在花溪的一战，那果基格龙是个有名的力士，一身横练功夫十分了得，可他却被叶小天一拳击倒，重伤不起。在潜清清心中，这叶小天便成了一个身怀绝技且深藏不露的高手。

而他身为蛊教尊者，身边时时有一位蛊教长老随从，两三年光景下来，想必他业已练就一身出神入化的蛊术。所以不管是动武也好、下毒也罢，都不妥当，机会只有一次，潜清清是不敢轻易施为的。

况且，即便有一定的机会，她也不敢擅下毒手，因为杨应龙可没让她杀叶小天。杨土司让她接近叶小天，并且同遥遥保持亲密关系，显然是对叶小天有所图谋。如果她擅自杀了叶小天，触怒了杨天王，后果不堪设想。

所以，即便有机会偷袭叶小天，她也不能轻易出手。叶小天必须死，但是又不能让任何人知道叶小天是死在她的手上。这样一来，她能使用的方法就非常有限了。

一个男人什么时候才会完全放松警惕？一个随时都有人护卫着的男人，什么时候才会主动把护卫支开，毫无警惕地接近她，而且会主动向别人隐瞒他的去向？自然是偷香窃玉的时候，而且是与她这样身份敏感的人偷欢。

所以，潜清清便想出了这样一个万无一失的法子。如今叶小天用小指在她掌心轻轻一勾，就等于给她吃下了一颗定心丸。既然叶小天已经上钩，她也不必缠得太紧了。

叶小天看着潜清清被两名侍卫护卫着匆匆离去，心中冷冷一笑。他可没到色令智昏的地步，且不说播州杨家背景的人根本沾不得，就算是寻常背景的女子他也不能沾染。

他倒不相信什么淫人妻女，妻女必被人淫的因果报应。只是他本有佳人垂青，何必自轻自贱，染指他人妻子，被世人唾弃。只是他左思右想，无论怎么想也想不出潜夫人投怀送抱的合理理由。

潜清清早已是罗敷有夫，与他又一向没有深交，怎么会突然就一见倾心了？他纵然生得俊俏，可也没到潘安宋玉那般颜值惊天的地步，至于让女人为他犯花痴吗？

想到她和赵文远的播州背景，再想到她是被赵文远以修缮宅邸为由主动送到自己府上的，叶小天就已做出判断：九成九她是别有企图，甚至赵文远也知道内情。他们夫妇究竟想图谋什么？

要有多么重大的阴谋，才会让赵文远主动给他自己戴绿帽子的地步？越是想及于此，叶小天心中越是凛凛。若不探听出根底，那真要寝食难安了。但要探察对方底细，他就得将计就计。

县衙后宅里，花晴风在苏雅的陪同下，站在花园内一座小亭上扶栏观灯。长街上灯影错动，喧哗连连，传到这里时，已经难以令人察觉那里正有无数的观灯百姓陷入混战。

那错乱的灯影，那喧哗的人声，站在这里看去，只会令人想象出一副长街上人来人往、熙攘热闹的景象。

今夜花晴风陪她观灯，让苏雅很开心。这段时日里，花晴风对她颇为冷落，但苏雅并未多想，新纳的妾室受宠一些也是人之常情。等到紫羽有了身孕，她就更加自卑，也不觉得丈夫对她的冷落是别有原因了。

如今丈夫只陪她一人观灯，苏雅自然心中喜悦，听见长街上的喧哗声以及不断闪动的无数灯影，不禁曼声吟道："东风夜放花千树，更吹落，星如雨。宝马雕车香满路。凤箫声动，玉壶光转，一夜鱼龙舞。"

花晴风随即接口道："蛾儿雪柳黄金缕，笑语盈盈暗香去。众里寻他千百度，蓦然回首，那人却在，灯火阑珊处！"说着，他的一双手已经把苏雅的一双柔荑轻轻拢住。

听着这浪漫的诗句，苏雅含羞地向他一笑，轻轻闭上美丽的眸子，偎依在他的胸前。只要丈夫的心中还有她，她就心满意足了。这时候，她并未注意到，花晴风的目光正眺向长街，眸色阴冷。

"众里寻他千百度，蓦然回首，那人却在，灯火阑珊处！"

花知县口中的他，究竟是眼前伊人，还是长街上的某人呢？

长街上，在巡检司官兵的冷水攻势下，骚乱渐渐平息下来。许多游街观灯的人已狼狈逃走，长街上一片狼藉。这里遗下绣鞋一只，那里丢下手帕一张，又有那被撞歪了的灯笼，已经烧成一个破烂不堪的竹骨架子，放眼望去，一片凄凉。

街角巷口阴影里，一个青袍书生负手站在那里，身边垂手侍立一个小厮，望着在长街上指挥众军士和捕快们平息殴斗、灭火救伤。忙得焦头烂额的叶小天，微微一笑，转身步入黑暗之中……

第九十四章

一狼一狈

一

叶小天一直忙到凌晨四更天，这才拖着疲惫的身子返回自己的家。原本红红火火的一个节日，闹出这样的事来，实在是始料未及。不过以葫县民风，如此之多的百姓聚集到一起，出事也在情理之中。

哚妮和遥遥还在花厅里等他，因为等得太久，遥遥已经蜷着身子在花厅的罗汉床上睡着了，身上被哚妮盖了一条薄衾。哚妮伏在桌上打着瞌睡，听到叶小天的动静，这才张开眼睛。

"小天哥，你才回来！快去躺着歇会儿吧。"

叶小天打个哈欠，对她苦笑道："我还真是乏了。难怪朝廷一向禁止百姓集会，这么多人聚集到一块，真是没事也能搞出事来，所幸未伤人命，情况不甚严重。哚妮，你不用等我的，看看，还有遥遥，你们啊……"

哚妮想去抱遥遥起身，叶小天阻拦道："算了，她睡得正香，就睡这里好了，一折腾又要醒过来。"

哚妮道："成，那我也宿在这里陪她。"

叶小天点点头，在哚妮的侍候下洗漱一番，回到房间睡下。平日里开衙的时间其实并不太早，不过这是新年后第一次排衙，众官员胥吏都要衙参，就不能不早起了。

眼看时辰将至，虽然叶小天睡得正香，家人还是不得不把他叫醒。叶小天赶紧起床洗漱，穿戴停当，带了侍卫下山，匆匆赶往县衙。等他赶到时，众官员胥吏早已在大堂内外排得满满当当。

叶小天一到，胥吏衙役们便分开一条道路。叶小天上了大堂，就见左右几张座椅，罗巡检、白主簿、张典史等人正坐在那儿喝着茶，一见他到了，便纷纷放下茶杯起身。

叶小天忙向堂上拱手谢罪道："县尊大人，各位同僚，抱歉抱歉，叶某来迟了。"

花晴风自案后站起来，微笑道："无妨。昨夜的事，本官已经听说了，叶县丞辛苦了，迟到一些也情有可原。昨夜街头之乱，没出什么大事吧？"

叶小天道："昨夜不知何故，百姓们起了冲突，好好一场元宵灯会就这么给搅黄了。幸好巡检司官兵和捕快们赶到及时，没出什么大乱子。有些百姓受了轻伤，便就近送去医馆救治了。"

花晴风欣然道："如此就好。本是喜庆节日，千万莫要惹出乱子才好。"

随后全署属吏便依次排列参拜，花晴风也免不了说一番慰勉之辞。仪式完毕，众人纷纷退下，花晴风留下白主簿和叶小天，请二人到二堂坐了，开门见山地道："如今休沐结束，该为我县今年的政务安排做些打算了。过了年，这第一件紧要大事就是朝廷拨付的赈款。往年里，我县在这方面得到的拨付都是最少的，但勉强也能应付。不过去年因易俗一事，许多百姓家的钱粮得到了豁免，这欠账都要在今年抵现。如此一来，拨款若是太少，恐怕要出问题。"

花晴风抿了一口茶水，呵呵一笑，又道："本县在此已连任两届，这一届期满，十有八九就得调离了，满打满算也就剩下一年光景。这要是出了纰漏，本县可就晚节不保了啊！"

花晴风说了句玩笑话，便转向叶小天，道："此事本该由白主簿负责的，但白主簿初来我县履职，诸般事务尚不熟悉，很是担心会出差错。因此他向本县提议，由叶大人往铜仁一行，替我县争取赈款。不知叶大人你意下如何啊？"

白泓马上把热切的目光投向叶小天。叶小天此前早就和白泓通过气，此事又与李云聪有莫大干系，他是一定要维护的，便欠身道："下官也不敢担保马到成功，不负县尊所托，尽力而为便是。"

花晴风欣然笑道："如此就好！叶大人你与铜仁张知府有师生之谊，总比我等要方便在知府大人面前说话。此事关系到我葫县民利，还望叶大人你全力以赴呀！"

·※·※·※·

叶小天此前就已和白主簿通过气，更清楚以花知县一向推诿怕事的性格，只要有人愿意承担，他断无不准的道理，是以早就做好了准备。花知县这边点了头，叶小天马上就把一应事务交接给了张典史。

他也清楚，早到一日，争取赈款的机会便大一分，因此不敢耽搁。交接完毕他便回到府中，带着早已做好准备的六名侍卫快马加鞭直奔铜仁府。

花知县送走叶小天和白主簿，在二堂又静静地坐了一会儿。一盏茶吃完，便起身返回三堂。三堂其实已经算是半个后宅，只接见极私密的客人，平时上衙他都在二堂处理公务，这个时辰便回转三堂十分少见。

但他到了三堂，拐进自己的小书房里，里边赫然有人早已等在那里。那人一身青袍，三旬上下，容颜气度倒也不俗，他正慢条斯理地品着茶，一见花晴风进来，便起身道："大人。"

"你坐吧。"

花晴风走过去，在案后坐了，不由自主地吁了口气。叶小天从未在他面前耀武扬威地跋扈过，可不知为何，他面对叶小天时，总有一种强大的心理压力。此时坐下才觉得松了口气，双腿微微发软，仿佛登临悬崖，下视渊谷时的感觉。

那青袍人微笑道："叶小天答应去铜仁了？"

花晴风点点头，道："他答应了！"

青袍人欣然击掌，道："甚好。只要他离开，咱们就可以放手施为了。"

花晴风忐忑地道："成败在此一举，而叶小天在葫县耳目众多，须得小心行事。"

那青袍人不屑地道："他的所谓耳目，不过是一群上不了台面的土鸡瓦犬罢了，何足惧哉。况且，大人你行的乃是堂堂正正的手段，并非见不得阳光的阴谋，等他察觉，也是无从化解了。"

青袍人说到这里，又是微微一笑，道："再者，你道他叶小天坏了驿道财路，就没有人心生不满吗？现在有些人不方便说什么，可是叶小天一旦落难，就一定会有人落井下石的，到时候……"

花晴风脸上终于露出笑容。青袍人又正色道："到那时，葫县功德，可全属于大人您了。大人您有功劳、有苦劳，就是不能抬升一级，也该换个一等县继续做百里至尊了。大人乃是进士出身，只是这偏远小县，地处蛮荒，教化不兴，不易发挥大人您胸中所学。若是换到中原文华荟萃之地，大人必然能一展胸中抱负。大人正当壮年，至少还有三四十年的宦途要走，来日便是做一方节镇大臣亦不无可能。"

花晴风也笑了，欣欣然道："此事若成，花某必不负秋池先生，愿你我成就一世宾主！"

那青袍人肃然起身，拱手道："愿奉东翁，为左右手！"

这青袍人竟是当初被孟庆唯请到葫县，未及出手便铩羽而归的知名讼师李秋池。听这口气，他们两个人竟是王八看绿豆，对了眼。李秋池是打算以协助花晴风搞垮叶小天为见面礼，成为花晴风的幕僚。

这对仕途无望的李秋池来说，未尝不是一条出路。做了这么多年的讼师，钱他已经赚得够多了，可地位却不高。讼师在这个时代实在谈不上什么地位，"世上若无此等人，官府衙门不用设"，这就是主流社会对讼师的看法。

在士大夫眼中，讼师都是些搬弄是非，从中渔利之徒。若是在中原的话，李秋池的日子更不好过；而在贵州地区，其实土司老爷们谁有理谁没理，更多的是看谁的拳头大，而不是靠律法来控制。

　　李秋池周旋期间，替人诉讼，更多的是利用原被告的各种社会关系以及他所掌握的人脉，而不是靠律法胜诉，其中耗费的脑筋着实不少。如今钱已经赚足了，他想要的就是身份地位了。

　　这幕僚就是后世所称的师爷，只是现在还不叫这个称呼，而是被称为幕友或幕府。他们替官员处理刑名、钱谷、文牍等事务，不是官员胜似官员，等于是聘其为幕友的官员的影子。

　　幕友说是佐官以治，很大程度上是代官出治。尤其是以花晴风的性格，李秋池一旦被花晴风聘为幕友，最终必然是一个代官出治的局面。他能辅佐花晴风爬上多么高的位置，他就能掌握多大的权力。他自然是愿为花晴风所用了。

　　李秋池第一次同叶小天争斗，是看在钱的分上；第二次同叶小天争斗，便纯属意气之争了，为的是不服气。而这一次，却是为了他自己的大好前程，自然是全力以赴了。

　　潜清清一早起床，便梳洗打扮起来。她平素清汤挂面，不喜涂抹，但她料定昨夜叶小天既然已经明白了她的心意，今天必然找个由头与她亲近，是以巧梳妆、妙打扮，只等诱他上钩。她不梳妆尚且清丽，此时描眉画眼、薄染双唇，竟是如此娇艳欲滴。

　　谁料这叶小天左等也不来，右等也不来，潜清清纳了闷。常言道"妻不如妾，妾不如偷"，他年纪轻轻，心性未稳，怎么就按捺得住？以他今时今日地位，一日半日不去衙门，想必也没人寻他的不是吧？

　　潜清清按捺不住，便离开自己住处，去寻哚妮说话，闲聊间旁敲侧击一番，叶小天竟已去了铜仁。潜清清不由得愕然："这是什么状况，莫非他叶大人要玩'偷不如偷不着'的把戏？"

第九十五章

挨风缉缝

一

从梵净山上高高的密林当中，流淌出两条清澈的溪水，溪水渐渐汇成两条江，一条叫大江，一条叫小江。两条江水蜿蜒着穿过崇山峻岭，穿过丛林田畴，盘旋跌宕，千回百转，汇合在一起。于是，便有了锦江，有了铜仁。

铜仁古称"五溪"，乃蛮夷聚居之地，故又称"五溪蛮"或"五陵蛮"。今时今日的铜仁，早已不复当年烟瘴蛮荒的景象，舟楫往返，商贾云集。与中原大城大阜的繁华自然是不能比的，但是在黔东南却是一处繁华胜地。

叶小天风尘仆仆地赶到铜仁府，没有直接去知府衙门见张知府，而是先去探望他的恩师黎中隐黎教谕，想从他那里了解些情况，做到心中有数。府学要过了正月才开课，所以叶小天直接去了黎教谕的家。

黎教谕住在清浪街。清浪街是极繁华的一处所在，此时还没出正月，铜仁城里仍是一片节日气氛。还没到清浪街，人流就渐渐稠密起来，街上人来人往，商贾摊贩的吆喝声此起彼伏。

叶小天一行人放慢了速度缓辔而行。到了清平街的时候，就不得不翻身下马，牵马步行了。

街角，一个身着红裙，二十上下的丽人领着一个小丫鬟，缓缓地走在街上。旁边有个三旬左右的白袍男子，牵着一匹马，身材颀长，容颜儒雅，与这俏丽女子并肩而行，瞧起来倒是郎才女貌。

那红裙美妇不安地左右看看，小声道："光天化日的，你跟着我作甚。这里快到我家了，小心被人瞧见。"

那白袍男子微笑道："怕什么，你我越是小心，越是不免叫人看出破绽，便大大方方同行又怎么样？偶然路遇嘛。"

那红裙妇人轻轻啐了他一口，趁人不备，娇嗔地瞪了他一眼。可那白袍男子懒洋洋地一副痞子样，根本不以为意。那红裙美妇无可奈何，只能跺了跺脚，由他去了。

"松月，自入新春，你我一直不得相见，我对你着实想念得紧。过两日咱们去梵净山散散心可好。"

那男子柔声说着，向红裙妇人悄悄递了个暧昧的眼神。那妇人自然明白他所谓的"散心"是什么意思，不由得俏脸一红，羞窘地道："你又胡言乱语什么，人家怎么好跟你出游散心。"

那男子一听有门，顿时一喜，嘿嘿笑道："你放心，我会让我娘子邀你出游，这样便顺理成章了。"

那妇人一听，顿时粉面一白，紧张地道："你娘子？难道她……她已经知道我们……"

白袍男子忙道："怎么可能，你不用担心。我只说是通过她来邀你出游，为的是与你父你夫拉近关系便是。嘿嘿，到时候，让我娘子多邀几位别人家的夫人同去。我嘛，只是负责为我娘子和诸位车马迎送，可不光明正大了吗？"

红裙妇人黛眉一颦，道："与你夫人一同上山，你我又怎么……怎么……"

白袍男子道："我那娘子不大理会我的事，只要咱们有机会同登梵净山，还怕没机会恩爱一番吗？"说着便伸出手去捉那妇人柔荑。

那妇人仿佛被蝎子蜇了一下似的，赶紧缩回手，瞪他一眼道："众目睽睽之下，你怎生了一颗泼天的胆子。"

白袍男子摸了摸鼻子，悻悻地道："也不知你怕些什么，这街头百姓有几个识得你我。"

红裙妇人与他分辨不清，又怕他不知谨慎，再有什么不妥举动，便道："快到清浪街了，你先走吧。"

"嗯，等等！"

白袍男子忽然看见路旁有个柿饼摊子，急忙唤住红裙妇人，快步走上前去。

"来——去岁新做的柿饼，南瓜大的咧，不涩的咧，涩了管换的咧……哟！这位客官，您买柿饼？"

白袍男子买了几只柿饼，用油纸包了，兴冲冲地回到红裙妇人身边，道："松月，这是你从小就爱吃的柿饼，快尝尝。"

红裙妇人哪肯与他当街恩爱，紧张地道："快收回去，疯起来就没个样。"

白袍男子依旧举着柿饼，笑嘻嘻地道："昔日我在府学读书时，有个小女娃不知羞，跑来偷我的柿饼吃。今日我买给她吃，怎还不肯张口了。"

红裙妇人想起自己与他初识时的情景，那时年方六岁，一时嘴馋，去偷他的柿饼吃，被他捉个正着。那时怎会想到，若干年后，这个男人却成了她今时今日的情郎冤家。"

　　红裙妇人心中一甜,却又马上警醒,觉得如此模样太过露骨,生恐被识得她的人看见,便道:"好啦好啦,我收下就是。"说着伸手就要去接。白袍男子手一缩,道:"不成,你一定要就着我的手吃!"

　　红裙妇人又气又羞,可这般僵持下去,只怕更加引人注目,赶紧左右看看,见没有眼熟的人在,便探身过去,就着他的手咬了一口柿饼。

　　这时候,叶小天牵着马,领着几个侍卫刚刚转过来,瞧见这般情景,不禁暗想:"这对夫妻还真是恩爱。不过如此模样也就是在这里吧,若是中原地方,便是新婚男女,怕也不敢当街缠绵。"

　　那红裙妇人急急咬了一口柿饼,抬起头来,杏眼弯弯,似羞还嗔,好不迷人。白袍男子将上面留着月牙状豁口的柿饼举起来,调笑地道:"美人就是美人,就连美人咬过的柿饼都是这么美。"

　　说完不待红裙妇人发作,便把那咬了一半的柿饼塞进了自己嘴巴里。红裙妇人乜了他一眼,眸波流转,眉宇间一抹羞喜,恰似早春三月里枝头初绽的那朵粉杏花。这时候,叶小天已经牵着马从他们身边走过去了。

· ※ · ※ · ※ ·

　　黎中隐见到叶小天登门,心中也自欣喜。虽然说叶小天只是他当初为了应付门面,胡乱点为秀才充数的,可叶小天气运加身,居然又得了一个便宜举人。随即被点为葫县典史,之后又凭着一身本事,斗垮了两任县丞、一位主簿,终于做了八品县丞。这可是黎教谕弟子里最有出息的一位了,在府学里教书的时候时常被他挂在嘴边来着。

　　黎中隐欢欢喜喜地让叶小天坐了,向他询问起葫县情形,一边听一边拊掌叹息。叶小天道:"先生且不忙欢喜,学生原本只是一个典史,只要保证县内治安不出大乱子就可以了。如今做了这县丞,却是马上就有了大难处。此来还要请先生指点迷津啊。"

　　黎教谕呆了一呆,恍然道:"啊!莫非你是为了朝廷的赈款而来?"

　　叶小天道:"先生睿智,学生正为此事而来。往年里,朝廷拨付的赈款,向来以我葫县最少。如今我葫县有许多百姓响应易俗之举,因而减免了税赋,这一来县上财政更加拮据。今年若不能多拿些银子回去,这日子只怕不好过。"

　　黎教谕把头摇得跟拨浪鼓似的,一迭声地道:"难!难难难难难……"

　　叶小天蹙眉道:"先生,难在何处?丝毫没得商量吗?"

　　黎教谕解释道:"小天哪,你与老夫有师生之谊,有什么话老夫就和你说在当面,也不藏着掩着。葫县和其他地方与铜仁府远近亲疏的关系那是大有不同的，这一点想必我不说你也明白。

"就算你和知府大人有些渊源也比不得这份亲疏。那可是多少辈的交情，再加上多少年来的联姻，人家那是嫡系。换作是你，你更偏袒谁多些？别人家的孩子揭不开锅了，你就会从自己孩子碗里分一半给他？我看你也不是这样的大善人吧？"

叶小天道："可是，葫县情形今年与往年不同，因为易俗一事，改易汉姓的百姓人家钱粮税赋都有所减免，葫县今年自征的税赋至少要减少一半。如果铜仁府不予扶持的话，一旦出了乱子……"

黎教谕打断他的话道："那与知府大人何干？当初这件事，得了实惠的是你葫县一众官僚，铜仁府上下又没沾着什么好处。再者说，各郡县如何分配赈款，早就有了成例。这个比例，是当初各方不断博弈、知府衙门居间调停，费尽许多周折，才达成的一个各方都能接受的平衡。如今哪怕你只多要一成，从谁身上分给你呢？整个分配比例都要全盘推翻，重新博弈。你想想，知府大人肯吗？不可行呀。"

叶小天心里顿时凉了半截，怔怔半晌，才试探地道："如果先生帮学生美言几句……"

黎教谕的脑袋又变成了拨浪鼓："不成不成不成。小天哪，你有所不知，我这府学里头拮据得很。当初议定每三年就要从赈款里面拨一笔钱贴补我们府学，老夫今年正要向知府大人讨银子呢，哪里还能替你出头。"

正说着，一个小厮跑进来禀报道："先生，小姐回来了。"

黎教谕轻轻啊了一声，对叶小天道："我那女儿女婿来了，你正好见见，以后彼此也有个照应。今儿你不要急着走，一会儿老夫置下酒席，你和我那贤婿喝几杯。"

那小厮道："先生，姑爷没来，是小姐一个人回来的。"

黎教谕眉头一皱，不悦地道："这孩子，又独自回娘家，也不怕公婆不喜……"

"爹，女儿常回家看你还不好吗？"

厅外传来一声娇嗔，随即一团火红倩丽的身影便飘进了客厅。叶小天抬头一看，不由得微微一怔，眼前这红裙女子，正是他在清平街路口所见的那个吃柿饼的女人。

第九十六章

机缘巧合

一

那身材修长的红裙女子一进门,乍见一个青衫少年微笑着站在厅中,不由得微微一愣,原来父亲有客人在。她马上收敛了跳脱飞扬的神情,变得温文尔雅起来。方才她在路口时匆匆一瞥,只顾提防熟人,对叶小天却是没什么印象了。

黎教谕虽然嘴里嗔怪着女儿,显然也只是担心她不守规矩,会受到公婆的诘难。乖女儿回娘家,他自然是欢喜的,便笑呵呵地对那红裙女子道:"松月啊,你快来见一见,这位就是我常跟你说起过的叶小天,现任葫县县丞之职。小天啊,这是老夫的女儿,你二人可以姐弟相称。"

叶小天忙上前揖礼道:"小天见过姐姐。"

红裙女子向他福了一礼,终究是陌生人,只是因为父亲那边的关系才认作姐弟,实在谈不上亲近。所以她只是客气地向叶小天问候几句,便对黎教谕道:"父亲,女儿去见过母亲。"

黎教谕道:"去吧去吧。对了,我那贤婿怎么未与你同来?"

红裙女子道:"刚刚开衙,他正忙于公务呢,说是傍晚时分过来。"说着向叶小天微笑着一颔首,便转身行向后宅。

叶小天心道:"原来方才路口所遇那个男子便是她的丈夫。看二人当时模样,却不像是忙于公务,别是这女婿与丈人之间不甚和睦,所以借故不来吧。"

既然黎教谕的"贤婿"没来,他又帮不上自己什么忙,叶小天也就不必在此饮酒了,便向他推辞道:"方才听先生一席话,学生恐怕这趟差使不易完成了。如今须得离去,多方打探一下消息,能多争取一分便是一分,待公事了了,再来拜谒先生吧。"

黎教谕略一思忖,颔首道:"也好。如今情形,叫你留下陪老夫吃酒,恐怕你也是心不在焉,那你便去驿馆里住下吧。各地赶来的官员应该都住在那里,你也可以通过他们多了解一下情况。正所谓知己知彼,百战不殆嘛,呵呵……"

叶小天心道："抢钱、抢女人、抢地盘，可谓战争三大起源。我此来铜仁，就是抢钱来了，这的确是一场另类的战争。"

叶小天向黎教谕告辞离开，带了侍卫赶去驿馆。到了驿馆取出他的官身行文叫驿卒递进去，片刻工夫，便有一位驿丞急匆匆地迎出来，一见叶小天，未语先苦起一张脸，拱拱手道："可是葫县叶县丞当面？"

叶小天拱手道："正是本官，足下就是此地驿丞了？"

那驿丞道："正是下官。"

叶小天道："未敢请足下尊姓大名？"

那驿丞道："免贵姓庞，庞士泉就是在下。"

叶小天笑道："庞驿丞，不必太客气了。本官来铜仁府公干，需在这里住上几日，有劳足下安排。"

庞驿丞欲言又止，转而道："叶县丞里边请，咱们坐下说话。来人啊，上茶！"

叶小天心道，你只管安排我住处就是了，还喝什么茶？如此礼遇，只怕要有变故了。

果不其然，庞驿丞请叶小天在公厅里坐了，便苦笑道："叶县丞，你来得迟了，下官这驿站里，平日里冷冷清清的，也没什么人往来，可如今却不然。从初七那天开始，就有各地官员陆续赶来。如今驿站里早已住满了人，再无空余房舍了。"

叶小天听得一怔，从初七那天开始就有郡县官员跑到铜仁府来活动了？县尊糊涂，不晓得兵贵神速吗？葫县争赈款本就没什么有利条件，这一下更失了先机。

叶小天想住在驿馆，是为了打探一下其他郡县官员的情况，不想就此离去，是以迟疑了一下，又道："都住满了？庞驿丞能否想想办法。"

庞驿丞诚恳地道："当真都住满了。下官干的就是迎来送往的营生，何必对大人你口出狂言呢？实不相瞒，我这驿馆里，如今就只剩下三两间小屋，那是往来驿卒等贱役人物居住的，岂敢拿来招待大人。"

叶小天听了大皱眉头，他带了六个侍卫，驿卒住的小屋可想而知有多小，恐怕也就是一屋一榻而已，他们这么多人未必住得下。再者说，官员自有官员的体面，出门在外尤其要注意形象，就算住得下，他又怎能住到那贱役居所里去。

庞驿丞见叶小天犹豫，便指点道："大人，这驿馆里实在是无法安置了。不过由这后门出去，前行不远便有一座大悲寺，寺内清幽雅致，倒是一个好去处。那里有客舍对外租赁，我看大人带的随从不少，不妨去那里，只消敬献些香油钱，便可租住一个单独的院落，比之客栈要便宜许多，而且省得有闲杂人等往来，打扰大人清静。"

叶小天也清楚这位庞驿丞没理由难为自己，驿站里应该是真住不下了，便起身道："既然如此，那本官便去寺院里寄宿几日。"

庞驿丞见叶小天这么好说话，对他大生好感，忙起身道："下官送大人！"

庞驿丞引着叶小天出来，叫人把叶小天的侍从们也唤来，便领着他们往驿站后面走，一路行去，果见驿馆里已是人满为患。其实入住驿馆的真正官员并不多，只是这些官员大多是土官，在地方上都是土皇帝一般的大老爷，出门在外都带了大批随从，难怪这驿馆住不下了。

庞驿丞引着叶小天行去，行至一处院落时，就听里边有人高喊一声："土司老爷出行啦！"

院子内外许多仆从下人听到声音便纷纷抚胸低头，状极恭敬。这些土司老爷当然比不得安宋田杨这等大土司，但他们也是土司。有的土司地盘只有两个镇子，有的土司地盘不及一县，但是在地方上是说一不二的人物。论起权威来，朝廷派遣的流官，便是节镇一方的封疆大吏那也是比不上的。

土司老爷们出门派头都很大，事实上他们根本就不大出门。除了土司老爷们之间聚会或是到官府议事，平日里他们都住在自己寨子里，深居简出。偶尔要是出趟门，也要先请巫师卜算一卦，非常麻烦。

他们这些随从下人都是奴隶，被称为娃子。在寨子里时，只要土司老爷一出来，就有三声号角响起，娃子们不管正在干什么，都得停下手中一切活计，弯腰施礼，等待主人离开后，再度响起三声号角，这才可以自行其是。

土司老爷回家的时候也是这般规矩，要等土司老爷上了二楼，三声号角响过，这才能够起身。所以那些在土司老爷就位后才出生的娃子，哪怕就是在土司老爷的内院当差，几十年都不认识自家老爷长相，那也毫不出奇。

庞驿丞见有土司出来，便站住了脚下，叶小天也随之站下，向院内看去。只见有两个人从正房里出来，其中一人身着襕衫，个头不高，腮有横肉，阔口如蛤，双目细长，走路时双膀微微晃动着；另外一人身着一领胡袍，盘领左衽，头上戴了一顶锦雉羽毛盘扎的羽冠。

庞驿丞向那二人拱了拱手，笑道："李经历、扎西土司，要出门啊？"

彼此间客套几句，这才错身而过。叶小天站在一旁，向那阔口细目的襕衫人仔细地打量了一番，心道："这位土司老爷应该也是来争赈款的，那襕衫人就是他攀交的本地关系了。"

待那李经历与扎西土司离开，叶小天便故作不经心地对庞驿丞道："这位扎西土司到铜仁来，想必也是为了赈款了。呵呵，这真是八仙过海，各显神通啊，只不知他交往的这位李经历是何许人也，在知府大人面前能说得上话吗？"

庞驿丞与他交浅言深，平常时候绝不会向他透露什么。但叶小天本该入住驿馆，却丝毫没有难为他，庞驿丞自觉欠了他一个人情，便坦率答道："那李经历是我铜仁府的府经历，名叫李向荣，主管收发校注，分掌章奏文书，还是能说得上说的。"

叶小天听了心中不由得一动，扎西土司与此等人物攀上了交情，争取赈款的希望自然就大些。可惜自己没有门路，贸然求上门去，人家也不会搭理。

庞驿丞瞟了他一眼，提点他道："各郡县官员，有许多早就赶到了这里，有些晚来的也大多是因为早有门路。叶县丞你此来铜仁，应该也是为了赈款吧。若是没有得力的人物在知府大人面前为你美言，恐怕是不易成事的。"

叶小天见庞驿丞主动攀谈，便顺着他的话茬道："庞驿丞说得是。不瞒你说，本官在铜仁府只识得府学里一位黎教谕，在知府大人面前是说不上话的，本官很是发愁啊。"

庞驿丞呆了一呆，讶然道："府学黎教谕？府学里只有一位姓黎的教谕，你说的莫非就是黎中隐黎教谕？"

叶小天道："正是此人。怎么，庞驿丞与他相熟？"

庞驿丞道："方才那位李经历，就是黎教谕的女婿啊。叶大人既然认得黎教谕，何不通过黎教谕走走这位李经历的门路，或可对你有所帮助。"

叶小天怔了怔，反问道："方才那位李经历是黎教谕的女婿？却不知黎教谕有几个女儿？"

庞驿丞被这个问题问得一愣，道："只有一个，怎么？"

叶小天脸上便露出一抹古怪的神气，庞驿丞见了心想："这位叶县丞不认识黎教谕的女婿，连黎教谕有几个女儿都不知道，显见与黎教谕也不是多么亲近的关系，恐怕是攀不上交情了。"

为了避免叶小天尴尬，庞驿丞便不再多言。他把叶小天送出后门，指点了大悲寺的方向便回去了。叶小天站在门外，左思右想，仰天长叹一声："可惜，实在可惜啊！"

众侍卫中一人忍不住道："不知大人因何事觉得可惜？"

叶小天叹息道："此中缘由，不足为外人道也。可惜，实在可惜。"

众侍卫面面相觑，只恨不清楚尊者心中所思，不能为主分忧。可惜，实在可惜。

第九十七章

大官人

一

府经历又称"府经厅",一般是正七品的官,偶尔也有以不入流杂职官授职的,在府衙里确实有一定的发言权。不过,叶小天此前向黎教谕请求帮忙时,黎教谕却压根没有提起他这个女婿,显然这位李经历的能量其实很有限。

他有自己的社会关系需要照应,又有老丈人的府学需要帮忙,已经不可能再兼顾他人,否则黎教谕不会吝于引荐。因此叶小天偶然发现李经历娘子与他人偷情时,才会扼腕惋惜。

如果这李经历与那白袍男子调换一下身份多好,那时岂非就是一桩大大的把柄被叶小天掌握了。到时候叶小天以这个秘密相要挟,还怕他李经历不抛下他人,哪怕是他的老丈人,全力为叶小天说话?

可惜李经历不是偷情人,而是戴了绿帽的那个。叶小天怎么跟他说呢?难道跑去告诉他:"李兄,尊夫人与他人通奸了,节哀顺变吧!"以此换取怒发冲冠的李经历帮他争取赈款吗?

这种人情恐怕没人愿意领的。再说黎教谕算是对他有恩,他若揭破这样的丑事,岂不令黎教谕难堪。

叶小天满腹遗憾地赶到大悲寺,找到知客僧人,提出要在此租住一个院落,大约只需十日,同时奉上一锭银做香油钱。那知客僧单掌竖于胸前,白须飘飘,宝相庄严地拒绝道:"阿弥陀佛,施主要住进寺内,恐怕有些不妥。出家人跳出三界外,不在五行中。本寺虽建于城皁之内,却也是深入经藏,破红尘、脱世俗、清净无挂碍……"

叶小天又摸出两锭银子放进他另一只手,大和尚马上改口道:"但我佛慈悲为怀,乘愿再来,倒驾慈航,广开方便之门,老衲又岂能不予施主这个方便。请随我来!"

叶小天一行人被安置进了一处清静雅致的僧舍,有独立的院落,红墙黛瓦,庭院宽阔。叶小天入住之后,先叫人烧了热水来沐浴一番,又换了一身轻便软袍便去院中散步。

一边散步,叶小天一边暗自思忖:黎教谕那里是借不上力了,明日觐见知府时只能见招拆招。不过从黎教谕那里了解的情况看,这次赈款的数目只怕要大大低于预期了。一旦赈款太少,分配不当,引起民怨,该当如何是好呢?

叶小天左思右想,始终不得其法,在庭院里踱了几圈反而愈发觉得郁闷,便迈步出了大门,往前殿逛去。叶小天一走,马上就有两个侍卫跟出来,紧紧随侍左右。

这大悲寺在铜仁城中很有名气,香火也旺。尤其是此刻正在年节期间,到庙里上香的信众极多。叶小天对佛道没什么信仰,更何况他现在是侍奉蛊神的尊者,更没有当着自己下属的面去给佛祖上香的道理,便只是信步游赏观光。

大雄宝殿前面的阶石上放着一只巨大的铜鼎,鼎中一炷炷高香烧得烟气缭绕。那香大多是劣质烟草,味道有些呛人,叶小天还未走到近处,就禁不住咳嗽了几声。他挥袖拂开飘至面前的一片烟雾,正要回身离开,眼角余光忽地瞟见一人。

叶小天本已转过身去,忙又止步回身。转身之际他在香客之中瞟见一人,本来以为眼花,此刻定睛一看,果不其然,正是今日在清平街路口见到过的那个白袍人。

那白袍人正拾级而上,笑吟吟的。在他旁边还有一位二十许人的俏丽女子,身着木兰青双绣缎裳,下系一条藤青曳罗靡子长裙,头戴玲珑点翠镶珠银簪,白里透红一张鹅蛋脸,颇显妩媚。

在那小妇人身后还跟着一个小丫鬟,穿一身青缎子袄裙,显得很是利索。这妇人与那白袍人隔着有两尺远,似乎是同行人,又似乎只是一同走进寺院,叫人难以分辨。

这时铜鼎香炉中的烟气顺风飘了过去,那白袍人立即扬起手,向那香烟挥袖一拂。不过若仔细看,就会发现他这一拂,自己面前的烟气并未拂去几分,却把那俏妇人面前的烟气拂了个干干净净。

叶小天见状,心中不由得一动,眼见他们走进大雄宝殿,忙也跟了过去。大雄宝殿里端坐着如来佛祖,许多香客顶礼膜拜。那俏妇人去案上取了一封信香,叶小天站到侧厢角落里盯着,就见那白袍人也上前取香,趁机在那妇人白嫩的小手上摸了一把,换来她娇嗔妩媚的一个眼神。

叶小天登时心中笃定,这两人必然是同路而来,而且绝非夫妻。若是夫妻,朝夕相处惯了的,何必在此时占些许便宜。只见两人在烛火上引燃了信香,拜了三拜插进香炉,又后退几步,就在蒲团上跪倒了。

那俏妇人顶礼膜拜,神态十分虔诚。白袍人就不然了,他的蒲团比那妇人落后一个身位,小妇人膜拜时白袍人跪在后面,借着叩拜的机会,悄悄伸出手去,在她的红缎子鞋上偷偷地捏了一把。小妇人娇躯一颤,赶紧一缩腿,把绣鞋藏到了裙下。

叶小天冷眼旁观，简直要拍案叫绝了。好一对狗男女！兰陵笑笑生所著《金瓶梅》中，西门大官人轻佻潘金莲的一幕，一定是他的经验之谈，眼前这一幕是多么熟悉啊。

在叶小天眼中，那白袍男子此时俨然就化作了西门大官人，面上正经礼佛却连耳根子都羞红了的俊俏小妇人显然就是潘氏小娘子了，那谁才是武大呢？叶小天眼前慢慢浮现出了李经历的那张老脸：腮有横肉，阔口如蛤……

那小妇人拜了几拜，双手合十念念有词地祈祷一番，便起身去一边往功德箱里塞香油钱，白袍人忙也站起身跟了过去。小妇人似是恼他方才的调戏，趁着知客僧合十称谢的当口，小手轻轻一提裙裾，鞋尖便踩到了那白袍人靴子上，慢慢地辗动着，神情十分俏皮。而那白袍人笑眯眯地往功德箱里放着钱，仿佛丝毫未觉。

"这位仁兄真是太牛了！"

叶小天一旁看得清楚，对这白袍人佩服得五体投地。今儿上午他还和黎教谕的女儿卿卿我我，下午便又换了一个女人。看这女子的发髻款式，分明也是人妇，便是西门大官人也没这么厉害吧。

眼见二人礼佛敬香后退出了大殿，叶小天没有再跟上去，只是唤过一个侍卫，悄声吩咐道："你去，小心盯着这对男女。如果他们分开，你只管盯着那男子，伺机查明他的身份！"

那侍卫听令而去，叶小天又往四处闲逛了一阵，便回了自己租住的院舍。过了大半个时辰，那侍卫怏怏地回来了，耷拉着脑袋对叶小天道："尊者，属下把人追丢了。"

叶小天原本是想，此人说不定也是铜仁府的一个什么官员，或许可以派上用场。但是刚刚过完大年，衙门里积压了一些公务，正是繁忙时候，这人如此悠闲，却也未必是官。说不定是什么官宦人家的子弟，无所事事，才行此勾当。

因此听了那侍卫的回禀，便无可无不可地道："丢了就丢了吧。咱们在这铜仁府人生地不熟的，原也不易寻他。"

· ※ · ※ · ※ ·

翌日一早，叶小天换了一件月白色的锦袍，头发盘了个道髻，插了一根羊脂玉的簪子，足下蹬一双青缎黑皮靴，便离开了寺庙。

他这身打扮虽然贵重，却又不显得张扬。经过几年的历练，叶小天现在比起初离京城时少了几分稚气，多了几分沉稳。英俊的相貌、沉稳的气势，再加上得体的衣着，倒也涵养出几分官威气度来。

今日是觐见知府大人的日子，又是在年节期间，一身鲜亮得体的装束是应该的。叶小天持了名刺赶到知府衙门，投帖进去，不一会儿就有人来引了他进了知府衙门。

这知府衙门就是原本的提溪长官司的土司府，呈回字状，与普通的官邸大不相同。叶小天被引到二进院落，跨过一个天井，进入一个面阔三间、进深五间的阔敞厅堂。

莫道君行早，更有早行人。叶小天一进客厅，就发现早就坐了许多客人，有那相熟的正在交头接耳，厅堂中嗡嗡声一片。一见叶小天进来，众人都停了声音，纷纷向他望来。

叶小天见这些人有穿常服的，有穿官袍的，还有土著打扮的，五花八门、各不相同。但可以肯定的是，这些人都是各地的地方官，来铜仁府争赈款的，都是竞争对手啊！

叶小天心里想着，脸上却是笑呵呵的，向众人行了一个罗圈揖，窥见一个空座，便走过去坐下。厅里静了片刻，嗡嗡声再起，众人再度交头接耳起来。叶小天左手边坐了一人，穿一身藏青色的土著袍服，布帕缠头，腰间挂了一口短刀，仿佛哪个寨子里出来的土司老爷。

见叶小天在身边坐下，那人向叶小天抱了抱拳，问道："这位小兄弟面生得很，未敢请教尊姓大名。"

叶小天拱手道："小弟葫县县丞叶小天，这位仁兄是？"

"哦！"那位土司老爷笑容一敛，淡淡地扭过头去，不理他了。叶小天双手还拱在胸前，莫名其妙地想："这人什么毛病，我都不认识他，不可能得罪过他吧？"

这时就听对面一人对他身边的这位土司老爷说道："洪东兄，我听说你们大万山司这次打算在去年的分例之上，再向知府大人多要一成的赈款？"

大万山司？

叶小天这才恍然大悟，难怪这位土司老爷对自己怀有敌意，原来他是大万山司的。

一身藏青袍子的洪东阴阳怪气地道："是啊！朝廷每年拨下的款项本极有限，我大万山司也想为知府大人分忧，不欲与诸同僚相争。奈何年前老虎关上出了点岔子，致使我县税赋大减，只好向知府老爷伸手了。"

对面那灰色棉袍的老者喔了一声，道："你们大万山司的事，我也听说过。你们只是去年税赋略减，我们乌罗司可不同了，地处偏远，既靠不了天，也靠不了地，只好年年觍颜请求救济了。"

在他身左坐着的那人一听这话马上接口道："你们乌罗司好歹与思州府接壤，有些商税收入，我们平头著可司才是靠天天不应，靠地地不灵呢。我这位土司老爷，如今也只能两天才吃一顿香猪肉了。"

"算了吧，扎西土司，你两天吃一顿肉就觉得窘迫了吗？我们邑梅洞司去年遭了旱，颗粒无收啊，那才真叫窘迫。你看我，今日觐见知府大人，本该衣装得体才显敬重，可你看我的袍子，这是我最好的一件袍子，足足打了六个补丁。"

"阿加赤尔，你别装蒜了成吗？在我石耶洞司面前，你也好意思哭穷？我们司可是位居深山，连庄稼都不种的，食草木之食、鸟兽之肉，偶得山珍，卖些钱财，穷啊！我的山寨现在都改成一日两餐了。"

一时间，众土知县、土长官、土司老爷，纷纷加入了比穷的行列，越说越是凄惨，当真是闻者伤心、听者落泪。若不是明知他们的身份，只听他们说话，还以为是一群叫花子在破庙里摆龙门阵。

叶小天听着他们说话，再看看自己锦袍玉带，轻裘朱履，不觉深感惭愧。他来铜仁，本来是绞尽脑汁讨赈款的，可是听这些土皇上们说得凄惨样，他都恨不得掏光自己的银子去救济他们了。

这时候，厅外一声长笑，有人高声道："诸位大人，年年今日，你们都来知府衙门哭穷啊。长此下去，我看这一天可以定为我铜仁府的'哭穷节'了，哈哈哈……"

随着爽朗的大笑声，一个身材修长的三旬男子潇潇洒洒地走了进来，头戴乌纱帽，身穿靛青色的团领衫、腰系素银带，胸前补子上绣着一对紫鸳鸯。叶小天愕然："哎呀！这不就是那位'西门大官人'吗？"

第九十八章

各出奇招

一

扎西土司和大万山司的洪东知县等纷纷站起，向来人拱手道："戴同知，好久不见！"

同知？那可是知府的佐官啊，分掌督粮、捕盗、海防、江防、水利等，是从六品的官，是叶小天一直以来奋斗的方向啊！叶小天望着这位从六品的"西门大官人"，登时满眼热切。

他的热切，可不是想效仿这位戴同知泡良家、追少妇的辉煌业绩，而是因为戴同知的六品官位勾引起了叶小天的无限遐想。

另外就是，同知也叫州同，和州判一起是知府的左右手，那身份比经历更近了一步，看来自家这笔赈款就要着落在这位戴同知的身上了。一时间，叶小天看着戴同知，仿佛看见了一堆白花花的银子。

在这一堆奇形怪状的官员当中，长身玉立、年轻英俊、翩翩佳公子的叶小天便成了一个异类，如鹤立鸡群一般醒目。那戴同知一下子就注意到了他，笑吟吟地望过来，却见叶小天盯着他，两眼闪烁着贪婪的光芒。

戴同知登时菊花一紧，下意识地退了一步，心中暗想：这是何人，为何……为何这么看着我？戴同知清了清嗓子，向众人拱手道："有劳诸位大人久候，知府大人已经醒了，诸位大人随我来吧。"

"知府大人才醒？"叶小天看看厅外明媚的阳光，很是无语。

众官员一窝蜂地跟着戴同知出了大厅。戴同知忽然发现叶小天还在悄悄打量他，神色很是诡异，忍不住转向叶小天问道："这位大人面生得很，却不知足下尊姓大名？"

叶小天来过两次知府衙门，只是每次都是张知府私下接见，不曾遇到过府衙里的属官，因此与这位戴大人并不相识。如今一听他主动搭讪，马上凑上前去，未语先笑："下官葫县县丞叶小天。戴同知，久仰，久仰啦！"

戴同知不动声色地和他拉开了些安全距离，心中暗想："戴某与你素不相识，你这么热忱干什么？"口中却是不冷不热地敷衍道："啊，原来是叶县丞，失敬，失敬。"

张大胖子肉山一般堆在一张大太师椅里，身上穿一件梅红色喜鹊登枝的锦袍，那喜鹊被他肚皮上的肥肉撑得圆鼓鼓的。他本来应该到前厅里听众官员议事，只是身材痴肥，实在懒得走动，就把他们唤到后宅来了。

"坐吧，都坐吧。"

张大胖子中气十足，一说话腹动如鼓。众人纷纷向张知府见礼，然后在两侧座椅上坐下。因为他们着装纷乱，无法辨别谁的品级高，是以也无法按照地位高低排座，只能就近找座。

叶小天不明白这样的习惯，只是微微一愣的工夫，左右第一排座位已经被人抢先占领了。叶小天恍然大悟，赶紧冲向第二排，等他赶过去时，第二排座位也被人坐满了。叶小天只得再冲向第三排，好歹在柱子旁边抢到一个座位，却是最靠厅门口的。

叶小天坐下身子，松了口气，探头向柱子另一边看了看，想瞧瞧还有谁跟他一样倒霉。他一探头就看见大万山司的那位不知何姓，名叫洪东的土知县拉长着的一张脸，像鞋拔子一般难看。叶小天赶紧又缩回了头。

张知府咳嗽两声，道："我贵州土地贫瘠，一省税赋尚不及江南一县，朝廷有仁民之意，皇上有慈悲之心，年年拨款赈济，今年也不例外。咳！这笔款子呢，已经到了，关于如何分配，这就议一议吧。"

张知府话音刚落，便有一位一身襦衫，头戴方巾，颔下三绺长髯的老者站起，拱手道："太守，我府学书院乃是官学，一向倚仗官府拨款的。依照旧例，每三年朝廷赈款中当有一笔拨付书院。是以下官促请太守循旧例，足额拨付我府学款项。"

叶小天一看，这人正是黎教谕，方才他去厅中候着的时候似乎并没看见他，也不知他是什么时候冒出来的，居然还在张知府身边抢了一个座位。黎教谕口中的"太守"就是指张知府，士人好古，所以雅称知府为太守。

张知府还没说话，那位扎西土司就站了起来，粗声大气地道："府学建不建的有什么打紧，抚民才是第一等的要务。知府大人，我平头著可司群山环绕，地形闭塞，经济困顿！就是我这土司，如今也只能两天才吃一顿香猪肉了，可见百姓之苦。大人无论怎么议，都不该先拨款于府学啊，还请怜悯我平头著可司的百姓……"

黎教谕乜视着扎西土司，不屑地道："府学乃朝廷所设，聚徒讲授、研究学问的所在，讲经论道、传播教化、承载文运、选贤与能，乃是天下第一等的要务。怎么到了你的口中，就变成不值一提了？"

扎西土司道："圣人云：仓廪足而后知礼仪，现在百姓连肚皮都填不饱，还奢谈什么礼仪教化？"

黎教谕道："兴旺地方，教化为先。不兴教化，只能贫者愈贫。人民愚昧，何事能为？"

马上又有一个穿官袍的人跳起来道："黎教谕说得好不冠冕堂皇，你府学空有建学之名，而无弘道之实，五年才出了一个秀才，大把银钱都花到哪里去了？"

黎教谕老脸一红，强辩道："我府学虽然五年才出了一个秀才，他却考中了举人，被点选为官员，现如今更是政绩卓著，由典史升为县丞了。我铜仁府学成才数量固然有限，可质量却是很高的。如今正因我铜仁府学贤士才俊太少，才更应该加大投入才是。"

这是"教育无用论"与"教育万能论"之争啊，眼看话都说到这个分上了，叶小天作为黎教谕的学生，作为铜仁府学教育的最大受益者，可不好不出面声援恩师了。

叶小天咳嗽一声，站起身，语重心长地道："诸位大人，再穷不能穷教育，再苦不能苦学生啊！我觉得，黎教谕所言甚有道理。"

叶小天慷慨激昂地道："正所谓十年树木，百年树人。一个国家要强盛，一个地方要富强，只有人才济济才有可能。黎教谕高瞻远瞩，用心良苦，真是可敬可佩。本官赞同黎教谕的意见！"

叶小天说着，心中暗想，此来铜仁，本想请黎教谕帮忙进言的，怎么反而成了帮他说话了？这府学照旧例每三年拨一次款，今年恰好又轮到了。我想多争取些赈款岂不更难了？但愿黎教谕投桃报李，一会儿记得声援我。

"狗屁！全是歪理！"

他的老冤家大万山司的洪东知县站起来了，反驳道："我贵州各方土司，传承千百年，靠的是什么？是拳头、是刀子，可不是书本。你们这些读书人百无一用，当然极力吹捧你们的什么狗屁学问了！百姓吃不饱肚子是要造反的，真要出了乱子怎么办？把你们的圣人教化搬出来，能叫他们乖乖回去饿肚子吗？"

此言一出，众官员纷纷响应，也有人挟带私货，匆匆声援了两句，马上话锋一转，开始向张知府诉苦水，大谈他的治下是如何困苦。

张知府跟佛爷似的坐在那儿，脸上笑眯眯的，丝毫不以为意。显然类似的经历他已经不是第一次了，而且这又何尝不是他掌控下属的一个手段呢？

戴同知眼见众官员又开始了晒穷大赛，便道："各位大人，你们的难处，也不能全指着朝廷赈济。朝廷的赈款有限，救急难救穷，这究竟怎么个分法，还是要议出一个合理的章程来才行。"

张知府抚摸着手下的翠玉扳指，耷拉着眼皮道："你们哪，一味地在本府面前哭穷，不过是惦记着本府手里这点银子罢了。银子呢，是要分给你们的，可总要有一个各方都能认可的章程才是啊。我看你们是拿不出主意来了,那就不妨议一议本府的安排。崇华啊,你说给他们听听。"

戴同知恭敬地道:"是!"

戴同知清了清嗓子,从袖中摸出一张纸来,对众人念了一番。今年府学是要拨款的,依照三年前旧例拨付;大万山司被老虎关一众潜逃税吏顺走了大笔税银,照旧例再加一成;邑梅洞司去年遭旱,照旧例再加一成;石耶洞司俱是山民,衣食无助,照旧例再加一成……

叶小天侧耳倾听,葫县不但没有增加,反而比旧例还低了三成。叶小天一听就急了,他还帮黎教谕争取呢,敢情张知府心中早就有了定计。想必黎教谕方才那副模样,乃至跳出来反对他的几个官员,都是在互相帮衬着做戏吧。

要不然那扎西土司与黎教谕的女婿往来如此密切,怎么也没有道理第一个跳出来反对黎教谕。况且扎西土司是个粗人,字都未必认识,若没人提前教他说话,怎么也不会说出那么文绉绉的话来。只有他傻乎乎的,被人卖了还帮人数银子呢。

叶小天此前在黎教谕那里了解到张知府的立场后,就没有提前登张知府的门。葫县和其他土官治下的郡县在张知府眼中的地位截然不同,张知府绝不会为了他们之间那点香火情损害自己的利益。如果他提前去见张知府,只怕反而要被张知府私下说服,到时张知府挟提拔之恩,他也不好反驳。

戴同知话音刚落,叶小天就跳起来道:"这样分配,下官觉得不甚妥当。戴同知方才说过,朝廷赈款有限,救急不救穷!各位土官,亲友族人多少做官的,光是这些冗员,那耗用就不可计数了吧?罢冗员之俸,损不急之赏,止无名之征,节用省费,开源拓财,才是道理。

"我葫县就没有这个问题。去岁为了方便户籍管理,朝廷提倡易俗,但凡响应者皆免一年钱粮赋税。这一来我葫县经济可就捉襟见肘了,正是需要救急的时候,因此下官有请知府大人体恤,今年拨款多多少少增加些罢!"

洪东知县马上跳了出来,冷冷地道:"不管是救急还是救困,轮得到你们葫县说话吗?叶大人,从头看到脚,我都看不出你有一丝拮据之意呀?"

叶小天乜视之:"什么意思?要跟我比'谁敢比我惨'吗?真以为我不能比你更无耻吗?"

第九十九章

一个交易

一

那位洪东知县指点着叶小天，冷嘲热讽道："足下这袭袍子是蜀锦的罢，头上那顶幞头是湖丝的，这根簪子是羊脂玉，腰间那条带子上的宝石都快把我的眼晃瞎了！哎哟，阁下脚上这双青缎黑皮靴好不精致，光做工就得二两银子吧？"

这位打扮绝对不像一个知县的知县如此一说，众官员立即纷纷响应，连称"无耻"。

叶小天正色道："诸位有所不知，本官这套行头其实是借来的。"

"噗！"

正在喝茶的张知府一口茶水呛了出来，指着叶小天放声大笑，众官员也都大笑不止。

叶小天一本正经地道："诸位何必发笑，本官句句属实啊。这身行头，的确是向一位士绅借来的。有钱的装穷，没钱的装阔啊……"

这句话一说，众人笑声戛然而止。

叶小天道："富人有钱，生怕别人惦记着，当然要装穷了。而我这等真正的穷人呢，免不了就要打肿脸充胖子，生怕人家瞧不起。其实本官真的穷得很，俸禄被挪用，有一年半不曾发下来了，如今只能靠典当过活。家里一贫如洗，穷得只剩下一条裤子，谁出门时谁便穿着，想起来就……"

叶小天抬起身，擦了擦眼角并不存在的眼泪，众官员只听得目瞪口呆，这人也太无耻了吧。他们顶多说自己袍子上打了一个补丁，家里两天才吃一顿香猪肉，实在无法厚颜无耻到说出全家只剩一条裤子的话来。

况且叶小天这么拿话一堵，他们要是再哭穷就成了因为太有钱怕被人惦记了，真是岂有此理。戴崇华忍俊不禁地笑咳了两声，对叶小天道："叶县丞，在知府大人面前就不要说笑了。"

叶小天道："戴同知，下官真的没有撒谎啊。这次来铜仁府公干，下官因囊中羞涩，昨日只在清平街路口买了点柿饼子充饥。为了省钱，只能借住在大悲寺里，真的是穷啊！"

戴崇华脸色顿时一变。如果叶小天只提寄宿在大悲寺，他未必会有什么想法。但清平街路口和柿饼子联系起来，这暗示就太明显了。戴崇华深深地望了叶小天一眼，对张知府低声耳语了几句。

张知府想了想，肥胖的下巴点了点，道："诸位既然尚有异议，那本府就参详你们的意见再好生考虑一下。本府有些乏了，你们先退下吧。"

叶小天微微一笑，拱手道："下官告退！"那些本来多得了分成的官员大失所望。但张知府既然这么说了，他们也不好坚持己见，只好先行告退。即便先前有什么商议，也得容后再说。

叶小天出了知府衙门，施施然地走向自己的侍卫，刚刚从侍卫手中接过马缰绳，身后突有人扬声道："叶县丞，请留步。"

叶小天毫不惊讶，慢慢地转过身子，就见从府衙里急急赶出来的那人果然是戴同知。戴同知一边走向叶小天，一边含笑道："驿丞里人满为患的事，本官刚刚知道。大人寄宿寺院不甚妥当，可需本官为你安排个住处啊？"

戴同知说着已经走到叶小天身边，神色忽然一冷，压低声音道："你好大胆子，居然敢盯本官的梢！"

叶小天朗声道："有劳大人，下官看那寺中倒还清静，便住上几日也无妨。"旋即压低声音，笑眯眯地道："大人误会了，下官岂敢跟踪大人，挟人隐私以达目的。昨日下官本来是去清浪街拜访黎教谕的，路经清平街。至于大悲寺中的一幕嘛，也是因为下官前往借宿，纯属巧合啊。"

戴崇华脸色犹疑不定，无法确定叶小天所言究竟是真是假，但自己的隐私已经被他知道，却是确定无疑的了。戴崇华沉声道："那么你想怎样？"

叶小天君子坦荡荡地道："且不说您是上司我为下属，下官不想得罪。就算你我分属同僚，挟人隐私也非君子行为。叶某又岂敢以此自重，胁迫大人为我所用。"

戴崇华冷笑道："是吗，那你提起此事作甚？"

叶小天诚恳地道："下官乃是一番好意。下官看得见，难免不会被别人看见，大人以后该当小心些才是。"

戴崇华忐视着他道："就这样？"

叶小天清咳一声，羞涩地道："实不相瞒，葫县情形窘迫，急需赈款。若是削减三成万万不能，再加五成才勉强应付。大人若感念下官的一番美意，能够在知府大人面前为下官美言几句，下官也是感激不尽的。"

戴崇华冷笑一声道:"免谈!"

戴崇华拂袖便走,叶小天换了一副小人长戚戚的嘴脸道:"若是坊间果真有些什么传闻,大人千万记得绝对不会是下官泄露的啊。"

戴崇华霍地一下又转了回来,咬牙切齿地道:"你究竟要怎么样?"

叶小天愁眉苦脸地道:"大人,下官真的缺钱哪!"

戴崇华道:"我也不瞒你,往年里为了这笔赈款,各路人马便是八仙过海,各显神通。今年你葫县来得又晚,旁人早就走好了门路,想多争取一分,都是难如登天。"

叶小天涎着脸道:"因此才请大人您援手啊!"

戴崇华沉着脸道:"也罢。比照往年,我再给你加回一成,许你葫县往年的八成赈款,如何?"

叶小天道:"八成实在太少。比照往年,多加四成,恰恰好。"

戴崇华道:"绝无可能!我这已是让出了本官能够支配的一成,你不要得寸进尺!"

叶小天长揖道:"还请大人成全!"

戴崇华跺了跺脚,道:"罢了罢了,许你九成!绝对不能再多了。要不然一拍两散,你只管宣扬,本官若是身败名裂,也绝对饶不了你!"

叶小天一副痛苦不堪的模样,纠结半晌,才咬咬牙道:"罢了!大人如此仗义,下官岂能不知进退……"

戴崇华脸色一霁,就听叶小天道:"那就……比照往年旧例再加三成吧。实在是不能再少了,要不然,下官宁可分文不取。那样的话即便激起民乱,下官也有话说。若是拿了赈款还出事,下官就罪责难逃了。"

戴崇华直眉瞪眼地看着叶小天,一副恨不得从他身上咬块肉下来的德行,正僵持着,忽听有人唤道:"戴兄,近午了,同去吃酒如何?"

叶小天和戴崇华齐齐扭头一看,就见侧厢缓缓走来一人,肩膀微微晃动,仿佛要跟人摔跤似的,圆脸蛤口,双目细长。叶小天和戴崇华同时眉头一挑:李经历?

李经历走到面前,好奇地打量了叶小天一眼,道:"戴兄,这位是?"

戴崇华笑容可掬地对叶小天道:"来来来,我给你们引见引见。这位是我们府经厅的经历,姓李名向荣,与戴某情同兄弟。"

戴崇华又拍拍李经历的肩膀,亲热地道:"李老弟,这位是葫县县丞叶小天,与戴某也是好兄弟。"

"不是!绝对不是!"

叶小天赶紧声明,李经历诧然看向叶小天:"这厮反应怎么这般强烈?"

叶小天干笑两声,撇清道:"戴同知实在是太抬举在下了。下官职微位卑,安敢与大人称兄道弟。"

李经历瞧他二人不似很熟的模样，以为戴同知是跟这位叶县丞客气，也未多想，便道："既如此，李某做东，咱们三人同去吃酒吧。"

　　叶小天忙道："下官还有事情，实在不能耽搁，有负李经历美意了。不如改天由下官设宴，邀请戴同知与李经历光临。"说着向戴同知拱拱手道："戴同知，下官托付之事，有劳您多费心了啊。"

　　当着李经历的面，戴同知不能说什么，只好勉为其难地道："那件事，戴某尽力就是了。只是你也不要抱太大希望，实在难为人了。"

　　叶小天道："是是是，有劳有劳，下官静候佳音！"

　　有点牙疼地看着戴同知与李经历这对"好兄弟"勾肩搭背地吃酒去，叶小天便回到了大悲寺，在禅房内细细思量一番：他与张知府那点香火情，肯定没有那些世袭罔替的铜仁土司们在张知府心中分量重，想让张知府有所照顾是不可能的。

　　除此之外，他在铜仁唯一的人脉就是黎教谕了。而以黎教谕的能量，勉强能给府学争取到一笔款子，再让他兼顾自己也是万万不能。如今唯一的希望只能寄托在这位戴同知身上。

　　但是这位戴同知虽有把柄在他手上，究竟能发挥多大作用尚未可知。其实就算戴同知真的办不成事，他也不可能向外宣扬。这倒不是因为那个女子是黎教谕的女儿，而是因为对他有害无益。

　　毁了人家女子名节，万一那女子寻死觅活的，那就是损阴德啊。而戴同知这边也算是彻底结下了梁子，他有什么好处？何必损人不利己呢。只不过这个打算不能让戴同知看出来，如此戴同知才会全力以赴。

　　可是如果戴同知真的能力有限怎么办呢？他已经匡算过了，真的需要比往年再多拿五成，才能顺利解决葫县如今面临的问题。如果达不到这个数目甚至少于往年……

　　思来想去，叶小天便提起笔来，把这些情形详细写下，火漆封口，唤人立即送回葫县，这种大事，他可不敢独力承担，总要叫花知县先有些心理准备才好。信交出去，叶小天又嘱咐道："你送了信，便去市井间散播一条消息……"

第一〇〇章

出门遇贵人

一

悠扬的钟声回荡在大悲寺上空,使得寺中暮色显得有些空灵寂寞。大钟乃丛林号令,晨昏敲钟,各一百零八下,晓击则破长夜警睡眠,暮击则觉昏衢疏冥昧。

叶小天盘膝坐在禅床上,听着那一记记的钟声,似乎也有些出尘了。看他垂眉敛目,宝相庄严的模样,若被大悲寺的僧人们见了,免不了要赞叹一声:"此子大有慧根。"

大有慧根的叶大居士端坐在那儿,脑海里挥之不去的却并非佛祖法相,而是一枚枚的孔方兄。他把唯一的希望寄托在戴同知身上,但戴同知究竟能不能帮他完成使命,叶小天毫无把握。

这是关系到每个人最实实在在的利益,所以绝非玩弄些阴谋诡计又或者哄得张知府眉开眼笑就能争取到手的。仅靠戴同知不情不愿的帮助,如果能够拿到如去年一般的赈款数目,他就算是烧了高香了。

叶小天在大悲寺里为钱发愁的时候,葫县叶府里却是客似云来,好不热闹。来叶府拜望的都是各村各寨的保长、里正、寨主、堡主,甚至深山老林里的某位部落酋长。

住在山里的就送山珍,住在河边的就送河鲜,既不挨山也不靠水的就送些杂七杂八的礼物。叶小天不在家,桃四娘不敢做主,本欲不收,可是这些人送的礼物五花八门,送礼的方式也是五花八门,实在不容拒绝。

桃四娘这里刚刚很客气地说一句:"我家老爷不在府里,足下还请留下拜帖,拿回礼物,等我家老爷回来……"马上就有那山中首领放下礼物,很粗犷很"没心机"地答道:"既然如此,就请小娘子先收下礼物,等二老爷回府时咱家再来拜访,告辞了!"说罢一转身,雄赳赳气昂昂地拔足离去,追都追不上。

还有那村寨里派来送礼的是白发飘飘的一位耆老,拄着个拐棍,颤巍巍的,仿佛迎风就倒。桃四娘委婉地向他解释几句,那老头便拢着耳朵,声若洪钟地道:"什吗？是啊是啊，老夫过了年就满八十了……"

桃四娘很是无奈，这不年不节的，这些人登门送礼，明显别有所图啊。坊间传言，今年由叶县丞去铜仁府申请赈款，花知县决定今年的赈款分配完全由叶县丞负责，这些人显然是为此而来。

桃四娘作为管家哪敢擅自做主，便请示哚妮。哚妮听她说完，瞪着一双水汪汪的大眼睛，萌萌地反问道："那四娘觉得，这个礼，咱们是该收呢，还是不该收呢？"

毛问智爱不释手地抚摸着一张黑熊皮，听到她们这番对话，便直着嗓子道："收啊，干吗不收！俺跟你说，有时候人家送礼你不收，一样要得罪人的。这件熊皮不错，俺拿去铺炕了啊……"

华云飞见四娘发愁，便体贴地道："四娘不必为难，且先收下吧。县里的官也要靠这各堡各寨的头面人物的支持才能做事，若不然号令难出县衙的。如果有什么不妥当的，我来担待便是！"

桃四娘听见这话不由得心头一暖，向他柔柔地瞟了一眼，微微低下头去，神情温婉柔媚。四娘已经隐隐感受到了华云飞对她的情意，只是一想到自己年长于华云飞，又是嫁过人的妇人，便会生出自卑。

毛问智乜视华云飞，暗暗竖了竖大拇指，转念又一想，便又抓起一张狐狸皮。熊皮他自己用，这狐狸皮就送给叶小娘子好了。他不像华云飞一般会说话，但是讷于口而敏于行，老毛可是行动派的。

·※·※·※·

山脚下处一座茶馆里，有位书生模样的人坐在那儿，似乎百无聊赖地在喝茶。但是每一个登山前往叶府拜访的人，都被他悄悄记下了身份。这可都是用来攻讦叶小天的有利证据，只要有七分是真的，谁还会去考究其中那三分假呢。

叶府后宅里，潜清清腻不过遥遥的纠缠，正陪她在书房里读书。坐在书房里，潜清清心中好不郁闷。她到叶家本是为了叶小天而来，谁料她到了叶府，叶小天却去了铜仁，看来要在这里虚耗上许多时日了。

课堂上突然多了一个风情万种的美貌小妇人，西席老先生顿时大悦，今日讲这《女儿经》，格外得精神抖擞，引经据典，言语风趣，既显出他的博学多才，授课又不觉得乏味。遥遥听得津津有味。

只是那俏美的小妇人对他如此卖力的表演似乎并不感兴趣。她托着下巴，懒洋洋地睇着窗外庭院中的一树梨花，直让那老先生恨不得自己化身为那雪白的梨花，被这美人一双妙目凝睇为幸。

院子里忽然闪过一个矫健的身影，肩上背着一张猎弓和一壶箭，那是华云飞。华云飞可不像毛问智一般不知轻重，对于各寨各村送来的礼物，他没有从中取用一件。

毛问智把那张狐狸皮送给了叶小娘子，华云飞曾亲眼看到四娘与叶小娘子坐在一起品评那张狐狸皮。叶小娘子满面的幸福与四娘眼中的欣羡，华云飞都看在了眼里。他决定亲自入山，为他心爱的女人猎一只紫貂。

潜清清眼看着华云飞荷弓而去，心中忽然一动。她想接近叶小天的办法，是以色相勾引，再伺机杀他，可她从心眼里厌恶被男人亲近。如果能以弓弩袭杀叶小天，是不是就不用虚与委蛇了？

想到这里，潜清清的眸波微微荡漾了一下，唇角轻轻牵起一丝神秘的笑容。只这一笑，便如午夜昙花悄然绽放，散发出无穷魅力。那西席先生看得失神，手中书卷险些掉落。

遥遥正认真听先生讲课，忽见先生失语，不禁心想："莫非先生忘了词？"

遥遥登时精神大振，接口背诵道："坐立行走须庄重，时时常在家门中。但有错处即认错，纵有能时莫夸能。出嫁倘若遭不幸，不配二夫烈女名。此是女儿第一件，听了才是大聪明。我今仔细说与你，你要用心仔细听。"

先生忽地清醒过来，有些尴尬地道："啊！对对对，用心听，用心听……"一张老脸便有些红了，偷偷看了一眼，那美丽少妇依旧眼望窗外，若有所思，全未注意他的失措，不由得惘然若失。

·※·※·※·

戴同知一下午都是一副心事重重的模样，令他签押房里的胥吏们很是纳闷。这位同知老爷整日笑呵呵，很少露出这副模样。

没等放衙，戴同知便匆匆离开了府衙，赶回自己的府邸。府中家丁下人们见自家老爷回来了，忙向他垂首施礼。铜仁知府是土知府，手下的官吏十之七八也是原本大大小小的部落土司们世袭而来，这位戴同知也是。

不过，他毕竟住在铜仁城里，家里的规矩不像那些据寨而居固守传统的土司，家人向他施了礼后便各行其是，不用像那些传统的土司人家，主人一刻不离开，便不可抬头看上一眼。

戴同知匆匆赶到第三进院落，折向右手边客舍院落。那院落门口的垂花门外居然有人持刀把守。见是戴同知赶来，他们自然不会拦阻，任由戴同知走了进去。院子里左右厢房都有抄手游廊，正房是前廊后厦，后有罩房。

戴同知进了正房，向左一拐，绕到落地木屏后面，便拐进了书房。书房里一个瘦小干枯的老者正握着一卷书，一边品茶一边看书，状极悠闲。抬头看见戴同知进来，那老者很是惊讶，随口问道："今天怎么回来得这么早？"

戴同知叹了口气，在一旁的椅子上坐下，懒洋洋地道："今天遇上了一点麻烦。"

瘦小老者神色一紧，问道："莫非张铎已有警觉？"

戴同知摇头道："赵阿牧不必担心，此事无关你我的秘密，是我个人遇上了一点麻烦。"

那瘦小老者松了口气，微微蹙起眉道："你遇上什么麻烦了？不会影响你我的大计吧？"

这瘦小老者在铜仁其名不彰，便是走上大街报出名姓，怕也没人知道他是谁，但是在播州他却赫赫有名。认识他的人远比认识播州之主杨应龙的人还多，因为他是播州大阿牧赵歆，比起深居简出的杨天王，赵歆大阿牧的曝光率更高些。

戴同知摇了摇头，把叶小天窥破他的隐私，并以此相要挟，让他为葫县争取赈款的事说了一遍，苦笑道："我在府衙苦苦思索半日，也未想出好办法来。想为他争取赈款谈何容易啊。"

赵歆没好气地冷斥道："我早就说过，不要沾惹那些良家妇人，你偏不听。这样下去，总有一天，你会死在女人肚皮上。"

戴同知笑道："赵阿牧，你们杨土司不是也有这般癖好吗？"

赵歆哂然道："我们杨土司虽有这般癖好，却不会因此误了大事；我们杨土司虽有这般癖好，又有哪个活腻歪了的，敢以如此私隐胁迫他。你戴同知做得到吗？"

戴同知翻了翻白眼，悻悻地不说话了。赵歆抚着胡须想了想，突然双眼一亮，道："葫县想多争取几成赈银，呵呵，老夫觉得，你不妨玉成此事，如此正可激起各郡县官对张铎的不满。"

戴同知怔了怔，道："如何玉成？张铎不会同意。"

赵歆微笑道："正常情况下他当然不会答应，但是如果叶小天能为他解决水银山之争呢？"

戴同知又是一怔，赵歆道："张铎正为水银山争端头痛不已，如果叶小天能为他解决此事，你说张铎舍不舍得多分他几成赈银？"

戴同知奇道："叶小天哪有能力解决水银山争端？"

赵歆道："他若不能，我们暗中帮帮忙不就好了？"

戴崇华惊道："我们不是正要利用水银山一事大做文章吗？怎么可以……"

戴崇华说到一半，看见赵歆的眼神，忽地福至心灵，改口道："我明白了，你是打算事成之后风云再起？"

第一〇一章

难兄难弟

一

戴同知说到就办，次日一早就去找张铎，开口便道："大人，下官仔细思考了一夜，终于想到一个两全齐美的办法，可以让这赈款分配的公道，无人说三道四了。"

张大胖子刚起床，正由两个小丫鬟侍候着洗漱，衣服没换，头发也没梳呢，披头散发的，就像一个圆滚滚的不倒翁头上扣了一顶假发。听见戴同知这番话，张铎奇怪地道："你还真想法子去了？本府打算挨上两日，再照原样发付出去呢。"

戴同知从一个小丫鬟手里接过牙刷子，抹上从京城"五芳斋"买来的中草药特制的牙膏粉，殷勤地塞到张大胖子嘴里，一边替他"洗刷刷"，一边道："在咱们铜仁府，大人您就是皇上，乾纲独断当然没问题的。可是这赈银毕竟是朝廷拨付，真要是葫县出了纰漏，朝廷追究下来，发现根由出在咱们这儿，来年的赈款恐怕就要受刁难了。再者说，虽然葫县是流官治下，跟大人您关系差着那么一层，可叶小天毕竟是您的门生，又是出名的干吏。去年易俗一事，天子欣赏得很，也不宜在此事上太过难为他。"

两道白色的末子顺着张大胖子的嘴角流下来，仿佛两撇白色的胡子。张大胖子唔唔嗯嗯半晌，好不容易等他刷完了，从另一个丫鬟手中接过温盐水漱了漱口，又抓过毛巾擦擦嘴巴，这才道："你说得也有道理，那依你之见该当如何？"

戴同知对张铎道："大人不妨依照旧例足额发放葫县赈银，在此基础上，再加三成……"

张铎刚刚瞪起眼睛，戴同知已经抢先说道："各地官员当然会不满，但是大人也不是马上就依此决定拨款，还要有个附加条件的。"

张铎疑惑地道："什么附加条件？"

戴同知道："那叶小天不是有名的干吏吗？他在葫县干得风生水起，大人你就据此多予拨款。但是与此同时，叶小天先要做到一件事情，那就是平息水银山之争。"

张铎皱眉道："水银山那笔糊涂账就连老夫都没办法，叶小天能成？"

戴同知笑吟吟地道："他若办不成，自然还是按今日比例发放，皆大欢喜。他若办得成，替大人您解决了这件麻烦事，便多分他几成，旁人又有什么好说的？当然，为了公允，大人要当众宣布此事。如果其他郡县官员谁肯毛遂自荐，也可以给他这个机会。"

张大胖子想了想，拍拍圆滚滚的肚皮道："好！只是叶小天会答应吗？"

戴同知自告奋勇地道："无妨。下官可以去给他一点暗示，告诉他此事并不难办，这只是知府大人您有意照顾，但还需要一个理由，以平息众人之口。"

张大胖子愉快起来，道："好！你去办吧，明日召集各郡县官议事。"

·※·※·※·

戴同知忽悠了张大胖子，风风火火又直奔大悲寺，去忽悠叶小天。

叶小天从小就是在被忽悠与忽悠之中长大的。天牢玄字监关押的都是栽在孔方兄手里的贪官，一个个狡狯奸猾无比。眼见小天年幼，为了忽悠他无偿帮自己做些事，他们各出奇招，每每忽悠的叶小天同情心泛滥，乖乖帮他们跑腿办事。

如此一再上当，一再识破，叶小天终于从眼都不眨地被忽悠，修炼到了眼都不眨地忽悠人，戴同知这番话叶小天如何肯信。

"水银山？恐怕那里有大麻烦，连知府老爷都没办法，所以才把这个难题推到我身上。可水银山究竟发生了什么事呢，我连这地方都没听说过。不过……毕竟都是大明朝廷治下，纵然有什么矛盾，应该也不至于动刀动枪吧？"

叶小天暗暗思索着，戴崇华见他起了戒心，便道："此事知府大人已经同意了，我也无力更改。你若不愿意，那本官就算穷尽余力，也不过能帮你争取按去岁旧例的九成拨款，再多一文钱也没有！"

叶小天听他这么说，也只好死马当成活马医了。反正不会有性命之忧，答应下来又何妨。

送走了戴同知，叶小天便想打听打听水银山的事，可是他总不能平白无故地上街拉个人来打听。再说以他这几年的做官经历看，事实真相只有身在官场的那些人才清楚，坊间小民大多是捕风捉影，夸张其事。从他们口中打听来的秘辛只能当作茶余饭后的谈资，真正的参考价值并不大，说不定还会引人误入歧途。

黎教谕那里倒是可以请教请教，可是黎教谕也在为府学谋求拨款，而且他的女婿正在为他的关系人脉谋求好处。这其中任哪一个关系都比自己近得多，一旦泄露风声，反而对他不利。

思来想去，叶小天只得捺下性子，等到"揭了皇榜"，再向张知府本人请教了。相信那时候张铎绝不会有所遮掩，他可以打听到最真实的情况。

翌日，张知府聚齐了各郡县赶来争取赈款的官员，老佛爷一般坐在上首，还是由戴同知替他说话。

戴同知道："各郡县的难处，知府老爷心中有数，也想全都满足了你们，奈何巧妇难为无米之炊。现如今赈款一共就那么多，让谁满意而归，其他人恐怕都会心生不平，所以知府老爷决定……"

坐在两侧的众官员登时胸膛一挺，全神贯注。就听戴同知道："邑梅洞司、石耶洞司最是贫瘠，比照旧例足额发放！其他各司，均按旧例之九成发放！其他各司扣出来的那一成嘛……"

戴同知环顾众官员，道："谁能替知府大人解决一桩心腹大患，这笔赈银就作为奖赏，分配给该地。"

众官员纷纷道："戴同知，什么心腹大患？"有些心眼活泛的却没有发问，而是露出若有所思的神情，显然是已经想到了什么。

戴同知像炒豆似的吐出三个字："水银山！"

这三个字一出口，大堂上顿时鸦雀无声，众官员面面相觑。叶小天冷眼旁观，窥视众人反应。本来他还担心会有人跳出来跟他抢生意，可眼见冷场若斯，心头不由得一沉，看来水银山这个麻烦比他想象得还要严重啊。

戴同知环顾左右，扬声问道："不知哪位大人愿意出面，替知府大人分忧呢？"

堂上一片窃窃私语声。众官员交头接耳，纷纷摇头，显然是不想出头。戴同知见众人都不肯出面，便向叶小天悄悄递个眼色，叶小天便咳嗽一声，缓缓站起身道："某愿往之！"

"哈！"

坐在旁边的大万山司洪东知县马上一声冷笑，眉毛一挑，嘴角一撇，眼珠子不屑地翻转了半圈。来自各郡县部落的土官老爷们纷纷向他看来，满面钦佩。

这笔赈银，对这些土官们来说意义重大，他们治下的土民相当于他们的奴隶，这笔钱他们想截留就截留；就算不好明着截，也可以分发下去之后，再巧立名目收上来。可叶小天是流官啊，这笔钱又落不到他个人腰包里，现在连性命都豁出去了，也是蛮拼的。

张大胖子奋力从椅子里拔出一身肥肉，欣慰地看着叶小天，就差脱口说上一句："汝妻子吾养之，汝勿虑也"了。

叶小天看了他们这般神情，心里不禁有点发毛："不会吧。莫非真有性命之忧？"

·※·※·※·

叶县丞连身家性命都豁出去了，众土官纵然心中不满，还能有什么好说的？他们是绝不会主动请缨的。不过水银山那笔烂账根本没人算得清。他们笃定叶小天不会成功,也不必急在一时,只等他失败、伤残,甚至送了性命,大家再来瓜分赃银便是了。

叶小天见此状况,赶紧亡羊补牢,对张大胖子道:"知府大人,这水银山究竟有什么争端,下官尚不清楚。而且,下官对水银山一带也不了解,是不是请一位明白人陪同下官一同前往水银山,并对下官解说仔细?"

叶小天望着戴同知,很亲切地道:"下官觉得,戴同知就是很合适的人选。"

戴崇华吓了一跳,赶紧推脱道:"不不不,能为县丞大人分忧,本官自然责无旁贷,只是本官俗务缠身,实在走不开。陪同叶县丞前往水银山的人选已经有了,有关水银山争端的一些详情,叶县丞可以向他打听。"

张大胖子笑眯眯地道:"是啊,陪你前往水银山的人选,本府已经选妥。"

他伸出两只胖乎乎的肉掌,"啪啪啪"地三击掌,堂下便有一个人,拉长着一张脸走上来,一脸不高兴。叶小天一看,此人身材不高,肩膀微晃,细目蛤口,正是李向荣。

叶小天暗想:"李经历陪我去水银山?那戴同知岂不是更方便与李经历的娘子偷情了?这种机会他都不肯放过,实在令人佩服!"

叶小天看了看一脸不高兴的李经历,心想:"此君绿云罩顶,忒也招人同情。"

李经历看了看跃跃欲试的叶小天,心想:"此君印堂发暗,怕是要有血光之灾了。"

第一○二章

从前有座山

一

叶小天和李经历几乎是被张知府赶出了府邸。他们一出府门，就见同他们前往水银山的随从人马已等在府外了，这等效率当真令人叹为观止。

铜仁张知府是世袭土官，按照朝廷"以夷制夷"的羁縻政策，只要酋领臣服朝廷，官职及领地便可世袭，可以在自己的领地内建立衙署，独立行政，逐级管理村寨的耕种和税收；招募豢养战将甲兵；设立文职人员。

因此，张知府派来的兵丁虽是身着大明军服，实则是张知府的私兵。张知府派了百余人随叶小天和李经历赴水银山，这两人就相当于张知府派出的两个使者了。

从官职上看李经历的品级更高一些，但此事既由叶小天主导，那他就是当然的领导者了。李经历并无心在这件事上与他一争高下。此去水银山凶多吉少，谁负责谁风险最大，他巴不得由叶小天一力承担下来。

叶小天总觉得张知府这么着急打发他们离开，并不是因为水银山那边已经紧急到了何等地步，而是因为张知府担心他了解了水银山的情形之后，会哭爹喊娘的不肯前去。

叶小天带了自己的六名侍卫，又带了百余人马出城。他与李经历同乘一车，很是诚恳地请教道："李经历，这水银山在什么地方，那里发生了什么事端，还望足下不吝赐教。"

也不怪叶小天不清楚，这年代讯息不便利，他连贵州全省的地图都没看过。即便是有些地方他听说过，也未必搞得清方位，更不要说这以前毫无印象的什么水银山了。

地理上是如此，人文上也是如此。比如他在葫县已是无人不知无人不晓，但是在铜仁，除了一些有心人，大部分人都未听说过他叶小天的名字。并不是每个人都在意官场变动的。

李经历平白得了这么一个吃力不讨好的差使，心中好不烦恼。可他毕竟也要往水银山一行，有些事让叶小天做到心中有数，也省得他不知深浅，惹出什么事端来牵累自己。所以李经历还是对叶小天如实相告了。

这水银山位于石阡司和提溪司之间，提溪司属于铜仁府，石阡司属于石阡府，所以这水银山实际上就是处于两个府的交界位置了。水银山盛产丹砂。丹砂可以做颜料，可以做药材，还可以提炼水银，是极重要的矿产。

在战国时期，巴蜀一带曾有一位寡妇清，就因为家族占有了一处丹砂矿，所以富可敌国。

明初时候，思南、思州两位田氏宣慰使的战争导火索，就是为了争夺一处丹砂矿，永乐大帝趁机派兵干涉，从而将思南、思州两地分裂为八府，削弱了田氏土司的力量。由此可见丹砂矿获利之厚。

水银山丹砂矿的出产量其实不算很大，但是对地方上的小土司来说，这已经不亚于一座金山了，但水银山的归属现在却是一笔糊涂账。之所以造成归属不清，是因为土司家族的女人也有继承权，所以有些领土经常随着女子出嫁而转移。

普通人家或者汉人官员于妻子之外再蓄其他女子，那是妾。妻与妾的身份相当于主与仆的区别，妾是家庭买来的私有财产，而土司则不然，他可以娶多位夫人，就像皇帝可以娶多位妃子一样。

这些夫人的地位虽然逊于正妻，却也远不是妾可以比拟的。她们拥有很大的权利和自由，比起掌印夫人也不差许多。要说区别，就是掌印夫人的子嗣拥有优先继承权。

不管是掌印夫人还是其他夫人，都是出身显贵的人家。要体现她的显贵，就会陪嫁很多东西，包括她继承的土地。因此常有一些领土在不同的土司之间倒来倒去，倒着倒着就成了一笔糊涂账。水银山的情况正是如此。

叶小天听到这里，不觉暗暗皱起了眉头，说了半天，原来是"家庭财产纠纷"。常言道"清官难断家务事"，这种事最难断个清楚，难怪张知府也觉得头痛，要把解决此事作为分配赈银的奖励。

李经历拧着眉头，好生不情愿地道："水银山那边有两家土司，一个是展家，一个是杨家。"

叶小天听到这里不由得心中一动，忽地想起了展凝儿。但是贵州这地方许多家族传承千年，分出许多分支来。比如安家，现在贵州至少有二十个以上姓安的土司，祖上虽然都是一家，但现在各有各的立场，却未必都听水西安氏差遣。

展家的历史虽不及安家悠久绵长，五六个姓展的土司总也是应该有的罢，却不知李经历所说的这个展家是不是展凝儿的家族。叶小天打断李经历的话，问道："李兄所说的这个展家，可是号称八大金刚之一的那个展家？"

李经历叹道："正是。若非如此棘手的人物，知府大人又何必烦恼呢。"

叶小天心中一喜，没想到展家竟然就在自己要去的地方，此去说不定就有机会见到凝儿了。她在身边时还不觉得什么，可这许久未见，叶小天还真有些想她了。他喜滋滋地道："李经历请继续讲。"

李经历道："水银山这边，也有两家土司，一个是果基家，一个是于家。"

叶小天听说果基家，心中又是一动，果基家？不会是果基格龙那厮的家族吧，如果真是他，那可冤家路窄了。只是见李经历已经有些不耐烦，叶小天这次没有打断他的话。

李经历道："要说起这场纠纷的缘由，那可就早了。话说两百多年前，那时水银山还属于于家，于家的嫡系在那一代只有一个女儿，嫁给了展家。于是这水银山就作为嫁妆，归了展家。

又过了几十年，果基家的嫡系在那一代只有一个女儿，便成了女土司。这位女土司没有下嫁，而是招赘上门，于是展家的小公子就入赘到了果基家，展家把水银山作为嫁妆，从此又归了果基家。

二十八年前，果基家嫁女儿，这水银山作为嫁妆，就转给了杨家，杨家土司之前已经娶过一位掌印夫人，乃是展家的，与他育有一子。这位掌印夫人病逝后，才续弦娶了果基家这位女子，这位女子也为他生下一子。前不久这位杨土司病故了，那么问题就来了……"

叶小天听到这里已是一头雾水，根本分不清这么多乱七八糟的关系，茫然问道："什么问题？"

李经历道："杨土司暴病而卒，没有留下遗嘱。作为嫡子，他的两个儿子都有继承权。当然，嫡长子在，自然该立嫡长子继承他的土司之位；可他的次子也有权分封土地，更何况现在的掌印夫人是次子的生母，当然要为自己的亲生儿子争好处。"

叶小天还是听得一头雾水，他虽记不清这么复杂的关系，但还勉强记住了隶属铜仁府提溪司这边的是果基家和于家，水银山那边归属石阡府的是展家和杨家。如今杨家两个儿子争家产，关铜仁府屁事！

李经历听了叶小天的疑问，呵呵两声道："问题多得很。首先呢，嫡长子是土司继承人，而这位杨土司的领土中，以水银山产出的财富最多，他当然不舍得分给自己同父异母的兄弟。

"但掌印夫人是次子的生身母亲，极力帮亲生儿子争取。长子是由现任掌印夫人抚养长大的，如今父亲尸骨未寒，他不能忤逆不孝，又不情愿交割水银山，便求助于母舅家。

"杨家长子的母舅家是展家，展家当然要帮着自己的亲外甥。再说这水银山还是他们展家当初作为嫁妆陪嫁到果基家的呢，如今又辗转落入杨家，他们当然有资格过问。

"可那次子是果基家的,果基家当然也要帮着自己外甥。再说这水银山就是直接果基家陪送给杨家的,有什么理由不让果基家的亲外甥继承?如此一来,杨家、展家、果基家就起了纷争,这时候播州杨家又插了一杠子……"

叶小天奇道:"这关播州杨家什么事?"

李经历道:"石阡府的杨家是播州杨家的分支偏房,虽说久无往来,毕竟是同一个祖宗。如今杨家两兄弟闹纠纷,播州杨家觉得这是插手的好机会,便摆出正房身份主动跑来调停。"

叶小天念念有词,掐算半天,说道:"我明白了,水银山的这边有个于家和果基家,水银山的那边有个杨家和展家。杨家两兄弟起了纷争,分别找了他们的舅舅来助拳,老大找的人姓展,老二找的人姓果基,播州杨家不请自来凑热闹,是不是这样?"

李经历欣欣然道:"叶县丞果然聪慧过人,情况就是如此。"

叶小天气愤地道:"那关咱铜仁府屁事呀!这纠纷是石阡府那边杨家的,我们铜仁府这边也就是果基家插了一脚嘛,知府大人让果基家退出来不就得了?果基家若是不答应,那就让果基家一人做事一人当,张知府何必硬要插手?"

李经历咳嗽一声,慢条斯理地道:"因为,这里边还有一个提溪于家。"

叶小天疑惑地道:"于家不是早在两百年前就把水银山作为嫁妆陪嫁出去了吗,现在还关他于家什么事?"

李经历道:"这个嘛,说起来就复杂了,上位土司对下位土司是有管辖权的。就像张知府是咱铜仁之主,铜仁各郡县的土司们都要服从他的管辖。不过有些小土司未必直属于张知府,而是依附于别的大土司,那些大土司再依附张知府,你明白吗?"

叶小天在贵州久了,对此倒是有些明白。这种关系,有点类似西方的封君封臣制,层层分封,依次互为主从,从属关系只存在于上下相邻的两个贵族等级之间,不能越级从属。

也就是说,你是我的封君,我是他的封君,他只对我负责,不用理会你,但我要对你负责,也不需要理会比你所隶属的更强大的那位土司。欧洲中世纪的一句谚语就很清楚地说明了这种关系:"我的附庸的附庸不是我的附庸。"

李经历见叶小天点头,展颜笑道:"你明白就好。提溪于家是铜仁于家的下位土司,名义上,提溪于家的土地都是属于铜仁于家的。虽说铜仁于家对水银山没有直接的拥有权,但是谁拥有水银山,谁就应当是他的下位土司,你明白?"

叶小天道:"明白!"

李经历道:"可是现在掌握着水银山的杨土司家不属于铜仁府,而是归属石阡府,怎么尽下属的义务呢?这个问题原本在思州、思南两州八府的时代是没有问题的,反正大家都是一个主子——田氏。

　　"那时候水银山归了你,由你向田氏主子献纳供奉就是了。可现在各府土司渐渐脱离了田氏控制,铜仁府和石阡府又各有归属,这笔账就得算算清楚啦。所以呢,于家也想趁着这个乱劲把水银山拿回来,这回你明白了吗?"

　　叶小天直勾勾地看着李经历,耳畔仿佛有个老和尚念经似的嗡嗡嗡:"从前有座山,山上有座庙,庙里有个老和尚。老和尚给小和尚讲故事:从前有座山,山上有座庙,庙里有个老和尚……"

第一〇三章

赤橙黄绿青蓝紫

一

毗邻水银山的另一座山,向阳一面的山坡上,身穿蓝布袍、头裹白手帕的男女农夫们正辛勤地烧荒垦作。

贵州是大明疆域内唯一一个没有平原支撑的省份,素有"八山一水一分田"之说。由于地形特殊,大气环流,气候上又形成了"一山分四季,十里不同天"的特殊天气。

土地贫瘠,气候恶劣,勤奋的劳动人民在这样恶劣的环境下充分发挥他们的聪明才智,想出了各种适应当地环境的耕作方式。如同牧人驱赶牛羊游牧四方一样,他们大多采取游耕的方式。

只是农耕民族的一个显著特点就是定居。他们游耕不可能几十里上百里的迁徙,所以他们的祖先早在挑选定居地的时候就已考虑到了这个问题,像展家寨定居的地点距离两座适宜种植的山坡距离就都很近。

他们在一片山坡上垦荒、种植,两三年后土壤肥力下降,他们就"丢荒",转移到另一片山坡上继续烧荒垦地,让肥力下降的山坡恢复草木植被,修养肥力。等待数年后再回来耕作。

今年他们在另一片山坡已经劳作了三年,土地变得贫瘠了,就换到了这里。刚刚萌芽的草和刚刚抽出嫩黄的灌木都被烧成了黑色的灰烬,只要再翻翻土,把灰烬埋进去,就能加强土壤肥力,使这里成为他们今后数年地里刨食的保障。

这时候,远处有几十匹骏马沿着山道向这边疾驰而来,正望着烧荒的火苗蔓延开去,留下一片乌黑的土地上笑逐颜开的百姓们惊诧地手搭凉棚向远处眺望,只见一面青色旗帜迎风飘扬,有人惊叫道:"是凉月谷的人,是果基家的人!"

"快!快禀报头人!"

"当当当……"

铜锣声响了起来。

虽说山这边和山那边分属两个府，但是百姓并不在乎这种行政上的分划。山两侧的百姓交往是很密切的，展家寨与凉月谷平素的关系也不错。但是如今杨家兄弟反目，展家和果基家各有偏帮，两家关系便恶化起来，时有冲突。

凉月谷的人突然出现在这儿，几十匹健马气势汹汹的，难道会是走亲戚串门？一看就是来者不善，马上就有机警的人敲响了铜锣，向远处传递消息。

快马驰骋，片刻工夫就到了近前，一个凉月谷的骑士挥舞着皮鞭，狞笑着扑上来，手中皮鞭毒龙似的凌空一卷，啪的一声炸响，一个老汉便哀号着仰面倒下，皮鞭把他的脸抽得皮开肉绽，血肉模糊。

展家寨的农人愤怒了，挥舞着农具冲了上去，但是他们只是耕作种地的农民，用的又是一些农具，哪里是这些剽悍骑士的对手。有些骑士甚至拔出了腰间的马刀，虽然不至于痛下死手，但是受伤却是难免的。

水银山下的展家寨，是展氏家族下辖的一个村寨。近来因为与果基家冲突愈演愈烈，展家常派人来巡视。今日展凝儿毛遂自荐，率领数十名壮丁来到展家寨，此刻正在头人家里做客。

山上警讯传来，大管家跌跌撞撞地闯进府中，上气不接下气地道："头……头人，果基家的人来闹事了，打伤了许多烧荒的族人！"

那头人正跟展凝儿谈笑风生，一听这话虎吼一声跳了起来，咆哮道："召集精壮，跟他们拼了！"

展凝儿目光一厉，沉声道："头人且召集人马，我先上山看看。"说罢不待头人回答便疾步出了厅堂。片刻之后，数十骑快马在展凝儿的率领下，裹着一路烟尘扑上山腰。

果基格龙牵着马，懒洋洋地看着。他身量奇高，那匹马本来雄骏得很，可是被他牵着却似一头驴子似的，实在不成比例。

他们是看见这边烧山的烟火之后从凉月谷赶过来的。展家寨的人开荒的这片山坡已经靠近水银山，谁知道他们是要在此耕种，还是要偷偷打洞盗挖矿产。再者，就算他们是真的要在此耕种，也要把他们赶走，给展家一点颜色看看。

烧荒的农民被打得遍体鳞伤，农具也被破坏了。这时山下一溜轻尘，数十骑快马飞驰而来。果基格龙正要率人离开，循声往山下一看，就见一面红旗猎猎，脸上便泛起杀气："儿郎们，再教训教训展家这批援兵，咱们就回山吃酒去！"

果基家的壮丁齐声响应，纷纷扳鞍上马，向山下冲来的那批骑士们迎去。果基格龙长腿一伸就跨上了马背，看他的模样，双腿只要稍稍一探，脚尖就能触到地上。果基格龙吆喝一声，也驱使胯下马向来敌迎去。

展凝儿冲在最前面,与两个果基家的骑士尚隔着三丈远的距离便右手一扬,一团黑影像一条夭矫的神龙般脱手而出。神龙蜿蜒伸展,胯下骏马快速接近,一道光影呼啸,啪啪两声炸响,两个骑士便惨呼着摔下马去。

展凝儿振臂一扬,手中长马鞭又飞快地一探,凌空把一个骑士卷住,往怀里一带,那个骑士便飞离了马背。这时又有一名骑士连人带马冲过来,展凝儿左手往肩后一探,反手拔出马刀,铿的一声与来人狠狠地撞击在一起。

此时,展凝儿带来的展家勇士与凉月谷果基家的壮丁已经混战在一起。甫一交手,措手不及的凉月谷人马便落了下风,果基格龙顿觉不妙:来人不可能是展家寨的人,他们没这么强。

这时果基格龙看到一个白衣少女,人如虎,马如龙,颜如花,冲锋在前,势不可挡。一手马刀,一手长鞭,远攻近战,软硬皆宜,正是展家的展凝儿。果基格龙顿时明白过来,这是展家堡来人了。

果基格龙冷笑一声,懒得再催那马,一偏腿就从马上下来,迈开大步冲了过去。展凝儿刚刚击退两名果基家的勇士,就见一条大汉如下山虎一般呼啸而来,下意识地便是一刀劈去。

果基格龙身形一矮,避过这一刀。展凝儿身下的马骤然一声长嘶,猛地跳了起来。展凝儿情知不妙,双腿急忙离镫,纵身向后一跃,双脚堪堪落地,就听轰的一声,她的坐骑重重摔倒在地。

果基格龙双腿生根,稳稳扎在地上,钵大的右拳还举在空中,竟是他一拳擂在那马的耳根子上,把那匹红马活活打死。这匹马陪伴展凝儿很久,眼见爱马被杀,展凝儿悲呼道:"小红!"

展凝儿身形还未跃起,手中鞭就呼啸一声,抽向果基格龙的双腿,随即一个鱼跃,双脚足尖刚一沾地,便马刀高举,向果基格龙猛冲过去。

"崩!"

果基格龙的双腿被马鞭紧紧缠住,但他不慌不忙,原地扎了个马步,双腿向外一绷,那么结实的一条牛皮鞭子竟然硬生生被他绷断。果基格龙不慌不忙地扬起厚背宽刃的大砍刀,铿的一声荡开展凝儿的马刀,笑道:"女人,你不是我的对手!"

"去死吧!"展凝儿娇叱一声,手中刀乱披风一般,配合着她貌乎错乱,却自有节奏和规律的步伐,向果基格龙展开了游斗。

"当当当当……"

炒豆般的兵刃撞击声响起,比力气少有人能及果基格龙。果基格龙的刀气势雄浑,但比起灵活敏捷却远不及展凝儿了。展凝儿这一展开游斗,果基格龙立即失去了优势,一时间两人战了个半斤八两。

九高和九当作为展大小姐的贴身护卫，生怕小姐有失，马上扑过来帮忙。三人同战一人，走马灯一般盘旋厮杀，但果基格龙只管站在原地小幅度移动，一力降十会，却也不落下风。

在他反应变得迟钝之前，三个人游战与方才展凝儿用乱披风刀法一人游战的效果差不多，一时半晌却也无法撼动果基格龙。

这时候，展家寨的大头人已经纠集了百余名壮丁，急匆匆扑上山来。大头人没敢等本寨壮丁全部召集完毕，展大小姐已经上山了。他担心在他的地盘上展大小姐有什么闪失不好向土司交代。

果基格龙一看展家又有援兵上山，反正目的已达，也不想过于纠缠，手中巨刀猛地挥卷出一道道匹练，把展凝儿和九高、九当硬生生迫开，大喝道："走！回山！"

果基格龙迈开长腿返身就走，他那马儿通灵，立即紧随其后，其他果基家的人马立即紧随果基格龙撤退。展凝儿哪肯甘休，立即夺了一匹马，率领展家兵紧随其后。

果基格龙且战且退，堪堪绕过水银山，旁边呼啸一声，忽又杀出一哨人马，看那黄旗迎风招展，一队人马足有两百多人。领头是一名穿青衣的汉子，年近三旬，魁梧健壮，手提鬼头刀，正是杨家次子杨羡敏。

果基格龙大喜道："表哥，你怎么来了？"

那杨羡敏一边喝令手下扑上去，一边叫道："表弟为我助拳，哥哥岂能袖手。"

果基格龙哈哈大笑，道："好！咱们兄弟俩把展家这小娘皮生擒活捉了去！"

"呸！做你们的春秋大梦！"展凝儿冷叱一声，也不示弱收兵，恶狠狠地扑了上去。

说起来，他们这几个家族因为一代代的联姻，都有错综复杂的亲戚关系，而且这关系很混乱。就拿杨羡敏来说，从当初展家入赘果基家，之后又嫁女到杨家的亲戚关系来论，他是展凝儿的表侄。如果从他父亲娶的展家姑娘辈分来论，他是展凝儿的表舅。

而果基格龙，如果把展家和果基家双方直接联姻或通过第三方亲戚的联姻来论，分别是展凝儿的表哥、表叔或外甥。难怪叶小天初识罗大亨时，那些学子们正为被人嘲讽亲族关系混乱而大打出手。这种亲族关系真的乱到理不清。

展凝儿率领她的人马与果基家和杨家的人马战在一起，渐渐落了下风。展凝儿眼见情势不妙，正要喝令收兵，就听一阵竹梆子响，呼啦啦又杀出一哨人马，打出的旗帜也是黄色，但中间赫然是斗大一个杨字。

当先一名浓眉豹眼猛张飞似的人物手使一根三股托天叉，大喊道："小姑姑，侄儿来助你！"

此人比展凝儿大了十五六岁，已经是个三十多岁的中年人，正是杨家老大，这一任的土司杨羡达。他可以称展凝儿为外甥女，也可以称展凝儿为小表姑，如今正要借助展家势力，自然甘心自认小辈。

展凝儿本来要鸣金收兵了，一看又来了一支生力军，还是自己这边的人，登时大喜，不服输的性子起来了，大喝道："来，你我联手，拿下这以下犯上的杨羡敏。"

杨羡达和杨羡敏兄弟相见分外眼红，各自率领喽啰便乱哄哄地战在一起。红旗、青旗、带杨字的黄旗、不带杨字的黄旗，四支队伍战了个难解难分，亏得那些人马在这种情况下还能分辨敌友。

这时候，叶小天的人马已经赶到水银山下。他在山的这一面，完全不清楚山那面已经打成了一锅粥，展家大姑娘正在大发雌威。

叶小天见这里山也青，水也清，青山绿水，环境幽雅，路边还有牧童牵着老牛悠闲而过，口中竹笛咿咿呀呀的，虽然不成调子，却是别有一种野趣，便对李经历道："李兄，此处就是水银山？"

李向荣道："正是！"

叶小天心中一宽，欣然笑道："我看此处山清水秀，优雅宁静，想来诸部争端尚未到了剑拔弩张的地步。你我此番奉命调停，说不定大有可为啊！"

叶小天太过乐观，以致忘了他初到葫县所见的那一幕，十字大街上当时已经人脑子狗脑子了，打过之后也是迅速恢复了正常。缺少律法约束的地方虽然容易生出是非，但自我修复能力也特别强。

李向荣暗暗撇撇嘴，心道："这里的人不打架的时候，都是很安静的。"

李向荣向远处一个寨子看了看，对叶小天道："叶县丞，那里就是于家寨了，咱们就住在那里。我先去打声招呼，免得你我这许多人马生出什么误会。"

叶小天对此不以为然，可也不好拒绝。李向荣领着七八个侍卫沿林间小道驰去。叶小天很体贴地吩咐部下们道："好了，你们都下马歇息歇息吧。"

众随从兵士纷纷下马，忽然其中一人指着山上疾呼道："大人，你看那里！"

叶小天抬头一看，就见山腰处突然打起一面紫色旗帜，丛林中跃出无数战士，随着那面旗帜向山顶扑去，山顶上打起了一面黄色旗帜，有大批人马突然冒出来，向来人反扑回去。一时间呐喊厮杀声四起，惊得林鸟乱飞，方才的宁静顿时不复再见，不由得目瞪口呆。

第一○四章

水银山

一

湛蓝的天空中飘着朵朵白云,仿佛棉花糖一般柔美。潺潺的溪水把棉花糖一口一口撕碎,鸟儿在林中欢唱。原本一派安恬,但是突然间便伏兵四起,把这宁静彻底打碎了。

打着紫色旗帜的人马冲上山去,与山头打着黄色旗帜的守军杀作一团。混乱很快蔓延到了山的另一面,山上就是一个个的矿坑,是用来采挖丹砂的,杨家守矿的人猝不及防遭到攻击,只能节节败退。

看守矿坑的杨家寨壮丁平日里只有二三十人,近来气氛紧张,才又增加了一倍。这也只是为了应付突发情况,并不是用来守卫矿山的,因为杨羡达并未想到会有人直接攻击矿山。

这座矿山已经牵涉了太多方面,谁敢贸然对矿山下手,就等于把这水银山引爆成一座活火山,把目前小打小闹的冲突演变成一场真正的战乱,想必没有谁敢承担这样的风险。

但是,于家寨居然真的悍然对矿山发动了攻击,守矿的杨家寨壮丁抵挡不住,便向山后逃去。他们原打算逃回寨子禀报土司,不料刚刚跑到后山,就发现后山旗幡招展,呐喊声声,正有四方势力杀作一团。

逃向后山的守矿壮丁愣了愣,也顾不得分析眼前这奇怪的一幕因何而起,便放声大呼起来:"于家寨攻山啦,于家寨占了咱们的矿山!"

杨羡达一听就急了,哪还有工夫和杨羡敏一较高下。他们兄弟反目,争的就是水银山,如果这矿山被外姓人占去,他们两兄弟还争个什么劲。杨羡达立即振臂高呼道:"夺回矿山,给我杀!"

杨羡敏同样把水银山视作自己的囊中物,一听于家寨趁火打劫占了矿山,马上也是一声呐喊,率领本部人马冲向山峰。两兄弟方才还打得你死我活,此刻外敌入侵,马上合兵一处，正是兄弟阋于墙，外御其侮。蜗角纷争，惟利是务。

两兄弟这一上山，果基格龙和展凝儿便也各率本部人马跟了上去，对于家寨趁火打劫的行径，他们也甚是恼火。

于家寨寨主于福顺率领本寨人马顺利驱逐了杨家守山的壮丁，刚刚占领矿山，把紫色大旗插在高处，"四大派便反攻光明顶"了，于福顺依托有利地形进行反击。当展凝儿和果基格龙各自率部也加入战团后，渐渐有些抵挡不住了。

但是果基家、展家、杨家两位兄弟的部下并非同路人，尤其是刚才在战斗中还有人受了伤，心怀怨愤，在攻打于家寨人马的时候，彼此间抽冷子下黑手的事便常有发生。结果本来是四大派合力攻打于家寨，最后变成了五大派混战。

果基家的青旗、展家的红旗、杨家的两种黄旗，再加上于家寨的紫旗，五种旗帜争相插到旗楼上。谁若占领了这个制高点，立即就是一阵欢呼，士气大振，当真是山头变幻大王旗。

鏖战正酣，那旗楼上突然出现了一面白旗，一名大汉扶旗而立，拔刀四顾，正在矿坑里、矿洞里、矿道里混战的五大派顿时惊愕地停止了战斗。附近数得着的势力只有他们几家，怎么又冒出了一面白旗？

这个时代，白旗已经被人当作了求和或投降的标志，只不过这些部落山寨从来没有干过打白旗的事，一时之间没有想到这上面去，而是疑神疑鬼地以为又有人要来分一杯羹。

片刻之后，旗楼上又出现一人，一见此人，展凝儿和果基格龙不约而同地瞪大了眼睛。此人穿一件月白色锦袍，头发盘成道髻，插一根羊脂玉的簪子，足下一双青缎黑皮靴，傲然一站，当真是风神如玉，仪表堂堂。

叶小天负手立在旗楼上，端起官威，沉声喝道："尔等刁民，好大的胆子！身为大明子民，如此目无王法。为了矿山归属，聚众殴斗，死伤枕藉，岂不闻国法昭彰乎？"

叶小天思来想去，觉得要想制止殴斗，平息纠纷，只能利用他的官员身份，引导矛盾从官方角度来解决。立足于此，尚有可为。如果把此事的基调定为各部族之间或者亲族之间的利益纠纷，那包青天来了，也休想理清这团乱麻了。

叶小天说着，目光徐徐向矿坑里持械而立的众人扫视着，以增加他的威压。那果基格龙身量奇高，站在人群里如鹤立鸡群一般，叶小天一眼就看到了他，与他目光一碰，顿时一怔："这里的果基部落果然就是果基格龙的部落。"

果基格龙一见叶小天，瞋目大喝道："叶小天？哈哈哈，真的是你！果然是你！姓叶的，天堂有路你不走，地狱无门你闯进来。如今你到了某家的地盘，我看你还如何嚣张！"

叶小天暗暗叫苦，有这莽夫在，只怕会对他调停冲突产生一定的阻力。眼见随着果基格龙的一声大喝，矿坑里的人有些骚动起来，叶小天马上厉声喝道："果基格龙，你想干什么？本官乃朝廷命官，奉知府大人所命来此处断纷争。你一草民，见了本官不跪不拜，还敢口出狂言，你道本官就不能把你名正典刑吗？"

果基格龙听了顿时语气一窒，他爹倒是有朝廷封赐的官员身份：指挥佥事，将来也是要由他来继承的，但现在他还是个白身。凉月谷少谷主的身份放在官场上，就是个平头百姓。叶小天打官腔，他还真的无言以对。

叶小天见震住了果基格龙，心中暗暗得意，冷哼一声，又往他人面上一扫，却不想一眼就看到了展凝儿。叶小天心中一喜，刚想出声呼喊，忽然想起了他今日的立场。

他是朝廷命官，此刻是受命于铜仁张知府，来此解决诸部落争端的，一直保持这个超然身份，才方便他插手调停。如果他和利害各方之一牵扯上了其他关系，谁还相信他会公平处断，只怕要惹出许多非议了。

叶小天赶紧收敛喜色，向展凝儿急急递了一个眼色。展凝儿眼见郎君威风八面，一番训斥便叫各方人马哑口无言，心中好不欢喜。叶小天向她递了个眼色，展凝儿心中羞喜，马上向他还了一个媚眼。

展凝儿的媚眼抛过来，叶小天顿时心中一荡："哟，我家凝儿会飞媚眼了呢，这风情好不迷人。 不对……凝儿这是……别是没有理解我的意思吧？"叶小天刚刚想到这里，展凝儿已经欢欢喜喜、娇娇嗲嗲地唤道："小天哥……"

这一声唤好甜好甜，就像倒了一罐子蜂蜜出来，随后展凝儿在矿坑矿道里一连几个起落，跑到了叶小天身边，欢喜地道："小天哥，你怎来了此地，你……是特意来看我的吗？"

她一路跑过来时，叶小天就在向她不断地挤眉弄眼，奈何展凝儿只顾注意落脚点了，根本没注意他的眼色。叶小天心中苦笑不已，却也毫无办法。若是展凝儿心细如发，那她也不叫展凝儿了。

展凝儿这亲亲热热地一叫，下边顿时乱了套，手持三股托天叉的杨羡达心中欢喜，看来又要多出一个帮手了。果基格龙却是立即高声叫道："哈！大家都看到了吧，这叶小天与展凝儿不清不楚，他来调停纷争？分明是偏帮杨羡达，偏帮展家来的。大家不要理会他，咱们水银山的事，咱们自己解决！"

立即就有人响应果基格龙所言，叶小天大喝道："果基格龙，你住口！还敢妖言惑众！水银山难道不是我铜仁府治下？本官奉知府大人所命，你凉月谷敢无视张知府的命令吗？尔等立即罢战，庄丁寨民散去，只留主事人等说话，立刻！马上！"

这时展凝儿也明白过来，情知自己失误，给情郎增加了麻烦，赶紧闭嘴不言。随着叶小天的一声吩咐,百余名张知府的亲兵呼啦啦冲上来,站在矿坑上头,把长矛对准了下面的人。

矿坑里各方人马面面相觑,到了这份上,这个仗显然是没法打了,他们也想知道张知府对此究竟是个什么态度。不管怎么说,作为铜仁之主,他的意见还是要重视的。

于是,众人纷纷约束部众,离开矿坑走到地面上来,这其中以于家寨寨主于福顺最为懊恼。这位于寨主年纪不大,二十五六年纪,正是野心勃勃的时候。

他一番精心准备,巧妙部署,终于一举拿下水银山。只要今日站稳了脚跟,击退杨家的反扑,就能造成由于家占有水银山的既定事实。

到时候若是动武,他们占据地利,若是打起官司,他们于家也不是没有道理。就算归属始终不能确定,可这罗圈官司十年八年的也未必打得明白,那么在此期间这水银山就可以完全归他所有了。

谁料半途杀出一个叶小天,而且还打着张知府的招牌,生生坏了他的好事。叶小天把他们唤到外面,冷冷地向众人一扫,曼声唤道:"来人啊!更衣!"

叶小天打定了主意,要在此立足就要占据道理。他一个毫不相干的外地人,想要占住道理只能从官场角度发挥,占据大义名分。方才被凝儿亲亲热热地一唤,他的官威散了不少。如今他换上官袍,提醒众人他这合法合理的身份。

千百民众面前,叶小天不慌不忙,穿官衣、戴官帽、蹬上官靴,又有人取来肃静牌、回避牌,六名侍卫身后一站,数十名随从呈雁翅状左右一排。叶小天往一块方石上一座,竟是把这矿山当成了公堂。

第一〇五章

循循善诱

一

众人见叶小天这般装腔作势，不由得面面相觑。

在中原，当官的或许可以摆谱，但贵州是土司的天下，是一百多个大大小小的土司的领土。土官们很少拿朝廷的官职来摆架子，见了面只比谁的拳头大。朝廷的流官只好夹起尾巴做人了，摆了谱也没人理会，反而很没面子。可这位叶大人……

叶小天端坐石上，左青龙右白虎，如神归位，沉声喝道："各方主事人，站到前面来！"

果基格龙迈开大长腿，向前跨出一大步，虎视眈眈地瞪着叶小天道："你要如何？"杨羡达、杨羡敏、于福顺、展大头人、展凝儿也都跨前一步，望着叶小天，神色各异。

叶小天喝道："不是本官要如何，而是你们要如何！尔等为何聚众殴斗，不知王法吗？"

"王法？"

杨羡敏捧腹大笑，指着叶小天道："这位仁兄，你做官做傻了吧？你跟我们讲王法？哈哈哈哈……"

叶小天沉下脸色，盯着他道："你是何人？"

杨羡敏胸膛一挺，道："某是杨家寨土舍，杨羡敏。"

叶小天路上已经听李经历说起过杨家寨的情形，马上追问道："你父过世，新任土司尚未任命，谁任命的你为土舍？"

杨羡敏登时一怔，杨羡达把三股托天叉往地上重重一顿，大声道："大人英明！等到朝廷的敕书下来，我杨羡达成为土司，绝不会任命此等大逆不道之辈做土舍的。"

杨羡敏大怒，瞪着杨羡达道："杨羡达，此事可由不得你！"

杨羡达傲然道："等我做了土司，谁做土舍，当然是我说了算！"

一时间两兄弟跃跃欲试，又要动起拳脚了。

土舍是地位仅次于土司的官员，地位比大头人、二头人和小头人都要高。土司没有继承人时，土舍有继承土司之职的权利。土司外出时，他可以代行土司职权。如果遇到重大事件如战争，土舍还常常担任统帅一职。

杨家老土司过世后，新任土司要经过朝廷敕书确认，才算名正言顺。然后再由这位新土司任命下属官员。眼下朝廷的敕书还没到，所以名义上杨氏部落目前没有土司，自然也就没有土舍了。

实际上即便朝廷敕书未到，杨羡达也已是事实上的杨氏部落土司，而有掌印夫人支持的杨羡敏也成了事实上的土舍。朝廷的敕书能给他们的只是一个官方承认的身份，实际的权力他们已经掌握了。

然而从法理角度来说，无论杨羡达也好，杨羡敏也罢，此刻就是一介百姓，这也是叶小天一再坚持并彰显朝廷命官身份的原因。他若不在这件事上占住理，就没有资格调停诸部之乱了。

因为尽管地方豪强首领一旦具备了"世有其地、世治其所、世入其流、世袭其职、世统其兵"的特征，事实上就成了一方土司。但是如果没有"世受其封"，也就是朝廷的认可，那就不合法。

叶小天揪住这条法理不放，再度质问："你们二人可是朝廷承认的土司土舍？"

杨羡达和杨羡敏对视一眼，都未作答。叶小天右手猛地一抬，忽然发现面前空空如也，没有惊堂木让他拍，便一拍自己大腿，喝道："没有朝廷敕书认可，谁敢擅认自己是土司土舍？你们想造反不成？"

杨羡敏翻了翻白眼，悻悻地答道："草民……草民是杨家寨的杨羡敏！"

杨羡达冷冷地看了杨羡敏一眼，也对叶小天道："草民是杨家寨的杨羡达。"

叶小天喝道："尔等既然是平头百姓，见了本官为何不跪？"

杨羡敏口头上向他示示弱倒没什么，毕竟是张知府派来调停的人，但是让他向叶小天下跪，他可不情愿了。叶小天一手负在身后，向自己的六名贴身侍卫悄悄打了个手势，示意他们准备动手。他要强迫杨羡敏下跪。

叶小天这么做，一则是营造自己的强势形象，对眼前这些只认拳头大的人温文尔雅，不可能有任何影响。他要处理的这桩麻烦事牵扯到各方面势力，连张知府都头痛不已。他若是"软"了，何以服众？

再者，自从见到展凝儿在这里，叶小天就存了一点私心，想帮帮自己的女人。如果杨羡敏反抗，甚至因此闹出更大的风波，反正顺利调停此事的希望渺茫，他也不指望那几成赈银的悬赏了，拍拍屁股回葫县就是了。至于这个烂摊子吗，丢回给张知府就好了，没有心理负担的叶小天自然肆无忌惮。

六名侍卫身形刚刚一动,杨羡敏身后的随从便纷纷扬起手中的兵器。他们一动,叶小天带来的张知府的那百余名亲兵甲士也都立即举起了刀枪,场面顿时紧张起来。

展凝儿见状,眸波微微一闪,马上向前一步,对叶小天抱拳道:"民女展凝儿,拜见叶大人!"说罢双膝一弯,就要跪下去。

展凝儿是想替叶小天撑撑场面,跪一跪自己的男人也没什么,反正连人早晚都是他的。只要她跪了,展家寨大头人和杨羡达就会跟随,到时候拒不跪见的杨羡敏压力就更大了。

展凝儿想到就做,双膝一弯,堪堪要跪到石砾地面上时,就见面前人影一闪,依稀间叶大老爷还正襟危坐在那块方石上,可面前已经出现了另一个叶小天,双手搀扶,笑容可掬,道:"免礼,免礼,展姑娘快快请起。"

展凝儿柔情似水,可叶小天心中的展凝儿还是剽悍无人能及,他都产生心理阴影了,哪敢让展凝儿下跪。今日受她一跪,来日指不定要被她怎么折腾呢。水银山这笔糊涂账要是弄不好,可以丢给张胖子收拾,可展凝儿没法丢给别人哪,而且他也不舍得。

叶小天搀起展凝儿,向杨羡敏等人横了一眼,冷冷地道:"不习教化的一众刁民,本官懒得与你们理论。罢了,如今就免了你们跪见。本官只问你们,今日为何聚众殴斗?"

杨羡敏双手抱肩,傲然挺立,冷冷地道:"大人想知道我等今日为何在此殴斗?那就请大人你好生问一问于家寨的于福顺吧,他为何带领大批人马占据了我们杨家的水银山!"

杨羡达虽与杨羡敏不合,但眼下最紧要的是拿回水银山,暂时倒可联起手来。他一听这话,也道:"大人,于福顺率领其寨下民壮,强行夺占了我杨家的水银山,是以才发生了这场殴斗,还请大人为草民主持公道!"

叶小天喝道:"于福顺,你对杨氏兄弟的指控,有何辩解?"

于福顺冷笑道:"大人,你还是先搞清楚这水银山究竟归属何人吧。水银山本就是我于家的产业,什么时候归了他们杨家了?我要拿回自家的产业,不是天经地义吗?"

杨羡达和杨羡敏异口同声地道:"纯属放屁!"

叶小天喝道:"住口!本官面前,不得污言秽语。你们有理讲理,本官只据理而定!"

叶小天面上虽是一副愤怒模样,心中却是暗喜。他要的就是这个效果,要按他的思路,引导有冲突的几方势力不知不觉走上打官司的途径,如此一来他才可以有所作为。

杨羡达愤愤地道:"叶大人,这水银山本来就是我们杨家的,草民这里有地契为证,他于福顺怎可信口雌黄?还请大人为草民主持公道,让于家退出水银山,赔偿攻打水银山时造成的一切损失,并抚恤本寨伤残的一众壮丁!"

于福顺叫道:"证据?你要证据?那就拿出你们的地契来。上边可是清清楚楚记载着,这水银山原属我于家所有,是我于家当年嫁女,作为嫁妆归了展家,展家陪嫁到果基家,果基家又作为嫁妆转给你们杨家的。"

杨羡达道:"没错啊,你自己也亲口承认了?所以这水银山现在就是我们杨家的,有错吗?"

杨羡敏马上接口道:"这水银山是我娘亲从果基家陪嫁过来的,现在这水银山就应该是我的!"

杨羡达反驳道:"我是杨家嫡长子!这水银山既然归了杨家,就该由我继承。"

杨羡敏道:"笑话!真是天大的笑话!中原人家,但凡嫁女陪嫁的嫁妆,便是丈夫也无权动用。那是所嫁女儿的私产,由其个人支配,官府律法也一向支持这个规矩。如今我娘要把水银山送给我,有什么不可以?"

杨羡达冷笑道:"你也说那是中原规矩了,入乡随俗,这里可不是中原。我贵州习俗,土司嫁女,陪嫁的土地归夫家所有。既然已经归了夫家,当然该由嫡长子继承。"

两兄弟正吵得不可开交,于福顺按捺不住又插了一嘴:"你们两兄弟一唱一和的做什么?这水银山难道已经是你们杨家的财产了吗?真是岂有此理!不错,我于家当初是把水银山当成嫁妆陪嫁出去了,可我提溪于家本是铜仁于家的从属。依照规矩,谁拥有水银山,谁就要负责向铜仁于家献纳赋税并听从调遣。而你杨家属于石阡府,又是播州杨家分支,能向我铜仁于家尽义务吗?既然不能,我于家当然有权把水银山拿回来!"

杨羡达哈哈大笑,道:"荒唐!真是荒唐!你说当年?当年还是田氏土司一统两州的年代,可永乐大帝早已分割两州为八府,各有统辖,互不从属。你还提什么当年,你是要否定永乐大帝的决定吗?"

于福顺怒道:"你放屁!少拿造反来吓我!思州、思南虽分割为八府,但铜仁于家还在,而且是受到朝廷认可的土司。于家的一切财产和权利,自然应该受到保护!"

"好啦好啦,你们公说公有理,婆说婆有理,一时半晌也难理论明白。不如这样,你们都退下水银山去,各自准备证据,聘请讼师也可,择日本官再公开审理此案。"

叶小天摆出一副道貌岸然的样子,心中好不欢喜:"不容易啊,终于把这些空有一身肌肉却没什么头脑的家伙引到打嘴仗的路子上了。只要把他们引到打官司的途径上来,本官便大有可为了啊,哈哈……"

叶小天正自鸣得意,忽地清清冷冷嗤的一声冷笑传来,有个声音揶揄地道:"叶县丞,你好大的官威啊。我于家好不容易才拿回水银山,你想让我们退出去,我们就退出去？"

　　随着声音，人群呼啦啦左右一分，一个青衫公子翩翩而来，发束青罗带，身着软绸衫，腰束紫穗长绦，佩缀羊脂美玉，长眉入鬓，唇红齿白，手持一柄象牙折扇，如琼树一枝，清秀淡雅。

　　李经历微微欠着身走在这青衫公子身侧，一双眼珠子滴溜溜乱转，也不知是想干什么。这两人一现身，恰似化作人形的东海小白龙领了一头蛤蟆精来。叶小天心中一奇："这又是谁来搅局？"